Kontaktadresse nach EU-Produktsicherheitsverordnung:
produktsicherheit@droemer-knaur.de

AF707758

KNAUR

Von Carine Bernard ist bereits folgender Titel im Knaur Taschenbuch erschienen:
Lavendel-Tod

Über die Autorin:
Carine Bernard wurde 1964 in Niederösterreich geboren und lebt mit ihrem Mann in der Nähe von Düsseldorf. Sie hat ein Faible für Frankreich und erkundet Land und Leute am liebsten entlang kleiner Nebenstraßen mit dem Campingbus. Die Provence mit ihren malerischen Dörfern und der vorzüglichen Küche ist dabei schon seit Jahren ihr liebstes Ziel.

CARINE BERNARD

LAVENDEL GIFT

EIN PROVENCE-KRIMI

KNAUR

Besuchen Sie uns im Internet:
www.knaur.de

Originalausgabe November 2019
Knaur Taschenbuch

Ein Imprint der Verlagsgruppe
Droemer Knaur GmbH & Co. KG, München

Redaktion: Hanna Bauer und Antonia Zauner
Covergestaltung: ZERO Werbeagentur, München
Coverabbildung: Gettyimages/mammuth; ermess/Shutterstock.co
Satz: Adobe InDesign im Verlag
Printed in Germany
ISBN 978-3-426-52293-6

4 5 3

KAPITEL 1

Weich wie Watte füllte das fedrige Weiß sein Gesichtsfeld, drang in seine Nase, seinen Mund, sein Leben, nahm ihm die Luft zum Atmen. Er öffnete den Mund, doch der Schrei erstarb, erstickt in Daunen, so weich, so warm, so überall. Er warf den Kopf zurück, wollte kämpfen und sich wehren, doch das Kissen war unerbittlich. Er schmeckte Salz und Blut, tat einen verzweifelten Atemzug, sein Herz hämmerte und zersprang, und das Letzte, was ihm blieb, war die seifige Süße von Lavendel.

Lilou klappte das Buch zu. Der alte Mann schreckte hoch, geweckt vom leisen Knall der Seiten. Durch Brillengläser, dick wie Glasbausteine, blinzelte er sie an.

»Mademoiselle Braque, Sie lesen fast so gut vor, wie Sie kochen«, krächzte er. Er nahm die Brille ab und wischte sich mit zittrigen Fingern über die Augen. Altersfeuchte glänzte in tiefen Krähenfüßen.

Lilou bezweifelte, dass er viel von der Geschichte mitbekommen hatte. Vermutlich war es besser, wenn sie das letzte Kapitel beim nächsten Mal noch einmal von vorn begann. Sie legte den Thriller, aus dem sie vorgelesen hatte, auf den Tisch, nahm die leere Suppenschale, stand auf und ging zur Tür.

»Ich komme dann morgen Abend wieder, Monsieur Benoit, okay?«

»*Mais oui,* aber gerne!«

Der alte Mann hob den Kopf und runzelte die Stirn. Einen Moment lang sah er sie verwirrt an, als ob er sich plötzlich nicht mehr an sie erinnerte, dann fiel sein Blick auf die bunte Steingutschüssel in ihrer Hand.

»Warten Sie, Mademoiselle, ich habe noch etwas für Sie.« Er raffte die Decke zusammen, die über seinen dürren Beinen lag. Die Luft im Zimmer war stickig und warm. Trotz der geöffneten Fenster war von der lauen Abendluft nichts zu spüren.

Lilou blieb in der Tür stehen, die Hand auf der Klinke, und sah zu, wie er den Rollstuhl im Zickzack durch das Zimmer bewegte. Sie wusste, er wollte keine Hilfe. Er rollte zu seinem Schreibtisch hinüber und umrundete ihn mit der Hand an der Tischkante.

»*Venez,* Mademoiselle, kommen Sie her, ich will Ihnen etwas geben!«

Lilou stieß sich vom Türrahmen ab und durchquerte das große Zimmer. Alter Eichenboden, matt glänzend vom jahrzehntelangen Polieren, knarrte unter den Gummisohlen ihrer Sneakers. Vor dem Schreibtisch lag ein kleiner bunter Teppich, dem sie auswich, einfach weil Monsieur Benoit das auch immer tat.

Der alte Mann zerrte an der Schreibtischschublade, doch nur der Rollstuhl bewegte sich. Lilou langte an ihm vorbei, rüttelte an der widerspenstigen Schublade und zog sie auf. Sie sah einige Briefe, Papiere, lose Zettel, einen Einsatz mit Stiften.

Frédéric Benoit schob sie mit plötzlicher Kraft zur Seite und griff tief in das Schubfach hinein. Er tastete nach etwas, das offenbar ganz hinten lag, und endlich zog er einen flachen Gegenstand hervor, der sich, bei Licht betrachtet, als ein Buch entpuppte, eingebunden in dickes dunkelrotes Papier. Er hielt es ihr hin.

»Sie kochen doch so gern«, sagte er. »Vielleicht haben Sie ja Lust, es sich einmal anzusehen.«

Lilou nahm das Buch entgegen und wog es in der Hand. Das Papier des Umschlags knisterte, ein schwacher Duft nach Kräutern ging von ihm aus. Sie schlug den Band wahllos in der Mitte auf, ihr Blick fiel auf eng beschriebene Seiten, Listen, Skizzen, Anweisungen in einer sauberen kleinen Schrift. Sie hatte Mühe, die Worte zu entziffern.

»Ein Kochbuch?«, fragte sie überrascht.

Der alte Mann wackelte mit dem Kopf. »Das ist das *Journal d'Armand*«, sagte er, als ob das alles erklärte. »Das Buch enthält sozusagen das Erbe meiner Familie.«

»Aber so etwas dürfen Sie doch nicht aus der Hand geben«, protestierte Lilou und legte es zurück auf den Schreibtisch.

»Warum denn nicht?« Benoit blinzelte ihr zu. »Vielleicht überlegen Sie sich das mit der Polizei ja noch einmal.«

Lilou runzelte die Stirn, der alte Mann bemerkte es. »Sie sind doch ein hübsches Mädchen«, brummte er. »Sie sollten kein *flic* werden. Machen Sie sich und andere glücklich, bleiben Sie lieber beim Kochen!«

Genervt verdrehte Lilou die Augen. Sie war schon lange kein »Mädchen« mehr, sie war 26 und hatte sich nach ihrem Master in Ernährungswissenschaften für die Ausbildung zur Commissaire bei der Police nationale entschieden. Doch seit sie das dem alten Mann erzählt hatte, durfte sie sich ständig seine überholten Ratschläge anhören. Es fehlte nur noch, dass er ihr vorschlug, sie solle sich besser einen Mann suchen, den sie bekochen konnte, und ein paar Kinder in die Welt setzen.

Dabei mochte sie ihn wirklich. Frédéric Benoit war der Eigentümer des Hauses, in dem sie für die Dauer ihres Praktikums in Carpentras ein Zimmer gemietet hatte. Claire, eine Freundin ihrer Tante, wohnte mit ihrem Mann ebenfalls hier und hatte ihr das winzige Einzimmerappartement unter dem Dach vermittelt.

Sie richtete sich zu ihrer vollen Größe von 1,62 Metern auf. »Ich kann auch als Polizistin noch kochen«, gab sie zurück. Sie bemühte sich gar nicht, ihre Verärgerung zu verbergen.

Er drückte ihr das Buch wieder in die Hände. »Wissen Sie, meine Familie besaß hier im Haus ein Restaurant. Mein Bruder sollte es übernehmen, aber nach dem Tod meiner Mutter wanderte er nach Kanada aus. Und nun gibt es niemanden mehr, der nach diesen Rezepten kocht.« Der alte Mann sah sie bittend an.

»Sie würden mir eine große Freude machen, wenn Sie mir hin und wieder etwas daraus kochten.«

Lilou seufzte innerlich. Aus reiner Freundlichkeit hatte sie begonnen, ihren Vermieter abends zu besuchen, ihm etwas vorzulesen und ihm manchmal eine Kleinigkeit zum Abendessen zu bringen. Eine dauerhafte Verpflichtung hatte sie damit eigentlich nicht eingehen wollen, aber sie brachte es nicht übers Herz, ihm seine Bitte abzuschlagen.

Sie betrachtete das Buch und strich mit den Fingern über den roten Umschlag. Dann blickte sie auf. »Wenn das so ist, nehme ich es gern.«

»Magnifique.« Frédéric Benoit zwinkerte ihr vertraulich zu. »Aber erzählen Sie es nicht meinem *petit neveu*«, sagte er. »Nicolas ist kein Koch, er hat gar kein Interesse an unserer Familientradition.«

Lilou hatte Nicolas Dompierre, den »kleinen Neffen«, bereits kennengelernt. Er wohnte ebenfalls im Haus und kümmerte sich liebevoll um seinen Onkel, half ihm morgens aus dem Bett und bereitete das Frühstück für ihn zu. Aber es gab auch immer wieder Streit, der unüberhörbar durch die schlecht schließenden Türen drang. Dompierre war der Ansicht, sein Onkel wäre in einem Pflegeheim besser aufgehoben, doch der starrsinnige Alte sah das anders. Zwar saß er im Rollstuhl, doch er war überzeugt, noch immer gut zurechtzukommen. Niemand dürfe ihm vorschreiben, was er zu tun habe, und Nicolas solle bloß nicht glauben, er könne sein Erbe vorzeitig antreten, so der alte Mann. Lilou hatte nie den Eindruck gehabt, dass es Dompierre um Geld ging, und im Grunde gab sie ihm sogar recht, was die Versorgung des alten Mannes betraf. Aber das war nicht ihre Sache.

»In Ordnung«, sagte sie deshalb nur.

Benoit saß zusammengesunken in seinem Rollstuhl, seine knotigen Finger kneteten die Decke, die trotz der Wärme im Zimmer auf seinen Schenkeln lag. *»Bien, très bien«*, murmelte er. »Sehr gut.«

Lilou wandte sich ab und hörte, wie der Rollstuhl sich in Bewegung setzte. »Brauchen Sie noch etwas?«, fragte sie, als sie die Tür erreichte.

»Ich komme zurecht«, erwiderte er, und wie um es zu beweisen, stemmte er sich aus dem Rollstuhl. Trotz seiner offensichtlichen Schwäche erhob er sich und hielt ihr die Tür auf.

Sie quittierte die Geste mit einem Nicken und drehte sich noch einmal zu ihm um. »Danke für das Buch.«

»Ich habe zu danken.« Er hielt sich am Türrahmen fest. »Geben Sie gut darauf acht!«

»Das werde ich«, antwortete sie und ging zur Treppe, die hinauf zu ihrer Wohnung führte. Sie hörte, wie sich die Tür hinter ihr schloss und Monsieur Benoit den Schlüssel zwei Mal drehte.

Langsam stieg Lilou die Treppe hoch. Im Treppenhaus war es dämmrig, das Licht funktionierte wieder einmal nicht. Nur der Schein einer Straßenlaterne fiel durch ein schmales Fenster auf den Treppenabsatz. Durch den Spalt unter der Tür zu Claires Wohnung im zweiten Stock drang Licht, und sie hörte Stimmen. Alfonse, ihr Mann, war offenbar zu Hause. Hinter der Tür von Nicolas Dompierre, der gegenüber wohnte, war alles dunkel.

Die Treppe zu den beiden Dachzimmern, von denen sie das rechte bewohnte, war schmal und steil und stockfinster, hier gab es kein Fenster. Lilou ließ die Finger über den Handlauf gleiten, bis er zu Ende war, und tastete nach ihrer Tür. Im Dunkeln angelte sie den Schlüssel aus der Tasche ihrer Jeans und balancierte mit der Linken die Suppentasse und das Buch, das ihr Monsieur Benoit gegeben hatte, während sie aufschloss. Sie schob die Tür hinter sich ins Schloss und drehte den Schlüssel zweimal um, ehe sie auf den Lichtschalter drückte.

Die Deckenlampe flackerte kurz, bevor sie sich doch entschied, ihre Arbeit zu tun, und Lilou seufzte dankbar. Das Haus war alt, und die Stromleitungen im Dachgeschoss waren viel zu lange nicht erneuert worden. Schon einmal hatte sie plötzlich im

Dunkeln gesessen und musste dann mit der Taschenlampe die drei Stockwerke hinunter und in den Keller, wo sich der Sicherungskasten befand, sonst hätte sie den Abend im Schein einer Kerze verbringen müssen. Das war zwar romantisch, aber nicht hilfreich, wenn man Gesetzestexte und juristische Fachartikel studieren musste.

Sie legte das *Journal d'Armand* auf einen kleinen Tisch vor der hoffnungslos überdimensionierten Küchenzeile, die die komplette Wand neben der Tür einnahm, und stellte die Suppenschüssel zu dem leeren Topf in die Spüle. Sie besaß nur den einen Topf und eine alte gusseiserne Pfanne, die sie beide an ihrem ersten Tag am Markt erstanden hatte. Wenn sie morgen Abend wieder kochen wollte, sollte sie besser heute noch abspülen.

Im Zimmer war es warm, noch wärmer als in der Wohnung des alten Mannes. Die Dachziegel hatten die Hitze des Tages gespeichert und heizten den Dachboden auf, der sich genau über ihr befand. Lilou zog die Sneakers aus, streifte die Jeans ab und warf sie auf die Couch. Nur in Slip und T-Shirt öffnete sie die hohen Fensterflügel und stieß die Fensterläden auf. Sie trat an die Brüstung und sog tief die Abendluft ein. Es roch nach warmem Stein.

Sie warf einen Blick zu dem winzigen Balkon im obersten Stockwerk des gegenüberliegenden Hauses. Manchmal stand dort ein kräftig gebauter bärtiger Mann und rauchte. Sein Oberkörper war über und über tätowiert, aber er schien okay zu sein, denn immer, wenn er sie sah, grüßte er freundlich. Heute jedoch war der Balkon leer.

Ein Moped knatterte unter ihr durch die Gasse, und die bunten Gemälde des jährlichen Open-Air-Kunstfestivals, die wie Wäschestücke an Leinen über der Straße hingen, bewegten sich ganz leicht im Luftzug. Das Haus von Monsieur Benoit befand sich an der Place de l'Horloge, einem winzigen Platz mit einem Uhrturm, dem er seinen Namen verdankte, mitten in der Altstadt von Carpentras, wo sich fünf Gassen trafen und die Fußgängerzone begann. Von hier waren es nur ein paar Schritte zu den Sehenswürdigkeiten der Stadt, zur Place d'Inguimbert und zur Cathédrale Saint Siffrein, zum Hôtel de Ville oder zur Porte d'Orange. Und in nur fünf Minuten war man am Hôtel de Police, wo Lilou ihr letztes, zweimonatiges Praktikum vor dem Ende ihrer Ausbildung zur Commissaire ableistete.

Die Straßengeräusche bildeten einen beständigen Klangteppich, der einschläfernd wirkte wie das Murmeln eines Baches. Lilous Gedanken wanderten zurück zu dem Moment vor zwei Wochen, als sie sich von Pasquale verabschiedet hatte. Pasquale du Mournier, reicher Industriellensohn, Schwarm aller Frauen der Schule, und – wie sie dachte – ihr *petit ami.* Gemeinsam hatten sie sich um Praktikumsplätze bei der Pariser Polizeipräfektur beworben, er im Generalsekretariat, sie bei der Police judiciaire, der Kriminalpolizei.

Erneut fühlte sie die bittere Enttäuschung. Bei Pasquale hatte es geklappt, er würde wohl in zwei Monaten direkt als Sous-Directeur in der Polizeiverwaltung anfangen, während ihre Zukunft offenbar in einem kleinen Kommissariat in einer unbedeutenden Kleinstadt lag, dessen Leitung sie irgendwann übernehmen sollte. Und als ob das nicht reichte, hatte ihr Pasquale zum Abschied den Laufpass gegeben: Eine Fernbeziehung komme für ihn nicht infrage, aber er wünsche ihr alles Gute. Er hatte sich mit zwei Wangenküssen verabschiedet, war in sein Auto gestiegen und davongefahren, als ob es das letzte gemeinsame Jahr nicht gegeben hätte.

Lilou schrak aus ihren Gedanken auf, als plötzlich laute Stimmen erklangen. Eine Gruppe junger Männer zog lärmend unter ihr vorbei, mit schwarzen Haaren und dunklen Gesichtern. Ein Pfiff erklang. Sie sah ihnen hinterher, bis sie hinter einer Straßenecke verschwanden, dann trat sie ins Zimmer zurück.

Es war fast Mitternacht, als Lilou die Schlafcouch aufklappte und sich für die Nacht fertig machte. Sie löschte das Deckenlicht und machte es sich im Schein der Stehlampe gemütlich, das *Journal d'Armand* auf dem Schoß und ein Glas Wasser auf dem niedrigen Tisch neben sich.

Sie schlug das Buch irgendwo in der Mitte auf und berührte mit den Fingerspitzen die Seite. Das Papier war seidig glatt, die enge Schrift in schwarzer Tinte gestochen scharf. Die Buchstaben erschienen auf den ersten Blick wie eine Abfolge von runden Kringeln, unterbrochen von nur wenigen Spitzen und Punkten, kaum zu entziffern. Sie blätterte weiter und erkannte eine Überschrift, *Ratatouille* stand da und war doppelt unterstrichen. Darunter die Liste der Zutaten, die sie nur lesen konnte, weil sie wusste, woraus das provenzalische Nationalgericht bestand: Zwiebeln, Auberginen, Zucchini, rote und gelbe Paprika, Tomaten und Knoblauch, Thymian, Rosmarin und Lavendel.

Der Lavendel war eine Überraschung. Lilou liebte den Duft der violetten Blüten und legte immer einen Lavendelzweig zwischen ihre Wäsche, aber zum Kochen hatte sie ihn noch nie verwendet. Sie steckte die Nase in das Buch und glaubte wieder, den schwachen Duft von Kräutern zu wahrzunehmen.

Neugierig blätterte sie weiter. Langsam gewöhnte sie sich an die eigenwillige Schrift. Das kleine a unterschied sich kaum vom kleinen o, und das n sah aus wie ein u, das r glich dem s und das e einem i, aber mit jeder Seite, die sie aufschlug, konnte sie mehr erraten.

Alle klassischen südfranzösischen Rezepte schienen in dem Buch versammelt: Salade niçoise, Pissaladière und Rouille. Sie zählte vier Varianten einer Bouillabaisse, der berühmten Fischsuppe aus Marseille, drei verschiedene Arten, eine Aïoli zuzubereiten, fünf Rezepte für Soupe au Pistou und dreizehn unterschiedliche Tapenaden, würzige Olivenpasten, die man mit Weißbrot als Vorspeise reichte.

Dieser Armand, nach dem das *Journal* benannt war, schien ihre Freude an vielfältigen Aromen zu teilen. Beim Durchblättern stieß sie immer wieder auf Kräuter und Gewürze, die sie noch nie zum Kochen verwendet hatte: allen voran Lavendel, den sie wegen seines seifigen Geruchs für zu bitter gehalten hätte, und Piment d'Espelette, ein Pulver aus einer besonders milden Chilischote, Safranfäden, auf dem Markt kaum zu bezahlen, Fenchelsamen, Veilchenblüten, Piniennadeln, rosaroter Pfeffer und noch vieles mehr.

Ob der alte Mann ahnte, welch eine Freude er ihr damit bereitete? Lilou liebte Kochbücher, und schon seit frühester Kindheit war sie fasziniert von allem gewesen, was mit der Verarbeitung von Lebensmitteln zu tun hatte. Doch das Studium der Ernährungswissenschaften war ihr viel zu trocken gewesen, und mit dem Masterdiplom in der Tasche hatte sie keine Arbeit gefunden, die ihr auch nur im Mindesten zugesagt hätte. Deshalb besann sie sich auf ihren zweiten großen Traum, verstaute ihre Sammlung von Kochbüchern auf dem Dachboden ihrer Eltern und meldete sich kurz entschlossen zur Aufnahmeprüfung an der Polizeischule in Lyon an. Zum Entsetzen ihrer Familie bestand sie mit Bravour, und im Verlauf der zweijährigen Ausbildung zur Commissaire der Police nationale wuchs ihre Gewissheit, die richtige Entscheidung getroffen zu haben.

Das Lesen machte sie hungrig, deshalb klappte sie rasch das Buch zu, trank ihr Wasser aus und löschte das Licht. Dann zog sie das Laken, das sie wegen der Hitze anstatt einer Decke verwendete, bis unters Kinn und schloss die Augen.

Der nächste Morgen brachte eine Überraschung: Commissaire Demoireau, der Lilous Praktikum anleitete, nahm sie mit ins Bürgermeisteramt, in die Mairie, zu einer Besprechung mit dem Leiter der Police municipale. So etwas hatte er bisher noch nie getan. Aber sie wagte nicht, das als gutes Zeichen zu werten, denn bis jetzt hatte sie nicht das Gefühl, dass der Commissaire sie wirklich als künftige Kollegin betrachtete. Echte Polizeiarbeit schien er ihr nicht zuzutrauen; er behandelte sie, als ob sie sich hier während ihres Praktikums nur die Zeit vertrieb.

Doch was sich im Vorfeld spannend angehört hatte, erwies sich als ebenso langatmige wie langweilige Veranstaltung. Nicht zum ersten Mal verfluchte Lilou die Verantwortlichen in der Polizeischule, die sie für ihren letzten Ausbildungsabschnitt auf einen drögen administrativen Posten abgeschoben hatten. Wie sollte sie hier ihre Fähigkeiten als Ermittlerin unter Beweis stellen? Sie kritzelte auf einem Block herum und versuchte, wenigstens nach außen hin den Eindruck gespannten Interesses zu erwecken. Im letzten Moment unterdrückte sie ein Gähnen und räusperte sich, um das verräterische Schnaufen zu übertönen.

»Möchten Sie etwas sagen, Mademoiselle Braque?«, fragte Lamberton, der Chef der Police municipale, höflich.

Lilou schüttelte den Kopf und malte schnell ein paar weitere Kringel auf das Papier. »Nein, Monsieur, fahren Sie bitte fort.«

Lamberton holte tief Luft und wandte sich wieder Commissaire Demoireau zu. Seit einer halben Stunde referierte er über Videokameras, und Lilou wusste noch immer nicht, warum er all das dem Dienststellenleiter der Police nationale erzählte. Vielleicht hätte sie doch besser zuhören sollen. Aber als er sich minutiös und minutenlang über technische Details wie Frequenz, Reichweite, Erfassungswinkel und Betriebsdauer ausließ, hatte ihr Gehirn abgeschaltet. So wie die siebenunddreißig Überwachungskameras, die an strategischen Stellen in Carpentras verteilt waren und in der letzten Nacht alle gleichzeitig den Geist aufgegeben hatten.

Inzwischen funktionierten sie wohl wieder, aber der Chef der Police municipale hatte große Sorge, dass so etwas noch einmal vorkommen könnte. Dann wären seine Leute blind und taub, lamentierte er, und das ginge ja gar nicht.

Yves Lamberton war ein großer dünner Mann mit dünnem Haar und dünner Stimme, die immer ein wenig quengelig klang. Wenn man Commissaire Demoireau Glauben schenken durfte, war er sehr tüchtig, und die gute Zusammenarbeit zwischen der Police nationale und den Beamten der städtischen Polizei, die direkt dem Bürgermeisteramt unterstand, in erster Linie ihm zu verdanken.

Im Gegensatz zu Demoireau behandelte Lamberton sie mit ausgesuchter Höflichkeit, wie einen geschätzten Gast, was dazu führte, dass Lilou sich von ihm noch weniger ernst genommen fühlte als vom Rest ihrer Kollegen. Sie seufzte.

Demoireau warf ihr einen strengen Blick unter buschigen Brauen zu. Lilou setzte sich gerade hin und konzentrierte sich wieder auf Lambertons Worte.

»Die Kameraanlage ist inzwischen über zehn Jahre alt«, erklärte er gerade. »Wir haben sie zwar beständig mit neuen Kameras erweitert, aber die Technik ist uralt. Die Funkreichweite ist zu gering und extrem fehleranfällig. Heute macht man so etwas mit WLAN und Solarzellen.«

Der Commissaire nickte. »Das weiß ich«, sagte er. »Aber das ist Sache der Stadt, das müssen Sie mit der Bürgermeisterin besprechen, nicht mit mir.«

Lamberton schnaubte. »Das habe ich bereits getan«, schimpfte er. »Aber la Maire sagt, die Stadt hat kein Geld. Die Kosten für eine neue Anlage seien im Budget nicht vorgesehen. Wenn wir sie jetzt sofort ersetzen wollten, hätten wir nur noch zwölf Kameras, mehr ist nicht drin.«

»Hm«, machte Demoireau. »Sie wissen doch, dass das Budget der Police nationale nicht für städtische Belange zur Verfügung steht.«

»Aber die Überwachungsanlage kommt doch auch Ihren Leuten zugute!« Lambertons Stimme nahm einen weinerlichen Tonfall an.

»Das mag schon sein«, antwortete Demoireau und verschränkte die Arme vor der Brust. Lilou sah, dass er sich beherrschen musste, nicht die Geduld zu verlieren. »Aber Sie wissen genau, dass mir da die Hände gebunden sind.«

»Vielleicht könnten Sie mit Madame Adelphe sprechen?« Lamberton klang jetzt bittend. »Auf Sie hört sie eher als auf mich.«

»Warum wohl«, dachte Lilou bei sich. Die Bürgermeisterin konnte Lambertons Gejammer wahrscheinlich auch nicht mehr ertragen.

»Madame Adelphe kann auch kein Geld lockermachen, wo keines ist«, gab Demoireau zurück. »Die hellere Beleuchtung sensibler Bereiche der Stadt hat einen großen Batzen Geld gekostet, das wissen Sie genau.«

Lamberton nickte traurig. »Als wir das beantragt haben, wusste ich ja noch nicht, dass die Kameraanlage …«

Lilou reichte es. Sie blickte auf und hob den Kugelschreiber. »Warum lassen Sie nicht die neue Anlage mit den zwölf Kameras installieren und ordern die fehlenden Kameras im nächsten Jahr nach?«

Lamberton sah sie mit offenem Mund an. »Aber … aber das …« Er schüttelte den Kopf. »Das geht doch nicht, dann haben wir doch zu wenig Kameras!«

»Wenn die alten nicht mehr funktionieren, haben Sie noch weniger«, gab Lilou lakonisch zurück.

»Sie hat recht, Lamberton«, pflichtete Demoireau ihr bei. »Lieber weniger Kameras, die dafür zuverlässig laufen, als eine Anlage, die die halbe Zeit nicht auf Sendung ist.«

»Aber wie soll ich dann die Stadt überwachen? Meine Gardiens können nicht überall zugleich sein!«

»Ich kann Ihnen nur anbieten, dass meine Leute verstärkt die Plätze kontrollieren, an denen es keine Kameras gibt«, schlug Demoireau vor. »Zumindest bis die neuen Kameras da sind.«

»Sie können die alten Kameras doch so lange hängen lassen«, schlug Lilou vor. »Als Präventionsmaßnahme müssen sie ja nicht in Betrieb sein.«

Lamberton schnappte nach Luft. »Das ist …«

»Hab dich nicht so, Yves«, erklang eine weibliche Stimme von der Tür.

Lilou wandte sich um. Im Türrahmen stand eine kleine Frau mit so tiefschwarzem Haar, dass es nur gefärbt sein konnte. Sie trug es hochgesteckt und war in ein schickes Kostüm mit taillierter Jacke gekleidet, das ihrer pummeligen Figur schmeichelte.

Das runde Gesicht der Bürgermeisterin verzog sich zu einem strahlenden Lächeln. »Georges, ich wusste nicht, dass du hier bist.«

Demoireau und Lamberton hatten sich erhoben, und Lilou folgte eilig ihrem Beispiel.

»Madame«, murmelte Lamberton.

»*Bonjour,* Francine«, sagte der Commissaire und erwiderte ihre Wangenküsse.

Die Bürgermeisterin nickte Lilou zu. »Wir haben doch jahrelang mit Kamera-Attrappen gearbeitet«, sagte sie. »Habt ihr das schon vergessen?«

Demoireau schüttelte den Kopf. »Nein, natürlich nicht.«

»Aber ist das denn noch zeitgemäß?«

»Haben wir eine andere Wahl?«

Madame Adelphe stützte die Hände auf die Tischplatte. »Ich habe gehört, was Mademoiselle la Commissaire vorgeschlagen hat. Ich halte das für einen vernünftigen und vor allem gangbaren Weg.«

»Dann soll es so sein.« Demoireau nickte Lamberton zu, der resigniert den Kopf einzog. »Gibt es sonst noch etwas?«

Der Chef der Police municipale schüttelte den Kopf. »Nein. Den Rest haben die Kollegen schon heute Morgen besprochen.«

»War etwas Besonderes?« Demoireau hob die Brauen.

»Nur wieder ein Einbruch«, erwiderte der Stadtpolizist. »Diesmal hat es Grailloux erwischt, den *immobilier* in der Rue des Marins. Bargeld, Schmuck, Bilder, ein Flachbildschirm, ein Laptop und ein paar Skulpturen. Das alte Muster, und wieder keine Anhaltspunkte.«

Lilou horchte auf. Seit sie hier war, hatten ihre Kollegen fast täglich mit Wohnungseinbrüchen zu tun gehabt. Eine Bande von jungen Männern aus dem Maghreb hatte sich offenbar auf leer stehende Wohnungen spezialisiert. Sie brachen überall ein, wo sie leichte Beute witterten, und nahmen alles mit, was nicht niet- und nagelfest war. Dabei gingen sie so geschickt vor, dass es der Polizei bisher nicht gelungen war, sie in flagranti zu erwischen – wurde der Einbruch dann entdeckt, waren die Diebe längst über alle Berge.

»Ich wäre euch beiden wirklich dankbar, wenn ihr die Sache in den Griff bekommen würdet«, sagte Madame Adelphe. Ihre Stimme war jetzt kalt wie Stahl und genauso hart. »Irgendwann erwischen sie die Ferienwohnung eines Touristen, und dann habe ich den Fremdenverkehrsverband auch noch am Hals.«

»Wir tun unser Bestes«, murmelte Lamberton und schielte zur Tür.

»Irgendwann kriegen wir sie«, bekräftigte Demoireau. »Irgendwann werden sie einen Fehler machen.«

»Traurig, wenn ihr drauf warten müsst, dass die Einbrecher etwas falsch machen«, gab die Bürgermeisterin spitz zurück. »Ich hätte gehofft, ihr zeigt in dieser Sache ein wenig mehr Esprit.«

Sie wirbelte auf ihren hohen Absätzen herum und marschierte hocherhobenen Hauptes hinaus. Die beiden Männer starrten ihr hinterher, und Lilou unterdrückte ein Schmunzeln.

»Diese Frau«, stöhnte Lamberton.

»Sie hat leicht reden!« Demoireau erhob sich und strich durch seine kurzen eisengrauen Haare. Dann reichte er Lamberton die Hand.

»Wir müssen jetzt wirklich los«, sagte er. »*Au revoir,* Lamberton.«

Lambertons dünne Finger verschwanden in Demoireaus schwieligen Pranken, und Lilou rechnete fast damit, dass sie wie dürre Zweige zerbrechen würden. Aber nichts passierte. Lamberton streckte ihr ebenfalls die Hand hin, die sie kurz ergriff und gleich wieder losließ. Seine Finger waren eiskalt.

Sie wandte sich ab und folgte Demoireau nach draußen.

Auf dem Rückweg zur Wache war Lilou schweigsam. Ob Commissaire Demoireau ihr ihre Einmischung verübelte? Seine Miene verriet nichts. Er steuerte den großen Peugeot unerbittlich über die Ringstraße von Carpentras, verzog keine Miene, als ihn ein Kleinwagen mit deutschem Kennzeichen schnitt, und bremste nur, wenn ihn eine rote Ampel dazu zwang.

Wie schon oft empfand Lilou ihren Status als Praktikantin zur Commissaire als Widerspruch in sich. Das letzte Praktikum ihrer Ausbildung sollte sie eigentlich auf die leitende Funktion vorbereiten, die sie in einigen Monaten übernehmen würde. Doch die Dienststelle unter der Leitung von Commissaire Demoireau war von eingefahrenen Hierarchien geprägt; die Männer hatten das Sagen, und Valérie Cravasse, die einzige Polizistin mit dem Rang eines Lieutenants, gab sich burschikoser als ihre männlichen Kollegen.

Sie seufzte und beschloss, den Stier bei den Hörnern zu packen. »War das vorhin in Ordnung, dass ich mich eingemischt habe?«, fragte sie.

»Hm«, machte Demoireau und wandte sich ihr zu. »Ihr Vorschlag war schon richtig, Mademoiselle«, fuhr er fort. »Aber einem Mann wie Lamberton sollten Sie das nicht so ins Gesicht sagen.«

»Aber wieso denn nicht? Er hat doch nur gejammert.«

»Das hat etwas mit Höflichkeit zu tun«, gab er zurück. »Sie als junges Mädchen …«

»Ich bin eine künftige Commissaire«, unterbrach ihn Lilou. »Ich darf doch wohl mit den Kollegen auf Augenhöhe sprechen?«

»Hm, hm.« Die Ampel sprang auf Grün, Demoireau legte den Gang ein und gab Gas.

Lilou stieß geräuschvoll die Luft aus. »Wie soll ich denn lernen, die Aufgaben einer Commissaire wahrzunehmen, wenn ich immer die Klappe halten soll?«

Demoireau hielt die Augen fest auf die Straße gerichtet. »Haben Sie Geduld. Wir sind hier in der Provence, wie Ihnen vielleicht aufgefallen ist. Da ticken die Uhren anders als in Paris.«

»Das ist mir nicht entgangen.« Lilou verschränkte die Arme vor der Brust. »Trotzdem. Ich werde in einigen Monaten selbst Commissaire sein, auch wenn ich dann immer noch *ein junges Mädchen* bin.«

Demoireau fuhr auf den Parkplatz der Polizeidienststelle und stellte den Wagen auf dem für ihn reservierten Platz ab.

»Sie müssen selbst einen Mittelweg finden, Mademoiselle Braque«, sagte er und stieg aus. »Ich kann Ihnen da nicht helfen.«

Er warf die Autotür ins Schloss, und Lilou beeilte sich, aus dem Wagen zu kommen. Der Commissaire strebte bereits mit eiligen Schritten auf das Gebäude zu. Sie sah ihm hinterher und wusste nicht, ob sie wütend oder belustigt sein sollte.

An ihrer letzten Praktikumsstelle bei der Police judiciaire hatte eine Frau die Leitung innegehabt. Madame la Commissaire hatte das Kunststück beherrscht, ihre Truppe von Kriminalpolizisten mit starker Hand zu führen und dabei den einzelnen Beamten genügend Freiraum für eigenverantwortliches Handeln zu lassen. Das Praktikum unter ihrer Führung hatte Lilou genau gezeigt, was und wie sie später einmal werden wollte. Doch hier, unter den erzkonservativen Bauern der Vaucluse und in einer Dienststelle, die ganz und gar nicht dem entsprach, was sie sich als berufliches Ziel vorgestellt hatte, begann sie zum ersten Mal, an ihrer Entscheidung, Commissaire werden zu wollen, zu zweifeln.

»Kommen Sie, wo bleiben Sie denn«, rief Demoireau und winkte sie heran. Er stand im Eingang und hielt ihr die Tür auf. Sie schüttelte die trüben Gedanken ab und eilte zu ihm.

Wenig später saß Lilou an ihrem Schreibtisch im Büro von Commandant Didier Pouffin, dem stellvertretenden Leiter der Dienststelle. Angestrengt versuchte sie, die Schrift von Cropardin zu entziffern, einem der älteren Gardiens, der sich beständig weigerte, seine Protokolle am Computer zu tippen. Das war für ihn Teufelszeug, und da es in der Dienststelle keine Schreibmaschine mehr gab, mussten andere Beamte das Abtippen für ihn übernehmen. Und weil Lilou ja schließlich alle Aufgaben innerhalb der Polizeistation kennenlernen sollte, hatte man kurzerhand ihr die ungeliebte Arbeit zugewiesen. Sie atmete tief durch und bezwang ihren Ärger. Sie würde die Aufgabe erledigen. Aber wenn das, was sie da in den PC tippte, hanebüchener Unsinn war, lag es nicht an ihr. Dann war es in erster Linie Cropardins Schuld, der sich ja immerhin um eine leserliche Handschrift hätte bemühen können.

Als sie fertig war, sah sie aus dem Fenster. Zwischen den silbergrünen Blättern der Platanen blitzte ein azurblauer Himmel, und sie war froh über die Klimaanlage, obwohl sie das surrende Geräusch nervte, das zusammen mit einem metallischen Geruch mehr kühl als kalt aus den Lüftungsschlitzen drang.

Pouff war schon gegangen, und natürlich hatte der Commandant sie nicht aufgefordert, ihn zu begleiten. Das tat er nur auf ausdrückliche Anordnung von Demoireau, und der würde seiner kleinen Praktikantin heute tunlichst aus dem Weg gehen. Er mochte es gar nicht, wenn sie ihn zwang, Stellung zu beziehen, oder ihn gar darauf hinwies, dass sie bald selbst eine Commissaire sein würde, genau wie er.

Sie lehnte sich in ihrem Stuhl zurück, legte die Füße auf die Tischplatte und schloss die Augen. Was Pasquale wohl gerade machte? Bestimmt saß er in einem perfekt ausgestatteten Büro mit funktionierender Klimaanlage und wurde in die Abläufe der Polizeiverwaltung eingeweiht, ganz wie er es sich immer erträumt hatte. Sie dagegen durfte sich mit langweiliger Büroarbeit herumschlagen, anstatt ein Team von Ermittlern der Police judiciaire bei ihrer Arbeit zu begleiten.

Das leise Quietschen der Türklinke schreckte Lilou auf, und rasch nahm sie die Füße vom Tisch. Sie bewegte die Maus, und als Pouff hinter sie trat, war wieder die Eingabemaske für die Protokolle zu sehen.

»Bist du fertig?«, fragte er.

Sie hatte ihm nie das Du angeboten, aber sie nahm es hin. Die Kollegen waren hier alle per Du; Demoireau war der Einzige, der alle siezte. Auch ihr gegenüber hielt er eisern am »Sie« fest, obwohl er sie vor zwei Jahren noch geduzt hatte, als sie ihm in Tante Margots Café seinen Kaffee servierte. Was Commandant Pouffin anging, vermied sie es tunlichst, ihn direkt anzusprechen – sie wollte lieber nicht wissen, wie er reagierte, wenn sie ihn Pouff nannte, so wie ihre Kollegen.

»Ja«, sagte sie. »Gerade fertig geworden.« Sie schob ihm Cropardins handgeschriebenen Ergüsse hin. »Gar nicht so einfach zu entziffern.«

»Auch das musst du lernen«, sagte Pouffin. Er nahm die Blätter und warf ihr einen abschätzigen Blick zu. »Ich werde es morgen kontrollieren.«

Lilou verzog das Gesicht. Das fehlte ihr noch, dass sie das Ganze morgen noch einmal machen durfte. »Bitte lass etwas geschehen, damit das nicht passiert«, dachte sie. »Irgendetwas, bitte!«

Es war nach 17.00 Uhr, als Lilou das Polizeigebäude verließ. Sie wandte sich nach links in die Rue Watton, eine kleine Gasse, die den Namen »Straße« gar nicht verdiente. Die Häuser standen so eng, dass sie das Gefühl hatte, wenn sie beide Arme ausstreckte, die Wände zu beiden Seiten berühren zu können. Sie drückte sich in einen Hauseingang, um einen staubigen Pick-up vorbeizulassen, und war froh, als sie die Fußgängerzone erreichte. Hier waren die Straßen breiter, und es gab keine Autos, die die Gassen von Carpentras mit einer Rennstrecke verwechselten.

Im Carrefour an der Rue de la République kaufte sie Milch, gemahlenen Kaffee, Eier und ein Baguette, beim algerischen Gemüsehändler ein paar Häuser weiter erstand sie Zwiebeln, eine Zucchini sowie eine rote und eine gelbe Paprika. Er verkaufte auch Gewürze, und in Erinnerung an die Rezepte von Armand Benoit legte sie auch noch eine duftende Packung Lavendelblüten sowie ein kleines Glas Piment d'Espelette in ihre Einkaufstüte.

Die Sonne war inzwischen hinter den Dächern der Altstadt verschwunden, und die Schatten waren so lang, dass kaum noch ein Sonnenstrahl das helle Pflaster erreichte. Lilou hatte es nicht eilig, ihre von der Sonne aufgeheizte Bleibe zu erreichen, deshalb bummelte sie in gemütlichem Tempo in Richtung Place de l'Horloge, blieb immer wieder an Schaufenstern stehen, leistete sich noch zwei Kugeln Eis – Salzkaramell und Pistazie – und genoss die letzten Sonnenstrahlen auf den Treppenstufen vor der Kathedrale Saint Siffrein.

Erst gegen sechs machte sie sich langsam auf den Heimweg. Sie sperrte das Haustor auf; wie immer hakte der Schlüssel ein wenig, und sie musste an dem schmalen Türflügel rütteln, bis das Schloss nachgab. Die staubigen, zugeklebten Scheiben des ungenutzten Ladenlokals im Erdgeschoss wirkten wie ein Fremdkörper in dieser geschäftstüchtigen Umgebung, in der es kaum Leerstand gab. Dank der vielen Touristen in der Altstadt von Carpentras schien hier jedes Geschäft zur Goldgrube zu werden, die Mietpreise waren exorbitant, und Lilou verstand nicht, warum sich der alte Mann weigerte, das Lokal zu vermieten. Aber er hatte seinen eigenen Kopf, und je mehr sein Neffe ihn drängte, desto sturer lehnte er eine Vermietung ab. Letzte Woche erst hatte Lilou einen lautstarken Streit mitbekommen, der durch die geöffneten Fenster bis zu ihr nach oben zu hören gewesen war: »Ich will keinen Zigarettengestank und keine laute Musik bis spät in die Nacht«, hatte der alte Mann mit erstaunlich kräftiger Stimme geschrien. »Du musst schon warten, bis ich tot bin, bevor du mein Haus an den Nächstbesten verschacherst!«

Lilou hatte leise das Fenster geschlossen und sich ihre eigenen Gedanken dazu gemacht. Sie konnte die Haltung des alten Mannes, der einfach seine Ruhe haben wollte, sogar nachvollziehen. Andererseits verstand sie auch Nicolas Dompierre, der die Pflege seines Onkels lieber in professionelle Hände geben wollte. Hände, die jedoch auch bezahlt werden wollten. Noch funktionierte es weitgehend ohne fremde Hilfe. Nicolas kam jeden Morgen und half seinem Onkel, bereitete ihm das Frühstück zu und machte ihn für den Tag fertig. Mittags brachte jemand vom Sozialdienst der Stadt das Mittagessen, Claire ging für ihn einkaufen, und abends versorgte er sich selbst. Aber dass das nicht mehr lange funktionieren würde, war auch Lilou klar geworden, als der alte Mann sie kurzerhand für den Abenddienst eingespannt hatte.

Sie beeilte sich und lief die Treppe hoch. Sie hatte zu lange getrödelt, die Milch musste schleunigst in den Kühlschrank. Während sie noch die Lebensmittel einräumte, überlegte sie bereits, was sie heute kochen sollte. Beim Einkaufen hatte sie sich vom Angebot des Gemüsehändlers leiten lassen, doch nun musste sie entscheiden, was sie damit anfangen wollte. Ihr Blick fiel auf das *Journal d'Armand,* das noch immer auf dem Couchtisch lag. Warum eigentlich nicht?

Sie setzte sich mit dem Buch an den Küchentisch und blätterte langsam durch die Seiten. Bei einem Rezept für Piperade blieb ihr Blick an den Zutaten hängen. Zwiebeln und Paprika, dazu ein Ei, das passte doch perfekt zu ihren Einkäufen! Das Wasser lief ihr im Mund zusammen.

Während sie eine große Zwiebel schälte und in kleine Würfel schnitt, erhitzte sie Olivenöl in der Pfanne. Ein Löffel brauner Zucker sorgte zusammen mit der Zwiebel für einen intensiven Duft nach Karamell und überzog die bunten Paprikastreifen und den gehackten Knoblauch mit goldenem Glanz. Lilou goss einen Schuss Weißwein dazu, es zischte, und der Dampf nahm ihr für einen Augenblick die Sicht. Zwei Esslöffel Tomatenmark, Salz, Pfeffer und eine Messerspitze Piment d'Espelette sowie eine Prise Lavendel sah das Rezept noch vor, und Lilou schnupperte beglückt, als ein aromatischer Duft aufstieg. Während das Gemüse köchelte, schnitt sie das Baguette in längliche Scheiben. Zehn Minuten später reduzierte sie die Hitze, kippte zwei verquirlte Eier in die Gemüsemasse, rührte kräftig um und ließ sie in der Pfanne stocken.

Dieser Armand wusste wirklich, wie man kochte. Die Kombination der sommerlichen Gewürze mit den Farben der Occitanie war ein Genuss für alle Sinne. Sie aß die fertige Piperade direkt aus der Pfanne, nutzte die Brotschnitten als Löffel und tunkte damit die Soße auf. Schließlich zwang sie sich zum Aufhören und häufte den Rest der Piperade auf die letzten drei Brotscheiben, die sie auf einem Teller anrichtete.

Der kleine Tisch neben Monsieur Benoits Wohnungstür, auf dem der Sozialdienst immer sein Mittagessen abstellte, war leer. Alles war still. Das war unüblich, normalerweise lief das Radio, wenn er alleine war. Ein mulmiges Gefühl beschlich sie, sie stellte den Teller ab und berührte den Türknauf. Die Tür schwang ohne Widerstand nach innen auf, Licht fiel auf den Türrahmen, und jetzt erst bemerkte sie das zersplitterte Holz um das Schloss herum.

»Monsieur Benoit?«, rief sie, plötzlich ernsthaft besorgt. »Ist alles in Ordnung?«

Keine Antwort.

Sie schob die Tür ganz auf und trat in den Flur. Die Deckenlampe brannte, alle Türen standen offen, es war brütend warm. Sie hielt den Atem an und eilte ins Wohnzimmer. Im Türrahmen blieb sie abrupt stehen. Es sah aus, als hätte eine Bombe eingeschlagen.

Die Schubladen in dem Wandverbau aus dunklem Holz waren herausgerissen, die Schranktüren geöffnet. Auf dem Boden türmten sich aufgeschlagen und geknickt die Bücher aus den Regalen, der kleine Teppich vor dem Schreibtisch lag mit der Oberseite nach unten. Ein Blick durch die offen stehende Tür in die Küche verriet ihr, dass es dort nicht besser aussah: Zerbrochenes Geschirr, Töpfe, Lebensmittel, alles war auf dem Fußboden verteilt. Aber wo war Monsieur Benoit?

Auf leisen Sohlen ging sie zurück in den Flur und betrat das Schlafzimmer. Das Bild hier glich dem im Wohnzimmer, die Schränke waren offen, die Kleidung lag in einem unordentlichen Haufen auf dem Boden. Mitten im Zimmer, neben dem hohen Pflegebett, stand mit dem Rücken zu ihr der Rollstuhl. Die Fenster waren geschlossen, auch hier herrschte drückende Hitze.

»Monsieur Benoit?«, wiederholte sie, obwohl sie schon ahnte, dass sie keine Antwort bekommen würde. Lilou trat näher und umrundete den Rollstuhl.

KAPITEL 2

Beinahe hätte man glauben können, Frédéric Benoit schliefe nur. Das Kinn war ihm auf die Brust gesunken, die Augen waren geschlossen, doch sein Gesicht war weiß wie Wachs, die Lippen bläulich, und nichts rührte sich an ihm.

Lilou legte dennoch zwei Finger an seinen Hals. Die faltige Haut war erstaunlich warm, als hätte er gerade noch geatmet, doch unter ihren Fingerspitzen regte sich kein Puls. Sie zog die Hand zurück und wischte sie an ihrer Hose ab, als ob die Berührung des Toten etwas auf ihrer Haut hinterlassen hätte. Einen Moment lang starrte sie Monsieur Benoit ins Gesicht. Er sah irgendwie friedlich aus, als wäre er einfach im Schlaf gestorben, doch das Durcheinander in den Zimmern strafte diesen Eindruck Lügen. Und seine Hände, die wie Klauen die Armlehnen des Rollstuhls umklammerten, vermittelten ebenfalls ein anderes Bild.

Wie betäubt zog Lilou sich aus dem Raum zurück. Erst im Flur holte sie ihr Mobiltelefon aus der Tasche und rief zuerst Demoireau, dann den Wachdienst in der Dienststelle an. Anschließend ging sie hinunter, um auf die Kollegen zu warten.

Der Streifenwagen war als Erstes da, ein Peugeot 308, der mit Blaulicht aus der Fußgängerzone kam und vor dem Haus hielt. Drei Kollegen stiegen aus. Jamal Emetoit, der große algerischstämmige Capitaine, nickte ihr zu und bedeutete ihr, vorauszugehen. Cropardin, dessen Berichte sie heute noch getippt hatte, und Valérie Cravasse folgten ihnen.

Oben angelangt, wies Emetoit Cropardin an, vor der Tür zu warten. In diesem Moment kam Claire die Treppe herunter und blieb mit weit aufgerissenen Augen stehen.

»Was ist denn passiert?«, fragte sie und sah erschrocken zu Lilou.

»Monsieur Benoit ist …«, begann sie.

»Bitte gehen Sie wieder nach oben«, fiel ihr Emetoit ins Wort. »Wir kommen später zu Ihnen.«

Seine hochgewachsene Gestalt und seine feste Stimme schienen Claire zu beeindrucken, denn sie drehte sich widerspruchslos um und stieg die Treppe hinauf. Lilou hätte ihr gern alles erklärt, aber Emetoit winkte sie zu sich. Sie sah Claire noch einen kurzen Moment hinterher, dann straffte sie die Schultern und folgte Emetoit und Cravasse in die Wohnung.

»Hast du etwas angefasst?«, fragte Emetoit. Er sprach mit leichtem Akzent, die kehligen Laute waren typisch für nicht in Frankreich geborene Algerier.

Lilou schüttelte den Kopf. »Er ist da drin«, sagte sie und deutete auf das Schlafzimmer. »Ich habe nur nach seinem Puls gefühlt«, fügte sie nach kurzem Zögern hinzu.

Emetoit nickte und betrat das Schlafzimmer, während Valérie Cravasse mit gezogener Waffe das Wohnzimmer sicherte. Als Lilou das sah, ärgerte sie sich über sich selbst. Auf die Idee, dass die Einbrecher noch da sein könnten, war sie vorhin gar nicht gekommen. Eine Nachlässigkeit, die sie leicht das Leben hätte kosten können.

Als sie Cravasse ins Wohnzimmer folgte, hörte sie unten Autotüren schlagen. Durchs Fenster verfolgte sie, wie drei Beamte der Spurensicherung aus dem blauen Bus der Police scientifique sprangen, der vor dem Haus gehalten hatte. Sie schleppten große Koffer mit sich, und kurz darauf hörte Lilou sie auf der Treppe miteinander sprechen.

Carpentras besaß eine eigene kleine Abteilung für Kriminaltechnik, die mit vier Beamten besetzt war: junge Männer, die Zivil trugen, keiner älter als 35, mit langen Haaren und Bärten in unterschiedlichen Wachstumsphasen. Auf der Wache blieben sie meist für sich in ihrem Kellerraum. Lilou hatte noch nicht mit ihnen zu tun gehabt; sie wusste nur, dass der mit der Brille mit Vornamen Guillaume hieß und Computerexperte war.

Die Männer stellten ihre Koffer im Flur vor Benoits Wohnung ab und stiegen in weiße Ganzkörperanzüge. Einer von den dreien sah sie und Valérie Cravasse im Wohnzimmer stehen und warf ihnen einen missbilligenden Blick zu.

»Ihr vernichtet da gerade Spuren, das wisst ihr, oder?«, rief er.

Emetoit kam aus dem Schlafzimmer. »Wenn du eine ungesicherte Wohnung durchsuchen willst, Karimi, dann nur zu.«

Der Angesprochene verzog das Gesicht. »Schon gut, Jamal«, sagte er. »Ich habe nur die Frauen da drin gesehen.«

Cravasse baute sich vor ihm auf, der Kriminaltechniker war einen halben Kopf kleiner als sie. »Falsche Antwort, Ebrahim«, sagte sie kalt und steckte die Waffe zurück ins Holster.

Karimi hob in gespielter Angst die Hände. »Schon gut, Valérie, ich habe es nicht so gemeint.« Dabei zwinkerte er ihr zu. »Ich bin natürlich froh, wenn du mich beschützt.«

Cravasse lachte nicht. »Hier ist niemand«, sagte sie zu Emetoit und ging hinaus zu Cropardin. Lilou war am Fenster stehen geblieben.

»Du gehst bitte auch raus«, sagte Ebrahim Karimi, der offenbar der Leiter des Trupps war. »Wir müssen hier arbeiten.«

»Aber ich …«

»*Tout de suite.*«

Der Tonfall des Mannes ließ keinen Widerspruch zu, und unwillig fügte sich Lilou. Sie hätte den Kollegen von der Spurensicherung gern bei der Arbeit zugesehen. Als ihm vorgesetzte Commissaire hätte sie auch darauf bestehen können. Aber im Moment war sie nur Praktikantin und hatte, so wie es aussah, überhaupt nichts zu sagen.

Sie drängte sich an einem weiteren Kriminaltechniker vorbei, der mit dem Türschloss beschäftigt war, und ging nach draußen zu Emetoit und Cravasse, die sich leise unterhielten. »Meinst du, das waren wieder die Marokkaner?«, fragte Cravasse gerade. Sie hatte die Schirmkappe abgenommen und rubbelte mit den Fingern durch ihre kurzen roten Haare. Emetoit blickte auf, als Lilou zu ihnen trat.

»Wie kommst du eigentlich zu der Sache, Braque?«, fragte er.

»Ich wohne hier«, antwortete Lilou und zeigte die Treppe hoch. Ihr Blick fiel auf den kleinen Tisch neben der Wohnungstür, wo noch immer der Teller mit der Piperade stand, die sie Monsieur Benoit zum Abendessen hatte bringen wollen. Der Anblick brachte ihre mühsam aufgebaute Distanz ins Wanken, und einen Moment lang rang sie um Fassung.

»Ach so.« Emetoit zückte einen Kugelschreiber und einen Block und begann, sich Notizen zu machen. »Dann kannst du mir sicher sagen, wie der Mann heißt.«

Lilou atmete tief durch und nickte. »Sein Name ist Frédéric Benoit, ihm gehört das Haus.«

»Wer wohnt sonst noch hier?«

»Im zweiten Stock wohnen Claire und Alfonse Dulac, und Nicolas Dompierre, der Neffe von Monsieur Benoit.«

»Sonst niemand?«

»Nein, sonst niemand«, antwortete Lilou. »Außer mir. Ich habe ein Zimmer ganz oben unter dem Dach.«

Die Haustür schlug zu, schwere Schritte waren auf der Treppe zu hören. Der runde Schädel von Dr. Bonaventure tauchte auf. Der Médecin légiste war ein korpulenter Mann, dem schon von der Anstrengung des Treppensteigens der Schweiß in Strömen übers Gesicht lief. Er keuchte und wischte sich mit einem Taschentuch die Nässe von der Stirn.

»Wo ist denn mein Klient«, schnaufte er und sah sich um.

»Da drin«, antwortete Emetoit und wies auf die offene Wohnungstür. »Die Kollegen von der Police scientifique sind schon zugange.«

»Dann wollen wir mal.«

Eine Gestalt in Weiß tauchte am anderen Ende des Gangs auf und hob protestierend die Hand. Bonaventure ignorierte den Kriminaltechniker und schob sich an ihm vorbei. »Wo?«, bellte er.

Der Beamte resignierte und wies dem Rechtsmediziner den Weg ins Schlafzimmer. »Bitte seien Sie vorsichtig, wir sind noch nicht fertig«, sagte er und lief dem Arzt hinterher.

Als Lilou sich umwandte, stand Demoireau hinter ihr. Er trug ein kurzärmeliges hellgrünes Hemd und sandfarbene Hosen, und Lilou hätte ihn in Zivil fast nicht erkannt. Er nickte ihr nur kurz zu und wandte sich sofort an Emetoit, um sich über die Lage informieren zu lassen.

Ausnahmsweise war Lilou froh darüber, ignoriert zu werden. Der Tod ihres Vermieters nahm sie mehr mit, als sie sich eingestehen wollte, und sie bezweifelte, dass sie die Ereignisse so sachlich und präzise wie Capitaine Emetoit hätte zusammenfassen können. Als er fertig war, bedankte sich Demoireau mit einem Nicken und betrat die Wohnung. Lilou kämpfte einen Moment lang mit sich, dann siegte ihre Ausbildung, und sie folgte ihm ins Schlafzimmer.

Der Mann von der Spurensicherung, der mit Pulver und Pinsel an den Kommodengriffen beschäftigt war, blickte auf, als sie in den Raum kamen. Es war der brillentragende Guillaume. Erst machte er eine ablehnende Geste, dann erkannte er Commissaire Demoireau und winkte ihn heran. Seine Brille war ein silbernes Drahtgestell irgendwo zwischen John Lennon und Dumbledore, er lächelte Lilou schüchtern zu, und sie erwiderte das Lächeln, dankbar für ein wenig Freundlichkeit.

»Können Sie schon etwas sagen?«, fragte Demoireau den Arzt.

»Sehe ich aus, als ob ich hellsehen könnte?«, brummte Bonaventure und richtete sich aus seiner gebückten Haltung auf. »Ich habe gerade erst angefangen, geben Sie mir doch bitte ein bisschen Zeit.«

Er trat einen Schritt beiseite und gab den Blick auf Monsieur Benoits Leiche frei, die jetzt neben dem Rollstuhl auf dem Fußboden lag. Im hellen Licht des Scheinwerfers, der danebenstand, sah er seltsam klein aus, als ob ihm mit dem Leben auch einige Zentimeter Körpergröße genommen worden wären.

Demoireau verzog unwillig das Gesicht. Dann drehte er sich einmal im Kreis, sein Blick schien das ganze Zimmer zu erfassen. Lilou zwang sich, die Augen von dem Toten zu lösen, und konzentrierte sich auf die Details im Raum: die offen stehenden Schränke, in denen die Kleidung von den Bügeln und aus den Fächern gezerrt worden war, das zerwühlte Bett mit der aufgeschlitzten Matratze, der zurückgeschlagene Teppich, die herausgerissenen Schubladen der Kommode neben dem Bett. Alles deutete darauf hin, dass hier Einbrecher am Werk gewesen waren, die die Wohnung nach wertvollen Dingen durchsucht hatten.

Sie folgte Demoireau ins Wohnzimmer, wo Ebrahim Karimi und der dritte Kollege gelbe Hütchen mit Zahlen verteilten. Auf einem Stativ war eine Kamera aufgebaut, und ein großer silberner Koffer lag offen auf dem Fußboden. Demoireau stieg darüber hinweg und ging im Slalom um die Hütchen herum zum Schreibtisch. Die kleine Perserbrücke, die Benoit immer so vorsichtig mit seinem Rollstuhl umfahren hatte, war mit einem eigenen Hütchen gekennzeichnet.

»Warum ist der markiert?«, fragte Demoireau und deutete auf den Teppich.

»Weil sie ihn nicht mitgenommen haben«, antwortete Karimi, der ihnen gefolgt war. »Normalerweise nimmt diese Bande alles mit, was sich einfach transportieren und irgendwie zu Geld machen lässt. Bilder, Smartphones, Laptops, Stereoanlagen, solche Dinge eben. Bei dem alten Ding hier kann ich es noch verstehen.« Er deutete auf ein einfaches schwarzes Radio, das als einziger Gegenstand noch an seinem Platz im Bücherregal stand. »Aber der Teppich hier ist wertvoll.«

»Hm«, machte Demoireau. »Haben wir jemanden, der das schätzen kann?«, fragte er.

»Ja, mich.« Karimi grinste schief. »Mein Vater ist Teppichhändler. Wenn ich Ihnen sage, dass der etwas wert ist, dann ist er das auch.«

»Was heißt wertvoll in diesem Fall?«, fragte Lilou.

Der Mann in Weiß drehte sich zu ihr um und sah sie überrascht an, als ob er nicht damit gerechnet hätte, dass sie sprechen konnte.

»Das ist ein sehr schöner kleiner Sarough«, antwortete er. »2000 Euro bekommt man für den mindestens.«

»Dann stellt sich die Frage, *warum* die Einbrecher ihn nicht mitgenommen haben«, meinte Demoireau.

»Vielleicht haben sie den Wert nicht erkannt?«, schlug Lilou vor.

»Ja, vielleicht. Oder sie wurden gestört.«

Demoireau wandte sich ab und ging in die Küche. Kopfschüttelnd blieb er neben dem schönen geschnitzten Esstisch unter dem Fenster stehen und betrachtete das Chaos.

»Warum tun die so was?«

Ebrahim Karimi war ihnen gefolgt. »Sie werden Bargeld gesucht haben«, mutmaßte er. »Viele Leute verstecken ihre Ersparnisse zwischen Lebensmitteln.«

Der Isolierbehälter, in dem das Mittagessen geliefert worden war, lag ebenfalls auf dem Boden. Lilou ging in die Hocke und zog einen Teller aus dem Scherbenhaufen, der wie durch ein Wunder heil geblieben war.

»Könntest du wenigstens Handschuhe anziehen, bevor du etwas anfasst?«, schnauzte Karimi sie an.

Lilou ließ den Teller fallen, und mit einem scheppernden Geräusch zerschellte er in tausend Stücke. »Du wirst meine Fingerabdrücke ohnehin überall hier finden«, gab sie zurück. »Ich habe Monsieur Benoit öfter besucht und dabei natürlich auch alles Mögliche angefasst.«

Karimi verdrehte die Augen. »Scheiße, Braque, dann brauche ich nachher Fingerabdrücke und eine DNA-Probe von dir.«

Lilou sah ihn an, ohne eine Miene zu verziehen. »Hätte ich gestern gewusst, dass heute hier eingebrochen wird, dann hätte ich selbstverständlich Handschuhe getragen.«

Ebrahim Karimi starrte sie sprachlos an. Demoireau grinste und zwinkerte ihr zu. Offenbar musste sie wirklich schlagfertig dagegenhalten, wenn sie sich bei den Männern Respekt verschaffen wollte.

Sie gingen zurück ins Wohnzimmer, und Lilou sah, dass auch die Schreibtischschublade offen stand. Sie hing schief in ihrer Führung, und Lilou erinnerte sich daran, dass sie gestern ein wenig geklemmt hatte. Offenbar hatte man sich mit Gewalt Zugang verschafft, ohne Rücksicht darauf, dass der massive Schreibtisch wahrscheinlich mehr wert war als alles, was sich sonst noch im Zimmer befand. Die Schublade war leer bis auf den Stifthalter. Die Papiere und Briefe, die gestern noch darin gelegen hatten, waren verschwunden, wahrscheinlich begraben unter den Büchern, und die Stifte waren auf dem Fußboden verteilt. Nicht nur das, jemand war auch noch darauf herumgetrampelt, ein schöner Füllfederhalter lag zerbrochen in einer dunklen Lache aus Tinte auf dem Parkett, und die Minen der Buntstifte hatten bunte Spuren gezogen.

Warum diese Zerstörungswut? War es einfach nur Freude an der Gewalt? Das Durchwühlen der Kleidung, das Durchsuchen aller Schränke und sogar der Lebensmittel konnte sie nachvollziehen. Aber warum machten die Einbrecher alles kaputt, womit sie nichts anfangen konnten? Sie verstand es nicht.

In der Tür zum Flur tauchte die massive Gestalt von Bonaventure auf, er wedelte mit den Händen. Der Médecin légiste war fertig. Demoireau eilte zu ihm, und Lilou folgte ihm.

»Ich warne Sie gleich, viel kann ich Ihnen noch nicht sagen«, polterte der Mann los. »Keine äußeren Verletzungen, keinerlei Kampfspuren. Wahrscheinlich Tod durch Herzstillstand. Ohne dieses Chaos hier«, mit einer Armbewegung umfasste er die ganze Wohnung, »würde man von einem natürlichen Tod ausgehen.«

»Hm.« Demoireau runzelte die Stirn. »Nicht einmal Abwehrverletzungen? Eigenartig.«

»Vielleicht war es einfach die Aufregung, die ihn getötet hat?«, schlug Lilou vor. »Immerhin war er schon über 80.«

»Das ist gut möglich«, erwiderte der Rechtsmediziner. Er zog ein Taschentuch heraus und wischte sich über das Gesicht. »Sobald er bei mir auf dem Tisch liegt, kann ich mehr dazu sagen.«

Demoireau fragte: »Können Sie den Todeszeitpunkt schon eingrenzen?«

»Bei der Temperatur im Zimmer?« Der dicke Arzt schüttelte den Kopf. »Tut mir leid, keine Chance. Hier hat es weit über dreißig Grad. Das heißt, dass auch die Leiche nicht weiter abkühlt als bis zu dieser Temperatur.«

»In Monsieur Benoits Wohnung war es immer sehr warm«, warf Lilou ein.

»Er ist seit mindestens vier Stunden tot.« Bonaventure nickte zum Schlafzimmer hinüber. »Mehr kann ich Ihnen nicht sagen.«

»Wann werden Sie es genauer wissen?«

Der Arzt hob die massigen Schultern. »Vielleicht morgen. Vielleicht gar nicht. Diese Wärme verändert alles.«

»Hm.« Demoireau wandte sich ab. »Rufen Sie mich an, wenn Sie etwas haben, ja?«

Zwei Männer in schwarzen Anzügen trugen an ihnen vorbei einen grauen Kunststoffsarg hinaus. Lilou biss sich auf die Lippen und sah schnell zur Seite.

Emetoit kam wieder herein. »Ich habe mit der Mieterin der oberen Wohnung gesprochen«, sagte er und deutete nach oben. »Sie war den Vormittag über in ihrer Wohnung. Gegen 13.00 Uhr verließ sie das Haus und ist erst kurz vor 17.00 Uhr zurückgekehrt. Sie hat nichts gehört und nichts gesehen.«

»Gibt es auch einen Mann zu der Frau?«

»Ja«, sagten Lilou und Emetoit wie aus einem Munde. Der Beamte warf ihr einen strengen Blick zu und sprach rasch weiter. »Monsieur Dulac arbeitet, er ist noch nicht zu Hause.«

»Was ist mit den anderen Mietern?«

»Es gibt nur einen«, sagte Lilou. »Hier kommt er gerade.« Sie deutete zur offen stehenden Wohnungstür. »Das ist Nicolas Dompierre, der Neffe von Monsieur Benoit.«

Der kleine Neffe, wie Benoit ihn immer genannt hatte, war gar nicht so klein. Er war in den Vierzigern, etwas über mittelgroß, mit einem runden freundlichen Gesicht und dunkelblondem Haar, durch das am Hinterkopf bereits die Kopfhaut hindurchschimmerte. Seine Statur zeugte von zu wenig Bewegung und zu viel gutem Essen, um die Leibesmitte hatte er Fett angesetzt, während seine Schultern schmal geblieben waren. Er trug helle Hosen und ein dunkelblaues Hemd mit kurzen Ärmeln. Als er Lilou im Flur erblickte, lächelte er freundlich, doch dann bemerkte er die Polizisten neben ihr, und seine Miene gefror.

»Was ist denn hier los?«, fragte er und machte Anstalten, die Wohnung zu betreten.

Cropardin trat einen Schritt vor und stellte sich ihm in den Weg. Demoireau bedeutete dem Beamten, den Mann durchzulassen, und ging ihm entgegen. »Sie sind der Neffe von Monsieur Benoit?«, fragte er.

Dompierre nickte und musterte Demoireau mit erstauntem Blick. »So ist es, ich bin Nicolas Dompierre. Was ist mit meinem Onkel?«

»Bei Monsieur Benoit ist eingebrochen worden«, sagte der Commissaire. »Wir haben leider traurige Nachrichten für Sie.«

»Sie meinen, er ist …« Dompierre riss die Augen auf.

»Er ist tot«, erklärte Demoireau mit professionellem Mitgefühl in der Stimme. »Es tut mir sehr leid.«

Dompierre wurde blass. »*Mon Dieu!* Wer tut denn so etwas!« Er schüttelte den Kopf und rang sichtlich um Fassung.

Demoireau nahm darauf keine Rücksicht. »Hatte Ihr Onkel größere Summen Bargeld im Haus? Wertgegenstände wie Schmuck oder ein Sparbuch?«

»Nein, nein«, murmelte Dompierre. »Er hatte ein wenig Geld hier, 100 Euro vielleicht, um die Putzfrau zu bezahlen, und für Claire, wenn sie für ihn einkaufen ging.«

»Claire Dulac? Die Mieterin von oben?«

»Ja.« Dompierre deutete zum Wohnzimmer. »Das Geld war immer in einem Briefumschlag in der Schreibtischschublade, zusammen mit seinen Papieren.«

»Habt ihr etwas gefunden?«, fragte Demoireau die beiden Kriminaltechniker im Wohnzimmer, die gerade ihre Sachen zusammenpackten.

»Nein, nichts«, sagte Ebrahim Karimi. »Kein Geld, keine Papiere. Nicht einmal einen leeren Umschlag.«

»Die haben meinen Onkel für hundert Euro getötet?« Dompierre riss ungläubig die Augen auf.

»Es steht noch gar nicht fest, dass er getötet wurde«, beschwichtigte ihn Demoireau. »Es kann auch ein natürlicher Tod gewesen sein, vielleicht war es einfach die Aufregung.«

»War er denn herzkrank?«, wollte Lilou wissen.

Dompierre starrte sie an. Offenbar wurde ihm erst jetzt bewusst, dass sie nicht als Untermieterin seines Onkels hier war, sondern als Polizistin.

»Herzkrank? Nein, nicht dass ich wüsste.« Er sah sich im Raum um. »Hier gab es doch nichts zu holen«, sagte er heiser. »Die Einbrecher haben vergeblich gesucht.«

»Das wissen Sie ganz bestimmt?« Demoireau hob fragend die buschigen Augenbrauen.

»Ja, natürlich weiß ich das«, schnappte Dompierre zurück. »Onkel Frédéric besaß ein Sparbuch und einiges an Wertpapieren, aber das ist alles in einem Schließfach in der Bank. Mein Onkel war schließlich kein Vollidiot.«

Lilou hielt den Atem an. Dompierre schien zu merken, dass er sich im Tonfall vergriffen hatte, und räusperte sich. »Verzeihen Sie bitte. Mir geht das ziemlich an die Nieren.«

»Schon gut, Monsieur Dompierre.« Demoireaus Stimme war nichts anzumerken. »Können Sie uns sagen, wann Sie Monsieur Benoit das letzte Mal gesehen haben?«

»Das war heute früh.« Dompierre rieb sich über die Stirn. »Ich habe meinem Onkel aus dem Bett geholfen wie jeden Morgen, habe ihn gewaschen und angezogen und das Frühstück für ihn gemacht.«

»Um wie viel Uhr war das genau?« Demoireau nickte Lilou zu, und sie zog ihr Smartphone aus der Hosentasche. Sie rief die Notiz-App auf und erstellte einen neuen Eintrag.

»Ich bin kurz nach sieben gekommen und etwa bis halb neun geblieben.«

»Kamen Sie jeden Tag zur selben Zeit?«

»Während der Woche, ja. Am Wochenende war es meist etwas später.«

»Ist Ihnen heute etwas Besonderes aufgefallen? Oder war alles wie immer?«

Dompierre sah Demoireau irritiert an. »Was soll denn anders gewesen sein? Natürlich war alles wie immer!«

»Können Sie uns sagen, ob außer dem Geld und den Papieren sonst noch etwas fehlt?«

Dompierre trat ins Wohnzimmer und blickte kopfschüttelnd auf das Durcheinander auf dem Boden. Er ging durch das Zimmer, schaute in die Schränke und in die herausgerissenen Schubladen, ohne etwas anzufassen. »Ich kann es nicht sagen. Auf den ersten Blick scheint nichts zu fehlen.« Unsicher sah er zu Demoireau. »Man muss das erst alles aufräumen.«

Er wandte sich ab und ging zur offen stehenden Küchentür. Lilou folgte ihm.

»Das Mittagessen!« Sie deutete auf den Isolierbehälter, der

auf dem Boden lag. »Der Einbruch muss stattgefunden haben, nachdem der Sozialdienst das Mittagessen gebracht hat.«

Demoireau nickte ihr anerkennend zu. »Wie lief das mit dem Mittagessen ab?«

»Der Sozialdienst der Stadt kam jeden Tag und brachte es«, antwortete Dompierre.

»Wann?«

»Irgendwann zwischen halb zwölf und halb eins.« Dompierre hob die Schultern. »Ich bin tagsüber nicht hier, ich arbeite in meinem Büro, genau weiß ich es also nicht.«

Demoireau nickte, und Lilou tippte »Sozialdienst Uhrzeit!« in ihr Smartphone.

»Was machen Sie beruflich?«, fragte der Commissaire.

»Ich bin Immobilienmakler«, antwortete Dompierre.

Er zog ein ledernes Etui aus seiner Gesäßtasche und holte eine Visitenkarte hervor. Demoireau nahm sie entgegen und reichte sie an Lilou weiter. »Immobilier et Gérant d'immeuble«, stand darauf in silbergrauen Lettern. Darunter sein Name, Nicolas Dompierre, und eine Adresse nicht weit von hier in einer der winzigen Altstadtgassen, der Rue de Clapiès.

»Hatten die Leute vom Sozialdienst einen Schlüssel?«

»Nur für die Haustür unten, nicht für die Wohnung«, erwiderte Dompierre. »Sie stellten das Essen auf den kleinen Tisch vor der Wohnungstür, und mein Onkel holte es sich, wenn er essen wollte.«

»Die Leute vom Sozialdienst haben die Wohnung nie betreten?« Demoireau sah Dompierre überrascht an.

»Nein.« Dompierre schüttelte den Kopf. »Es kostet weniger, wenn sie es einfach nur abstellen, und meinem Onkel war das lieber so.«

»Das bedeutet, als der Sozialdienst hier war, muss er noch gelebt haben«, schlussfolgerte Demoireau. »Das ist immerhin ein Anhaltspunkt.«

»Ich habe jeden Morgen das Geschirr vom Vortag sauber gemacht und mitsamt dem Isolierbehälter wieder nach draußen gestellt«, sagte Dompierre. »Heute natürlich auch.«

Lilou musterte das Chaos auf dem Küchenboden. »Zum Essen scheint er nicht mehr gekommen zu sein.« Sie deutete auf einen zersprungenen Steingutteller, der in einer undefinierbaren gelbbraunen Masse lag. Sie ging in die Hocke. »Kartoffelpüree mit Soße und Möhren, wie es aussieht.«

»Ich werde es Bonaventure sagen. Falls sich etwas davon in seinem Magen findet, können wir den Zeitraum noch weiter eingrenzen.«

Lilou unterdrückte einen Anfall von Übelkeit. Dompierre schluckte schwer und wandte sich rasch ab.

»Kann ich jetzt gehen?«, fragte er. Sein Gesicht hatte einen grauen Ton angenommen. »Ich muss das alles erst verkraften.«

Demoireau musterte ihn kurz mit zusammengezogenen Brauen, dann nickte er. »Bitte halten Sie sich zu unserer Verfügung«, sagte er. »Wir müssen auf alle Fälle noch einmal mit Ihnen sprechen.«

Emetoit steckte den Kopf in die Küche. »Chef, wir wären dann fertig«, sagte er.

Demoireau nickte. Er ging zu dem bodentiefen Fenster hinüber, öffnete die Flügel und sah hinaus. Lilou steckte das Telefon weg. Sie folgte ihm und stellte sich neben ihn an das hellblau gestrichene Geländer.

»Was halten Sie von der Sache?«, fragte er.

Lilou sah ihn überrascht an, aber der Commissaire hatte den Blick auf die Straße unter ihnen gerichtet. Die Straßenbeleuchtung war inzwischen angegangen und malte gelbe Seen zwischen die dunklen Ecken der alten Häuser.

»Auf den ersten Blick sieht es aus wie ein normaler Einbruch«, sagte Lilou langsam. »Alles wurde gründlich durchsucht und das Geld gestohlen.«

»Und auf den zweiten?« Jetzt wandte Demoireau ihr das Gesicht zu, und Lilou war erstaunt über die Intensität in seinem Blick.

»Der Teppich passt nicht ins Bild«, antwortete sie langsam.

»Richtig. Was noch?«

Lilou runzelte die Stirn. Plötzlich kam es ihr so vor, als ob Demoireau sie prüfen wollte. »Ich weiß nicht? Diese Zerstörungswut vielleicht?«

Demoireau nickte. »Vielleicht waren die Einbrecher verärgert, weil sie außer dem kleinen Geldbetrag nichts gefunden haben.«

Lilou trat einen Schritt zurück und drehte sich im Kreis. »Aber warum haben sie dann die Bilder hiergelassen? Die alten Bücher? Sind diese Sachen nicht auch wertvoll?«

Demoireau nickte. »Das ist ein weiterer Hinweis, ja. So wie der Teppich.«

»Sie glauben, der Einbruch wurde nur vorgetäuscht?«

»So weit würde ich nicht gehen«, sagte der Commissaire. »Aber die Handschrift unterscheidet sich doch von den anderen Einbrüchen der letzten Zeit. Die fanden in der Regel nur dann statt, wenn niemand in der Wohnung war. Und es wurde alles, wirklich alles mitgenommen, was sich irgendwie zu Geld machen lässt.«

Lilou nickte. »Und es hat noch nie einen Toten gegeben.«

»Genau.« Demoireau wandte sich ab. »Bisher gab es dabei noch nie einen Toten.«

Cravasse wartete an der offenen Eingangstür auf sie. Ihre Miene zeigte Ungeduld, sie wollte endlich fertig werden. Sie griff nach dem Knauf, zog mit Nachdruck die Tür ins zerstörte Schloss und sperrte mit Monsieur Benoits Schlüssel ab.

Lilou wandte sich um. »Machen Sie bitte noch einmal auf«, sagte sie.

»Was? Wieso …« Cravasse warf ihr einen genervten Blick zu. »Die Kriminaltechniker haben doch schon alles untersucht.«

»Tun Sie, was sie sagt«, wies sie der Commissaire an. »Ich möchte mir das Schloss ebenfalls genauer ansehen.«

Cravasse schnaubte und schloss die Tür wieder auf. Lilou ging in die Hocke und betrachtete das Schließblech. Rund um die Aussparung für die Falle war das Metall verbogen und das Holz des Türrahmens gesplittert, doch die Aufnahme für den Schlossriegel erschien unversehrt. Mit dem Finger fuhr sie über das Metall. »Die Tür war gar nicht versperrt«, stellte sie fest.

Demoireau bückte sich, musterte die zerstörte Zarge und nickte. »Sie haben recht.«

»Das ist eigenartig«, sagte sie.

»Wieso?«

»Monsieur Benoit hat immer abgeschlossen. Die Türen hier im Haus sind alt und schließen nicht sehr gut. Es war das Erste, was er mir eingeschärft hat, als ich hier eingezogen bin. Immer abschließen.«

»Vielleicht hat er es vergessen.«

»Ja, vielleicht«, antwortete Lilou zweifelnd. »Wäre die Tür zugesperrt gewesen, hätte man sie nur mit schwerem Werkzeug aufbrechen können, oder?«

Demoireau nickte. »Davon können wir ausgehen«, sagte er. »Das beweist aber gar nichts. Einbrecher lassen sich von einer versperrten Wohnungstür im Allgemeinen nicht aufhalten.«

»Trotzdem ist es ein eigenartiger Zufall, dass ausgerechnet heute nicht abgeschlossen war, finden Sie nicht?«

»Hm, hm.«

Der Commissaire richtete sich auf und gab Cravasse ein Zeichen. Die Polizistin zog die Tür heftiger ins Schloss als nötig, drehte den Schlüssel zweimal herum und holte eine Rolle Absperrband aus der Oberschenkeltasche ihrer Uniform. Mit Reißzwecken befestigte sie die rot-weißen Kunststoffstreifen am Türrahmen, dann klebte sie ein Polizeisiegel über den Türspalt und reichte Demoireau den Schlüsselbund.

»Brauchen Sie uns noch?«, fragte sie anschließend.

Demoireau schüttelte den Kopf. »Fahren Sie zurück zur Wache und fangen Sie schon mal an, die Berichte zu schreiben. Ich komme nach, sobald wir hier fertig sind.«

Die Polizistin nahm die Kappe ab, fuhr sich durch die stoppelkurzen roten Haare und setzte sie wieder auf. Sie deutete ein Nicken an und lief die Treppe hinunter.

Der Commissaire wandte sich Lilou zu. »Ich möchte jetzt gleich die Nachbarin von oben befragen«, sagte er. »Kommen Sie mit?«

Es war keine Frage, sondern ein Befehl, und Lilou folgte ihm die Treppe hinauf.

Claire öffnete ihnen in einem seidenen Hausanzug, der über und über mit bunten Orchideen bestickt war. Sie begrüßte Lilou mit Küsschen auf die Wangen und schüttelte Demoireau die Hand.

»Ist das nicht schrecklich?«, jammerte sie. »Nicolas hat mir gerade alles erzählt, aber ich kann es noch gar nicht glauben.«

Sie ging voraus in ein Wohnzimmer, das nur halb so groß war wie das von Monsieur Benoit. Die Einrichtung bestand aus hellen skandinavischen Möbeln: ein Sofa mit bunt karierten Kissen, ein offenes Regal aus Kiefernholz, in dem viel Krimskrams stand und nur wenige Bücher, ein runder Esstisch mit vier Stühlen in der Ecke.

Alfonse Dulac war offenbar in der Zwischenzeit nach Hause gekommen. Er erhob sich vom Sofa und begrüßte sie ebenfalls. »Kann ich Ihnen etwas anbieten, Monsieur le Commissaire? Lilou? Wasser vielleicht oder ein Glas Wein?«

Demoireau schüttelte den Kopf und setzte sich unaufgefordert an den Esstisch. Lilou verzog das Gesicht, sie hätte gerne einen Schluck Wasser getrunken, aber sie folgte dem Beispiel ihres Chefs. Sie nahm ebenfalls auf einem der Stühle Platz, zog ihr Telefon aus der Tasche und legte es auf den Tisch.

Claire sah einen Moment verwirrt von einem zum anderen, offenbar überfordert von der Situation, dann schien sie sich zu fassen und setzte sich. Alfonse blieb mitten im Raum stehen und wusste nicht so recht, wohin mit sich.

»Setzen Sie sich bitte zu uns, Monsieur Dulac«, sagte Demoireau und deutete auf den vierten Stuhl. Alfonse gab sich einen Ruck und ließ sich neben seiner Frau fallen.

»Madame Dulac, können Sie mir bitte ganz genau erzählen, was Sie heute den ganzen Tag über gemacht haben?«, fuhr Demoireau fort.

Claire holte tief Luft. »Ich war am Vormittag zu Hause«, begann sie. »Dann habe ich …«

»Halt, halt, nicht so schnell«, unterbrach sie der Commissaire. »Was haben Sie am Morgen gemacht?«

»Also, ich …« Claire hob die Schultern und sah unsicher zu ihrem Mann. »Alfonse hat wie jeden Tag um halb neun das Haus verlassen«, sagte sie.

Alfonse nickte. »Nicolas kann das bestätigen, ich habe ihn im Treppenhaus getroffen«, sagte er. Lilou machte sich eine Notiz.

»Ich bin noch etwas im Bett geblieben und so gegen neun aufgestanden«, fuhr Claire fort.

»Ist Ihnen da irgendetwas aufgefallen?«, wollte Demoireau wissen.

»Nein.«

»Waren heute irgendwelche Leute im Haus? Der Postbote, ein Lieferant, Handwerker?«

»Ich habe niemanden bemerkt«, antwortete Claire. »Der Fernseher lief, ich hatte den Staubsauger an, also …«

»Hm, hm«, machte Demoireau. »Wann haben Sie das Haus verlassen?«

»Das war so gegen eins. Das habe ich auch schon Ihrem Kollegen gesagt.«

»Verzeihen Sie bitte.« Demoireau sah sie entschuldigend an. »Sie sind unter Umständen unsere einzige Zeugin des Einbruchs. Deshalb fragen wir so genau nach.«

Claire verzog das Gesicht, als ob sie im nächsten Augenblick zu weinen beginnen wollte.

Lilou legte ihr die Hand auf den Arm. »Es tut mir leid, Claire«, sagte sie leise. »Aber das muss wirklich sein.«

Claire holte ein Taschentuch aus ihrem Hausanzug und schnäuzte sich geräuschvoll. Dann holte sie tief Luft. »Ist schon gut.«

»Als Sie das Haus verließen, sind Sie doch an Monsieur Benoits Wohnung vorbeigekommen, nicht wahr?«

»Ja, natürlich.«

»Haben Sie da irgendetwas gehört?«

Claire runzelte angestrengt die Stirn. »Nein, ich habe gar nichts gehört!«

»Auch nicht die Musik aus Monsieur Benoits Radio?«, fiel Lilou ein.

»Die Musik?« Claire riss die Augen auf. »Stimmt, jetzt, wo du es sagst …«

Demoireau sah fragend von Lilou zu Claire. »Die Musik? Was hat das zu bedeuten?«

»Wenn er alleine war, hat Monsieur Benoit immer Radio gehört«, erklärte Lilou. »Man konnte es im Flur vor seiner Wohnung hören, weil die Türen schlecht schließen.«

»Und heute war nichts zu hören?«, hakte Demoireau nach.

»Nein«, sagte Claire. »Zumindest habe ich nichts davon bemerkt.«

»Das bedeutet, jemand muss bei ihm gewesen sein!«, rief Lilou aufgeregt. »Wenn er Besuch hatte, machte er das Radio immer aus.«

»Ziehen Sie keine voreiligen Schlüsse, Mademoiselle Braque«, entgegnete Demoireau. »Erst einmal ist es nur ein Indiz, nichts weiter.« Er warf ihr einen strengen Blick zu, und Lilou presste verärgert die Lippen aufeinander.

»Stand das Essen vom Sozialdienst noch auf dem Tisch?«, fragte Demoireau.

Claire rieb sich die Schläfen. »Ich bin nicht sicher«, sagte sie. »Ich glaube schon.« Sie schloss einen Moment lang die Augen. »Doch, ja, ganz bestimmt sogar. Ich habe mich noch gewundert, dass Monsieur Benoit so spät zu Mittag isst.«

»Wann hat er denn üblicherweise gegessen?«

»Das weiß ich nicht genau«, erwiderte Claire. »Aber ich denke, nicht so spät. Zumindest war das Geschirr sonst um diese Zeit immer schon weg.«

»Hm.« Demoireau sah Lilou an. »Der Einbruch muss also nach 13.00 Uhr stattgefunden haben.«

Lilou nickte. »Außer die Einbrecher waren zu diesem Zeitpunkt in der Wohnung und haben das Essen mit hineingenommen, als sie gegangen sind.«

»Warum sollten sie das denn tun?« Demoireau sah sie überrascht an.

»Ich weiß auch nicht«, antwortete Lilou und hob die Schultern. »Es war nur so eine Idee.«

Der Commissaire schüttelte den Kopf. »Das ergibt doch keinen Sinn«, meinte er. »Nein, der Einbruch hat irgendwann zwischen 13.00 und 17.00 Uhr stattgefunden, während Sie, Madame Dulac, nicht zu Hause waren. Sie hätten ansonsten etwas von dem Lärm mitbekommen müssen, den die Einbrecher verursacht haben. Ihre Wohnung befindet sich schließlich genau über der von Monsieur Benoit.«

»Sie meinen, die haben mich beobachtet und extra gewartet, bis ich gegangen bin?« Claire sah ihn erschrocken an.

»Das steht zu befürchten. Aber den genauen Zeitpunkt werden wir erst von Dr. Bonaventure erfahren.« Demoireau erhob sich und streckte Claire die Hand hin. »Wir werden uns wahrscheinlich noch einmal bei Ihnen melden«, sagte er. »Bitte halten Sie sich zu unserer Verfügung.«

Claire ergriff seine Hand und schniefte. »Natürlich, Monsieur le Commissaire. Wenn ich Ihnen irgendwie helfen kann, dann werde ich es tun.«

Mit einem Schluchzen fiel sie Lilou um den Hals. Die tätschelte Claire unbeholfen den Rücken und sah Hilfe suchend zu Alfonse hinüber, der bis jetzt nur zugehört hatte. Nun stand er auf und kam heran. Er legte seiner Frau den Arm um die Schultern und führte sie zum Sofa.

»Auf Wiedersehen, Commissaire, auf Wiedersehen, Lilou«, sagte er. Er machte keine Anstalten, sie zur Tür zu begleiten.

Im Flur wandte sich Lilou zu Demoireau um. »Wie geht es jetzt weiter?«, fragte sie.

»Sie gehen jetzt in Ihre Wohnung«, sagte der Commissaire. »Ich fahre noch mal zur Wache und sehe nach, wie weit die Kollegen von der Scientifique sind.«

»Soll ich nicht mitkommen?«

»Nein. Sie melden sich morgen um acht zum Dienst. Kommen Sie direkt zu mir, dann gehen wir alles zusammen durch.« Er nickte ihr zu. »Wir müssen auch noch Ihre Aussage zu Protokoll nehmen, immerhin sind Sie ja auch Zeugin.«

»Stimmt.« Daran hatte Lilou gar nicht gedacht. »Dann sehen wir uns morgen.«

KAPITEL 3

Lilou war todmüde, als sie endlich die Tür zu ihrer Wohnung aufschloss. Während der Befragungen von Nicolas Dompierre und Claire Dulac war sie hellwach gewesen, doch nun forderten die Geschehnisse der letzten Stunden ihren Tribut. Sie stieß das Fenster auf und atmete tief durch. Der Anblick der ungespülten Pfanne erinnerte sie an den Teller mit der Piperade, den sie Monsieur Benoit hatte bringen wollen. Er stand noch immer vor seiner Wohnungstür, doch sie wollte nicht noch einmal nach unten gehen, wollte nur noch ins Bett. Gleichzeitig fühlte sie sich aufgewühlt und bezweifelte, dass sie schlafen konnte.

Sie öffnete die Milchpackung und kippte etwas davon in einen kleinen Topf, den sie auf den Herd stellte. Aus einer Eingebung heraus öffnete sie die Dose mit dem Lavendel. Warum eigentlich nicht? Sie griff mit drei Fingern in die Blüten und streute eine großzügige Portion in die Milch.

Bis sie sich ihrer Sneakers entledigt und die Jeans ausgezogen hatte, war auch die Milch heiß. Sie zog den Topf vom Herd, goss die Milch durch ein Sieb in eine Tasse und setzte sich damit aufs Sofa. Der Duft des Lavendels beruhigte ihre überreizten Nerven. Sie pustete den Dampf weg und nahm einen vorsichtigen Schluck.

Diesen Schlummertrunk hätte auch Frédéric Benoit gemocht. Sie schloss die Augen, hinter ihren Lidern brannten plötzlich Tränen. Dass der alte Mann nicht mehr lebte, war in ihrem Bewusstsein noch nicht angekommen. Nie wieder würde sie seine krächzende Stimme hören, nie wieder würde er »Mademoiselle Braque, Sie kochen wunderbar!« zu ihr sagen. Erst jetzt realisierte sie, dass er für immer fort war.

Das *Journal d'Armand* lag auf dem Tisch, und sie schlug den Buchdeckel auf. Es hatte kein Vorsatzblatt, keinen Titel, keine Überschrift, sondern begann direkt auf der ersten Seite mit einem Kochrezept: Crème brûlée à la lavande. Der Lavendel schien sich wie ein violetter Faden durch das Buch zu ziehen; in fast jedem Gericht fand er Verwendung. Versonnen strich sie mit den Fingern über das Papier. Es war glatt, viel glatter als das heute übliche Recyclingpapier, perfekt, um mit einem Füllfederhalter darauf zu schreiben. Sie seufzte.

Eigentlich müsste sie das Buch Nicolas Dompierre zurückgeben, schließlich war er Frédéric Benoits Erbe. Andererseits hatte der alte Mann gesagt, Nicolas interessiere sich gar nicht für das Kochen. Sie klappte das Buch zu, legte es zurück auf den Tisch und beschloss, diese Entscheidung zu vertagen.

Kurz vor 8.00 Uhr machte sich Lilou auf zum Dienst. Die Sonne hatte sich noch nicht über die Fassaden erhoben, das Pflaster der Fußgängerzone glänzte feucht. Nicht vom Morgentau, so etwas gab es im südfranzösischen Sommer nicht, nein, eine kleine Straßenkehrmaschine der städtischen Verwaltung, die aussah wie ein umgebauter Gabelstapler, fuhr fauchend durch die Gassen der Altstadt und bürstete den Staub von den Steinen.

Demoireau kam ihr schon auf dem Flur entgegen. »Kommen Sie, Mademoiselle Braque, kommen Sie«, rief er und schloss die Tür zu seinem Büro auf. »Um neun habe ich eine Teambesprechung angesetzt, bis dahin müssen wir fertig sein.«

Lilou hob die Brauen und folgte dem Commissaire in sein Büro. Es ging nach hinten zum Parkplatz hinaus, er hatte kein Grün vor den Fenstern, dafür hörte man auch keinen Straßenlärm. Er wies auf den Besucherstuhl vor seinem Schreibtisch und ließ sich in seinen Stuhl fallen.

»Also los, erzählen Sie.«

Lilou holte tief Luft. Ausnahmsweise war sie einmal in der Rolle einer Zeugin, und unvermittelt fühlte sie sich an ein Examen an der Uni erinnert.

Demoireau schien ihr Zögern zu bemerken, denn zum ersten Mal, seit sie ihr Praktikum angetreten hatte, zeigte sich in seinen Augen so etwas wie Sympathie. Seine Stimme klang fast schon väterlich, als er sagte: »Fangen Sie am besten ganz am Anfang an. Vergessen Sie kurz, dass Sie auch Polizistin sind und dass ich vieles schon weiß. Berichten Sie einfach.«

Lilou nickte. »Monsieur Benoit ist –«, sie stockte, »war mein Vermieter. Ich habe ihn durch Claire Dulac kennengelernt, eine Freundin meiner Tante Margot. Sie hat mir die Wohnung in Monsieur Benoits Haus vermittelt.«

Bei der Nennung von Margots Namen gab Demoireau ein zustimmendes Grunzen von sich. Er stammte ursprünglich aus Mirocène, wo Lilous Tante gemeinsam mit ihrem Mann eine Café-Bar betrieb. Demoireaus Eltern lebten da noch immer, und natürlich kannte er Tante Margot.

Lilou vermutete, dass sein Problem, sie als Polizistin zu akzeptieren, damit zu tun hatte. Der Commissaire sah in ihr immer noch das kleine Schulmädchen aus Paris, das jeden Sommer seine Tante besuchte. Dass sie inzwischen nicht nur erwachsen, sondern praktisch eine Kollegin war, war bei ihm noch nicht angekommen.

»Wann war das?«, fragte er, ohne den Blick zu heben.

»Vor etwa zwei Monaten«, antwortete Lilou. »Tante Margot hat sich darum gekümmert, sobald ich die Zuweisung für das Praktikum in Carpentras hatte.« Sie hielt jegliche Emotion aus ihrer Stimme heraus. Wäre sie nach Paris versetzt worden, hätte sie bei ihren Eltern wohnen können.

Aber Demoireau nahm davon keine Notiz. »Weiter.«

Lilou hob die Schultern. »Was wollen Sie denn wissen?«

»Wie gut kannten Sie Monsieur Benoit?«

Sie sah aus dem Fenster. Von draußen tönte das Martinshorn eines Polizeiwagens, der gerade den Parkplatz verließ. »Ich habe ihm jeden Abend vorgelesen«, sagte Lilou leise.

»Sie haben was?« Demoireaus Stimme klang überrascht.

»Ich habe ihn an meinem ersten Abend hier besucht und ihm ein Stück Kuchen mitgebracht, als Dankeschön, weil das mit der Wohnung so gut geklappt hat. Wir haben uns unterhalten, und er hat mir erzählt, dass er früher gern gelesen hat, aber seine Augen inzwischen zu schlecht dafür sind.«

Vor ihrem geistigen Auge tauchte das Bild des alten Mannes auf. Während des Vorlesens waren seine Augen hinter den dicken Brillengläsern meist geschlossen gewesen, sodass sie nie gewusst hatte, ob er konzentriert zuhörte oder eingeschlafen war.

»Was wissen Sie über ihn?«, fragte Demoireau. Seine Stimme klang jetzt anders als sonst, wärmer, mitfühlender.

»Das Haus gehörte ihm schon seit vielen Jahren. Soweit ich weiß, sind seine einzigen lebenden Verwandten eine Halbschwester und deren Sohn, Nicolas Dompierre. Sie haben ihn gestern kennengelernt. Er hat sich um die Pflege von Monsieur Benoit gekümmert.«

Demoireau hob den Kopf. »Das war sicher nicht ganz einfach«, stellte er fest.

Lilou nickte. »Lange wäre das auch nicht mehr gut gegangen«, sagte sie. »Monsieur Benoit konnte seine Wohnung nicht mehr verlassen. Deshalb wollte Nicolas Dompierre seinen Onkel in einem Altersheim unterbringen, wo man sich besser um ihn hätte kümmern können. Um das Heim zu bezahlen, plante er, das leer stehende Ladenlokal im Erdgeschoss zu vermieten. Aber Monsieur Benoit wollte davon nichts hören.«

»Warum hat Benoit die Räume denn nicht selbst vermietet? Das wäre doch ein lukratives Geschäft für ihn gewesen.«

Lilou hob die Schultern. »Ich bin mir nicht sicher. So wie ich es mitbekommen habe, war er zufrieden mit der Situation und wollte einfach keinen Ärger mit irgendwelchen neuen Mietern«, sagte sie.

Demoireau machte sich eine Notiz. »Berichten Sie, was gestern Abend passiert ist.«

»Ich bin kurz nach sechs nach Hause gekommen. Ich habe eine Piperade gekocht und wollte Monsieur Benoit eine Portion bringen, doch als ich an seine Tür klopfte, bemerkte ich, dass sie nur angelehnt war. Ich ging hinein, und da habe ich gesehen, dass …«

»Ist Ihnen draußen im Hausflur irgendetwas aufgefallen?«

»Nein, nichts.«

»Auch nicht unten an der Haustür?«

»Nein.«

»Hm.« Demoireau runzelte die Stirn. »Wer auch immer Monsieur Benoit überfallen hat, er wurde ins Haus gelassen. Denn die Haustür unten wurde nicht aufgebrochen.«

Lilou nickte. »Vielleicht war es der Sozialdienst, oder Monsieur Benoit hat seinen Mörder selbst eingelassen.«

»Es gibt zurzeit keinen Hinweis auf Mord.« Demoireau sah aus dem Fenster. »Noch ist sein Tod ein ungeklärter Todesfall.«

Es klopfte an der Tür, und Emetoit trat ins Zimmer. »Wir wären dann so weit, Chef«, sagte er.

Demoireau nickte. »Ich denke, wir sind hier fertig, oder fällt Ihnen noch etwas ein?« Er sah Lilou fragend an.

Sie schüttelte den Kopf. »Nein, ich glaube nicht«, sagte sie.

»Dann kommen Sie mit!«

Im Besprechungsraum waren schon alle versammelt. Lilou schloss leise die Tür hinter sich. Sie hatte sich noch einen Kaffee vom Automaten geholt, und es sah aus, als wäre sie die Letzte. Niemand beachtete sie, als sie zu einem leeren Platz eilte, nur Pouff warf ihr einen missbilligenden Blick zu.

Demoireau fasste gerade die Ereignisse des gestrigen Abends und die bisherigen Erkenntnisse zusammen. Er wiederholte die

Aussagen von Nicolas Dompierre und Claire Dulac und erwähnte auch die Informationen aus Lilous Befragung. Dann nickte er Ebrahim Karimi zu, der mit müden Augen an seiner Seite saß.

»Bitte, Monsieur Karimi.«

Karimi räusperte sich und stand auf. »Wir sind mit unseren Untersuchungen natürlich noch nicht fertig. Die DNA-Proben wurden an das Labor in Marseille weitergeleitet, wir erwarten die Ergebnisse frühestens in zwei Tagen. Aber wir konnten bereits die Fingerabdrücke auswerten.«

Er machte eine Pause, alle sahen ihn erwartungsvoll an.

»Außer den Spuren des Opfers haben wir mehrere weitere Fingerabdrücke gefunden. Eine Suche im Polizeicomputer hat keine Treffer ergeben. Wir müssen noch Vergleichsproben nehmen, aber wir nehmen an, dass es sich hierbei um die Abdrücke seines Neffen, seiner Putzfrau und seiner Mieter handelt. Im Augenblick gehen wir davon aus, dass die Einbrecher Handschuhe getragen haben.«

Demoireau nickte. »Alles andere wäre auch sehr erstaunlich.«

»Was ist mit dem Türschloss?«, fragte Emetoit. »Gab es da weitere Auffälligkeiten?«

Karimi schüttelte den Kopf. »Es wurde gewaltsam geöffnet«, sagte er. »Aber wir haben keine Spuren von Werkzeug gefunden. Allerdings handelt es sich um ein altes Schloss, und es war auch nicht abgesperrt, sondern nur zugezogen. Es dürfte nicht viel Widerstand geboten haben.«

»Also mit der Schulter? Oder ein Fußtritt?«, fiel ihm Pouff ins Wort.

»Eher mit der Schulter«, erwiderte Karimi. »Ein Fußtritt hinterlässt üblicherweise auch Spuren.«

»Konnte schon jemand mit den Leuten vom Sozialdienst sprechen?«, fragte Lilou.

Emetoit nickte ihr zu. »Guter Hinweis, Braque«, sagte er. »Der Fahrer, der Monsieur Benoit beliefert, war heute Morgen noch nicht im Dienst. Ich habe aber seinen Namen und seine Adresse. Wir fahren nachher zu ihm.«

»Fragen Sie ihn bitte, ob er Musik gehört hat«, bat Lilou.

Der Capitaine sah sie erstaunt an. »Musik?«, wiederholte er. Lilou nickte, und er kritzelte etwas auf seinen Block.

»Gibt es schon Ergebnisse von der Rechtsmedizin?« Demoireau blickte fragend in die Runde, aber niemand sagte etwas. »Okay, ich rufe Dr. Bonaventure nachher selbst an.« Er machte sich eine Notiz auf einem seiner Zettel, dann erhob er sich.

»Wir gehen von einem Einbruch aus, der gestern Nachmittag zwischen 13.00 und 17.00 Uhr stattgefunden hat. Nach den ersten Zeugenaussagen befand sich zu diesem Zeitpunkt niemand im Haus. Das Opfer, Monsieur Benoit, kam dabei aus noch unbekannter Ursache zu Tode. Den genauen Todeszeitpunkt sowie alle weiteren Umstände erfahren wir dann vom Médecin légiste.« Er machte eine Pause und schaute von einem zum anderen. »Wenn das unsere marokkanische Bande war, dann haben sie ihre Methode geändert. Der Einbruch hat diesmal am helllichten Tag stattgefunden, und es ist ein Todesopfer zu beklagen. Ich muss Ihnen nicht sagen, was das bedeutet.«

Gemurmel erhob sich im Raum. »Commandant Hiroux, Sie übernehmen die Leitung der Ermittlungen und berichten mir direkt«, fuhr Demoireau fort und sah den dicklichen Beamten an, der am Ende des Tisches saß. Hiroux nickte und wischte sich mit einem Taschentuch die Schweißperlen von der Stirn. »Emetoit, Sie waren ja gestern schon dabei. Ich schlage vor, dass Sie mit einem Team die Befragungen in der Nachbarschaft durchführen. Vielleicht hat jemand etwas gesehen.«

Emetoit hob den Kopf, er sah ebenfalls müde aus. »Roguenot und Brébussy sind schon unterwegs«, sagte er. »Heute Nachmittag haben Sie den Bericht auf Ihrem Schreibtisch.«

Pouff sah zu Hiroux hinüber. »Was ist denn mit diesem Hehler, von dem die von der Municipale schon mal Tipps bekommen?«, fragte er.

»Gute Idee.« Hiroux hatte eine hohe Stimme, die gar nicht zu seiner korpulenten Statur zu passen schien. »Ich werde mich da umhören.«

Demoireau nickte. »Gibt es sonst noch Fragen?« Niemand antwortete. »Hiroux, Sie kümmern sich um die Journalisten. Pressekonferenz heute um fünf, Emetoit, Sie begleiten mich.«

Der Beamte nickte, und Demoireau erhob sich. Im Hinausgehen drückte er Lilou den Block mit seinen Notizen in die Hand. »Tippen Sie das bitte ab und protokollieren Sie auch gleich Ihre Aussage. Anschließend melden Sie sich bei mir.«

Lilou sah ihm verärgert hinterher. Lieber hätte sie Emetoit und sein Team bei der Befragung der Nachbarn begleitet. Protokolle abzutippen, war Aufgabe einer Schreibkraft, aber ihm vor versammelter Mannschaft zu widersprechen, würde ihr Verhältnis nicht verbessern.

Lilou starrte blind auf den Bildschirm. Das Formular zur Eingabe der Protokolle war geöffnet, aber sie hatte außer einer Zusammenfassung ihrer eigenen Aussage noch nichts getippt. Es war so ungerecht!

Sie war hier, um den Alltag einer Commissaire kennenzulernen. Sie hätte erwartet, dass man ihr angemessene Aufgaben übertrug, sodass sie Erfahrungen sammeln konnte, und nun missbrauchte man sie als bessere Tippse!

Demoireau war schlau genug gewesen, sich schleunigst zu verziehen, nachdem er ihr diesen Auftrag gegeben hatte, sonst hätte sie ihm unverblümt die Meinung gesagt. Sie presste die Lippen zusammen. In ihrem Rücken hörte sie Pouff tippen, aber mit ihm wollte sie das nicht diskutieren. Der stellvertretende Leiter der Dienststelle war ein altgedienter Commandant am

Ende der Beförderungsleiter, der sich vornehmlich um administrative Aufgaben kümmerte. In seinem Büro stapelten sich dicke Aktenordner mit Protokollen und Gerichtsakten, er schien seinen Schreibtisch nur selten zu verlassen. Freundlichkeit war für ihn ein Fremdwort, und auf seinen bissigen Sarkasmus, wenn sie ihre Beschwerde vorbrachte, konnte sie gut verzichten.

Sie schnaufte verärgert, und prompt verstummte das Klackern der Tastatur hinter ihr. »Ist etwas, Braque?«

»Nein, alles in Ordnung.« Lilou zog die Nase hoch und schlug das oberste Blatt auf.

Eine Stunde später hatte sie nicht nur Demoireaus Notizen säuberlich in das Computerprogramm übertragen, sondern auch die Aufzeichnungen von Cravasse und Cropardin abgetippt sowie eine Zusammenfassung der ersten Ergebnisse der Kriminaltechniker geschrieben. Sie atmete tief durch und lehnte sich zurück. Ihre Wut war verflogen. Tatsächlich hatte sie festgestellt, dass das Schreiben ihr half, ihre Gedanken zu dem Fall zu ordnen. Mit jedem Satz kristallisierte sich ein immer deutlicheres Bild der Geschehnisse heraus, und als sie fertig war, war sie Demoireau beinahe dankbar für die Aufgabe.

Inzwischen war sie ganz sicher, dass die marokkanische Bande nichts mit dem Überfall auf Monsieur Benoit zu tun hatte. Die Spuren deuteten darauf hin, dass die Einbrecher die Wohnung durchsucht hatten, doch Wertgegenstände hatten sie nicht mitgenommen. Und möglicherweise hatten sie nicht gefunden, wonach auch immer sie gesucht hatten, denn die Zeichen der Verwüstung waren in jedem einzelnen Raum zu finden. Selbst das Schränkchen im Badezimmer war geleert und der Inhalt auf dem Boden verteilt worden.

Plötzlich fiel ihr die Stille im Raum auf. Sie blickte über ihre Schulter, Pouffs Stuhl war leer. Er hatte das Büro verlassen, ohne dass sie es bemerkt hatte. Sie drückte die Lehne nach hinten, verschränkte die Hände hinter dem Kopf und legte die Füße neben der Tastatur auf den Tisch. Trotz der surrenden Klimaanlage war es im Zimmer sehr warm, und langsam drifteten ihre Gedanken ab. Was mochten die Einbrecher bei Frédéric Benoit gesucht haben?

Sie fuhr zusammen, als sie unvermutet Demoireaus Stimme hinter sich hörte. »Sind Sie fertig?«, fragte er.

Eilig nahm Lilou die Füße vom Tisch und richtete sich auf. »Ja, Monsieur le Commissaire«, sagte sie und deutete auf den Monitor.

»Gut, dann kommen Sie mit. Wir fahren zu Dr. Bonaventure.«

Lilou sprang auf. Das war eher eine Aufgabe nach ihrem Geschmack, auch wenn sie sich um Besuche in der Gerichtsmedizin nicht gerade riss. Aber egal, für heute hatte sie genug von der Schreibtischarbeit.

Die Fahrt zum am Stadtrand gelegenen Hospitalzentrum von Carpentras verbrachten sie schweigend. Lilou versuchte, den Gedanken wiederzufinden, der ihr vorhin entglitten war, als Demoireau ins Zimmer gekommen war. Demoireau konzentrierte sich auf den Verkehr und steuerte den großen Peugeot umsichtig durch die engen Straßen, bis sie die Ausfallstraße erreichten, dann drückte er aufs Gas.

Das Reich des Gerichtsmediziners befand sich im Hauptgebäude des weitläufigen Neubaus. Demoireau stellte den Wagen auf dem öffentlichen Parkplatz in der prallen Sonne ab. Weder die niedrigen Hecken noch die vereinzelten Bäumchen zwischen den Parkbuchten spendeten Schatten. Der Asphalt flirrte in der Hitze, und Lilou atmete erleichtert auf, als sie hinter Demoireau das klimatisierte Gebäude betrat. Ihre Augen brauchten einen Augenblick, um sich nach der gleißenden Helle draußen an die Neonbeleuchtung der Eingangshalle zu gewöhnen. Der Commissaire nickte dem Portier zu, der hob nur grüßend die Hand und winkte sie weiter.

Der Forensiker war im Sektionssaal. Er stand neben einem der stählernen Tische und diktierte gerade einen Befund in ein Diktafon. Im Raum war es kühl. Nach der Hitze draußen legte sich die kalte Luft wie ein feuchtes Tuch über Lilous Gesicht, und sie fröstelte. Als Bonaventure sie bemerkte, legte er das Gerät weg und kam ihnen entgegen. Hinter ihm packte ein Mann seine Fotoausrüstung zusammen, und erst auf den zweiten Blick erkannte Lilou Guillaume, den Kriminaltechniker mit der lustigen Brille. Er hob die Hand, und sie lächelte ihm zu.

Mit einem schnalzenden Geräusch zog sich Bonaventure die Handschuhe von den Fingern, wusch sich die Hände an einem Waschbecken an der Wand und trocknete sie ab. »Sie kommen genau richtig«, dröhnte er. »Ich bin soeben fertig geworden.« Er streckte Demoireau die Hand hin und schüttelte sie kräftig, während er Lilou beiläufig zunickte.

»Ihre Sekretärin sagte mir am Telefon, dass Sie noch in der Sektion sind, deshalb dachte ich, ich komme direkt her.«

»Hier ist er«, sagte der Mediziner und wies auf den Tisch. Unter einem weißen Tuch zeichneten sich die Umrisse eines Körpers ab. Bonaventure schlug den Stoff zurück und entblößte das blasse Gesicht von Frédéric Benoit.

Es kostete Lilou Überwindung, den Blick nicht abzuwenden. Sie hatte während ihrer Ausbildung natürlich schon einige Leichen gesehen und den Forensik-Unterricht immer als höchst spannend empfunden. Aber Monsieur Benoit so auf dem Untersuchungstisch liegen zu sehen, war noch einmal etwas anderes. Sie zwang sich, näher heranzutreten, und musterte sein faltiges Gesicht. Die bläulichen Lider waren geschlossen, in seinem Mund fehlten die Zähne, die Lippen waren eingefallen, und das emporragende Kinn erinnerte an einen Schiffsbug. Zwischen den Schlüsselbeinen, die wie magere Haken durch die dünne Haut stachen, war ein grob vernähter Schnitt zu sehen, der unter dem Tuch verschwand.

»Was haben Sie gefunden?«, fragte Demoireau.

»Entgegen meiner ursprünglichen Vermutung war es doch kein Herzinfarkt«, antwortete der Arzt. »Der Mann ist mit großer Wahrscheinlichkeit gewaltsam zu Tode gekommen.«

»Sie meinen, er wurde ermordet?« Lilou sah ihn bestürzt an.

»Er wurde erstickt«, erklärte Bonaventure. Er nahm eine langstielige Pinzette zur Hand und zog damit die Oberlippe des Toten nach oben. »Sehen Sie die kleinen roten Flecken hier? Das sind Einblutungen, typisch für Tod durch Ersticken.«

Lilou musterte den Hals der Leiche, aber der wies keine Würgemale auf.

»Wie?«, fragte Demoireau.

»Wahrscheinlich mit einem Kissen.« Bonaventure wandte sich ab und ging zu einem langen Arbeitstisch an der Fensterfront. Er deutete auf ein Mikroskop, dann trat er einen Schritt beiseite. »Sehen Sie selbst.«

Demoireau warf nur einen kurzen Blick durch das Okular und richtete sich gleich wieder auf. Er sagte nichts, sondern gab Lilou ein Zeichen, ebenfalls hindurchzusehen. Sie schlüpfte auf den Stuhl und stellte auf den Objektträger scharf, der unter der Linse eingespannt war.

»Das sieht aus wie Textilfasern«, stellte sie fest.

»Sie hat recht«, brummte Bonaventure, und Demoireau nickte anerkennend. »Das ist ein Abstrich aus der Luftröhre des Toten. Bringen Sie mir die Kissen aus seiner Wohnung, dann kann ich das Tatwerkzeug zweifelsfrei feststellen.«

Er ging wieder zurück zum Untersuchungstisch. »Sehen Sie hier?« Er deutete mit der Pinzette, die er noch immer in der Hand hielt, auf die Nase und die Oberlippe des Toten. »Wenn man ganz genau hinsieht, erkennt man Spuren eines Hämatoms. Ebenfalls typisch. Sie sind so schwach ausgeprägt, dass man sie leicht übersehen kann.«

»Hm.« Demoireau runzelte die Stirn. »Hat er sich denn nicht gewehrt?«, fragte er.

»Ich habe keine Spuren gefunden, die darauf hindeuten«, erwiderte der Mediziner.

»Er saß doch im Rollstuhl«, gab Lilou zu bedenken. »Wenn der Angreifer ihn von hinten überraschte, hatte Monsieur Benoit keine Chance.«

Demoireau nickte. »Gut möglich.«

»Aber warum?«, fragte Lilou. »Ich meine, wer bringt einen alten Mann im Rollstuhl um?«

Der Commissaire sah sie ernst an. »Das, Mademoiselle Braque, werden wir hoffentlich herausfinden.« Er wandte sich wieder Bonaventure zu. »Können Sie uns etwas zum Todeszeitpunkt sagen?«

»Schwierig, schwierig«, brummte der Arzt.

»Bei so einem frischen Leichenfund sollte man den Todeszeitpunkt eigentlich auf eine Stunde genau eingrenzen können«, meinte Demoireau.

Bonaventure schnaubte abfällig. »Normalerweise. Natürlich. Aber die Hitze macht alles kaputt.«

»Sie wollen sich nicht festlegen«, vermutete Lilou.

Der dicke Arzt warf ihr einen verärgerten Blick zu. »Von nicht wollen kann gar keine Rede sein«, polterte er. »Ich kann nicht!«

»Aber irgendetwas werden Sie doch sagen können«, beharrte Demoireau.

»Mindestens sieben, höchstens zwölf Stunden vor meiner ersten Untersuchung. Das werde ich in meinen Bericht schreiben.«

»Und was glauben Sie?« Demoireau ließ nicht locker.

Bonaventure gab ein grollendes Geräusch von sich. »Wahrscheinlich zwischen 9.00 und 12.00 Uhr. Das ist mein letztes Wort. Den Bericht haben Sie heute Abend auf dem Schreibtisch.«

Mit diesen Worten drehte sich der Mediziner um und verschwand durch eine Tür am Ende des Raums. Lilou und der Commissaire sahen sich überrascht an.

»Das ist unmöglich«, sagte Lilou. »Er kann erst nach 13.00 Uhr getötet worden sein.«

Demoireau schwieg einen Moment, Lilou konnte fast sehen, wie es hinter seiner breiten Stirn arbeitete. »Wir müssen nochmals mit der Nachbarin sprechen, vielleicht hat sie sich ja geirrt, was die Uhrzeit betrifft, zu der sie das Haus verließ.«

Der Kriminaltechniker, der die ganze Zeit über geschwiegen hatte, lachte trocken auf. »Oder Monsieur le Docteur täuscht sich.«

Der Commissaire sah ihn überrascht an. »Wie meinen Sie das?«

»Sie hätten ihn fluchen hören sollen, während er den alten Mann untersucht hat. Offenbar passte da gar nichts zusammen. Mich wundert, dass er Ihnen überhaupt etwas gesagt hat.«

»Wir brauchen die Aussage des Mannes vom Sozialdienst«, sagte Demoireau und wandte sich zum Gehen. »Dann wissen wir hoffentlich mehr.«

Der Kriminaltechniker folgte ihnen nach draußen. Er ging ein wenig schief; der Koffer, den er schleppte, schien ziemlich schwer zu sein.

»Du bist die künftige Commissaire, stimmt's?«, fragte er Lilou auf dem Weg zum Parkplatz. Er keuchte ein wenig, und sie verlangsamte ihren Schritt, bis sie neben ihm ging.

»Ja, das ist mein letztes Praktikum«, antwortete sie. »Ich heiße Lilou«, fügte sie hinzu.

»Ich weiß«, sagte der junge Mann. »Lilou Braque, Élève Commissaire.«

Lilou grinste schief. »Und du bist Guillaume?«

»Guillaume Mistral, *technicien.*« Er stellte den Koffer ab und hielt ihr die Hand hin. Lilou ergriff sie und schüttelte sie. Er hielt sie einen Augenblick fest. »Vielleicht können wir mal einen Kaffee zusammen trinken?«

Lilou befreite ihre Hand. »Gern«, sagte sie leichthin und folgte Demoireau, der bereits an seinem Peugeot wartete. »Irgendwann mal.«

»*Salut,* Lilou!«, rief Guillaume Mistral ihr nach.

»Was halten Sie davon?«, fragte Demoireau, während er den Wagen zurück zum Stadtzentrum steuerte.

Lilou hob die Schultern. »Ehrlich gesagt, habe ich nicht mit einem gewaltsamen Tod gerechnet«, gestand sie. »Ich hätte so etwas wie einen Herzinfarkt oder einen Schlaganfall aufgrund der Aufregung erwartet.«

»Wir haben es jetzt mit Raubmord zu tun«, stellte Demoireau fest.

»Ich bin nicht sicher, ob das wirklich ein normaler Einbruch war«, sagte Lilou.

»Wie meinen Sie das?«

»Ich habe den Eindruck, dass die Einbrecher etwas ganz Bestimmtes gesucht haben. Und so wie die Wohnung verwüstet wurde, glaube ich nicht, dass sie es gefunden haben.«

»Hm.« Demoireau schwieg. Erst nach einigen Minuten antwortete er. »Sie könnten recht haben, die Spurenlage lässt sich auch so interpretieren. Aber wir dürfen die anderen Hinweise deshalb nicht aus den Augen verlieren.«

»Sie denken an die marokkanische Bande?«

»Ja, unter anderem.« Er nickte. »Die Ermittlungen müssen weiterhin in alle Richtungen laufen.«

Lilou sah ihn fragend an. »Wie meinen Sie das?«

»Die übliche Routine: Leute befragen, Untersuchungsergebnisse auswerten, Hintergrundinformationen über das Opfer sammeln. Irgendetwas wird uns am Ende zum Ziel führen.«

Sie schnaubte durch die Nase. Natürlich wusste sie in der Theorie, wie Polizeiarbeit ablaufen sollte. Systematisch, überaus gründlich und vor allem langsam. Aber sie war überzeugt davon, dass das hier Zeitverschwendung war. Denn wenn sie herausfanden, was die Einbrecher gesucht hatten, würde sie das direkt zu Monsieur Benoits Mörder führen.

»Ich weiß, dass sich das langweilig anhört.« Demoireau hatte an einer Ampel angehalten und sah sie ernst an. »Aber es bringt nichts, so eine Sache mit einer vorgefassten Meinung anzugehen. Erst wenn die Untersuchungen abgeschlossen sind, kann man beginnen, das Puzzle zusammenzusetzen. Vorher ist alles nur Spekulation.«

»Aber man wird sich wohl Gedanken machen dürfen«, murmelte Lilou mehr zu sich selbst.

Doch der Commissaire hatte sie gehört. »Das dürfen Sie. Aber nur, wenn Sie dabei nicht alles andere aus den Augen verlieren.«

Zu ihrer Überraschung fuhr Demoireau nicht zur Polizeiwache zurück, sondern bog an der Porte d'Orange in die Gasse ein, die zu Monsieur Benoits Haus führte.

»Wir holen die Kissen aus der Wohnung des Ermordeten«, erklärte Demoireau auf ihren fragenden Blick.

Lilou hatte nichts dagegen, ganz im Gegenteil. Wenn sich der Commissaire lieber persönlich um die Ermittlungen kümmerte und den Verwaltungskram an seinen Stellvertreter Pouffin abgab, war sie die Letzte, die sich daran störte.

Direkt vor den zugeklebten Scheiben des Ladenlokals stellte Demoireau das Auto ab. Er öffnete den Kofferraum, nahm einen großen schwarzen Plastiksack heraus und reichte Lilou Monsieur Benoits Schlüsselbund. Während sie den Schlüssel ins Schloss steckte, hörte sie hinter sich eine Stimme.

»Weiß man schon, wie es hier weitergeht?«

Sie fuhr herum. Ein kräftig gebauter Mann in einem ärmellosen Shirt ragte wie ein Berg hinter ihr auf. Das, was ihm an Haaren auf der spiegelnden Glatze fehlte, bedeckte als Bart seine untere Gesichtshälfte in dichten schwarzen Zotteln. Er hatte getunnelte Löcher in den Ohren, und seine muskulösen Schultern und Arme waren über und über mit Tattoos bedeckt. Lilou erkannte ihn, es war der Mann von gegenüber, den sie manchmal auf dem Balkon sah.

»Warum wollen Sie das wissen?« Demoireau musterte ihn misstrauisch.

»Ich interessiere mich für den Laden hier«, antwortete der Bärtige und deutete auf die schmutzige Glastür. Er hatte eine unerwartet leise Stimme.

»Darf ich fragen, wer Sie sind?« Der Commissaire ließ sich von der Statur des Mannes nicht beeindrucken.

»Moment.« Der Mann angelte ein schwarzes Portemonnaie aus der Gesäßtasche seiner Jeans und klappte es auf. »Mein Name ist Mick Pendragon, ich bin Tätowierer.«

Er reichte Demoireau eine Visitenkarte. Lilou sah dem Commissaire über die Schulter. Die Vorderseite der Karte war blutrot und zeigte ein martialisch aussehendes Tribal-Motiv. Die Rückseite war neutral gehalten, »Mick Pendragon, *artiste tatoueur*« stand darauf. Die Adresse war in Avignon, die Telefonnummer eine Handynummer.

»Ich arbeite da«, erklärte Pendragon und deutete auf die Visitenkarte. »Aber ich will mein eigenes Studio eröffnen. In Carpentras was zu finden, ist nicht so einfach. Deshalb habe ich den alten Mann gefragt, ob er mir die Räume vermietet.«

»Und?« Lilou sah den Bärtigen neugierig an.

»Er hat mich hochkant rausgeworfen.« Pendragon verzog das Gesicht und hob die breiten Schultern.

»Hatten Sie Streit mit ihm?«, fragte Demoireau.

»*Mais non,* keinen Streit«, antwortete der Tätowierer und richtete sich auf. »Monsieur Benoit fand die Idee wohl nicht so gut. Er hat sich aufgeregt, und er wurde ziemlich laut.« Pendragon rollte die Rs ein wenig, aber Lilou konnte seinen Akzent nicht zuordnen.

»Wann war das?«, wollte sie wissen.

»Letzte Woche. Ich glaube, am Freitag.«

»Danach haben Sie nicht mehr mit ihm gesprochen?«

»Nein, warum sollte ich?« Pendragon schüttelte den Kopf.

»Er wollte mich nicht. Das war zwar schade, aber ich wäre mit ihm nicht zusammengekommen.«

»Nun gut.« Demoireau deutete auf Lilou. »Geben Sie meiner Kollegin Ihre Adresse, falls wir noch Fragen haben.«

»Er wohnt hier gegenüber«, sagte Lilou und deutete auf das Haus auf der anderen Seite des Platzes.

»Schreiben Sie sie trotzdem auf.«

Sie hatten Mick Pendragon nicht gesagt, dass Nicolas Dompierre nun für das Haus verantwortlich war, fiel Lilou ein. Sie zögerte einen Moment, doch dann zuckte sie mit den Schultern und eilte hinter Demoireau die Treppe hoch. Wenn er sich wirklich für das leer stehende Lokal interessierte, würde er das auch ohne ihre Hilfe herausfinden.

Der Teller mit Monsieur Benoits Abendessen stand immer noch auf dem Tischchen neben der Wohnungstür. Die Piperade war eingetrocknet, und das appetitliche Rot-Gelb hatte sich in ein schlammiges Braun verwandelt. Der Commissaire brach das Polizeisiegel mit einem Fingernagel und schloss auf. Ein Schwall miefig warmer Luft kam ihnen durch die Tür entgegen. Noch mehr als gestern roch es nach der ungelüfteten Wohnung eines alten Mannes, nach verdorbenem Essen und altem Schweiß.

Demoireau stieg durch die Absperrbänder und ging direkt ins Schlafzimmer. Lilou holte tief Luft und folgte ihm. Er reichte ihr die Plastiktüte, streifte sich Handschuhe über und begann, die Kissen einzusammeln. Es waren nur drei: ein großes Federkissen, das aufrecht am Kopfende des Bettes stand, ein kleineres weiches Kissen, das davor auf der Matratze lag, und ein gelbes Zierkissen mit dicken Fransen auf der Kommode daneben. Mit violettem Garn war ein Sinnspruch aufgestickt: »Semper fidelis«.

Lilou schluckte. Immer treu. Ihre Abschlussklasse an der Polizeischule hatte genau diese Worte als Ehrennamen für ihren

Jahrgang gewählt. *Toujours fidèle.* Sie schloss die Augen und spürte Tränen hinter ihren Lidern brennen. Rasch wandte sie sich ab, aber der Commissaire hatte es bemerkt.

»Was ist los?«, fragte er.

»Nichts«, flüsterte sie heiser. Sie blinzelte die Tränen weg und schüttelte den Plastiksack, bis er sich öffnete. Sie hoffte, dass das laute Knistern das raue Schluchzen übertönte, das sie nicht unterdrücken konnte, aber Demoireau hatte scharfe Ohren.

»Ich vergesse immer, dass Sie ihn ja gekannt haben«, sagte er. »Es tut mir leid.«

Lilou schüttelte den Kopf. Sie wollte kein Mitgefühl, sie wollte einfach ihren Job erledigen. »Es geht schon«, krächzte sie.

Mit dem Handrücken wischte sie sich hastig die Tränen von den Wangen. Sie spannte den Sack auf und hielt ihn Demoireau hin. Er griff nach dem großen Kissen, drückte es vorsichtig zusammen und ließ es in die Tüte gleiten, die es raschelnd umschloss. Das kleinere Kissen folgte, und zuletzt legte er das Zierkissen obenauf. Lilou zog das Zugband zusammen, verknotete es und trug den prall gefüllten Sack nach draußen, ohne sich noch einmal umzusehen.

Demoireau folgte ihr und zog die Tür hinter sich zu. Er wartete, bis sie abgeschlossen hatte, dann brachte er sorgfältig ein neues Polizeisiegel an.

»Sie können gleich hierbleiben«, sagte er und nahm ihr den Sack aus der Hand.

Lilou schüttelte den Kopf. »Es geht schon wieder. Ich komme mit zurück.«

»Nein.« Demoireau deutete auf seine Uhr. »Es ist 4.00 Uhr. In einer Stunde ist die Pressekonferenz, da kann ich Sie ohnehin nicht gebrauchen.«

»Aber ...«

»Das ist ein Befehl.« Demoireau klang jetzt streng. »Sie melden sich morgen früh wieder zum Dienst. Dann liegen die

Ergebnisse der Befragungen vor, und wir können weitermachen.«

Er wandte sich ab und stapfte die Treppe nach unten. Lilou starrte ihm hinterher, und neue Tränen füllten ihre Augen. Auch wenn sie den Toten gekannt hatte, das hätte ihr nicht passieren dürfen. Natürlich konnte er sie bei der Pressekonferenz nicht gebrauchen, wenn er befürchten musste, dass sie vor den Journalisten die Kontrolle verlor und in Tränen ausbrach.

»Scheiße.« Wütend stampfte sie mit dem Fuß auf. Sie wischte sich die Tränen ab, nahm den Teller und stieg die Treppe zu ihrer Wohnung hoch.

Oben angekommen, kippte Lilou zuerst die drei Brotschnitten in den Müll, dann riss sie das Fenster auf. Die blaue Uniformbluse der Polizeischüler schien plötzlich an ihrem Körper zu kleben. Rasch streifte sie sie ab und schälte sich aus der dunklen Hose. Sie ließ alles zusammen in einem unordentlichen Haufen auf dem Boden liegen, griff nach ihrem Handtuch und ging unter die Dusche.

Sie blieb unter dem Strahl der Brause stehen, bis das Wasser kühl wurde. Erst als die kalten Tropfen schmerzhaft über ihre Gänsehaut perlten, stellte sie den Hahn ab. Fröstelnd wickelte sie sich in ein Badetuch und ging auf bloßen Füßen zurück zu ihrem Zimmer. Wie immer, wenn sie die vorsintflutliche Dusche benutzte, war sie froh, sich das Dachgeschoss mit keinem Mitbewohner teilen zu müssen. Ihre kleine Wohnung bestand tatsächlich nur aus dem einen Zimmer, in dem die altmodische Küche fast die Hälfte des Raumes beanspruchte. Das spartanische Badezimmer mit Dusche, Waschbecken und WC befand sich auf dem Flur zwischen den beiden Appartements, und gäbe es einen Mieter für die zweite Wohnung, dann hätte sie es sich mit ihm teilen müssen.

Zurück in ihrem Zimmer, inspizierte sie als Erstes den Kühlschrank. Von dem gestern gekauften Gemüse war noch die Zucchini da, sie hatte auch noch Zwiebeln und eine Tomate, aber schon bei dem Gedanken daran, mit dem Herd noch mehr Hitze in ihre Dachwohnung zu bringen, brach ihr erneut der Schweiß aus.

Sie schaltete den Wasserkocher ein, löffelte gemahlenen Kaffee in die *Cafetière à piston*. Als das Wasser kochte, goss sie es in die Kanne, rührte um, drückte den Stempel nach unten und genoss den Duft des frischen Kaffees, der in ihre Nase stieg.

Noch immer nur in das Handtuch gewickelt, setzte sie sich mit der Kaffeetasse in der Hand an den kleinen Tisch. Sie fuhr ihren Laptop hoch und ging rasch ihre Mails durch. Werbung, Werbung, ein paar Benachrichtigungen von Feeds, die sie vor Ewigkeiten abonniert hatte, eine E-Mail ihrer Mutter, die wissen wollte, wie es ihr ging – gut, wie sonst? –, aber wieder nichts von Pasquale. Im Stillen hatte sie gehofft, er würde sich doch noch einmal melden, aber mit jedem Tag, der verging, glaubte sie weniger daran. Ob sie ihm schreiben sollte? Nein, dazu war sie zu stolz. Heftiger als nötig schlug sie auf die Maustaste und klickte das Fenster des Mailprogramms weg.

Sie stand auf und ging zum Fenster, dabei rutschte ihr das Badetuch von den Schultern und fiel zu Boden. Einen Moment lang stand sie nackt vor dem Fenster und genoss die Brise, die hereinwehte und ihre feuchte Haut kühlte. Dann sah sie, dass der tätowierte Mann auf dem Balkon gegenüber stand und sie beobachtete. Er hob die Hand und nickte ihr zu. Sie wurde rot und wich in die Wohnung zurück, holte ein T-Shirt aus dem Schrank, fand eine kurze Hose und zog sich an.

Als ihr Blick auf das *Journal d'Armand* fiel, das auf dem Wohnzimmertisch lag, erstarrte sie mitten in der Bewegung. Was, wenn die Einbrecher das Kochbuch gesucht hatten? War am Ende dieses unscheinbare Buch der Grund für die wilde

Durchsuchung der Wohnung? Aber so ein handgeschriebenes Kochbuch besaß doch höchstens ideellen Wert für Benoits Familie, das ergab keinen Sinn. Sie runzelte die Stirn.

Journal d'Armand, bei diesem Namen rührte sich in ihrem Gedächtnis eine vage Erinnerung. Versuchsweise gab sie Maître Armand Benoit in die Googlesuche ein und riss überrascht die Augen auf. Es gab dazu tatsächlich einen Eintrag bei Wikipedia:

Armand Benoit (* 18. März 1927 in Carpentras, † 13. September 1986 in Carroux) war ein französischer Koch.
Benoit wurde in der Vaucluse geboren. Seine Kochausbildung erhielt er von 1945 bis 1949 im berühmten Restaurant La Maison bei Jean Picouillard in Avignon. 1954 wurde er Küchenchef, und im darauffolgenden Jahr erhielt er den Titel des Meilleur Ouvrier de France, des Besten Handwerkers Frankreichs. Ab 1971 arbeitete Benoit bei Claude Vasca in Clichy und wurde vom Guide Michelin als Wunderkind der Nouvelle Cuisine gefeiert.
1978 kaufte Benoit ein altes Weingut in Carroux und eröffnete gemeinsam mit seiner Ehefrau Brigitte das Restaurant *Le Benoit.* Bereits im Jahr darauf verlieh ihm der Guide Michelin zwei Sterne. Er war bekannt für seine ausgefallenen Kreationen und seine fanatische Liebe zum Detail.
Benoit starb im September 1986 im Alter von 59 Jahren bei einem Autounfall. Kurz vor seinem Tod hatte ihn der Gault-Millau zum Koch des Jahres gewählt, und der Guide Michelin verlieh dem *Le Benoit* den dritten Stern. Armand Benoit hinterließ eine Frau und eine kleine Tochter.

Lilou lehnte sich zurück, der alte Küchenstuhl ächzte protestierend. Maître Armand Benoit war also einer der Vorreiter der Nouvelle Cuisine gewesen. Einer ihrer Professoren an der Universität hatte ihn einmal erwähnt, aber sie erinnerte sich nicht mehr an den Zusammenhang. Er musste ein Verwandter von

Frédéric Benoit gewesen sein, vielleicht ein Cousin, der das Familienrestaurant nach dem Tod der Mutter geleitet hatte. Ob der alte Mann wusste, was er da aus der Hand gegeben hatte? Die handschriftlichen Aufzeichnungen eines Sternekochs, offenbar eines der Großen seiner Zunft, das war mehr als eine schöne Familienerinnerung. Nein, Kochen war gerade en vogue, und ein geschäftstüchtiger Verleger könnte mit dem *Journal d'Armand* eine Menge Geld machen. Lilou sah es schon vor sich: ein großformatiges Hardcover, reich bebildert, eine geschickte Mischung aus Kochschule und Kochbuch, mit Fotos von den Gerichten und Abbildungen der originalen Tagebuchseiten dazwischen. Ja, wenn man es richtig anstellte, ließe sich mit solch einem Buch richtig Geld verdienen. Doch wer konnte von dem »Erbe seiner Familie«, wie Benoit es genannt hatte, wissen? Laut Claire hatte er außer seiner Halbschwester und ihrem Sohn, seinem »kleinen Neffen«, keine Verwandten mehr.

Sie setzte sich wieder an den Laptop und las den Wikipedia-Eintrag nochmals. Anschließend googelte sie nach dem Namen des Kochs, doch viel mehr als die nackten Fakten war über ihn im Netz nicht zu finden. Eine Liste des Guide Michelin mit den bisher vergebenen Sternen. Eine Auflistung des Gault-Millau über alle jemals ausgezeichneten Köche. Eine Erwähnung auf der Homepage des *La Maison* in Avignon, das es noch immer zu geben schien. Ein eingescannter Zeitungsartikel über den Autounfall, der ihn das Leben gekostet hatte. Traurig, wenn das alles war, was von einem erfolgreichen Leben übrig blieb.

Aber zum Zeitpunkt von Armand Benoits Tod hatte es noch gar kein Internet gegeben, wurde ihr bewusst. Wenn sie mehr über ihn und sein Restaurant herausfinden wollte, musste sie analog suchen.

Lilou sah auf die Uhr, es war gleich halb sechs. Die Bibliotheken schlossen um sechs, das schaffte sie heute nicht mehr. Sie rieb sich über die Stirn. In der Liste des Guide Michelin war die Adresse des *Le Benoit* angegeben. Das Restaurant gab es zwar nicht mehr, aber Lilou kannte Carroux und hatte eine ziemlich genaue Vorstellung davon, wo das war. Eine seltsame Unruhe hatte sie erfasst, sie spürte, dass sie eine wichtige Spur entdeckt hatte, und es hielt sie nicht länger in ihren vier Wänden.

KAPITEL 4

Carroux war ein Dorf mit vielleicht tausend Einwohnern, etwa zwanzig Kilometer von Carpentras entfernt, malerisch gelegen am Fuß des Mont Ventoux. Lilou hatte ihren Renault vom Parkplatz der Polizeidienststelle geholt und quälte sich mit Hunderten anderer Autofahrer durch den Berufsverkehr aus der Stadt hinaus. An einem großen Kreisverkehr verteilte sich der Strom der Fahrzeuge, und sie bog erleichtert in eine weniger befahrene Überlandstraße ab.

Das hier war das schönere Ende von Carpentras. Die Häuser wurden kleiner und die Grundstücke größer, die ersten Zypressen tauchten am Straßenrand auf. Außerhalb der Stadt verlief die Straße in weiten Kurven zwischen sattgrünen Weingärten und silbrig gestreiften Lavendelfeldern. Links ragten die felsigen Zähne der Dentelles am Horizont empor, während die braungrünen Hänge des Mont Ventoux immer näher kamen.

Direkt hinter dem Ortseingang von Carroux wurde Lilou von der sanften Stimme der Navigationsapp ihres Handys nach rechts gelotst, es ging durch einen Torbogen auf einen großen Parkplatz. »Sie haben Ihr Ziel erreicht.« Sie parkte den Kangoo im langen Schatten einer Buchsbaumhecke, schob die Sonnenbrille hoch und stieg aus. Zikaden zirpten ihr Abendkonzert, es roch nach staubiger Erde und den Auspuffgasen eines Reisebusses, der mit laufendem Motor auf seine Fahrgäste wartete. Sie wusste selbst nicht, was sie erwartet hatte, aber sicher nicht das, was sich ihren Augen hier bot.

Der Parkplatz war groß und mit hellem Kies bestreut. Niedrige blühende Büsche grenzten die einzelnen Parkzonen voneinander ab, ein Schild verwies Busse in den hinteren Bereich. Langsam ging Lilou auf das Gebäude zu.

Von dem alten Weingut, das einst das *Le Benoit* beherbergt hatte, zeugte nur noch ein lang gestreckter ockerfarbener Bau. Er trug ein hellrotes Ziegeldach, die Fenster im Obergeschoss waren mit leuchtend weißem Stein umrahmt und von quietschblau gestrichenen Läden eingefasst. Die ganze obere Hälfte des Gebäudes verkörperte exakt das Klischee original provenzalischer Architektur.

Im Erdgeschoss war die Fassade großflächig durchbrochen, die anmutigen Bögen waren dunkel verglast, und in jedem Fenster verkündete ein weinroter Schriftzug den Namen der Anlage: *Domaine du Pétrarque*. Auch die beiden kalkweißen Säulen am Eingang verdankte das Gebäude wohl der Erinnerung an Francesco Petrarca, den italienischen Dichter, der 1336 seine Besteigung des Mont Ventoux literarisch verewigt hatte. Das nachträglich aufgesetzte Vordach, das auf den Säulen ruhte, verlieh dem ganzen Ensemble einen Touch von ins zwanzigste Jahrhundert katapultiertem Forum Romanum.

Lilou schauderte. Um das »Weingut« als Touristenfalle zu erkennen, musste man nicht hier groß geworden sein. Sie holte tief Luft, straffte die Schultern und trat ein.

Drinnen war es dämmrig und kühl. Die einzige Beleuchtung kam von strategisch platzierten Spots, die kunstvolle Arrangements schlanker Weinflaschen inmitten von Lavendelsträußen und Schalen mit frischen Feigen beleuchteten.

Das gesamte Gebäude war entkernt worden, um einen einzigen riesigen Raum zu schaffen. Raue Holzbalken an der Decke, Säulen aus naturbelassenen Ziegeln und einige aufpolierte Weinfässer in Nischen entlang der gegenüberliegenden Wand versuchten vergeblich, die Atmosphäre eines Weinkellers zu imitieren. Die wenigen Besucher drängten sich um hochkant aufgestellte Weinfässer, die offenbar als Tische dienten, langstielige Gläser funkelten im Schein der LED-Beleuchtung. Im Hintergrund lief leise Musik, etwas Klassisches mit Streichern.

Einen Moment lang bereute Lilou, dass sie nicht ihre Uniform trug. Sie hatte noch überlegt, sie wieder anzuziehen, um ihrem Besuch einen offiziellen Charakter zu verleihen, doch den Gedanken hatte sie schnell verworfen. Sie war gar nicht befugt, auf eigene Faust Ermittlungen anzustellen. In T-Shirt und leichter Sommerhose mit ins Haar geschobener Sonnenbrille sah sie wie eine Touristin aus, das war auf alle Fälle unverfänglicher.

Eigentlich hatte sie sich nur umsehen wollen, hatte auf eine Informationstafel gehofft oder auf eine Broschüre, aber ein magerer junger Mann in einem cremefarbenen Anzug hatte sie entdeckt und stürzte auf sie zu. Die Farbe seiner Krawatte war im gleichen Himmelblau gehalten wie die Fensterläden draußen, ein dunkelrotes Einstecktuch spiegelte die Farbe des Schriftzugs an den Fensterscheiben wider.

Er strahlte sie erfreut an. »Guten Tag, Madame, was kann ich für Sie tun?«

Seine Begeisterung war ansteckend, unwillkürlich lächelte Lilou zurück. Vielleicht wusste der Angestellte ja etwas über das *Le Benoit,* ein Versuch konnte nicht schaden. Sie beschloss, das Spiel mitzuspielen.

»Ich würde gern Ihren Wein probieren«, sagte sie.

»Wunderbar!« Der junge Mann zeigte ein strahlendes Lächeln. »Kommen Sie bitte mit, ich habe genau das Richtige für Sie.«

Er eilte voraus in den hinteren Bereich des großen Raums und komplimentierte Lilou zu einem leeren Weinfasstisch. Plötzlich verschwand er wie vom Erdboden verschluckt, und Lilou bemerkte erst jetzt den aufgespannten Sichtschutz, der einen Teil der Wand verbarg. Sehr schnell war er wieder da und stellte zwei Flaschen Wein vor ihr auf den Tisch. Mit geübten Griffen entkorkte er die Flaschen, zauberte zwei Gläser aus einem Fach an der Rückseite des Weinfasses hervor und goss den ersten Wein ein.

»Das ist ein hervorragender Rosé aus der Gegend, fruchtig und frisch, mit einer zarten Blume von Johannisbeeren und Kiwi«, dozierte er. Er tauchte seine Nase in das Glas, dann hob er es zum Licht. »Sehen Sie die wunderbare Farbe? Riechen Sie den feinen Duft?«

Lilou tat ihm den Gefallen und schnupperte an dem Wein. Sie hatte zwar im Studium gelernt, wie Wein hergestellt wurde, und kannte all die Zusätze auswendig, die man Wein zufügen durfte, um eine bessere Qualität vorzugaukeln, aber was die Beurteilung eines Weins betraf, war sie kein Profi. Für sie roch dieser Rosé nicht viel anders als der Grenache aus dem Supermarkt, den sie manchmal für vier Euro die Flasche kaufte. Aber sie tat dem Mann den Gefallen, machte ein wichtiges Gesicht und nickte ernsthaft.

Er nippte an seinem Glas. »Und nun probieren Sie!«, forderte er sie auf.

Sie nahm einen Schluck und behielt ihn im Mund, rollte ihn mit der Zunge hin und her und spitzte die Lippen, wie sie es die Profis bei Weinverkostungen hatte tun sehen. Der Wein prickelte angenehm auf der Zunge und hatte einen frischen Geschmack. Sie schluckte und nickte anerkennend, als sich das Aroma beim Abgang nochmals entfaltete. »Der ist nicht schlecht«, sagte sie.

»Ich wusste, Sie würden ihn mögen!« Der Mann strahlte sie an. »Nun den zweiten.«

Er holte neue Gläser und füllte in jedes zwei Fingerbreit Wein. Diesmal war es ein blasser Weißwein, in dem kleine Gasperlen aufstiegen.

»Eine Assemblage aus den erlesensten Anbaugebieten Südfrankreichs«, dozierte der Mann. »Bitte bewundern Sie die Farbe, die Klarheit des Weins!«

Lilou hielt ihr Glas ins Licht, der LED-Spot warf bizarre Spektralfarben auf ihre Hand. Sie führte das Glas zum Mund und kostete. Muskatblüten und ein Hauch von Zitrone wetteiferten um ihre Geschmacksknospen. Der junge Mann beugte sich so gespannt vor, als ob sein Gehalt von ihrem Urteil abhinge.

»Ausgezeichnet«, lobte Lilou und meinte es auch so. Der Rosé war nichts Besonderes gewesen, aber der Weißwein war hervorragend. »Bauen Sie die Weine eigentlich alle selbst an?«

Das professionelle Lächeln des Mannes verlor für einen Augenblick sein Strahlen. »Nein, wir kaufen auch zu«, sagte er. »Aber wir wählen unsere Händler sehr sorgfältig aus, denn nur so können wir unseren Kunden die beste Qualität bieten.«

Lilou nahm die Flasche mit dem Rosé in die Hand. Die weißen Säulen vom Eingang fanden sich auch auf dem edel gestalteten Etikett unter dem Schriftzug *Domaine du Pétrarque,* aber sonst nichts. Keine Rebsorte, keine Herkunftsbezeichnung, keine Jahreszahl. Das alles stand klein gedruckt auf der Rückseite. Es war ein Grenache aus dem Languedoc, genau wie ihr Supermarktwein. Kein Wunder, dass ihr Geruch und Geschmack bekannt vorgekommen waren.

Sie nahm noch einen Schluck von dem Weißwein, der wirklich gut schmeckte. Eine Assemblage war nichts anderes als ein Verschnitt verschiedener Weine, aber das musste nichts Schlechtes sein.

»Gibt es dieses Weingut eigentlich schon lange?«, fragte sie beiläufig.

Der junge Mann holte tief Luft. »Das Gebäude stammt aus dem sechzehnten Jahrhundert«, begann er. »Die erste urkundliche Erwähnung unseres Weins stammt aus dem Jahr 1895, damals hieß die Domaine allerdings noch *Lassalle* nach dem damaligen Patron. Nach dem Krieg wechselte das Gut einige Male den Besitzer, bis es 1990 von der Familie Lendreville gekauft wurde. Nun dient es wieder seinem ursprünglichen Zweck, dem Weinbau.« Er sah aus, als wäre diese Tatsache ganz allein sein Verdienst.

»Ich hörte, hier gab es auch einmal ein Restaurant?«

»Ein Restaurant?« Der junge Mann sah sie irritiert an. »Nicht dass ich wüsste.«

»Es ist schon dreißig Jahre her. Damals soll dieses Weingut einem berühmten Sternekoch gehört haben.«

»Einem Sternekoch?« Der junge Mann verzog ungläubig das Gesicht. »Soweit ich weiß, war hier nur ein heruntergewirtschafteter Gasthof, der kurz vor der Pleite stand. Monsieur Lendreville kaufte das Gut und führte es wieder seiner ursprünglichen Bestimmung zu.« Er hob sein Glas und prostete ihr zu. »Wie viele Flaschen darf ich für Sie einpacken lassen?«

»Äh.« Lilou biss sich auf die Lippen. »Eine vielleicht?« Das Gesicht des Mannes erstarrte zu Eis. »Eine von jeder Sorte? Erst einmal zum Probieren?«

Er nickte knapp und stellte sein leeres Glas mit übertriebener Vorsicht auf den Tisch. Dann nahm er ihr das ihre ab und verschwand damit nach hinten, als ob er Sorge hätte, sie wolle sich eine weitere Probe ergaunern.

Bepackt mit einer edel anmutenden Papiertasche, in der sich zwei in Karton verpackte Weinflaschen befanden, und um ärgerliche 27 Euro ärmer, kehrte Lilou zu ihrem Auto zurück. Der blaue Kangoo stand als einziger Wagen noch auf dem Parkplatz. Alle anderen waren schon gefahren, die *Domaine du Pétrarque* würde gleich schließen. Sie verstaute die Flaschen im Kofferraum und warf noch einen Blick zurück. Sie versuchte, sich das alte Gebäude ohne das Säulenvordach vorzustellen und ohne das viele Glas, in dezenteren Farben und ohne den geleckten Parkplatz davor. Es gelang ihr nicht.

Aber vielleicht war es schon Armand Benoit gewesen, der das alte Weingut auf diese Weise modernisiert hatte? Von einem Sternerestaurant erwarteten die Gäste schließlich ein gehobenes Ambiente, und bis auf den absurden Säulenvorbau und die kitschigen Farben war der Umbau ja recht geschmackvoll gelungen. Neben dem lang gestreckten Bau, der wohl früher die Maischebottiche und die Weinpresse beherbergt hatte, erkannte Lilou ein Gebäude, das einmal ein Wohnhaus gewesen sein mochte, und dahinter mehrere Lagerhallen. Die Anlage war größer, als sie auf den ersten Blick schien.

Offenbar hatte Benoits Frau das Restaurant nach dem Tod ihres Mannes nicht lange halten können. Natürlich, ein Sternerestaurant ohne Sternekoch war über kurz oder lang dem Untergang geweiht. Wie es ihr wohl nach dem Verkauf ergangen war?

Lilou wandte sich ab. Die Sonne stand inzwischen so tief, dass der Parkplatz komplett im Schatten lag. Selbst die Zikaden waren verstummt. Dafür knurrte ihr Magen umso lauter – sie hatte seit dem Frühstück nichts mehr gegessen. Kurzerhand beschloss sie, ins Dorfzentrum von Carroux zu fahren. Sie erinnerte sich an mehrere Bistros und ein Hotel am Platz vor der Kirche. Irgendwo würde sie etwas zu essen bekommen.

Unter den Bäumen einer langen Platanenallee, die nach Carroux hineinführte, dämmerte es bereits. Lilou stellte den Kangoo auf dem Parkplatz hinter der Kirche ab und ging die letzten Meter zu Fuß. Der Hauptplatz lag wie ausgestorben vor ihr. Carroux war ein kleiner Ort, der vom Provence-Tourismus noch weitgehend verschont geblieben war, aber ein bisschen mehr Leben hatte Lilou hier trotzdem erwartet. Doch die Hauptsaison hatte noch gar nicht begonnen, und an einem Mittwochabend im Juni hatten die Bewohner offenbar Besseres zu tun, als über die einzige Straße des Dorfs zu flanieren.

Von den drei Bistros entlang der Hauptstraße hatten auch nur zwei geöffnet. Auf dem Bürgersteig vor dem ersten standen mehrere kleine Tische; sie waren unbesetzt bis auf einen, an dem zwei alte Männer ihren Pastis schlürften. Mit ihren ledrigen Gesichtern und den Kappen auf dem Kopf hätten sie Brüder sein können.

Lilou wollte nicht an der Hauptstraße sitzen und ging weiter zum nächsten Lokal, wo ein Schild auf eine Terrasse hinwies. Sie durchquerte den dunklen Gastraum und nahm draußen auf einem der Klappstühle Platz. Über ihr hingen bunte Lampions, eine Kerze flackerte in einem Glas auf dem Tisch.

Hinter der gemauerten Brüstung, an der Lilou saß, fiel das Dorf ab zu der fruchtbaren Flussniederung der Mède, und ihr Blick schweifte über die Ebene hinweg. Sie erkannte die charakteristischen Streifen der Lavendelfelder, von denen manche schon einen Hauch von Lila zeigten, das fleckige unruhige Grün der Weingärten, die silberbraunen Tupfen von Olivenbäumen und dazwischen die dunklen Silhouetten hoher spitzzipfeliger Zypressen, bis alles irgendwo am Horizont silbrig im Abendhimmel verschwamm.

Lilou seufzte beglückt. Solche Momente versöhnten sie mit der Tatsache, dass man sie für ihren letzten Ausbildungsabschnitt in diesen entlegenen Winkel der Republik geschickt hatte. Vielleicht hatte die Tatsache, dass sie eine Tante in der Vaucluse besaß, bei der Entscheidung eine Rolle gespielt, wer wusste das schon. Dabei wäre sie viel lieber nach Paris zurückgekehrt, in das kurzweilige Großstadtleben der Metropole an der Seine, in der sie aufgewachsen war. Doch die Entscheidungen der zentralen Direction der Police nationale waren unanfechtbar, und so war sie zähneknirschend mit ihren wenigen Habseligkeiten nach Carpentras umgezogen.

Zähneknirschend nicht deshalb, weil Carpentras so schlimm war, nein, in der quirligen Kleinstadt konnte man es gut aushalten. Aber die Versetzung hierher zeigte deutlich, wo ihre Ausbilder ihren künftigen Platz sahen: als Commissaire einer kleinen Dienststelle auf dem Land, auf einem reinen Verwaltungsposten, den sie so nie im Sinn gehabt hatte.

Das Auftauchen des Wirts unterbrach ihre trübsinnigen Gedanken. Sie war der einzige Gast, und er sah aus, als hätte er lieber zugesperrt, als sie jetzt noch zu bewirten. Aber immerhin erklärte er sich bereit, ihr noch einen Salade niçoise zu servieren, dazu ein Glas Rosé, der wahrscheinlich wirklich von hier kam und auch nicht schlechter schmecken würde als der überteuerte Wein der *Domaine du Pétrarque*.

Bis Lilou ihren Salat aufgegessen hatte, schien sich der Wirt auch mit ihrer Anwesenheit abgefunden zu haben. Er hatte sich ebenfalls auf die Terrasse gesetzt und rauchte eine Zigarette, deren blauer Rauch sich in den Abendhimmel kräuselte. Sie tunkte den letzten Rest der Salatsoße mit einem Stück Weißbrot auf, dann schob sie den Teller von sich und lehnte sich zurück. Der Wirt drückte die Zigarette an der Mauer aus und schnippte sie über die Brüstung, dann drehte er sich zu ihr um.

»Sind Sie zum ersten Mal in Carroux?«, fragte er und strich sich über den gelblich grauen Schnurrbart. Er war ein knorriger älterer Mann und sprach ein stark gefärbtes Französisch mit harten, kehligen Lauten.

Lilou schüttelte den Kopf. Aufgrund ihres Aufzugs hielt er sie wohl für eine Touristin. »Meine Tante wohnt in Mirocène«, sagte sie, als ob das irgendetwas erklärte. Aber für den Wirt schien sie damit als Einheimische durchzugehen, denn sein faltiges Gesicht verzog sich zu einem erfreuten Grinsen.

»Mirocène, soso.« Er zündete sich eine neue Zigarette an. »Und was verschlägt dich in unser Dorf?« Unvermittelt war er zum Du übergegangen. Für wie alt er sie wohl hielt?

»Ich wollte eigentlich im *Le Benoit* essen«, antwortete sie, einer spontanen Eingebung folgend.

»Ach?« Jetzt musterte er sie wirklich von oben bis unten.

»Warum nicht?«, gab Lilou zurück und sah ihn unschuldig an.

»Das *Le Benoit* war ein Dreisternerestaurant, wusstest du das nicht?« Er lachte dröhnend. »Die hätten dich da nicht einmal zur Tür hineingelassen.«

Lilou grinste. »Heute war das kein Problem.«

»Heute ist das auch kein Gourmet-Tempel mehr, sondern ein billiger Weinladen für Touristen.«

»Billig würde ich das nicht nennen.«

»Der Wein ist billig, die Preise nicht«, gab der Wirt ihr recht.

Lilou nickte.

»Woher kennt ein junges Ding wie du denn das *Le Benoit?*« Der Wirt zog heftig an seiner Zigarette, sodass dicke blaue Wolken aufstiegen.

»Ich habe im Internet davon gelesen«, antwortete Lilou prompt.

»Im Internet, soso.« Er sah sie unter buschigen Brauen hervor an. »Das Restaurant gibt es schon seit den Achtzigerjahren nicht mehr. Wusstest du das nicht?«

»Nein«, erwiderte Lilou. »Die Adresse steht auf der Webseite des Guide Michelin.«

»Offenbar weiß das Internet doch nicht alles.« Der Wirt inhalierte tief und blies einen Rauchring in die Luft. »Maître Benoit ist bei einem Autounfall ums Leben gekommen.« Sein Gesicht legte sich in Kummerfalten. »Seine Frau hat das Lokal noch einige Jahre weitergeführt, aber es war nicht mehr dasselbe. Am Ende musste sie verkaufen, und jetzt ist da dieses Möchtegern-Weingut drin.«

»Das ist aber schade.«

»Das kann man wohl sagen.« Er klopfte die Asche auf den Boden. »Seine Tochter hätte es erben sollen, die war ganz nach ihrem Vater geraten.«

»Seine Tochter?«

»Ja, die kleine Bérénice. Das war eine wilde Hummel, das kannst du dir gar nicht vorstellen. Ein kleiner Wirbelwind, und ständig in der Küche.«

Lilou sah ihn fragend an. »Sie kannten sie?«

»Natürlich!« Der Wirt nickte, und sein ausladender Schnurrbart wippte. »Ich war Demi-chef de Partie bei Maître Benoit«, erklärte er stolz. »Ich hätte Souschef werden können, wenn er nicht …« Er verstummte und zog wieder an seiner Zigarette.

»Das tut mir leid.«

»Mir auch.« Er zerdrückte die Zigarette regelrecht im Aschenbecher. »Nach dem Tod des Maître engagierte Madame Benoit einen neuen Chef de Cuisine, und der brachte seine eigenen Leute mit. Ich stand plötzlich auf der Straße und musste mich nach etwas Neuem umsehen.«

»Und da haben Sie dieses Bistro gekauft«, mutmaßte Lilou.

»Nicht sofort«, sagte er. »Erst habe ich eine Zeit lang in Carpentras gearbeitet. Aber meine Frau stammt von hier, und als das Bistro zum Verkauf stand, habe ich mich selbstständig gemacht.« Er klopfte eine neue Zigarette aus der Packung. »*Adieu,* Sterneküche, *Bonjour,* Carroux.«

Lilou hob die Hand und deutete auf die Aussicht, funkelnde Lichter im violetten Abendlicht. »Sie hätten es schlechter treffen können.«

Der Wirt lachte laut auf. »Oh ja, da hast du recht.« Er hielt sein Feuerzeug an die Zigarette, und der Schein der Flamme zeichnete flackernde Furchen in sein Gesicht.

»Was ist aus Bérénice geworden?«, fragte Lilou.

Der Wirt hob die Schultern. »Ihre Mutter ist nach dem Verkauf des *Le Benoit* weggezogen. Ich habe keine Ahnung, was aus der Kleinen geworden ist.«

Lilou rechnete kurz nach. Bérénice musste inzwischen Ende 30 sein. Wohin es sie wohl verschlagen hatte? Sie würde es herausfinden, denn die Tochter des Kochs hatte bestimmt das stärkste Interesse an dem *Journal d'Armand.*

Der Wirt ging nach drinnen, um die Rechnung zu holen. Lilou zahlte, dann bummelte sie zu ihrem Auto zurück. Eine angenehme Müdigkeit hatte sie erfasst. Die Straßenlaternen beschienen mottenumschwirrte Blumenampeln, die an den Masten hingen. Es herrschte kaum Verkehr, das ganze Dorf schien schon zu schlafen. Eine grau getigerte Katze lag zusammengerollt auf dem Dach ihres Kangoos; sie erwachte und rekelte sich demonstrativ, als Lilou näher kam. Beim Geräusch der Zentralverriegelung fuhr sie zusammen, sprang zu Boden und ergriff die Flucht.

Lilou sah ihr hinterher, bis sie in einer dunklen Gasse verschwand, dann stieg sie ins Auto und fuhr zurück nach Carpentras.

Auf dem Heimweg ließ sie sich das soeben Gehörte nochmals durch den Kopf gehen. Bérénice Benoit war in den Achtzigern geboren, also war sie wahrscheinlich eine Nichte von Frédéric Benoit. Offenbar waren Nicolas und seine Mutter doch nicht die einzigen Verwandten des alten Mannes. Aber wie war er an das Kochbuch gekommen? Warum hatte er es und nicht die Tochter des Kochs? Sie könnte natürlich Nicolas Dompierre danach fragen. Aber womöglich hatte Monsieur Benoits Bitte, mit seinem Neffen nicht über das Buch zu sprechen, eine tiefere Bedeutung, die sie erst ergründen musste? Wenn er wirklich wegen des *Journal d'Armand* hatte sterben müssen, durfte sie niemandem vertrauen.

An der Porte d'Orange bog Lilou in die Altstadt von Carpentras ein. Sie hatte keine Lust auf den Umweg über den sicheren Parkplatz an der Polizeiwache und stellte den Kangoo stattdessen in einer der engen Gassen hinter der Place de l'Horloge ab, ziemlich vorschriftswidrig halb auf dem schmalen Bürgersteig, klappte den Seitenspiegel ein und ging nach Hause. Es war fast elf, und die Fußgängerzone lag wie ausgestorben da. Im Hochsommer würde das anders sein, da hatten die vielen kleinen Bars und Cafés länger geöffnet, und die Menschen würden sich bis spät in der Nacht in den Straßen drängen. Heute begegnete ihr nur ein Mann, der unvermutet aus einer dunklen Hauseinfahrt auftauchte und an seinem Hosenschlitz hantierte. Er warf einen Blick über die Schulter, erblickte sie und verschwand eilig in die andere Richtung.

Die Place de l'Horloge lag still im Schein der gelben Straßenbeleuchtung. Lilou blickte an der Fassade des alten Hauses hoch. Das Fenster zur Wohnung von Monsieur Benoit stand einen Spalt weit offen, aber dahinter war alles dunkel. Sie erinnerte sich nicht, ob es heute Nachmittag auch schon geöffnet gewesen war. Nein, dem Gestank in der Wohnung nach zu urteilen, war es bestimmt geschlossen gewesen. Ob einer ihrer Kollegen noch einmal in der Wohnung gewesen war?

Sie schloss das Haustor auf und ging in den ersten Stock zur Tür von Monsieur Benoits Wohnung. Das Polizeisiegel schien intakt, soweit sie das im Licht der schummrigen Treppenhausbeleuchtung erkennen konnte. Sie zuckte mit den Schultern und stieg die Treppe hoch zu ihrer Wohnung.

Bei Tageslicht betrachtet, war das Polizeisiegel doch nicht unversehrt, wie Lilou am nächsten Morgen überrascht feststellte. Jemand hatte es mit einem scharfen Messer fein säuberlich im Türspalt durchtrennt, sodass es auf den ersten Blick intakt wirkte. Sie drückte gegen die Tür, doch die rührte sich nicht, sie war nach wie vor verschlossen. Das war interessant.

Sie machte sich im Geiste eine Notiz, unbedingt in Erfahrung zu bringen, wer alles einen Schlüssel zu der Wohnung hatte. Außerdem hatte sie noch immer Monsieur Benoits Schlüsselbund in der Tasche; sie durfte nicht vergessen, ihn Demoireau wiederzugeben.

In der Polizeiwache lief sie als Erstes Pouff in die Arme, der gerade aus Demoireaus Büro kam. Als er sie sah, setzte er an, um etwas zu sagen, doch Lilou deutete hektisch auf die Tür in seinem Rücken, drängte sich an ihm vorbei und verschwand in der Toilette. Das fehlte gerade noch, dass er ihr wieder irgendwelchen Schreibkram aufdrückte. Sie wollte schnellstmöglich zu Demoireau, und zwar ohne erst mit Pouff darüber zu diskutieren.

Sie wartete geschlagene fünf Minuten, dann zog sie die Spülung, wusch sich die Hände und ging wieder hinaus auf den Flur.

Die Luft war rein. Sie eilte zu Demoireaus Zimmer, klopfte und trat ein, ohne seine Antwort abzuwarten.

Der Commissaire hob überrascht den Kopf. »*Bonjour,* Mademoiselle Braque«, begrüßte er sie. »Sie sind früh dran.«

»*Bonjour,* Monsieur le Commissaire«, antwortete sie. »Ich muss Ihnen etwas zu dem Raubüberfall bei Monsieur Benoit sagen.«

»Gibt es etwas Neues?«

Lilou nickte und setzte sich unaufgefordert auf den Besucherstuhl gegenüber von Demoireaus Schreibtisch. Sie holte tief Luft. Tatsächlich hätte sie ihm von Anfang an von dem Buch erzählen müssen.

»Am Tag vor seinem Tod hat mir Monsieur Benoit etwas gegeben«, begann sie und holte das *Journal d'Armand* aus ihrer Tasche. »Ich glaube, dass das hier der Grund für den Einbruch bei Monsieur Benoit ist.« Sie reichte ihm das Buch.

Der Commissaire machte ein skeptisches Gesicht und wog es in der Hand. »Was ist das?«

»Monsieur Benoit hat es das *Journal d'Armand* genannt. Es ist eine Sammlung von Kochrezepten.«

Demoireau schlug es auf und runzelte die Stirn. »Handgeschriebene Kochrezepte?«

Lilou nickte. »Ich habe den Verdacht, dass die Einbrecher danach gesucht haben.«

»Wie kommen Sie denn darauf?« Der Commissaire sah sie verblüfft an. »So ein Küchentagebuch ist doch nichts Außergewöhnliches«, sagte er. »Selbst meine Mutter besitzt eines, das hat noch ihre Großmutter begonnen.«

»Das Buch Ihrer Mutter wurde aber nicht von einem Sternekoch verfasst.«

»Was sagen Sie da? Ein Sternekoch?«

»Ja.« Lilou nickte bekräftigend. »Armand Benoit führte in den Siebzigerjahren ein Dreisternerestaurant in Carroux.«

»Hm«, machte Demoireau. »Von dem habe ich noch nie etwas gehört.«

Lilou biss sich auf die Lippen. Er durfte doch ihren Verdacht nicht einfach abtun, nur weil er den Sternekoch nicht kannte!

»Mit diesem Manuskript ließe sich viel Geld verdienen«, sagte sie eindringlich. »Man könnte es verkaufen oder es einem Verlag anbieten, der daraus ein Kochbuch machen könnte. Es würde bestimmt ein Bestseller werden!«

»Das erscheint mir aber sehr weit hergeholt.« Demoireau wiegte den Kopf. »Benoit hätte es Ihnen doch nicht überlassen, wenn es wirklich so wertvoll wäre.«

»Ich glaube nicht, dass er sich dessen bewusst war.«

»Trotzdem. Dafür begeht doch niemand einen Mord.« Der Commissaire reichte ihr das Buch zurück.

Lilou knirschte innerlich mit den Zähnen. Warum sah Demoireau denn nicht, was so sonnenklar für sie war?

»Der Sternekoch hat eine Tochter«, versuchte sie es noch einmal. »Ich würde ihr das Buch gerne zeigen.«

»Sagten Sie nicht, es gäbe außer seiner Halbschwester und dem Neffen keine Verwandten?«

»Da habe ich mich eben geirrt.«

»Offenbar.« Demoireau schüttelte den Kopf. »Ich glaube, Sie verrennen sich da in etwas.«

Lilou holte tief Luft und richtete sich auf. »Ich bin da anderer Meinung, *mon commissaire*«, sagte sie mit fester Stimme.

»So, sind Sie das?« Demoireau zog die buschigen Brauen hoch. »Wir halten uns trotzdem an die Tatsachen.«

»Aber …«

»Nein, kein *Aber,* Mademoiselle Braque. Sie verlieren sich schon wieder in Spekulationen.«

»Jemand war gestern in Monsieur Benoits Wohnung«, gab Lilou zurück, etwas lauter als beabsichtigt. »Das ist keine Spekulation.«

»Was sagen Sie da?«

»Das Polizeisiegel ist gebrochen. Jemand war in der Wohnung.« Triumphierend sah sie ihn an. »Jemand, der wahrscheinlich genau dieses Buch gesucht hat.«

»Das können wir doch gar nicht wissen.«

Lilou stieß die Luft aus. »Ich behaupte ja nicht, dass die Tochter des Kochs die Täterin ist. Aber Sie sagten selbst, dass wir in alle Richtungen ermitteln müssen.«

»Hm.« Demoireau sah sie zweifelnd an. »Nun gut, schaden kann es nicht«, gab er schließlich nach. »Finden Sie heraus, was es mit diesem Koch auf sich hat, und spüren Sie seine Tochter auf. Dann sehen wir weiter.«

»Danke, Monsieur le Commissaire.«

Er nickte und deutete zur Tür. »Wir treffen uns um elf mit Monsieur Dompierre für eine zweite Befragung. Bis dahin haben Sie freie Hand.«

Kaum war Lilou aus dem Zimmer, warf sie einen Blick auf die Uhr. Es war kurz vor halb neun, sie hatte zwei Stunden Zeit. Sie eilte zu ihrem Büro und hielt unvermittelt an. Hinter der geschlossenen Tür hörte sie Pouff telefonieren, und seine Lautstärke steigerte sich von Satz zu Satz. Unwillkürlich trat sie einen Schritt zurück, als hätte der stellvertretende Dienststellenleiter Röntgenaugen und könnte sie durch die geschlossene Tür hindurch sehen.

Puh. Wenn Pouff in dieser Stimmung war, wollte sie ihm keinesfalls unter die Augen kommen. Sie runzelte die Stirn.

Um Recherchen über Bérénice Benoit anzustellen, musste sie unbedingt an ihren Computer. Zwar gab es in Frankreich kein zentrales Meldewesen, aber mithilfe des Polizeicomputers hatte sie nicht nur Zugriff auf nationale und internationale Strafregister, sondern auch auf die Datenbanken des Kraftverkehrsamts, der Führerscheinstelle und des Katasteramts. Zögernd stand sie vor Pouffs Tür, als seine Stimme plötzlich verstummte. Schritte waren zu hören, und sie ergriff die Flucht. Erst im Treppenhaus kam ihr die rettende Idee. Sie war viel zu fixiert auf die elektronischen Datenbanken, die ihr fast immer mit einem Mausklick die gewünschten Informationen bereitstellten. Aber das war schließlich nicht der einzige Weg.

Sie strich die Uniformbluse glatt, straffte die Schultern und verließ das Gebäude.

Es war ein ungewohntes Gefühl, in Uniform, aber ohne einen Kollegen an ihrer Seite durch die Stadt zu laufen. Polizisten im Dienst waren normalerweise nie alleine unterwegs, und das nicht erst seit dem Anschlag auf *Charlie Hebdo*. Deshalb zog sich Lilou nach Dienstschluss auch immer in der Wache um, bevor sie nach Hause ging.

Ihr war bewusst, dass sie mit der dunkelblauen Bluse, der dunklen Hose und der Dienstwaffe auch ihre Identität als Polizistin ablegte. In Jeans und T-Shirt war sie eine andere, eine private Lilou, eine unbekümmerte junge Frau, der vor zwei Jahren niemand zugetraut hätte, auch nur die Aufnahmeprüfung der Polizeischule zu bestehen, geschweige denn ihre Ausbildung zur Commissaire wirklich abzuschließen. Doch wenn sie die Uniform trug, fühlte sie sich nicht nur um etliche Zentimeter größer, sondern auch ein ganzes Stück erwachsener. Die blaue Bluse mit den Abzeichen auf den Ärmeln verhalf ihr zu einem ganz neuen Selbstbild, und sie spürte, wie sie darin mit jedem Tag an Sicherheit gewann.

Zumindest bis zu dem Tag, an dem sie ihr Praktikum in Carpentras angetreten hatte. Die Männer ihrer Dienststelle ließen sie allzu deutlich spüren, dass sie ihr nichts zutrauten. Da war keine helfende Hand, die sie fürsorglich auf den ersten Schritten in den Beruf begleitete, nein, sie musste um jedes Quäntchen Anerkennung kämpfen.

Aber sie würde sich davon nicht kleinkriegen lassen. Sie hob das Kinn und richtete sich gerade auf. Sie war eine Commissaire auf einem Dienstgang. So!

Mit forschem Schritt und ohne nach rechts oder links zu blicken, erreichte sie ihr Ziel im Zentrum der Altstadt, die Place Maurice Charretier, und mit einem Aufatmen betrat sie das klimatisierte Hôtel de Ville. Sie nickte dem jungen Mann am Tresen in der Eingangshalle zu und eilte zielstrebig weiter zum Treppenhaus. Das Standesamt, der *service de l'état civil,* befand sich im ersten Stock. Sie ignorierte den Wartebereich und ging direkt durch zum Schalterraum, wo sechs Frauen unterschiedlichen Alters hinter großen Flachbildschirmen ihren Dienst an der Bevölkerung versahen. Lilou hatte Glück, an *poste D* erhob sich gerade ein älterer Mann mit Baskenmütze und machte den Platz frei. Bevor die Beamtin hinter der Abtrennung den nächsten Wartenden hereinrufen konnte, machte sie die Frau mit einer Handbewegung auf sich aufmerksam. Die Beamtin sah auf, stutzte, dann winkte sie Lilou heran.

Die Frau hatte ein hübsches Gesicht mit Sommersprossen auf der Nase und trug ihr schulterlanges dunkelblondes Haar in einer schicken Frisur. Sie war jung, kaum älter als sie selbst. Lilou setzte ihr vertrauenerweckendstes Polizistenlächeln auf und nahm auf dem soeben frei gewordenen Stuhl Platz.

»Was wollen Sie von mir?«, fragte die Beamtin und musterte skeptisch Lilous Uniform. Sie hatte rehbraune Augen, was einen aparten Kontrast zu ihrem blonden Haar bildete.

»Gar nichts«, beruhigte sie Lilou. »Ich bin Élève Commissaire Lilou Braque, ich brauche nur eine Auskunft.«

»Eine Auskunft? Wieso holen Sie die nicht auf dem Dienstweg ein?«

»Es handelt sich um eine …« Lilou zögerte. Sie konnte der Beamtin schlecht sagen, dass sie der stellvertretende Dienststellenleiter an der Nutzung ihres Dienstcomputers gehindert hatte. »Um eine eher private Ermittlung.«

Die junge Frau verzog misstrauisch das Gesicht. »Wie soll ich das verstehen?«

Lilou holte tief Luft und hoffte, dass sie mit ihrer Geschichte durchkam. »Vorgestern wurde ein alter Mann tot aufgefunden«, begann sie. »Vielleicht haben Sie in der Zeitung davon gelesen?«

»Ach, Sie meinen den Überfall an der Place de l'Horloge, ja. Was ist damit?«

»Der alte Mann war mein Nachbar.«

»Das tut mir leid.« Das Gesicht der jungen Frau zeigte trotz der teilnehmenden Worte keine Regung. Offenbar gehörte sie zu der Kategorie Menschen, die der Polizei aus Prinzip nicht vertrauten.

»Er hat mir vor seinem Tod ein Familienerbstück geliehen, das ich ihm nun nicht mehr zurückgeben kann. Deshalb versuche ich, die Erbin ausfindig zu machen.«

»Das ist Sache des Erbschaftsgerichts.« Die Miene der Frau wurde immer abweisender.

»Es gibt ein Testament und einen Alleinerben.« Lilou sah sie bittend an. »Aber dieses eine Erbstück steht jemand anderem zu, und ich würde es gerne der rechtmäßigen Besitzerin geben.«

»Ich verstehe trotzdem nicht, wieso Sie dafür nicht den Dienstweg wählen.«

»Mein Vorgesetzter findet, ich sollte mich da raushalten«, sagte Lilou. Das war nicht einmal so weit von der Wahrheit entfernt. »Aber ich mochte den alten Mann, und es ist mir sehr wichtig, dass es in die richtigen Hände kommt.«

Die junge Frau seufzte. »Also gut. Ich denke, Sie haben das gleiche Recht auf Auskunft wie jeder andere Bürger. Wie lautet der Name der Frau?«

Lilou lächelte sie dankbar an. »Bérénice Benoit.«

Die Beamtin erwiderte das Lächeln nicht, sondern wandte sich ihrem Computer zu. »Und das Geburtsdatum?«

»Irgendwann Anfang der Achtzigerjahre«, antwortete Lilou.

Die Frau hob den Kopf. »Ohne das Geburtsdatum kann ich Ihnen keine Auskunft geben«, sagte sie. Es klang nicht, als ob es ihr leidtäte.

»Mist.« Lilou biss sich auf die Unterlippe.

»Haben Sie sonst noch Informationen über die Frau? Wissen Sie vielleicht etwas über die Eltern?«

Lilou nickte. »Ja, der Vater hieß Armand Benoit, er ist am 18. März 1927 in Carpentras geboren.«

»Dann sehen wir mal nach.«

Die Finger der Beamtin flogen über die Tastatur, und schnell hatte sie ein Ergebnis. »Verstorben am 13. September 1986 in Carroux, ist das korrekt?«

»Ja.« Lilou beugte sich vor. »Steht da etwas zu seiner Tochter?«

Die Frau zog den Bildschirm noch ein wenig weiter zu sich, sodass Lilou nichts sehen konnte. »Ja, die Geburt der Tochter ist hier vermerkt.«

»Dann können Sie jetzt ...«

»Ich mache ja schon.« Offensichtlich begann ihr die Detektivarbeit langsam Spaß zu machen, denn ihr Gesicht war nicht mehr ganz so abweisend wie zuvor. Sie tippte wieder auf der Tastatur.

»Bérénice Benoit, da haben wir sie ja.« Sie sah hoch. »Was wollen Sie wissen?«

»Am liebsten alles«, entfuhr es Lilou.

»Alles darf ich Ihnen nicht sagen«, erwiderte die Beamtin trocken. »Die komplette Geburtsurkunde mit allen Randanmerkungen ist nur für Berechtigte verfügbar.« Sie hob die Schultern. »Dafür müssten Sie mit einer Weisung vom Staatsanwalt wiederkommen.«

»Was können Sie mir denn sagen?«, fragte Lilou.

»Ich kann Ihnen eine Abschrift ohne Abstammung machen«, schlug die Frau vor. »Die beinhaltet auch die letzten Randanmerkungen. Ich bin mir sicher, da finden Sie alles, was Sie brauchen.«

Sie klickte zweimal mit der Maus, und neben ihr begann ein Laserdrucker zu summen. Mit einem leisen Zischen rutschte ein Blatt Papier aus dem Schlitz. Die Beamtin überflog es, dann reichte sie es Lilou über den Tresen.

Lilou warf einen Blick darauf und grinste. Die junge Frau hatte recht, hier stand genau das, was sie brauchte.

»Ich danke Ihnen herzlich, Madame …« Sie warf einen Blick auf den Namen der Beamtin, der ganz unten auf dem Ausdruck stand. »… Valleron.«

Isabelle Valleron nickte und brachte sogar ein halbes Lächeln zustande. »Gern geschehen.«

KAPITEL 5

Auf dem Rückweg zum Hôtel de Police verschwendete Lilou keinen Gedanken mehr an ihre Uniform und achtete auch nicht auf die Passanten. Mit raschen Schritten eilte sie durch die Menschenmenge und hatte bald die Dienststelle erreicht.

Sie hatte Glück, Pouff war nicht in seinem Zimmer. Erleichtert ließ sie sich auf ihren Stuhl fallen, hielt ihr verschwitztes Gesicht in den sirrenden Luftstrom der Klimaanlage und genoss den kurzen Moment der Abkühlung. Wie würde das erst im Hochsommer werden, wenn die Temperaturen um die Mittagszeit auf fast vierzig Grad kletterten? Sie wollte gar nicht daran denken.

Sie fuhr ihren Computer hoch und trommelte ungeduldig mit den Fingern auf die Tischplatte. Man hatte ihr nicht das neueste Modell gegeben, aber immerhin war der Monitor bereits ein moderner Flachbildschirm, wenn auch nicht sehr groß. Egal. Endlich war der PC bereit, und sie zog den zusammengefalteten Ausdruck aus ihrer Hosentasche.

Bérénice Arielle Laure Benoit war am 27. April 1981 in Carpentras zur Welt gekommen. Und am 19. Juni 2006 hatte sie in Manosque einen Bernard Henri Georges Lavallie geheiratet.

Sorgfältig tippte sie den Namen in das Suchfeld von Google ein. Bérénice Benoit Lavallie. Sie drückte auf die Enter-Taste und hielt den Atem an.

Treffer.

Gleich das erste Ergebnis war die Webseite eines Restaurants. Sie klickte sie an und ließ den angehaltenen Atem entweichen. Sie hatte Bérénice gefunden.

L'Armandine war ein Restaurant in der Nähe von Bedrange, einer kleinen Stadt zu Füßen des Mont Ventoux, vielleicht eine halbe Autostunde von Carpentras entfernt. Die Webseite zeigte Bilder von einem alten Gebäude aus sandfarbenen Steinen, das einmal eine Mühle gewesen sein mochte, eine steinerne Brücke und eine überdachte Terrasse, die sich über dem wuchernden Grün eines Flussufers erhob.

Lilou klickte sich durch die Seiten, betrachtete die Fotos und studierte die Speisekarte. Ambiente und Angebot waren gediegen, die Preise gehoben, erschienen ihr jedoch für das Gebotene nicht übertrieben. Ein mehrgängiges *menu* kostete zwischen 25 und 40 Euro. Bérénice Benoit führte da ein ausnehmend schönes Restaurant in einer beeindruckenden Kulisse, aber es war ganz offensichtlich keine Sterneküche.

Die Tür sprang auf, und Pouff betrat den Raum. Lilou klickte schnell das Browserfenster weg und fragte sich im gleichen Augenblick, warum sie das tat. Immerhin hatte Demoireau ihr die Recherche gestattet! Aber Pouffs zusammengezogene Brauen verhießen nichts Gutes.

»Wo hast du denn die ganze Zeit gesteckt?«, fragte er unwirsch. »Ich habe dich gesucht.«

»Ich war erst bei Demoireau, und anschließend habe ich recherchiert«, verteidigte sie sich.

»Immer noch Commissaire Demoireau für dich«, knurrte der Commandant. »Und was für Recherchen? Hat er dir das aufgetragen?« Seine Stimme triefte vor Misstrauen.

»Ja.« Lilou hob das Kinn und sah ihn herausfordernd an. »Außerdem muss ich jetzt gehen.«

Sie stand auf und schob sich an ihm vorbei.

»Wo willst du hin?«, rief Pouff ihr nach. »Ich wollte …«

»Keine Zeit«, gab sie über die Schulter zurück. »Ich muss zu Commissaire Demoireau.«

Sie spürte seinen Blick im Rücken, als sie den Flur hinunter zu

Demoireaus Büro eilte. An seiner Tür sah sie sich um, Pouff stand noch immer im Gang und blickte ihr hinterher, als ob er sich vergewissern wollte, dass sie wirklich zu Demoireau ging. Lilou knirschte innerlich mit den Zähnen und klopfte. »Bitte lass ihn da sein, bitte lass ihn da sein«, betete sie stumm.

»Herein«, tönte es von drinnen.

Lilou drückte die Klinke hinunter und schlüpfte ins Zimmer.

»Ah, gut, dass Sie da sind, Mademoiselle Braque.« Demoireau erhob sich von seinem Stuhl. »Wir müssen gleich los, Monsieur Dompierre erwartet uns.«

Lilou blieb an der Tür stehen und sah Demoireau zu, wie er die Papiere auf seinem Schreibtisch zusammenschob, bis sie auf einem ordentlichen Stapel lagen. Er stellte zwei Kugelschreiber zurück in den Stifthalter, richtete die Tastatur seines PCs gerade aus und stellte die Maus daneben. Dann erst schaltete er den Bildschirm aus und kam um den Schreibtisch herum.

Pouff stand noch immer in der geöffneten Tür zu seinem Büro. »Nehmen Sie sie mit?«, fragte er Demoireau und deutete auf Lilou. Es klang, als führte der Commissaire einen Hund spazieren, und Lilou hätte ihm am liebsten die Zunge herausgestreckt.

»Ja, natürlich«, erwiderte Demoireau und sah Pouff erstaunt an. »Wieso fragen Sie?«

»Nur so«, brummte Pouff und zog sich in sein Büro zurück.

»Er will wahrscheinlich, dass ich wieder seinen Schreibkram erledige«, erklärte Lilou mit mühsam beherrschter Stimme.

Demoireau sah sie von der Seite an. »Verstehe.«

Lilou verdrehte die Augen. Sie bezweifelte, dass er wirklich verstand.

Obwohl Dompierres Büroadresse keine zehn Minuten Fußweg entfernt lag, nahm der Commissaire das Auto.

»Es ist zu heiß«, erklärte er auf Lilous Nachfrage. »Bei einer Befragung ist der äußere Eindruck des Beamten von großer

Wichtigkeit. Es geht nicht an, da verschwitzt und außer Atem aufzutauchen.«

Er warf einen missbilligenden Blick auf Lilous Schuhe. Sie weigerte sich, die üblichen glänzend polierten Lederschuhe anzuziehen, die der Commissaire als passend für Frauen in Uniform befand, sondern trug die robusten Einsatzschuhe der Schutzpolizei, die mehr Sportschuhen glichen und einfach bequemer waren.

Dompierres Büroadresse lag an einem winzigen Platz am Rande der Altstadt, der diese Bezeichnung kaum verdiente. Drei Gassen trafen leicht versetzt aufeinander, sodass eine kleine Freifläche entstand, auf der Autos parkten und zwei magere Platanen um das Sonnenlicht wetteiferten. Eingeklemmt zwischen einem India-Shop und einem Übersetzungsbüro, erhob sich ein schmales Haus mit grauer Fassade und hellgelben Fensterläden. Im Erdgeschoss befand sich ein großes Schaufenster, hinter der Scheibe hing eine Tafel mit verschiedenen Immobilienangeboten. Vom schicken Zwei-Zimmer-Appartement bis hin zur Villa am Stadtrand war alles vertreten, sogar eine Jacht war unter den Exposés. Neben der Tür hing ein großes Messingschild: Nicolas Dompierre, Immobilier et Gérant d'immeuble.

Demoireau schob die Tür auf, ein melodiöser Glockenklang ertönte. Der Eingang führte direkt in ein aufgeräumt wirkendes Büro, das von zwei starken Neonleuchten erhellt wurde. Der Raum war überraschend groß. Zwei Schreibtische standen links der Eingangstür am Fenster, und ein solider Aktenschrank nahm den größten Teil der Rückwand ein, in der eine weitere Tür zu sehen war. Dompierre saß am hinteren Schreibtisch, halb verdeckt von einem großen Flachbildschirm. Beim Klang der Glocke blickte er hoch.

Eine rundliche Frau mit eisengrauem Haar kam aus der zweiten Tür und sah sie fragend an. »Was kann ich für Sie tun?«

»Ah, Monsieur le Commissaire und Mademoiselle Braque«, rief Dompierre im gleichen Augenblick und sprang auf. »Ist es denn schon so spät?« Er warf einen Blick auf die Uhr an seinem Handgelenk, ein teuer aussehendes Modell aus gebürstetem Metall.

Demoireau reichte ihm die Hand und sah sich um. »Können wir uns irgendwo in Ruhe unterhalten?«, fragte er.

»Ja, natürlich, kommen Sie mit.«

Dompierre ging voraus durch die Tür in der Rückwand. Dahinter lag eine Art Besprechungszimmer, das mit einer plüschigen Sitzgruppe, einem gläsernen Couchtisch und einem schweren Sideboard samt Kaffeemaschine offenbar für eine entspannte Atmosphäre sorgen sollte. Es roch nach kaltem Rauch. Das einzige Fenster war vergittert und ging nach hinten in einen engen Innenhof, in dem eine staubige Palme ihr Dasein fristete.

»Bitte schön.« Dompierre wies auf das Sofa und wartete, bis sie saßen, bevor er ihnen gegenüber Platz nahm.

Lilou warf einen sehnsuchtsvollen Blick zu der Kaffeemaschine, aber er bot ihnen nichts an. Demoireau nickte ihr zu, sie zog ihr Smartphone aus der Tasche und rief die Notiz-App auf.

»Monsieur Dompierre, ist Ihnen in der Zwischenzeit noch etwas eingefallen?«, fragte der Commissaire.

Lilou schmunzelte. Demoireau eröffnete solche Vernehmungen gern mit einer sehr allgemein gehaltenen Frage, um sein Gegenüber zum Reden zu bringen. Doch sobald sie an einen Punkt kamen, der von Interesse war, hakte er unerbittlich nach.

Aber Dompierre ließ sich darauf nicht ein. Er zündete sich erst eine Zigarette an, dann schüttelte er den Kopf. »Nein«, sagte er bestimmt.

»Wir wissen inzwischen, dass Ihr Onkel keines natürlichen Todes gestorben ist«, sagte Demoireau. »Er wurde mit einem Kissen erstickt.« Er sah Dompierre ernst an. »Wir ermitteln nun wegen Mordes.«

Dompierre wurde blass. »Was sagen Sie da? Mord?«

Der Commissaire nickte. »Wer könnte ein Interesse daran haben, Ihren Onkel zu töten?«

»Aber das war doch ein Raubüberfall?« Dompierre sah erschüttert aus, in seinen Augenwinkeln glänzte es feucht. »Wahrscheinlich haben ihn die Einbrecher getötet, um keine Zeugen zu haben!«

»Einiges an diesem Fall erscheint uns nicht stimmig. Es wurde zwar alles durchwühlt, aber wertvolle Gegenstände wurden zurückgelassen.«

»Sie meinen, es war gar kein Einbruch?«

»Nicht unbedingt.« Demoireau lehnte sich zurück. »Möglicherweise wurden die Einbrecher gestört und mussten schnell verschwinden.«

»Oder sie haben nach etwas ganz Bestimmtem gesucht«, ergänzte Lilou, was ihr einen Seitenblick von Demoireau eintrug. Aber er widersprach nicht. »Wir schließen nicht aus, dass Ihr Onkel seine Mörder sogar kannte«, fuhr er fort. »Wir hoffen, dass es Zeugen gab, die etwas mitbekommen haben. Sie zum Beispiel.«

»Ich?« Dompierre sah ihn überrascht an.

»Ja, Sie.« Demoireaus Stimme klang nun streng. »Wo waren Sie am Dienstag zur Mittagszeit?«

»Ich habe gearbeitet«, erwiderte Dompierre in empörtem Tonfall. »Sie verdächtigen doch nicht etwa mich? Ich habe meinen Onkel geliebt!«

»Wir stellen diese Frage allen Beteiligten«, sagte Lilou beschwichtigend. »Das ist sozusagen Routine.«

Dompierre hob die Schultern. »Ich war bei einem Kunden in Martigues. Er hat eine Jacht am Étang de Berre liegen, die er verkaufen will.«

»Der Kunde kann das bezeugen?«

»Ja, natürlich. Ich war am Morgen nur kurz im Büro und dann von etwa 10.00 bis 14.00 Uhr bei ihm.« Dompierre stand auf und kam mit einem Farbdruck in der Hand wieder. Ein weißes Kajütboot mit hölzernen Aufbauten war darauf abgebildet, darunter standen die Bezeichnung des Bootstyps und Dompierres Kontaktdaten. »Das ist sie. Sie können den Reeder gerne fragen, meine Mitarbeiterin gibt Ihnen den Namen und seine Telefonnummer.«

»Hm.« Demoireau klang fast enttäuscht. »Können Sie uns sagen, ob Ihr Onkel in der letzten Zeit Besuch hatte? Oder gab es Streit mit jemandem?«

Dompierre runzelte die Stirn. »Wenn Sie mich so fragen, ja, da gibt es tatsächlich jemanden.«

»Bitte, sprechen Sie!«

»Es ging um das leer stehende Ladenlokal im Erdgeschoss seines Hauses«, begann Dompierre. »Es haben sich immer wieder Leute bei ihm gemeldet, die es mieten wollten.«

»Aber Ihr Onkel wollte es nicht vermieten.«

»So ist es.« Monsieur Benoits Neffe nickte Lilou zu. »Ich habe das wirklich nicht verstanden«, sagte er. »Bei der momentanen Immobilienknappheit sind Objekte in dieser Lage ein Vermögen wert. Er hätte einen guten Preis bekommen und sich um nichts kümmern müssen, ich hätte das alles für ihn erledigt. Aber er wollte nicht.«

»Und mit einem dieser Leute hatte er Streit?«, fragte Demoireau.

Dompierre sah aus dem Fenster, dann gab er sich einen Ruck. »Ja, in der Tat.« Er sah Demoireau ernst an. »Der letzte Interessent war ein Weißrusse, der das Lokal mieten wollte, um eine Bar zu eröffnen. Er hätte wirklich gut gezahlt.«

»Der Mann hat Ihren Onkel in seiner Wohnung aufgesucht?«

»Ich habe ihn sogar selbst zu ihm gebracht.« Dompierre schüttelte den Kopf. »Aber ich hätte nie gedacht, dass er …«

»So reden Sie schon«, drängte Demoireau. »Wer war das? Und worum ging es genau?«

»Sein Name ist Dimitri Petuchow.« Dompierre drückte die Zigarette im Aschenbecher aus. »Er besitzt einen Nachtklub in

Avignon und ist einer meiner Kunden. Die Geschäfte gehen gut, er wollte sich vergrößern. Ich schlug ihm das leer stehende Lokal im Haus meines Onkels vor. Die Lage in der Altstadt, die Größe, das hätte alles perfekt gepasst.« Dompierre stand auf und begann, im Raum auf und ab zu gehen. »Aber Onkel Frédéric wollte nichts davon hören. Deshalb habe ich Petuchow zu ihm gebracht. Ich dachte, wenn er ihn persönlich kennenlernt, ändert er vielleicht seine Meinung.«

»Aber stattdessen gab es Krach, nicht wahr?«, warf Lilou ein.

Nicolas Dompierre blieb stehen und warf ihr einen überraschten Blick zu, aber dann nickte er. »Ja, Sie haben den Streit offenbar mitbekommen. Mein Onkel war wie von Sinnen. Hätte er nicht im Rollstuhl gesessen, wäre er glatt handgreiflich geworden.«

»Warum das denn?«, wollte Demoireau wissen. »Was hat Monsieur Petuchow denn getan?«

»Als mein Onkel ablehnte, ihm das Lokal zu vermieten, hat Petuchow vorgeschlagen, ihm das Haus abzukaufen.« Dompierre verzog das Gesicht. »Damit ist er natürlich genau an den Richtigen geraten.«

»Aber warum glauben Sie, dass er Ihrem Onkel etwas angetan hat?«, fragte Lilou.

»Das habe ich nicht gesagt«, antwortete Dompierre schnell. Er setzte sich wieder, klopfte eine neue Zigarette aus der Packung und zündete sie an. »Aber Sie haben gefragt, wer in letzter Zeit bei ihm war. *Voilà.*«

»Kann es sein, dass der Mann später nochmals ohne Sie bei Ihrem Onkel war?«

Dompierre hob die Schultern. »Ich weiß es nicht, *mon commissaire*. Möglich wäre es.« Er lachte freudlos auf. »Dimitri Petuchow bekommt gewöhnlich das, was er will.«

Lilou tippte auf ihr Smartphone. »Haben Sie Monsieur Petuchows Adresse?«

Dompierre nickte. »Sie ist im Computer gespeichert, ich gebe sie Ihnen gleich.«

»Ich nehme an, die Entscheidung, was mit dem Haus passiert, liegt jetzt bei Ihnen?« Demoireau stellte die Frage beiläufig und ohne jede Emotion in der Stimme.

Dompierres Kopf ruckte herum. »Wieso fragen Sie das?«

»Ich habe dem Commissaire erzählt, dass Sie der Alleinerbe sind«, warf Lilou ein. »Zumindest hat Monsieur Benoit so etwas angedeutet.«

Dompierres Zigarette war zu Boden gefallen, er bückte sich und hob sie auf. »Ja, das ist wohl richtig«, sagte er mit gepresster Stimme.

Demoireau blickte ihn fragend an. »Gibt es ein Problem?«

Dompierre wich seinem Blick aus. »Onkel Frédérics Testament ist verschwunden«, murmelte er. »Und ohne Testament ...« Er vollendete den Satz nicht, sondern nahm einen tiefen Zug von seiner Zigarette.

»Was meinen Sie damit, das Testament ist verschwunden?«

»Er hat es zu Hause aufbewahrt, es lag immer bei seinen Papieren in der Schreibtischschublade.« Dompierre fuhr sich durch die Haare. »Aber nach dem Überfall war es nicht mehr da, die Schublade war leer. Die Einbrecher müssen es mitgenommen haben.«

In Lilou keimte ein Verdacht. »Waren Sie gestern in seiner Wohnung?«

Dompierre wurde rot. »Ja«, gab er zu. »Ich habe nach dem Testament gesucht. Ich weiß, dass das nicht in Ordnung ist«, fuhr er rasch fort, »aber es sind so viele Dinge zu regeln. Es wäre viel einfacher, wenn ich etwas Schriftliches von ihm in der Hand hätte.«

Demoireau runzelte die Stirn. »Siegelbruch ist eine strafbare Handlung«, knurrte er. »Das wissen Sie bestimmt.«

»Ja, natürlich weiß ich das«, erwiderte Dompierre mit schuldbewusster Miene. »Aber bitte verstehen Sie meine Lage, ich wollte nichts Illegales tun. Ich habe doch ein berechtigtes Interesse.«

Der Commissaire machte eine wegwerfende Handbewegung. »Gibt es weitere Verwandte außer Ihnen?«

»Meine Mutter ist Frédérics Halbschwester und seine nächste Verwandte. Es gab noch einen älteren Bruder aus der ersten Ehe meines Großvaters, aber der wanderte in jungen Jahren nach Kanada aus und ist inzwischen verstorben.«

Demoireau wollte etwas sagen, doch Lilou kam ihm zuvor. »Sagt Ihnen der Name Armand Benoit etwas?«

»Armand Benoit?« Dompierre schüttelte den Kopf. »Wer soll das sein? Auch ein Verwandter?«

Lilou nickte. »Monsieur Benoit hat ihn einmal erwähnt.«

»Tut mir leid.« Dompierre ging zum Fenster und öffnete es. »Außer Onkel Frédéric kenne ich niemanden aus der Familie meines Großvaters.«

Demoireau ergriff wieder das Wort. »Was passiert, wenn Monsieur Benoits Testament nicht auftaucht?«

»Dann muss in Erfahrung gebracht werden, ob es Nachkommen seines Bruders gibt«, antwortete Dompierre. »Wenn die noch leben, wird das Erbe zwischen ihnen und meiner Mutter aufgeteilt.« Er schüttelte den Kopf, beugte sich vor und zerkrümelte den Rest der brennenden Zigarette im Aschenbecher. »Das wird dann alles sehr, sehr lange dauern«, schloss er. Um seinen Mund lag ein verbitterter Zug.

Nach dem Gespräch mit Dompierre ging Demoireau nicht sofort zum Auto zurück, sondern deutete auf eine der kleinen Gassen, die in den Platz mündeten.

»Da entlang«, sagte er und setzte sich in Bewegung.

Lilou folgte ihm. Der Commissaire ging eilig voran, sie musste sich Mühe geben, mit ihm Schritt zu halten. Vor den bunt dekorierten Schaufenstern eines Bistros hielt er an. In rot-weißblauen Buchstaben leuchtete der Name über der Tür: *Les Halles Saint Marcellin.*

»Mittagessen«, sagte er und rieb sich den Bauch.

»In Uniform?« Lilou staunte. Bei ihrer letzten Praktikumsstelle war es verpönt gewesen, ohne dienstlichen Grund ein Lokal in Uniform zu betreten. Hier schien das anders zu sein.

»Warum nicht?« Demoireau schmunzelte. »Polizisten haben auch Hunger.«

Lilou musste lachen und folgte ihm hinein. Man schien ihn hier zu kennen, denn die Wirtin begrüßte ihn persönlich mit zwei Küsschen auf die Wangen. Auch Lilou wurde so bedacht, und ein Kellner führte sie an einen kleinen Tisch im hinteren Bereich des Lokals.

Die Wirtin brachte die Speisekarte persönlich und unterhielt sich mit Demoireau, während Lilou das ansprechende Angebot durchging. Sie entschied sich für die Fischsuppe, wogegen der Commissaire trotz der Hitze Cassoulet, einen deftigen Bohneneintopf aus Carcassonne, bestellte.

Während sie warteten, sah Lilou sich um. Das Bistro war kein typisches Restaurant, stellte sie fest. Vorne an der Straßenseite befand sich ein Lebensmittelverkauf, sie erkannte Wurst und Käse in großen Vitrinen und eine kleine Patisserie mit Törtchen und Gebäck. An der Rückwand zogen sich Regale mit schön ausgeleuchteten Weinflaschen entlang. Die acht Tische, die im Raum verteilt standen, waren fast alle besetzt, das Konzept schien aufzugehen.

Beim Essen war Demoireau schweigsam. Er schaufelte das Cassoulet in sich hinein, ohne aufzusehen, dazu trank er ein Glas Rosé. Lilou hielt sich lieber an Wasser und genoss die Bouillabaisse, in der sich die Aromen von frischen Meeresfrüchten mit denen von knackigem Fenchel mischten. Sie schmeckte himmlisch. Die dazu gereichte Rouille war von einer angenehm prickelnden Schärfe und das Baguette knusprig und noch warm. Sie tunkte den letzten Rest der Suppe damit auf, dann lehnte sie sich satt zurück. Der Commissaire hatte ebenfalls aufgegessen. Er winkte den Kellner heran und bestellte noch zwei Café au Lait.

»Was halten Sie von Dompierres Geschichte?«, fragte er, als die dampfenden Schalen vor ihnen standen. Er schüttete zwei Päckchen Zucker in seinen Kaffee und rührte so heftig um, dass der Milchschaum überschwappte und als träge Masse außen an der Tasse herablief.

Er hob die Schale zum Mund, und Lilou beobachtete fasziniert den dicken Tropfen, der an der Unterseite klebte wie festgewachsen. Demoireau nahm einen großen Schluck und stellte die Tasse zurück, ohne zu kleckern.

Lilou trank ebenfalls und genoss die bittere Wärme, die ihre Lebensgeister wieder weckte. Erst dann antwortete sie: »Ein abgelehntes Kaufangebot erscheint mir kein ausreichendes Motiv für einen Mord zu sein.«

Der Commissaire nickte. »Das kann ich mir auch nur schwer vorstellen«, sagte er. »Aber wir wissen nicht, was der Weißrusse mit Dompierre vereinbart hatte. Wenn Monsieur Benoit tot ist, entscheidet sein Neffe, was mit dem Lokal passiert, und das könnte durchaus ein Motiv sein.«

Lilou runzelte die Stirn. »Sie meinen …«

»Ein Ladenlokal dieser Größe ist in der Altstadt praktisch nicht zu bekommen. Sehen Sie sich doch um, die sind alle in der Hand von alteingesessenen Betrieben.«

Lilou vergegenwärtigte sich kurz die Fußgängerzone und musste dem Commissaire recht geben. Die meisten Lokale waren winzig, so schmal wie die Häuser, in denen sie sich befanden, und die wenigen größeren beherbergten Restaurants, Banken und Apotheken. Die Lage auf dem Immobilienmarkt war mehr als angespannt, und neue Objekte gab es nicht.

»Könnte sich jemand wie der Tätowierer so ein Lokal überhaupt leisten?«

Demoireau hob die schweren Schultern. »Über Preise wird nicht viel gesprochen«, sagte er. »Die Mieten sind natürlich nicht gerade günstig, aber vieles geht unter der Hand, deshalb …« Er beendete den Satz nicht, sondern rührte nur wieder in seinem Kaffee, bis er auf die Untertasse schwappte.

»Ich glaube trotzdem nicht daran, dass jemand für ein leer stehendes Lokal einen Mord begeht«, sagte Lilou. »Das erscheint mir zu weit hergeholt.«

»Auch nicht weiter als Ihre Theorie mit dem Kochbuch«, gab Demoireau zurück. »Haben Sie dazu schon etwas herausgefunden?«

Lilou nickte. »Ich habe Armand Benoits Tochter ausfindig gemacht. Sie führt ein sehr schönes Restaurant in Bedrange, und in meinen Augen macht sie das schon verdächtig.«

»Wie das?« Demoireau sah sie forschend an.

»Ihr Vater war doch Sternekoch. Nehmen wir an, sie hat den Ehrgeiz, mit ihrem Restaurant ebenfalls einen Stern zu bekommen. Dann würde sie die Aufzeichnungen ihres Vaters doch unbedingt haben wollen.«

»Hm.« Demoireau nahm noch einen Schluck von seinem Kaffee. Ein Tropfen löste sich, aber wie durch ein Wunder verfehlte er sein weißes Uniformhemd und landete auf dem Tischtuch. »Wäre das so einfach, gäbe es nicht in jeder Buchhandlung Kochbücher von Sterneköchen zu kaufen.«

»Immerhin gehörte das Buch ihrem Vater.« Lilou sah Demoireau herausfordernd an. »Das ist etwas ganz anderes.«

»Aber dass sie dafür einen Mord begeht?« Der Commissaire schüttelte den Kopf. »Nein, das kann ich mir nicht vorstellen.«

»Ich würde sie trotzdem gerne aufsuchen und sie mit dem Buch konfrontieren.« Lilou blieb hartnäckig.

»Der Staatsanwalt wird keine Veranlassung für eine Befragung sehen.« Der Commissaire sah auf die Uhr. »Ich muss heute Nachmittag zu einer Sitzung nach Aix-en-Provence. In der Zwischenzeit kümmern Sie sich um Dimitri Petuchow, das hat Vorrang vor allem anderen. Durchforsten Sie den Polizeicomputer, sprechen Sie mit den Kollegen in Avignon, und wenn es sein muss, kontaktieren Sie Interpol. Sehen Sie zu, ob Sie irgendetwas über ihn finden.«

»In Ordnung.« Lilou nickte. »Und was ist mit Bérénice Benoit?«

Demoireau trank seinen Kaffee aus und stand auf. »Erst überprüfen Sie Petuchow und vereinbaren einen Termin mit ihm. Dann sehen wir weiter.«

Es war kein Problem, etwas über Dimitri Petuchow herauszufinden. Die Bar *La Cocotte* in Avignon hatte eine Webseite, die sie mit Techno-Musik empfing, und Lilou drehte schnell den Ton leiser, bevor Pouff hinter ihr sich beschweren konnte. Dann klickte sie sich durch die Bilder. Schwarzes Leder, gedämpftes Licht, hübsch angerichtete Speisen und rassige Frauen, die sich an silbern glänzenden Stangen rekelten.

Hätte Lilou es nicht besser gewusst, hätte sie die Damen, die in solch einem Etablissement tanzten, dem ältesten Gewerbe der Welt zugeordnet. Aber Prostitution war in Frankreich seit Kurzem verboten. Zwar gingen die Frauen üblicherweise straffrei aus, aber ihren Kunden drohten strenge Bußen, und ihren »Arbeitgebern«, so sie welche hatten, erst recht. Sie musste also erst einmal davon ausgehen, dass es sich um ein seriöses Etablissement handelte, in dem die Tänzerinnen nur schmückendes Beiwerk waren, um die überhöhten Preise der Speisen und Getränke zu rechtfertigen.

Im Gewerberegister war das *La Cocotte* ebenfalls zu finden. Der Eintrag lautete schlicht »Bar-Restaurant«, und als alleiniger Inhaber war Dimitri Petuchow angeführt. Lilou notierte sich Adresse und Telefonnummer, dann ging sie an die polizeiliche Datenbank.

Zu ihrer Überraschung fand sie nichts. In einem Gastronomiebetrieb war normalerweise immer etwas zu beanstanden, sei es die Hygiene oder die Arbeitserlaubnis der Angestellten. Nicht so im *La Cocotte,* da schien alles sauber zu sein. Monsieur Petuchow war noch nicht einmal wegen eines Verkehrsdelikts angezeigt worden. Er besaß eine Aufenthaltsgenehmigung sowie eine Arbeitserlaubnis, zahlte pünktlich seine Steuern und schien ein rundum unbescholtener Bürger zu sein.

Nichtsdestotrotz griff Lilou zum Hörer und wählte die Nummer der Police municipale in Avignon. Es kostete sie fast eine halbe Stunde, bis sie endlich eine Kollegin am Apparat hatte, die wenigstens wusste, wovon sie sprach. Sie bestätigte Lilou, was sie schon vermutet hatte: dass das *La Cocotte* routinemäßig vom Ordnungsamt besucht wurde, aber noch nie Unregelmäßigkeiten aufgefallen seien. Monsieur Petuchow sei ein seriöser Geschäftsmann und überhaupt, was das solle, der Mann sei über jeden Verdacht erhaben.

Lilou legte verwundert auf. Der Barbesitzer schien die Polizistin mächtig beeindruckt zu haben. Als Nächstes rief sie bei der Hauptwache der Police nationale in Avignon an und ließ sich mit dem Sittendezernat verbinden. Ein älterer Kollege mit polternder Stimme erklärte ihr, dass man natürlich ein wachsames Auge auf Monsieur Petuchow habe, so wie auf alle Etablissements mit Bühnenshows und Tänzerinnen, aber dass man bisher nichts gefunden habe. Im Gegenteil, Monsieur Petuchow scheine seine Damen besser zu bezahlen als die Konkurrenz, weshalb bei ihm auch nur erstklassige Frauen beschäftigt seien.

Lilou missfiel der Tonfall, in dem der Beamte von den Tänzerinnen sprach. Im Rahmen ihrer Ausbildung hatte sie bereits mit Vertreterinnen dieses Berufsstandes zu tun gehabt und wusste, dass es Knochenarbeit war, jeden Abend auf der Bühne zu stehen und vor den gierigen Augen eines hauptsächlich männlichen Publikums die Beine zu schwingen. Es gab keinen Grund, von ihnen zu sprechen, als wären sie eine Ware, die es abzuschätzen galt.

Sie bedankte sich dennoch freundlich und legte auf. Anschließend loggte sie sich mit den Zugangsdaten, die Demoireau ihr gegeben hatte, in die Datenbank von Interpol ein. Und hier wurde sie erstmals fündig, Dimitri Petuchow war aktenkundig. Zusammen mit einem zweiten Mann namens Pawel Babyak hatte er in Weißrussland Reisen für Sex-Touristen aus Russland und der Türkei organisiert. Er war rechtskräftig verurteilt worden und hatte seine Haftstrafe in Minsk abgesessen. Nach vier Jahren war er wegen guter Führung auf Bewährung entlassen worden und nach Frankreich emigriert.

Sie gab den Namen seines Komplizen Babyak ein und zog überrascht die Augenbrauen hoch. Babyak war ebenfalls aus der Haft entlassen worden. Er lebte nach wie vor in Weißrussland und war seinem Metier im Großen und Ganzen treu geblieben – er betrieb ein Reisebüro in Minsk. Lilou lehnte sich in ihrem Stuhl zurück und verschränkte die Arme. War das ein Hinweis darauf, dass im *La Cocotte* nicht alles mit rechten Dingen zuging? Nicht unbedingt.

Sie hob den Hörer des Telefons ab und tippte die Nummer ein, die sie sich zuvor notiert hatte. Eine Frauenstimme mit rauchigem Timbre meldete sich. »*La Cocotte, bonjour.*«

»*Bonjour,* Madame«, antwortete Lilou. »Hier spricht Commissaire Braque von der Police nationale in Carpentras«, stellte sie sich vor. Sie glaubte, am anderen Ende der Leitung ein leises Keuchen zu hören. Oder hatte sie es sich eingebildet? »Wir würden gerne mit Monsieur Petuchow sprechen. Wann wäre das möglich?«

»Sie meinen, am Telefon?« Die Frau hatte einen schwachen Akzent, sie sprach das »S« schärfer aus und betonte die Silben ein wenig anders.

»Nein, wir möchten ihn persönlich treffen.« Lilou ertappte sich dabei, überdeutlich und extra langsam zu sprechen, und verzog das Gesicht. »Können Sie mich bitte mit ihm verbinden?«

»Er nicht da«, erwiderte die Frau.

»Wann kommt er denn wieder?«

»Um sechs er kommt normalerweise.«

»Gut. Dann sagen Sie ihm doch bitte, dass wir um 19.00 Uhr da sein werden.«

»Gut, ich ihm sagen«, sagte die Frau und legte auf.

Verblüfft starrte Lilou auf den Hörer, dann legte sie ihn vorsichtig auf den Apparat zurück. Ob das mit dem Termin wohl klappen würde? Sie hoffte es, denn sie wusste genau, wem Demoireau sonst die Schuld geben würde.

Sie sah auf die Uhr. Demoireau hatte für 16.00 Uhr eine Teambesprechung angesetzt, die wollte sie auf keinen Fall verpassen. Aber ein paar Minuten hatte sie noch. Sie rief die Webseite des *L'Armandine* auf und wählte die Nummer, die sie unter »Kontakt« fand. Sie ließ es lange läuten, doch niemand hob ab. Sie warf noch einen Blick auf die Seite und stellte fest, dass das Restaurant heute Ruhetag hatte. *Merde!*

Obwohl sie zu früh dran war, war Lilou nicht die Erste im Besprechungsraum. Guillaume Mistral saß schon am Konferenztisch und tippte etwas in seinen Laptop. Als er sie sah, sprang er auf, und sein Gesicht erstrahlte.

»Lilou, schön, dich zu sehen!«

Sie lächelte über seine Begeisterung. »*Salut,* Guillaume!«

Sie ging zum Kopfende des Tisches, zog den Stuhl neben Demoireaus angestammtem Platz hervor, nahm ihr Telefon aus der Tasche und legte es auf den Tisch.

»Wo hast du gesteckt?«, fragte der junge Polizeitechniker und folgte ihr. »Ich habe dich heute Mittag gesucht.« Er trug ausgeleierte Turnschuhe, Jeans und ein schwarzes T-Shirt, auf dessen Vorderseite ein Fisch auf einem Fahrrad fuhr.

»Ich war mit dem Commissaire essen, im *Saint Marcellin.*«

»*Zut,* da kann ich natürlich nicht mithalten.« Guillaumes Gesicht verzog sich zu einer übertriebenen Grimasse. »Ich wollte dich ins *Le Luc* einladen.«

Lilou hob die Schultern. »Tut mir leid«, sagte sie. »Vielleicht ein andermal.«

Das *Le Luc* war ein Café an der Place du 25 Août und bei den Polizisten der Dienststelle sehr beliebt. Es bot günstige Mittagsgerichte und einen großen Außenbereich im Schatten einer dunkelroten Markise. Lilou hatte schon zwei Mal ihre Mittagspause dort verbracht, aber mehr aus Notwendigkeit denn aus freiem Willen. Aufgewärmte Fertiggerichte und Tiefkühlpizza waren nicht nach ihrem Geschmack.

Guillaume grinste. »Morgen?«

Lilou machte eine abwehrende Geste. »Ich weiß es noch nicht.«

Er griff nach ihrer Hand und sah sie mit treuherzigem Augenaufschlag an. »Sag doch Ja, Lilou, bitte, dann haben wir ein Date.«

Sie musste lachen. Seine launige Art war eine willkommene Abwechslung, aber sie wollte ihm keinesfalls Hoffnung auf mehr machen. »Ich würde wirklich gern, Guillaume. Aber wenn Demoireau mich braucht, dann …«

»Demoireau, immer nur Demoireau«, rief der junge Polizist, ließ ihre Hand los und warf in gespielter Verzweiflung die Arme hoch. »Was muss ich nur tun, damit du ihn vergisst?«

Lilou kicherte. In diesem Augenblick betrat Pouff den Raum. Er sah streng von Guillaume zu ihr. »Darf ich euch daran erinnern, dass wir zu arbeiten haben«, bellte er.

Lilou wurde rot und setzte sich rasch auf ihren Platz. Guillaume zwinkerte ihr zu, dann schlenderte er betont langsam zur anderen Seite des Tisches. »Keine Sorge, Pouff«, sagte er. »Wir vergessen das schon nicht.«

»Das will ich hoffen«, gab Pouffin kühl zurück. »Immerhin haben wir es mit einem Mord zu tun. Da erwarte ich eine gewisse Ernsthaftigkeit von meinen Leuten.«

Lilou senkte beschämt den Kopf. Er hatte ja recht. Sie hatte einen Moment lang tatsächlich vergessen, dass ein Mensch gewaltsam zu Tode gekommen war. Und nicht irgendein Mensch, sondern Monsieur Benoit, den sie gekannt und gemocht hatte.

Nun kamen auch die anderen in den Raum. Der groß gewachsene Capitaine Emetoit, gefolgt von Commandant Hiroux, Lieutenant Cravasse und zwei weiteren Beamten, die Lilou nur vom Sehen kannte. Der Letzte, der den Raum betrat, war ein hagerer Mann mit einem Habichtsgesicht in einem dunklen Anzug, der von allen höflich gegrüßt wurde: Staatsanwalt Raoul Beringer. Er hielt sich ein wenig abseits und setzte sich ans andere Ende des Tischs. Nur Demoireau fehlte noch. Die Polizisten nahmen ebenfalls Platz und unterhielten sich leise, Pouff sah einige Male demonstrativ auf die Uhr, doch niemand machte Anstalten, die Besprechung ohne den Commissaire zu eröffnen.

Mit fast zwanzig Minuten Verspätung hastete Demoireau schließlich in den Besprechungsraum. »Verzeihen Sie bitte«, keuchte er und wischte sich den Schweiß von der Stirn. »Ich steckte im Stau, es war kein Durchkommen. Haben Sie schon angefangen? Nein? Gut.«

Er sah sich suchend um. »Mademoiselle Braque, würden Sie mir einen Kaffee holen? Und etwas zu trinken, bitte?«

Lilou starrte ihn verärgert an. Wieder degradierte er sie zu einer Aufgabe, die eigentlich nicht in ihren Tätigkeitsbereich fiel. Sie holte Luft, um zu widersprechen, da sah sie Pouffs lauernden Blick. Sie ahnte, dass er es sie büßen lassen würde, wenn sie sich jetzt weigerte. Wortlos stand sie auf und verließ den Raum.

Bis sie in dem kleinen Aufenthaltsraum am Ende des Flurs angelangt war, hatte sie sich schon fast wieder beruhigt. Sie zog sich erst selbst einen Kaffee aus dem Automaten und stürzte ihn schwarz und so heiß hinunter, dass sie sich fast die Zunge verbrannte. Dann füllte sie einen weiteren Becher für Demoireau, gab zwei Stück Zucker, einen Schuss Milch und einen Löffel hinein. Sie sah sich um, in der Ecke stand noch ein Paket Wasserflaschen. Sie packte einen Stapel Becher obenauf, fasste den Tragegriff mit der freien Hand und schleppte alles zum Besprechungsraum.

Emetoit hatte sie offenbar kommen gehört, denn er öffnete ihr die Tür und nahm ihr das Wasser ab. Sie dankte ihm mit einem raschen Lächeln, ging an den anderen vorbei zu Demoireau und stellte den Kaffee vor ihm ab.

»Bitte, *mon commissaire*«, murmelte sie.

Er nickte nur. Offenbar war er mitten in einem Satz gewesen, als sie ihn durch ihre Rückkehr unterbrochen hatte. Er deutete auf den Platz neben sich und wartete, bis Emetoit die Becher verteilt und eine Wasserflasche geöffnet hatte, dann fuhr er fort: »Angeblich hatte das Opfer in der Regel nur wenig Bargeld im Haus, und von dem, was sich zu stehlen gelohnt hätte, wurde nichts mitgenommen. Commandant Hiroux, haben Sie mit den Kollegen von der Police municipale gesprochen?«

»Ja.« Hiroux sah auf. »Deren Informant wusste nichts von einem Einbruch, und die uns bekannten Hehler haben auch keine neue Ware bekommen.«

»Das Vorgehen der marokkanischen Bande ist ein völlig anderes«, warf Emetoit ein. »Bisher haben sie nur leer stehende Wohnungen ausgeräumt, und das bevorzugt in der Nacht.«

Hiroux nickte zustimmend. »Ich tippe auf einen Gelegenheitsdieb, der auf der Suche nach Bargeld war. Den alten Mann hat er umgebracht, um keinen Zeugen zurückzulassen.«

»Dagegen sprechen die Ergebnisse der Spurensicherung.« Demoireau deutete auf Guillaume Mistral. »Technicien Mistral, bitte.«

Der Kriminaltechniker erhob sich von seinem Stuhl. »Die Spurenlage in der Wohnung ist inzwischen ausgewertet, alle Fingerabdrücke konnten Personen aus dem Umfeld des Opfers zugeordnet werden. Wir warten noch auf das Ergebnis der DNA-Untersuchung aus Marseille, aber wir haben nicht viel Hoffnung. So wie es aussieht, haben uns die Täter nichts hinterlassen. Das waren Profis.«

»Fahren Sie nochmals hin«, ordnete Demoireau an. »Untersuchen Sie alles, auf dem sich Spuren befinden könnten, insbesondere den Fußboden. Selbst unvollständige Abdrücke können uns weiterhelfen.«

Mistral ließ sich wieder in seinen Stuhl fallen.

Demoireau machte sich eine Notiz auf seinem Block, dann sah er von einem zum anderen. »Der Todeszeitpunkt lässt sich anhand der Zeugenaussagen auf kurz nach 13.00 Uhr eingrenzen. Einen späteren Zeitpunkt schließt Dr. Bonaventure aus.« Er runzelte die Stirn. »Capitaine Emetoit, was haben die Zeugenbefragungen ergeben?«

Emetoit hob die breiten Schultern. »Leider nichts bisher. Niemand wurde zur fraglichen Zeit beim Betreten des Hauses beobachtet.«

Lilou hob die Hand. »Capitaine, haben Sie den Mann vom Sozialdienst wegen des Radios befragt?«, fragte sie.

Der Beamte nickte. »Er ist sich sicher, kein Radio gehört zu haben.«

»Das kann nur bedeuten, dass Monsieur Benoits Mörder zu diesem Zeitpunkt in der Wohnung waren«, meinte Lilou aufgeregt. »Er hat das Radio nämlich nur ausgemacht, wenn er Besuch hatte.«

Emetoit schüttelte den Kopf. »Dann hätte der Zeuge aber andere Geräusche hören müssen«, widersprach er. »Die Durchsuchung der Wohnung ging bestimmt nicht lautlos vonstatten.«

Demoireau warf Lilou einen missbilligenden Blick zu, ehe er sich wieder an Emetoit wandte. »Sie setzen die Befragungen der

Nachbarschaft fort. Irgendjemand muss etwas gesehen haben. Befragen Sie die Leute notfalls ein zweites Mal. Ich möchte eine lückenlose Dokumentation, wer an diesem Tag das Haus betreten und wieder verlassen hat, und vor allem, wann.«

Emetoit nickte.

Demoireau wies auf einen der beiden Polizisten, deren Namen Lilou nicht kannte. »Leutnant Roguenot, ich will wissen, wer ihn in letzter Zeit besucht und mit wem er telefoniert hat«, fuhr er fort. »Wir brauchen einen möglichst genauen Ablauf seiner letzten Tage. Möglicherweise spielt das leer stehende Lokal in seinem Haus eine Rolle. Finden Sie heraus, wer sich alles dafür interessiert hat und wo diese Leute zur Tatzeit waren.«

Commandant Pouffin meldete sich zu Wort. »Ich stimme Ihnen zu, dass sich die Tat von der üblichen Vorgehensweise der Marokkaner unterscheidet. Aber wir dürfen keinesfalls ausschließen, dass sie ihre Methode geändert haben. Dass sie nichts mitgenommen haben, kann auch bedeuten, dass sie gestört wurden.«

Der andere der beiden namenlosen Polizisten hob die Hand, Demoireau gab ihm ein Zeichen. »Bitte, Monsieur Brébussy.«

»Wenn die Einbrecher gestört wurden, müsste doch derjenige, der sie gestört hat, etwas bemerkt haben, oder nicht?«

Emetoit nickte zustimmend. »Aber niemand hat etwas gesehen oder gehört.«

Lilou blickte auf. »Der oder die Einbrecher könnten auch nach etwas Bestimmtem gesucht haben.«

»Das ist eine weitere Möglichkeit, der wir nachgehen müssen«, stimmte Demoireau zu. »Nicolas Dompierre hat gestern ausgesagt, dass Monsieur Benoits Testament verschwunden ist. Wenn es tatsächlich bei dem Einbruch entwendet wurde, weist das in eine völlig neue Richtung.«

Lilou holte tief Luft, um etwas zu sagen, doch Demoireau kam ihr zuvor. »Und Mademoiselle Braque ist im Besitz eines

Küchentagebuchs, das ihr der Ermordete gegeben hat. Sie ist der Ansicht, dass der oder die Täter auch danach gesucht haben könnten.«

»Ein Küchentagebuch?« Pouff hob die Brauen. »Wer, bitte, stiehlt denn ein Küchentagebuch?«

Lilou hatte ihn in den vergangenen zwei Wochen noch nie lachen gehört, aber das Geräusch, das er jetzt von sich gab, kam einem Lachen sehr nahe, und einige von den Polizisten stimmten ein. Lilou ließ die angehaltene Luft langsam entweichen. Es hatte keinen Sinn, sie würde sich alleine darum kümmern müssen.

Staatsanwalt Beringer richtete sich auf. »Eine dritte Möglichkeit haben Sie außer Acht gelassen«, sagte er kühl. »Was, wenn der Einbruch nur vorgetäuscht wurde, um das Motiv für den Mord zu verschleiern?«

Stimmengemurmel erhob sich, als die Polizisten durcheinanderredeten. »Sie glauben, der Mord war die primäre Tat?«, vergewisserte sich Demoireau.

Beringer nickte. »Vielleicht sollten Sie in Betracht ziehen, die Kollegen der Police judiciaire in Avignon hinzuzuziehen. Immerhin sind das ausgebildete Beamte.«

Lilou horchte auf. Vielleicht bekam sie ja doch noch die Gelegenheit, mit der Police judiciaire zusammenzuarbeiten.

»Ich bin ebenfalls ein Angehöriger der Police judiciaire«, schnappte Demoireau zurück. »Solange es keinen Hinweis auf ein überregionales Verbrechen gibt, bleibt der Fall hier.«

Der Staatsanwalt musterte Demoireau unter zusammengezogenen Brauen, doch der Commissaire wandte den Blick nicht ab. Zuletzt zuckte Beringer mit den Schultern. »Wie Sie meinen. Aber wenn Sie in den nächsten Tagen keine Ergebnisse vorweisen können, übergebe ich den Fall an die Direction départementale.«

Demoireau ignorierte den Einwurf und wandte sich an die anwesenden Beamten. »Wir ermitteln weiterhin in alle Richtungen. Roguenot, Sie konzentrieren sich auf das Umfeld des Opfers. Wem nützt Benoits Tod? Hatte er mit jemandem Streit?« Er trank einen Schluck Wasser. »Brébussy, Sie kümmern sich um Benoits Vergangenheit und sprechen mit seinem Arzt. Gab es eine Frau in seinem Leben? Existieren noch weitere Verwandte außer seinem Neffen und seiner Halbschwester? Und recherchieren Sie Benoits früheren beruflichen Hintergrund und seine finanzielle Lage. Finden Sie heraus, ob er einen Notar hatte, und überprüfen Sie, ob es stimmt, was Dompierre bezüglich des verschwundenen Testaments sagt.«

Pouff ergriff das Wort. »Wollen wir einen Aufruf in die Zeitung setzen? Vielleicht meldet sich ein Zeuge.«

Beringer schüttelte den Kopf. »Dazu ist es noch zu früh«, sagte er. »Wenn der Mörder tatsächlich aus dem Umfeld von Benoit kommt, würden wir ihn damit nur warnen. Im Augenblick schreiben die Medien von einem Raubmord. Dabei sollte es fürs Erste bleiben.«

»In Ordnung.« Demoireau sah Beringer fragend an. »Monsieur le Procureur, sprechen Sie mit dem Richter wegen der Genehmigungen?«

Der Staatsanwalt nickte und stand auf. »Ich muss Ihnen nicht sagen, dass Eile geboten ist«, knurrte er. »Der Mord ist jetzt zwei Tage her, und bisher haben Sie noch nicht einmal einen Verdächtigen.«

Emetoit erhob sich. »Dann gehe ich mal und weise meine Leute ein«, sagte er und wandte sich zur Tür.

Die anderen standen ebenfalls auf und verließen murmelnd den Raum. Guillaume Mistral blieb an der Tür stehen und hatte offenbar vor, auf Lilou zu warten, doch sie stand neben Demoireau und dem Staatsanwalt und versuchte, etwas von deren Gespräch mitzubekommen. Als der Name »Petuchow« fiel, trat sie einen Schritt vor.

»Ich habe uns für 19.00 Uhr angekündigt«, mischte sie sich ein.

Der Staatsanwalt sah sie an, sichtlich irritiert. »Und Sie sind?«, fragte er brüsk.

»Lilou Braque, Élève Commissaire«, stellte sie sich vor.

Der Mann hob kurz die Brauen. »*Salut,* Demoireau«, sagte er dann und wandte sich zum Gehen, ohne Lilou weiter zu beachten. Sie schluckte und fühlte sich mal wieder nicht ernst genommen.

KAPITEL 6

Auf dem Weg nach Avignon war Demoireau ungewöhnlich gut gelaunt. Er hatte das Radio eingeschaltet und pfiff die Melodien mit, egal ob er sie kannte oder nicht. Lilou war schweigsam, die unhöfliche Reaktion des Staatsanwalts lag ihr noch immer schwer im Magen. Irgendwann schien das sogar Demoireau aufzufallen.

»Nehmen Sie sich das nicht zu Herzen«, sagte er. »Beringer hat mich anfangs nicht anders behandelt.«

»Warum tut er das?«, fragte Lilou. »Fühlt er sich dann besser?«

Demoireau räusperte sich. »Er trägt eine große Verantwortung. Man muss sich ihm beweisen, immer und immer wieder. Hat man sich erst seinen Respekt verdient, kann man gut mit ihm zusammenarbeiten.«

»Wie lange dauert das?«

Der Commissaire verzog das Gesicht. »Bei mir waren es ungefähr zehn Jahre.«

»Oh.« Lilou schluckte. »Was haben Sie in der Zeit gemacht?«

»Meine Arbeit. Was sonst?«

Lilou schwieg. Sie konnte sich nicht vorstellen, eine so lange Zeit mit jemandem zusammenzuarbeiten, der einem nur mit Misstrauen begegnete. Demoireau musste ein wahrhaft dickes Fell haben – sie wäre dem Staatsanwalt wahrscheinlich irgendwann ins Gesicht gesprungen.

Der Verkehr wurde immer dichter, je näher sie Avignon kamen, und staute sich zuletzt die Uferstraße an der Rhône entlang. Lilou hoffte halb, der Commissaire würde das Blaulicht aufs Dach setzen und die Kolonne überholen, aber er war die Ruhe in Person und quälte sich mit allen anderen durch das Nadelöhr am Boulevard Saint-Lazare. Sie nutzte die Zeit, um ihm von ihren Recherchen zu Dimitri Petuchow zu berichten. Demoireau nahm es ohne Kommentar hin; nur als sie Petuchows Vergangenheit als Organisator von Sex-Touren erwähnte, machte er »Hm, hm«.

In Avignon war Lilou noch nie gewesen. Natürlich kannte sie das alte Lied von der Brücke, und sie wusste auch, dass im Spätmittelalter die Päpste einige Jahrzehnte lang hier residiert hatten. Aber die schneeweißen Mauern des Palais des Papes mit eigenen Augen direkt aus dem schroffen Fels am Fuße der Stadtmauer emporwachsen zu sehen, war etwas ganz anderes. In Sichtweite der berühmten Pont d'Avignon, auf der man inzwischen nur noch gegen Eintritt tanzen durfte, bog Demoireau durch einen beeindruckenden Torbogen in die Altstadt ab.

Hinter der nächsten Kreuzung war von dem alles überragenden Papstpalast nichts mehr zu sehen. Enge Gassen mit erstaunlich niedrigen Häusern, verwinkelte Plätze und bogenförmige Durchgänge, und dazwischen immer wieder schattiges Grün, kaum dass eine freie Fläche genügend Raum für die Krone eines Baumes bot. Lilou hatte längst die Orientierung verloren, als Demoireau endlich am Straßenrand anhielt. Die Parkbucht war als Ladezone gekennzeichnet. Er holte eine *carte de l'autorisation* mit dem blau-weiß-roten Emblem der Police nationale hinter der Sonnenblende hervor und legte sie gut sichtbar an die Windschutzscheibe.

Das *La Cocotte* befand sich schräg gegenüber, und Lilou musterte erstaunt die Fassade. Sie war in kräftigen Farben gestrichen, wobei Rot, Schwarz und Weiß dominierten. Eine große Leuchtreklame verkündete den Namen des Etablissements, und ein hünenhafter Mann in schwarzem Anzug bewachte den Eingang.

Demoireau zeigte seinen Polizeiausweis, und der Riese winkte sie wortlos durch. Lilou brauchte einen Moment, um sich an das schummrige Dämmerlicht zu gewöhnen, das im Inneren herrschte. Ein schmaler Flur führte tiefer in das Gebäude. Rechter Hand befand sich eine Garderobe, hinter dem Tresen saß eine ältere, stark geschminkte Frau und starrte sie missmutig an.

Der Gastraum war zum Glück etwas besser ausgeleuchtet. Kleine runde Tische waren im Raum verteilt, und abgetrennte Nischen zogen sich die Wand entlang. Etwa die Hälfte der Tische war besetzt, das Publikum bestand hauptsächlich aus Männern.

In diesem Augenblick flammten vier Spots auf, die eine kleine Bühne in der Mitte des Raums beleuchteten, und ohrenbetäubende Musik setzte ein. Eine Frau trat aus der Dunkelheit. Sie stieg auf irrwitzig hohen Schuhen auf das Podium und trat an eine silberne Stange, die in der Mitte der Bühne stand. Sie trug eine Art Badeanzug aus glitzernden Schnüren, der mehr enthüllte als verdeckte, sowie eine silbern glänzende Perücke, die Lilou an Lametta erinnerte. Der Scheinwerfer begann im Rhythmus der Beats zu flackern, und die Frau ergriff mit beiden Händen die Stange. Als ob für sie die Gesetze der Schwerkraft nicht gälten, schwang sie die Beine empor und drehte eine langsame Pirouette.

Demoireau legte Lilou die Hand auf die Schulter und deutete mit der anderen nach hinten. Sie nickte und riss sich von dem Anblick der Tänzerin los. Die Männer begannen, rhythmisch zu klatschen. Sie mochten bei der Vorführung anders empfinden, Lilou aber bewunderte die fließenden Bewegungen und die Leichtigkeit der Darbietung, der man keinerlei Anstrengung anmerkte.

Als sie die Bühne passierten, hing die Tänzerin gerade mit durchgedrücktem Rücken kopfüber an der Stange. Sie hob den Kopf, die silbernen Haare teilten sich wie ein Vorhang. Das Gesicht der jungen Frau befand sich plötzlich keine zwanzig Zentimeter vor Lilou, so grell ausgeleuchtet, dass sie sogar die Sommersprossen auf der Nase erkennen konnte. Unwillkürlich trat sie einen Schritt zurück und runzelte die Stirn. Sie kannte die Frau!

Der Commissaire hatte inzwischen die Theke erreicht und sprach mit einer wasserstoffblonden Bardame. Eine schwarze Korsage presste ihre Brüste so weit nach oben, dass sie kaum noch von Stoff bedeckt wurden, doch er ließ sich davon nicht beeindrucken und blickte ihr unverwandt ins Gesicht. Viel zu viel Schminke, künstliche Wimpern und ein grellrot bemalter Mund, mehr konnte Lilou nicht erkennen, dann setzte sich Demoireau wieder in Bewegung und eilte, ohne nach rechts und links zu schauen, in den hinteren Bereich des Raums, und sie folgte ihm.

Beim Näherkommen wurde eine breite Tür in der dunklen Wandverkleidung sichtbar, neben der ein weiterer Mann im schwarzen Anzug stand, der ein Bruder des Hünen vor der Tür hätte sein können. Er hatte eine Hand ans Ohr gelegt, und sein Mund bewegte sich, er nickte ihnen zu und öffnete die Tür.

Hinter der Tür befand sich ein dicker Vorhang und schirmte das Licht ab, das einen kahlen Flur erhellte. Rechts und links gingen Türen ab, eine stand halb offen, und Lilou erblickte Garderobenständer mit glitzernden Kostümen und Haken mit Perücken. Zwei Frauen saßen mit dem Rücken zu ihnen vor einem Spiegel und schminkten sich; sie trugen die gleichen schwarzen Korsagen wie die Barkeeperin und achteten nicht auf sie.

Der Türsteher war ihnen gefolgt und begleitete sie ans Ende des Flurs. Er klopfte an eine weiß gestrichene Tür, wartete einen Augenblick, und auf ein Zeichen hin, das offenbar nur er hören konnte, öffnete er die Tür und ließ sie eintreten.

Petuchow war eine Überraschung, er entsprach überhaupt nicht dem Klischeebild eines Barbesitzers. Nichts an ihm war schmierig oder unangenehm, ganz im Gegenteil. Ein nicht sehr großer schlanker Mann mittleren Alters erhob sich hinter einem aufgeräumten Schreibtisch, auf dem ein Laptop neben einem aufgeschlagenen Aktenordner stand. Dimitri Petuchow trug einen hellen Anzug mit einer bunt gemusterten Krawatte und eine goldgefasste Brille. Er strahlte eine lässige Eleganz aus, die von jahrelanger Übung zeugte. Seine Augen leuchteten stahlblau und bildeten einen attraktiven Kontrast zu seinem dunklen Teint und den tiefschwarzen Haaren, die an den Schläfen silbrig schimmerten.

Er kam mit ausgestreckter Hand auf sie zu. »Es ist mir eine Ehre, *mon commissaire.*« Er schüttelte erst Demoireau, dann Lilou die Hand und deutete eine Verbeugung an. »Und eine Freude, Madame le Commissaire«, sagte er und zeigte strahlend weiße Zähne.

Sein Händedruck war angenehm, trocken und fest. Sein Blick hatte etwas Hypnotisches, und Lilou musste sich zwingen, sich von diesen Augen loszureißen. Goldene Punkte tanzten im Blau, als sein Gesicht sich zu einem Lächeln verzog.

»Darf ich Ihnen etwas anbieten?«, fragte er und deutete auf die lederne Sitzgarnitur, die in der Ecke des Büros stand. »Wasser, oder vielleicht einen Kaffee?«

Der Aufpasser war an der Tür stehen geblieben und sah sie abwartend an. Demoireau schüttelte den Kopf, daraufhin zog der große Mann geräuschlos die Tür ins Schloss. Petuchow wartete, bis sie und der Commissaire sich gesetzt hatten, dann nahm er ebenfalls Platz. Lilou holte ihr Smartphone aus der Tasche, lehnte sich zurück und schlug die Beine übereinander. Als sie Petuchows Blick spürte, der ihre Beine musterte, richtete sie sich auf und stellte die Füße nebeneinander.

»Ich nehme an, es geht um Monsieur Frédéric Benoit aus Carpentras?« Der Weißrusse sah fragend von Demoireau zu ihr.

Demoireau nickte knapp. »Sie haben mit Monsieur Dompierre gesprochen?«

»*Mais oui*«, erwiderte Petuchow. »Dompierre arbeitet für mich, und ich hätte es sehr …«, er machte eine kurze Pause, »… befremdlich gefunden, wenn er mir nicht gesagt hätte, dass er meinen Namen der Polizei gegenüber erwähnt hat.«

Petuchow sprach in sorgfältig formuliertem Französisch, aber mit deutlichem Akzent, der seine slawische Herkunft verriet.

»Wie haben Sie Monsieur Benoit kennengelernt?«, fragte Demoireau.

»Ich suche schon seit längerer Zeit ein Lokal in Carpentras«, begann Petuchow. »Es ist nicht einfach, eine passende Lokalität zu finden, die genügend Raum für unsere …«, wieder eine Pause, »… Bedürfnisse bietet. Die Garderoben, der Ruheraum für die Tänzerinnen, die Küche, das Warenlager, und so weiter. Es ist praktisch unmöglich, so etwas im Stadtzentrum zu bekommen. Als Monsieur Dompierre von dem leer stehenden Lokal im Haus seines Onkels erzählte, war ich natürlich sofort interessiert.« Petuchow beugte sich vor. »Der Preis war dabei fast egal, es wäre für Monsieur Benoit also ein sehr gutes Geschäft geworden.«

»Aber Benoit wollte nicht.«

»Nein.« Der Mann schüttelte den Kopf und machte ein betrübtes Gesicht. »Ich habe ihm sogar angeboten, das Haus zu kaufen. Ich hätte deutlich mehr als den ortsüblichen Preis bezahlt. Monsieur Benoit hätte sich mit dem Geld in das teuerste Altersheim der Stadt einkaufen können. Aber das wollte er auch nicht.« Petuchow seufzte. »Das schon gar nicht.«

»Wann waren Sie bei Monsieur Benoit?«

»Das war letzte Woche. Einen Moment, bitte.« Er stand auf, ging zu seinem Schreibtisch und griff nach einem großen Smartphone. Mit dem Telefon in der Hand kehrte er zurück. Er tippte mehrmals auf den Bildschirm, dann sah er hoch. »Am Mittwoch letzter Woche.«

Lilou notierte das Datum.

»Monsieur Dompierre hat uns erzählt, dass es Streit gab«, hakte Demoireau nach. »Worum ging es da genau?«

»Der alte Mann war ein Sturkopf«, sagte Petuchow und schüttelte den Kopf. »Er wollte nichts von einer Vermietung hören, und je höher ich mit dem Preis ging, desto wütender wurde er auf mich. Ich habe es nicht verstanden.«

»Er wollte wohl keine Bar in seinem Haus haben«, warf Lilou ein, die sich an die lautstarke Auseinandersetzung mit Nicolas Dompierre erinnerte.

»Er wollte nichts und niemanden in seinem Haus haben«, korrigierte sie Petuchow. »Dompierre hat mir erzählt, dass er andere Interessenten genauso abgekanzelt hat.«

»In welchem Verhältnis stehen Sie eigentlich zu Nicolas Dompierre?«

»Ich sagte doch schon, er arbeitet für mich.« Petuchow stand auf und ging zum Fenster, das auf einen schattigen Innenhof hinausging. »Dompierre kümmert sich um meine Immobilien, spricht mit Handwerkern, beauftragt den Gärtner. Manchmal legt er auch selbst Hand an.«

»Er ist bei Ihnen angestellt?«

Petuchow schüttelte den Kopf. »Nein, er ist *entrepreneur,* ein freier Unternehmer. Ich rufe ihn an, wenn ich ihn brauche, darüber hinaus habe ich nichts mit ihm zu tun.«

Lilou ergriff das Wort. »Wenn Sie das Haus gekauft hätten, was hätten Sie mit den Wohnungen oben gemacht?«

Petuchow versteifte sich kaum merklich. »Warum interessiert Sie das?«

Sie gab keine Antwort, sondern sah ihn nur fragend an.

»Ich hätte den Mietern wahrscheinlich über kurz oder lang gekündigt«, gab er zu. »Die Mädchen, die bei mir arbeiten, kommen fast alle aus dem Osten. Sie sprechen kaum Französisch, und es ist einfacher für sie, wenn sie bei mir wohnen können.«

»Und Sie müssten ihnen dann weniger bezahlen«, stellte Lilou fest.

»Das ist ja wohl meine Sache, oder nicht?« Das einnehmende Gesicht des Weißrussen verzog sich kurz zu einer abfälligen Grimasse, dann hatte er sich wieder im Griff. »Ich bezahle die Mädchen gut, besser als die Konkurrenz. Sie können sie gerne fragen, keine hat einen Grund zur Klage.«

»Das könnte ich, wenn sie mich denn verstehen würden«, konterte Lilou.

Demoireau warf Lilou einen warnenden Blick zu. Sie presste die Lippen aufeinander. Er hatte recht. Sie befragten Petuchow zu dem Mord an Monsieur Benoit. Wie er seine Angestellten bezahlte, ging sie nichts an. Aber es fiel ihr schwer, seine Vergangenheit auszublenden. Er hatte mit Sextourismus Geld verdient, und nun beschäftigte er Mädchen als Bardamen und Tänzerinnen, die von weit her kamen und kaum die Landessprache beherrschten. Für Lilou stank das zum Himmel. Aber es hatte nichts mit ihren Ermittlungen zu tun, also blieb all das außen vor. Sie seufzte und konzentrierte sich wieder auf die Vernehmung.

»Hätte Dompierre für seine Vermittlung eine Provision erhalten?«, fragte der Commissaire gerade.

»Selbstverständlich.« Petuchow sah Demoireau irritiert an. »Ich bezahle meine Geschäftspartner. Immer.«

»In welcher Höhe würde sich solch eine Provision bewegen?«

»Das hängt vom letztendlichen Verhandlungsergebnis ab«, sagte Petuchow ausweichend. »Ich werde Ihnen keine Zahlen nennen. Außerdem ist das Geschäft ja gar nicht zustande gekommen.«

»Aber jetzt, da Monsieur Benoit tot ist, steht dem ja nichts mehr im Wege«, warf Lilou ein.

»Das ist richtig. Ich werde mich mit den Erben in Verbindung setzen.«

»Sie wissen nicht, wer das Haus erbt?«, fragte Demoireau.

»Woher sollte ich?« Petuchows Miene verzog sich zu einem amüsierten Grinsen. »Falls Sie mir daraus ein Mordmotiv unterstellen wollen, muss ich Sie enttäuschen. So wichtig, dass ich dafür einen Mord begehen würde, ist mir die Lage des Hauses auch wieder nicht.« Er schüttelte den Kopf. »Nein, ich habe noch zwei oder drei andere Objekte im Auge. Nicht ganz so perfekt, aber durchaus geeignet für das, was ich vorhabe.«

»Was haben Sie denn vor?« Demoireau schien ehrlich interessiert.

»So etwas wie das *La Cocotte* natürlich.« Petuchow erhob sich. »Das Konzept ist überaus erfolgreich«, fuhr er fort. »Gutes Essen, gehobene Atmosphäre, moderne Musik und die Tanzvorführungen. Das kommt an bei den Leuten.«

»Sagen Sie uns trotzdem noch, wo Sie am Dienstag um die Mittagszeit waren?«

»Lassen Sie mich nachdenken.« Er zog sein Smartphone aus der Brusttasche und tippte darauf herum. »Ach ja, ich war hier. Wir haben neue Tänzerinnen gecastet. Einige von meinen Mädchen waren dabei, und meine beiden Türsteher ebenfalls. Sie können sie gerne fragen.«

Demoireau stand ebenfalls auf, und Lilou folgte seinem Beispiel. »Wir melden uns, wenn wir weitere Fragen haben«, sagte er und gab Petuchow zum Abschied die Hand.

»Ich freue mich immer, wenn ich der Polizei helfen kann«, erwiderte der Weißrusse. Er schüttelte dem Commissaire die Hand und zeigte seine blitzenden Zähne. Seine Stimme klang warm und aufrichtig.

Er reichte auch Lilou die Hand und behielt sie einen Augenblick länger in der seinen. Die goldenen Punkte in seinen Augen schienen zu funkeln, und sie verstand auf einmal die enthusiastische Reaktion der Polizistin, mit der sie telefoniert hatte.

Sie riss sich von diesen Augen los und wandte sich zur Tür. In diesem Moment wurde sie aufgerissen, und die Tänzerin von vorhin kam herein. Sie trug noch immer ihr knappes Kostüm und hielt die silberne Perücke in der Hand. Dunkelblondes Haar umrahmte ein hübsches Gesicht, die Schminke wirkte im hellen Licht des Büros fast wie eine Maske.

»Dimitri, mein Schatz, kannst du mir …«, begann sie. Erst jetzt fiel ihr auf, dass er nicht allein im Raum war. Erschrocken starrte sie Lilou an. »Verzeihung, ich komme später wieder«, murmelte sie, drehte sich auf ihren hohen Absätzen um und eilte aus der Tür.

Petuchow öffnete den Mund, um etwas zu sagen, überlegte es sich aber anders und schloss ihn wieder. Er begleitete Demoireau und Lilou zur Tür und blieb auf der Schwelle stehen. Der Flur war leer. Der Türsteher von vorhin kam ihnen entgegen und führte sie zurück in die Bar. Die Tür zur Garderobe war geschlossen, und von Isabelle Valleron, der Tänzerin mit der silbernen Perücke, war nichts mehr zu sehen.

Das Lokal hatte sich inzwischen gefüllt, fast alle Tische waren besetzt. Die Musik war nicht mehr so laut, und die grellen Spots erloschen. Zwischen den Stühlen eilten Frauen mit Tabletts hin und her und servierten Speisen und Getränke. Sie trugen alle die gleichen schwarzen Korsagen und ein professionelles grellrotes Lächeln auf den Lippen.

Nun waren auch mehr Frauen unter den Gästen. Vor allem in den Separees entlang der Wand saßen mehrere Pärchen bei Kerzenschein und schimmernden Champagnerkübeln. Lilou hielt Ausschau nach Isabelle Valleron, doch die junge Frau war wie vom Erdboden verschluckt.

Zurück im Auto, unterdrückte sie ihren ersten Impuls, dem Commissaire von ihrer Entdeckung zu erzählen. Die junge Frau tat schließlich nichts Verbotenes. Dass eine Beamtin der Stadtverwaltung abends in einer Bar tanzte, war zwar ungewöhnlich, aber nicht strafbar. Außerdem hatte es wohl kaum mit ihrem Fall zu tun, sondern war bestenfalls Zufall.

Trotzdem ging ihr die Begegnung nicht aus dem Sinn. Was veranlasste eine Frau wie Isabelle Valleron, neben ihrer normalen Arbeit solch einen Job zu machen? War es das Tanzen an sich, die artistische Kunst, die sie zum Besten geben wollte? Genoss sie die bewundernden Blicke der Männer? Sie hatte nicht den Eindruck erweckt, als würde sie zu etwas gezwungen, was sie nicht wollte, also ging es sie, Lilou, schon dreimal nichts an. Und dennoch.

Auf der Schnellstraße nach Carpentras ergriff Demoireau das Wort. »Was halten Sie von dem Lokal?«, fragte er.

Lilou hob die Schultern. »Nach außen hin scheint alles in Ordnung zu sein«, sagte sie. »Die Kollegen, mit denen ich heute Nachmittag über Petuchow gesprochen habe, halten ihn für einen seriösen Geschäftsmann. Seine Weste ist so weiß, dass es schon fast wieder verdächtig ist.«

»Wir dürfen uns nicht von Vorurteilen wegen seiner Vergangenheit leiten lassen«, erinnerte sie Demoireau.

»Ich weiß.« Lilou biss sich auf die Lippen. »Aber bei seinem Background fällt es schwer, an die Legalität seines Etablissements zu glauben. Finden Sie nicht?«

»Ja, natürlich, ich weiß, was Sie meinen. Das, was er in seiner Bar anbietet, könnte weit über das Erlaubte hinausgehen.« Er warf ihr einen ernsten Blick zu. »Aber ich bin mir sicher, dass das den Kollegen in Avignon auf Dauer nicht verborgen geblieben wäre.«

Lilou sagte nichts. Sie erinnerte sich an die enthusiastische Reaktion der Polizistin und an den abfälligen Tonfall, mit dem der Kollege von der Police nationale von den Tänzerinnen gesprochen hatte. Das Wissen um Petuchows Vergangenheit ließ sie immer noch an der Harmlosigkeit des Lokals zweifeln, und sie fragte sich, ob die Polizei vor Ort das Lokal wirklich ernsthaft überprüft hatte. Aber wer war sie schon, dass sie die Einschätzung der zuständigen Behörden anzweifeln durfte? Sie seufzte.

»Glauben Sie, dass er etwas mit dem Tod von Monsieur Benoit zu tun hat?«, fragte sie.

»Was ich glaube, tut nichts zur Sache«, antwortete Demoireau. »Aber dieses Ladenlokal in bester Lage ist ein wichtiger Faktor. Es wurden schon Menschen für weniger ermordet.«

»Hm«, erwiderte Lilou und stellte fest, dass sie sich schon wie der Commissaire anhörte. »Sein Verhältnis zu Nicolas Dompierre erscheint mir jedenfalls ...«, sie suchte nach Worten, »... eigenartig«, sagte sie schließlich. »So wie Petuchow von Dompierre gesprochen hat, klang das nicht nach einem normalen Arbeitsverhältnis.«

»Sie meinen, die beiden sind mehr als nur Geschäftspartner?«

»Ich weiß nicht. Immerhin hat Dompierre ihn vorgewarnt, dass wir kommen.«

»Hm.« Demoireau wich einem Lastwagen aus, der plötzlich vor ihnen ausscherte, und trat auf die Bremse. »Sie haben recht. Wir sollten das im Auge behalten.«

»Vielleicht kann Roguenot auch Dompierres finanzielle Verhältnisse überprüfen«, schlug Lilou vor. »Er hat zwar ein Alibi, aber man weiß ja nie.«

»Ja, das sollte er in der Tat. Ich werde es dem Staatsanwalt empfehlen.«

Bis sie zurück in Carpentras waren, zeigte die Uhr fast halb neun. Demoireau brachte Lilou direkt zur Place de l'Horloge. Er ließ sich ihre Dienstwaffe geben – sie hatte in ihrer Wohnung keine Möglichkeit, sie einzuschließen –, dann setzte er den großen Peugeot zurück und verschwand in einer der kleinen Gassen. Wo er wohl wohnte? Lilou hatte sich noch nie Gedanken darüber gemacht, dass der Commissaire wohl auch so etwas wie ein Privatleben hatte. Sie wusste, dass seine Eltern in Mirocène lebten und da ein Haus direkt am Marktplatz besaßen. Demoireaus Vater war pensionierter Lehrer, und sie bewirtschafteten zusammen einen kleinen Weinberg. Aber wo er in Carpentras wohnte, ob er verheiratet war oder Kinder hatte, das wusste sie nicht.

In Gedanken versunken, näherte sie sich der Haustür, den Schlüssel schon in der Hand. Plötzlich erhob sich eine unförmige Silhouette aus dem Schatten des Hauseingangs. Lilou fiel vor Schreck der Schlüssel aus der Hand, wie erstarrt blieb sie stehen. Was war das? Die Gestalt kam näher, schälte sich aus der Dunkelheit und entpuppte sich als schmächtiger junger Mann mit hellbraunem Haar. Ein großer neongrüner Rucksack auf seinen Schultern hatte seine Umrisse verzerrt und ihn im ersten Moment bucklig und verwachsen wie Quasimodo erscheinen lassen. Unwillkürlich musste Lilou lachen. Sie bückte sich nach dem Schlüssel, er war auf die gleiche Idee gekommen, und einen Moment lang berührten sich ihre Köpfe.

Er fuhr zurück, stolperte und hatte Mühe, sein Gleichgewicht wiederzufinden.

»*Scusez*«, stammelte er. »Ich habe nicht …«

»Ist schon okay«, sagte Lilou und hob den Schlüssel auf. »Was tun Sie hier?«

Er warf ihr einen unsicheren Blick zu. »Ich wollte meinen Onkel besuchen«, antwortete er und deutete an der Fassade hoch. »Hier wohnt doch Monsieur Frédéric Benoit?«

Lilou musterte den Mann von oben bis unten. Sein Akzent deutete noch mehr als sein Rucksack auf seine weite Anreise hin. Hatte Nicolas Dompierre nicht von Verwandten in Kanada gesprochen? Aber wieso tauchte er ausgerechnet jetzt hier auf?

»Was wollen Sie von ihm?«

Er sah sie erschrocken an. »Hören Sie, Madame, ich habe nichts Verbotenes getan.«

Jetzt erst wurde Lilou bewusst, dass sie noch immer ihre Uniform trug. Sie musste ihm sagen, dass sein Onkel nicht mehr lebte, aber sie wollte sein Gesicht dabei sehen, und das ging nicht zwischen Tür und Angel.

»Kommen Sie mit.«

Er sagte nichts, sondern stapfte wortlos hinter ihr die Treppe hoch, die Schritte schwer vom Gewicht des Rucksacks. Sie schloss ihre Wohnungstür auf, machte das Licht an und ging zum Fenster, um es zu öffnen. Sie stieß die Fensterläden auf und atmete tief durch. Der junge Mann folgte ihr in die Wohnung und ließ den Rucksack zu Boden gleiten.

»Wohnen Sie hier?«, fragte er und sah sich um.

»Ja.« Sie lächelte ihm aufmunternd zu. »Setzen Sie sich«, sagte sie und deutete auf das Sofa. »Möchten Sie etwas trinken?«

Er schüttelte den Kopf. »Sagen Sie mir einfach, wo ich meinen Onkel finden kann. Wohnt er nicht mehr hier?«

»Monsieur Benoit ist vor zwei Tagen gestorben.«

»*Tabernak!*« Er starrte sie ungläubig an, seine Miene zeigte ehrliche Bestürzung. »Was ist passiert?«

»Er wurde ermordet.«

Sie achtete genau auf seine Reaktion, aber seine Erschütterung schien echt zu sein. Er wurde blass, dann sank er auf das Sofa und vergrub das Gesicht in den Händen.

»Nein, das kann nicht sein.« Er hob den Kopf und sah sie mit weit aufgerissenen Augen an. »Bitte sagen Sie, dass das nicht wahr ist.«

»Leider doch.« Sie setzte sich auf den einzigen Stuhl im Raum. »Wer sind Sie eigentlich? Wie heißen Sie?«

»Simon Bastien.« Der junge Mann richtete sich ein wenig auf und tastete nach seiner Hosentasche. Er zog einen dunkelblauen Reisepass heraus und reichte ihn ihr. Die Uniform zeigte offenbar weiterhin Wirkung.

Sie nahm den Pass entgegen und schlug ihn auf. Das Passbild wurde ihm nicht gerecht, in Wahrheit und bei Licht betrachtet, sah er deutlich besser aus. Das sandfarbene Haar, das er auf dem Foto zurückgekämmt trug, fiel ihm in die Stirn und bildete einen ungewöhnlichen Kontrast zu seinen dunklen Augen. Auf den Wangen zeigten sich rötliche Bartstoppeln, die ihm ein verwegenes Aussehen gaben. Er war 26, genauso alt wie sie. Sie hätte ihn jünger geschätzt.

Sie reichte den Pass zurück. »Sie sind ein Sohn von Monsieur Benoits Bruder?«, fragte sie.

»Enkelsohn«, erwiderte er. »Sie wissen von Onkel Frédérics Familie?«

»Sein Neffe hat es erwähnt«, sagte sie.

»Onkel Nicolas?«

»Genau.«

»Wo kann ich ihn finden?«

»Er wohnt ein Stockwerk tiefer«, sagte Lilou.

Der junge Mann seufzte. »Hoffentlich ist er da, ich brauche dringend eine Dusche.« Er sah an sich herab. »Ich bin seit 24 Stunden unterwegs. Heute Morgen bin ich in Paris angekommen und hierher getrampt.«

»Haben Sie denn kein Hotel?«

Er schüttelte den Kopf. »Ich dachte, ich kann bei Onkel Frédéric wohnen.«

»Er wusste, dass Sie kommen?«

»Ja, natürlich.« Er sah sie erstaunt an. »Er hat mich doch zu sich eingeladen. Meine Mutter und er haben sich regelmäßig geschrieben.«

»Hm.« Lilou überlegte. Dompierre hatte nicht so geklungen, als ob er viel über seine kanadischen Verwandten wusste, geschweige denn, dass sein Onkel Kontakt mit ihnen pflegte. Das war seltsam. Andererseits hatte Monsieur Benoit seinen eigenen Kopf gehabt, das hatte sie im Zuge der Auseinandersetzungen um die Vermietung des Lokals schon mitbekommen. Was Dompierre wohl dazu sagte, dass ausgerechnet jetzt einer der möglichen Erben aus Kanada hier auftauchte? Auf den ersten Blick erschien das mehr als verdächtig, doch der junge Mann machte einen aufrichtigen Eindruck.

Simon Bastien war aufgestanden. Er griff nach seinem Rucksack und ging zur Wohnungstür. »Ich werde jetzt gehen«, sagte er und lächelte scheu. »Danke fürs Reinlassen.«

»Keine Ursache.«

Sie erwiderte das Lächeln und sah ihm nach, bis er die Tür hinter sich geschlossen hatte. Ausgesprochen sympathisch. Sie hoffte wirklich, dass seine Geschichte stimmte, denn sie würde ihn nur ungern verhaften müssen. Wobei ... Bei dem Gedanken musste sie grinsen.

Schließlich gab sie sich einen Ruck. Sie stand auf und knöpfte die Uniformbluse auf, hängte sie auf einen Haken, zog die Hose aus und räumte ihre Hosentaschen aus. Dabei fiel ihr Monsieur Benoits Schlüsselbund in die Hände, den sie noch immer bei sich trug. Sie hatte ihn völlig vergessen. Sie legte ihn auf den Tisch und hoffte, dass sie daran dachte, ihn morgen Demoireau zurückzugeben.

Zehn Minuten später kam sie aus dem Etagenbad, nur in ein großes Handtuch gewickelt. Ihre Haare waren feucht und standen kreuz und quer in alle Richtungen ab; sie hatte sie einfach nur trocken gerubbelt, ohne sie auszukämmen. Die Tür zur zweiten Wohnung stand offen, dahinter brannte Licht, und sie hörte die Stimme von Nicolas Dompierre.

Sie sperrte ihre eigene Tür auf, ging hinein und schloss sie mit Nachdruck hinter sich. Sie schlüpfte in eine dünne Baumwollhose und zog ein T-Shirt über, dann fuhr sie sich mit den Fingern ein paarmal durch die Haare. Das musste reichen, schließlich hatte sie nicht vor, heute noch unter Leute zu gehen. Draußen im

Flur rumorte es, eine Tür schlug, dann hörte sie den Boiler anspringen und kurze Zeit später das Rauschen von Wasser. Mit der Ruhe in ihrem Dachgeschoss war es nun wohl vorbei.

Sie öffnete den Kühlschrank und inspizierte ihre Vorräte. Die Zucchini, die sie vorgestern gekauft hatte, lag im Gemüsefach, dazu hatte sie noch die Eier, eine Tomate und eine Zwiebel, die dringend wegmusste. Das erinnerte sie an ein Rezept, das sie im *Journal d'Armand* gesehen hatte: Crespeou, eine Art Kuchen aus geschichteten Omeletts, das klang spannend und lecker.

Sie schlug das Buch auf und las sich die Anweisungen durch. Eigentlich war es ein Resteessen – man konnte praktisch alles, was der Kühlschrank hergab, zwischen die dünn ausgebackenen Omeletts schichten: Pilze, Paprika, Tomaten, Oliven, Schinken und Wurst – es schien hauptsächlich um den bunten Gesamteindruck zu gehen. Normalerweise aß man Crespeou kalt, aber Armand behauptete in einem Nachsatz, dass es frisch aus dem Ofen noch besser schmeckte.

Lilou erhitzte Olivenöl in der gusseisernen Pfanne. Sie schnitt die Tomate in kleine Würfel und die Zwiebel und die Zucchini in dünne Scheiben, die sie nacheinander briet und beiseitestellte. Während sie die Tomaten einkochen ließ, klopfte es an der Tür. Sie öffnete, draußen stand Simon Bastien. Seine Haare waren feucht, er hatte ein frisches T-Shirt angezogen und roch nach ihrem Shampoo.

»Onkel Nicolas hat mir erlaubt, in der anderen Wohnung zu bleiben«, sagte er. »Ich wollte Ihnen nur Bescheid sagen.«

Lilou nickte. »Okay.«

Er war an der Tür stehen geblieben und schnupperte. »Hm, das riecht aber gut«, stellte er fest und sah sehnsuchtsvoll auf die Pfanne. Sein Bauch gab ein deutlich hörbares Grummeln von sich, er lächelte entschuldigend. »*Scusez,* ich habe seit heute Morgen nichts gegessen.«

Lilou warf einen Blick auf die Uhr. »Die Restaurants haben alle schon zu«, sagte sie. »Aber in der Bar gegenüber bekommen Sie vielleicht noch etwas.«

»Ich fürchte, ich habe gar nicht genug Geld«, erwiderte der junge Mann leise und senkte den Kopf.

Hinter ihr zischte es, und Lilou trat schnell an den Herd, um die Hitze zu reduzieren.

Sein Magen ließ erneut ein Knurren vernehmen. Lilou seufzte und rang einen Augenblick mit sich, aber am Ende gewann sein einnehmendes Lächeln. »Wenn Sie möchten, können Sie mit mir essen«, sagte sie.

»Das wäre großartig.« Er strahlte sie an. »Danke.«

Lilou machte eine wegwerfende Handbewegung. »Ist schon okay, es reicht für uns beide.«

Die Tomatenwürfel waren zu einer dicken Soße verkocht. Lilou kippte sie in eine Schüssel, die sie beiseitestellte, und wischte die Pfanne mit einem Stück Küchentuch aus.

»Es ist gleich fertig. Sie können sich schon mal setzen.« Sie deutete auf das Sofa. »Wir müssen am Couchtisch essen«, fügte sie entschuldigend hinzu. »Ich habe nur einen Stuhl.«

»Moment«, antwortete er und verließ die Wohnung. Einen Augenblick später kam er mit einem alten Holzstuhl zurück, in der anderen Hand hielt er ein zerdrücktes Baguette.

»Ich kann auch etwas zum Essen beisteuern«, sagte er und überreichte es ihr mit einer galanten Verbeugung.

Lilou musste lachen. Das Baguette hatte durch den Aufenthalt im Rucksack gelitten, es war weich und zäh geworden. Sie schnitt es in mehrere Stücke, die sie längs halbierte, und ließ die Scheiben auf der heißen Herdplatte anrösten.

Währenddessen schlug sie fünf Eier in eine Schüssel, gab Salz, frisch gemahlenen Pfeffer und einen Schuss Milch dazu und verrührte alles mit einem Schneebesen, bis der Dotter einen gelben

Schaum bildete. Sie goss die erste Schicht in die Pfanne, gab die gerösteten Zwiebeln obenauf und wartete, bis die Masse am Boden stockte, dann ließ sie das dünne Omelett in eine feuerfeste Form gleiten, die sie zum Garziehen in den vorgeheizten Backofen stellte. Dasselbe wiederholte sie erst mit der Zucchini und anschließend mit der Tomatensoße. Das vierte und letzte Omelett würzte sie mit Kräutern der Provence. Die Dose mit den Lavendelblüten stand noch auf der Anrichte, und Armand Benoits Empfehlung folgend, streute sie eine Prise davon in die Pfanne, bevor sie die Eiermasse eingoss. Sie regulierte die Hitze herunter und deckte die Pfanne zu.

Simon Bastien kam heran und sah ihr neugierig über die Schulter. Als sie den Deckel von der Pfanne mit den Eiern hob, schloss er die Augen und schnupperte.

»Sie verwenden Lavendel zum Kochen?«, fragte er überrascht. Er griff nach der Dose mit den Lavendelblüten, öffnete das Gefäß und tauchte die Nase hinein. »Meine *maman* macht das auch, aber sie sagt immer, man braucht die richtigen Blüten dafür. Die bekommt man in Kanada kaum.«

»Ich habe das von einem französischen Sternekoch gelernt«, antwortete Lilou und deutete auf das *Journal d'Armand,* das noch auf dem Tisch lag. Sie ließ ihn nicht aus den Augen, als er zum Tisch ging und es aufschlug, aber er zeigte kein Zeichen des Wiedererkennens.

»Was ist das?«, fragte er mit ehrlichem Interesse in der Stimme. Langsam blätterte er durch die eng beschriebenen Seiten. »Ich kann kein Wort davon lesen.«

»Das ist das Küchentagebuch von Armand Benoit«, sagte sie. »Und möglicherweise der Grund für die Ermordung deines Onkels«, fügte sie im Geiste hinzu, aber sie sprach es nicht laut aus. »Er war in den Siebzigerjahren ein ziemlich berühmter Koch«, fuhr sie stattdessen fort.

»Benoit? Ein Verwandter von Onkel Frédéric?«

»Ja.« Lilou nickte. »Monsieur Benoit hat es mir kurz vor seinem Tod gegeben.«

Nun verzog er doch das Gesicht, er runzelte die Stirn, und einen Moment lang wirkte er verbittert. Aber im nächsten Augenblick war der Eindruck verflogen, er schlug das *Journal d'Armand* zu und strich mit den Fingern über den roten Umschlag, ehe er es zurücklegte.

Hatte sie sich in ihm getäuscht? Lilou hatte nicht den Eindruck, dass er sie belog, aber nun war sie nicht mehr so sicher. Sie wandte sich wieder dem Herd zu und rüttelte die Pfanne etwas heftiger als nötig, um das Omelett vom Boden zu lösen. Sie musste unbedingt seine Geschichte überprüfen, wie auch immer sie das anstellen sollte.

Im Kühlschrank fand sie noch ein Stück Käse, den rieb sie auf das letzte Omelett, und er schmolz sofort zu duftenden kleinen Seen. Sie öffnete die Ofenklappe, schichtete das Omelett auf die anderen drei und beschwerte das Crespeou mit einem Topf. Dann schaltete sie den Ofen aus und schloss ihn wieder. Sie nahm zwei Teller aus dem Schrank und das Besteck aus der Schublade und deckte den Tisch.

Nach fünf Minuten holte Lilou das Crespeou aus dem Ofen und stürzte es auf einen Teller. Sie schnitt es in zwei Teile, einen größeren für ihren unerwarteten Gast und einen kleineren für sich. Sie verteilte die Hälften auf die beiden Teller, legte geröstete Brotstücke daneben und trug alles zum Tisch. Simon Bastiens Blick wurde verklärt.

»Das sieht wunderbar aus. Genau das, was ich jetzt brauche.«

Lilou lächelte über seine aufrichtige Freude. Sie öffnete den Kühlschrank und holte die Flasche Rosé aus der *Domaine du Pétrarque* heraus.

»Möchten Sie ein Glas Wein zum Essen?«

»Ja, sehr gern«, antwortete er. Er nahm ihr die Flasche aus der Hand und studierte das Etikett. »Wo sind die Gläser?«

»Über der Spüle«, antwortete Lilou und deutete zur Küche.

Er sah in den Schrank und verzog schmerzvoll das Gesicht. »Keine Weingläser?«

»Nein, so etwas habe ich leider nicht.«

Er seufzte. »Das hat der Wein nicht verdient.«

Trotzdem nahm er zwei kleine Wassergläser heraus und brachte sie mit der geöffneten Weinflasche zum Tisch. Über den linken Unterarm hatte er ein Küchentuch gelegt und goss ihr mit einer theatralischen Geste einen winzigen Schluck ein.

»Bitte sehr, wenn Madame probieren möchten?«

Lilou lachte und nahm das Glas in die Hand. Sie hielt es gegen das Licht, roch daran und kräuselte die Nase, dann nahm sie einen Schluck. »Er ist ganz vorzüglich«, sagte sie, auf das Spiel eingehend.

Er verbeugte sich und goss ihr Glas voll. Dann schenkte er sich selbst ein und nahm ihr gegenüber Platz.

»Prost«, sagte er und hob das Glas. »Wie heißen Sie eigentlich?«

»Ich heiße Lilou«, antwortete sie und ließ ihr Glas gegen seines klirren. »Und wir können uns auch duzen.«

KAPITEL 7

Simon schien wirklich hungrig gewesen zu sein, denn Lilou war noch nicht einmal bei der Hälfte ihres Crespeou angelangt, als er seine Portion bereits verdrückt hatte. Sie gab ihm noch etwas von ihrem Anteil ab, was er dankend annahm, dann schien er endlich satt zu sein. Er lehnte sich zurück, das Glas in der Hand.

»Ich danke dir, Lilou«, sagte er. »Du hast mir das Leben gerettet.«

»Keine Ursache«, erwiderte sie und hob das Glas. »Ich koche gern.«

»Das schmeckt man«, sagte er und sah ihr tief in die Augen.

Seine Augen hatten die Farbe von dunklem Bernstein, und Lilou sah rasch zur Seite, bevor sie sich zu sehr darin verlor. Himmel, als potenzieller Erbe gehörte der Mann eindeutig zu den Verdächtigen im Fall Benoit! Das sollte sie besser nicht vergessen, auch wenn sie ihn noch so anziehend fand.

Sie trank ihren Wein in einem Zug aus, stand auf und sammelte die Teller und das Besteck ein. Er leerte sein Glas ebenfalls und folgte ihr mit den Gläsern.

»Soll ich dir beim Abspülen helfen?«

Sie schüttelte den Kopf. »Das ist wirklich nicht nötig.« Sie sah zur Tür.

Er verstand den Wink. »Dann gehe ich mal. Danke für das Essen.«

»Gern geschehen.«

Als er weg war, atmete sie tief durch. Sie musste dringend überprüfen, ob er wirklich erst heute Morgen nach Frankreich eingereist war. Sie hoffte es sehr.

Als sie das Geschirr und die Gläser gespült und abgetrocknet und den Herd gesäubert hatte, fiel ihr Blick auf den zweiten Stuhl, der noch am Esstisch stand. Simon hatte ihn hiergelassen. Vermutlich würde er ihn brauchen, die andere Wohnung war bestimmt genauso spärlich möbliert wie ihre eigene, die bis auf die Küchenzeile völlig leer gewesen war. Tante Margot hatte ihr ein Schlafsofa und den Couchtisch vermacht und ihre Nachbarin Claire einen wurmstichigen Kleiderschrank für sie aufgetrieben. Den Tisch und den Stuhl hatte sie selbst am Flohmarkt erstanden und ächzend in den dritten Stock geschleppt.

Sie nahm den Stuhl, trug ihn zur anderen Wohnung und klopfte an die Tür.

»Du hast etwas vergessen«, sagte sie und hielt ihm den Stuhl entgegen.

»Tatsächlich«, sagte er und grinste schief. Hatte er ihn womöglich absichtlich stehen gelassen, um einen Grund zu haben, nochmals wiederzukommen?

Er trat einen Schritt zurück, und sie trug den Stuhl in die Wohnung. Das Einzimmerappartement war tatsächlich so gut wie leer, nur eine alte, fleckige Matratze lag in der Ecke. Auf dem Fußboden befand sich eine dicke Staubschicht, es roch muffig und ungelüftet.

»Hast du keine Bettwäsche?«, fragte sie, als sie die Matratze sah.

»Nein.« Er schüttelte den Kopf. »Aber für die eine Nacht geht das schon. Ich kann morgen etwas kaufen.«

»Aber du hast doch kein Geld«, lag es Lilou auf der Zunge. Hatte er nicht vorhin gesagt, er könne sich keinen Restaurantbesuch leisten? Wahrscheinlich war er Student und hatte vorgehabt, den Besuch bei seinem Großonkel mit einem kostengünstigen Ferienaufenthalt in Südfrankreich zu verbinden. Warum auch nicht? Sie hatte es während ihres Studiums nicht anders gemacht.

»Ich kann dir bis morgen etwas leihen«, schlug sie vor. »Und du musst dringend lüften.«

Sie stellte den Stuhl neben der Matratze ab und durchquerte das Zimmer, ihre nackten Füße hinterließen dunkle Spuren auf dem Boden. Sie öffnete das Fenster, Staub wirbelte auf. Die Fensterläden waren schon lange nicht mehr bewegt worden, sie klemmten, und Simon kam ihr zu Hilfe. Er rüttelte am Griff, plötzlich gab das alte Holz nach, und er stolperte gegen sie.

»Hoppla«, sagte er, und auf einmal lagen seine Arme um ihre Taille. »Pass auf, dass du nicht aus dem Fenster fällst!«

Lilou fühlte die Fensterbrüstung in ihrem Rücken, ein Windstoß fegte herein. Unwillkürlich suchte sie Halt an seinen Schultern. Er verstärkte den Griff um ihre Mitte, zog sie an sich, und auf einmal waren seine Augen ganz nah. Ihr Herz begann zu klopfen. Himmel, was tat sie hier?

Sie schob ihn von sich und befreite sich aus seinen Armen. »Nicht, Simon«, murmelte sie. Ihr war ein wenig schwindelig. Sie hatte zu viel getrunken – die denkbar schlechteste Voraussetzung, um eine Affäre zu beginnen. Abgesehen davon war er ein Verdächtiger, das durfte sie nicht ständig vergessen.

Er ließ sie los, in seinen Augen stand Bedauern.

Sie hob den Kopf. »Ich bringe dir Bettwäsche, ein Kissen und eine Decke«, sagte sie laut. »Dann musst du nicht auf der nackten Matratze schlafen.«

Er lächelte sie hoffnungsvoll an. »Ich dachte, ich könnte vielleicht …« Sein Blick flog zur Wohnungstür.

»Nein, Simon. Ich schlafe lieber allein.« Sie sagte es leichthin und in freundlichem Ton, aber das Funkeln in seinen Augen erlosch sofort.

»Ist schon okay.« Er wandte sich ab.

Lilou berührte seine Hand. »Sei mir nicht böse, aber …«

»Ist schon in Ordnung.« Er zeigte wieder sein schiefes Grinsen. »Wir haben uns ja gerade erst kennengelernt.«

Lilou musste lachen, dann wurde sie wieder ernst. »Das ist es nicht, Simon«, sagte sie. »Ich finde dich wirklich nett, aber ich bin Polizistin in Ausbildung, ich mache hier mein letztes Praktikum. Ich habe im Augenblick wirklich keinen Kopf für …« Sie zögerte. »Für Komplikationen.«

»Es müsste nicht kompliziert werden.« Er sah sie an. Seine hellen Wimpern umgaben die braunen Augen wie ein goldener Kranz, und einen Augenblick lang geriet Lilou in Versuchung. Aber sie blieb standhaft.

»Es würde bestimmt irgendwann kompliziert werden«, sagte sie brüsk. »Ich bringe dir das Bettzeug.«

Am nächsten Morgen war Lilou früh unterwegs. Sie hatte so gut geschlafen wie schon lange nicht mehr, was für sie Beweis genug war, dass sie richtig gehandelt hatte, was Simon Bastien betraf. Aus der Nachbarwohnung war noch nichts zu hören, als sie um halb acht das Haus verließ.

Es war Freitag, das bedeutete, es war Markttag in Carpentras. Einmal pro Woche verwandelte sich die gesamte Altstadt in einen einzigen riesigen Marktplatz. Alle Ladenbesitzer stellten Verkaufsstände vor die Tür, es gab Obst und Gemüse, Brot und Gebäck, Wurst und Käse, Blumen, Honig und Wein. Dazwischen wurden Haushaltsartikel, Stoffe, Gewürze, Seifen und Geschirr feilgeboten, und die Luft war erfüllt von den unterschiedlichsten Gerüchen. Auch Kunst konnte man hier kaufen, Bilder, handgefertigten Schmuck, Schnitzereien aus Holz und bunt bemalte Fliesen, aber leider auch viel Ramsch in Form von Sonnenbrillen und Modeschmuck, Hüten und Kleidung aus dem Fernen Osten. Die Verkäufer wetteiferten lautstark um die Kundschaft, und trotz der frühen Stunde waren die Gassen der Altstadt bereits überfüllt.

Der Duft von frischem Gebäck lockte Lilou zum Stand eines Bäckers, sie kaufte sich ein Croissant und schlenderte kauend durch die Straßen. Letzte Woche hatte sie sich nicht die Zeit genommen, den Markt ausführlich zu erkunden. Im Gegenteil, sie hatte sich beeilt, pünktlich in der Dienststelle zu sein, nur um dort festzustellen, dass am Markttag kein Beamter vor halb zehn auftauchte. Nur die Wache am Eingang war besetzt gewesen, und der schlecht gelaunte Kollege hatte ihr einen missmutigen Blick zugeworfen, bevor sie in Pouffs Büro verschwunden war.

Sie kaufte Kastanienhonig und weißen Nougat aus Montélimar, eine Tüte Salzkaramellen und ein Stück Lavendelseife, weil sie den Duft so mochte. Ein Gemüsehändler bot weiße Auberginen an, und weil sie die noch nie gegessen hatte, nahm sie gleich vier Stück davon. Ein paar Tomaten, ein Stück Hartkäse und eine grobe Dauerwurst mit Nüssen wanderten außerdem noch in ihre Einkaufstasche, aber mehr ging nicht, denn sie hatte keine Möglichkeit, die Lebensmittel bis zum Abend kühl zu halten.

Sie ließ sich mit der Menschenmenge treiben und achtete gar nicht mehr auf den Weg. Unversehens fand sie sich auf der Place Maurice Charretiere und vor dem Eingang zum Hôtel de Ville wieder. Die Begegnung mit Isabelle Valleron gestern Abend kam ihr in den Sinn, und aus einer Eingebung heraus beschloss sie, ihr einen Besuch abzustatten.

Es war kurz vor 9.00 Uhr, die Mairie hatte zwar schon geöffnet, aber die Glastüren zum *Service de l'état civil* waren noch geschlossen. Einige Personen warteten bereits im Flur vor dem Eingang. Pünktlich um neun erschien eine dickliche ältere Frau und ließ sie ein. Die anderen Wartenden zogen Nummern aus dem Automaten und nahmen im Wartezimmer Platz. Die Monitore, die die Reihenfolge der Zutritte regelten, waren noch dunkel.

Lilou ging hinter der Beamtin her zum Schalterraum. In der Tür drehte die Frau sich um und sah sie fragend an. Lilou wurde bewusst, dass sie ihre Uniform nicht trug, und einen Moment lang überlegte sie, wieder umzukehren. Doch dann entdeckte sie

Isabelle Valleron, die gerade zu ihrem Platz hinter dem Tresen ging. Sie trug ein cremefarbenes, schmal geschnittenes Sommerkleid und war dezent geschminkt. Auf den ersten Blick dachte Lilou, sie hätte sich geirrt, so verändert sah sie aus. Aber nein, sie war sich ganz sicher, sie hatte die Frau gestern Abend erkannt.

»Madame Valleron, haben Sie einen Augenblick Zeit?«, rief sie, ohne weiter auf die ältere Frau zu achten.

Isabelle Vallerons Kopf ruckte hoch. Einen Moment lang starrte sie sie irritiert an, dann glitt ein Ausdruck des Erkennens über ihr Gesicht, und sie winkte ihr zu. Sehr glücklich sah sie nicht aus, sie wirkte eher resigniert. Sie war rot geworden, und das dunkelblonde Haar fiel wie ein Vorhang vor ihr Gesicht.

»Ich dachte mir schon, dass Sie heute hier auftauchen«, murmelte sie.

Lilou nickte und setzte sich unaufgefordert auf den Stuhl vor dem Tresen. Die Tüte mit den Einkäufen schob sie unauffällig unter die Sitzfläche.

»Wir waren gestern bei Dimitri Petuchow und haben ihn zu dem Mord an Frédéric Benoit befragt«, sagte sie.

Isabelle Valleron hob den Kopf. »Was hat Dimitri mit dem Mord zu tun?«

»Das versuchen wir gerade herauszufinden«, antwortete Lilou. »Und ich habe gehofft, Sie können uns dabei helfen.«

»Ich?« Die Frau sah Lilou misstrauisch an. »Ich habe damit nichts zu schaffen.«

»Sie arbeiten für Monsieur Petuchow?« Lilou gab ihrer Stimme einen professionellen Klang.

»Das ist nicht verboten.«

»Nein, das ist es nicht.«

»Was wollen Sie dann von mir?«

»Auskünfte über Monsieur Petuchow.«

»Ich habe dazu nichts zu sagen.« Das Gesicht von Isabelle Valleron war jetzt abweisend und verschlossen.

»Ich denke doch.« Lilou machte eine bedeutungsvolle Pause. »Wissen Ihre Vorgesetzten hier eigentlich von Ihrer Nebentätigkeit?«

Isabelle Vallerons Gesicht verzog sich zu einer Grimasse. »Nein, natürlich nicht«, sagte sie leise und sah aus, als würde sie gleich anfangen zu weinen.

Lilou biss die Zähne zusammen. Gleich hatte sie die Frau so weit, dass sie reden würde, und sie fühlte sich schrecklich.

»Das muss sich wegen mir ja nicht ändern«, sagte sie mit betont freundlicher Stimme. »Sagen Sie mir einfach alles, was Sie über Dimitri Petuchow wissen, und niemand muss etwas erfahren.«

»In Ordnung«, lenkte Isabelle Valleron ein. Sie sah nach links und rechts zu ihren Kolleginnen, die bereits die ersten Kunden bedienten. »Aber nicht hier.«

»Was schlagen Sie vor?«

»Kennen Sie den kleinen Park am Auzon, gegenüber der Coulée Verte?«

Lilou nickte. Sie kannte ihn zwar nicht, aber es war bestimmt kein Problem, ihn zu finden.

»Am Fuß der alten Steinbrücke steht eine Bank, da können wir uns treffen. In der Mittagspause.«

»Okay. Ich werde kurz nach zwölf da sein.« Lilou griff nach ihrer Einkaufstüte und stand auf. »Ich verlasse mich darauf, dass Sie kommen.«

Isabelle Valleron sah sie nicht an, sondern drückte resolut auf den Knopf, der den Nächsten aus dem Warteraum hereinrief. Lilou nickte ihr noch einmal zu und verließ den Schalterraum.

Erst kurz vor zehn kam sie am Polizeigebäude an. Rasch zog sie sich um und verstaute ihre Einkäufe im Spind. Auf dem Weg zu Pouffs Büro kam ihr Emetoit im Flur entgegen.

»Du begleitest mich heute zu den Befragungen der Nachbarn«, sagte er.

Lilou strahlte. »Wirklich? Sehr gern!«

»Der Commissaire ist heute Vormittag in der Mairie und trifft sich mit la Maire, dem Staatsanwalt und dem Ermittlungsrichter. Deshalb kommst du mit mir.«

»Oh.« Lilou sank in sich zusammen. Warum hatte Demoireau sie denn nicht mitgenommen? Bei diesem Treffen wurde sicherlich das weitere Vorgehen geplant, und sie wäre gern dabei gewesen. Sie seufzte.

»Die Arbeit auf der Straße wird dir guttun«, sagte Emetoit mit seinen rollenden Rs. »Das ist besser, als den ganzen Tag in Besprechungen zu hocken und nur zu reden.«

Sie grinste halbherzig. Im Grunde hatte der Capitaine recht: Die ganze Zeit über haderte sie mit den langweiligen administrativen Aufgaben, die mit der Leitung einer Dienststelle verbunden waren. Nun bekam sie endlich die Gelegenheit, einen erfahrenen Beamten beim Außeneinsatz zu begleiten, und anstatt sich darüber zu freuen, fühlte sie sich schon wieder zurückgesetzt. Das war kindisch, das erkannte sie selbst.

Sie atmete tief durch und nickte. »Dann auf zu neuen Erkenntnissen!«

Auch Emetoit nahm den Streifenwagen, obwohl es vom Hôtel de Police nur fünf Minuten Fußweg bis zur Place de l'Horloge waren. Er verzichtete allerdings auf das Blaulicht und bewegte sich im Schritttempo durch die engen Gassen der Altstadt.

»Cravasse und Cropardin haben gestern Abend schon die Bewohner der umliegenden Häuser befragt«, sagte er, während er den Wagen im Halteverbot vor Monsieur Benoits Haus parkte. »Wir besuchen jetzt diejenigen, die sie gestern nicht erreicht haben, und fragen in den Geschäften nach.«

»Worum geht es genau?«

»Wir wollen wissen, ob jemand am Dienstag um die Mittagszeit etwas beobachtet hat. Der Mann vom Sozialdienst hat ausgesagt, dass er zwischen 12.00 und 12.15 Uhr hier war. Er meint, wenn die Tür zu diesem Zeitpunkt schon aufgebrochen gewesen wäre, hätte er es bemerkt. Es geht also um die Mittagszeit, denn Dr. Bonaventure hält es für unwahrscheinlich, dass Benoit viel später als 13.00 Uhr getötet worden ist.«

»Claire Dulac, die Nachbarin, meinte, dass sie das Essen um 13.00 Uhr noch auf dem Tisch hat stehen sehen«, merkte Lilou an.

»Wir haben sie deshalb noch einmal befragt, sie bleibt bei ihrer Aussage.« Emetoit hob die Schultern. »Das fragliche Zeitfenster ist also sehr klein.«

Er stieg aus, schloss den Wagen ab und rüttelte demonstrativ am Türgriff. Lilou sah ihn erstaunt an.

»Letztes Jahr hat jemand einen Streifenwagen gestohlen, während die Kollegen bei einer Befragung waren«, erklärte der Capitaine. »Das brauchen wir nicht noch einmal.«

Lilou schmunzelte und wandte rasch den Kopf ab, damit Emetoit es nicht bemerkte. »Das hat sicher mächtig Ärger gegeben.«

»Oh ja.« Emetoits dunkle Augen funkelten.

Er ging zum Haus gegenüber und betrat das Ladenlokal, eine Boutique mit dem Namen *Tresse-Rasta.* Hier gab es Sportbekleidung zu kaufen, Trainingsjacken, Badeanzüge, Laufhosen und bunte Bermudashorts, wie Surfer sie trugen. Der Verkäufer war ein schlanker bärtiger Mann mit Brille in einem schwarzen Trainingsanzug. Er sah von seinem Laptop hoch, als sie den Verkaufsraum betraten.

»*Bonjour,* ich bin Capitaine Emetoit von der Police nationale«, stellte sich Emetoit vor und deutete auf Lilou. »Das ist Élève Commissaire Braque.« Er zog seine Brieftasche aus der Hose, klappte sie auf und hielt dem Verkäufer die *carte de police* unter die Nase. Lilou erhaschte daneben einen Blick auf das Foto einer schönen Frau, deren Haar von einem Kopftuch verhüllt war.

Der Verkäufer trat einen Schritt zurück. »Was wollen Sie von mir?«

Emetoit überragte den Mann um mehr als einen Kopf, seine Präsenz war unübersehbar. Eine Kundin, die den Laden gerade betreten wollte, machte auf der Schwelle wieder kehrt.

»Wir haben nur ein paar Fragen an Sie«, sagte Lilou rasch und lächelte ihn beruhigend an. Es gab keinen Grund, den Mann zu verunsichern.

»Es geht um den Tod von Monsieur Benoit«, erklärte Emetoit und deutete vage zur anderen Straßenseite. »Waren Sie am Dienstag zur Mittagszeit hier im Laden?«

Der Verkäufer schüttelte bedauernd den Kopf. »Wir haben von 12.00 bis 14.30 Uhr geschlossen. Ich war beim Mittagessen.«

»War während dieser Zeit jemand anderer im Geschäft?« Emetoit schaute sich um, als würde sich weiteres Personal in den Ecken verstecken.

»Nein.«

»Ist Ihnen an diesem Tag sonst etwas Ungewöhnliches aufgefallen?«, fragte Lilou.

Der Mann starrte sie unsicher an. »Nein, ich glaube nicht. Es war alles wie immer.« Er hob die Hand. »Halt, am Abend war die Polizei im Haus gegenüber. Das war am Dienstag.«

Emetoit nickte. »Natürlich.« Er sah sich nochmals um. »Kannten Sie Monsieur Benoit persönlich?«

»Nein, ich glaube nicht.«

»Ein alter Mann im Rollstuhl«, warf Lilou ein.

Der Verkäufer schüttelte wieder den Kopf. »Nein, das wäre mir bestimmt aufgefallen.«

»Kennen Sie die anderen Hausbewohner von drüben?« Emetoit stellte die Frage beiläufig, aber Lilou erkannte die Absicht dahinter.

»*Mais oui*«, sagte der Mann. »Da ist Monsieur Dompierre, der hat mir das Lokal hier vermittelt. Und ein Ehepaar mittleren

Alters. Er ist den ganzen Tag außer Haus, und sie ist meistens zu Hause.« Er sah Lilou scharf an. »Habe ich Sie nicht auch schon hier gesehen?«

Sie nickte.

»Das war es auch schon.« Emetoit nickte dem Mann zu. »Gibt es von hier aus einen Zugang zum Treppenhaus?«, fragte er und wies mit der Hand nach oben.

»Ja, kommen Sie mit.«

Der Verkäufer führte sie zu einer Tür im hinteren Bereich des Ladens. Er zog einen großen Schlüsselbund aus der Tasche und schloss auf. Das erinnerte Lilou an Benoits Schlüsselbund, den sie noch immer in der Hosentasche trug. Und an Simon Bastien oben im Dachzimmer. Ob er wohl da sein würde, wenn sie abends wiederkam?

»Danke schön«, sagte Lilou beim Gehen, und der Mann nickte knapp.

»*De rien*. Es tut mir leid, dass ich Ihnen nicht helfen konnte.«

Emetoit war schon vorausgegangen, und Lilou beeilte sich, ihn einzuholen. Er wartete im ersten Stock auf sie, eine Liste in der Hand. »Hier waren Cravasse und Cropardin schon«, sagte er und deutete auf die beiden Türen zur Linken. »Nur die hier fehlt noch.« Er wandte sich nach rechts.

Die Wohnungstüren waren einmal weiß gestrichen gewesen, doch nun waren sie verkratzt, und die Farbe blätterte ab. Emetoit hob die Hand und klopfte kräftig gegen das Holz. Von drinnen waren Geräusche zu hören, Schritte, eine heisere Stimme, die unverständlich vor sich hin brabbelte.

»Ich komme ja schon, ich komme schon«, glaubte Lilou zu verstehen.

Ein Schlüssel wurde im Schloss gedreht, und eine hagere alte Frau mit schiefen Schultern tauchte im Türrahmen auf. Sie hatte ihr graues Haar zu einem straffen kleinen Knoten hochgebunden und trug ein verwaschenes Schürzenkleid, das einmal blau gewesen sein mochte.

»Was wollen Sie?«, fragte sie misstrauisch.

Emetoit zückte wieder seinen Ausweis. »Capitaine Jamal Emetoit«, stellte er sich vor.

Die Augen der Frau weiteten sich, sie fuhr zurück und machte Anstalten, ihnen die Tür vor der Nase zuzuschlagen. Aber Emetoit war schneller. Er stellte einen Fuß auf die Schwelle und schob die Tür einfach auf, ohne sich um das Gezeter der Alten zu scheren.

»Bitte beruhigen Sie sich doch, Madame«, sagte Lilou. »Wir haben nur ein paar Fragen!«

»Dreckige Ausländer«, keifte die Frau. »Versteckt ihr euch jetzt schon bei der Polizei? Mon Dieu, wo soll das enden!« Sie sah Emetoit böse an und spuckte vor ihm auf den Fußboden. Lilou holte Luft, einen scharfen Protest auf den Lippen, doch der Capitaine schüttelte nur den Kopf und wandte sich ab. Seine Miene hatte sich verdunkelt. Mit einer Handbewegung zu Lilou sagte er: »Madame la Commissaire, übernehmen Sie das.«

Er trat einen Schritt zurück. Lilou bezwang ihre Verärgerung und drängte sich an ihm vorbei in die Wohnung.

»Madame, es geht um den Tod von Monsieur Benoit, der im Haus gegenüber wohnte«, begann sie. »Wir müssen Ihnen dazu ein paar Fragen stellen. Bitte haben Sie keine Angst.«

Die Alte sah bei Gott nicht aus, als ob sie Angst vor ihnen hätte, aber Lilous ruhige, freundliche Stimme verfehlte ihre Wirkung nicht. Die Frau zog die Nase hoch, drehte sich um und ging durch einen düsteren kleinen Raum, in dem Lilou schemenhaft eine Küchenzeile und einen großen Kühlschrank erkannte. Sie folgte ihr in ein Wohnzimmer, das kaum heller war. Die Fensterläden waren geschlossen und sperrten nicht nur die Hitze, sondern auch das meiste Licht aus.

»Was wollen Sie wissen?«

»Haben Sie am Dienstag um die Mittagszeit jemanden gesehen, der Monsieur Benoits Haus betrat?«

Die Alte schüttelte vehement den Kopf. »Nein, ganz gewiss nicht«, zischte sie. »Ich halte tagsüber die Läden geschlossen, das sehen Sie doch.«

Lilou ging zum Fenster. Durch die Lamellen der Läden konnte man hinunter auf die Straße sehen, aber nur, wenn man direkt am Fenster stand.

»Sie haben wirklich nichts bemerkt?«, vergewisserte sie sich.

»Nein.« Die Frau verschränkte die Arme vor der Brust.

»Kannten Sie Monsieur Benoit?«

»Ja, natürlich«, antwortete sie. »Ich wohne schließlich schon seit über 40 Jahren hier. Seine Eltern hatten hier früher ein Restaurant.« Sie deutete nach unten.

»Wann haben Sie ihn das letzte Mal gesehen?«

»Da muss ich nachdenken.« Sie begann, im Raum auf und ab zu gehen. »Am Wochenende war ich nicht da, wissen Sie, ich habe eine Tochter in Salon sur Provence, die habe ich besucht. Meine Enkel …« Sie unterbrach sich. »Aber das interessiert Sie ja gar nicht. Ich bin jedenfalls am Sonntag erst spätabends nach Hause gekommen. Und am Montag habe ich Monsieur Benoit gesehen. Morgens früh hat sein Neffe die Fenster für ihn geöffnet, und er hat mir zugewunken.«

»Das war das letzte Mal?«

»Ich glaube schon.« Die Alte zog die krummen Schultern hoch. »Kann sein, dass er am Abend noch mal am Fenster war. Ich habe nicht darauf geachtet.«

»Am Dienstagmorgen haben Sie ihn nicht gesehen?«

Sie schüttelte den Kopf. »Nein. Ich habe mich noch gewundert, dass die Fenster geschlossen blieben.«

»Haben Sie Monsieur Benoits Neffen gesehen?«

»Der hat kurz nach halb neun das Haus verlassen, so wie immer.«

Lilou runzelte die Stirn. »Sonst haben Sie niemanden bemerkt?«

»Doch, der Mann aus dem zweiten Stock war bei ihm.«

»Und was ist mit Madame Dulac?«

»Ist das seine Frau? Die habe ich auch gesehen, aber erst später am Nachmittag, als sie nach Hause kam.«

»Wann war das?«

Die Frau hob die Schultern. »Vielleicht so um fünf?«

Lilou zog ihr Smartphone heraus und notierte die Aussagen der Frau. »Das war es schon. Danke für Ihre Hilfe.«

Die Frau beugte sich zu ihr. »Ist der Schwarze wirklich bei der Polizei?«, flüsterte sie, als hätte sie Sorge, der Capitaine könne sie hören.

Lilou zwang sich zu einer ruhigen Stimme. »Capitaine Emetoit ist ein ausgezeichneter Polizist.« Mit diesen Worten wandte sie sich ab.

»Hm«, brummte die alte Frau und schüttelte den Kopf. »Das hätte es früher nicht gegeben«, murmelte sie und folgte Lilou zur Tür. »Und Frauen bei der Polizei gab es auch nicht!«

Im Flur blieb Lilou stehen und drehte sich noch einmal zu ihr um. »Sie sollten Ihre Fensterläden doch manchmal öffnen«, sagte sie. »Sie wären überrascht, was es heute alles gibt.«

Emetoit lehnte draußen an der Wand und telefonierte. Auf Arabisch, wie Lilou zu erkennen glaubte, und seine Stimme klang weich. Vielleicht sprach er mit der schönen Frau mit dem Kopftuch? Als er sie erblickte, beendete er rasch das Gespräch und steckte das Handy weg.

»Hat sie etwas gesehen?«, fragte er und nickte in Richtung der inzwischen wieder geschlossenen Wohnungstür.

»Auch nicht viel mehr als der Verkäufer«, gab Lilou zur Antwort. »Manchmal sah sie Benoit morgens am Fenster, aber leider nicht am Dienstag. Sie hat beobachtet, wie Dompierre und

Monsieur Dulac um halb neun das Haus verließen und Madame Dulac gegen 17.00 Uhr zurückkehrte. Sonst nichts.«

»Schade.«

Emetoit stieß sich von der Wand ab und ging zur Treppe. »Im zweiten Stock fehlen uns noch zwei«, sagte er.

Lilou hätte gern gewusst, wie er empfand, wenn ihm jemand nur aufgrund seiner Herkunft und seiner Hautfarbe solch eine Ablehnung entgegenbrachte und ihn trotz seiner Uniform nicht als Gesetzeshüter respektierte. Aber das Gesicht des Algeriers war verschlossen, und sie wagte nicht, ihn zu fragen. Stumm folgte sie ihm die Treppe hoch.

Hier befanden sich ebenfalls drei Wohnungen. Er klingelte zuerst an der mittleren Tür, doch niemand öffnete, und er machte eine Notiz auf seiner Liste.

Die linke Tür wurde von einem Mann mittleren Alters in Boxershorts geöffnet, der gähnte und sich mit der Hand durch die verstrubbelten Haare fuhr. Er müsse tagsüber schlafen, entschuldigte er sich, er habe Nachtdienst im Krankenhaus. Auch am Dienstag habe er den ganzen Tag geschlafen. Und wenn sie jetzt bitte gehen würden, damit er weiterschlafen könne.

Emetoit vermerkte auch diesen Besuch auf seiner Liste, dann stiegen sie ins oberste Stockwerk hinauf. Hier gab es nur noch zwei Wohnungen, ähnlich wie bei Lilou, aber die Toiletten schienen sich innerhalb der Wohnungen zu befinden. An der linken Tür hatten sie kein Glück, aber die rechte öffnete sich, und der Tätowierer, den Lilou manchmal auf seinem Balkon sah, stand vor ihnen.

»*Bonjour,* Monsieur«, sagte Emetoit. »Wir haben noch einige Fragen zu dem Tod von Monsieur Benoit.«

Mick Pendragon brummte etwas Unverständliches und trat wortlos zurück in seine Wohnung. Sie folgten ihm durch einen kurzen Flur ins Wohnzimmer. Im Gegensatz zu dem Zimmer der alten Frau war seine Wohnung lichtdurchflutet. Trotz der Hitze draußen waren die Läden zurückgeklappt und die Balkontür weit geöffnet. Ein breites Ledersofa in der Ecke, ein großer Flachbildfernseher an der Wand und ein schlanker Laptop auf dem Schreibtisch zeugten davon, wie seine Branche zurzeit boomte.

»Was wollen Sie noch?«

Der massige Tätowierer hatte eine auffallend leise Stimme, das war Lilou schon bei ihrer ersten Begegnung aufgefallen.

»Waren Sie am Dienstag tagsüber hier?«

Pendragon blickte nach oben an die Zimmerdecke, wo ein Deckenventilator surrte, als wäre die Antwort dort zu finden.

»Dienstag? Ja, ich denke schon.«

»Sie denken?« Emetoit zog die dichten schwarzen Augenbrauen zusammen, sodass sie einen einzigen Strich bildeten.

»Sehen Sie, ich habe keine regelmäßigen Arbeitszeiten«, verteidigte sich Pendragon. »Am Dienstag hatte ich keinen Kunden, deshalb war ich wohl hier.«

»Ist Ihnen im Haus gegenüber etwas aufgefallen?«

»Was meinen Sie?« Er sah Emetoit fragend an.

»Wir möchten wissen, wer an diesem Tag das Haus betreten und verlassen hat«, erklärte Lilou. »Haben Sie vielleicht von Ihrem Balkon aus etwas beobachtet?«

Pendragon sah sie scharf an, dann grinste er und zwinkerte ihr zu. Lilou hielt seinem Blick stand und schaffte es, nicht rot zu werden.

»Also, haben Sie etwas gesehen?«, hakte Emetoit nach.

»Nur das Übliche«, brummte Pendragon. »Keine Fremden, falls Sie das meinen.«

»Was heißt, das Übliche?« Emetoit klang, als würde er gleich die Geduld verlieren.

Lilou zog ihr Telefon aus der Tasche und öffnete die Notiz-App. »Bitte, versuchen Sie, sich zu erinnern.«

»Also gut.« Pendragon ließ sich auf das Sofa fallen und streckte die Beine aus. »Am Vormittag habe ich geschlafen. Mittags war ich im Café Prince, das ist ein Stück die Straße hinunter. Als ich ging, stand das Auto vom Sozialdienst vor der Tür, der hat wohl gerade das Essen gebracht.«

»Wann war das?«

Pendragon hob die schweren Schultern. »Kurz nach zwölf.«

»Okay, weiter.«

»Als ich zurückkam, verließ gerade Madame Dulac das Haus. Das war vielleicht eine Stunde später.«

Lilou nickte. Das bestätigte Claires Aussage, was die Uhrzeit betraf.

»Weiter. Was war am Nachmittag?«

»Nicht viel. Ich habe ein wenig gezeichnet.« Er deutete auf den Laptop, und Lilou sah, dass ein großes Grafiktablett mit dem Gerät verbunden war. Auf dem Bildschirm war eine aufwendige geometrische Darstellung in Schwarz- und Blautönen zu sehen; mit viel Fantasie glaubte sie, darin einen Feuer speienden Drachen zu erkennen. »Zwischendurch war ich auf dem Balkon, um zu rauchen. Aber ich habe nur Monsieur Dompierre gesehen.«

»Monsieur Dompierre?« Lilou sah ihn überrascht an.

»Ja, wieso nicht?« Pendragon verschränkte die Arme vor der Brust. »Er kam so um drei und ging kurz darauf wieder. Er wohnt doch da, oder?«

»Ja, natürlich.« Lilou schüttelte den Kopf. Davon hatte Dompierre bei der Befragung nichts gesagt. Aber genau genommen hatten sie ihn auch gar nicht danach gefragt.

Emetoit sah sich in dem aufgeräumten Zimmer um. »Tätowieren scheint ein einträgliches Geschäft zu sein«, stellte er fest und wandte sich zur Tür.

»Ich kann nicht klagen«, erwiderte Pendragon.

»Haben Sie eigentlich inzwischen ein Ladenlokal gefunden?«, fragte Lilou.

»Nein, leider nicht«, antwortete er.

»Sie könnten Monsieur Dompierre fragen«, schlug sie vor. »Für die Vermietung des Geschäftslokals ist jetzt wohl er zuständig. Nur, falls Sie daran noch Interesse haben.«

»Ich fürchte, das kann ich mir nicht leisten«, winkte der Tätowierer ab. »Mit dem alten Mann hätte ich mich vielleicht einigen können, aber Dompierre ist ein Profi. Der weiß genau, wie gesucht solche Immobilien sind und wie viel er dafür verlangen kann. Da kann ich nicht mithalten.«

»Ja, dann …« Sie wandte sich ebenfalls zum Gehen und folgte Emetoit nach draußen. »*Au revoir,* Monsieur Pendragon.«

»*Au revoir,* Madame«, antwortete er. »Und sagen Sie doch Mick zu mir.«

»Hast du alles mitgeschrieben?«, fragte Emetoit, kaum dass sie aus der Wohnung waren.

»Klar«, antwortete Lilou.

»Dann lass uns mal sehen, was wir haben.«

Lilou rief die Notiz-App auf und stellte sich an das Fenster, das auf einen kleinen Innenhof hinausführte, in dem Autos parkten.

»Dompierre hat das Haus um halb neun verlassen. Das entspricht auch seiner Aussage.«

Emetoit nickte.

»Ungefähr um zwölf war der Mann vom Sozialdienst hier und hat das Essen gebracht. Claire Dulac hat es um eins noch gesehen, als sie gegangen ist. Diese Uhrzeit wurde nun von Mick Pendragon bestätigt.«

»Was uns wieder zu der Frage des genauen Tatzeitpunktes führt«, sagte Emetoit.

»Vielleicht hat sich Dr. Bonaventure doch geirrt«, erwiderte Lilou, die sich daran erinnerte, wie ungern sich der Rechtsmediziner auf einen Zeitpunkt hatte festlegen wollen.

»Vielleicht.« Emetoit deutete auf ihr Telefon. »Wie geht es weiter?«

»Um etwa 3.00 Uhr betrat Dompierre das Haus. Das passt zu seiner Aussage, dass er von 10.00 bis 14.00 Uhr bei einem Kunden in Martigues war. Aber er hat uns bei der Befragung nichts davon gesagt, dass er am Nachmittag hier war.«

»Er blieb offenbar nicht lange.«

»Nein, und wir haben ihn auch nicht danach gefragt. Er kam dann erst abends wieder, lange nachdem ich Monsieur Benoit gefunden hatte.«

Emetoit hob die Schultern. »Wahrscheinlich hat es nichts zu bedeuten. Laut Bonaventure war Benoit um 15.00 Uhr mit Sicherheit schon tot.«

Lilou nickte. »Trotzdem sollten wir ihn nochmals dazu befragen.«

Der Capitaine nickte. »Das werden wir heute Nachmittag entscheiden.«

»Teambesprechung?«

»Ja, um 16.00 Uhr.«

Lilou verdrehte die Augen. Ihr schien, als hielte Demoireau diese ständigen Besprechungen für wichtiger als die eigentliche Ermittlungsarbeit. Natürlich mussten die Ergebnisse ausgetauscht und das weitere Vorgehen koordiniert werden, das verstand sie schon. Aber konnte man das nicht zeitsparender mit Dateien in der Cloud und einer schnellen Videokonferenz lösen? Dann bliebe mehr Zeit, um Spuren zu verfolgen, zu recherchieren und Leute zu befragen.

»Schickst du mir noch deine Notizen?«, fragte Emetoit und riss sie aus ihren Gedanken.

Lilou nickte. »Natürlich.« Sie lächelte zu dem Kollegen hoch, der offenbar nicht von ihr erwartete, dass sie Protokolle tippte. »Sehr gerne.«

Sie gingen die Treppe hinunter und zurück zum Auto. Ein bunter Prospekt klemmte hinter dem Scheibenwischer, Emetoit zog ihn kopfschüttelnd hervor und zerknüllte ihn.

»Die werden auch immer dreister, murmelte er und sah sich um, aber der Verteiler war nicht mehr zu sehen. Lilou unterdrückte ein Kichern, er warf ihr einen mürrischen Blick zu. Dann sah er auf die Uhr.

»Es ist Mittag«, sagte er. »Soll ich dich zur Wache zurückfahren, oder gehst du hier essen?«

Lilou zog ihr Telefon aus der Tasche und warf einen Blick auf das Display. Es war kurz vor zwölf.

»Nein danke, ich bleibe hier«, sagte sie.

»In Ordnung.«

Emetoit nickte ihr zu, faltete seinen langen Körper auf den Fahrersitz des Peugeots und verschwand in einer der Gassen. Lilou wandte sich in die andere Richtung. Ein Blick auf Google Maps verriet ihr, was sie schon vermutet hatte: La Coulée Verte war der neu angelegte Parkplatz am Ufer des Auzon, und eiligen Schrittes machte sie sich auf den Weg.

Der Park, den Isabelle Valleron ihr genannt hatte, war nicht zu verfehlen. Ein Grünstreifen zog sich den Fluss entlang, große, bunt bemalte Steine trennten ihn vom Straßenverkehr. Hier gab es einen Spielplatz, auf dem einige Kleinkinder turnten, wachsam von ihren Müttern beobachtet, und zwei Pétanque-Plätze, die von alten Männern in Beschlag genommen waren. Im Schatten der Bäume saßen und lagen Menschen in kleinen Gruppen oder alleine. Die meisten hatten Essen und Getränke, manche sogar Picknickdecken dabei. Die ganze Szene erinnerte Lilou an ihre Zeit an der Universität, wo sich die Studenten bei schönem Wetter auch immer draußen auf den weitläufigen Grünflächen des Campus aufgehalten hatten.

Sie wandte sich von der Rasenfläche ab und ging durch hohes Gras ein paar Meter hinunter zum Fluss. Der sanfte Wind brachte die Blätter der Bäume zum Rascheln und übertönte fast das leise Plätschern des Wassers, das sich ein Stück flussabwärts an einer alten steinernen Brücke brach. Einige Schritte weiter stand tatsächlich eine Bank im Schatten einer Natursteinmauer, die zum Brückenfundament gehörte. Von oben war sie nicht einzusehen und damit ein perfekter Platz für ihr Treffen.

Lilou setzte sich und sah auf ihr Handy. Es war fünf Minuten nach zwölf, Isabelle Valleron sollte jeden Augenblick hier sein. Sie nutzte die Zeit, um noch einmal im *L'Armandine* anzurufen. Heute hatte sie mehr Glück, eine männliche Stimme meldete sich. Doch als Lilou nach Bérénice Benoit Lavallie fragte, teilte ihr der Mann mit Bedauern in der Stimme mit, dass Madame le Chef außer Haus sei. Sie solle es später noch einmal versuchen, ab 17.00 Uhr sei sie bestimmt zugegen. Lilou schmunzelte über die gespreizte Redeweise des jungen Mannes und beendete den Anruf.

Sie lehnte sich zurück und schloss die Augen. Die Vögel zwitscherten in den Bäumen am Flussufer, das Wasser gluckste, und ein leichter Wind wehte den Duft von frisch gemähtem Gras zu ihr. Es war schön hier. Aber wo blieb Isabelle Valleron? Um zwanzig nach zwölf wurde Lilou unruhig. Hatte die junge Frau ihre Verabredung vergessen? Oder – was viel wahrscheinlicher war – beschlossen, sie doch nicht einzuhalten? Lilou stand auf und stieg wieder hoch zu dem befestigten Weg, der durch die Grünanlage führte. In diesem Augenblick ertönte oben an der Straße das Aufheulen eines Motors, Reifen quietschten, ein dumpfer Knall und plötzliche Stille, als ob die Welt den Atem anhielt. Einen Moment später hörte Lilou Rufe, einen Schrei, bremsende Autos, das Scheppern von Blech. Sie begann zu laufen.

KAPITEL 8

Lilou drängte sich durch die Menschentraube, die sich an der Hauptstraße gebildet hatte, und war diesmal froh über ihre Polizeiuniform, denn die Leute machten ihr bereitwillig Platz. In der Mitte der Straße lag eine schlanke Gestalt. Die dunkelblonden Haare waren wie ein Fächer auf dem Asphalt ausgebreitet und nahmen langsam eine immer dunklere Farbe an, die nicht vom Straßenschmutz kam. Das cremefarbene Sommerkleid war hochgerutscht, die Beine voller Blut, sie standen in einem unmöglichen Winkel vom Körper ab. Durch die Haut des Oberschenkels stach hell das spitze Ende eines Knochens, und Lilou biss bei dem Anblick die Zähne zusammen. Sie ging neben Isabelle Valleron in die Hocke. Die Frau hatte die Augen geschlossen, ihr Gesicht war blutverschmiert, sie bewegte sich nicht. Lilou legte die Hand an ihren Hals. Erleichterung durchströmte sie, da war ein Puls.

Ein Mann löste sich aus der Gruppe von Menschen und kam heran. »Ich bin Arzt«, sagte er. »Lassen Sie mich mal zu ihr.«

Lilou erhob sich und zog das Telefon aus der Tasche. »Ich habe schon die 112 angerufen«, rief eine Frau, die in der vordersten Reihe der Schaulustigen stand. Lilou nickte ihr zu und rief Demoireaus Nummer auf. Sie ließ es lange läuten, aber der Commissaire nahm den Anruf nicht an. Wahrscheinlich saß er gerade beim Mittagessen und wollte sich nicht stören lassen.

Sie steckte das Telefon weg und richtete sich auf. Autofahrer hatten angehalten und waren ausgestiegen, zwei Fahrer gestikulierten heftig, der hintere hatte offenbar nicht rechtzeitig gebremst und war seinem Vordermann in die Stoßstange gefahren. Von weiter hinten war ein Hupkonzert zu hören.

»Hat jemand etwas gesehen?«, rief sie laut. »Wo ist der Unfallwagen, der sie angefahren hat?«

Niemand sagte etwas, einige hoben die Schultern und blickten sich um. Eine Frau mittleren Alters drängte sich durch die Menge.

»Es war ein weißes Auto«, erklärte sie bestimmt. »Es ist von der Nebenfahrbahn gekommen und hat sie einfach über den Haufen gefahren.«

»Das stimmt«, gab ihr ein älterer Mann recht. »Die Fußgänger hatten Grün, und sie war auf dem Zebrastreifen. Aber er ist einfach losgefahren.«

»Hat sich jemand das Kennzeichen gemerkt?«, fragte Lilou und sah in die Runde. Aus der Entfernung hörte sie die Sirene eines Rettungswagens näher kommen.

Die Menschen schauten sich an, mehrere schüttelten den Kopf. Lilou zog ihr Smartphone hervor und notierte sich die Namen und Adressen der beiden Zeugen. Die Frau behauptete steif und fest, der Wagen habe schon seit einigen Minuten auf dem schmalen Streifen zwischen der Haupt- und der Nebenfahrbahn gestanden, ganz so, als ob er auf etwas gewartet hätte. Der Mann bestritt diese Aussage und war sicher, das Auto mit überhöhter Geschwindigkeit auf die Kreuzung zufahren gesehen zu haben. Nicht einmal über die Fahrzeugmarke waren die beiden sich einig: Die Frau nannte es vage einen Kleinwagen, während der Mann von einem »großen Mercedes« sprach. Lilou nahm beide Aussagen zu Protokoll. Leider konnten beide den Fahrer nicht beschreiben, die Sonne habe sich in den getönten Scheiben gespiegelt, und es sei nichts zu erkennen gewesen, außer dass ziemlich sicher nur eine Person im Wagen gesessen habe.

Die zwei Autofahrer, die noch immer um ihren Auffahrunfall stritten, winkten heftig, um ihre Aufmerksamkeit auf sich zu lenken, doch Lilou ignorierte sie. Um den Blechschaden konnten sich gleich die Kollegen kümmern, ihr ging es um Isabelle Valleron. Sie wurde das Gefühl nicht los, dass dieser Unfall kein Zufall war, sondern etwas mit ihrer Verabredung zu tun hatte.

Der Rettungswagen war inzwischen eingetroffen und näherte sich langsam der Unfallstelle, dicht gefolgt von einem Streifenwagen, der am Straßenrand anhielt. Zwei Beamte, deren Namen sie nicht kannte, stiegen aus. Sie hob grüßend die Hand, die beiden nickten ihr zu und begannen, die Straße großräumig abzusperren. Sie drängten die Schaulustigen zurück auf den Bürgersteig, und Lilou bemerkte, dass die Ersten den Schauplatz bereits wieder verließen. Der Rettungswagen hielt genau neben Isabelle Valleron, zwei Sanitäter und ein Notarzt sprangen heraus. Der Mann, der sich zuvor als Arzt zu erkennen gegeben hatte, erhob sich von der Seite der Verletzten und wechselte einige Worte mit dem Notarzt, während die beiden Sanitäter mit der Versorgung der jungen Frau begannen. Der eine legte ihr eine Halskrause an und faltete eine wärmende Folie auseinander, während der Zweite eine gepolsterte Trage aus dem Rettungswagen zog. Zu dritt hoben sie Isabelle Valleron darauf, die gebrochenen Beine wurden mit Gurten fixiert, und Lilou wandte die Augen ab. Zum Glück bekam Isabelle nichts davon mit.

Zwei weitere Polizeiwagen und ein Fahrzeug der Police municipale näherten sich mit Blaulicht auf der Nebenfahrbahn. Ihr Handy klingelte, es war Commissaire Demoireau. Mit kurzen Worten setzte sie ihn ins Bild und erwähnte auch das geplante Treffen mit der Tänzerin, ohne ihm zu verraten, dass sie Isabelle in der Mairie kennengelernt hatte.

»Fahren Sie mit dem Rettungswagen mit«, trug er ihr auf, ohne auf ihre Eigenmächtigkeit einzugehen. »Bleiben Sie bei ihr, ich komme so schnell wie möglich ins Krankenhaus.«

Einer der Rettungssanitäter schloss gerade die Flügeltüren des Wagens hinter Isabelle Valleron, und sie winkte ihm zu. Er verzog missbilligend das Gesicht, als sie ihren Wunsch äußerte, und erst als sie ihm sagte, dass die Anweisung von Commissaire Demoireau kam, öffnete er die Hecktür erneut. Sie kletterte hinein und quetschte sich an dem Notarzt vorbei, der an Isabelles Seite saß. An der Vorderwand fand sie einen kleinen Klappsitz, auf dem sie Platz nahm. Sie hatte nichts, woran sie sich festhalten konnte, und spannte die Beinmuskeln an, als der Fahrer schwungvoll die erste Kurve nahm.

Lilou rutschte unbehaglich auf einem der Besucherstühle hin und her. Der Krankenhausflur war strahlend weiß, und aus einem Lüftungsgitter genau über ihr strömte eiskalte Luft. Die hellblaue Sitzschale aus Hartplastik brachte ihre Kehrseite zum Schwitzen, während sie an den Oberarmen fröstelte. Ein Team, bestehend aus einem Arzt und zwei Krankenpflegern, hatte Isabelle Valleron eilig in Empfang genommen, und einer von ihnen hatte Lilou diesen Stuhl zugewiesen. Dann waren sie mit der Verletzten hinter einer Tür aus Milchglas am Ende des Ganges verschwunden. Über der Tür brannte ein rotes Licht: Kein Zutritt.

Eine Krankenschwester eilte über den Flur und warf Lilou einen fragenden Blick zu, aber sprach sie nicht an. Einmal wurde ein Bett vorbeigeschoben, der Mann, der darauf lag, war fast so weiß wie das Laken und hatte die Augen geschlossen. Der Pfleger, der ihn begleitete, trug grüne Kleidung und eine grüne Stoffkappe auf dem Kopf. Normale Besucher sah sie keine.

Irgendwann stand Lilou auf, um dem kalten Luftstrom zu entkommen, und ging langsam den Gang entlang. Die Wände, die auf den ersten Blick so klinisch rein wirkten, waren es in Wahrheit nicht. Die gummierten Kanten der Betten hatten schwarze Streifen und die metallenen Rahmen tiefe Kratzer hinterlassen, die man nur notdürftig übermalt hatte. Jedes Mal, wenn Lilou ihren Blick auf den Boden richtete, sah sie erneut Isabelle Vallerons gekrümmte Gestalt daliegen. Sie schloss die Augen, Tränen brannten hinter ihren Lidern.

Dann riss sie sich zusammen. Sie traf keine Schuld, sie musste jetzt einen klaren Kopf bewahren. An einen simplen Unfall mit Fahrerflucht wollte sie nicht recht glauben. Die Zeugenaussagen deuteten darauf hin, dass es jemand gezielt auf die junge Frau abgesehen hatte. Ob ihr geplantes Treffen der Auslöser für die Tat gewesen war? Oder gab es andere Gründe? Sie würde es herausfinden. Sie setzte sich wieder auf den Stuhl.

Eine Bewegung am anderen Ende des Flurs riss sie aus der Grübelei. Demoireau kam mit eiligen Schritten den Gang entlang und hob die Hand zum Gruß.

»Weiß man schon etwas?«, fragte er und sah sich in dem leeren Flur um.

Lilou erhob sich und schüttelte den Kopf. »Sie wird gerade operiert«, sagte sie und deutete auf die Milchglastür mit dem roten Licht. Einen Moment lang wurde ihr schwarz vor Augen, und sie musste sich an der Lehne des Stuhls festhalten.

Demoireau nickte. Er sah ihr prüfend ins Gesicht, dann sagte er: »Könnten Sie hinunter in die Cafeteria gehen und zwei Kaffee holen?«

Lilou sah ihn irritiert an. »Ich würde lieber hierbleiben«, sagte sie.

»Bitte.« Er wandte seinen Blick nicht ab, bis sie resigniert nachgab.

»In Ordnung.«

»Und nehmen Sie die Treppe«, rief er ihr hinterher.

Sie hob verwundert die Schultern, aber sie folgte seiner Anweisung. Nach den drei Stockwerken bis zur Cafeteria war sie kaum außer Atem, aber als sie mit den beiden dampfenden Bechern zurückkam, klopfte ihr Herz, und ihr war wieder warm geworden.

Demoireau öffnete zielsicher eine der nicht gekennzeichneten Türen, und tatsächlich verbarg sich dahinter so etwas wie ein Aufenthaltsraum. Zwei runde Tische mit jeweils vier Stühlen und ein Regal mit Zeitschriften und Büchern standen darin, Tischdecken und Vorhänge verbreiteten so etwas wie Gemütlichkeit. Eine breite Glastür stand offen und führte auf einen überdachten Balkon mit einem hohen Aschenbecher.

Der Commissaire ließ sich schwerfällig auf einen der Stühle fallen und wies auf einen weiteren. Lilou setzte sich. Demoireau rührte so heftig in seinem Kaffee, dass Lilou Angst um den dünnen Pappbecher bekam, aber er hielt der rüden Behandlung stand. Sie nahm einen großen Schluck und fühlte, wie das heiße Getränk sie auch von innen wärmte.

»Erzählen Sie noch mal, was ist genau passiert?«

Lilou hob die Schultern. »Erinnern Sie sich noch an die Pole-Tänzerin gestern Abend bei Petuchow?«, begann sie. »Das war die junge Frau, die ins Zimmer kam, als wir gerade gehen wollten.«

Demoireau nickte.

»Ich habe sie wiedererkannt, sie heißt Isabelle Valleron. Ich habe ihr heute einen Besuch abgestattet und sie um ein Gespräch gebeten. Wir wollten uns kurz nach zwölf an der Coulée Verte treffen.«

»Aber sie ist nicht gekommen?«

»Nein.« Lilou schloss die Augen. »Ich war schon am Treffpunkt, da hörte ich, wie sie …«

»Was wollten Sie denn mit ihr besprechen?«

»Ich dachte, ich kann von ihr noch mehr über Dimitri Petuchow herausfinden.«

Demoireaus Miene verfinsterte sich. »Was unseren Fall betrifft, wissen wir doch alles, was wir brauchen.«

Lilou schluckte. »Ich weiß. Ich wollte trotzdem nochmals mit ihr sprechen.«

»Mademoiselle Braque, was auch immer in dieser Bar abläuft, geht uns nichts an. Wenn es etwas Illegales ist, dann ist das Sache der Kollegen in Avignon.«

»Der Unfall ist hier passiert«, widersprach Lilou. »Jetzt ist es auch unsere Sache.«

Der Commissaire schwieg und sah aus dem Fenster. Dann holte er tief Luft. »Also gut. Kümmern Sie sich darum. Stellen Sie fest, wie es zu diesem Unfall kam. Konnten Sie mit Zeugen sprechen?«

Lilou nickte.

»Finden Sie heraus, wer sie angefahren hat. Ich spreche mit dem Staatsanwalt, Sie bekommen alle Ermächtigungen, die Sie dazu benötigen. Unfall mit Fahrerflucht ist schließlich in jedem Fall eine Straftat.«

»Danke, *mon commissaire.*«

»Sollten sich dabei Hinweise ergeben, dass Monsieur Petuchow in die Sache verwickelt ist, spreche ich persönlich mit den Kollegen in Avignon.« Er erhob sich und warf den leeren Kaffeebecher in den Papierkorb. »Sie bleiben hier und warten auf das Ergebnis der Operation. Sobald Madame Valleron vernehmungsfähig ist, befragen Sie sie.«

»Und was ist mit den Ermittlungen zu dem Mord an Monsieur Benoit?«

»In einer halben Stunde beginnt die Teambesprechung.« Er wandte sich ab und ging in Richtung Ausgang. »Ich halte Sie auf dem Laufenden.«

»Ich habe noch immer Monsieur Benoits Schlüssel«, rief sie ihm hinterher. Um ein Haar hätte sie es wieder vergessen.

Demoireau blieb nochmals stehen. Sie ging zu ihm und drückte ihm den Schlüsselbund in die Hand. Erst jetzt erinnerte sie sich wieder an Simon Bastien.

»Gestern Abend ist übrigens Monsieur Benoits Neffe aus Kanada aufgetaucht. Nicolas Dompierre hat ihn in der leeren Dachgeschosswohnung neben meiner einquartiert.«

»Hm.« Der Commissaire zog die Brauen zusammen. »Das ist ja interessant, dass er ausgerechnet jetzt auftaucht. Haben Sie ihn schon befragt?«

»Noch nicht offiziell«, antwortete Lilou. »Er wusste nichts vom Tod seines Onkels und ist erst gestern Abend angekommen. Er kann mit Monsieur Benoits Tod nichts zu tun haben.«

»Haben Sie das überprüft?«

»Nein.« Sie dachte an das Abendessen mit ihm und an die kurze Szene am Fenster. »Ich hatte noch keine Gelegenheit dazu.«

»Dann holen Sie das bitte nach. So schnell wie möglich.«

Es dauerte noch über zwei Stunden, bis der Arzt endlich wieder erschien. Er trug eine grüne Mütze aus Papier und den Chirurgen-Mundschutz, den er nach unten übers Kinn zog, als er sie sah.

»Sie sind noch da?«, fragte er, und seine Augenbrauen hoben sich, sodass sie oben unter der Haube verschwanden.

»Wie geht es ihr? Wird sie durchkommen?«

»Ja, es sieht gut aus«, antwortete er. »Sie hat unglaubliches Glück gehabt.«

»Was ist mit ihr?«

»Beide Beine und eine Hüfte sind gebrochen, die Wirbelsäule ist zum Glück unverletzt. Sie hat ein schweres Schädel-Hirn-Trauma, aber keine Fraktur des Schädels. Hautabschürfungen, eine Rippenprellung, doch die inneren Organe scheinen den Befunden nach unverletzt.«

»Das heißt, sie wird wieder ganz gesund?«

»Ich habe die Frakturen versorgt und ihr ein neues Hüftgelenk eingesetzt. Es wird eine Weile dauern, bis sie wieder normal laufen kann, aber mit der entsprechenden Therapie werden keine dauerhaften Schäden zurückbleiben.«

»Wird sie wieder tanzen können?«

Der Arzt zog erneut die Augenbrauen hoch. Er riss den Mundschutz ab und zerknüllte ihn in der Hand. »Tanzen?«, wiederholte er.

»Ja, sie ist Tänzerin«, sagte Lilou.

Er schüttelte den Kopf. »Sie kann froh sein, dass sie noch lebt und nicht den Rest ihres Lebens im Rollstuhl verbringen muss.« Seine Augen verdunkelten sich. »Sie sollte sich besser einen neuen Job suchen.«

Lilou verzog das Gesicht und nickte. »Kann ich mit ihr sprechen?«

Der Arzt lachte auf. »Frühestens morgen«, sagte er. »Wir haben fünf Stunden operiert, dazu das Schädel-Hirn-Trauma ... Sie war kurz bei Bewusstsein, aber im Augenblick ist sie mit Medikamenten ruhiggestellt. Sie können morgen anrufen, wenn Sie wollen.«

»Es wäre wirklich wichtig«, sagte Lilou. Sie musste unbedingt in Erfahrung bringen, ob Isabelle Valleron den Wagen erkannt hatte, der sie angefahren hatte. Denn falls sich ihr Verdacht bestätigte, war die junge Frau noch immer in Gefahr.

»Keine Chance«, sagte der Arzt.

»Wo ist sie im Augenblick?«, fragte Lilou.

»Im Aufwachraum.« Er deutete zu der Milchglastür. »Warum fragen Sie?« Der Arzt war hellhörig geworden.

»Es besteht die Möglichkeit, dass das kein Unfall war«, sagte Lilou. »Und es kann sein, dass der oder die Täter es nochmals versuchen.«

Der Arzt hob erneut die Brauen bis unter den Rand der Mütze. »Wir behalten sie bis morgen früh im OP-Bereich.« Er deutete auf die Milchglastür. »Da kommt niemand rein.«

»Gut. Danke.« Sie zog eine Karte aus der Tasche. »Wenn etwas ist, rufen Sie mich bitte an.«

Er nickte, steckte ihre Karte ein, ohne sie anzusehen, und wandte sich zum Gehen. »Ich heiße übrigens Morteau. Ich habe heute Nachtdienst. Am besten kommen Sie morgen Vormittag wieder.«

»In Ordnung.«

Lilou fühlte sich komplett erledigt, als sie endlich zum Hôtel de Police zurückkehrte. Sie hatte den Bus zurück in die Stadt genommen, der voll mit erschöpften Menschen und schlechten Gerüchen gewesen war, denn für den Fußweg von zwanzig Minuten entlang der Hauptstraße war sie zu müde gewesen. Am liebsten wäre sie direkt nach Hause gegangen, doch ihre Einkäufe von heute Morgen lagen noch in ihrem Spind in der Polizeiwache.

Sie zog sich um und wünschte sich nichts mehr als eine Dusche, während sie, verschwitzt, wie sie war, in ihre Jeans stieg und sich das T-Shirt über den Kopf zog. Ohne nach rechts oder links zu blicken, eilte sie anschließend nach Hause. Sie schloss die Haustür auf und war froh, als sie die Treppen bis in den dritten Stock hinter sich gebracht hatte. Sie war hungrig und durstig, seit dem Croissant am Morgen auf dem Markt hatte sie nichts mehr gegessen.

Oben angekommen, erlebte sie eine Überraschung. Die Tür zur Nachbarwohnung, in der sich Simon Bastien einquartiert hatte, stand offen, laute Musik schallte heraus. Sie trat in die Tür und warf einen Blick hinein. Der Fußboden glänzte wie frisch gewachst, ein Eimer mit Wasser stand am Fenster, und Simon balancierte mit einem Lappen in der Hand auf der Fensterbank. Er pfiff die Melodie mit und bemerkte sie erst, als sie an den Türrahmen klopfte.

Ein strahlendes Lächeln erhellte sein Gesicht. Er sprang auf den Boden, warf den Lappen in den Eimer, durchquerte das Zimmer und begrüßte sie mit zwei Wangenküssen.

»Du warst ja fleißig«, stellte sie fest und sah sich um.

»Muss ich wohl, wenn ich hier wohnen soll«, erwiderte er. »Onkel Nicolas hat gesagt, ich kann fürs Erste hierbleiben.«

»Das ist gut«, erwiderte Lilou, aber sie war nicht sicher, ob sie das wirklich gut fand. Sie war eigentlich ganz froh gewesen, sich das Dachgeschoss mit niemandem teilen zu müssen. »Wann fliegst du zurück?«

»Gar nicht«, antwortete Simon. Er lachte, als er ihr überraschtes Gesicht sah, doch dann wurde er ernst. »Eigentlich ist es nicht zum Lachen«, fügte er hinzu. »Onkel Frédéric und ich hatten eine geschäftliche Vereinbarung. Wir wollten in dem leer stehenden Lokal im Erdgeschoss ein Restaurant eröffnen. Ich sollte es leiten, und er hätte mich als Teilhaber finanziell unterstützt. Aber wir haben vorab nichts schriftlich vereinbart, deshalb bin ich jetzt praktisch hier gestrandet.«

»Hm.« Hinter Lilous Stirn arbeitete es fieberhaft. Das war also der Grund, warum der alte Mann das Lokal nicht vermieten wollte! Er hatte seine eigenen Pläne damit gehabt und sie mit niemandem geteilt.

»Was sagt denn Nicolas Dompierre dazu?«

»Ich glaube, er weiß gar nichts davon«, antwortete Simon und machte ein zerknirschtes Gesicht. »Er war gestern wirklich überrascht, mich zu sehen. Ich dachte, wenn ich ihm das auch noch sage, setzt er mich direkt auf die Straße.«

»Frédéric Benoit hatte keine Kinder«, sagte Lilou langsam. »Ohne Testament fällt das Haus hier seinen Geschwistern zu, beziehungsweise deren direkten Nachkommen, wenn die Geschwister nicht mehr leben.«

»Mein Großvater ist vor ein paar Jahren gestorben«, erklärte Simon. »Dann würde wohl meine Mutter erben.«

»Ja, zusammen mit Madame Dompierre, Nicolas' Mutter. Sie ist eine Halbschwester von Frédéric Benoit.«

»*Maman* erbt einen Teil vom Haus?« Simons Miene erhellte sich. »Dann klappt das mit dem Restaurant ja vielleicht doch noch.«

»Nur wenn das Testament nicht auftaucht«, stellte Lilou richtig. »Denn angeblich wollte Monsieur Benoit alles seinem Neffen Nicolas vererben.«

»Schade«, sagte Simon leichthin. »Aber soll ich dir was sagen? So richtig daran geglaubt habe ich ohnehin nie. *Maman* hat das mit

Onkel Frédéric zusammen ausgeheckt, und es wäre eine tolle Sache gewesen, aber …« Er hob die Schultern. »Ich muss mir nichts schenken lassen. Ich stelle auch alleine etwas auf die Beine.«

»Daran habe ich keinen Zweifel«, erwiderte Lilou und grinste. »Entschuldigst du mich bitte? Ich bin verschwitzt und todmüde. Ich muss dringend duschen und etwas essen.«

»Was hast du eingekauft?« Simon hatte ihre Einkaufstasche entdeckt.

»Nichts Besonderes. Auberginen, ein wenig Wurst und Käse.«

Simons Augen begannen zu leuchten. »Darf ich kochen? Bitte!« Er sah sie flehentlich an. »Ich habe hier den ganzen Tag sauber gemacht, ich bin gar nicht zum Essen gekommen.«

Lilou sah ihn verblüfft an. »Du kannst kochen?«

»Ja, natürlich«, erwiderte Simon und grinste schief. »Das ist mein Beruf.« Er legte die Hand auf die Brust und verbeugte sich vor ihr. »Chef de Cuisine Bastien, zu Ihren Diensten, Madame!«

Sie musste lachen. »In Ordnung. Ich gehe duschen, und du kochst.«

Während Lilou unter der Dusche stand, ließ sie sich Simons Worte durch den Kopf gehen. Er war also Koch und wollte mit der Unterstützung seines Großonkels das alte Familienrestaurant wiedereröffnen. So weit, so gut. Aber warum hatte Monsieur Benoit ihr das *Journal d'Armand* gegeben, wenn er doch wusste, dass sein Großneffe kommen und die Familientradition fortführen würde? Das passte nicht zusammen.

Sie blieb unter der Dusche, bis das Wasser kalt wurde. Mit dem Handtuch rieb sie über ihre Haut, bis sie sich rötete und ihr wieder warm war. Sie zog frische Kleidung an und rubbelte sich die Haare trocken, dann verließ sie das Bad. Ihre Wohnungstür war nur angelehnt, und sie hörte das Zischen von heißem Fett, untermalt von Simons Pfeifen. Die Tür zu seiner Wohnung stand offen. Jetzt konnte sie herausfinden, ob Simon tatsächlich erst gestern in Frankreich angekommen war. Eine bessere Gelegenheit würde sie nicht bekommen.

Sie unterdrückte ihr schlechtes Gewissen, holte tief Luft und betrat seine Wohnung. Der neongrüne Rucksack stand auf dem Boden neben der Matratze, die Deckelklappe war zurückgeschlagen und enthüllte wild hineingestopfte Kleidung. Sie durchquerte das Zimmer und war froh über den sauberen Fußboden, auf dem sie keine Spuren hinterließ. Neben dem Rucksack ging sie in die Hocke und tastete ihn mit geübten Griffen von außen ab. Dinge wie Reisepass oder Flugtickets verbarg man nicht zwischen Kleidung, man bewahrte sie in einem Außenfach auf, um sie bei einer Kontrolle rasch vorzeigen zu können.

Der Rucksack hatte zwei Seitentaschen, in denen sie aber nur Krimskrams fand: eine Packung Taschentücher, Insektenspray und ein kleines Klappmesser, in der zweiten die leere Verpackung eines Schokoriegels und ein Ticket der Pariser Métro, gestern Morgen abgestempelt.

Sie suchte weiter. Im Deckel des Hauptfachs befand sich ein weiteres Fach, und als sie gegen die Tasche drückte, fühlte sie die rechteckige Form eines schmalen Büchleins. Sie öffnete den Reißverschluss, und sein Reisepass fiel ihr entgegen. Sie blätterte ihn rasch durch, aber sie fand keinen Stempel oder Visa-Eintrag; für Kanadier herrschte keine Visumpflicht. Nur wenn er wirklich hierbleiben wollte, bräuchte er eine Aufenthaltsgenehmigung. Sie legte den Pass zur Seite und griff nach dem Bündel Papiere, das sich noch in der Tasche befand. Sie blätterte sie langsam durch, es waren Notizen, Antragsformulare, ein Zettel mit der Adresse von Frédéric Benoit und zuletzt sein Boarding Pass. Sie faltete ihn auseinander, in diesem Augenblick fiel ein Schatten auf sie.

»Was tust du da?«, fragte Simon.

Sie fuhr zusammen und ließ die Papiere fallen, die sich über den Fußboden verteilten. Ihr Herz klopfte, und sie fühlte, wie sie rot wurde. Schwankend kam sie auf die Beine.

»Verzeih mir bitte«, sagte sie leise. »Ich muss sichergehen, dass du wirklich erst gestern angekommen bist.« Sie sah ihm nicht in die Augen.

Er bückte sich, hob die Bordkarte auf und hielt sie ihr unter die Nase. »Ist das Beweis genug?«

Lilou griff danach. Der Boarding Pass war aus gestanztem Karton und trug das Ahornblatt-Emblem der Fluglinie als Wasserzeichen im Hintergrund. Sie sah auf das Datum. Er hatte die Wahrheit gesagt. Sie nickte und gab sie ihm zurück. »Ich fühle mich gerade ziemlich blöd«, murmelte sie. Ihre Wangen brannten.

»Einmal Polizistin, immer Polizistin, so ist es doch, oder nicht?«

Sie nickte. »Ja, ich fürchte schon.«

Brüsk wandte er sich ab. »Das Essen ist im Backofen, es ist in zehn Minuten fertig«, knurrte er und ging zur Tür. »Mir ist der Appetit vergangen.«

Die Wohnungstür krachte hinter ihm ins Schloss, und sie hörte seine Schritte auf der Treppe.

Wie betäubt ging Lilou zurück in ihre Wohnung. Die Küche war aufgeräumt, und das Geschirr, das Simon zum Kochen benutzt hatte, gespült. Sie öffnete die Klappe des Backofens und warf einen Blick hinein: Er hatte aus den weißen Auberginen einen Auflauf gemacht, und es roch einfach himmlisch. Ihr Magen reagierte auf den Duft mit einem lauten Knurren, und obwohl sie gerade eben noch keinen Appetit gehabt hatte, lief ihr nun das Wasser im Mund zusammen.

Sie deckte den Tisch und verbot sich jegliches Bedauern, als sie einen einzelnen Teller auf den Tisch stellte und Messer und Gabel danebenlegte. Trotzig stellte sie ein Glas dazu und entkorkte die zweite Flasche Wein aus der *Domaine du Pétrarque*.

Der Auflauf schmeckte fast noch besser, als er roch. Simon hatte aus den Tomaten eine dicke Soße gekocht und zusammen mit den Auberginen und dem Käse eine Art Lasagne gezaubert. Die Auberginen hatte er offenbar zuvor angebraten, denn sie waren gebräunt und aromatisch. Der Käse obenauf bildete eine goldene Kruste, die aufbrach, als sie sie mit dem Messer zerschnitt.

Lilou aß langsam und genoss jeden Bissen. Dazu trank sie den Wein in kleinen Schlucken, und ihr Kopf wurde angenehm leicht. Sie schaffte es, nicht mehr ständig an Isabelle Vallerons schrecklichen Unfall zu denken, und auch nicht an Simon, obwohl ihr das deutlich schwerer fiel. Erst während sie den Teller spülte und den Rest des Auflaufs in den Backofen zurückschob, kamen die Selbstvorwürfe zurück. Warum hatte sie Simon nicht einfach gefragt, anstatt heimlich seinen Rucksack zu durchwühlen? Sie goss sich noch ein Glas Wein ein und trat ans Fenster.

Mick Pendragon, der Tätowierer, war auf seinem Balkon und rauchte. Er hob die Hand und winkte ihr zu, sie grüßte zurück und hob das Glas. Er grinste und hob den Daumen. Er war wirklich nett.

Sie trank den Wein aus und ging ins Bett.

Irgendwann gegen Morgen erwachte Lilou von lautem Gepolter. Sie setzte sich in ihrem Bett auf und lauschte. Unterdrücktes Fluchen war zu hören, dann klirrte ein Schlüssel. Eine Tür fiel ins Schloss, und es war wieder still. Sie glaubte, Schritte aus der Nachbarwohnung zu hören, dann ein lautes Stöhnen, etwas Weiches plumpste zu Boden. Einen Augenblick überlegte sie, hinüberzugehen und nachzusehen, doch dann entschied sie sich dagegen. Sie war wahrscheinlich die letzte Person, die Simon jetzt sehen wollte.

Sie drehte sich zur Seite und versuchte, wieder einzuschlafen, aber es gelang ihr nicht. Draußen vor dem Fenster wurde es langsam hell. Sie stand auf, schlich leise über den Flur zur Toilette und trank ein Glas Wasser, bevor sie wieder ins Bett kroch. Sie schloss die Augen, blendete jeden Gedanken an Simon aus und dachte stattdessen über den Fall nach. Ob Isabelle Vallerons Unfall mit dem Mord an Monsieur Benoit zusammenhing? Wusste Isabelle etwas darüber, und man wollte sie deshalb zum Schweigen bringen? Solange sie nicht mit der jungen Frau gesprochen hatte, durfte sie diese Möglichkeit nicht ausschließen. Oder war der Unfall doch ein Zufall gewesen, und die Fahrerflucht hatte nichts mit ihrem Fall zu tun? Lilou gähnte und drehte sich auf die andere Seite.

Monsieur Benoits Testament kam ihr in den Sinn. Wo es wohl abgeblieben war? Dass die Täter es mitgenommen hatten, wie Nicolas Dompierre angedeutet hatte, war nicht sehr wahrscheinlich. Viel eher hatte Monsieur Benoit es doch einem Notar zur Aufbewahrung gegeben, und Nicolas Dompierre wusste nur nichts davon. So wie er offenbar auch nichts von den Plänen des alten Mannes wusste, zusammen mit seinem Großneffen Simon ein Restaurant in dem leer stehenden Lokal zu eröffnen.

Lilous Gedanken vermischten sich mit Fetzen eines Traums, und auf einmal stand sie Hand in Hand mit Isabelle Valleron vor Frédéric Benoit, der in seinem Rollstuhl saß. Benoit hielt ein Blatt Papier in der Hand und sagte: »Mit diesem Testament erkläre ich euch zu Mann und Frau.« Isabelle Valleron nahm ihre silberne Perücke ab, und plötzlich war es Simon Bastien, der neben ihr stand und sich zu ihr herabbeugte, um sie zu küssen.

Lilou schreckte hoch. Draußen schien die Sonne, eine Taube gurrte vor ihrem Fenster. Sie schlug das Laken zurück und sah auf die Uhr, es war kurz nach zehn. Sie hatte verschlafen. Sie sprang erschrocken aus dem Bett, doch dann hielt sie inne. Heute war Samstag, sie musste gar nicht zur Wache. Aber zu tun hatte sie trotzdem.

Sie griff nach ihrem Telefon, startete den Assistenten und sagte: »Centre Hospitalier Carpentras anrufen.« Google gehorchte und wählte die Nummer. Sie ließ sich mit der chirurgischen Station verbinden, wo eine missmutige Schwester ihr die Auskunft verweigern wollte. Erst als sie Dr. Morteaus Namen nannte, teilte sie ihr mit, dass Isabelle Valleron inzwischen bei Bewusstsein war. Dr. Morteau habe keine Zeit, der sei im Operationssaal. Bevor Lilou weiter nachfragen konnte, legte die Schwester auf.

Lilou atmete tief durch. Sie ging ins Bad und warf sich so lange eiskaltes Wasser ins Gesicht, bis sie das Gefühl hatte, einigermaßen wach zu sein, dann zog sie sich an. Auf dem Weg nach draußen lauschte sie einen Moment an Simons Tür, doch alles war still. Kurz war sie enttäuscht, dann schüttelte sie den Kopf über sich selbst – was hatte sie erwartet? Sie straffte die Schultern und verließ das Haus.

In der Stadt war heute viel los. Den Plakaten nach war für den Abend ein großes Konzert in den Gärten des Hôtel-Dieu geplant, dem ehemaligen Krankenhaus von Carpentras, das jetzt die berühmte Bibliothèque Inguimbertine beherbergte. Bunt gekleidete junge Menschen bummelten schon jetzt in kleineren und größeren Gruppen durch die Innenstadt.

Lilou musste ihnen immer wieder ausweichen, während sie in Richtung Hôtel du Police eilte. Ihre Gedanken kreisten um Isabelle Valleron und den Fall, und sie fühlte sich unter all den fröhlichen Menschen wie ein Fremdkörper.

In der Dienststelle zog sie sich um und ging in den Aufenthaltsraum, um sich einen Kaffee zu holen. An der Kaffeemaschine traf sie Demoireau, der offenbar auch kein Wochenende kannte und überrascht aufblickte, als er sie sah.

»Mademoiselle Braque, was tun Sie denn hier?«, fragte er.

»Isabelle Valleron ist inzwischen bei Bewusstsein«, antwortete Lilou. »Ich fahre gleich zu ihr ins Krankenhaus.«

»Ach so.« Kopfschüttelnd studierte er die Anzeige des Geräts. »Seit wir diesen neuen Vollautomaten haben, habe ich ein echtes Problem«, brummte er.

Lilou grinste und warf einen Blick auf das Display.

»Sie braucht nur Wasser«, sagte sie und deutete auf das entsprechende Symbol. Sie öffnete die Rückseite, entnahm den Wassertank, füllte ihn an der Spüle und setzte ihn wieder ein. Einen Augenblick später erlosch das rote Licht, eine gelbe Lampe leuchtete auf, und die Maschine wechselte in den Reinigungsmodus.

»Was ist jetzt passiert?«, fragte der Commissaire.

»Sie führt einen Reinigungszyklus durch«, erklärte Lilou. Als leidenschaftliche Kaffeetrinkerin hatte sie sich direkt an ihrem ersten Praktikumstag mit dem Gerät vertraut gemacht. Der Apparat verstummte, die gelbe Lampe wechselte auf Grün. »Nun können Sie einen Kaffee kochen.«

»Machen Sie das bitte, und kommen Sie dann in mein Büro, ja?«

Demoireau sah sie bittend an. Lilou musste lachen. »In Ordnung, *mon commissaire.*«

Mit zwei großen Bechern voll dampfendem Kaffee betrat Lilou Demoireaus Büro. Er stand auf und schloss die Tür hinter ihr, wartete, bis sie auf dem Besucherstuhl Platz genommen hatte, und setzte sich wieder hinter seinen Schreibtisch. Ein großes Whiteboard auf Rollen, das tags zuvor noch nicht hier gestanden hatte, nahm fast die gesamte linke Wand seines Büros ein. In der Mitte stand ein Name, der mit roter Farbe umkringelt war: Frédéric Benoit. Darum herum waren weitere Namen aufgelistet, Pfeile und Striche schufen auf den ersten Blick verwirrende Verbindungen.

Demoireau deutete auf das Whiteboard. »Wir konnten den Tag, an dem Monsieur Benoit ermordet wurde, nun vollständig rekonstruieren.«

Lilou stand auf und ging zu der Tafel hinüber. »Das ist gut.«

Demoireau erhob sich ebenfalls und stellte sich neben sie. »Es beginnt mit der Aussage der Nachbarin hier.« Er wies auf einen

Namen ganz oben auf dem Board. »Sie hat gesehen, wie Nicolas Dompierre zusammen mit Monsieur Dulac um halb neun das Haus verließ.« Er deutete auf den nächsten Namen. »Madame Dulac hat ausgesagt, dass sie an dem besagten Vormittag niemanden gesehen und nichts gehört hat.«

Lilou nickte.

»Kurz nach 12.00 Uhr lieferte der Mann vom Sozialdienst das Essen«, fuhr Demoireau fort. »Zu diesem Zeitpunkt war die Wohnungstür noch intakt. Er stellte das Essen auf dem Tisch ab, wo es Madame Dulac sah, als sie um 13.00 Uhr das Haus verließ.«

»Das bedeutet, dass Monsieur Benoit um 13.00 Uhr noch gelebt hat«, warf Lilou ein.

»So ist es. Allerdings schließt Dr. Bonaventure einen so späten Todeszeitpunkt inzwischen kategorisch aus. Damit haben wir einen Widerspruch zwischen den Zeugenaussagen und dem Befund des Rechtsmediziners.«

»Kann sich Dr. Bonaventure denn nicht irren?«, fragte Lilou. »Ich denke an das, was Guillaume Mistral gesagt hat, als wir mit ihm im Krankenhaus gesprochen haben.«

»Natürlich ist auch der Médecin légiste nicht unfehlbar«, erwiderte der Commissaire. »Aber ich habe soeben einen Anruf von ihm erhalten.«

Lilou hob die Brauen. »Was hat er gesagt?«

»Er hat mir alles Mögliche über die Leitfähigkeit von Muskeln und chemische Reaktionen erzählt, die sich mit der Temperatur verändern. Aber das Wichtigste ist wohl, dass sich Monsieur Benoits Frühstück zum Großteil noch in seinem Magen befunden hat. Das bedeutet, selbst wenn er sehr spät gefrühstückt hat, kann er keinesfalls erst um 13.00 Uhr getötet worden sein. Im Gegenteil, Dr. Bonaventure vermutet einen deutlich früheren Zeitpunkt, als wir bisher angenommen haben.«

»Aber das passt doch nicht zusammen«, widersprach Lilou. »Denken Sie nur an den Zustand der Wohnung. Das Haus ist so hellhörig, Claire Dulac hätte mit Sicherheit etwas bemerkt, wenn der Einbruch am Vormittag stattgefunden hätte.«

»Das ist anzunehmen.« Demoireau hob die Schultern. »Und dem Mann vom Sozialdienst wäre die aufgebrochene Tür bestimmt aufgefallen, er stand ja unmittelbar davor.«

Lilou runzelte die Stirn. »Vielleicht müssen wir den Mord getrennt vom Einbruch betrachten«, überlegte sie laut. »Wäre es möglich, dass Monsieur Benoit am Vormittag ermordet wurde, während der Einbruch am Nachmittag stattfand?«

»Sie meinen, wir haben zwei verschiedene Täter?« Der Commissaire schüttelte den Kopf. »Nein, das kann ich mir nicht vorstellen.«

»Nicht zwei Täter.« Lilou war sich plötzlich ganz sicher. Sie hob den Kopf und sah Demoireau triumphierend an. »Der Mord wurde am Vormittag begangen, und der Täter kehrte am Nachmittag zurück. Er brach die Tür auf und stellte die Wohnung auf den Kopf. Und niemand war im Haus, der den Lärm hätte hören können.«

»Hm«, machte Demoireau. »Aber wie kam der Täter denn am Vormittag in die Wohnung?«

»Monsieur Benoit ließ seinen Mörder selbst ein«, antwortete Lilou. »Deshalb war auch das Radio ausgeschaltet. Er stellte es nämlich immer ab, wenn er Besuch hatte. Es kam zum Streit, der Täter griff sich das nächstbeste Kissen und erstickte Monsieur Benoit. Anschließend verließ er die Wohnung und wartete in der Nähe, bis er sicher war, dass alle das Haus verlassen hatten.«

Der Commissaire nickte anerkennend. »So könnte es tatsächlich gewesen sein.«

»Es ist die einzige Erklärung, die zu allen Zeugenaussagen passt«, betonte Lilou. Sie wies mit der Hand auf das Wort »Mittagessen« auf dem Whiteboard, das mehrfach unterstrichen war. »Das mit dem Essen war ein geschickter Schachzug. Indem es der Täter später mit in die Wohnung genommen hat, hat er den Tatzeitpunkt verschleiert.«

»Und die Hitze trug das ihre dazu bei, den Médecin légiste zu verwirren«, ergänzte Demoireau. »Ja, was den Tathergang betrifft, könnten Sie recht haben.« Er verzog das Gesicht. »Aber das bedeutet auch, dass wir wieder ganz am Anfang stehen. Alle Alibis sind damit hinfällig.«

»Also beginnen wir wieder von vorn?«

Der Commissaire nickte. »Bisher wissen wir nur von Dompierre, wo er sich während des Vormittags aufhielt. Wir haben sein Alibi überprüft.« Er deutete auf das Whiteboard. »Allerdings war er laut Mick Pendragons Aussage am Nachmittag ›für kurze Zeit‹ im Haus, was auch immer das bedeutet. Wir müssen also auch ihn nochmals befragen.«

»Und er ist immerhin der Alleinerbe«, stimmte Lilou zu.

»Das wissen wir nicht, denn das Testament ist bisher nicht aufgetaucht.« Demoireau schüttelte den Kopf. »Lieutenant Roguenot hat Monsieur Benoits Notar angerufen, der die Mietverträge zu seinen Häusern erstellt hat. Der wusste zwar von einem Testament, aber er sagt, er hat es nicht. Angeblich hat Monsieur Benoit es zu Hause aufbewahrt. Roguenot hat daraufhin alle Notare in Carpentras und Umgebung angerufen, aber niemand kennt Monsieur Benoit, geschweige denn, dass jemand sein Testament hat.«

»Besaß Monsieur Benoit nicht ein Schließfach in der Bank?« Lilou erinnerte sich, dass Dompierre so etwas erwähnt hatte.

»Auch da konnten wir inzwischen Einsicht nehmen. Frédéric Benoit war kein armer Mann, er besaß zwei Häuser hier in Carpentras, und darüber hinaus einiges an Wertpapieren.« Demoireau runzelte die Stirn. »Nur das Testament haben wir nicht gefunden.« Der Commissaire hob die Schultern. »Wir dürfen die Möglichkeit nicht außer Acht lassen, dass der Mörder das Testament gesucht und es mitgenommen hat, um es verschwinden zu lassen. Das spräche gegen Dompierre als Täter. Außerdem ist er nicht unser einziger Verdächtiger. Wir haben Dimitri Petuchow bisher nur nach seinem Alibi für die Mittagszeit gefragt, aber nicht danach, was er den Rest des Tages gemacht hat.«

Lilou nickte zustimmend. »Und da sind immer noch das Kochbuch und Bérénice Benoit. In meinen Augen hat sie ein sehr starkes Motiv.«

»Sie glauben ja immer noch an die Theorie mit der Sterneküche!« Er sah sie stirnrunzelnd an. »Haben Sie schon mit ihr gesprochen?«

»Nein«, antwortete sie. »Ich habe sie noch nicht erreicht.«

»Ich glaube, Sie verrennen sich da in etwas.« Er ging zurück zu seinem Schreibtisch. »Niemand tötet einen Menschen für ein Kochbuch.« Er setzte sich an seinen Schreibtisch und schlug einen Schnellhefter auf. »Was ist eigentlich mit diesem Neffen, der so plötzlich aufgetaucht ist?«

»Ich habe seine Bordkarte gesehen«, sagte Lilou. Bei dem Gedanken an ihre Eigenmächtigkeit wurden ihre Wangen heiß. »Simon Bastien ist tatsächlich erst am Donnerstagmorgen nach Frankreich eingereist.«

»Hm.« Demoireau zog die Augenbrauen zusammen. »Eigenartig ist das trotzdem.«

»Er und Monsieur Benoit planten, in dem leer stehenden Lokal ein Restaurant zu eröffnen. Aber daraus wird jetzt wohl nichts mehr.«

»Nun gut.« Demoireau deutete zur Tür. »Fahren Sie jetzt zu Isabelle Valleron ins Krankenhaus. Vielleicht kann sie uns ja sagen, wo Monsieur Petuchow am Dienstagvormittag war.«

KAPITEL 9

Während Lilou ihren blauen Kangoo im Schritttempo durch die schmalen Gassen außerhalb der Altstadt steuerte, hatte sie viel Zeit zum Nachdenken: Die Straßen waren verstopft, ganz Carpentras schien unterwegs zu sein. Der Samstagvormittag wurde traditionsgemäß für den Großeinkauf genutzt, und so waren alle Zufahrten zu dem großen E.Leclerc-Supermarkt verstopft, und auch dahinter wurde es nicht besser.

Dr. Bonaventures dezidierte Aussage warf ein völlig neues Licht auf die Sache. Dass Monsieur Benoit das zufällige Opfer eines brutalen Raubüberfalls geworden war, konnten sie nun endgültig ausschließen. Es sah eher so aus, als wäre die ganze Sache exakt geplant worden. Der Täter hatte in seinem Vorgehen große Umsicht bewiesen, das schloss eine Tat im Affekt aus. War die Ermordung von Monsieur Benoit das eigentliche Ziel gewesen? Demoireau hatte recht, sie standen wieder ganz am Anfang.

Endlich bog sie auf die Zufahrt zum Krankenhaus ein. Sie stellte den Wagen am Rand des Parkplatzes ab und beeilte sich, in das klimatisierte Gebäude zu kommen.

Der Flur der chirurgischen Abteilung war erneut völlig leer; das war wirklich erstaunlich für ein so großes Krankenhaus. Doch als sie sich der Milchglastür näherte, über der heute kein Licht brannte, öffnete sie sich mit einem leisen Zischen. Der Arzt von gestern kam heraus. Er starrte sie erst einen Moment lang aus müden Augen an, dann schien er sich an sie zu erinnern, denn sein Gesicht verzog sich zu einem schiefen Grinsen.

»*Bonjour,* Madame«, sagte er.

»*Bonjour,* Dr. Morteau«, erwiderte Lilou und machte Anstalten, durch die Glastür zu treten.

Der Arzt hielt sie am Arm zurück. »Wir haben Madame Valleron in ein Krankenzimmer verlegt«, sagte er. »Heute Nacht war hier die Hölle los, wir brauchten den Platz im Aufwachraum.« Er deutete auf eine Tür zur Linken. »Es ist noch keine Besuchszeit, ihr kann also nichts passieren«, fügte er rasch hinzu, als er ihr grimmiges Gesicht sah.

Lilou hatte schon Luft geholt, um ihm eine scharfe Antwort zu geben, aber sie verkniff sie sich und sagte nichts. Er war Arzt und kein Polizist, sie konnte nicht erwarten, dass er sich wie einer verhielt. Und offenbar war ja nichts passiert. Die vage Angst, die sie gestern erfasst hatte, erschien ihr nun selbst übertrieben.

»Kann ich sie sehen?«

»Natürlich.« Er ging voraus zu dem Krankenzimmer. »Aber bitte nur kurz. Sie hat starke Schmerzmittel bekommen und ist noch geschwächt.«

Lilou nickte und öffnete die Tür.

Isabelle Valleron lag mit geschlossenen Augen auf dem Rücken. Ihr Gesicht war blass, die Sommersprossen auf ihrer Nase stachen scharf hervor. Ihre Haare waren an der Seite rasiert, und ein breites Pflaster bedeckte die halbe Kopfseite.

Lilou schloss leise die Tür hinter sich, und Isabelle Valleron schlug die Augen auf. Als sie Lilou erkannte, drehte sie den Kopf zur Seite, und ihre Miene verdunkelte sich. Lilou zog einen Stuhl ans Bett – genau so ein Plastikstuhl wie der, auf dem sie gestern gewartet hatte – und setzte sich.

»Madame Valleron, ich muss kurz mit Ihnen sprechen«, begann sie.

»Lassen Sie mich in Ruhe«, antwortete die junge Frau. »Sie sind doch an allem schuld!« Tränen glitzerten in ihrem Augenwinkel.

»Isabelle.« Lilou griff nach der Hand der Frau. »Sie wissen genau, dass das nicht stimmt.«

Isabelle Valleron schluchzte auf.

»Schuld hat ganz allein der Autofahrer, der Sie angefahren hat.« Lilou drückte ihre Finger. »Deshalb bin ich hier.«

Die junge Frau drehte den Kopf und sah sie misstrauisch an. »Ich dachte, es geht um Dimitri?«

»Ja, auch, aber das ist jetzt nicht so wichtig.« Lilou sprach betont ruhig. »Wir wollen herausfinden, wer Ihnen das angetan hat.« Sie deutete mit der Rechten auf Isabelles Beine, die unter der weißen Decke lagen.

»Das weiß ich doch nicht.« Isabelle Valleron schloss die Augen. »Es ging alles so schnell. Ich war auf dem Zebrastreifen und überquerte die Straße, da kam das Auto angeschossen, und …« Tränen quollen unter ihren Lidern hervor. »Der Arzt hat gesagt, ich werde nie wieder tanzen können«, sagte sie leise.

»Jetzt warten Sie erst einmal ab.« Lilou gab sich betont munter. »Ein künstliches Hüftgelenk ist heutzutage keine Einschränkung mehr.«

Isabelle schlug die Augen wieder auf und sah sie an. Ihre blauen Augen waren dunkel vor Schmerz. »Um professionell zu tanzen?« Ein bitterer Zug erschien um ihren Mund. »Das glauben Sie doch selbst nicht.«

Lilou schwieg, drückte ihr nur nochmals die Hand. Isabelle Valleron hatte natürlich recht. Sie würde irgendwann wieder laufen können, aber mit dem artistischen Tanz an der Stange war es wahrscheinlich für immer vorbei.

»Und sagen Sie jetzt nicht, dass ich froh sein soll, überlebt zu haben.«

»Nein, das sage ich nicht.« Lilou rutschte auf dem Plastikstuhl herum, unter ihrer Uniformhose bildete sich bereits ein Schweißfilm. »Konnten Sie den Wagen erkennen? Oder vielleicht sogar den Fahrer?«

Isabelle drehte den Kopf wieder zur Seite und entzog ihre Finger Lilous Hand. Sie griff nach der Bettdecke und knetete sie mit schnellen, hektischen Bewegungen.

»Nein. Wie gesagt, es ging alles viel zu schnell.«

»Welche Farbe hatte das Auto?«

»Ich glaube …« Sie zögerte. »Ich glaube, es war blau. Ganz bestimmt sogar. Ja, es war blau.«

Lilou zog überrascht die Augenbrauen hoch. Die beiden Zeugen hatten etwas anderes gesagt.

»Hellblau oder dunkelblau?«

»Ich weiß nicht. Himmelblau. Es war ein himmelblaues Auto.«

Isabelle sah Lilou nicht an. Was hatte die Frau zu verbergen?

»Und der Fahrer?«

»Ich habe ihn nicht gesehen.«

Isabelle zog die Nase hoch. Lilou nahm ein Kleenex aus der Schachtel auf dem Nachttisch und reichte es ihr.

»Danke.« Isabelle schnäuzte sich und verbarg dabei ihre Augen in dem Papiertuch.

»Wissen Ihre Eltern Bescheid, dass Sie im Krankenhaus sind?«

»Ich habe keine Eltern«, flüsterte Isabelle heiser. »Dimitri wollte später herkommen.«

»Dimitri Petuchow ist Ihr Freund?« Lilou hatte das schon vermutet.

»Ja.« Isabelle sah sie jetzt wieder an. »Er liebt mich.« Es klang trotzig.

»Und deshalb tanzen Sie in seiner Bar?«

Isabelle warf ihr einen wütenden Blick zu. »Ich muss das nicht tun, verstehen Sie«, sagte sie. »Ich mache das gern, ich liebe das Tanzen. Ich bin nicht wie die anderen Mädchen, die für ihn arbeiten.«

Lilou wurde hellhörig.

»Wie meinen Sie das?«

»Ich bin seine Freundin. Er liebt mich«, wiederholte Isabelle. Diesmal klang es wie eine Rechtfertigung. Sie schloss die Augen und drehte den Kopf wieder zur Seite. »Würden Sie jetzt bitte gehen? Ich bin müde.«

Lilou erhob sich. »Eine Sache noch, Isabelle.« Sie holte tief Luft. »Können Sie mir sagen, wo Dimitri Petuchow am letzten Dienstag war?«

Isabelle machte die Augen wieder auf und schüttelte den Kopf. »Verdächtigen Sie ihn wirklich, diesen alten Mann umgebracht zu haben?«

»Wir müssen das fragen, Isabelle«, sagte Lilou.

»Er hat es euch doch schon gesagt, er war in der Bar.«

»Ja, zur Mittagszeit. Aber wo war er den Rest des Tages?«

Isabelle runzelte die Stirn. »Am Morgen war er zu Hause«, sagte sie. »Ich war bei ihm.«

»Wie lange?«

»Bis kurz nach acht. Ich muss ja um neun im Hôtel de Ville sein.«

Das hieß, Petuchow konnte ebenfalls vor neun in Carpentras gewesen sein.

»Und am Nachmittag?«

Isabelle hob die schmalen Schultern. Die Decke rutschte nach unten und gab den Blick frei auf ein blau gestreiftes OP-Hemd, das sie immer noch trug.

»Ich habe keine Ahnung. Ich nehme an, er war in der Bar.« Sie schloss die Augen wieder und drehte demonstrativ den Kopf zur Seite. »Am besten fragen Sie ihn selbst.«

»Das werde ich tun.« Lilou stellte den Stuhl zurück an die Wand und ging zur Tür. »Ist es okay, wenn ich Sie noch mal besuchen komme?«

»Besser nicht«, murmelte Isabelle Valleron. Im nächsten Augenblick verrieten tiefe Atemzüge, dass sie eingeschlafen war. Lilou wandte sich ab und ging aus dem Zimmer.

Vor dem Krankenzimmer wartete Dr. Morteau auf Lilou. Er hatte die Operationsmütze abgenommen und fuhr sich mit der Hand durch die Haare.

»Ich sollte Ihnen das wahrscheinlich nicht sagen«, begann er. »Aber dem Narkosearzt ist etwas aufgefallen.«

Lilou blieb stehen und sah ihn fragend an. »Ja?«

»Madame Valleron hat auf die Narkosemittel …«, er zögerte, »… atypisch reagiert.«

»Was bedeutet das?«

»Normalerweise werden Narkosemittel nach dem Körpergewicht dosiert«, erklärte der Arzt. »Wenn es möglich ist, macht man zuvor eine Blutuntersuchung, um bestimmte Krankheiten auszuschließen, die einen Einfluss auf die Narkose haben könnten.«

»Bei einem Unfall ist das aber nur schwer möglich«, sagte Lilou.

»Genau.« Der Arzt nickte. »Das ist dann immer eine besondere Herausforderung für den Anästhesisten.«

»Und bei Isabelle Valleron wurde solch eine Krankheit festgestellt?«

»Nein.« Er sah sie ernst an. »Der Narkosearzt vermutet, dass sie Drogen nimmt.«

»Oh.« Lilou zog überrascht die Luft ein. »Weiß man, welche?«

Der Arzt schüttelte den Kopf. »Nein. Ohne medizinische Notwendigkeit machen wir kein Drogen-Screening. Und schon gar nicht ohne Einwilligung des Patienten.« Dem letzten Satz gab er eine besondere Betonung, und Lilou verstand.

»Aber auf Anforderung der Staatsanwaltschaft könnten Sie das tun?«, fragte sie.

»Ja, selbstverständlich.«

Lilou dachte kurz nach. Hatte ihr nicht Demoireau weitreichende Ermächtigungen versprochen, um den Unfall aufzuklären? Wenn das Opfer unter Drogen gestanden hatte, war das durchaus relevant für die Ermittlungen.

»Ich kümmere mich darum.«

Sie verabschiedete sich von dem Arzt und ging zu den Aufzügen.

Sie hatte Glück, die Türen einer Aufzugskabine öffneten sich zischend vor ihr, noch bevor sie den Rufknopf betätigen konnte, und ein auffallend großer Mann schob sich an ihr vorbei. Sie betrat die Kabine, drückte auf die Taste mit der Null, und die Türen schlossen sich mit einem dumpfen Geräusch.

Kaum hatte sich der Aufzug in Bewegung gesetzt, erfasste sie ein plötzliches Gefühl von Unruhe. Erst wusste sie nicht, woher es kam, doch dann erinnerte sie sich an die Türsteher im *La Cocotte,* an die beiden hünenhaften Männer in schwarzen Anzügen, die wie Brüder ausgesehen hatten. In Jeans und hellem Hemd hatte sie den großen Mann, der ihr gerade aus dem Aufzug entgegengekommen war, zunächst nicht erkannt, doch nun war sie ganz sicher: Der Mann war einer der beiden Aufpasser von Dimitri Petuchow.

Sie schlug mit der Hand auf den Knopf des Stockwerks, in dem sich die Chirurgie befand, doch nichts passierte, die Kabine setzte ihre Fahrt nach unten fort. Erst im nächsten Stockwerk hielt sie an, und Lilou sprang hinaus, vorbei an einer Krankenschwester, die ihr erstaunt hinterherblickte. Einen Moment lang war sie Demoireau dankbar für den Auftrag, Kaffee zu holen und dabei die Treppe zu benutzen, denn so musste sie den Zugang zum Treppenhaus nicht erst suchen. Sie stürzte die Stufen hoch, die Angst, zu spät zu kommen, wurde immer stärker.

Der Flur der chirurgischen Station lag leer vor ihr, von dem großen Mann war nichts zu sehen. Alle Türen waren geschlossen. Sie raste den Gang entlang, plötzlich unsicher, welche der weißen Türen zu Isabelle Vallerons Zimmer führte. Sie öffnete die erstbeste, aber das Zimmer war leer. Hinter der zweiten befanden sich zwei Betten, von denen eines besetzt war; ein älterer Mann starrte sie überrascht an. Sie nahm sich nicht die Zeit, die Tür wieder zu schließen, sondern stürzte zur nächsten.

Sie riss die Tür auf, der große Mann aus dem Aufzug fuhr herum. Er hatte ein Kissen in der Hand. Mit seinem breiten Körper verstellte er ihr den Blick auf Isabelle Valleron.

»Was tun Sie da?«, schrie Lilou. »Weg vom Bett!«

Sie tastete nach der Waffe an ihrer Seite, aber es war zu spät. Mit zwei großen Schritten kam der Hüne auf sie zu und erhob seine riesige Hand zum Schlag. Lilou trat ihm entgegen, wie sie es in der Ausbildung gelernt hatte, und schlug seinen Arm zur Seite. Doch er war darauf vorbereitet. Er ließ das Kissen fallen und packte mit der Linken ihr Handgelenk, er drängte sie gegen die Wand, seine Faust schoss auf ihr Gesicht zu. Sie wich aus, trat gegen sein Knie, der Schlag streifte sie nur, aber die Wucht reichte aus, um ihren Kopf gegen die Wand knallen zu lassen. Sie fühlte keinen Schmerz, keine Angst, nur grenzenlose Wut. Wie konnte er es wagen, sie anzugreifen! Sie hämmerte mit dem Absatz gegen seinen Knöchel, drehte gleichzeitig ihr Handgelenk nach innen, rammte ihm das Knie zwischen die Beine und schlug mit der Faust auf seinen Unterarm. Seine Finger gaben nach, er fluchte und taumelte zurück, sie ergriff den Stuhl und zog ihm die Plastikschale über den Schädel. Wie vom Blitz getroffen ging er zu Boden.

»Was ist denn hier los?« Dr. Morteau hatte offenbar den Kampflärm gehört.

»Sehen Sie nach, ob es ihr gut geht«, keuchte Lilou und wies auf das Bett. Sie drehte dem Türsteher die Arme auf den Rücken und legte ihm Handschellen an. Sie hatte Mühe, das Metall über seinen feisten Handgelenken zu schließen.

Der Arzt stieg über die Beine von Petuchows Türsteher hinweg und beugte sich über Isabelle. »Sie ist bewusstlos«, sagte er. »Aber sie atmet.«

Er klopfte ihr leicht auf die Wangen, und die Frau stöhnte. Lilou kam näher. Isabelle war womöglich noch blasser als zuvor, ihre Lippen schimmerten bläulich. Der Arzt drückte auf den Notrufknopf, und ohne sie anzusehen, sagte er: »Sie warten besser draußen, ich komme gleich zu Ihnen.«

Lilou warf einen Blick auf den Türsteher. Sein Rücken hob und senkte sich wie ein Blasebalg, von seiner Stirn tropfte Blut, aber ansonsten rührte er sich nicht. Da sie ihn alleine ohnehin nicht von der Stelle bewegen konnte, widersprach sie nicht, sondern verließ mit weichen Knien das Zimmer. Nun holte die Reaktion sie ein, die der Adrenalinschub bis jetzt unterdrückt hatte. Sie wankte zu dem Aufenthaltsraum, in dem sie gestern mit Demoireau gesprochen hatte, und ließ sich schwer auf einen Stuhl fallen. Sie atmete tief durch, ehe sie das Telefon aus der Tasche zog und die Nummer des Commissaires wählte.

Es dauerte nur fünfzehn Minuten, bis Demoireau den Krankenhausflur betrat, er musste geflogen sein. Er hatte drei Polizisten im Schlepptau, und Lilou erkannte Cropardin und Jacques Tairrousse, einen älteren Gardien, mit dem sie noch nichts zu tun gehabt hatte. Die Letzte war Valérie Cravasse, die offenbar immer im Dienst war. Sie nickte ihr zu, es war das erste Mal, dass die Polizistin von ihr Notiz nahm.

In der Zwischenzeit hatte der Arzt die Platzwunde am Kopf des Türstehers versorgt und ihr geholfen, ihn aus dem Zimmer zu schaffen. Lilou hatte seine Personalien festgestellt, der Mann hieß Dragan Mikita und war Weißrusse wie sein Arbeitgeber. Jetzt saß er auf einem der Plastikstühle im Flur, der sich gefährlich unter seinem Gewicht bog, leicht vornübergebeugt, die gefesselten Hände im Rücken. Er hielt den Kopf gesenkt und weigerte sich zu sprechen.

Lilou saß ein paar Meter neben ihm und ließ ihn nicht aus den Augen. Ihre Wange brannte von dem Schlag, ihr Schädel brummte wie ein Bienenstock, und ihr Handgelenk, das der Angreifer wie ein Schraubstock umklammert hatte, war inzwischen schmerzhaft angeschwollen.

Die Tür zu Isabelle Vallerons Zimmer war geschlossen, Dr. Marteau und eine Krankenschwester kümmerten sich noch immer um sie. Die Tatsache, dass Dragan Mikita versucht hatte, die wehrlose Isabelle mit einem Kissen zu ersticken, warf ein mehr als schräges

Licht auf Dimitri Petuchow und seine Leute, aber Lilou ahnte jetzt schon, dass alle ein perfektes Alibi für den Dienstag haben würden.

Sie sprang auf, als der Commissaire und seine Leute durch die Tür kamen. Im nächsten Augenblick bereute sie es, ihr wurde schwindelig, und sie konnte sich gerade noch an der Stuhllehne festhalten. Sie atmete tief durch, nahm die Schultern zurück und trat Demoireau entgegen.

»*Bonjour, mon commissaire.*«

Er nickte ihr zu, seine Augenbrauen wanderten nach oben, aber er sagte nichts.

»Das ist er?«, fragte er und wies auf den Koloss.

Dragan Mikita hob den Kopf und sah den Commissaire aus trüben Augen an.

»Ja.«

»Am besten nehmen Sie ihn direkt mit«, wandte er sich an die Polizisten. »Der Haftbefehl ist unterwegs.«

Er drehte sich wieder zu Lilou um. »Und jetzt berichten Sie.«

Mit kurzen Worten setzte sie ihn ins Bild. Das Stehen fiel ihr zunehmend schwerer, aber sie ignorierte das Brummen in ihrem Kopf und versuchte, sich nichts anmerken zu lassen.

»Isabelle Valleron hält nach wie vor zu Petuchow. Aber nach diesem Angriff wird sie vielleicht reden«, schloss sie.

»Ja, die Chance besteht.« Demoireau nickte.

In diesem Moment kam der Arzt aus Isabelles Zimmer. Er schloss die Tür mit Nachdruck hinter sich, dann ging er auf sie zu. »Madame Valleron ist im Augenblick nicht vernehmungsfähig«, eröffnete er ihnen. »Sie steht unter Schock. Sie bekommt gerade Sauerstoff und eine Infusion. Sie können erst wieder zu ihr, wenn sich ihr Zustand stabilisiert hat.«

Lilou verzog das Gesicht. »Wie lange wird das dauern?«

»Das kann ich Ihnen nicht sagen. Mindestens bis morgen, vielleicht länger.«

»Mist.«

Demoireau drehte sich um und deutete auf Tairrousse. »Der Kollege bleibt hier«, bestimmte er. »Isabelle Valleron steht ab jetzt unter Polizeischutz.«

Der Arzt nickte.

Lilou hob die Hand und deutete auf die Tür. »Kann ich sie wenigstens kurz sehen?«

Dr. Morteau schüttelte bedauernd den Kopf. »Nein, niemand darf zu ihr.« Er stutzte. »Was ist denn mit Ihnen passiert? Lassen Sie mich mal sehen.«

Er griff nach ihrem Kinn und drehte es zur Seite, musterte ihre Wange und sah ihr anschließend scharf in die Augen. »Sie kommen erst mal mit«, befahl er.

Demoireau nickte ihr zu, und sie folgte dem Arzt in ein Behandlungszimmer, das neben dem Aufenthaltsraum lag. Er wies sie an, sich auf die Untersuchungsliege zu setzen, dann leuchtete er ihr in die Augen und Ohren, tastete ihren Hinterkopf ab und drückte auf das Jochbein, was sie aufkeuchen ließ. Anschließend untersuchte er ihr Handgelenk und bewegte es in alle Richtungen.

»Sie sollten eigentlich auch hierbleiben«, sagte er. »Sie haben eine hübsche dicke Beule am Hinterkopf, Schürfverletzungen und eine Prellung am Jochbein, Ihr Handgelenk ist gezerrt, und ich kann eine leichte Gehirnerschütterung nicht ausschließen.«

»Mir geht es gut.« Um nichts in der Welt wollte sie ausgerechnet jetzt krankgeschrieben werden.

Der Arzt musterte sie scharf. »Ich würde Sie lieber hierbehalten.«

Lilou schüttelte den Kopf. Das war ein Fehler, ein stechender Schmerz fuhr ihr in den Nacken.

»Nun gut, ich kann Sie nicht zwingen. Aber fahren Sie bitte direkt nach Hause und legen Sie sich hin. Mit so etwas ist nicht zu spaßen.«

Er trug eine kühlende Salbe auf ihr Handgelenk auf und legte einen leichten Verband an, dann desinfizierte er die Abschürfung am Jochbein, was Lilou die Tränen in die Augen trieb. Endlich war er fertig, und sie durfte aufstehen. Sie wusch sich am Waschbecken die Hände. Als sie ihr Gesicht im Spiegel sah, erschrak sie. Die Wange, an der der Weißrusse sie erwischt hatte, war bläulich rot angelaufen und geschwollen, eine blutige Strieme zog sich darüber, die wohl von seinem dicken Siegelring stammte. Kampfnarben sind Ehrennarben, sagte sie sich und presste die Lippen zusammen.

Später konnte sie sich nicht mehr daran erinnern, wie sie auf den Parkplatz des Krankenhauses gekommen war. Sie wusste nur noch, dass Demoireau ihr den Autoschlüssel abgenommen und ihren alten Kangoo durch den dichten Verkehr bis zur Place de l'Horloge gesteuert hatte. Er hatte sie bis nach oben begleitet, ihre Dienstwaffe an sich genommen und ihr befohlen, sich sofort ins Bett zu legen. Morgen werde er sie anrufen und auf den neuesten Stand bringen, aber bis dahin sei sie außer Dienst, und er wolle keine Widerrede hören. Die Autoschlüssel behielt er, »damit Sie nicht auf dumme Gedanken kommen«.

Lilou war alles egal. Um nichts in der Welt hätte sie es zugegeben, aber sie wollte nur noch ins Bett. Sie streifte die Uniform ab, klappte nicht einmal mehr die Bettcouch aus, sondern ließ sich einfach fallen und zog sich die Decke über den Kopf.

Stunden später wurde sie von einem leisen Klopfen an der Tür geweckt. Sie fuhr hoch und wusste im ersten Moment nicht, wo sie war. Draußen war es noch hell, das Fenster stand offen, und im Zimmer war es warm.

»Lilou, ich bin es, bist du da?« Es war Simon.

Sie sprang auf und eilte zur Tür. Dort stellte sie fest, dass sie außer einer Unterhose nichts anhatte, lief zum Kleiderschrank und griff nach dem ersten Kleidungsstück, das ihr in die Hände fiel, ein einfaches knielanges Trägerkleid, das sie sich über den Kopf zog. Der Schlaf hatte ihr gutgetan, ihr Kopf fühlte sich deutlich besser an, das Brummen war so gut wie verschwunden. Dafür hatte sie Hunger, was kein Wunder war, sie hatte heute noch gar nichts gegessen.

Es klopfte noch einmal.

»Ich komme schon!« Sie riss die Tür auf. Simon stand vor ihr, beladen mit zwei Einkaufstüten.

»Entschuldige bitte«, sagten sie beide wie aus einem Mund.

Lilou musste lachen. Sie beugte sich vor und begrüßte ihn mit zwei Wangenküssen. »Ich bin es, die sich entschuldigen muss. Du warst völlig im Recht«, sagte sie.

»Du bist schließlich Polizistin«, sagte er und folgte ihr ins Zimmer. Er stellte die beiden Einkaufstüten auf den Tisch und wandte sich zu ihr um. »Natürlich musst du misstrauisch werden, wenn auf einmal ein wildfremder Mann vor deiner Tür steht und behauptet, er sei der Großneffe eines Mordopfers.«

»Ich hätte niemals deinen Rucksack durchsuchen dürfen«, erwiderte Lilou. »Ich hätte dich einfach fragen sollen.«

Simon nickte. »Ja, deshalb war ich gestern so sauer. Aber heute Morgen war ich bei Onkel Frédéric, und als ich …«

»Du warst was?« Lilou starrte ihn an.

»Ich war im Krankenhaus, in der Rechtsmedizin«, erklärte er. »Ein dicker Arzt ließ mich zu ihm.«

»Dr. Bonaventure«, murmelte Lilou.

»Genau, so hieß er.« Simon sah sie ernst an. »Ich wollte Onkel Frédéric wenigstens einmal sehen«, fuhr er fort. »Und da habe ich verstanden, warum du das tust. Deshalb wollte ich mich entschuldigen.«

Sie schüttelte den Kopf. »Du bist verrückt, weißt du das?«

»Nicht verrückter als du, wenn du dich mit Menschen auseinandersetzt, die dir so etwas antun«, erwiderte er ernst. Er hob die Hand und berührte ihre Wange. »Was ist passiert?«

»Ach, ich musste einen Gorilla daran hindern, eine junge Frau zu töten«, sagte sie leichthin. »Es sieht schlimmer aus, als es ist.«

Er schüttelte den Kopf und deutete auf den Verband an ihrer Hand. »Er hat sich wohl zur Wehr gesetzt?«

»Ein bisschen.« Lilou wollte nicht über den Vorfall sprechen. »Was hast du eingekauft?«, fragte sie stattdessen und zeigte auf die beiden Einkaufstaschen.

»Ich wollte dich zum Essen einladen«, antwortete er und zeigte wieder sein schiefes Grinsen. »Sozusagen als Wiedergutmachung.«

»Essen klingt gut«, antwortete sie. »Aber eine Wiedergutmachung ist wirklich nicht nötig.«

»Ich glaube doch.« Er musterte sie von oben bis unten. »Ich schlage vor, du gehst wieder auf die Couch, ruhst dich noch ein wenig aus und lässt mich einfach machen.«

Sie zögerte einen Moment, doch ihr Magen machte ihr einen Strich durch die Rechnung. Aus Simons Tüten roch es nach frischem Baguette, nach Zwiebeln und Knoblauch und reifen Tomaten, und prompt begann ihr Magen zu knurren. Sie gab sich geschlagen.

»In Ordnung«, sagte sie.

Simon beim Kochen zuzusehen, war eine Offenbarung. Er hatte verschiedene regionale Gemüse gekauft, Auberginen, Tomaten, Zucchini, Paprika und Zwiebeln, dazu frische Kräuter, kleine Tiegel und Töpfe mit geheimnisvollem Inhalt und zwei Flaschen, die er schnell im Kühlschrank verschwinden ließ. Er bewegte sich in ihrer Küche, als wäre er hier zu Hause, und hackte Zwiebeln in einer Geschwindigkeit, dass Lilou beim Zusehen schwindelig wurde. Er wusste sogar, wo sich der Dosenöffner befand, mit dem er eine Dose Thunfisch öffnete. Immer wieder klapperte das Messer, die Kühlschranktür ging auf und zu. Irgendwann verlor Lilou den Überblick darüber, was er tat, und sie döste wieder ein.

Sie hatte das Gefühl, kaum die Augen geschlossen zu haben, da servierte er ihr schon die Vorspeise: kleine Weißbrotschiffchen, die sich um eine Insel aus hellem Aufstrich drängten. Schwarze Oliven, geviertelte Mini-Tomaten und darübergestreute Lavendelblüten machten daraus einen Augenschmaus. Dazu gab es ein Glas mit einer weinroten Flüssigkeit, aus der Bläschen aufstiegen.

»Rillette de Thon mit Kir royal«, erklärte Simon, als er den Teller mit einer formvollendeten Verbeugung auf dem Couchtisch abstellte.

Lilou sah bewundernd auf das Kunstwerk. »Wow.«

»Ich habe keine Bank überfallen, falls du das befürchtest«, erklärte er. »*Maman* hat mir Geld geschickt. Damit komme ich über die Runden, bis ich einen Job gefunden habe.«

Sie nickte nur, sie konnte sich nicht mehr zurückhalten und begann zu essen. Es schmeckte einfach himmlisch. Die letzten Reste des Rillette wischte sie mit dem Finger vom Teller.

Während sie aß, beobachtete sie fasziniert, wie er eine weitere Zwiebel schälte und in Ringe schnitt, die Paprika vom Strunk und den Kernen befreite und sie in schmale Streifen auffächerte. Die Zucchini ereilte das gleiche Schicksal, nur bei der Aubergine zögerte er.

»Hat dein Backofen auch einen Grill?«, fragte er und ging vor dem Ofen in die Hocke. Er drehte an den Knöpfen, bis die Heizspirale rot aufleuchtete. Er halbierte die Aubergine, schnitt das Fruchtfleisch kreuzweise ein, dann bestrich er die Hälften mit Olivenöl, bestreute sie großzügig mit Meersalz und schob sie auf dem Rost in den Ofen. Anschließend hackte er eine Knoblauchzehe in winzige Würfel und gab sie in die Pfanne, in der schon die Zwiebeln bräunten. Er wartete einen Augenblick, dann löschte er alles mit einem großzügigen Schuss aus der Flasche Prosecco ab. Eine Dampfwolke erhob sich und wehte bis zu Lilou.

»Das riecht großartig«, sagte sie.

»Das wird auch großartig schmecken«, antwortete er und warf die Paprikastreifen in die Pfanne.

Lilou trank einen Schluck von dem Kir und sah Simon zu, wie er die Tomaten viertelte, die Haut abzog, die Strünke entfernte und sie mit dem Messer innerhalb von Sekunden in eine Art Mus verwandelte. Er hatte schmale, feingliedrige Hände, fiel ihr auf, die das große Messer so geschickt handhabten, dass die Tomaten kaum Saft verloren. Die Zucchinischeiben wanderten zu den Paprikastreifen, und er rüttelte die Pfanne, in der es zischte und brutzelte. Anschließend öffnete er den Backofen und zog den Rost heraus.

Die Auberginenhälften hatten sich in dunkelbraune Schalen verwandelt, aus deren Innerem ein herrlicher Duft aufstieg. Simon kratzte die Masse mit einem Löffel heraus, hackte sie klein und gab sie in einen Topf. Das Tomatenmus folgte, er bediente sich reichlich an der Dose mit den Kräutern der Provence, fügte eine große Prise Lavendelblüten hinzu, rührte um und kostete. Offenbar war er mit seinem Werk zufrieden, denn er nickte. Er füllte die Paprika-Zucchini-Mischung in eine Keramikschüssel, die er in den Ofen schob, dann wischte er die Pfanne aus, stellte sie wieder auf den Herd und goss Öl hinein. Aus dem Kühlschrank holte er zwei dicke Fleischstücke.

In Lilou breitete sich eine wohlige Wärme aus. Sie schloss die Augen und konzentrierte sich auf die Geräusche und Gerüche, die von der Küchenzeile herüberzogen. Es knisterte und prasselte, das waren wohl die Steaks im heißen Öl, der Duft der gegrillten Auberginen hing in der Luft und vermischte sich köstlich mit dem Geschmack des spritzigen Getränks in ihrer Hand. Sie seufzte beglückt.

»Aufwachen!« Simon stand vor ihr. »Das Essen ist fertig.«

Sie streckte sich, dann stand sie auf und ging zu ihm. Während sie eingenickt war, hatte er den Stuhl aus seiner Wohnung geholt und den Tisch gedeckt. Er stellte zwei Gläser auf den Tisch und öffnete eine Flasche Rotwein. Es waren richtige Weingläser, wie sie feststellte, große Ballons, in denen sich das Licht brach. Er musste sie heute gekauft haben. Simon goss ein und hob das Glas.

»*À ta santé,* Lilou«, sagte er.

Sie stieß mit ihm an, setzte sich und nahm eine Nase voll von dem Wein. Er hatte eine helle Farbe und roch frisch, nicht so schwer und harzig wie die dunklen Weine aus dem Burgund. Sie nahm einen Schluck und schloss die Augen. »Ah.«

Als sie sie wieder öffnete, stand ein Teller vor ihr, von dem ein betörender Geruch aufstieg. Rosmarin, Thymian und – natürlich – Lavendel.

»Ratatouille déconstruite mit Filet vom Stier aus der Camargue«, deklamierte Simon und setzte sich auf den anderen Stuhl, der protestierend knarrte.

Lilou riss die Augen auf. Sie kannte Ratatouille nur als Schmorgericht aus gebratenem Gemüse. Simon hatte die gegrillten Auberginen und das Tomatenmus zu einer dicken Creme eingekocht. Sie bildete ein Bett für die angebratenen Paprikastreifen, die Zwiebelringe und die Zucchinischeiben, die er auf dem Teller zu einem geschmackvollen Bukett arrangiert hatte. Auf dem knusprig gebratenen Steak lag ein Sträußchen aus Lavendelzweigen als aromatische Dekoration.

»Ich wusste gar nicht, dass man in meiner Küche so etwas Tolles kochen kann«, sagte Lilou und sog genießerisch den Duft ein.

»Ich gebe zu, ich hatte Hilfe«, erwiderte Simon und zeigte sein schiefes Grinsen. »Ich habe gestern Abend im *Journal d'Armand* gelesen, während ich auf dich gewartet habe.«

Lilou sah überrascht auf. »Das Ratatouille-Rezept ist von Armand?« Sie nahm das Rezeptbuch und schlug es auf, es öffnete sich direkt beim Rezept für Ratatouille. Sie las die Kochanweisungen durch und musste schmunzeln. In einer der Variationen war das Gericht genau so beschrieben, wie Simon es zubereitet hatte.

»Aber trotzdem muss man es erst einmal so hinbekommen«, stellte sie fest.

»Das ist immerhin mein Beruf«, sagte er und hob sein Glas. »Iss jetzt, sonst wird es kalt.«

Lilou aß langsam und genoss jeden Bissen. So gutes Fleisch hatte sie schon lange nicht mehr gegessen. Wo er es wohl aufgetrieben hatte? Er kannte hier doch niemanden. Als sie ihn danach fragte, grinste Simon.

»Ich war gestern Abend mit Onkel Nicolas unterwegs«, antwortete er. »Er hat mir eine gute *boucherie* empfohlen.«

»Nicolas Dompierre?« Lilou sah ihn erstaunt an. »Ich dachte, der kann gar nicht kochen.«

»Offenbar weiß er trotzdem, wo man gut einkaufen kann.« Er grinste sein schiefes Grinsen. »Nachdem ich abgehauen bin, war ich in der Bar gegenüber und habe ein Bier getrunken. Da habe ich Onkel Nicolas getroffen. Er ist wirklich nett, und wir hatten am Ende einen sehr lustigen Abend.«

»Hast du ihm von den Plänen eures Onkels erzählt?«

»Ja.« Simon hob die Schultern. »Er fand die Idee großartig. Aber ich hatte das Gefühl, noch lieber würde er das Haus verkaufen.«

»Falls er der Erbe ist.«

»Davon geht er aus. Er sagte, er habe das Testament, in dem Onkel Frédéric alles ihm vermacht, schließlich mit eigenen Augen gesehen. Und er ist überzeugt, dass er es finden wird, sobald die Polizei die Wohnung freigibt.«

Lilou sagte nichts dazu. Der alte Mann schien Nicolas Dompierre nicht wirklich vertraut zu haben, sonst hätte er ihm doch von Simons bevorstehendem Besuch erzählt. Sie aß ihr Steak auf und kratzte den Rest der Soße mit dem Messer zusammen.

»Danke fürs Kochen«, sagte sie und hob das Glas. »Ich glaube, ich habe noch nie etwas so Gutes gegessen.«

»Ich habe es sehr gern gemacht«, sagte er. »Auf dein Wohl, Lilou.«

Er stieß mit ihr an und sah ihr tief in die Augen. Lilou wandte schnell den Blick ab und trank ihr Glas aus. Die Hitze, die in ihre Wangen stieg, kam sicher nur vom Wein, sie war durstig gewesen und hatte viel zu schnell getrunken.

Später saßen sie auf dem Sofa und tranken den Rest des Weins. Die Fensterflügel waren geöffnet, die laue Nachtluft trug den Geruch von Sommerblüten und vereinzelte Töne von Musik herein, die aus weiter Ferne kam. Simon hatte den Arm um ihre Schulter gelegt, Lilou lehnte ihren Kopf in seine Armbeuge. Das Gespräch war versiegt, aber es war ein angenehmes, ein entspanntes Schweigen. Ihr Kopf fühlte sich ganz leicht an, und ihr wurde bewusst, wie sehr sie Simons Gesellschaft genoss.

Er schien ähnlich zu empfinden, er verstärkte den Griff um ihre Schulter und zog sie an sich. Einen Augenblick lang dachte sie an Pasquale, der sich nicht mehr gemeldet hatte, doch dann verbannte sie ihren Ex-Freund aus ihren Gedanken. Sie wich nicht aus, als Simon den Kopf senkte, und auch nicht, als ihre Lippen sich berührten. Sie umschlang Simons Nacken und küsste ihn, erst vorsichtig, tastend, dann immer heftiger, bis er sie von sich schob und sie ernst anblickte.

»Lilou«, flüsterte er, »willst du das wirklich?«

Sie nickte. Sie wollte.

Seine Hände waren überall zugleich, er streichelte ihre Schultern, schob die Träger des Kleids zur Seite, küsste ihren Hals, ihren Brustansatz. Sie strich über seinen sehnigen Rücken, fuhr durch sein Haar, er presste sie an sich. Sie fühlte sein Begehren und ließ sich einfach fallen, zog ihn mit sich und dachte an nichts anderes mehr.

KAPITEL 10

Langsam und irgendwie unwillig kehrte Lilou in die Realität zurück. Sie hatte keine Ahnung, wie viel Zeit vergangen war. Simon lag mit geschlossenen Augen neben ihr, er trug nur noch sein T-Shirt. Ihr Kleid war hochgerutscht, ihr nacktes Bein lag auf seinen Oberschenkeln, sein rechter Arm hielt ihre Schulter umfasst. Träge strichen seine Finger über ihre Haut.

Er musste ihre veränderte Atmung gespürt haben, denn er schlug die Augen auf, drehte den Kopf zu ihr und lächelte sie an.

»Danke«, flüsterte er und drückte ihr einen Kuss aufs Haar.

»Ich habe zu danken«, gab sie zurück und erwiderte sein Lächeln. Sie setzte sich auf und zog sich das Kleid über die Beine. »Aber du gehst jetzt besser.«

Das Lächeln erlosch. »Ich dachte …«

»Nein, Simon«, sagte sie. »Es hat sich nichts zwischen uns geändert.«

Er rollte sich auf die Seite und sah sie ernst an. »Du täuschst dich, Lilou. Es hat sich alles geändert.«

»Simon!« Sie runzelte die Stirn. »Wir hatten Sex miteinander, sonst nichts!«

»Nur Sex?«, fragte er leise. »Ich habe deutlich mehr gespürt als das.« Er beugte sich vor und drückte ihr einen Kuss auf den Mund.

Lilou verschlug es für einen Moment die Sprache, ihr Herz begann zu klopfen. Aber die Vernunft siegte, und brüsk drehte sie den Kopf weg. »Ich habe dir doch gesagt, dass ich keine Komplikationen will!«

»Ich verspreche dir, es gibt keine Komplikationen.« Er lächelte sie warm an, seine Augen leuchteten wieder, und er zog sie in seine Arme. »Es gibt nur uns beide.«

Einen Augenblick lang versteifte sie sich, dann gab sie nach. Er hielt sie fest umschlungen, und seine Atemzüge verrieten, dass er wieder eingeschlafen war. Resigniert schloss sie die Augen und beschloss, die Diskussion auf morgen zu verschieben.

Lilou erwachte vom Klingelton ihres Handys. Sie schrak hoch und war einen Moment lang orientierungslos. Dann sah sie die Rotweingläser auf dem Tisch, die zerknüllte Decke auf der Couch, und ihr fiel alles wieder ein. Simon!

Aber der Platz neben ihr war leer, nur der Abdruck seines Kopfes auf dem Kissen war noch zu erahnen. So ernst schien es ihm also doch nicht gewesen zu sein. Das war vielleicht auch besser so.

Das Telefon klingelte noch immer. Sie sprang auf und sah auf das Display, es war eine Mobilnummer, die sich nicht in ihren Kontakten befand.

»Hallo?«

»*Bonjour,* Madame Braque«, tönte es aus dem Lautsprecher. »Hier spricht Dr. Morteau. Habe ich Sie geweckt?«

»Aber nein«, log sie. »Was ist passiert? Ist etwas mit Isabelle Valleron?«

»Nein, Madame Valleron geht es gut«, antwortete der Arzt. »Sie will Sie sehen.«

»Mich?«

»Ja. Sie hat heute Morgen als Erstes nach Ihnen gefragt. Sie will unbedingt mit Ihnen sprechen.«

»Ich komme sofort.«

Noch während des Telefonats begannen ihre Gedanken zu rasen. Würde Isabelle endlich reden?

Sie gönnte sich genau drei Minuten unter der Dusche. Nach kurzer Überlegung entschied sie sich gegen die Uniform und zog Jeans und ein frisches T-Shirt an. Ihr Gefühl sagte ihr, dass Isabelle mehr Vertrauen zu ihr haben würde, wenn sie nicht als Polizistin auftauchte.

Erst als sie ihre Autoschlüssel suchte, fiel ihr ein, dass der Commissaire sie mitgenommen hatte. Ihr Wagen stand wahrscheinlich auf dem Parkplatz der Polizeiwache.

Sie zog die Tür ins Schloss und zögerte auf dem Treppenabsatz. Auf Zehenspitzen schlich sie zu Simons Wohnung und presste das Ohr an die Tür, aber dahinter war kein Laut zu hören. Dann eben nicht.

Mit schnellen Schritten eilte Lilou durch die Altstadt. Die Luft war noch kühl, die Sonne hatte die hohen Fassaden der Häuser noch nicht erklommen, und es war erstaunlich still. Natürlich, es war Sonntag, die Läden hatten geschlossen, und die Anwohner lagen sicher noch in ihren Betten oder saßen gerade beim Frühstück. Ein Hauch von Kaffeeduft lag in der Luft, und Lilou folgte ihrer Nase zu einem kleinen Café, das bereits geöffnet hatte. Der Stapel Pappbecher auf der Theke versprach *café à emporter*, und kurz darauf wärmte ein großer Café au Lait Lilous Hände.

Bis sie das Hôtel de Police erreicht und ihre Autoschlüssel beim Wachdienst abgeholt hatte, war der Kaffee auf Trinktemperatur, und sie nahm einen großen Schluck, bevor sie den Wagen aufsperrte. Sie stellte den Kaffeebecher in die dafür vorgesehene Halterung, startete den Wagen und fuhr zum Krankenhaus.

Dr. Morteau erwartete sie schon auf dem Flur der chirurgischen Station. Er schien anzunehmen, dass mit dem Wegfall der Uniform auch die Distanz zwischen ihnen geringer geworden war, denn er begrüßte sie mit zwei Wangenküssen, die Lilou nur symbolisch erwiderte. Er wollte noch etwas sagen, doch sie wimmelte ihn ab und eilte zu Isabelle Vallerons Zimmer. Gardien Tairrousse war abgelöst worden, nun saß Lieutenant Roguenot vor der Tür. Er sprang auf, als sie näher kam, dann erkannte er sie und nickte ihr grüßend zu.

Isabelle Valleron saß aufrecht im Bett. Sie war immer noch sehr blass, aber ihre Sommersprossen hoben sich nicht mehr so scharf von ihrer Haut ab, und ihre Augen hatten etwas an Glanz gewonnen.

»Lilou, schön, dass du da bist!«

Isabelle war unvermittelt zum Du übergegangen, aber wenn es ihr half, Vertrauen zu ihr zu fassen, sollte es Lilou recht sein.

»Ich bin sofort gekommen, als Dr. Morteau mich angerufen hat.«

Lilou setzte sich auf die Bettkante, und Isabelle griff nach ihren Händen. »Ich möchte mich bei dir bedanken«, begann sie förmlich. »Du hast mir das Leben gerettet.«

Lilou lächelte. »Das ist doch mein Job.«

»Trotzdem.« Isabelle berührte Lilous Wange. »Er hat dich verletzt.«

»Nicht der Rede wert.« Lilou winkte ab. Es tat tatsächlich kaum noch weh. »Wie geht es dir?«

»Besser.« Isabelle atmete tief durch. »Gestern konnte ich mir ein Leben ohne das Tanzen nicht vorstellen. Heute bin ich froh, dass ich noch am Leben bin.«

Lilou nickte. »Du hast doch deine Arbeit in der Mairie, du musst dir keine Sorgen machen.«

»Das ist nur eine Urlaubsvertretung«, antwortete Isabelle leise. »Im Oktober stehe ich wieder auf der Straße.«

»Du findest bestimmt etwas anderes.«

»Wer nimmt denn so eine wie mich?« Ihre Augen füllten sich mit Tränen. »Bis gestern dachte ich ja auch noch, dass Dimitri ...« Sie schluchzte auf.

»Was ist mit ihm?« Lilou beugte sich gespannt vor. »Hat er mit dem Mord an Monsieur Benoit zu tun?«

»Monsieur Benoit?« Isabelle sah sie erstaunt an. »Nein, ich glaube nicht. Aber er ...« Sie schwieg und biss sich auf die Lippen.

»Bitte, Isabelle, hab keine Angst. Ich kann dir helfen.« Lilou drückte ihre Hände. »Und Schweigen bringt nichts, das hast du ja gestern gesehen.«

Isabelle schloss die Augen. »Ja, du hast recht.« Sie atmete tief durch. »Also gut. Dimitri betreibt im *La Cocotte* ein Bordell. Er holt Mädchen aus Osteuropa und lässt sie für sich arbeiten. In den Zimmern oben wohnen sie nicht nur, sondern empfangen auch ihre Freier.«

Lilou nickte, sie war nicht sonderlich überrascht. »Wieso ist das bisher niemandem aufgefallen?«

»Nach außen hin ist alles in Ordnung. Die Mädchen sind ganz offiziell als Tänzerinnen oder als Servicepersonal angestellt. Dafür bezahlt er sie nicht schlecht, und sie bekommen freie Kost und Logis. Aber er streicht auch den Verdienst für die anderen ...«, sie suchte nach einem Wort, »... Dienstleistungen ein. Und wenn ein Mädchen dagegen protestiert, wird sie schnurstracks zurück nach Russland geschickt.«

»Warst du auch ...« Lilou zögerte.

Isabelle schüttelte vehement den Kopf. »Nein. Ich war Dimitris Freundin. Er hat mich nur für das Tanzen bezahlt, sonst nichts.«

»Mit Kokain?«

Es war ein Schuss ins Blaue, aber er traf. Isabelle stiegen erneut die Tränen in die Augen. Sie nickte.

»Ja, das auch.« Sie schniefte, und Lilou reichte ihr ein Kleenex. »Weißt du, er hat mich von der Straße weggeholt. Aber er hat mich immer anständig behandelt.«

»Hast du Verwandte, bei denen du unterkommen kannst?«, fragte Lilou.

Isabelle schüttelte den Kopf. »Meine Eltern sind bei einem Unfall ums Leben gekommen, als ich 14 war. Ich kam in eine Pflegefamilie. Da bin ich nach zwei Wochen abgehauen, als der Mann versucht hat, mich zu vergewaltigen.«

Sie drehte den Kopf weg. Lilou wusste nicht, was sie darauf sagen sollte, deshalb streichelte sie nur ihre Hand. »Das tut mir leid«, flüsterte sie.

»Ich habe dann auf der Straße gelebt. Ich habe gestohlen und betrogen, mit Drogen gedealt und mich von Männern aushalten lassen. Ich habe alles eingeworfen, was ich in die Finger bekam. Mit 17 war ich so kaputt, dass ich wusste, ich würde das nächste Jahr nicht überleben. Da habe ich mit dem Tanzen begonnen.«

Lilou nickte.

»Ich kam von den Drogen weg und fand sogar Arbeit in einer Tanzschule. Dann hat mich ein früherer ›Kunde‹ wiedererkannt, und ich wurde gefeuert.« Sie schnitt eine Grimasse, ihre Miene verfinsterte sich. »Alles begann wieder von vorn. Ich hatte mich völlig aufgegeben. In diesem Zustand fand mich Dimitri. Er hat mich mit nach Hause genommen und mich wieder aufgepäppelt. Er gab mir einen Job. Und er gab mir Kokain, nicht viel, nur ein bisschen. Es hat mir geholfen, vor den Männern zu tanzen.« Sie sah Lilou mit tränennassen Augen an. »Er war immer gut zu mir. Hat nie etwas verlangt, das ich nicht tun wollte. Er hat akzeptiert, dass ich eine eigene Wohnung haben wollte, und dass ich auch ein Leben außerhalb des *La Cocotte* führte. Der Job in der Mairie war für mich so etwas wie die Eintrittskarte in ein normales Leben.«

»Und wieso hat sich das jetzt geändert?«

Isabelle seufzte. »Nachdem du vorgestern in die Mairie kamst und mit mir sprechen wolltest, habe ich ihn angerufen. Ich hatte Sorge, dass du ihm etwas anhängen willst. Er sagte, er würde sich um das Problem kümmern.« Sie begann wieder zu weinen. »Ich dachte, er würde dich irgendwie erschrecken oder so, damit du ihn in Ruhe lässt. Ich hätte nie gedacht, dass ich das Problem bin.«

»Also war er es, der dich angefahren hat?«

»Es war einer seiner Leibwächter«, flüsterte sie. »Ich habe nicht erkannt, welcher von den beiden es war, aber er fuhr einen von Dimitris Wagen.«

»Und weil das nicht funktionierte, hat er gestern Dragan Mikita hergeschickt.«

Isabelle nickte unter Tränen. »Ich hätte keine Chance gehabt, wenn du nicht gewesen wärst.«

Lilou schluckte. »Würdest du das alles auch vor Gericht aussagen?«, fragte sie.

»Ja.« Isabelles Stimme war fest. »Vorausgesetzt, ich lebe so lange.«

»Dafür werden wir sorgen.«

Während der Rückfahrt vom Krankenhaus rief Lilou Demoireau an und brachte ihn auf den neuesten Stand. Der Commissaire sagte nicht viel dazu. Er brummte nur sein übliches »Hm« und kündigte an, den Fall Petuchow sofort an die Police nationale in Avignon weiterzugeben. Die Kollegen von der Drogen- und Sittenbrigade würden sich darum kümmern.

Lilou hoffte inständig, dass das ausreichte, um Isabelle zu schützen. Aber sie hatte nicht mehr tun können, als den Polizisten im Krankenhaus zu besonderer Aufmerksamkeit anzuhalten. Außer dem Personal des Krankenhauses und den Kollegen von der Wache durfte niemand zu ihr.

Es war fast Mittag, als sie ihren Kangoo in einer Seitengasse der Place de l'Horloge parkte. Die Sonne stach senkrecht zwischen den Hauswänden hindurch, es gab keinen Schatten, und Lilou geriet von den wenigen Metern zurück zum Haus ins Schwitzen.

Im Treppenhaus war es angenehm kühl, im zweiten Stock roch es nach Gebratenem. Erst jetzt dachte sie wieder an Simon. Die Tür zu seiner Wohnung war nur angelehnt, sie klopfte und schob sie auf.

Simon saß im Schneidersitz auf der alten Matratze und blickte von seinem Telefon hoch, als sie ins Zimmer kam. Neben ihm standen zwei Papiertüten mit dem Aufdruck einer Bäckerei, die vom Fett der darin befindlichen Croissants ganz glasig geworden waren. Er kam auf die Beine und ging ihr entgegen.

»Wo warst du?«, fragte er und begrüßte sie mit zwei Wangenküssen.

»Ich musste ins Krankenhaus«, erklärte sie. »Eine wichtige Zeugin wollte eine Aussage machen.«

Er musterte sie von oben bis unten. »An einem Sonntag?«

Sie hob das Kinn. »Ja, natürlich. Verbrechen halten sich nicht an Dienstzeiten.«

»Du bist in Zivil«, stellte er fest.

»Ja.« Sie begegnete seinem vorwurfsvollen Blick. »Hast du irgendein Problem damit, Simon?«

»Nein, natürlich nicht.« Seine Augen wurden weich. »Ich habe mich nur gewundert, wo du bist. Ich war beim Bäcker und wollte dich mit einem Frühstück überraschen. Aber als ich zurückkam, warst du weg.«

»Ich dachte, du bist abgehauen«, antwortete Lilou und wich seinem Blick aus.

»Abgehauen?« Er hob die Hände und fasste sie bei den Schultern. »Nein, Lilou, ich wäre niemals abgehauen, ohne ein Wort zu sagen.«

Sie starrte ihn an. »Das konnte ich ja nicht wissen.«

»Ich dachte, das wäre klar.« Er grinste schief. »Entschuldige. Ich hätte dir eine Nachricht hinterlassen sollen. Aber ich bin gar nicht auf die Idee gekommen, dass du …«

Sie zuckte mit den Schultern. »Siehst du, ich auch nicht.«

Er lachte. »Können wir jetzt frühstücken? Die Croissants sind zwar nicht mehr ganz frisch, aber man kann sie bestimmt noch essen.«

Lilous Magen machte sich bemerkbar. »Gute Idee«, sagte sie. Eigentlich sollte sie ihm besser jetzt sofort klar machen, dass er keine Ansprüche an sie stellen durfte, nur weil sie mit ihm geschlafen hatte. Aber erst wollte sie etwas essen.

Der altersschwache Stuhl aus Simons Wohnung stand noch am Tisch, und sie saßen wie ein altes Ehepaar beim Sonntagsfrühstück. Es gab Schlimmeres als das, stellte Lilou fest. Den Croissants hatte der Aufenthalt in der Papiertüte weniger geschadet als befürchtet. Etwas weich waren sie geworden, aber sie schmeckten trotzdem ganz wunderbar. Lilou stippte das knusprige Ende in ihren Milchkaffee.

»Das war eine gute Idee«, sagte sie und lächelte Simon an. Er erwiderte das Lächeln, und Lilou hoffte, dass er daraus keine falschen Schlüsse zog. Sie wollte noch immer keine Beziehung zu einem Koch aus Kanada, der wahrscheinlich nicht einmal so lange in Carpentras bleiben würde wie sie.

Während sie das Geschirr abräumte, setzte sich Simon aufs Sofa und nahm das *Journal d'Armand* zur Hand. Er blätterte langsam durch die Seiten, hielt immer wieder inne und fuhr mit dem Finger die Zeilen entlang.

»Dieses Buch ist eine echte Goldgrube«, sagte er und blickte auf. »Es enthält nicht nur alle Rezepte der provenzalischen Küche, sondern beschreibt auch viele moderne Variationen. Damit könnte man glatt die Speisekarte eines Restaurants füllen.«

»Ich weiß.« Lilou goss sich noch einen Kaffee ein und setzte sich zu ihm auf die Couch. »Möglicherweise hat dieses Buch sogar etwas mit der Ermordung deines Onkels zu tun«, sagte sie ernst. »Sein Mörder hat die Wohnung durchsucht, aber die Wertsachen nicht mitgenommen. Und niemand wusste zu diesem Zeitpunkt, dass ich es habe.«

Simon hob die Augenbrauen. »Ist denn ein Koch unter den Verdächtigen?«

Lilou nickte. »Armand Benoits Tochter ist Köchin, sie führt ein Restaurant in Bedrange. Es ist durchaus möglich, dass sie in die Fußstapfen ihres Vaters treten will.«

»Du sagst, Armand Benoit war Sternekoch?« Simon legte das Buch zurück auf den Tisch und schob es von sich. »Für einen Stern im Guide Michelin würde so mancher Koch einen Mord begehen.«

»Ich weiß.« Sie runzelte die Stirn. »Aber mein Vorgesetzter glaubt nicht an diese Theorie. Eigentlich wollte ich Bérénice Benoit aufsuchen und sie zu dem Buch befragen. Aber in den letzten beiden Tagen ist so viel passiert, dass ich bisher nicht dazu gekommen bin.«

Es stimmte. Isabelles Unfall hatte alles durcheinandergebracht, und sie hatte ihrem ursprünglichen Verdacht, der Einbruch bei Monsieur Benoit habe etwas mit dem Kochbuch zu tun, nicht weiter nachgehen können. Dabei gab es in Isabelles Geschichte keinen neuen Hinweis darauf, dass Dimitri Petuchow den Mord an dem alten Mann begangen hatte. Was das betraf, waren die Ermittlungen noch immer völlig offen. Sie sah auf die Uhr.

»Ich fahre jetzt gleich zu ihr«, beschloss sie. »Es ist Sonntagmittag, da ist sie ganz bestimmt in ihrem Restaurant.«

Simon sprang auf. »Ich komme mit!«

Lilou schüttelte den Kopf. »Simon, das ist eine polizeiliche Ermittlung«, erklärte sie. »Wenn mein Verdacht zutrifft, ist das *Journal d'Armand* ein Beweisstück in einem Mordfall. Ich werde Bérénice Benoit damit konfrontieren, und wenn sie irgendeine verdächtige Reaktion zeigt, wird sie vorgeladen.«

»Falls sie wirklich die Mörderin von Onkel Frédéric ist, kannst du da nicht alleine hingehen«, widersprach er. »Das ist viel zu gefährlich.«

Lilou zog die Brauen hoch. »Ich bin Polizistin. Sie wird mir nichts tun.«

»Aber sie wird dir auch nichts sagen, wenn du da in Uniform aufkreuzt und ihr einen Mord vorwirfst.«

»Hm.« An Simons Einwand war etwas dran.

»Ich werde dich nicht bei deiner Arbeit stören«, versprach er. »Aber sie ist bestimmt weniger auf der Hut, wenn du mit einem verschollenen Neffen auftauchst.«

Lilou dachte nach. Simon hatte recht. Sie hatte sich nicht angekündigt, und genau genommen hatte sie nicht einmal einen offiziellen Auftrag. Vielleicht war es wirklich besser, erst einmal unauffällig vorzufühlen.

»In Ordnung. Aber bitte überlass mir das Reden, okay?«

»Versprochen, Madame la Commissaire.« Simon griff nach ihrer Hand und zog sie hoch. »Ich werde Sie nicht enttäuschen.«

Der Weg nach Bedrange führte durch weite Felder mit Weinstöcken und Olivenbäumen. Simon hatte das Radio laut aufgedreht und das Fenster des Kangoo heruntergekurbelt. Er sang laut mit, der Fahrtwind zerzauste seine Haare, und Lilou hatte das Gefühl, sich auf einem Sonntagsausflug zu befinden. Kurze Zeit später hob sich das Land, sie fuhren einen lang gestreckten Hang entlang, silberblaue Wellen zogen sich neben der Straße hügelan und zerbrachen beim Vorbeifahren in buschig violette Streifen: Der Lavendel stand hier schon in voller Blüte. Simon hielt die Nase aus dem Fenster.

»Kannst du mal anhalten?«, bat er.

Lilou tat ihm den Gefallen. Sie erinnerte sich noch genau an das Gefühl, als sie das erste Mal an einem Lavendelfeld gestanden hatte: lilafarbene Kissen in Reih und Glied zu ihren Füßen, die blassen Blüten, die an silbernen Stängeln wippten und einen überwältigend würzigen Duft verströmten, sobald man sie berührte.

Simon schien ähnlich zu empfinden. Er ging am Beginn einer Reihe in die Hocke und strich mit gespreizten Fingern über die Blüten, dann hob er die Hände vor sein Gesicht und roch daran.

»Das ist wunderschön«, murmelte er. »*Maman* hat mir davon erzählt, aber in Wirklichkeit ist es noch viel beeindruckender.« Er stand auf und drehte sich einmal im Kreis. »Wunderschön.«

Lilou betrachtete das Panorama, das sich vor ihnen ausbreitete: Weingärten, Olivenhaine, Lavendelfelder und hohe Zypressen, dazwischen vereinzelte ockerfarbene Gebäude, und über alledem hoch aufragend und majestätisch der Mont Ventoux mit seinem weißen Gipfel, der aussah, als trüge er selbst im Sommer eine Kappe aus Schnee.

Simon legte den Arm um Lilous Schulter und drückte sie an sich. »Hier gefällt es mir«, sagte er. »Hier möchte ich bleiben.«

Lilou fiel einiges ein, was sie darauf hätte sagen können. »Dein Onkel ist tot, du hast kein Geld und keinen Job«, zum Beispiel. Oder vielleicht auch: »In sechs Wochen ist mein Praktikum hier zu Ende, dann bin ich wieder weg.« Auf alle Fälle aber: »Es gibt keinen Grund für dich, hierzubleiben.« Doch sie sagte nichts davon, sondern lehnte sich gegen ihn. Einen Augenblick lang genoss sie die Wärme, die von ihm ausging, den Duft des Lavendels, der sie umfing, und den samtigen Wind auf ihrer Haut.

»Lass uns fahren«, sagte sie schließlich.

Simon seufzte und ließ sie los.

Die letzten Kilometer führte die Straße in immer enger werdenden Kurven durch lichten Laubwald. Immer wieder wichen die Bäume am Scheitelpunkt einer Kurve auseinander und gaben den Blick frei auf karge Hänge. Einmal blockierten die Überreste eines Felsrutsches die halbe Straße, und Lilou steuerte den Kangoo vorsichtig um das Geröll herum. Schließlich erreichten sie das Dorf Crillane, das wie ein Adlerhorst am Hang klebte. Die Straße verbreiterte sich wieder und fiel in sanften Kurven ab ins Tal nach Bedrange. An einer steinernen Brücke wies ein schlichter Wegweiser auf das *L'Armandine* hin. Lilou wurde langsamer und sah aus dem Fenster. Der Fluss lag so tief unter ihnen, dass man kein Wasser sah. Simon deutete auf ein verblichenes Parkplatzschild, Lilou setzte den Blinker und bog hinter der Brücke ab.

Als Lilou den Motor abstellte, war sie überrascht über die Stille, die hier herrschte. Auf der Steinbrücke oberhalb des Parkplatzes fuhren Autos, doch hier unten war kein Laut zu hören, als ob der dichte Bewuchs am Ufer des Flusses jeglichen Lärm, der nicht natürlich war, verschluckte. Denn der Eindruck von Stille trog: In den Steinwänden neben dem Parkplatz raschelten Eidechsen, fliegende Grashüpfer mit knallroten Flügeln brummten wie kleine Drohnen, und unten am Fluss quakten Frösche.

Sie nahm ihre Tasche, in der sich das *Journal d'Armand* befand, Simon griff nach ihrer Hand, und sie gingen unter der Brücke hindurch.

Hinter dem steinernen Bogen ging der Weg in eine schmale überdachte Terrasse über, die direkt über den Fluss gebaut war. Blühender Oleander in Kübeln aus hellem Terrakotta und eine Kletterpflanze mit leuchtend roten Blütentrauben verdeckten fast das alte Gebäude. Es war hoch und schmal, der Verputz rissig vom Alter und das einstmals ziegelrote Dach mit den Jahren dunkel geworden.

Fast alle Tische auf der Terrasse waren besetzt. Das Publikum war bunt gemischt: Leicht bekleidete Touristen saßen zwischen französischen Familien in Sonntagskleidung, einfach zu erkennen an der Größe der Tische und der Anzahl der Kinder. Am Fuß der beiden Treppenstufen, die zu der Terrasse hochführten, stand eine gertenschlanke Frau mit einem Gesicht wie ein Habicht, das kastanienbraune Haar zu einem dicken Zopf geflochten, der ihr fast bis zur Hüfte reichte.

»*Bonjour,* Madame, Monsieur«, begrüßte sie sie. »Haben Sie reserviert?«

Simon schüttelte den Kopf. Er schien sich an sein Versprechen zu erinnern, nichts zu sagen.

»*Non,* Madame«, antwortete Lilou. »Wir möchten auch gar nicht essen, sondern mit Madame Benoit Lavallie sprechen.«

Sie nickte knapp, als ob sie sie erwartet hätte. »Nehmen Sie bitte Platz. Ich komme gleich zu Ihnen.«

Mit einer gebieterischen Geste winkte sie einem der Kellner, der sie zu einem kleinen Tisch am äußersten Ende der Terrasse führte. Sie saßen direkt an der niedrigen Brüstung, die die Terrasse vom Fluss trennte, und Lilou warf einen Blick nach unten. Mannshoher Schachtelhalm und riesige Farne bedeckten den Grund des Tals, dazwischen glitzerte bräunliches Wasser. Kleine türkisfarbene Libellen mit schillernden schwarzen Flügeln schwirrten so schnell hin und her, dass es aussah, als ob Lichtblitze in all dem Grün geisterten.

Der Kellner brachte ungefragt eine Flasche Wasser und eine kleine Karaffe mit Rosé, drehte die beiden Gläser um und goss ihnen ein. Wenig später kam er wieder und stellte einen Korb mit aufgeschnittenem Baguette und eine Platte mit kleinen Schüsselchen vor ihnen ab.

»Sélection de Tapenades«, sagte er. »Ein Gruß aus der Küche.«

Simons Augen leuchteten auf. »Meinst du, wir dürfen?«, fragte er.

Lilou schmunzelte und nickte. »Klar. Schlimmstenfalls bezahle ich hinterher.«

Sie nahm selbst ein Stück Brot und bestrich es mit der schwarzen Olivenpaste. Der Koch verstand sein Handwerk, die Tapenade war frisch zubereitet und schmeckte sehr gut.

Simon hob sein Glas. »Auf Armand Benoit«, sagte er. »Ohne ihn wären wir heute nicht hier.«

Lilou stieß mit ihm an und nickte. »Ich bin gespannt, was seine Tochter sagt.«

Es dauerte etwa eine halbe Stunde, bis die Frau, die sie zuvor begrüßt hatte, an ihren Tisch kam. Die Karaffe Wein war leer und die Tapenaden aufgegessen. Die letzten Gäste waren soeben gegangen, Bérénice hatte jeden einzeln verabschiedet.

»Was kann ich für Sie tun?«, fragte sie und zog sich einen Stuhl vom Nachbartisch heran. Der Kellner brachte ihr ein Glas Rosé, sie dankte ihm mit einem Kopfnicken, hob es und prostete ihnen zu. »*À votre santé!*«

Mit großen Schlucken trank sie es zur Hälfte aus. Dann sah sie fragend von Lilou zu Simon und hob eine schön gezeichnete Augenbraue.

»Ich muss Ihnen eine traurige Mitteilung machen«, begann Lilou. »Ihr Onkel Frédéric Benoit ist letzte Woche verstorben.«

»Frédéric?« Bérénice sah sie mit ehrlicher Überraschung an. »Ich habe keinen Onkel Frédéric.«

»Frédéric Benoit«, erklärte Lilou. »Er wohnte in Carpentras, an der Place de l'Horloge.«

»Wie kommen Sie darauf, dass ich mit ihm verwandt sein könnte?«

Lilou holte das Kochbuch aus der Tasche. »Deshalb.« Sie schob es Bérénice zu und ließ sie dabei nicht aus den Augen. »Frédéric Benoit hat es mir kurz vor seinem Tod gegeben. Er nannte es das *Journal d'Armand*. Es enthält handschriftlich verfasste Kochrezepte. Wir gehen davon aus, dass Ihr Vater es geschrieben hat.«

Bérénice Benoit Lavallie hob die andere Augenbraue. Sie griff nach dem Buch, schlug es auf und blätterte langsam durch die Seiten. Sorgfältig studierte sie die Rezepte, immer wieder runzelte sie die Stirn. Schließlich klappte sie es mit einem hörbaren Knall zu und reichte es Lilou zurück.

»Das stammt nicht von meinem Vater.«

»Aber wieso …«

»Ich kenne seine Handschrift. Das ist nicht von ihm.«

»Könnte nicht jemand anderer seine Rezepte aufgeschrieben haben?«

»Nein.« Bérénice schüttelte bestimmt den Kopf. »Seine Art zu kochen war eine völlig andere.« Sie deutete auf das Buch. »Das hier ist Hausmannskost.« Sie rümpfte die Nase. »Nicht schlecht, natürlich nicht, aber doch nicht die Handschrift eines Sternekochs. Nein, das ist ganz bestimmt nicht von meinem Vater.«

»Sind Sie ganz sicher?« Lilou konnte es nicht glauben.

»Sehen Sie her.« Bérénice nahm das Buch erneut zur Hand und schlug es auf. »Das Ratatouille-Rezept zum Beispiel. Mein Vater hätte das Gemüse niemals gebraten. Er hat es immer nur als Confit Byaldi zubereitet: hauchdünne, im Ofen gedünstete Gemüsescheiben auf einer Pipérade aus roten und gelben Paprika.«

Lilou verzog das Gesicht. Eigentlich hätte sie selbst darauf kommen können. Armand Benoit war ein Vertreter der Nouvelle Cuisine gewesen, und die Rezepte in dem Buch waren alles andere als das.

»Schade.« Simon ergriff zum ersten Mal das Wort. »Ich hätte Sie gern zur Tante gehabt.«

Nun hob Bérénice beide Augenbrauen und sah ihn an. »Und wer sind Sie?«

»Ich bin Simon Bastien, ich komme aus Kanada. Ich bin ebenfalls Koch, und Frédéric Benoit war mein Großonkel.«

»Ah.« Bérénice schenkte ihm ein kühles Lächeln, es erreichte ihre dunklen Augen nicht. »Wo haben Sie gelernt?«

»Bei Tim Raullon in Québec«, antwortete er.

Bérénice musterte ihn mit neuem Interesse. »Ich kenne ihn«, sagte sie. »Suchen Sie zufällig Arbeit?«

Simon grinste. »Zufällig ja.«

»Wann könnten Sie anfangen?«

»Wann immer Sie wollen.«

»Sehr gut.« Bérénice klatschte in die Hände, nun war ihr Lächeln echt. Sie streckte ihm die Hand hin. »Kommen Sie doch in den nächsten Tagen vorbei zum Probekochen. Dann können wir alles Weitere besprechen.«

Simon sah sich mit leuchtenden Augen um. »Das mache ich gern.«

Auf der Heimfahrt war Simon ungewohnt schweigsam. Lilou war das nur recht, sie hing ihren eigenen Gedanken nach. Wenn der Sternekoch nicht der Autor des *Journal d'Armand* war, fiel ihre Theorie, das Tagebuch wäre das Motiv für den Mord gewesen, wie ein Kartenhaus in sich zusammen. Sie glaubte nicht, dass Bérénice sich irrte, die Frau war sich ganz sicher gewesen. Abgesehen davon, hatte sie natürlich recht – die Rezepte im *Journal* waren zwar wirklich gut, aber einen Stern würde man sich damit kaum erkochen können. Schon gar nicht in den Siebzigerjahren, in denen die Nouvelle Cuisine boomte und der Guide Michelin nur das Besondere, das Extravagante belohnte.

»Was hältst du davon?«, unterbrach Simon ihre Gedanken.

»Von deinem neuen Job oder von der Tatsache, dass das *Journal d'Armand* nicht von Armand Benoit stammt?«

»Von beidem.«

»Hm«, machte Lilou und musste unwillkürlich an Commissaire Demoireau denken. »Beides ist eine Überraschung.«

»Ja.« Simon nickte. »Wobei ich nicht daran gezweifelt habe, hier Arbeit zu finden.«

»Dein Lehrmeister ist offenbar sogar hierzulande bekannt.«

»Tim Raullon war Sternekoch in Frankreich, bevor er nach Kanada gegangen ist.«

»Ja, dann …«

Lilou schaltete einen Gang zurück und ließ den Wagen die steile Straße hinunterrollen. Sie wusste selbst nicht, was sie daran störte, dass Simon so schnell Arbeit gefunden hatte. War es, weil er offenbar wirklich vorhatte, hierzubleiben? Oder störte sie, dass er, wenn alles klappte, in den nächsten Tagen ausziehen würde? Genau das hatte sie doch gewollt! Aber darüber wollte sie lieber nicht nachdenken.

Simon schien ihren Zwiespalt zu spüren und griff nach ihrer Hand. »Ich bin doch nicht aus der Welt, Lilou«, sagte er leise.

»Ich sagte doch, dass ich keine Beziehung will.« Sie lachte bitter auf. »Wie stellst du dir das vor? In sechs Wochen ist mein Praktikum zu Ende, dann bin ich hier weg.«

»Sechs Wochen sind eine lange Zeit«, erwiderte Simon.

Aber er ließ ihre Hand los. Den Rest der Fahrt verbrachten sie schweigend.

Lilou hatte keine Lust auf eine lange Parkplatzsuche und stellte das Auto diesmal auf dem großen Parkplatz an der Coulée verte ab. Tagsüber war er oft überfüllt, aber an einem Sonntag am späten Nachmittag war er zur Hälfte leer, und sie fand sogar eine Lücke im Schatten der neu gebauten Überdachung.

Als sie unter dem dunklen Torbogen der Porte d'Orange hindurchgingen, griff Simon nach ihrer Hand.

»Bist du sauer?«, fragte er.

»Nein«, antworte Lilou.

»Was ist es dann? Habe ich etwas Falsches gesagt?«

Lilou schüttelte den Kopf. Sie traten wieder ins Freie. Die Sonne stand tief, und der alte Turm warf einen langen Schatten in die Gasse vor ihnen.

»Es hat nichts mit dir zu tun.«

Tatsächlich stimmte das sogar. Es lag an ihr, und ein wenig an Pasquale, dessen Zurückweisung ihr noch immer naheging. Lilou war wie selbstverständlich davon ausgegangen, dass sie ihre erste Stelle gemeinsam antreten würden, er in der Administration, sie bei der Police judiciaire, aber auf jeden Fall zusammen. Aber nun saß sie in Südfrankreich, und Pasquale war in Paris, er hatte mit ihr Schluss gemacht, und sie hatte keine Ahnung, wohin man sie als Nächstes versetzen würde. Mit Simon hatte das wirklich nichts zu tun, außer dass er der falsche Mann zur falschen Zeit war, und dafür konnte er schließlich nichts.

»Ich denke über das *Journal d'Armand* nach«, log sie. »Wenn Armand Benoit es nicht geschrieben hat, wer dann?«

»Vielleicht weiß Onkel Nicolas etwas darüber.«

»Wahrscheinlich.« Lilou hob die Schultern. »Wir können ihn ja danach fragen.«

Sie waren an der Place de l'Horloge angekommen, und Lilou schloss die Haustür auf. Im ersten Stock war natürlich alles dunkel, aber im zweiten Stock hörte Lilou Stimmen aus Claires Wohnung. Die Tür wurde aufgerissen, als sie gerade daran vorbeigingen.

»Lilou, gut, dass du da bist!« Claire stand im Türrahmen, der Lichtschein hinter ihr ließ ihre Haare aufleuchten wie einen Heiligenschein.

Lilou ging zu ihr und umarmte sie. »Das ist Simon Bastien«, sagte sie und deutete auf ihn. »Er ist der Großneffe von Monsieur Benoit, er ist vor drei Tagen aus Kanada gekommen.«

»*Bonjour,* Simon!« Claire begrüßte ihn mit zwei Küsschen. »Nicolas hat mir schon von dir erzählt.«

»Was gibt es denn?«

Lilou war vor der Tür stehen geblieben, sie wollte eigentlich nach oben in ihre Wohnung.

Claire schwenkte eine Karte. »Monsieur Benoit wird morgen beerdigt.«

Lilou sah sie überrascht an. »Seine Leiche wurde schon freigegeben?«

»Es sieht so aus.« Claire hob die Schultern. »Morgen ist doch der sechste Tag, er muss unter die Erde.«

»Nicht, wenn der Fall noch nicht abgeschlossen ist.«

»Offensichtlich ist er es, denn das Begräbnis findet morgen statt. Nicolas hat schon alles organisiert. Er war vorhin hier und hat mir die Trauerkarte gebracht.«

Lilou nahm die Karte und studierte sie. Die Beisetzung sollte um 13.00 Uhr stattfinden, es war keine Messe geplant, nur eine einfache Trauerfeier in der Friedhofskapelle.

»Wirst du auch kommen?« Claire nahm die Karte zurück.

»Ich werde es versuchen.« Lilou seufzte. »Immerhin habe ich ihn ja auch gekannt. Commissaire Demoireau wird das hoffentlich verstehen.«

»Wo ist das?«, fragte Simon.

»Der Friedhof liegt am Boulevard du Repos, direkt hinter dem Bahnhof«, erklärte Claire. »Du kannst mit uns mitfahren, wenn du möchtest. Oder Nicolas nimmt dich mit.«

»Das wäre schön.« Simon nickte. »Ich werde mit ihm sprechen.«

Claire bot ihnen noch ein Glas Wein an, doch Lilou lehnte dankend ab. Sie war müde und wollte ihre Gedanken ordnen. Simon trottete hinter ihr die Treppe hoch, ihm schien es ähnlich zu gehen.

Auf dem Flur vor ihren Wohnungen wandte sie sich ihm zu, um sich zu verabschieden. Er starrte an ihr vorbei auf ihre Wohnungstür.

»Was ist los?« Sie drehte sich um. »Merde, was ist denn hier passiert?«

Ihre Wohnungstür stand einen Spalt weit auf, drinnen brannte Licht. Sie war ganz sicher, dass sie die Tür beim Verlassen der Wohnung abgeschlossen hatte. Langsam trat sie näher.

Simon folgte ihr und schob die Tür ein Stück weiter auf. Nur die Falle des Schlosses war ausgebrochen, genau wie bei Monsieur Benoit, die Aufnahme des Riegels schien unversehrt. Aber sie wusste, dass das nicht möglich war. Sie hatte ganz bestimmt abgeschlossen.

Sie warf einen Blick in die Wohnung und stöhnte. All ihre Habseligkeiten waren aus den Schränken geräumt und zu Boden geworfen worden. Kleidung, Geschirr, Bücher, alles lag in einem unordentlichen Haufen in der Mitte des Zimmers. Sie besaß nicht viel, aber das wenige war offenbar gründlich durchsucht worden.

Simon wollte die Wohnung betreten, aber sie hielt ihn zurück. »Bleib hier, ich rufe die Polizei.«

»Bist du nicht die Polizei?«

»Ja. Deshalb gehe ich da auch nicht vor den Leuten von der Spurensicherung hinein.«

Simon grinste schief und nickte.

Lilou zog ihr Telefon aus der Tasche und rief erst auf der Wache und anschließend Commissaire Demoireau an. Die Ähnlichkeit mit der Situation, in der sie Frédéric Benoit aufgefunden hatte, ließ sie frösteln. Hätte man sie auch getötet, wenn sie zu Hause gewesen wäre?

KAPITEL 11

Es dauerte keine Viertelstunde, bis die Kollegen da waren. Valérie Cravasse war heute in Begleitung von Roguenot, kurz nach ihnen traf Ebrahim Karimi ein. Er sah sich von der Tür aus in dem kleinen Raum um.

»Hier wohnst du also«, sagte er und stellte seinen Koffer ab. »Sehr übersichtlich«, stellte er fest und grinste belustigt.

»Dann hast du wenigstens nicht viel zu tun«, gab Lilou zurück. Sie hatte keinen Nerv für seine Späße.

In diesem Augenblick schnaufte Demoireau die Treppe hoch. Er sah sich um, grüßte die Kollegen mit einem Nicken und wandte sich Lilou zu.

»Was ist passiert?«, fragte er.

»Wir waren heute Nachmittag bei Bérénice Benoit«, begann sie und deutete auf Simon. »Das ist Simon Bastien, der Großneffe von Frédéric Benoit. Er hat mich begleitet.«

Demoireau zog eine Augenbraue hoch. »Hm«, machte er.

»Während wir unterwegs waren, ist bei mir eingebrochen worden.«

»Wurde etwas gestohlen?«

»Ich habe noch nicht nachgesehen. Ich dachte, ich warte, bis der Kollege von der Spurensicherung fertig ist.« Sie hob die Schultern. »Aber ich habe keine Wertgegenstände hier. Das Teuerste, was ich besitze, ist ein kleines Notebook.«

Demoireau runzelte die Stirn. »Hat der Besuch bei der Tochter des Kochs etwas ergeben?«

Lilou schüttelte den Kopf. »Die Spur zu Armand Benoit ist eine Sackgasse, leider. Bérénice Benoit ist sich ganz sicher, dass das *Journal d'Armand* nicht von ihrem Vater stammt.«

»Nun gut.« Der Commissaire verzog das Gesicht. »Ich habe an diese Theorie ohnehin nie wirklich geglaubt.«

»Ich weiß. Trotzdem stellt sich die Frage, was die Einbrecher bei mir gesucht haben.«

Karimi kam aus ihrer Wohnung. Er rieb sich die Hände und grinste. »Ich bin fertig. Viel gab es hier ja nicht zu untersuchen.«

Lilou holte Luft für eine scharfe Antwort, doch Demoireau kam ihr zuvor. Er fuhr herum und warf Karimi einen strengen Blick zu. »Lieutenant Karimi, Sie vergessen sich.«

Karimi wurde rot. »Verzeihung«, stotterte er. »Ich habe es nicht so gemeint.«

Lilou warf Demoireau einen erstaunten Blick zu, doch der Commissaire hatte sich schon abgewandt und sprach mit Lieutenant Cravasse.

Roguenot trat auf sie zu. »Kannst du mal nachsehen, ob etwas gestohlen wurde?«, bat er sie.

Lilou nickte und betrat die Wohnung. Simon folgte ihr und sah sich um. *»Tabernak!«*, entfuhr es ihm. »Wer macht denn bitte so was!«

»Es sieht hier genauso aus wie nach dem Einbruch bei deinem Großonkel«, sagte Lilou und betrachtete hilflos das Chaos. Simon stieg über einen Berg Geschirr hinweg und bückte sich nach den Büchern, die zerfleddert und mit dem Rücken nach oben auf dem Boden lagen. Er hob eines nach dem anderen auf, strich die Seiten glatt und legte sie ordentlich auf einen Stoß zusammen. Lilou versuchte, sich zu konzentrieren, aber es wollte ihr nicht so recht gelingen. Sie fühlte einen fast körperlichen Schmerz, ihre wenigen Habseligkeiten, die sie mit in diese Bleibe genommen hatte, so lieblos verstreut zu sehen. Selbst ihre Schmutzwäsche hatte der Einbrecher ausgekippt.

»Ich glaube nicht, dass etwas fehlt«, wandte sie sich an Roguenot. »Mein Portemonnaie und meine Ausweise hatte ich bei mir, und mein Laptop ist noch da.« Sie deutete auf den Wohnzimmertisch. »Ich kann mir wirklich nicht vorstellen, was der Täter hier gesucht hat.«

»Vielleicht das Gleiche wie bei Benoit?« Valérie Cravasse war ebenfalls ins Zimmer gekommen und sah sich um. »Hat er dir irgendwann einmal etwas geschenkt oder zur Aufbewahrung gegeben?«

»Nur das hier.« Lilou holte das Kochbuch aus der Tasche. »Ich dachte erst, es wäre irgendwie wertvoll, aber allem Anschein nach hat es nur ideellen Wert.«

Cravasse nahm das Buch, wog es kurz in der Hand, strich über den roten Schutzumschlag und schlug es auf. »Kochrezepte?«

»Ja. Er nannte es das *Journal d'Armand,* es sind die gesammelten Rezepte seiner Familie. Er hat es mir kurz vor seinem Tod gegeben.«

Die Beamtin reichte es ihr zurück und schüttelte den Kopf. »Dafür begeht man doch keinen Mord.«

»Warten wir ab, was die Spurensicherung ergibt«, sagte Roguenot. »Vielleicht sind wir dann schlauer.«

Eine gefühlte Ewigkeit später gingen die Polizisten endlich. Als Letzter verabschiedete sich Demoireau. Er hatte Lilou nochmals eingehend befragt und versucht, einen Zusammenhang zwischen dem Einbruch in ihrer Wohnung und dem Mord an Monsieur Benoit herzustellen. Dass sich die äußeren Umstände aufs Haar glichen, war offensichtlich: das aufgedrückte Schloss der Tür, obwohl sie mit Sicherheit abgesperrt hatte, die Durchsuchung der Wohnung und die Tatsache, dass offenbar nichts gestohlen worden war. Nicht einmal das *Journal d'Armand* kam als Bindeglied infrage, denn bis heute Mittag hatten nur Simon und Demoireau gewusst, dass sie es besaß.

Bevor der Commissaire sie verließ, wies er Lilou noch an, am nächsten Morgen pünktlich um neun bei Francine Adelphe im Bürgermeisteramt zu erscheinen. La Maire wolle umfassend informiert werden, der Staatsanwalt Raoul Beringer würde anwesend sein, und er, Demoireau, wolle sie dabeihaben. Und ja, an der Beerdigung könne sie natürlich teilnehmen, vorausgesetzt, die Besprechung in der Mairie sei bis dahin zu Ende.

Simon hatte in der Zwischenzeit die Küche aufgeräumt. Während er aus dem übrig gebliebenen Auberginenauflauf und den Resten des Ratatouilles von gestern etwas zu essen schmurgelte, sortierte sie ihre Kleidung und versuchte, des Durcheinanders in ihrer Wohnung Herr zu werden. Sie begann mit der Schmutzwäsche, das war einfach, zurück in den Korb und fertig. Sie faltete die T-Shirts neu, hängte die Uniformblusen auf Bügel und legte die Unterwäsche zurück in die Schublade. Aber mittendrin gab sie auf, räumte alles wieder aus und warf es zur Schmutzwäsche. Der Gedanke, die Wäsche zu tragen, nachdem fremde Finger sie berührt hatten, erschien ihr auf einmal unerträglich.

Selbst ihr Schlafsofa war zerpflückt worden, die Bettwäsche herausgezerrt und die Kissen im Raum verteilt. Sie suchte Decken und Kissen zusammen und bezog das Bett neu, dann setzte sie sich und sah aus dem Fenster.

»Was ist los?«

Simon kam zu ihr, setzte sich neben sie und legte den Arm um ihre Schulter. Sie lehnte sich gegen ihn und fühlte, wie sie sich in seiner Gegenwart entspannte.

»Ich frage mich die ganze Zeit, was der Täter bei mir gesucht hat.« Sie sah grübelnd auf den Tisch, auf dem das *Journal d'Armand* lag. »Vielleicht geht es ja doch um das Kochbuch. Immerhin hat der Einbruch unmittelbar nach unserem Besuch bei Bérénice stattgefunden.« Sie hob die Schultern. »Niemand sonst weiß, dass ich es habe!«

»Ähm.« Simon wurde rot. »Das stimmt nicht.«

»Wie meinst du das?«

»Ich habe Onkel Nicolas davon erzählt. Wir haben uns über das Kochen unterhalten, und da habe ich es erwähnt.«

»Hm.« Lilou runzelte die Stirn. »Aber warum sollte er denn hier einbrechen? Er hat doch Schlüssel zu allen Wohnungen.« Sie schüttelte den Kopf. »Und er hätte mich einfach danach fragen können.«

»Das ist wahr.« Simon stand auf, nahm ihre Hand und zog sie hoch. »Möchtest du schon mal den Tisch decken? Das Essen ist gleich fertig.«

Lilou nickte. Simon ging zurück zu seinen Töpfen, während sie die Teller und das Besteck holte. Die vertrauten Bewegungsabläufe rissen sie aus ihrem Grübeln und lenkten sie ab. Sie stellte sich hinter Simon auf die Zehenspitzen und sah ihm über die Schulter.

»Was machst du?«

»Ich habe Nudeln gekocht«, sagte er. »Aus dem Rest vom Gemüse mache ich eine Soße. Ich nenne es ›Spaghetti à la Ratatouille‹.«

Lilou lachte. »So wie das riecht, wird es sicher der Renner im Armandine.«

Er drehte den Kopf und gab ihr einen Kuss auf die Wange. »Da könntest du recht haben.«

Beim Essen war Simon gesprächig und führte die Unterhaltung praktisch alleine. Er erzählte von seiner Ausbildung in Kanada, von den Lehrjahren bei Maître Raullon, dem berühmten französischen Koch in Québec, und seiner Arbeit als Souschef in einem Hotel in Montreal. Sie war dankbar für die Ablenkung und noch dankbarer, als sich Simon nach dem Essen bald in seine Wohnung verzog. Sie spülte das Geschirr und räumte die Küche auf. In dem Zimmer sah es inzwischen wieder passabel aus. Morgen würde sie als Erstes einen Handwerker anrufen, der das Schloss reparierte, dann musste sie nur noch die Wäsche zum Waschsalon bringen, und alle sichtbaren Spuren des Einbruchs wären beseitigt. An die unsichtbaren wollte sie nicht denken, sie verdrängte den Gedanken an den Fremden, der in ihr Reich eingedrungen war.

Doch später lag sie wach im Bett und konnte nicht schlafen. Jedes noch so leise Geräusch ließ sie hochschrecken, selbst wenn es nur ein nächtlicher Windhauch war, der das Gebälk über ihrer Wohnung knacken ließ. Sie hatte den Schlüssel zweimal herumgedreht, niemand konnte herein, und dennoch schaffte sie es nicht, zur Ruhe zu kommen. Irgendwann stand sie auf und ging zum offenen Fenster. Sie sah hoch zum Himmel, nur die hellsten Sterne waren vor dem Lichtschein der Stadt zu erkennen. Tief atmete sie die laue Nachtluft ein und fühlte sich sehr allein. Nicht einmal der Tätowierer von gegenüber war auf seinem Balkon.

Schließlich gab sie auf. Sie klemmte sich das Kissen unter den Arm und schlich aus ihrer Wohnung, nicht ohne sich zweimal zu vergewissern, dass sie hinter sich wieder abgesperrt hatte. Leise klopfte sie an Simons Tür. Er hatte offenbar schon geschlafen, er trug nur Boxershorts, und seine Haare waren zerzaust.

»Darf ich bei dir schlafen?«, fragte Lilou. »Ich will heute Nacht nicht alleine sein.«

Er sagte nichts, zog sie nur an sich. Sie kroch unter seine Decke, kuschelte sich an ihn und schlief endlich ein.

Mit nur fünf Minuten Verspätung kam Lilou an der Mairie an. Sie hatte ihr Handy nicht mitgenommen, als sie nachts zu Simon ausgewandert war, und so den Klingelton der Weckfunktion nicht gehört. Erst kurz vor halb neun war sie wach geworden. Simon hatte noch tief und fest geschlafen, als sie leise aufgestanden und ins Bad gehuscht war. Jedenfalls wartete Demoireau bereits im Vorzimmer der Bürgermeisterin auf sie und blickte demonstrativ auf die Uhr, als sie den Raum betrat. Sie setzte zu einer Entschuldigung an, doch in diesem Augenblick öffnete sich die Tür zu Madame Adelphes Büro, und die Bürgermeisterin winkte sie herein.

»Verzeiht bitte, mein Assistent hat letzte Woche unerwartet gekündigt«, sagte sie und deutete auf den unbesetzten Schreibtisch im Vorzimmer. »Plötzlich muss ich alles alleine machen, und ich …« Sie brach lachend ab und begrüßte Demoireau mit zwei Wangenküssen, Lilou reichte sie die Hand.

»Mademoiselle la Commissaire, wie geht es Ihnen? Haben Sie sich schon gut eingewöhnt?«

Lilou nickte. »Ja, Madame, das habe ich.« Mit Erstaunen wurde ihr bewusst, dass das stimmte. Ihre anfängliche Unsicherheit hatte sich gelegt. Demoireau bezog sie immer mehr in seine Arbeit ein, und selbst Pouffs Herablassung nahm sie mittlerweile nicht mehr so persönlich, seit sie mitbekommen hatte, dass er bis auf den Commissaire jeden so behandelte.

Francine Adelphe lächelte ihr herzlich zu. »Das ist gut. Wir brauchen starke Frauen in diesem Land.«

Lilou lächelte zurück. Sie? Eine starke Frau? Das wäre sie gern, aber sie hatte das Gefühl, dass bis dahin noch ein weiter Weg vor ihr lag. Immerhin schien die Bürgermeisterin an sie zu glauben, und das war ein gutes Zeichen.

Ohne anzuklopfen, betrat Staatsanwalt Beringer den Raum. Er nickte ihnen zu und deutete gegenüber Madame Adelphe eine Verbeugung an.

»Können wir anfangen?«, fragte er. Keine Entschuldigung für seine Verspätung, keine Erklärung, Raoul Beringer hatte so etwas offenbar nicht nötig.

Die Bürgermeisterin deutete auf einen Besprechungstisch, der in einem Erker ihres großen Büros stand. Sie nahm am Kopfende des Tisches Platz, die Fenster in ihrem Rücken. Das Licht umgab ihr schwarzes Haar wie ein Heiligenschein, ihre Gesichtszüge waren kaum zu erkennen, und unwillkürlich fragte sich Lilou, ob das Absicht war.

»Also gut, Monsieurs, Mademoiselle«, erhob sie die Stimme. »Georges, möchtest du beginnen?«

Demoireau nickte. Er holte ein Blatt Papier aus der Tasche und faltete es auseinander. Offenbar hatte er sich für die heutige Besprechung Notizen gemacht.

»Frédéric Benoit, 82 Jahre alt, wohnhaft an der Place de l'Horloge 5, wurde am Dienstag letzter Woche tot in seiner Wohnung aufgefunden. Die Wohnungstür war aufgebrochen, die Wohnung selbst wurde durchsucht und verwüstet.« Er räusperte sich. »Außer ein wenig Bargeld wurde offenbar nichts gestohlen. Ein wertvoller Teppich und einige alte Bücher, die Sammlerwert besitzen, wurden ignoriert. Wir gehen daher davon aus, dass der oder die Täter etwas anderes gesucht haben.«

Francine Adelphe nickte.

»Die Spurensicherung konnte verschiedene Fingerabdrücke sicherstellen, die wir inzwischen zuordnen konnten; sie gehören dem Neffen von Monsieur Benoit, einer Nachbarin, der Putzfrau und Mademoiselle Braque.« Er deutete auf Lilou.

Der Kopf des Staatsanwalts ruckte hoch, sein Blick durchbohrte sie. »Wie kommt das?«

»Ich wohne in Monsieur Benoits Haus«, erwiderte Lilou. »Ich habe ihn häufiger in seiner Wohnung besucht.«

»Die forensische Untersuchung des Toten hat ergeben, dass Benoit mittels eines Kissens erstickt wurde«, fuhr Demoireau fort. »Dr. Bonaventures schriftlicher Befund kam heute Morgen, er grenzt den Todeszeitpunkt auf einen Zeitraum zwischen 8.00 und 11.00 Uhr ein. Verschiedene Indizien deuten darauf hin, dass der Täter im Laufe des Nachmittags an den Schauplatz zurückgekehrt ist. Einen Raubüberfall schließen wir daher aus. Vielmehr gehen wir von einem Täter aus dem Umfeld des Opfers aus.«

»Was ist mit einem Testament?«

»Leider Fehlanzeige, Monsieur le Procureur.« Demoireau hob bedauernd die Schultern. »Es scheint eines zu geben, doch bisher hat man es nicht gefunden. Nicolas Dompierre, der Neffe des Ermordeten, behauptet, dass Benoit ihn in diesem Testament zum Alleinerben bestimmt hat. Doch das Verhältnis zwischen den beiden schien sich in letzter Zeit verschlechtert zu haben.«

»Also denkst du, *er* hat seinen Onkel getötet?« Madame Adelphe hob die Augenbrauen.

»Was wir denken, tut nichts zur Sache«, brummte Demoireau. »Er hatte die Gelegenheit zur Tat. Und wenn er wirklich der Alleinerbe ist, hat er auch ein Motiv. Aber bis jetzt haben wir keine Beweise gegen ihn.«

»Gibt es noch weitere Verdächtige?«, fragte die Bürgermeisterin.

Demoireau schüttelte den Kopf. »Der zweite Hauptverdächtige, Dimitri Petuchow, hat für den Nachmittag ein Alibi, und sein Motiv steht auf sehr schwachen Beinen.«

Der Staatsanwalt machte eine wegwerfende Handbewegung. »Ohne Testament wird Benoits Besitz nach dem Erbrecht zwischen den nächsten Verwandten aufgeteilt«, sagte er. »Weiß man, wer das ist?«

Demoireau nickte. »Benoit hat eine Halbschwester, Eugénie Dompierre, das ist die Mutter des besagten Neffen. Und dann gibt es noch einen Zweig der Familie in Kanada.«

»Monsieur Benoits Bruder hat eine Tochter«, warf Lilou ein. »Ihr Sohn, Simon Bastien, ist vor vier Tagen angekommen.«

»Könnte er etwas damit zu tun haben?«, fragte die Bürgermeisterin.

»Er war zum Zeitpunkt des Mordes noch gar nicht in Frankreich«, erwiderte Lilou schnell.

Beringer sah sie irritiert an. »Warum taucht er ausgerechnet jetzt auf?«

»Monsieur Benoit wollte mit ihm zusammen in dem leer stehenden Lokal an der Place de l'Horloge ein Restaurant eröffnen. Simon Bastien hat also überhaupt keinen Nutzen von seinem Tod.«

Madame Adelphe hob die Brauen und sah den Commissaire fragend an. »Wäre das ein mögliches Motiv? Bestimmt hatte Dompierre etwas dagegen, dass dieser Bastien das Lokal bekommt.«

Lilou schüttelte den Kopf. »Niemand wusste von diesem Plan.«

»Das wissen wir nicht mit Gewissheit.« Demoireau warf ihr einen mahnenden Blick zu.

»Jedenfalls scheint das Testament eine zentrale Rolle bei der Sache zu spielen«, schloss Beringer. »Das Erbe ist groß genug, um ein mögliches Motiv zu liefern.«

Der Commissaire nickte.

»Aber was Sie bisher haben, sind nur Indizien.« Beringer erhob sich. »Treiben Sie dieses Testament auf. Wenn Dompierre wirklich der Alleinerbe ist, bekommen Sie Ihren Haftbefehl. Vorher nicht.«

Es war ein trauriges kleines Grüppchen, das sich um 13.00 Uhr in der Friedhofskapelle versammelte. Lilou fühlte sich in ihrer Uniform fehl am Platz, deshalb hatte sie sich nicht zu den anderen gesetzt, sondern stand ein wenig abseits an der Seitenwand. Immer wieder glitten ihre Augen zu dem offenen Sarg, der vorne stand. Zum Glück verbarg ein großer Kranz den Anblick des Leichnams, Lilou hatte nur beim Betreten der Kapelle einen Blick auf ihn erhascht.

Nicolas Dompierre saß in der ersten Reihe direkt vor dem Sarg. Er trug einen dunklen Anzug mit schwarzer Krawatte, und er wirkte zutiefst betroffen. Neben ihm saß eine rundliche Frau in einem auffällig schwarz-weiß gemusterten Kleid, sie trug einen großen schwarzen Hut mit Schleier auf dem Kopf. An seiner anderen Seite saß Simon in Jeans und schwarzem T-Shirt. Er hielt den Kopf gesenkt und zupfte mit den Fingern am Saum seines Shirts.

Hinter Nicolas saßen Claire Dulac und ihr Mann Alfonse. Daneben erkannte Lilou die alte Nachbarin von gegenüber, die sie zusammen mit Emetoit befragt hatte, und Mick Pendragon, den Tätowierer. Er nickte ihr zu, und sie erwiderte seinen Gruß mit einer knappen Kopfbewegung. Keine zwei Meter vor ihr saß ein altes Ehepaar; er knetete mit altersfleckigen Fingern eine speckige Baskenmütze, sie trug ein dunkles Kopftuch. Vielleicht Freunde von früher? Vom Alter her könnte es passen. Lilou hatte außer Nicolas Dompierre nie jemanden bei ihm gesehen, aber er musste auch Freunde und Bekannte gehabt haben. Lilou wurde bewusst, wie wenig sie eigentlich über den alten Mann wusste.

In den hinteren Reihen saßen weitere Personen und unterhielten sich tuschelnd, doch der Lichtschein, der den vorderen Bereich der Kapelle mit dem Sarg erhellte, reichte nicht bis dorthin, und Lilou erkannte sonst niemanden in dem dämmrigen Raum.

Ein groß gewachsener Mann kam durch eine Tür zur Rechten und trat an den Sarg. Er blieb einen Augenblick stehen und neigte respektvoll den Kopf, dann schritt er zu dem Rednerpult, das sich vor den Bankreihen befand. Er schaltete ein Mikrofon ein und räusperte sich; seine Stimme tönte unerwartet laut durch den Raum. Er fingerte an dem Pult herum, klopfte mit dem Finger auf das Mikrofon, dann nickte er zufrieden.

»Verehrte Trauergäste, geschätzte Familie«, begann er und nickte in Richtung der drei Personen in der vordersten Reihe. »Wir haben uns heute hier versammelt, um Frédéric Benoit die letzte Ehre zu erweisen.«

Lilou blendete seine Stimme aus und ließ den Blick über die Anwesenden schweifen. Claire hatte ein Taschentuch gezogen und tupfte sich immer wieder die Augen. Simons Gesicht war zu einer Maske erstarrt, er zeigte keine Regung. Die dicke Frau an Dompierres Seite wedelte sich mit behandschuhten Händen Kühlung zu, offenbar war ihr unter dem Hut zu warm, aber sie nahm ihn nicht ab. Nicolas stieß sie mit dem Ellbogen an, daraufhin verschränkte sie die Hände auf dem Schoß.

»Frédéric Benoit verstarb kinderlos«, sagte der Mann am Pult gerade. »Aber er hatte Geschwister. Sein Bruder Gustave wanderte vor vielen Jahren nach Kanada aus und bekam dort eine Tochter, Caroline, die ihrerseits einen Sohn gebar. Simon ist heute hier.« Er nickte Simon zu, Simon erhob sich halb und hob die Hand, dann ließ er sich wieder auf die Bank sinken und zog den Kopf ein.

Lilou musterte die Personen in der ersten Reihe, Simon, der nicht wusste, wohin mit sich, Nicolas, der blass und mit versteinerter Miene auf den Redner starrte, und seine Mutter, die sich immer wieder umsah.

»Frédérics Mutter Amande starb früh, und sein Vater François heiratete ein zweites Mal«, referierte der Mann. Offenbar las er die Familiengeschichte von einem Zettel ab. »Aus dieser Ehe entsprang die Halbschwester des Toten, Eugénie.« Er nickte der dicken Frau zu, die nur mit dem Kopf ruckte. »Sie hat einen Sohn, Nicolas.« Dompierre stand auf, deutete eine Verbeugung an und nickte den Anwesenden zu, dann setzte er sich wieder.

Lilou runzelte die Stirn. Was hatte der Redner eben gesagt? Sie hatte nur mit halbem Ohr zugehört und versuchte, die Worte des Mannes zu rekapitulieren, doch es gelang ihr nicht. Er sprach nun über Frédéric Benoits Leben, über seine Arbeit in der Stadtverwaltung, von der Lilou zum ersten Mal hörte, und über seine Krankheit, durch die er auf den Rollstuhl angewiesen war. Was auch immer es gewesen war, das ihr Unterbewusstsein alarmiert hatte: In dem monotonen Vortrag entglitt es ihr wieder und tauchte auch nicht mehr auf, obwohl sie genau zuhörte, bis die Trauerrede zu Ende war.

Musik erklang, und der Mann am Pult stimmte ein Lied an, das Lilou nicht kannte. Vereinzelte Stimmen fielen ein, doch die meisten Trauergäste starrten so wie sie stumm geradeaus. Endlich wurde es still. Der Redner verbeugte sich und verließ das Pult. Zwei Männer in schwarzen Anzügen kamen herein, der vordere gab Nicolas ein Zeichen. Dompierre erhob sich und trat zusammen mit den beiden Neuankömmlingen an den Sarg. Sie hoben den Deckel an, Nicolas stand mit versteinertem Gesicht daneben. Der Sarg wurde verschlossen, und Dompierre winkte Simon heran. Zu viert schulterten sie den Sarg. Die Besucher erhoben sich und bildeten ein Spalier, der Redner ging voran zum Portal, die Sargträger folgten.

Lilou war die Letzte, die die Kapelle verließ. Sie folgte dem kleinen Trauerzug bis zu einer offenen Grabstelle im hinteren Bereich des Friedhofs. Die Steinplatte, die das Grab normalerweise bedeckte, war zur Seite geschoben, ein Loch klaffte in der dunklen Erde. Die vier Männer stellten den Sarg auf eine Konstruktion aus Holzbalken und Seilen. Simon trat zurück, er war blass im Gesicht. Dompierre dagegen blieb direkt an der Grabstelle stehen und sah zu, wie der Sarg von den beiden Trägern hinabgelassen wurde.

Lilou hatte die Gruppe inzwischen überholt und sich an die andere Seite gestellt. Sie musterte der Reihe nach die Gesichter. War es ein andächtiges Schweigen, eine Minute der Stille, um des Verstorbenen zu gedenken? Oder schwieg man aus Verlegenheit, weil man nicht wusste, ob man schon gehen durfte oder nicht? Sie konnte es nicht sagen.

Schließlich wandte sich Nicolas Dompierre um und erhob die Stimme. »Ich danke allen, die heute gekommen sind, um meinen geliebten Onkel auf seinem letzten Weg zu begleiten. Ich danke euch.« Er nickte den Umstehenden zu. Die ersten Besucher aus der letzten Reihe wandten sich ab, um zu gehen. Die anderen kamen heran und schüttelten Nicolas und seiner Mutter die Hand. Simon hatte sich vom Grab zurückgezogen und sah aus, als würde er sich am liebsten in Luft auflösen. Claire umarmte

Nicolas, dann stellte sie sich zu Lilou. »Begräbnisse sind immer so traurig«, sagte sie und zog wieder ihr Taschentuch hervor.

»Das ist wahr«, antwortete Lilou und beobachtete das alte Ehepaar, das nun am offenen Grab stand. Die Frau warf einen kleinen Blumenstrauß hinein, der Mann setzte seine Baskenmütze auf und reichte ihr den Arm, dann gingen sie langsam in Richtung Ausgang. Auch die Nachbarin und der Tätowierer waren bereits verschwunden, nur noch Nicolas und seine Mutter, Simon, Claire und ihr Mann sowie Lilou waren noch da. Nicolas wechselte ein paar Worte mit den Sargträgern, dann kam er heran.

»Meine Mutter hat für uns gekocht«, sagte er und rieb sich die Hände an der Hose. »Ich würde mich freuen, wenn ihr alle kommt.«

Er sah blass aus, sein Lächeln wirkte traurig. Ob wirklich er seinen Onkel ermordet hatte? Sie konnte nicht glauben, dass dieser freundliche Mann zu so etwas fähig war.

Claire wandte sich an Lilou. »Du kommst doch auch?«

Lilou zögerte einen Moment, doch dann fing sie Simons Hilfe suchenden Blick auf und nickte. »Natürlich. Ich komme gern.«

Nicolas und seine Mutter hatten sich alle Mühe gegeben. Ein großer Tisch im Wohnzimmer war festlich gedeckt, weißes Porzellan, polierte Gläser und silbernes Besteck glänzten im Sonnenlicht, das durch das Fenster fiel. In der Mitte des Tischs stand ein Blumenstrauß aus cremefarbenen Rosen. Nur die nicht zusammenpassenden Stühle, von denen Lilou einige als die von Claire wiedererkannte, trübten das Gesamtbild ein wenig.

Madame Dompierre hatte die Handschuhe ausgezogen und den Hut abgenommen, darunter kamen tizianrot gefärbte Haare zum Vorschein. Während Nicolas alle noch einmal begrüßte, verschwand sie mit Claire in der Küche.

Alfonse setzte sich und deutete auf den Stuhl neben sich. »Komm, Lilou, setz dich doch.«

Sie schob den Gürtel mit dem Holster zurecht und nahm Platz. Nicolas brachte eine Flasche Rosé und schenkte die Gläser voll. Madame Dompierre kam aus der Küche. Sie trug eine gusseiserne Kasserolle, aus der aromatischer Dampf aufstieg.

»Poulet à la Provençale mit Reis aus der Camargue«, sagte sie und stellte den Behälter auf den Tisch. Claire folgte ihr mit einer Schüssel, in der sich dunkelroter Reis befand. Madame Dompierre verteilte den Hühnereintopf auf die Teller, dann nickte sie ihrem Sohn zu.

»Nicolas, möchtest du noch ein paar Worte sagen?«

Dompierre erhob sich und griff nach seinem Glas. Er räusperte sich und sah aus dem Fenster, als müsste er seine Gedanken sammeln. »Auf Onkel Frédéric«, begann er. »Er war ein sturer alter Mann, aber ich habe ihn sehr geliebt. Er wird mir fehlen.« Er verharrte kurz, dann nahm er einen Schluck aus seinem Glas und setzte sich wieder.

Seine Mutter hob ihr Glas ebenfalls. »Frédéric war mein großer Bruder. Wir hatten nicht sehr viel Kontakt, er war ja fast 20 Jahre älter als ich. Ich fürchte, er mochte mich nicht besonders. Aber er war mein großer Bruder, und ich habe ihn geliebt.« Sie prostete den anderen zu, leerte ihr Glas auf einen Zug und nahm schnaufend auf ihrem Stuhl Platz.

Claire sah Simon an. Verlegen stand er auf und griff nach seinem Glas. »Leider habe ich Onkel Frédéric nicht mehr kennengelernt«, sagte er. »Mein Großvater hat oft von ihm erzählt, als er noch lebte. Er muss ein wunderbarer Mann gewesen sein.« Er nippte an seinem Glas und sank wieder in sich zusammen.

Dompierre verzog bei Simons Worten das Gesicht, aber er sagte nichts. Nun stand Claire auf und hob ihr Glas. »Ich kannte Monsieur Benoit seit 20 Jahren. So lange wohnen wir schon hier, das ist eine lange Zeit. Ich schätzte ihn als Vermieter, er war immer zuverlässig, und er hat nur selten die Miete erhöht.« Eugénie Dompierre kicherte. »Seit er im Rollstuhl saß, wollte er das Haus nicht mehr verlassen. Deshalb habe ich für ihn eingekauft und ihm ein wenig geholfen. Er erzählte oft von früher, von seinen Eltern und ihrem Restaurant unten im Erdgeschoss. Ich mochte ihn sehr und werde ihn vermissen.«

Als Letzte war Lilou an der Reihe, einen Toast auf den alten Mann auszubringen. Sie erhob sich mit dem Glas in der Hand. »Ich kannte Monsieur Benoit leider nur kurz«, sagte sie. »Ich habe ihm vorgelesen und manchmal für ihn gekocht. Aber ich werde ihn nie vergessen.« Sie hob ihr Glas und nahm nur pro forma einen kleinen Schluck, immerhin war sie noch im Dienst.

Während des Essens, das ganz vorzüglich war, versiegte die Unterhaltung. Erst nachdem Madame Dompierre allen ein zweites Mal aufgetan hatte, kamen Gespräche in Gang. Claire fragte Simon über Kanada aus, während sich ihr Mann mit Nicolas Dompierre über die Börsenkurse unterhielt. Lilou hörte zu und beobachtete unauffällig Dompierre, aber nichts deutete darauf hin, dass der Mann etwas zu verbergen hatte.

Später, als alle aufgegessen hatten, brachte Madame Dompierre die Nachspeise, Crème brûlée in kleinen Schälchen aus dunkelblauem Steingut. Lilou sah Simon zu, wie er die Zuckerkruste mit dem Löffelrücken aufklopfte und sich den ersten Bissen der süßen Eiercreme in den Mund schob.

»Da ist Lavendel in der Kruste!«, stellte er fest und musterte überrascht die Crème. »Ich dachte, niemand außer *maman* bereitet Crème brûlée so zu.«

Madame Dompierre lachte. »Die Lavendelkruste ist ein altes Familienrezept«, sagte sie. »Es stammt von Amande, der ersten Frau meines Vaters. Dein Großvater kannte es bestimmt auch und hat es deiner Mutter so beigebracht.«

Lilou riss die Augen auf. In dem Moment, als Eugénie den Namen aussprach, wusste sie wieder, was sie in der Kirche aufgeschreckt hatte. Der Trauerredner hatte den Namen von Frédéric Benoits Mutter genannt: Amande. Plötzlich fiel es ihr wie Schuppen von den Augen. Nicht Armand, sondern Amande. Das *Journal* war nicht das Tagebuch eines Sternekochs, sondern war von Amande verfasst worden, von Frédéric Benoits Mutter.

»Jetzt wird mir einiges klar«, sagte sie laut. Die Gesichter der anderen wandten sich ihr zu.

»Was meinst du, Lilou?«, fragte Claire.

»Kurz vor seinem Tod gab mir Monsieur Benoit ein handgeschriebenes Kochbuch«, erklärte sie. »Er nannte es das *Journal d'Amande* und wollte, dass ich daraus für ihn koche. Ich verstand den Namen falsch und dachte die ganze Zeit, das Buch wäre von dem berühmten Koch Armand Benoit geschrieben worden.« Sie schüttelte den Kopf. »Ich hatte sogar den Verdacht, dass es der Grund für Monsieur Benoits ...« Sie zögerte, dann sprach sie es aus. »Für seine Ermordung war.«

»Amande war zwar eine ausgezeichnete Köchin«, sagte Madame Dompierre. »Aber so wertvoll war ihr Küchentagebuch nun auch wieder nicht.«

»Dabei sind ihre Rezepte ganz wunderbar«, warf Simon ein. »Ich freue mich schon darauf, noch mehr daraus zu kochen.« Er lächelte Lilou zu. »Natürlich nur, wenn ich darf.«

Lilou lächelte zurück. »Natürlich darfst du das, immerhin war sie deine Urgroßmutter.« Sie dachte kurz nach. »Eigentlich gehört das Buch sogar dir. Dein Großonkel sprach von einer Familientradition, und ich glaube, er meinte, dass es ein Koch aus der Familie bekommen soll.«

Simon hob die Hände. »Mir reicht es, wenn ich danach kochen kann. Von mir aus darfst du das Buch gerne zur Erinnerung behalten.«

Lilou warf Dompierre einen fragenden Blick zu, doch dessen Miene hatte sich verfinstert. »Als ich jung war, wollte Onkel

Frédéric unbedingt, dass ich Koch werde«, sagte er. »Das hat mich zwar nie interessiert, aber das Kochbuch würde ich dennoch gerne sehen.«

»Ich hole es.« Lilou stand auf und schob den Stuhl zurück. »Ich bin gleich wieder da.«

Wenig später kam sie mit dem Buch zurück und reichte es Nicolas Dompierre. Er schlug es auf und musterte die Seite.

»Was ist das denn für eine Schrift?«, fragte er und runzelte die Stirn. »Ich kann kaum etwas lesen.«

Lilou schaute ihm über die Schulter. »Hier steht ›Crème brûlée au lavande‹«, sagte sie. »Sehen Sie?« Sie deutete mit dem Finger auf den Eintrag. »Eigelb, Zucker, Sahne, Milch und Lavendelblüten. Und da ist auch die Lavendelkruste beschrieben.«

»Das müsste man ja erst abtippen, wenn man danach kochen will.« Dompierre schloss das Buch und blätterte rasch mit dem Daumen die Seiten durch. Er ergriff es am Rücken und schüttelte es, ehe er es wieder zuklappte und an Lilou zurückreichte. »Es ist eine schöne Erinnerung an Frédéric Benoit«, sagte er. »Von mir aus kannst du es haben.«

Lilou hatte sein Tun mit wachsendem Staunen beobachtet. Wie hatte Monsieur Benoit gesagt? »Das Buch enthält das Erbe meiner Familie«, das waren seine Worte gewesen. »Aber sagen Sie nichts davon zu meinem *petit neveu.*« Sie warf einen Blick auf Nicolas Dompierre, der inzwischen wieder seine Crème brûlée löffelte. Plötzlich keimte ein ungeheuerlicher Verdacht in ihr auf. Womöglich hatte ihr der alte Mann mit seinen Worten etwas ganz anderes sagen wollen?

Nun drehte und wendete sie selber das Buch, blätterte durch die Seiten und befühlte den roten Umschlag. Da war etwas! Unter ihren Fingerspitzen meinte sie, eine kleine Erhebung zu spüren. Sie klappte den Buchdeckel auf, löste die Klebestreifen auf der Innenseite und schlug das knisternde Papier zurück.

»Was tust du da?« Alfonse starrte verblüfft auf das Innere des Umschlags. »Was ist das denn?«

Mit spitzen Fingern zog Lilou einen eng beschriebenen Bogen aus dem roten Papier. Eine Karte rutschte darunter hervor und fiel zu Boden. Claire bückte sich und hob sie auf.

»Das ist ein Testament!«, entfuhr es Lilou. Sie deutete auf das Blatt. »Hier ist die Unterschrift, das ist Monsieur Benoits Testament!«

»Merci dieu«, stöhnte Nicolas Dompierre. »Endlich! Gib her!«

Lilou schüttelte den Kopf. »Es tut mir leid, Monsieur Dompierre, das ist ein Beweisstück.«

»Unsinn«, fuhr Dompierre sie an. »Ich hatte schon genug Ärger, weil dieses blöde Testament nicht aufzufinden war.« Er streckte die Hand aus. »Gib es mir bitte, ich muss mich doch hier um alles kümmern.« Unvermittelt war er zum Du übergegangen.

»Lassen Sie es mich erst lesen«, sagte Lilou und beugte sich über das Blatt Papier. Frédéric Benoit hatte eine kühne, steile Schrift, die sie seinen zittrigen Händen gar nicht zugetraut hätte.

»Ist das die Handschrift Ihres Onkels?«

»Ja, natürlich. Das ist sein Testament. Ich kenne es doch. Ich habe sogar als Zeuge unterschrieben.« Er kam um den Tisch herum und deutete mit der Hand auf die zweite Unterschrift am unteren Seitenrand. »Das war vor fünf Jahren, er hat es nie geändert.«

»Und Sie sind der Alleinerbe?« Lilou versuchte, die Schrift zu entziffern.

»Ja, hier steht es doch.« Er legte den Finger auf die letzte Zeile. »Ich vererbe all meinen Besitz an meinen kleinen Neffen. *›mon petit neveu‹,* das bin ich.«

»Das ist wahr«, sagte Eugénie Dompierre. »Seit Nicolas zur Welt kam, hat Frédéric ihn immer so genannt.«

Lilou beugte sich vor. »Hier steht aber ›mein Großneffe‹«, stellte sie fest. »›*Mon petit-neveu*‹.« Sie richtete sich auf. »Sehen Sie den Bindestrich? Das sind nicht Sie. Sein Großneffe ist Simon, er ist der Alleinerbe.«

»Was?« Dompierre riss das Blatt an sich. »Das ist … das ist doch …« Er war kreidebleich geworden. »Aber ich weiß doch ganz genau, dass er mich damit meint. Ihr alle wisst das.« Seine Stimme überschlug sich. »Wo kommt dieser Strich auf einmal her?« Er rieb mit dem Finger darüber. »Das ist doch kein gültiges Testament!«

»Es ist genauso gültig wie zuvor«, gab Lilou ruhig zurück. »Der Erblasser muss einen Erben benennen. Im Gesetz steht nichts davon, dass das namentlich geschehen muss. Solange der Letzte Wille eindeutig erkennbar ist, ist es gültig.«

»Dieser kleine Strich hier ändert doch nichts an seinem Willen! Bis vor Kurzem wusste er noch nicht einmal, dass er einen Großneffen hat!«

»Da wäre ich nicht so sicher«, sagte Claire und reichte Lilou die Karte, die zuvor zu Boden gefallen war. Es war eine Geburtsanzeige, das Foto eines schlafenden Babys klebte auf der Vorderseite. Lilou drehte sie um.

»Jacques und Caroline Bastien freuen sich über die Geburt ihres Sohnes Simon«, las sie vor. »27. August 1993. Ich würde sagen, er wusste sehr wohl von seinem Großneffen, als er dieses Testament schrieb.«

Nicolas Dompierre ließ sich schwer auf Lilous Stuhl fallen und schlug die Hände vors Gesicht. »Was für ein Idiot ich war«, stöhnte er. »Jahrelang habe ich alles für Frédéric getan, habe ihm jeden Wunsch erfüllt, und jetzt das!«

Lilou ließ ihn nicht aus den Augen. Die anderen schwiegen betreten. Simon schien sich in einer Art Schockstarre zu befinden.

Dompierre sprang auf. »Ich werde das Testament anfechten«, rief er. »Ich schwöre, dass dieser kleine Strich noch nicht da war, als ich es bezeugt habe.«

»Das macht keinen Unterschied, Nicolas.« Alfonse war ebenfalls aufgestanden. »Jetzt ist der Strich da, und zusammen mit der Geburtsanzeige ist die Willensbekundung eindeutig. Es tut mir leid.«

Lilou sah Alfonse überrascht an, dann fiel ihr ein, dass er Jurist war. Er arbeitete zwar nicht als Anwalt, sondern bei einer Versicherung, aber die Gesetze kannte er natürlich trotzdem.

»Das werde ich nicht akzeptieren!« Dompierre wies anklagend auf Simon. »Du bist an allem schuld! Du hast dir sein Vertrauen erschlichen, hast dich hier eingenistet und willst mich jetzt auch noch um mein Erbe bringen!«

Er stürzte sich auf Simon, der Stuhl fiel um, und beide Männer wälzten sich auf dem Boden. Simon riss die Hände hoch und versuchte, sich von dem tobenden Mann zu befreien. Aber Dompierre war wie von Sinnen, er hob die Faust und landete einen Schlag auf Simons Kinn.

»Stopp, aufhören!«, rief Lilou. Sie zog die Waffe. »Nicolas Dompierre, ich verhafte Sie hiermit wegen des dringenden Tatverdachts, Ihren Onkel ermordet zu haben.«

Dompierre ließ von Simon ab und fuhr herum. »Bist du jetzt völlig verrückt geworden? Ich habe doch für die Tatzeit ein Alibi!«

Lilou schüttelte den Kopf. »Nein, das haben Sie nicht«, antwortete sie. »Frédéric Benoit ist am Morgen getötet worden, und für diese Tageszeit haben Sie kein Alibi.«

»Und was ist mit dem Essen vom Sozialdienst? Soll Frédéric es vielleicht als Toter in die Wohnung geholt haben?« Er stand auf und lachte höhnisch.

»Das waren ebenfalls Sie«, sagte Lilou ruhig. »Sie sind am Nachmittag zurückgekommen und haben das Essen in die Küche gebracht. Anschließend haben Sie die Wohnung durchsucht und die Tür aufgebrochen, um es wie einen Einbruch aussehen zu lassen. Sie wurden gesehen, als Sie am Nachmittag das Haus betraten.«

»Ihr habt nicht den Hauch eines Beweises.« Dompierre hatte sich beruhigt. Er sah sie von oben herab an. »Lass mich vorbei, ich habe genug von diesem Theater.«

Lilou trat ihm in den Weg. »Sie irren sich, Monsieur Dompierre. Ich kann es beweisen.«

»So?« Er lachte auf. »Da bin ich ja gespannt.«

»Sie haben jeden Morgen die Fenster für Ihren Onkel geöffnet, nur am Dienstag blieben sie zu.« Sie sah ihm fest in die Augen. »Das war kein Zufall. Durch die geschlossenen Fenster stieg die Temperatur in der Wohnung, und Sie waren überzeugt, der Todeszeitpunkt könne dadurch nicht mehr ermittelt werden. Zusammen mit dem Mittagessen, das sich in der Wohnung befand, konstruierten Sie sich selbst das perfekte Alibi.« Sie sah die anderen an, die wie erstarrt die Szene verfolgten. Simon saß noch immer auf dem Boden und befühlte sein Kinn. »Aber zum Glück gibt es noch andere Methoden zur Bestimmung eines Todeszeitpunkts, und unser Rechtsmediziner ist in solchen Dingen überaus hartnäckig.« Lilou zog die Handschellen aus dem Gürtel. »Nur Sie hatten ein Motiv und die Gelegenheit zur Tat.«

Nicolas Dompierre sah sie schweigend an. Einen Moment lang dachte Lilou, er würde sich trotz der Waffe auf sie stürzen, doch dann senkte er den Blick, seine Schultern sackten nach vorne, und er ließ sich wieder auf den Stuhl fallen.

»Du hast recht«, sagte er leise. »Aber bitte glaube mir, ich wollte ihn nicht töten!«

Von Eugénie Dompierre war ein erschreckter Aufschrei zu hören.

Lilou hob die Brauen. »Sie haben Ihren Onkel mit einem Kissen erstickt«, sagte sie. »Das kann man beim besten Willen nicht als unbeabsichtigt bezeichnen.«

»Wir haben uns gestritten, wie so oft in letzter Zeit. Er hat mich einen Verräter an der Familientradition genannt.« Dompierre senkte den Kopf. »Dann sagte er mir, dass Simon kommen würde und er mit ihm gemeinsam das Restaurant seiner Eltern wiedereröffnen wolle. Aber das ging nicht, ich hatte das Lokal doch Dimitri versprochen!«

»Was hat Dimitri Petuchow damit zu tun?«

»Ich schulde ihm Geld.« Dompierre zuckte mit den Schultern. »Sehr viel Geld. Ich hatte mich bei einer Anlage verspekuliert, und er half mir aus. Aber ich konnte es nicht zurückzahlen. Mit diesem Haus hier hätte ich meine Schulden bei ihm begleichen können. Frédéric hätte nur zustimmen müssen. Aber nein, er musste seinen Dickschädel durchsetzen.« Er lachte bitter auf. »Das Restaurant seiner Eltern. So ein Blödsinn.«

»Und deshalb haben Sie ihn getötet?«

Dompierre nickte. »Es ging alles so schnell. Er drohte mir damit, sein Testament zu ändern, und ich sah keine andere Möglichkeit mehr. Ich wäre ruiniert gewesen, Dimitri hätte mir seine Schläger geschickt. Was sollte ich denn tun?« Er sah in die Runde, als ob die anderen eine Antwort darauf hätten.

»Dimitri Petuchow wurde heute Morgen verhaftet«, sagte Lilou. »Einer seiner Leibwächter hat versucht, seine Freundin zu ermorden. Sie wird gegen ihn aussagen.«

Dompierre schlug die Hände vor das Gesicht und begann zu schluchzen. Sie klimperte mit den Handschellen, er rieb sich die Augen, dann hielt er ihr gehorsam die Hände hin. Sie ließ die Schlösser zuschnappen; in diesem Moment sank Eugénie mit einem Ächzen in sich zusammen.

»Madame Dompierre! Was ist mit Ihnen?« Claire eilte zu der Frau, die in ihrem Stuhl zusammengesackt war. Sie klopfte ihr auf die Wangen und sah ihr ins Gesicht. »Ich glaube, sie hat einen Schock!«

Die dicke Frau ruderte mit den Händen und rang nach Luft. Tränen liefen ihr übers Gesicht. »Nicolas, was hast du nur getan!«, rief sie.

»Madame Dompierre? Sollen wir einen Arzt rufen?« Claire tätschelte unbeholfen Madame Dompierres Hände.

Simon war aufgestanden und zum Fenster zurückgewichen. Mit aufgerissenen Augen sah er von einem zum anderen.

Dompierre drehte den Kopf zur Seite. Lilou holte das Telefon aus der Tasche und wählte Demoireaus Nummer.

»Monsieur le Commissaire? Wir haben ein Geständnis«, sagte sie, als er sich meldete. Sie lauschte kurz, dann bedeutete sie Dompierre aufzustehen. »Kommen Sie mit. Der Commissaire möchte Sie sehen.«

KAPITEL 12

Sie warteten unten im Hausflur auf den Streifenwagen. Nach fünf Minuten brach Lilou das Schweigen.

»Warum sind Sie eigentlich bei mir eingebrochen?«, fragte sie.

»Ich habe das Testament gesucht, was denn sonst.« Dompierre lachte bitter auf. »Beim letzten Streit sagte der Alte, dass er es an einem sicheren Ort versteckt hat und dass die Polizei es jetzt bewachen würde. Ich dachte, er macht einen Scherz, denn ich wusste ja, dass er das Haus nicht mehr verließ.« Er hob die Schultern. »Dann traf ich Simon in der Bar gegenüber, und er faselte etwas von einem Buch, das Frédéric dir gegeben hat. Ich habe eins und eins zusammengezählt und vermutete, er hätte dir eines seiner alten Bücher geliehen und darin das Testament versteckt.«

»Sie hätten mich einfach danach fragen können.«

»Ich wusste ja nicht, was Frédéric zu dir gesagt hat«, erwiderte Dompierre und hob die Hände. »Und natürlich hoffte ich, die Polizei dadurch auf eine falsche Spur zu führen.«

Lilou antwortete nichts darauf. Dompierre wirkte nach außen hin immer noch wie der nette, hilfsbereite Nachbar, als den sie ihn kennengelernt hatte. Aber hinter dem freundlichen Äußeren verbarg sich ein eiskalt berechnender Geist, der Lilou frösteln ließ.

Es dauerte nicht lange, bis der Wagen vorfuhr. Cropardin und Cravasse stiegen aus. Sie stellten keine Fragen. Cropardin bugsierte Dompierre mit geübtem Griff auf den Rücksitz, Lilou nahm vorne neben Lieutenant Cravasse Platz.

Die Polizistin fuhr genauso, wie sie sich gab: Forsch und selbstbewusst. Sie steuerte den Streifenwagen zügig durch die schmalen Altstadtgassen, und innerhalb von wenigen Minuten waren sie am Hôtel de Police.

Am Eingang wartete ein untersetzter älterer Herr in dunklem Anzug und Krawatte, an seiner Seite stand Francine Adelphe, die Bürgermeisterin, in einem schicken dunkelroten Kleid. Lilou musste zweimal hinsehen, bis sie Commissaire Demoireau erkannte. Offenbar hatte sie die beiden bei einem privaten Treffen unterbrochen, anders war der Aufzug des Commissaires nicht zu erklären.

Er bemerkte ihren Blick und räusperte sich verlegen. »Wir waren auf dem Weg zu einem Konzert«, sagte er. »La Maire und ich …«

Francine Adelphe unterbrach ihn und begrüßte Lilou mit zwei Wangenküsschen. »Ach Georges, es ist doch nichts dabei«, sagte sie und lachte.

Demoireau wurde tatsächlich rot, und Lilou unterdrückte ein Schmunzeln. »Nicolas Dompierre hat den Mord an seinem Onkel gestanden«, sagte sie schnell.

Der Commissaire nickte und wandte sich zum Eingang. »Gut.«

Madame Adelphe klatschte in die Hände. »Bravo, Mademoiselle! Wie haben Sie denn das geschafft?«

Lilou lächelte sie an. »Das Testament ist aufgetaucht. Und es war nicht ganz das, was er erwartet hatte.«

Demoireau hielt ihnen die Tür auf. »Kommen Sie herein, wir besprechen das drinnen.«

Sie gingen in Demoireaus Büro, während Cravasse und Cropardin Dompierre zum Wachtdiensthabenden brachten, um die Formalitäten zu erledigen. Madame Adelphe ließ sich ungefragt auf einen Stuhl am Besprechungstisch fallen.

»Georges, könnte ich bitte etwas zu trinken haben? Die Hitze bringt mich um!«

Demoireau warf Lilou einen Blick zu, sie griff schon nach der Türklinke, doch der Commissaire winkte ab. »Lassen Sie, setzen Sie sich zu Madame Adelphe«, sagte er und deutete zum Tisch.

Er ging selbst und kam kurze Zeit später mit einer Flasche Wasser und drei Bechern zurück. Lilou zog die Augenbrauen hoch, aber sie sagte nichts.

Demoireau setzte sich zu ihnen und schenkte ein, dann sah er sie an. »Erzählen Sie, was ist geschehen?«

Lilou berichtete vom Begräbnis und von ihrer Entdeckung des Testaments im Schutzumschlag des *Journal d'Armand,* das in Wahrheit *Journal d'Amande* hieß. Als sie zu der Stelle mit dem »kleinen Neffen« kam, lachte Madame Adelphe laut auf.

»Was ein einfacher Bindestrich am Ende ausmacht«, sagte sie. »Und das hat ihn so erschüttert, dass er den Mord gestanden hat?«

Lilou schüttelte den Kopf. »Er war ziemlich außer sich, das stimmt. Ich habe ihm vorgeworfen, seinen Onkel ermordet zu haben, aber er hat natürlich alles abgestritten. Er fühlte sich sehr sicher.«

Demoireau sah sie fragend an. »Wie haben Sie ihn überführt?«

»Es waren die Fenster.«

Der Commissaire sah sie fragend an. »Was meinen Sie?«

»Die Nachbarin von gegenüber sagte aus, dass Nicolas Dompierre immer morgens die Fenster öffnete, bevor er ging. Am Montag hatte sie Monsieur Benoit sogar noch am Fenster gesehen. Aber am Dienstag blieben die Fenster zu, und das kann nur bedeuten, dass Dompierre seinen Onkel zu diesem Zeitpunkt bereits getötet hatte. Alle anderen Indizien, die wir vorgefunden haben, hätten auch später von jemand anderem arrangiert werden können. Aber die Fenster weisen eindeutig auf Nicolas Dompierre als Täter hin.«

»Hm«, sagte der Commissaire. »Daran hat er offenbar nicht gedacht.«

»Ich vermute, er ließ die Fenster mit voller Absicht geschlossen«, erwiderte Lilou. »Die hohe Temperatur in der Wohnung verschleierte den Todeszeitpunkt, und dank des Tricks mit dem Mittagessen hatte er für den vermeintlichen Zeitpunkt der Tat ein bombenfestes Alibi.«

»Er hat gestanden, das ist doch die Hauptsache, oder?« Madame Adelphe sah von einem zum anderen.

»Ja, natürlich«, stimmte Demoireau ihr zu. »Trotzdem verlasse ich mich lieber auf Beweise als nur auf ein Geständnis alleine.« Er erhob sich und ging zum Schreibtisch. »Ich rufe jetzt Staatsanwalt Beringer an. Heute Nacht bleibt Nicolas Dompierre hier in Gewahrsam. Morgen früh wird er vernommen und anschließend ins Untersuchungsgefängnis überstellt.«

Madame Adelphe stand ebenfalls auf. »Und unser Konzert?« Sie sah demonstrativ auf die Uhr.

»Keine Sorge, Francine, spätestens zur ersten Pause sind wir da.« Er zog die Schublade auf, nahm einen Schlüsselbund heraus und reichte ihn Lilou. »Sie treffen doch bestimmt Simon Bastien, oder nicht?«

»Ja, natürlich«, antwortete Lilou und spürte, wie sich ihr Herzschlag beschleunigte.

»Das sind Monsieur Benoits Schlüssel. Er ist wohl jetzt für alles verantwortlich.«

Lilou nickte und steckte den Schlüsselbund in die Tasche. »Brauchen Sie mich noch?«

»Nein, Sie können gehen.« Demoireau hatte den Hörer schon in der Hand. Sie ging zur Tür. »Mademoiselle la Commissaire?« Lilou blieb stehen und drehte sich zu ihm um. »Sie haben gute Arbeit geleistet!«

»Danke, *mon commissaire.*« Sie wandte sich rasch ab, sodass er ihr breites Grinsen nicht sehen konnte. Am liebsten wäre sie gehüpft vor Freude über sein Lob, aber sie beherrschte sich und ging gemessenen Schrittes den langen Flur entlang zur Umkleide. Emetoit kam ihr entgegen und nickte ihr grüßend zu.

»Glückwunsch, Lilou«, sagte er und grinste sie an, seine weißen Zähne blitzten. »Gut gemacht!«

»Danke.« Sie stockte einen Moment. »Danke, Jamal.«

Als Lilou die Haustür an der Place de l'Horloge aufschloss, ging gerade die Straßenbeleuchtung an. Im Haus war es still. Lilou stieg die Treppe in den ersten Stock hinauf und fühlte Monsieur Benoits Schlüsselbund in ihrer Tasche. Sie trat an seine Wohnungstür, doch dann zögerte sie. Nein, die Wohnung zu betreten und nach dem Rechten zu sehen, das war jetzt Simons Aufgabe.

Sie kratzte das Polizeisiegel vom Türstock und entfernte die rot-weißen Bänder, knüllte sie zusammen und schob sie in die andere Tasche ihrer Jeans.

Im zweiten Stock war es genauso still wie im ersten. Dompierre war nicht da, logisch, aber sie hatte erwartet, unter der Tür von Claire und Alfonse noch Licht zu sehen und Stimmen zu hören, aber alles war dunkel. Eilig lief sie die letzte Treppe zu ihrer Wohnung hoch. Die Tür zur Nachbarwohnung flog auf, heller Lichtschein fiel in den Flur, und Simon trat heraus.

»Gut, dass du da bist«, sagte er und schloss sie in die Arme. Er drückte sie an sich, und ihr blieb gar nichts anderes übrig, als seine Umarmung zu erwidern. Mehrere Sekunden lang standen sie so da, sie fühlte seinen Herzschlag durch den dünnen Stoff des T-Shirts. Schließlich hob er den Kopf und gab sie frei. Seine Augen glänzten verräterisch.

»Simon, was ist los?«

»Ach, nichts.« Er wandte den Kopf ab. »Es ist nur …«

»Ist es wegen deines Großonkels?«

Er nickte, aber er sah sie nicht an.

»Oh Simon, es tut mir so leid.« Sie legte die Arme um seine Schultern und zog ihn an sich. »Das war alles etwas viel heute«, flüsterte sie.

Er seufzte, dann trat er einen Schritt zurück, fuhr sich mit der Hand durchs Haar und grinste schief. »Schön blöd, nicht wahr? Ich heule um jemanden, den ich nicht einmal kannte. Aber Onkel Frédéric hat so viel für mich getan, und mir wurde gerade klar, dass ich ihm nicht einmal mehr Danke sagen kann.«

»Das ist doch in Ordnung.« Lilou griff in ihre Hosentasche. »Schau mal, ich habe etwas für dich.« Sie zog die Schlüssel heraus und überreichte sie Simon mit einer feierlichen Geste.

»Was ist das?« Er wischte sich über die Augen und nahm den Schlüsselbund. »Sind das die Schlüssel von Onkel Frédéric?«

»Ja. Ich habe die Absperrung schon entfernt. Du kannst jetzt in seine Wohnung.«

»Das ist gut.« Simons Gesicht hellte sich auf. »Kommst du mit?«, fragte er.

Er lief die Treppe hinunter, Lilou folgte ihm etwas langsamer. Vor der Tür zu Frédéric Benoits Wohnung holte sie ihn ein. Er stand da, den Schlüsselbund in der Hand, und sah sie unsicher an.

»Ich glaube, ich mache das lieber morgen früh, bei Tageslicht«, sagte er. »Viel lieber würde ich mir zuerst das Restaurant ansehen.«

Lilou lachte. »Natürlich, das Restaurant! Nun kannst du ja doch dein eigenes Restaurant eröffnen und musst nicht bei Bérénice Benoit anfangen.«

Simon nickte. Sie gingen noch ein Stockwerk tiefer, verließen das Haus, bogen um die Ecke und standen schließlich vor dem Eingang zum Lokal. Simon probierte vier Schlüssel durch, bis der fünfte endlich passte. Er stieß die schmutzige Glastür auf und ergriff Lilous Hand. Gemeinsam betraten sie das alte Restaurant und sahen sich staunend um.

Der große Raum roch so, wie ungenutzte Räume meistens rochen: staubig, trocken und nach verbrauchter Luft. Aber er war keineswegs leer, wie sie erwartet hatten. In dem schwachen Licht, das durch die zugeklebten Fenster hereindrang, war der dunkle Tresen einer Bar zu erkennen, die der L-Form des Raumes folgte. Tische und Stühle standen da, als warteten sie nur auf Gäste. Langsam gingen sie weiter, der alte Holzboden knarrte unter ihren Schritten.

Am Ende der Bar befand sich ein Durchgang mit Schwingtüren, die in die Küche führten. Lilou tastete nach dem Lichtschalter. Matter Edelstahl leuchtete auf, große Töpfe und ein Kessel aus Messing reflektierten den Schein der Neonlampen. In der Mitte der Küche stand ein riesiger Arbeitstisch, der so oft gescheuert worden war, dass das Holz fast weiß schimmerte. Simon drehte sich einmal im Kreis, ein verzücktes Lächeln auf dem Gesicht.

»Das ist mein Restaurant«, flüsterte er. »Was sagst du dazu?«

»Da liegt eine Menge Arbeit vor dir«, antwortete Lilou. »Aber wenn es fertig ist, dann wird es wunderbar sein.«

»Das wird es ganz bestimmt.« Er fuhr mit der Hand über den Tisch und hinterließ eine Spur in der Staubschicht. »Und weißt du was? Ich werde es *Chez Amande* nennen, zu Ehren meiner Urgroßmutter. Ich werde all ihre Rezepte kochen und der beste Koch in Carpentras werden.«

Lilou lächelte. Er hatte seine Unbekümmertheit wiedergewonnen. »Das ist eine schöne Idee. Und das *Journal d'Amande* bekommt einen Ehrenplatz in deiner Küche.«

Er trat auf sie zu, legte die Arme auf ihre Schultern und sah ihr in die Augen. »Das *Journal* gehört dir«, sagte er. »Aber du darfst es gern in meiner Küche aufbewahren. Solange du willst.« Er senkte den Kopf, seine Lippen berührten die ihren. Lilou zögerte nur einen winzigen Moment, dann erwiderte sie den Kuss. Sechs Wochen waren wirklich eine lange Zeit.

DANKSAGUNG

Die Handlung dieser Geschichte sowie die darin beschriebenen Personen sind frei erfunden. Ähnlichkeiten mit tatsächlich lebenden Menschen sind zufällig und nicht beabsichtigt. Die meisten der Schauplätze, an denen diese Geschichte spielt, gibt es dagegen wirklich, wenn auch nicht immer unter diesem Namen und nicht immer genau so, wie sie beschrieben sind.

Mein besonderer Dank geht an Eliane Wurzer, die als letzte Amtshandlung bei Droemer Knaur dieses Buch möglich gemacht hat. Auch meinen Testlesern sei herzlich gedankt: Claudia Wenzel-Hering, Lena Bollinger, Regina Störk, Floh Grün und natürlich der großartigen Christine Ulrich, die mit ihrem kritischen Auge jeden Protagonisten zu einer echten Person werden lässt.

Meine Lektoren waren diesmal besonders gefordert, da die Arbeit durch »andere Umstände« von Hanna Bauer auf Antonia Zauner übergegangen ist. Beide haben ihren Part großartig gemeistert. Antonia Zauner sei nochmals explizit gedankt für ihre klugen Anmerkungen zu Lilous Rolle als Frau in diesem Umfeld und für ihre Geduld beim Feinschliff der Krimi-Handlung.

Elena Uhlig

Mein Gewicht und ich

Eine Liebesgeschichte in großen Portionen

KNAUR

Besuchen Sie uns im Internet:
www.knaur.de

Vollständige Taschenbuchausgabe September 2017
KnaurTaschenbuch

Ein Imprint der Verlagsgruppe
Droemer Knaur GmbH & Co. KG, München

Covergestaltung: ZERO Werbeagentur, München
Coverabbildung: © Thomas Lüders
Satz: Adobe InDesign im Verlag
Printed in Germany
ISBN978-3-426-78833-2

2 4 5 3

Ich widme dieses Buch meiner großen Liebe Fritz Karl,
der die Hoffnung nicht aufgibt,
dass ich noch mal eine Gazelle werde.
Und ich finde, es ist gut, Träume zu haben …

Inhalt

Einleitung

Ich bin vierzig Jahre alt, Mutter von drei Kindern und Schauspielerin. Zehn Wochen nach der Geburt meiner Jüngsten beschloss ich, dass ich zum Münchner Filmfest ins Geschäft zurückkommen wollte (sollte). Zurückkommen hieß: schlanker sein als vor der Geburt oder besser: nicht sehen, dass man ein Kind geboren hat, geschweige denn drei. Dass der Zahn der Zeit an einem nagt, dass die Nerven teilweise zum Zerreißen angespannt sind, sollte niemand erfahren. Mein Lächeln und allem voran die Attraktivität sollten strahlender sein als jemals zuvor. Und wie ich da so auf dem Boden neben meiner »Personal Trainerin« Ines lag – im Stillen nenne ich sie Inesco, abgeleitet von UNESCO, sie ist die Frau des Cousins von Fritz mütterlicherseits und … egal, das führt zu weit. Ich lag also im Wohnzimmer auf dieser steinharten Yogamatte, krebsrot, schwitzte wie ein Schwein – fragte mich, ob Schweine überhaupt schwitzen können – und war gerade, ohne überhaupt noch Luft zu kriegen, bei der sechsten Wiederholung der Unterbauchmuskelanspannungsgruppe und dachte: »Was mach ich hier eigentlich für einen Quatsch?«

Inesco würde sagen: »Wenn du nach der sechsten Wiederholung der zweiten Serie der Unterbauchmuskelanspannungsgruppe noch denken kannst, haben wir nicht genug trainiert!«

Und da dachte ich mir oder besser: ich wusste es so sicher wie das Amen in der Kirche, mit einer Intensität, wie es mir in meinem Leben noch nie so klar war: JETZT IST SCHLUSS!

Diese ganzen blödsinnigen Fitnesstrainer, diese Widerlinge, gestählte Plastikmenschen, die das Geld wie Blutegel aus dem Fett der Menschen saugen und zu Millionären mit der 90-60-90-Regel wurden, bekommen mein Fett nicht!

Seit diesem Moment mache ich nicht mehr mit. Im Gegenteil: Ich starte das Gegenprogramm und werde ab jetzt die Wahrheit offenlegen.

Also noch mal von vorne: Ich bin neununddreißig Jahre alt, stehe zwei Monate vor meinem vierzigsten Geburtstag und mache mich zum Affen, nicht nur jetzt, sondern die letzten zwanzig Jahre. Auf den Affen komme ich gleich noch …

Ach, was rede ich, die letzten neununddreißig Jahre und acht Monate. Zehn Monate würden Sie jetzt schlaumeierisch rufen, aber ich kam mit zweitausendzweihundert Gramm zur Welt, folglich war ich ein untergewichtiges leichtes Wesen, elfengleich, mit einer Anmut, wie man sie nur selten erlebte, das der Mutter die nächsten zwei Monate die Milch aus dem Busen saugte und propper zunahm. Die Welt freute und ergötzte sich wirklich über jedes Gramm Gewichtszunahme, bis der Vater sagte: »Es sieht aus wie ein Affe«, und der Mutter die Milch wegblieb.

Von da an, also genau von dem Moment an, als ich die wunderbare Muttermilch nicht mehr bekam und man Ersatznahrung zuführen musste, begann das Drama: Man fand mich zu dick.

Dieses Märtyrerdasein werde ich nicht mehr führen. Neununddreißig Jahre und acht Monate sind genug. Schluss ist mit dem ganzen Fitnesswahnsinn. Ich werde über mein Leben erzählen und schonungslos die Wahrheit über meinen Kampf aufdecken. Ich werde berichten, wie ich es schaffte, den Body-Mass-Index in die angeblich richtige Richtung zu trimmen, dabei immer noch zu lächeln und glücklich auszusehen und so zu tun, als ob es mir Spaß machen würde, der Phantomfigur hinterherzujagen, die ich nie hatte und auch nie haben werde.

Ich werde mich dem Gewichtsleben humorvoll nähern und gebe Fitnesstipps, bei denen man sich nicht anstrengen muss. Und wer, wenn nicht ich, weiß, wie man geschickt den Leuten vorgaukelt, man entspreche dem Schönheitsideal der heutigen Zeit. Ich werde erläutern, warum man zu anderen Zeiten sehr wohl dem Schönheitsideal entsprochen hätte, aber leider zur falschen Zeit geboren wurde. Nach der Lektüre werden Sie verstehen, dass einem Topmodel kein Dirndl steht, und Sie werden wissen, welche Bauchweghosen gut und welche unbequem sind. Ich stehe Ihnen bei, unterstütze Sie auf der Suche nach der Wahrheit. Wir sind so, wie wir sind, sehr, sehr normal. Die Dünne ist eigentlich die Mutation. Und wenn man dann doch mal auf eine Party oder irgendwohin, wo man nicht mehr normal sein darf, eingeladen ist, dann zeige ich Ihnen, wie man es schafft, mit kleinen Lügen (denn Lügen haben keine kurzen, sondern sehr, sehr lange Beine) dem Schönheitsideal zu entsprechen. Die Leute werden sagen: »Wow, siehst du gut aus, sag mal, hast du abgenommen?« Sagt man dann die Wahrheit: »Nein, es sind nur die Klamotten und die dazugehörende Bauchweghose!«, sieht man einen kurzen Moment Irritation in den Augen des Gegenübers aufflackern, und das Gegenüber wird lachend abwehren: »Du Lügner, ich seh doch, dass du total abgenommen hast! Als ob du bei der Figur noch eine Bauchweghose nötig hättest!«

Ich glaube, dass ich und viele andere sich mehr als die Hälfte ihres Lebens mit Essen, Diäten, der Figurenfrage und allem voran mit gesättigten Fettsäuren beschäftigen. Und damit ist jetzt Schluss!

Leben

**Man muss das Leben im Vorwärts leben,
auch wenn man es erst im Rückwärts versteht.**

A new star is born

Der Anfang meiner Filmkarriere war figurentechnisch eine Katastrophe. Aber das Interessante ist doch, wie naiv und gutgläubig man in die Sachen hineinschlittert.

Alles begann mit dem Anruf meiner damaligen Agentin: »Elli, ›Swimming Pool‹ soll doch gemacht werden und geht in die zweite Runde.«

»Swimming Pool«, ein Teenie-Slasher-Horrormovie, spielt zu neunzig Prozent im Schwimmbad, also im Bikini, was mir damals nicht bewusst war und meiner Agentin anscheinend auch nicht. Folglich war ich ganz verwundert, als der Anruf des Regisseurs kurz darauf folgte, der mir mitteilte, sie hätten damals vergessen, im Bikini zu casten, und ob ich ihm kurz ein paar Bikinifotos nachreichen könnte.

Ich glaube, bis zu diesem Zeitpunkt war mir die Tragweite seiner Worte gar nicht bewusst. Ich freute mich vielmehr darüber, dass ich aus dem ganzen deutschen Cast die einzige Frau geblieben war und man mich doch tatsächlich für die Rolle der Carmen besetzen wollte. Carmen, die beste Freundin, das rassige Biest, die allen Jungs den Kopf verdreht, wenn sie nur vorbeigeht, schlagfertig, superschlank und supersexy, die eine, die man immer sein will, wenn man nicht die andere ist. Die Fotos waren sozusagen eine reine Formalie.

Nach Beendigung des Telefonats sprang ich beflügelt in die U-Bahn und begab mich zum Alexanderplatz ins nächstgelegene größere Sportgeschäft. Denn Carmen, nicht nur superschlank und supersexy, sondern ihres Zeichens auch noch Apnoe-Taucherin, brauchte, so mein Denken, einen Bikini, der sie sportlich aussehen lässt. Ich war fünfundzwanzig, sollte eine Neunzehnjährige spielen und dachte mir, ich nehme am besten was rot-weiß Gestreiftes von Adidas, was mich jünger aussehen lässt. Wir wollen die ganze Pracht des Wahnsinns beschreiben: Ein Top als Oberteil, rot, mit der schwarzen Schrift des Herstellers dick über dem Busen, an der Seite mehrere dicke Streifen und so geschnitten, dass mein D-Cup an den Oberkörper gepresst wurde, was nicht wirklich von Vorteil war, das schien ich aber geflissentlich zu übersehen. Das Höschen, oder sollte man Hose sagen, hatte einen Beinausschnitt, der den 70er Jahren nachempfunden war, reichte bis einen Finger breit unter den Bauchnabel und war leider aus einem so weichen Material, dass es die kleinen Polster an meinen Hüften nicht wegdrückte, sondern ausformulierte. Auch dies schien mir damals in der Umkleidekabine des Sportgeschäfts nicht wirklich bewusst gewesen zu sein. Im Gegenteil, ich verstand nicht, warum man in einem Sportgeschäft ein derart schlechtes Licht und einen derart verzerrenden Spiegel nicht austauschte. Und als mir dann auch noch die beiden Verkäuferinnen versicherten, dass ich super aussehe, kaufte ich das Ungetüm.

Aber zurück: Ich verließ mit meinem neuen Sportbikini das Geschäft, rief einen Fotografen an, mit dem ich schon immer mal ein paar Porträtfotos hatte machen wollen, und bat ihn nun, von mir Bikinifotos zu knipsen.

Ich traf wenig später tatsächlich diesen Fotografen in einer Berliner Grünanlage, und der Entenweiher schien mir eine gelungene Hintergrundkulisse zu sein. Ich begab mich dann (in aller Öffentlichkeit) in den Bikini und lehnte mich an Laub- und Nadelbäume.

Und so entstanden wirklich schöne Fotos mit viel Laub und Enten im Hintergrund.

Ich glaube, ich bezahlte damals 250 Mark für ein paar Abzüge und die zweistündige Fotosession. Zufrieden hielt ich fest: Ich sah superjung aus, wie eine Abiturientin, und alle Anforderungen für Carmen waren hiermit erfüllt.

Eine Woche später klingelte das Telefon.

»Bist du wahnsinnig geworden? Was um Himmels willen sind das für grauenhafte Fotos? Die besetzen dich um, verstehst du, die finden dich zu dick, viel zu dick! Grauenhafte Fotos, und dann auch noch am Entenweiher!«

In meinem Kopf überschlugen sich die Gedanken. Wie? Nicht superschlank und supersexy, dachte ich, sagen hörte ich mich: »Seh ich nicht schön jung aus?«

»EEELEEENA!!! Hörst du nicht, was ich dir sagen will?«

Im Übrigen sollte man hier einfügen, dass der Regisseur am Telefon war.

»Der Produzent hat gesagt: NIEMALS, die ist zu dick!«

Wortreich habe er ihm darauf versichert, dass da irgendetwas schiefgelaufen sein muss und sie natürlich die richtigen Fotos bekommen, die sie dann dem Verleiher weiterleiten können.

»Also, und jetzt?«, fragte ich.

»Jetzt schickst du mir natürlich geile Fotos!«

In meinem Kopf dröhnte es. Wo bitte sollte ich die denn hernehmen? Über Nacht bekommt man doch keine Traumfigur, und überhaupt: Ich HATTE doch eine Traumfigur!

Gut, wenn man ehrlich war, hatte ich zum damaligen Zeitpunkt gerade eine schlechte Phase in der Schauspielschule und möglicherweise ein bisschen zu viel gegessen, aber auch nur möglicherweise. Und, na gut, möglich war es schon, dass ich vor einem Dreivierteljahr beim letzten Casting für die Rolle der Carmen – ihres Zeichens superschlank und supersexy und, wie gesagt, die eine, die man immer sein will, wenn man nicht die andere ist – vermutlich ein paar Gramm weniger gewogen hatte, aber hey, was waren schon ein paar Gramm?

Allerdings schwante mir da plötzlich etwas, ich erinnerte mich an diese Geschichte, die etwa vier Wochen zurückliegen musste und die ich gerade erfolgreich verdrängt hatte, die sich aber nun während des Telefonats (mit dem sensiblen Regisseur) in mein Bewusstsein hineinbohrte. Diese Geschichte hatte sich folgendermaßen zugetragen: Ich fuhr nach Hamburg zu einer sehr bekannten Casterin, um mich nochmals bei einem Einzeltermin persönlich bei ihr vorzustellen. Die sehr bekannte Casterin sagte mir, dass sie mich bei meinem I-Vorspiel gesehen hatte.

I-Vorspiel heißt übrigens Intendantenvorspiel und ist sozusagen der spielerische Abschluss auf der Schauspielschule, wo sämtliche Theaterintendanten und Dramaturgen sowie Caster und Casterinnen, Agenten und Agentinnen, kurzum jeder aus Deutschland, Österreich und der Schweiz, der mit Theater auch nur irgendetwas am Laufen hat, eingeladen wird, um die jungen Eleven auf der Bühne zu begutachten und um sie dann in ihr Theater zu einem Einzelvorsprechen vorzuladen.

So, das habe ich jetzt wirklich schön formuliert und umschrieben. In Wirklichkeit ist es eine Viehschau, bei der die Schauspielschüler (Viecher) völlig verängstigt auf die Bühne müssen und es eigentlich nur darum geht, welche Haarfarbe, Größe und welche Figur sie haben – gerade so, als würde man einen Ochsen prämieren. Denn können können sie angeblich alle was, wenn sie von dieser Kaderschule kommen, so sagte man.

Zurück zur sehr bekannten Casterin, die mir also sagte, dass sie mich bei meinem I-Vorspiel gesehen hätte.

»Elena, du bist super! Du hast sehr viel Humor! Und es macht großen Spaß, dir zuzusehen! Aber …«, und dabei starrte sie auf das Blatt, das vor ihr lag (es handelte sich um meinen Lebenslauf, mit einem Foto und Maßangaben), »da du erst fünfundzwanzig bist, könntest du noch sehr gut die jungen Figuren spielen. Du hast eh schon ein Problem mit deiner prägnanten Stimme, die dich älter wirken lässt.«

Worauf wollte diese Frau eigentlich hinaus?

»Und du bist eigentlich sehr hübsch!«

Eigentlich?

»Aber …«

Das zweite »Aber«!

»So ehrlich muss ich sein, darf ich sein, will ich sein, das erfordert auch mein Berufsstand: Du bist zu dick.«

Zack, da war es, dieses eklige Wort. Dieses Wort, das zu einem Tinnitus führt. Wie durch einen Wattebausch hörte ich sie weiterreden.

»Liebe, sei mir nicht bös, aber so fällst du aus allen Rollen raus, die du eigentlich sehr gut spielen könntest. Du musst abnehmen! Als Casterin ist es meine Pflicht, meinen Berufsstand ernst zu nehmen und dich zu schützen und dir die Wahrheit zu sagen, was eh die meisten nicht tun werden. Ich hab dich doch jetzt nicht verletzt? Oder?«

Verletzt? Mich? Nein! Nie! Und wie sie mich verletzt hatte! »Nein, Quatsch, super, dass du so ehrlich bist, deswegen bist du ja eine so tolle Casterin. Und Gott sei Dank sagst du's mir, damit ich ja die Chance hab, was zu ändern, denn letztlich würd ich ja so gerne drehen.«

»Eeeeelena, Elena, hast du mich gehört, bist du noch dran? Ich brauche geile Fotos!« Lautstark unterbrach der Regisseur meine Erinnerungen an die ehrenwerte Dame aus Hamburg.

»Ja, ja, natürlich bin ich noch dran, ich hab mich nur gerade …«

»Was hast du dich gerade …?«

»Okay, seien wir ehrlich, ich, ich, ich …«, stotterte ich.

»Du brauchst nichts erklären, das hab ich auf den Fotos gesehen. Du weißt ja, dass ich dich supersexy finde, so wie du bist, aber Film packt halt noch mal fünf Kilo drauf, das schaffst du alles locker in die richtigen Bahnen zu lenken bis zum Drehstart. Aber jetzt geht es darum …«

Was faselte der? Richtige Bahnen?

»Jetzt geht es darum, den Produzenten davon zu überzeugen, dass du die absolut richtige, die einzig mögliche Besetzung für die Rolle der Carmen bist. Elena, Herrgott, sei doch nicht so schwer von Begriff. Was genau ist jetzt dein Problem?«

Bis vor fünf Minuten hatte ich keines, dachte ich, sagte aber: »Aber wie, wie soll ich das machen, so seh ich nun mal aus!«

»Aber das muss doch keiner wissen!«

Hä?

»So, jetzt stell dich nicht dümmer, als du bist. Film ist Lüge, Fotos auch, wir wollen alle belogen werden und träumen.«

Hä?

»Eelenaa! Also, Push-up-BH an. Schärfe drauf. Gutes Licht. Nicht am Entenweiher! Ich bitte dich, du weißt doch, was wir Männer sehen wollen! Und das Ganze am besten schon gestern. Das wird super! Ich drück dich, fühl dich umarmt und tschüss.«

Tuut, tuut.

Nun saß ich da. Handy in der Hand. Ich wusste nicht, wohin mit mir. Stille im Raum. Man sollte vielleicht erwähnen, dass mich der Anruf kalt bei meiner Oma in Hamburg erwischte, während ich in einem weiten, nicht eben vorteilhaften und schrecklich gemusterten Ungetüm von Kaftan, den mir meine Oma im Katalog bestellt hatte, auf dem Sofa rumlümmelte.

Ich japste nach Luft, irgendwo in der Ferne hörte ich meine Oma in der Küche hantieren. Und da dröhnte es auch schon wieder in meinem Kopf: »Jetzt schickst du mir natürlich geile Fotos, Push-up-BH, Schärfe drauf, gutes Licht.«

Und das war wieder einmal so ein Moment in meinem Leben, wo ich im Kopf in meinem Unterwäschefundus herumwühlen musste und nicht einen einzigen Du-schickst-mir-jetzt-einfach-geile-Fotos-passenden BH fand.

Scheiße, was sollte ich jetzt nur machen, noch dazu war ich ja in Hamburg. Hilfe, Hilfe, Hilfe!

Ich ging in meinen Kopf sämtliche BHs, die es noch geben musste, durch und dachte darüber nach, welcher am ehesten einem Bikinioberteil ähnelte, aber von der Passform und im Halt und vom Material her dem Bikinioberteil natürlich weit überlegen war.

Plötzlich sah ich vor meinem geistigen Auge dieses zaundürre Gestell, und in diesem Moment fiel es mir wie Schuppen von den Augen: Es konnte nur ein Wonderbra sein, ein Wonderbra aus Satin, der im richtigen Licht wie ein nass glänzendes Bikinioberteil schimmert. Nixengleich … Aber so was hatte ich natürlich nicht im Schrank. Also, auf in die Stadt zum Shoppen!

Und während ich schon halb aus dem Kaftan heraus und in den Stadtklamotten drinnen war, stand plötzlich meine Oma mit dem Mittagessen in der Tür. Ich erklärte ihr im Schnelldurchlauf die ganze vertrackte Situation, denn wer, wenn nicht meine Oma, die mir schon mit vierzehn den ersten gut sitzenden BH gekauft hatte, würde es sonst verstehen? Sie empfahl mir, in der Stadt im Miederwarenfachgeschäft zu beginnen, wo schon ihr Mann, also mein Opa, Gott hab ihn selig, die ersten schicken BHs gekauft hatte – in den 60ern hieß die Marke, glaube ich, Rosi, mit einem kleinen Schlüsselchen als Anhängermarkenzeichen in der BH-Mitte. Meine Oma fand ihn leicht frivol, wie sie mir verschmitzt erzählte ... Dafür liebte ich sie. Und schwups, war ich raus aus der Tür.

Das Miederwarenfachgeschäft schien mir in den 60er Jahren stehen geblieben zu sein, nichts ließ auch nur ansatzweise auf einen supergeilen BH hoffen, geschweige denn auf einen Wonderbra.

Erwähnenswert wäre in diesem Falle, dass ich mich zu diesem Zeitpunkt gerade in einer 75-D-Cup-Phase befand. Somit wäre ich eigentlich in diesem Laden goldrichtig gewesen, aber nur eigentlich. Nachdem ich mich in drei hautfarbene BHs, die Farbe und das Material glichen jenen von Thrombosestrümpfen, gezwängt hatte und man mir gerade zwei weitere in einer ähnlichen Farbe brachte, versicherte ich, dass ich mich zwischen den ersten drei wunderschönen Modellen nicht entscheiden könnte und morgen mit meiner Oma wiederkommen würde. Sie sollte mich beraten – schließlich hatte sie mir diesen wunderbaren Laden ja auch empfohlen. Somit kam meine Oma ins Spiel.

»Ach nein, Ihre Oma ist die Frau Doktor? Die ist ja so nett! Sag, Hubi, seit wie viel Jahren kauft die Frau Doktor bereits hier ein? Und Sie sind die Enkelin? Von der großen oder der jüngeren Tochter? Ach nein, die Kleine haben wir ja neulich erst gesehen, die kann's ja gar nicht sein. Und der Herr Doktor war ja auch so nett! Stimmt's, Hubi? Viel zu früh verstorben, Gott hab ihn selig. Was sagst, Hubi? Ja, Gott hab ihn selig. Was sagst du, Hubi? Ja, der hat seine Frau sehr verwöhnt, da hast du recht! Stimmt's, Hubi, der hat ja auch immer die mit dem Schlüsselchen in der Mitte gekauft, die Rosi. Und Sie, studieren Sie nicht grad Schauspiel?«

»Ich bin fertig«, sagte ich.

»Ja, brotlose Kunst, brotlose Kunst, aber die Frau Doktor ist ja soo stolz auf Sie.«

In diesem Moment ging die Ladentür auf. »Frau Werner-Schlögl! Wie nett, dass Sie kommen, die Feinstrümpfe Sonja sind schon gekommen. Hubi, begleitest du bitte die Enkelin der Frau Doktor zur Tür? Wir sehen uns ja eh morgen wieder.«

Kurz sei erwähnt, dass meine Oma am nächsten Morgen zwei BHs kaufte, um mich zu retten.

Nächster Anlauf: Alsterhaus, danach die Mönckebergstraße rauf und runter. Wonderbras wurden hier überall nur bis Cup-Größe C vertrieben.

Nachdem ich völlig entkräftet in einer Umkleidekabine, umringt von gefühlt vierzig BHs, nicht mehr weiterwusste und die Verkäuferin um Hilfe anflehte, verschwand diese, beriet sich mit zwei weiteren sehr erfahrenen älteren Kolleginnen, und gemeinsam kam man zu dem Schluss, dass in meinem speziellen Fall und als letzte Möglichkeit, wenn überhaupt, nur der »Easy Rider« auf der Reeperbahn in Frage käme.

Ich schmiss mich in ein Taxi. Auf zum »Easy Rider«! Es schien mir eine stadtbekannte Adresse zu sein.

Ich weiß nicht mehr, wie der Laden unten aussah, ich weiß nur noch, dass ich in den ersten Stock geschickt wurde. Dort, am Ende mit den Nerven, flehte ich die Verkäuferin an: »Ich brauche einen Wonderbra in 75 D.« Die Verkäuferin schaute verständnislos: »Schätzchen, wir fangen erst ab D an!«

Ich glaube, da bin ich ihr heulend in die Arme gesunken.

Sie müssen sich diesen Moment vorstellen: Das erste Mal in meinem Leben, ich meine, das erste Mal in meinem Leben nach Beginn des Busenwachstums, hatte ich den kleinsten, sozusagen einen XXS in Cup und Umfang, man konnte geradezu von Knöspchen sprechen. Ich war im Paradies!

Heute, nur fünfzehn Jahre später, bekommt man fast bis Cup E überall BHs. Ich glaube, das ist, seitdem das Silikon in unsere Wohnzimmer eingezogen ist.

Jetzt brauchte ich nur noch »supergeile« Fotos.

So, und da musste jetzt der Luxe helfen. Luxe, mein Kosename für meinen damaligen Freund. Der Luxe stammte wie ich aus Düsseldorf und hatte, als wir noch kein Paar gewesen waren, als Fotoassistent bei einem Fotografen gearbeitet und mit ihm gemeinsam viele außergewöhnliche und wunderschöne Hochglanz-Playboy-Produktionen in und um Barbados, Capetown und Mauritius geschossen. Und außerdem hatte ich dem Luxe doch gerade zum 28. Geburtstag eine gebrauchte Nikon F 3 geschenkt, sozusagen die Standardkamera in Kleinbildformat für den Profieinsteiger. Auch gebraucht überstieg sie damals mein Budget schon gewaltig, aber wie man heute weiß und damals nur erahnen konnte, war das eine gute Investition in die Zukunft.

Ich stand also, zurück in Berlin, vor dem Luxe. In der Hand die zwei Wonderbras in 75 Dora, der eine in schimmerndem Satin, der andere in wilder Spitze.

»Luxe, bitte, du musst mir helfen!«

»Lukullus«, sagte er. »Ich hab doch ewig nicht fotografiert, und außerdem hab ich mich noch gar nicht in die Kamera eingearbeitet.«

»Luxe, bitte!«

»Lukullus, ich war Assistent und nicht Fotograf.«

»Aber du kennst doch die F 3!«

»Ja, aber wir haben mehr auf der Hasselblad gearbeitet.«

»Luxe, bitte, welches Blatt auch immer, ich kriege die Rolle nicht! Und unabhängig davon, dass ich die Carmen, superschlank und supersexy, die eine, die man immer sein will, wenn man nicht die andere ist, unbedingt spielen will, brauchen wir Geld zum Leben.«

Auch wenn unsere Wohnung relativ erschwinglich war, Geld fraß sie doch.

»Luxööe!«

Ekelhaft, jetzt musste man doch zusätzlich zu der ganzen wahnsinnigen und vollkommen abstrusen Situation auch noch seinen Partner darum bitten, ja geradezu anflehen, dass er sich erbarmte und dazu herabließ, seine Freundin, die er doch angeblich so unwiderstehlich fand, im Bikini zu fotografieren. An einer anderen Stelle hätten wir das ausdiskutieren sollen, im Moment blieb dafür jedoch keine Zeit.

Schweigend standen wir uns gegenüber. Ich den Tränen nahe, er aus dem Fenster starrend. Die Sekunden verstrichen, sein Blick schweifte durch unser Wohnschlafzimmer, und plötzlich kam Leben in seinen Körper, als hätte ihn jemand an die Zeit vor sieben Jahren zurückerinnert, wo er der fesche, unantastbare Assistent beim Playboy-Fotografen war. An dieser Stelle sei kurz erwähnt, dass auch der Luxe zu dem Zeitpunkt figurentechnisch eine schlechte Phase hatte.

Nun riss er aber das Bettzeug vom Bett, und mir war nicht ganz klar, was er jetzt vorhatte …

Am helllichten Tag mochte ich es gar nicht, diesen Spleen hatte ich seit meinem ersten Mann, meiner ersten großen Liebe. Oh, mein Gott, war der schön, er war so schön, er war so unfassbar schön, und dann war er auch noch Sportstudent. Diesen begnadeten Körper konnte man im Grunde auch nur anstarren. Er hatte eine Haut, bronzefarben, also er war nicht weiß, er war bronzefarben, so wunderbar und wunderschön, dass ich dazu übergegangen war, stets bis zur Nasenspitze unter der Bettdecke verdeckt und bei Dunkelheit meinen Körper zu zeigen, denn ich war wie ein Vampir, kreideweiß und lichtscheu.

Also, was machte nun der Luxe mit der Bettdecke am hellichten Tag?

Während ich gerade zu einem »Luxe, es geht jetzt gerade um meine Karriere!« ansetzen wollte, herrschte er mich an:

»Los, hol die Niggi, die brauchen wir jetzt!«

Die Niggi. Die Niggi war die eine, die man immer sein wollte.

Niggi, das war und ist ein Lebensgefühl. Meine allerbeste Freundin, ohne die das Leben weniger lebenswert wäre, mit der ich lachen, weinen, die längsten Diskussionen führen kann, die eigentlich immer da ist, wenn man sie braucht, der diese paar Zeilen gar nicht gerecht werden, über die man selbst ein eigenes Buch schreiben könnte.

»Hol die Niggi!«

Ich hechtete also in den dritten Stock, Niggi wohnte über mir, das hatten wir damals so gedeichselt.

Ich klingelte Sturm, Niggi, über die Situation voll im Bilde, da wir sicher fünfmal am Tag telefonierten, öffnete die Tür:

»Und, macht er's?«

»Er macht's, und du sollst sofort runterkommen!«

»Warum?«

»Niggi, lass uns doch jetzt nicht diskutieren, komm mit!«

»Meine Liebe, ich will wissen, wozu ich gebeten bin.«

»Er sagt, hol die Niggi!«

»Ach so.«

Wir sprangen gemeinsam runter, der Luxe hatte mittlerweile das Wohnschlafzimmer komplett ausgeräumt, bis auf das Bett, das mit einem weißen Laken überzogen war. Er drückte der überforderten Niggi eine weiße Leinwand in die Hand, die er noch aus den Zeiten besaß, in der er gerne Maler sein wollte. Die verstaubte, seitdem wir uns kannten, in der

Abstellkammer, und auf mehrmalige Nachfragen meinerseits, ob ich sie nun endlich entsorgen könne, folgte stets: »Irgendwann wird ein Moment kommen, da bist du froh darüber, dass wir sie noch haben.« Jetzt schien dieser Moment gekommen zu sein.

»Lukullus, zackig ins Bad! Eingeölt und nass gemacht!«

»Bitte?«

»Nun mach, die Lichtverhältnisse sind gerade gut!«

Wir reden von den Ausklängen der analogen Fotografie, und Luxe wusste genau, wie man sein Model ohne digitale Bildretusche so in Szene setzt, dass es echt superschlank und supersexy aussieht …

Diesen Nachmittag werde ich nie vergessen, er gehört zu den Highlights meines Figurenkünstlerlebens: Ich, im Stringtanga und schillernden Wonderbra, eingeölt und nass, auf dem Bett, an der Wand und auf dem Boden, in verschiedenen Verrenkungen, nach Anweisungen, wie man seine Körperteile so verdreht und herausstreckt, dass sie schlank und ohne Problemzonen erscheinen, Niggi mit dem Basilikumwassersprüher und der weißen Leinwand hinterherhechtend, stets bemüht, die paar Sonnenstrahlen von draußen einzufangen, um meinen Körper optimal auszuleuchten. Aber ich glaube, am meisten in seinem Element an diesem Tag und so männlich, wie ich ihn selten zuvor erlebt hatte, war der Luxe.

Kurzum: Ich bekam die Rolle.

Die Fotos hingen später im Maskenmobil und an verschiedenen Pinnwänden der Produktion und galten als Meilensteine meiner Karriere …

Der lange Weg zum Ruhm

Mit dem Anruf »Das sind ja supergeile Fotos, du bist besetzt! Du spielst sie! Hey Elli, hörst du, was ich sage? You've got it, du hast es geschafft und unter uns zwei: Die Fotos sind echt geil, das hast du gut gemacht!« begann die erste wirklich große Hungerphase in meinem Leben.

Schlank, schlanker, am schlankesten.

Ich bin schlank, ich werde schlank sein, ich werde am schlankesten sein! Carmen, die supergeile Superschlanke und wie gesagt, die eine, die …

Aber es ist eines, eine Rolle zu wollen, und etwas anderes, sie zu bekommen. Ich hatte sie mir per Kniffs und Tricks erschlichen. Auf Fotos kann man bescheißen, nicht aber beim Film, der packt eher noch fünf bis zehn Kilos drauf.

Jetzt war also guter Rat teuer. Zehn bis fünfzehn Kilos mussten weg, das war mir klar. Aber wie?

Ich esse für mein Leben gern, das hieß, die einzige Möglichkeit für mich war, erst einmal quasi auf null zu gehen, um das Hungergefühl wegzukriegen, und danach vorsichtig mit Trennkost oder fettreduziert oder »ach ich weiß auch nicht« anzufangen.

Wollen wir doch mal an dieser Stelle festhalten, dass es nichts Schlimmeres gibt, als abzunehmen. Nein, halt, ich würde sagen, Liebeskummer ist noch schlimmer, das einzig »Positive« ist das leptosome Aussehen je nach Dauer des Kummers. Das heißt, Liebeskummer gepaart mit zwei Schachteln Zigaretten führt unweigerlich zum »Heroinlook« mit fettigen Haaren, hängenden Schultern, tiefliegenden Augen, hohen Wangenknochen und einem Blick wie ein Bettelhund in Italien. Androgyn.

Gut, androgyn vergessen wir bei mir, denn auch wenn ich

an der Brust abnehme, ein C-Cup wird es schon bleiben, und Gott sei Dank hatte ich keinen Liebeskummer.

Es musste schnell etwas passieren. Ich hatte ab jetzt zweieinhalb Monate Zeit bis zum Drehstart. Aber das war Augenwischerei, denn die Kostümproben finden beim Kinofilm ja schließlich spätestens vier Wochen vor Drehbeginn statt. Zumindest muss man bis vier Wochen vor dem Dreh halbwegs so in Shape sein, wie man dann dreht. Speziell in diesem Fall, da »Swimming Pool« zu neunzig Prozent im Bikini oder Badeanzug stattfinden sollte.

Hier ließ es sich also leider nicht schummeln mit einer Bauchweghose – und es blieben mir nur noch zweieinhalb Monate bis zum Drehstart! Das hieß, zehn Wochen minus vier Wochen wegen Kostümprobe, also streng genommen nur noch sechs Wochen, um in Shape zu kommen.

Panik! Sechs verdammte Wochen, an denen ich von morgens bis abends nur ans Essen denken würde, weil man ja strenge Menüpläne einhalten musste, dann in mehrere gottverdammte Supermärkte fahren, um die verschiedenen Ingredienzien zu beschaffen, unter anderem Kräuterarten, von denen man bis dato noch nie etwas gehört hatte.

Dann musste ich mir zwei Waagen kaufen, als Erstes eine Haushaltswaage, denn gewogen wurde alles, minutiös, wie zum Beispiel dreißig Gramm Nudeln. Na gut, die hätte man natürlich auch abzählen können, hätte man gewusst, wie viel Gramm jede einzelne Nudel dieser Packung hatte. Aber dann wüsste man ja nur die Grammzahl dieser speziellen Nudelpackung, aber es gab ja noch so viele andere Nudelmarken und Nudelsorten, und die variierten dann ja auch noch in Größe, Form und vor allem Gewicht. Und schätzen durfte man ja auch nicht so Pi mal Daumen, dann wären es ja möglicherweise 32,5 Gramm, und das könnte womöglich dazu führen, dass die ganze Diät, die ja, wie gesagt, minutiös abgestimmt war, wie ein Kartenhaus in sich zusammenfallen würde, sozusagen wie Bausteine, die dann nicht mehr halten könnten, wenn 2,5 Gramm mehr Nudeln da wären als die dreißig Gramm, wie sie hätten sein sollen.

Aus eigener Erfahrung: Finger weg von Spaghetti! Die rollen dann von der Waage, weil es keine Spaghettiwaagschalen gibt, sondern nur Schalenwaagschalen, und die Spaghetti, ihres Zeichens superschlank, rollen dann runter und zerbrechen auf dem Fußboden, und wenn sie nicht zerbrechen, dann rollen sie, weil das Gefälle in Ihrer Wohnung ja doch fünf Prozent beträgt, was Ihnen ja niemand glauben wollte, vor allem nicht der Vermieter, dessen Handwerker das Laminat ja perfekt verlegt hätten, sie rollen in die hinterste Ecke unter den Küchenschrank. Aber das führt jetzt alles zu weit, mit dem Staubsauger, der nicht drunterkommt, mit dem Ungeziefer, das noch kommen könnte, mit dem Hexenschuss beim Schrankanheben.

Wo war ich?

Bei der Waage.

Also, es gibt die Küchenwaage, die ich gerade beschrieben habe und die Sie dringend benötigen, am besten mit digitaler Lichtanzeige. Die Old-School-Optikwaagen sehen zwar hübscher aus, aber das Gewicht ist nicht so eindeutig ablesbar. Und wenn man, so wie ich, gerade vierzig geworden ist, sind die Augen halt auch schon vierhundertachtzig Monate alt, und somit verschwimmen manchmal diese kleinen Zehn-Gramm-Strichlein und formen sich zu einem Kloß, und genau dann findet man die Lupe nicht, ein Erbstück aus Omas Zeiten.

Also unbedingt Digitalwaage!

Aber mindestens genauso wichtig und unerlässlich bei einer möglicherweise notwendigen Körperfettreduzierungsmaßnahme ist die Körperwaage! Sie sollte und muss unbedingt digital sein, sie sollte auch diese schrecklichen Körperfettangaben machen, die dann auf dem Fußbett dieser Waage wie ein Magnetfeld fungieren, wenn Sie vorher Ihr Alter einprogrammiert haben. Sie dürfen sich natürlich auf keiner anderen Waage wiegen, weil jede Waage einzeln geeicht ist, quasi ein Waagenunikat, und somit könnte es zu Irritationen, ja großen Gewichtsschwankungen führen, wenn Sie sich auf eine andere stellen. Klartext: Wenn Sie verreisen und Sie sich gerade in einer Körperfettreduzierungsmaßnahme befinden, muss die Waage mit!

Alles Schwachsinn, sagen Sie? Finde ich auch! Der verlässlichste Gewichtsanzeiger ist doch immer noch die Hose! Passen Sie in das verdammte Ding rein oder nicht?

Aber, na gut, zugeben muss ich schon, dass man sich über fünfzig Gramm, die man abgenommen hat, durchaus freuen kann, und da passt einem ja noch lange die Hose nicht.

Ich hasse Waagen, hasse, hasse Waagen, der größte Waagenzwang besteht allerdings in der Schwangerschaft: Egal, zu welchem Arzt man geht, auf die Waage muss man immer, da geht es ständig ums Gewicht. Wie viel man in der ersten Schwangerschaft zugenommen hat, wie das Gewicht in der zweiten ist im Vergleich zur ersten, als wenn sie sich daran ergötzen würden. Hopp, hopp, auf die Waage, bevor man überhaupt zum Arzt reindarf. Mit betretener Miene wie beim Lehrer steht man dann vor der Sprechstundenhilfe und gesteht flüsternd sein Gewicht. Die will's natürlich ganz genau wissen und wiederholt sehr laut, so dass auch die letzte Patientin im Wartezimmer, die es noch nicht mitgekriegt hat, mein Gewicht erfährt: »78 und wie viel hinter dem Komma?« Als wenn das nicht schon Demütigung genug wäre, sitzt man im Anschluss mit gesenktem Haupt vor der Frauenärztin, die einen wissend anschaut und sagt: »Jetzt müssen wir aber ein bisschen achtgeben.« Jede Frau, die einem begegnet und die schon ein Kind gekriegt hat, bzw. jeder, der einem gratuliert, sagt entweder im ersten oder spätestens im zweiten Satz: »Und wie viel hast du zugenommen?«, gefolgt von einem »O Gott, du Arme!«, und dann muss man sich die ganze Gewichtsgeschichte vom Gegenüber anhören. Aber bei meiner dritten Schwangerschaft habe ich allen ein Schnippchen geschlagen: Ich habe mich der Waage einfach verweigert! Riesenwellen hat das geschlagen, weil man sich doch wiegen muss, man wissen muss, wie hoch das Gewicht ist.

»Warum«, so fragte ich, »wollt ihr das wissen?«

»Weil wir wissen müssen, ob alles in Ordnung ist!«

»Seh ich aus, als ob es mir schlechtgeht? Ich bin schwanger, mir geht's super, und wenn die Hose nicht mehr passt, kauf ich eine größere.«

Ehrlicherweise muss ich zugeben, dass es mich sehr viel Kraft gekostet hat, mich nicht auf die Waage zu stellen, denn auch ich war neugierig. Aber die Angst, mein höchstes Gewicht ever erreicht zu haben, war Gott sei Dank zu groß und hielt mich von der Waage fern.

Aber zurück zu meinen eigenen Kilos bzw. zu deren Reduktion: Diäten sind meist wahnsinnig aufwendig in der Kreativität ihres Speiseplans, deshalb, wenn Sie nicht gerade eine Ananas-Diät machen, bei der Sie fünf Tage nur Ananas essen, danach total übersäuert sind und am Ende Ananas auch noch in Gänze ausscheiden, sind Sie den ganzen Tag mit Essen beschäftigt. Mit Essen beschaffen, Essen machen, es dreht sich alles nur um die Nahrungsaufnahme. Möglicherweise hilft es manchen, sich den ganzen Tag mit Essen zu beschäftigen, oder es sind mittelalterliche Kasteiungsmethoden, bei denen die ganze Zeit das Essen im Mittelpunkt steht, du es aber nicht verspeisen darfst. Und nach dem Essen: Böses Essen, böses Essen, ich bin böse …

Und letztlich sind doch sämtliche Frauenmagazin-Diäten, die ich kenne, immer nach dem gleichen Prinzip aufgebaut: Friss die Hälfte und mach Sport!

Das klingt jetzt so abfällig. Auch ich liebe Diäten, und ich liebe es, darüber zu konferieren. So hat man immer einen neuen Gesprächsstoff, und immer dann, wenn man eine neue Diät entdeckt hat, meint man, dass nur sie das ultimative Gewicht herstellen kann, und man kann sich gar nicht erklären, warum man nicht schon früher auf sie gestoßen ist. Von Montignac (viel Vollkornbrot und Magerquark zum Frühstück) bis Brigitte (kennt jeder), von Trennkost (lass alles weg, was schmeckt) bis zur Eiweißdiät (da ist der Name schon Programm: Eier und weißes Fleisch). Alles hab ich schon ausprobiert. Hunger, Hunger hat man immer. Manchmal hat man Glück und für einen kurzen Zeitraum hat man das Gefühl, man schwebt, man wird leicht, man fühlt sich super. Das ist so eine Art Unterzuckerungs-, Endorphin-, Keine-Ahnung-Euphorie und halluzinierender Glücksmomentehormonausschuss, aber eben nur für ganz, ganz kurze Zeit. Den Rest des Tages, wenn Sie nicht das Glück haben zu schlafen – und glauben Sie mir, so ein Tag ist lang, sehr lang –, leiden Sie. Und Sie haben immer nur Hunger, unbändigen Hunger, schlechte Laune, rasende Kopfschmerzen und doppelten Deo-Verbrauch, und Sie können nur auf den nächsten »Glücksmomentehormonausschuss« hoffen.

Panik! Sechs verdammte Wochen, und zehn Kilos mussten weg! Sämtliche Frauenmagazin-Diäten, die ich kannte, reichten nicht, um das wegzukriegen! Etwas anderes musste her!

Und deshalb entschied ich mich, dieses Mal etwas Neuartiges auszuprobieren. Ein Wagnis, ich betrat Neuland, um erst gar nicht mit meinem Sargnagel »feste Nahrung« in Berührung zu kommen und so die Lust auf Essen einfach zu umgehen.

Ich fing also an mit einer neuentwickelten pulverartigen Trinkkur, die angeblich von irgendwelchen Ärzten an irgendeiner Universität in jahrelangen Studien entwickelt worden war. Sie bestand hauptsächlich aus Eiweißdrinks, die eine bestimmte Kalorienmenge unter 1000, was ja bis jetzt als goldene Maßregel galt, aufweisen. Dem Körper wurde dabei vorgegaukelt, er würde den normalen täglichen Kalorienbedarf von ca. 2200 (auch das schon eine absurd niedrige Zahl, wenn Sie mich fragen) erhalten. Diese irgendwas um die 800 Eiweißkalorien, verpackt in einen Morgen-, Mittag- und Abendshake, sollten so viel runterbrennen, dass man eine Wahnsinnsfigur erhielt, lebenslang, ohne den berühmten Jo-Jo-Effekt! Schwachsinn, totaler Schwachsinn, aber dazu kommen wir später.

Man konnte sich entscheiden, ob man die Shakes mit Wasser oder Milch, natürlich fettarm, anmischt. Man würde ja meinen, dass Sie den Shakebecher, den Sie zum Mischen brauchen, in der dazugehörigen Apotheke, wo Sie die Shakes kaufen, erwerben könnten. Ja, Apotheke. Diese besonderen Diätdrinks bekamen Sie natürlich nur in der Apotheke, wo man ja gleich das Gefühl hatte, es sei etwas Medizinisches, also musste es gut sein. Die Apotheke hatte natürlich leider keinen Shaker mehr zum Shaken, weil die Einführungsaktion der Trinkkur mit dem dazugehörigen Shakebecher vor zwei Tagen geendet hatte und die Shakebecher sowieso schon seit drei Wochen vergriffen waren. Wo man die jetzt herbekommen sollte, wusste man leider auch nicht.

Also nahm ich einfach einen Messbecher, um das Wasser abzumessen. Ich nahm natürlich Wasser statt Milch, um einen noch größeren Effekt zu erzielen. Dieses Wasser kippte ich in eine verschließbare Trinkflasche und löffelte mit dem zur Trinkkur gehörenden Messlöffel die richtige Menge an Trinkkurpulver dazu, also in die verschließbare Trinkflasche hinein, und schüttelte gründlich. So, und jetzt Nase zu, sonst hätte ich gewürgt, und runter damit! Allein dieses sandige Gefühl der sich nicht auflösenden Körnung – BÄÄH … Aber ich wollte doch so unbedingt die Carmen spielen, superschlank und supersexy, also runter mit dem Trunk!

STOPP! Bevor man den ersten Drink zu sich nehmen durfte, musste man natürlich den Körper vorbereiten und entschlacken. Nennen wir's doch beim Namen: Man musste abführen, der Hersteller nannte das *entgiften.*

Nachdem ich also den Körper vollständig entleert, Pardon, entgiftet hatte, fing ich mit diesen Drinks an. Und irgendwann nach zwei Tagen gierte ich schon nach diesem entsetzlichen Drink, denn mein Körper war völlig geschwächt und am Ende und Hauptsache, er bekam überhaupt irgendetwas, was auch nur entfernt mit Kalorien zu tun hatte. Und dann musste man tatsächlich noch mal abführen, damit keine Restrückstände zurückblieben, die sich ja möglicherweise erst nach zwei Tagen gebildet haben könnten. Jetzt wird es medizinisch und ekelhaft, und deshalb werde ich an dieser Stelle aufhören und verbleibe mit: *»Zu Risiken und Nebenwirkungen lesen Sie die Packungsbeilage und fragen Sie Ihren Arzt oder Apotheker.«*

Na gut, räumen wir ein, die Kilos purzelten tatsächlich. Ich litt, Pardon, wie ein Schwein und hatte zeitweilig das Gefühl, ich wäre vollkommen essgestört. War ich ja auch, ich aß ja gar nicht. Der Luxe machte sich ernsthaft Sorgen. Eine dunkle Zeit, aber ich hatte es geschafft. Ich spielte sie! Die eine, die man immer sein wollte …

Die Hoffnung stirbt zuletzt

Problemzone Mann« war die erfolgreichste Normalfilm-Fernseh-Eigenproduktion bei SAT.1 im Sendejahr 2002 und mein für Furore sorgender Einstieg ins Fernsehgeschäft. Ursprünglich hieß der Arbeitstitel »Fit mit Vic«, wurde aber später vom Sender umbenannt, da es zu absurden Verwechslungen und Wortspielereien kam. Sprechen Sie »Fit mit Vic« schnell ein paarmal hintereinander aus. Und deshalb: »Problemzone Mann«.

Vor dem bundesweiten Kinostart lief »Swimming Pool« vorab auf ein paar Festivals, unter anderem auch auf dem Hamburger Filmfestival, dessen Name mir immer wieder entfällt, irgendetwas mit Horror und Fantasy, auf jeden Fall ein Nischenfestival. Ich, ganz aufgeregt wegen meiner ersten Kinofilmpremiere und in der Hoffnung auf weitere Rollen, rief also die bereits erwähnte ehrbare Hamburger Casterin an, um sie zur Filmpremiere einzuladen:

»Hallo Liebe, ich bin's, die Elena.«

»Elena wer?«

»Elena Uhlig, weißt du noch, ich war doch letzten Sommer bei dir, und jetzt hab ich einen Kinofilm gedreht, und da wollt ich fragen, ob du vielleicht kommen magst?«

»Ja, das ist nett, aber ich hab jetzt überhaupt keine Zeit, ich bin mitten im Casting.«

»Ach so, entschuldige, ich will dich überhaupt nicht stören, dann bis bald.«

»Halt, Moment, wo ich dich gerade dran habe: Wie dick bist denn du gerade?«

Ich vor Schreck: »Schlank, ganz schlank!«

»Ah, das ist schlecht, *schlank* brauche ich grad gar nicht!«

»Ja, eigentlich bin ich gar nicht soo schlank.«

»Wie, was denn jetzt?«

Jetzt war wichtig, sich nicht abhängen zu lassen, dranzubleiben.

»Ich hab zwar für ›Swimming Pool‹ ganz viel abnehmen müssen, aber durch den Jo-Jo-Effekt hab ich wieder sehr viel drauf und bin wieder ungefähr so, wie du mich letzten Sommer gesehen hast.«

»Aha, dann lege ich dich einfach mal zu den Vorschlägen, auch wenn ich glaube, dass du für die Rolle zu dünn bist. Aber mal sehen, ich verzweifle eh schon an der Redaktion. Ich melde mich dann.«

»Äh, ja, bis dann.«

Tuut, tuut.

Warum nur sitze ich immer da mit dem Telefonhörer in der Hand? Ich bin doch sonst nicht auf den Mund gefallen.

Eine Woche später klingelte das Telefon. Die Casterin.

»Also, pass auf: Ich hab da einen Film zu besetzen, da geht es um ein dickes Mädchen. Deren Mutter, früher selbst ein bekanntes Topmodel, aber nach einem Unfall querschnittgelähmt an den Rollstuhl gefesselt und vor Scham das Haus nicht mehr verlassend, ist das ein Dorn im Auge. Sie sitzt jeden Tag zur Frühstückszeit vor dem Fernseher, wenn die bekannte Fitnesssendung ›Fit mit Vic‹ über den Äther läuft. ›Fit mit Vic‹ ist eine halbstündige Fitnesssendung, die die Mutter von dem dicken Mädchen mitmacht. *(An dieser Stelle muss ich jetzt gerade feststellen, dass die Fitnesssendungen im Fernsehen, wo man doch tatsächlich mitmachen konnte, heutzutage fast zur Gänze durch Kochshows ersetzt worden sind.)* Der Fitnesstyp heißt Vic, und sie ist ein bisschen verliebt in ihn, die Mutter natürlich. Also, auf jeden Fall schreibt der ein Buch, der Fitnesstrainer Vic. Moment, es läutet an der Tür, ich bin gleich wieder da.«

Ich wusste nicht wirklich, worum es ging.

»Liebes, bist du noch dran?«

»Natürlich.«

»Also, wo war ich stehen geblieben?«

»Beim Fitnesstrainer!«

»Beim Fitnesstrainer?«

»Der, der ein Buch schreibt!«

»Ach so, ja richtig, der Fitnesstrainer Vic schreibt ein Buch, und das Buch heißt ›Fit mit Vic in acht Wochen‹.«

Das hätt ich wohl bei »Swimming Pool« gebraucht, dachte ich.

»Und der Manager schlägt als PR-Kampagne vor, jemand Dickes zu nehmen, in dessen Haus der Vic einzieht, um ihn in acht Wochen, wie in seinem Buch ›Fit mit Vic‹, fit zu kriegen und das dann bei der Buchpräsentation vorzustellen, um damit das Buch attraktiver zu machen. Kannst du mir noch folgen?«

»Ja, natürlich.«

»Die Mutter von dem dicken Mädchen, das dicke Mädchen heißt übrigens Cleo, abgeleitet von Cleopatra, was wirklich eine schwere Bürde ist, findest du nicht?«

»Schwere Bürde was?«

»Wenn man Cleopatra heißt.«

»Ja, Wahnsinn.«

»Sag ich doch! Also auf jeden Fall beschließt der Manager, dass man das Ganze doch in eine Gewinnshow verpacken sollte und der Erste, der morgens anruft, gewinnt.«

»Gewinnt was?«

»Das Training.«

»Aha.«

»Und natürlich ruft die Mutter an und gewinnt für ihre Tochter. Und Vic zieht ins Haus. In Kurzform, Liebe, ich hab jetzt wirklich nicht mehr so viel Zeit, wir vereinfachen die Situation: Ich schick dir jetzt das Buch, und wir sehen uns nächste Woche beim Casting. Wichtig ist noch zu sagen, eigentlich bist du zu dünn. Mach dir also nicht allzu große Hoffnungen, weil eigentlich muss die Rolle richtig dick sein. Aber richtig dicke Schauspieler gibt's bei uns ja gar nicht. Und außerdem, der Dienstag-Sendeplatz um 20.15 Uhr soll ja auch geschmackvoll sein. Ich persönlich finde es blöd, weil entweder erzählt man die Geschichte von einem dicken Mädchen, dann muss die auch dick sein, oder man lässt es!«

»Genau.«

»Also, die Cleo soll trainiert werden und abnehmen, will sie aber nicht, die beiden verlieben sich natürlich, ich hab dir doch gesagt, ich hab jetzt keine Zeit mehr.«

»Ich hab doch gar nichts gefragt!«

»Frag ruhig, Liebe, fragen ist immer gut, wir sehen uns nächste Woche! Guck, dass du dir was anziehst, was dich dicker aussehen lässt!«

Tuut, tuut. Und ich wieder mit dem Telefonhörer in der Hand …

Dick, dicker, am dicksten sollte ich sein. Richtig dick, aber dicke Schauspieler gab es bei uns ja gar nicht, ich sollte also diese Lücke füllen.

War ich dick? Eigentlich bist du zu schlank, hatte sie gesagt. Was war dick, und wo fing es an? Und vor allem, wo befand ich mich gerade? Ich war doch nicht dick. Aber jetzt sollte ich es sein …

In meinem Kleiderschrank befand sich nichts Passendes, das war mir klar, jetzt musste etwas her, das nichts kaschierte, sondern alles voll zur Geltung brachte.

Strick musste her, Schlauch musste her, Quergestreift musste her und eine Farbe, die nicht von der Figur ablenkt – also ein buntes, quergestreiftes Strickschlauchstretchkleid und dazu eine glänzende, thrombosestrumpffarbene Strumpfhose für dicke fette Schweinebeine. Das Ganze auch noch für wenig Geld, denn die Gage für »Swimming Pool« war schon verprasst, und die Investition in dieses Kleid durfte nicht zu hoch ausfallen, da das Kleid ja vermutlich nur ein Einmalcastingtragekleid bleiben würde.

Also begab ich mich zur Billigteenieklamottenkette im Einkaufscenter. Mit der Vorfreude auf die wunderbare ohrenbetäubende Musik, die mir gleich entgegenschlagen würde, machte ich noch einen kurzen Abstecher zum Dönerladen. Gut gestärkt und bestens gelaunt, betrat ich die erste Billigteenieklamottenkette. Hier hatte man ein eindrucksvolles Flackerlicht installiert, das gegen den Rhythmus der Musik flackerte, und die Musik war nicht nur ohrenbetäubend, sie war auch noch grauenhaft. Diese Läden sind ganz darauf ausgelegt, einem das Einkaufen so unangenehm wie möglich zu machen, und auch das Verkaufspersonal ist nicht zum Beraten und Bedienen da, sondern zum Wegräumen der Kleiderberge, die die Kundinnen nach Anprobieren der diversen Kleidungsstücke achtlos überall herumliegen lassen. Eigentlich wären diese Billigteenieklamottenketten, die wie Pilze aus dem Boden schießen, für meine Altersgruppe ausgelegt, aber schon damals fühlte ich mich hier nicht verstanden. Nichtsdestotrotz musste ich da jetzt durch und steuerte also so ein zaundürres zusammenräumendes Wesen an: »Bitte, ich brauche unbedingt Ihre Hilfe! Ich bin total überfordert, aber Sie kennen sich mit Sicherheit richtig gut aus …«

Die Verkäuferin, noch nicht einmal achtzehn und vermutlich hatte sie diesen Beruf auch überhaupt nicht erlernt, schaute mich gelangweilt an, ging einfach weiter, ich aber ließ mich nicht abwimmeln und folgte ihr unbeirrt.

»Ich brauche unbedingt so etwas wie ein buntes, quergestreiftes Strickschlauchstretchkleid, das mich richtig schön dick macht!«

Stille im Raum.

»Hä?«

»Strickschlauchstretchkleid, das mich richtig schön dick macht.«

»Warum willst'n dick ausseh'n?«

Sie duzte mich, wunderbar, der erste Schritt zur Freundschaft war gelegt. Jetzt galt es, dieses zarte Band der beginnenden Freundschaft zu festigen – und zwar durch bedingungslose Ehrlichkeit.

»Ich hab ein Casting für ein dickes Mädchen, und da muss ich halt richtig dick sein.«

»Is ja geil!«

So, ab jetzt verbrachte ich drei wirklich lustige Stunden, die lustigsten, das kann man festhalten, die ich in einer Billigteenieklamottenkette je hatte. Die Verkäuferinnen, es gesellten sich noch zwei weitere dazu, toppten sich mit den jeweils scheußlichsten Modellen, die sie anschleppten, und ich genoss es, die Frage zu stellen: »Wie seh ich aus, macht mich das richtig dick?« Und interessanterweise erhielt ich zum ersten Mal in meinem Leben (was die Frage der Bekleidung betraf) eine ehrliche Antwort. Die jungen Dinger beäugten mich echt kritisch. Herrlich! Als ich dann auch noch die Spannung aus dem Körper und mich durchhängen ließ, wurde es richtig lustig. Kurzum: Ich verließ den Laden mit dem erhofften quergestreiften bunten Strickschlauchstretchkleid.

Und dann kam das Buch, ein Superdrehbuch.

Gott, war ich nervös vor dem Casting, denn die Rolle gefiel mir richtig, richtig gut. Es ist eine weitverbreitete Krankheit bei Schauspielern, bei einer Rolle, die einem richtig, richtig gut gefällt, das Gefühl zu haben, man sei gemeint und sie wäre quasi für einen geschrieben. Bekommt man sie nicht, ist der Fall besonders tief. Es ging in dem Film nicht darum, wie trainiere ich dicke Menschen, dass sie dünner werden, sondern darum, dass das Anderssein, eigentlich das Normalsein, einfach mal akzeptiert wird. Und Schönheit oft mit Dünnsein verwechselt wird und nicht alles im Leben ist, es gibt mehr, was in einem steckt.

Cleo will nicht dünn werden. Sie will von ihrer Mutter so geliebt werden, wie sie ist. Sie verliebt sich in Vic, weil sie den Menschen mag und nicht nur den äußeren Schein. Vic hat eher Probleme, Cleo so zu akzeptieren, wie sie ist, er fällt in alte Muster, verletzt sie, und sie geht. Und das fand ich super. Dass sie einfach geht. Eben nicht so nach dem Motto »Das schlanke Traumpaar, schlank, schlanker, am schlankesten«.

Hier sollte man einen wichtigen Einschub machen: Im Buch fährt Cleo zum Schluss im Taxi davon. Vic, endlich geläutert, hechtet durch die ganze Stadt, denn er ist ja trainiert ..., stoppt das Taxi und bittet sie, zu bleiben. Sie nimmt die Entschuldigung zwar an, aber sie fährt.

Ein Aufschrei bei der Abnahme in der Redaktion: »Was, wie, haben wir kein Happy End?« Doch, hatte man ja, aber eben kein typisches, was ich super fand.

Aber so etwas ging natürlich nicht. Daher endet der Film jetzt am Taxifenster mit eingefrorenen Gesichtern. Leider, leider haben sie ihren Kuss nicht bekommen ... denn der war ja nicht gedreht. So viel zum Happy End.

Ich wollte also unbedingt diese Rolle spielen, um endlich normal sein zu dürfen, halt eine gute Vierzig mit Tendenz nach oben.

Und dann kam ich zum Casting und war schon wieder falsch. Gleich zu Beginn begegnete mir eine damalige Schauspielschulkollegin, die wirklich dick war, die sich so über diese Chance gefreut und mit Sicherheit schon lange darauf gewartet hatte. Eine dicke Hauptrolle, so was gibt's ja eigentlich gar nicht, ein Sechser im Lotto. Sie sah mich, wurde hysterisch und schrie: »Eeeeellllllliiiiiilii, was machst du denn hier, du bist ja gar nicht dick!«

Na super, das fing ja gut an. Wo sie recht hatte, hatte sie recht, und das war das Erschreckende. Erschreckend war auch, dass sie wahrscheinlich gar keine Chance haben würde, weil der Sender ja eben eine dünne Dicke haben wollte. Es sollte eben alles schön aussehen. Schön ästhetisch, schön glatt gebügelt. Eine Dicke sollte dick sein, aber bitte nicht wirklich: kein Doppelkinn, keine Winker an den Oberarmen, keinen fleischigen Hals. Sie sollte ein schlankes, zartes Gesicht haben – eine Dicke also, die es eigentlich gar nicht gab.

Und so bekam nicht die geschätzte Kollegin die Rolle, sondern ich.

Erwähnenswert wäre an dieser Stelle, dass der Regisseur Felix Dünnemann hieß. Es dauerte nicht lange, und wieder klingelte das Telefon:

»Du bist zu dünn!«

Die Casterin.

»Der Sender will, dass du zunimmst.«

Stille.

»Aha – so – aha. Will er das?«

»Liebes, das schaffst du doch, das ist doch sicher kein Problem für dich, und den Rest macht das Kostüm.«

»Nein, natürlich nicht, kein Problem, ganz logisch. Zunehmen? Sicher! Ich freu mich. Danke noch mal für diese ganz, ganz tolle Chance, die Hauptrolle zu spielen. Wenn du nicht diesen Riecher gehabt hättest, mich in den Cast mit reinzunehmen, ich danke dir!«

Was jetzt kam, war die andere Hölle.

Wie man irgendwie abnimmt, ist einem ja halbwegs bekannt. Aber jetzt nimm mal zu, und zwar in kurzer Zeit. Und, wie absurd, wieder blieben mir dafür nur zweieinhalb Monate. Mit der Kostümprobe, die ja wie gesagt vier Wochen vorher stattfindet, blieben auch wieder nur sechs verdammte Wochen.

Und natürlich war ich nicht in Hollywood, bekam also nichts bezahlt und auch keinen Coach zur Seite gestellt, der mir sagte, wie's funktioniert.

Aber selbst war die Elli. Zum Glück war gerade Spargelzeit. Sauce hollandaise, schön fett, nicht ein halbes, besser ein ganzes Pfund Butter rein, und darin dann die speckigen Kartoffeln zerquetschen, herrlich! Überhaupt war Butter aus meinem täglichen Speiseplan nicht mehr wegzudenken. Butter als Aufstrich, Butter fürs Braten, Butter für Saucen, Butter für Kuchen, Butter über jedes erdenkliche Gericht. Auch Mayo war immer mit von der Partie. Ganz zu schweigen von der Kartoffel: Rheinischer Kartoffelsalat, Pommes rot-weiß – mehr weiß als rot, in Fett gebackene Chips mit Mayo-Dips (nicht umsonst wurde in Frankreich die Kartoffel früher als Schweinemastfutter verwendet). Schokolade rund um die Uhr, und auch die Currywurst war vom Speiseplan nicht mehr wegzudenken. Aber letztlich war alles zu wenig, nach einer Woche zeigte die Waage ein klägliches Ergebnis. Masse musste aufgebaut werden. Wo kriegte ich Masse her? Auf ins Fitnessstudio! Nicht um Fitness zu machen, o nein, sondern um Masse aufzubauen. Die würden doch wohl irgendwelche Tipps auf Lager haben.

Tatsächlich, man erkannte mein Problem sofort: Kalorienreiche Proteinshakes, gepaart mit Powerriegeln, kombiniert mit zweieinhalbstündigem Sport würden das gewünschte Ergebnis erzielen. Wunderbar, den Sport würde ich weglassen, aber das brauchte ich denen ja nicht auf die Nase zu binden, denn verstehen würden es diese trainierten Superbodys ja eh nicht. Ich erstand also die verschiedenen Shakes, ähnlich der Astronautennahrung, und für jede meiner Handtaschen einen Powerriegel. Zusätzlich zu dieser hochkalorischen Ernährung sah ich in den nächsten Wochen so viele Filme wie selten und bewegte mich kaum, außer natürlich die Hand zum Mund.

Glauben Sie mir: Wenn man essen MUSS, macht es nicht wirklich Spaß. Die ersten Tage waren natürlich super – hemmungsloses Schlemmen, auf die Kalorienangaben pfeifen ... Aber der (faule) Zauber war schnell vorüber. Wenn man kein Hungergefühl mehr hat, wird das Essen beschwerlich. Du musst essen. Essen, essen, essen. Immer nur essen, und keiner isst mehr mit. Und dann ging ich innerhalb kürzester Zeit tatsächlich relativ gut aus dem Leim – so wie ein Hefeteig. Ich fühlte mich träge und unansehnlich und war es auch. Dass die Attraktivität vollends abhandenkam, war schon ziemlich erschreckend. Plötzlich schaute mir keiner mehr auf der Straße hinterher. Das klingt jetzt so, als wäre ich Pretty Woman gewesen, natürlich war ich das nicht, aber ein bisschen pretty war ich ja schon. Gottlob gab es den Luxe, der fand mich noch immer super und nahm fleißig mit zu.

Die Kostümprobe kam. Man war erstaunt, was ich geschafft hatte, fand super Outfits, alle fanden es prima, man freute sich schon auf den Drehstart, lachte mit mir über meine Schilderung der Essenstorturen.

Aber dann klingelte wieder das Telefon. Diesmal war der Regisseur am Apparat. Herr Dünnemann erklärte mir, dass ich zu dünn sei und die Redaktion ein echtes Problem mit meiner Figur habe.

»Ich finde dich super, ich finde, es reicht an Gewicht, aber ich bin halt nicht der Entscheidungsträger, sondern der Ausführer. Dem Entscheidungsträger bist du zu dünn, sie denken über eine Umbesetzung nach. Ich hab dem Einhalt geboten und gesagt, dass die Kostüme schlecht gewählt sind, dass wir noch mal neue Fotos schicken.«

Hatte ich da nicht gerade ein Déjà-vu? Gab es nicht schon genau die gleiche Situation bei »Swimming Pool«? Nur, dass ich damals zu dick war? Ich drehte durch. Was war an mir nur falsch? Was hatten die alle mit meiner Figur? Ich war ja kein wandelndes Jo-Jo. Oder doch?

Aber wie auch damals blieb mir keine Wahl. Ich wollte doch so unbedingt die Cleo spielen, nicht superschlank und supersexy, ich wollte einfach spielen. Das wollte ich schon immer. Schon als Fünfjährige wollte ich Schauspielerin werden. Warum schmeißen sich alle auf meine Figur? Das war erst der Anfang meiner Karriere, wo sollte das noch hinführen? Aber jetzt musste ich da durch. Diese Rolle ließ ich mir jetzt nicht mehr wegnehmen. Also, auf nach Hamburg, zur erneuten Kostümprobe mit Regie und anschließenden Fotos für die Redaktion.

Nach dem neuen Schwung von »So-könnte-Cleo-aussehen-Fotos« war man bei SAT.1 beschwichtigt. Allerdings hätten sie doch noch gern ein bisschen mehr Gewichtszunahme und wie viel ich denn noch schaffen könnte bis zum Drehstart?

Und hier kam jetzt das Problem: Ich hatte schon fünfzehn Kilo zugenommen, und selbst wenn ich jetzt noch fünf Kilo zulegte, würde es denen optisch nicht reichen, denn ich bin ein »Gutverteiler«. Ein Gutverteiler verteilt das Gewicht eben sehr gut. Ich nehme überall zu. Ich habe keine Birnenform, wo man nur am Po zunimmt und gleich viel dicker wirkt. Auch keine Trichterfigur, bei der man nur oben zunimmt und unten schlank bleibt. Ich bin eher eine Sanduhr, nur in der Mitte nicht ganz so dünn. Selbst bei zwanzig Kilo mehr wirke ich halt nicht richtig dick. Und dann bin ich auch noch sehr groß, 176,5 Zentimeter, da verteilen sich die Kilos auch noch der Länge nach, anders als bei einem kleinen Bunkel.

Ich weiß nicht mehr genau, wer das der Redaktion erklärt hatte, aber schließlich bat man mich, zusätzlich zu den erhofften fünf Kilo mehr, mich am Rumpf zwei Zentimeter ausstopfen zu dürfen. Man formulierte es als »dürfen«, aber tatsächlich war es eine Voraussetzung.

Mir war mittlerweile alles egal, mein Selbstbewusstsein war eh nicht mehr vorhanden und in anderthalb Jahren mit Schauspielschulende, dem Dreh von »Swimming Pool« und den sich ständig um meine Figur drehenden Fragen vollends in den Keller gerutscht. Was ich schauspielerisch zu bieten hatte, schien ohnehin niemanden mehr zu interessieren.

Ein Riesenproblem: Wie schon bei der »Viehschau« bei der Abschlussprüfung an der Ernst-Busch-Hochschule ging es jetzt munter so weiter, und es geht, wenn ich es genau betrachte, seit sechzehn Jahren munter so weiter. Wenn man einen, ich sag jetzt mal »normalen« Beruf hat, sich halbwegs vernünftig ausdrücken kann, ein gepflegtes äußeres Erscheinungsbild hat, nicht stinkt und seine Ausbildung einigermaßen vernünftig abgeschlossen hat, dann, behaupte ich jetzt mal, wird man schon irgendwie einen Job bekommen. Aber in meiner Branche geht es immer um andere Dinge. Beispielsweise habe ich normale weiße Zähne, sie sind halt nicht ganz gerade. Sagte mir doch dereinst ein Produzent: »Als Erstes musst du dir mal die Zähne richten lassen, weil so besetzt dich keiner für eine Hauptrolle, weil, wer will denn das in Großaufnahme sehen?«

In einer anderen Situation war ich hoch favorisiert, man sagte mir sogar, ich sei die Favoritin, allerdings nur, wenn der Sender sich entscheiden würde, dass die Serienhauptrollenfigur braune Haare haben dürfte. Und was wurde sie? Natürlich blond!

Aber zurück zu meinem Gewicht.

Die Einzigen, denen ich immer leidtat und die irgendwie Verständnis haben, sind stets die Kostümbildnerinnen und deren Assistentinnen. Diese flüsterten mir aber auch schon des Öfteren zu: »Schätzchen, jetzt musst du aufpassen! Es wird schwer, dich anzuziehen.«

Warum wurde es schwer? Weil die Billigteenieklamottenketten nicht normale Klamotten haben, sondern nur für wachsende Teenies produzieren, deren Bekleidung eh nur bis zur nächsten Saison halten und vor allem hip sein muss. Es gibt ja durchaus Designer, für die meine Größe normal ist, aber das würde mehr kosten und passt meist nicht mehr ins Budget.

Erst vor kurzem erlebte ich diesbezüglich eine meiner frustrierendsten Kostümproben: Ich hatte der Kostümbildnerin meine Jeansgröße mitgeteilt, 32/34, und die schleppte daraufhin tatsächlich fünfunddreißig verschiedene Jeans an, von denen keine auch nur ansatzweise passte, geschweige denn gut aussah. Die Dame wurde bös und sagte, dass es ein typisches Schauspielerphänomen sei, immer die falschen Größen anzugeben. Ich stand also da wie eine dicke fette Lügnerin ... Warum sollte ich eine falsche Größe angeben? Dachte sie etwa, es würde mir Spaß machen, mich in fünfunddreißig zu kleine Jeans hineinzuquetschen? Ich bin doch kein Masochist. Das ließ ich mir nicht bieten! Flugs zog ich aus meinem Kleiderschrank eine Jeans in Größe 32, eine Marke wie Levis, Diesel, GStar oder Wrangler, bei denen passt mir stets die 32, aber die kosten eben auch ein bisschen mehr. Aber nein, die Billigteenieklamottenketten mussten es sein. Eine Unverschämtheit, erst diese Billigklamotten anzuschleppen und mich dann der Lüge zu bezichtigen. Ich betone noch einmal, es macht mir keinen Spaß, mich in fünfunddreißig verschiedene Hosen zu quetschen, von denen keine passt und in denen ich richtig fett und schweinebeinemäßig aussehe. Warum zum Teufel sollte ich denn eine falsche Größe angeben?

Vielleicht sollte man Billigwomanklamottenketten, die auch mit der Mode gehen, aufmachen. Überhaupt sollte man die Hüfthosen abschaffen, denn in dem Alter, in dem sie gut aussehen, gehen sie gar nicht, weil sie ein falsches Bild suggerieren. Sie geizen halt nicht mit den Reizen, lolitahaft. Aber frau ist noch gar nicht so weit. Später sind sie nur noch unvorteilhaft und schrecken eher ab.

Ich raunzte diese Kostümbildnerin an, und siehe da, einen Tag später passte mir tatsächlich jede Jeans, die sie mitbrachte. Ein seltenes schwarzes Schaf in dieser Branche, das mir bis dahin so noch nicht untergekommen war.

Aber zurück zur SAT.1-Redaktion: Man stopfte mich aus, war im Glück, und der Drehstart kam.

Ungefähr im ersten Drittel der Drehzeit gab es einen Pressefotosettermin. Bilder vom Set wurden geknipst, die Presse konnte sich einen ersten Eindruck verschaffen, um dann zu entscheiden, ob es sich lohnte, zum späteren Sendetermin mehr über den Film zu berichten … Hier sollte ich vielleicht erwähnen, dass die Rolle meiner Mutter von Gudrun Landgrebe gespielt wurde. Auch die anderen Kollegen waren nicht wirklich unbekannt. Allein wegen Gudrun kam schon halb Hamburg.

Ich, wahnsinnig nervös, fragte meinen Kollegen Michael Brandtner, wie das gleich ablaufen würde. Er daraufhin, sehr deutlich und bestimmt: »Du, meine Liebe, sagst kein Wort davon, dass sie dich zusätzlich noch ein bisschen ausgestopft haben.«

»Warum denn nicht?«

»Weil dir dann niemand glauben wird, dass du tatsächlich mehr als fünfzehn Kilo zugenommen hast. Und dann wird deine ganze Arbeit, die du dir angetan hast, nicht geehrt. Weil man nur sagen wird: ›Ach, die ist ja nur ausgestopft.‹ Und außerdem hat man dich nur ganz leicht ausgestopft, durch das Zunehmen hast du ja ein breiteres Gesicht bekommen, sonst hätte es ja nicht harmoniert und nicht funktioniert.«

»Aber man muss doch die Wahrheit sagen.«

»Meine Liebe, die Wahrheit ist, dass du fast zwanzig Kilo zugenommen hast, der Rest ist Kostüm, vertrau mir.«

Ich war vollkommen verwirrt. Davon abgesehen interessierte sich ohnehin niemand für das große dicke Entlein …

Doch dann hörte ich plötzlich ganz laut die Stimme des Kollegen Brandtner: »Die junge Kollegin Elena Uhlig hat für die Rolle der Cleo fast zwanzig Kilo zugenommen.«

Stille. Wie in so einem Slapstick-Film drehten sich alle Köpfe und Kameras ruckartig zu mir um. Hilfe, o mein Gott.

»Elena, gerade fertig mit der Schauspielschule, mehr als begabt, muss man hier sagen, nimmt doch tatsächlich für einen normalen SAT.1-Film zwanzig Kilo zu. Ein Wahnsinn! Z w a n z i g, das muss man sich mal vorstellen und auf der Zunge zergehen lassen, zwanzig Kilo!«

»Mehr als fünfzehn«, flüsterte ich.

»Meine Rede, fast zwanzig!«, dröhnte es zurück vom Kollegen.

Und da wurde plötzlich aus dem dicken hässlichen Entlein ein Schwan, der so viel Aufmerksamkeit und so viel mediale Beachtung schon vor der Ausstrahlung erhielt, die der Film und ich als Person vermutlich sonst nie bekommen hätten. Die Presse stürzte sich auf mein Zunehmen, sie liebten es, Geschichten über meine Gewichtszunahme zu hören, und fanden toll an dem Film, dass er eben nicht ums wirkliche Abnehmen ging.

Ich bekam so viele gute Kritiken, dazu das Lob der Zuschauer, die mir schrieben, Menschen auf der Straße, die mich ansprachen, so viele hatten diesen Film gesehen, Personen verschiedenen Alters und Geschlechts. Keine andere Rolle, die ich je gespielt habe, war ein so großer Erfolg, bis heute nicht. Und letztlich doch nur, weil ich nicht 90 – 60 – 90 war und zugenommen hatte. Es schien den Menschen aus der Seele zu sprechen. Mal etwas anderes als die Massenhysterie ums Dünnsein. Allerdings hatte ich mich zum Zeitpunkt der Filmausstrahlung, circa ein Dreivierteljahr nach den Dreharbeiten, bereits wieder kasteit, denn so dick würde ich ja keine einzige andere Rolle mehr bekommen – und die Schlankfanatiker fragten: »Jetzt bist du ja wieder so schön schlank. Wie war das denn damals? Fühlt man sich anders, wenn man so richtig dick ist?«

Und da hatte Kollege Brandtner recht. Niemand fragte, ob man mich zusätzlich ausgestopft hätte, da zwanzig Kilo so viel sind, dass man es nicht mehr hinterfragt. Zwanzig Kilo sind natürlich viel, und ich war auch im Gesicht runder und hatte natürlich auch Konfektionsgröße 44. Aber dem Empfinden meiner Umwelt nach hatte ich Größe 50 und sah aus wie eine Tonne.

Die Nicht-Schlankfanatiker hingegen waren fassungslos:

»Sie Arme, wie haben Sie denn das geschafft? Das muss ja der Horror gewesen sein, das wieder abzunehmen, und dabei sahen Sie ja doch so schön aus!«

O Gott, ich habe gesündigt

Nach »Fit mit Vic« mussten die Kilos natürlich wieder runter. Es war ganz klar, dass ich wieder abnehmen musste, um in dieser Branche mitspielen zu dürfen. Schlank muss man sein. Schlank, schlanker, am schlankesten.

Da ich alleine überhaupt keinen Antrieb hatte und der Luxe, wie wir wissen, auch keine wirkliche Hilfe war, weiterzumachen und den Körper so zu trimmen, dass er den angeblichen Richtlinien der Werbe-, Film- und Lebensindustrie entspricht, wurde die Idee geboren, einen Personal Trainer zu engagieren. Aber bevor der überhaupt ins Leben gerufen werden konnte, musste ja irgendwie das (im ausreichenden

Umfang vorhandene) Material vorbereitet werden: rapide Fettreduktion, Runterbrennen der Kilos in ganz kurzer Zeit.

Da mir ja diese komischen Eiweißtrunks nicht so wirklich gemundet hatten, ging ich diesmal nicht QUASI auf null, sondern ich wollte sie TATSÄCHLICH, die blanke nackte Null. Bis jetzt war sie nicht vorstellbar, allein schon der Gedanke unerträglich, fast null ist halt nur fast null, aber null, total null, ist null – nada – niente. Eh basta und nicht Pasta … Jetzt wird es passieren: null, nuller, am nullsten …

F A S T E N.

Entbehrend, hungernd, leidend und völlig auf mich allein gestellt, wollte ich das Heilfasten ausprobieren. Denn wie, wie sollte ich es anders schaffen, dieser frappierenden Minderheit anzugehören, dieser dünnen Mutation unserer Gesellschaft, die uns seit Jahrzehnten aufgetischt wird. Tatsache ist, dass das wirklich Schlanke kaum vorkommt. Wir aber alle danach streben sollen.

Also F A S T E N.

Ist eh gut, denn so kann man die Umwelt, Freunde und sich selbst belügen, dass man nicht krankhaft hungert, sondern heilfastet, quasi aus medizinischen Gründen etwas Gutes für seinen Körper tut. Unter dem Deckmantel Heilfasten kann man nämlich ganz schnell ein paar Kilos runterbrennen, so sagt man, ohne dass die anderen denken: »Schau her, die macht schon wieder Diät.«

Und gibt es etwas Schöneres, als in einer überfüllten Apotheke mit einem etwas schwerhörigen Apotheker laut über die verschiedenen Einläufe und Klistierarten zu diskutieren? Denn hier reicht ja nicht mehr normales Abführen, was schon schlimm genug ist, wie wir wissen. Nein, hier wird es richtig unangenehm: Irrigator und Klistiere, ich freu mich schon …

Und nachdem ich dann mehrere Sauerkrautsäfte und Brennnesselteearten (denn hier gibt es ja auch Unterschiede: Hochland- und Tiefland-, Kurzfingerantistachelbrennnessel – klar stimmt das nicht, aber so wird einem die Artenvielfalt weisgemacht) erstanden habe, gebe ich flugs gegenüber in der Buchhandlung mein letztes Geld aus für: »Fasten für den Einsteiger« – »Fasten für den Fortgeschrittenen« – »Fasten für Profis« – »Fasten leicht gemacht« – »Fastensaft-Kuren« – »Selbstheilung durch Fasten« – »Dreitageschnellfasten« – »Fasten mal eben für zwischendurch« –, aber mein Favorit ganz eindeutig: »Fasten schaffst auch du!«.

Ja, ja, ja.

Ja, ich schaffe es!

Ja, ich werde es schaffen!

Ja, ich werde es geschafft haben!

Plötzlich werde ich zu so einer Eso-Tante und kaufe mir gleich auch noch die Bücher wie »Rede mit deinem Magen« – »Vertrau deinem Bauch« – »Sprich mit deinem inneren Schweinehund zu Mitternacht« – »Nur wer die Seele pflegt, kann mit ihr fliegen« – »Mit Traumdeutung zum Glück« – »Heil dich selbst« – »Der Weg ist das Ziel« sowie »Mantra für den Einsteiger«:

Ich schaffe es.

Ich werde es schaffen.

Ich werde es geschafft haben.

Aber das Schöne beim Fasten ist ja nicht der Gewichtsverlust, o nein … Es geht auch nicht um Diät. Der Gewichtsverlust ist eine angenehme Begleiterscheinung, aber hier geht es um die Reinigung, die Reinigung deines Körpers und deiner Seele. Die Entschlackung und Vertreibung der bösen Geister und Gifte. Das Fasten soll die Energieflüsse anregen und die mediterranen oder medialen, oder wie auch immer diese Bahnen heißen, freilegen, die durch diese ganzen Torturen der letzten Wochen und Monate verstopft, blockiert und systemgestört sind. Sie werden sozusagen freigepustet, dein Körper bekommt wieder Luft, und die Seele kann fliegen. Da erinnere ich mich an einen kurzen Eso-Anflug in meiner ersten Schauspielschulzeit, wo das Verhältnis zwischen uns Damen leicht gestört, blockiert und, wie man sagte, disharmonisch war und man vorschlug, gemeinsam in den Wald zu gehen und in den Boden zu menstruieren. Spätestens da wusste ich, die Schule muss gewechselt werden.

Aber fliegen wir weiter mit der Seele …

Beim Fasten geht es ja nicht um deine Figur (um die geht's ja nie – ha, ha), sondern um die Wiederherstellung des Systems, es geht darum, dich und deinen Körper in Einklang mit der Natur, wieder ins Reine zu bringen.

Ich glaube, es gibt wenig, was mich so aggressiv macht wie Fasten. Und Dreitagespeedfasten geht ja schon gar nicht, weil man davor drei Entlastungstage einlegen muss, um überhaupt voranzukommen. Man muss drei Tage nach strengem Diätplan leben. Der obligatorische Apfel um 18.00 Uhr am dritten Tag läutet das Fasten ein, und das beginnt dann am nächsten Tag mit einem halben Liter Glauberwasser zum Frühstück, denn hier nimmst du nicht die feineren Mittel, nein, hier glauberst du und spürst es auch. Buße, Buße tun, Reinigung muss weh tun. Der Schmutz und die Schuld müssen weg, denn ich habe gesündigt, so ist es doch, habe meinen Körper und meinen Geist verfetten lassen, den Pfad der Tugend verlassen. Buße, Buße, Buße, hilf mir! Ganz Hartgesottene empfehlen, mit dem Beginn des »Glauberns« auch mit den Morgenseiten zu beginnen. Das heißt, bevor man überhaupt etwas zu sich nimmt, was beim Fasten ja nicht so schwer ist, also quasi nach dem Augenaufschlag im Bette, zu Feder und Blatt Papier zu greifen und die Seele erst mal aufs Papier zu bringen. Auch hier: Buße, Buße, Buße.

Nachdem man das Glaubern hinter sich gebracht hat, sollte man mit einer schönen Wechseldusche in den Tag starten (ich hasse kaltes Wasser), lange ausgedehnte Spaziergänge mit sich alleine unternehmen (ich hasse es, allein zu sein) und zweimal am Tag Leberwickel machen. Man beschäftigt sich zwei Stunden mit der Herstellung einer klaren Gemüsebrühenessenz, deren Zutaten selbst in manch Delikatess-, Kräuter- und Gemüseläden nicht zu finden sind.

Und dann schreiben sie, wenn es einem nicht gutgeht: Mach noch mal einen leichten Gang. Entschuldigung? Mein Kopf dröhnte. Ich hatte rasende Kopfschmerzen, eine Aggression, wie ich sie nur selten erlebt habe, mein Körper schmerzte, jede Sehne war bis zum Zerreißen angespannt, aber was noch viel schlimmer war: Er stank. Ja, ich stank, mein Körper stank, ich stinke eigentlich nie, und ich bin schon immer sehr, sehr geruchsempfindlich gewesen, nicht nur in der Schwangerschaft, ich bin quasi Zwergnases Schwester.

So, und dann. Dann kam der zweite Tag: der Tag, vor dem mir schon graute. Ein Grund, das Fasten schon gar nicht zu beginnen. Fast alle Bücher geben an, dass an diesem Tag ein Einlauf unumgänglich sei. O Gott, was mach ich nur. Und da bist du schon bei Gott. Ging schnell: zuerst in der Kirche und jetzt beim Heiligen Vater.

»Niggi, was mach ich nur?«

»Na, du machst jetzt diesen Einlauf.«

»Niggi, ich kann das nicht.«

Niggi schweigt.

»Niggi, du hast doch mal das Krankenschwesterhelferinnenpraktikum …«

»Schwesternhelferinnenkurs!«

»Mein ich ja. Da hast du dich doch in diesen Zivi verguckt …«

»VerGUCKT? Ich habe mich verLIEBT!«

»Niggi, sei nicht so schwierig.«

»Meine Liebe, ich bin nicht schwierig, ich möchte nur, dass du meine Gefühle ernst nimmst!«

»Entschuldige, Niggi, hab ich dich schon mal nicht ernst genommen? Ich nehme dich immer sehr ernst!«

»Dann wüsstest du, dass ich es immer ernst meine mit der Liebe! Und nun, meine Liebe, komm bitte zum Punkt: Was möchtest du?«

»Ich möchte mich erst mal für die Verkennung deiner Gefühle entschuldigen.«

»Geschenkt.«

»Und des Weiteren möchte ich dich gerne bitten …«

»Zum Punkt, meine Liebe.«

»Also, ich möchte dich bitten, also, … Haach, ich weiß jetzt auch nicht … Wie ich das jetzt sagen soll … es ist … Niggi, jetzt mach's mir doch nicht so schwer! Hilf mir doch mal!«

»Also, ich soll Ihnen jetzt den Einlauf machen?«

Schweigen.

»Ja.«

Schweigen.

»Gut, meine Liebe, dann zeigen Sie mir bitte, was Sie in der Apotheke erstanden haben.«

»Ja, ich hätte es unten, wenn Sie so freundlich wären, mir zu folgen.«

»Meine liebe Frau Uhlig«, Niggi hält inzwischen den Irrigator in der Hand, »wenn Sie nun die Freundlichkeit hätten, meinen Anweisungen zu folgen!«

Ich erspare Ihnen weitere Einzelheiten, kurz gesagt, wir kamen zum Ziel, und die liebe Niggi hatte sich mal wieder ein leckeres Essen beim Italiener verdient. Letztlich dreht sich ja alles ums Essen, auch bei der lieben Niggi.

Niggi, die sich zu dieser Zeit schwerpunktmäßig von Kochkäse und (noch nicht ganz reifen und somit vollkommen geschmacklosen) Supermarkttomaten an (meist mehrere Tage altem) Fladenbrot ernährte, was natürlich einem chronischen Geldmangel geschuldet war (sie tat sich mit der Schauspielerei noch schwerer als ich), aber auch Spätfolge einer jugendlichen Essstörung sein konnte, kurzum, Niggi liebte es, von mir zum Essen eingeladen zu werden. Mit großem Genuss verspeiste sie dann (während sie dabei fröhlich ein Glas Chianti nach dem anderen trank und die Lasten der Liebe und des Lebens vorübergehend mal vergaß) die Köstlichkeiten der mediterranen Küche – Vitello tonnato, Spaghetti carbonara, Schnitzel milanese …

Aber zurück zum Fasten! Nach dem Einlauf wieder ein Leberwickel. Und Ruhe, Ruhe, Ruhe. Immer ein Glas Leitungswasser zur Hand. Zum Abendbrot ein Glas Sauerkrautsaft und einen lauwarmen Brennnesseltee. Sodbrennen folgt auf dem Fuße.

Oh, mein Gott (ich bin schon bei »meinem Gott« angelangt, die Erlösung naht …), ich dachte nur an Essen, an Schweinebraten, Currywurst, Pommes rot-weiß. Buße, Buße, Buße. Erst wenn man von allem loslassen kann, ein trockenes Salatblatt ohne Öl reichen würde, erst dann ist man bereit fürs Fastenbrechen.

Am dritten Tag, und wie in jedem Buch beschrieben der Tag, an dem sich alles entscheidet und der richtungsweisend ist, verließ ich fluchtartig die Wohnung. Ich war im Begriff, mich von Luxe zu trennen, weil er ein Leberwurstbrot gegessen hatte.

»Niggi, er ist so ein ignorantes Arschloch.«

Bei mir ging keine schöngeistige Sie-Form mehr.

»Frau Uhlig, wie Sie reden. Beruhigung, Beruhigung.«

»Ich denke gar nicht daran! So ein Arschloch. Wie kann er mir das antun, Leberwurst, da zeigt sich doch, dass die Beziehung schon seit längerem völlig im Argen liegt.«

»Er hatte Hunger!«

»Ich habe die ganze Zeit Hunger, Hunger hab ich immer, ich hab totalen Hunger. Und esse ich?! NEIN!«

»Aber du fastest ja!«

»Na und, ist das ein Grund? Ich hasse ihn, total! Dieses fette Schwein. Leberwurst. Arschloch. Arschloch. Arschloch. Niggi, der hat sich vor mir genüsslich ein Leberwurstbrot in den Mund geschoben!«

»Elena, Liebe, beruhig dich! Bitte beschreib doch mal den Tathergang, was du gerade gemacht hast, bevor er sich das Leberwurstbrot in den Mund geschoben hat, was war der Auslöser? Hast du ihn provoziert?«

»Nein, nichts hab ich getan, nichts!

»Frau Uhlig, bitte erinnern Sie sich.«

»Ich hab mir Brennnesseltee zubereitet.«

»Dieses Schwein.«

»Sag ich doch.«

»Wo bist du? Ich komm sofort! Das hätt ich dem Luxe nicht zugetraut. Aber gut, ich hab ja immer gesagt, dass der so eine leicht schwarze Seite hat. Wo bist du?«

»Am Alexanderplatz.«

»Bin schon auf dem Weg!«

»Bitte beeil dich!«

Am vierten Tag dachte ich, ich fliege. Und auch die Beziehung lebte neu auf. Der Einbruch kam erst am Abend, wo der Einlauf anstand, man musste die Restgifte ausschwemmen. Der fünfte Tag verlief mit Leberwickel und leichten Spaziergängen relativ harmonisch. Der sechste Tag war interessant: Bis zum Nachmittag relativ easy, aber dann kam die alles entscheidende Frage: Bricht man das Fasten am siebten, macht sozusagen die normale Einsteigerfastenwoche, oder hängt man gleich die zweite Phase »Fasten für Fortgeschrittene« dran. Niggi und ein langer Spaziergang mussten her. Und auch hier war Niggis guter Rat, wie immer, eine wahre Stütze.

»Meine Liebe, wenn Sie jetzt fastenbrechen, ist möglicherweise alles umsonst gewesen.«

»Hätten Sie die Güte, mich in die Schätze Ihres Wissens einzuführen.«

»Frau Uhlig, diese Woche stand unter schwierigen Sternen. Was Sie alles auf sich nahmen und sogar Ihre Beziehung ins Wanken brachten und aufs Spiel setzten für, wir müssen es aussprechen, … Ihre Karriere.«

Wir schwiegen.

»Frau Uhlig, ich werde jetzt ins Du springen: Du hörst doch jetzt nicht auf, Herrschaftszeiten! Jetzt beiß dich doch noch eine Woche durch! Dann sieht man nämlich richtig was, dann hast du dein Erfolgserlebnis, und danach gehen wir feiern zum Italiener. Setz die zweite Woche in ein anderes Licht!«

Wie recht Niggi hatte, zeigte sich in den nächsten Tagen.

Ich habe einfach aus der Not eine Tugend gemacht, und die Erleuchtung nahte. Jetzt war ich ja schon nahe bei Gott, ich konnte wie der Messias vor dem Essen stehen und es machte mir gar nichts mehr aus. Ich fing an, Luxe und Niggi manisch zu bekochen. Ich kochte einfach von morgens bis abends. Ich führte die Asia-Woche ein, im asiatischen Raum isst man schon warm zum Frühstück. Ich wollte praktisch vorbereitet sein, prepared, international gesprochen (an dieser Stelle sei erwähnt, dass ich immer in Amerika den Oscar gewinnen wollte, deshalb auch mein gutes Englisch … So viel zu »May I become a beefsteak«), und wenn ich das Fasten nach zwei

Wochen aufgäbe und meine Ernährung umstellte, würde die Asia-Phase in meinem Leben zum festen Bestandteil werden, denn der Asiate an sich ist ja immer schlank. Ich habe noch nie einen dicken Asiaten gesehen, und deshalb werde ich jetzt Asiat.

Fasten. Ich habe es gemacht, ich musste es machen. Ich wusste mir nicht mehr zu helfen. Ich hatte keinen Einfall mehr, mir fehlte eine Idee. Ich war am Ende. Am Ende mit der Abnehmfrage. Ich musste irgendwie den Magen verkleinern. Den Magen verkleinern, um wieder auf ein normales Maß meiner Ernährung zurückkehren. Ich hatte ja vorher wirklich gefressen, um irgendwie zuzunehmen. Ohne Hilfe von außen, einfach wie ich es mir vorstellte. Und das war mit Sicherheit ein Fehler, denn unkontrolliertes Zunehmen kann nicht gesund sein. Ich rede von unkontrolliert. Nicht von Normalität. Normal ist, dass man mal zwei oder drei oder auch in bestimmten Phase seines Lebens fünf, sechs Kilos zu- oder abnimmt. Es können Wachstumsschübe, Liebeskummer, Rauchen aufhören, Vorweihnachtszeit, Ostern, Kirmesbesuch oder einfach mal eine leckere Essensphase sein. Genauso gehen die Kilos aber auch, wenn man sich nicht ständig einen Kopf darum macht.

Aber, wenn man aus irgendeinem Grund eine Zeitlang tatsächlich unkontrolliert frisst und den Magen vergrößert und keine andere Idee mehr hat, wie man zu einem halbwegs normalen Essverhalten zurückkehren kann – und ich rede von einem n o r m a l e n Essverhalten, und da gehören auch Schokolade und Butter dazu, denn Butter gehört zum Leben, was gibt es Schöneres als ein Butterbrot mit Salz? Ich rede hier vom gesunden normalen Leben und Verhalten. Natürlich gibt es Menschen, die aus Gesundheitsgründen mit dem Fett und dem Zucker aufpassen müssen, diese haben mein vollstes Mitgefühl, es tut mir in der Seele weh, dass sie nicht normal essen dürfen.

Auf den ganzen anderen absurden Low-Fat-Generation-Wahn komme ich an anderer Stelle.

So. Sollten Sie aus einem unerfindlichen Grund abnehmen wollen/müssen – und der einzig verständliche, der mir nach Filmkarriere und Fotokarriere (Models sind esstechnisch so oder so arme Schweine) noch einfällt und den ich schon selbst erlebt habe, ist undefinierbarer, nicht zurechnungsfähiger, alles im Leben in Frage stellender Boden-tu-dich-auf-und-verschlucke-mich-hässliches-riesiges-fettes-schreckliches-ekelhaftes-Entlein-Liebeskummer –, dann, meinetwegen, beginnen Sie zu fasten, und Sie werden schnell merken, dass es etwas Schlimmeres gibt im Leben als Liebeskummer. Nämlich Essensentzug, denn Essen ist die wahre Liebe. Den Mann übersteht man, das wird einem schnell klar. Wenn man an nichts anderes mehr als an Essen denken kann, hat man den Mann überstanden.

Ich kann an dieser Stelle nicht wirklich Tipps zum Fasten geben. Es war mit die dunkelste Zeit in meinem Leben: Erniedrigend, wenn ich an den Irrigator denke, befremdlich mein Körpergeruch, unverständlich meine Launen und ganz und gar erschreckend mein Haarausfall und meine schlechte Haut, von den Schlafstörungen fangen wir erst gar nicht an. Sollten Sie sich in einer Beziehung befinden, ist Fasten schwer trennungsgefährlich. Ich kann keinen Rat geben, welche Abführmittel wirklich gut sind. Glaubersalz ist ekelhaft, FX-Passage auch, Dulcolax führt zu schrecklichen Krämpfen.

Aber völlig egal, für welches Mittel man sich entscheidet, die Angaben auf den Verpackungsbeilagen der Abführmittel stimmen auch nur so ungefähr, was das Einsetzen der Wirkung betrifft. Auch hier kann ich aus Erfahrung sagen: meistens mitten in der Nacht …

Welcher Entschlackungssaft besser ist, ob nun Sauerampfer-, Brennnessel- oder Sauerkrautsaft, alles schmeckt scheiße und verursacht Sodbrennen. Ich finde, auch Gemüsesuppe als Essenz und auch noch ohne Salz ist schwer erträglich, entweder man isst sie als Ganzes oder man lässt es. Ich weiß, dass viele Veranstalter Fastenkuren, Fastenevents, Fastenseminare, Fastenfestwochen und eigene Männer- und Frauenfastenseminarwochen anbieten. Ein Wahnsinn. Da zahlt man auch noch extra Geld fürs Nichtsessen-Menü. Meistens haben diese auch noch eigene Heilquellenwässerquellen, und das kostet auch noch einmal extra.

Das einzig Gute daran ist, dass man wie aussätzig weggesperrt wird und die Umwelt einen nicht ertragen muss.

Wer also Geld übrig hat und nicht einen kulinarischen Erlebnisurlaub mit viel Spaß und Lachen vor sich sieht, sondern Buße, Buße, Buße für seine Daseinsberechtigung tun will, den möchte ich nicht aufhalten oder ihm im Wege stehen.

Fasten: Allein, dass ich mich bei diesem Kapitel so lange aufhalte und so viele Worte verliere, ist erschreckend. Es zeigt aber, dass es einen großen Teil meines Lebens ausmacht: mein Gewicht und ich. Beim Fasten sieht man einen schnellen Erfolg, aber auch hier lauert der Jo-Jo-Effekt! Wenn ich abnehmen muss, gehen bei mir nur Crash-Kuren, das hat sich in den letzten Jahren gezeigt. Ich möchte mein Leben genießen und nicht auf Sparflamme mit Low Fat und halbfett dahinvegetieren. Meinen größten Erfolg hatte ich in der Rolle des dicken Mädchens Cleo in »Problemzone Mann«. Und trotzdem habe ich mich runtergehungert, um nicht zu einer Randgruppe im Film zu gehören, sondern normal im Film mitspielen zu können. Ich hatte einfach gehofft, dass meine Figur im Film kein Thema ist und ich auf vielen Besetzungslisten meinen Platz finde. Es heißt eh schon immer, dass ich eine Komödiendarstellerin bin. Damit fallen siebzig Prozent der in meinem Alter spielbaren Rollen weg, das Land wird einfach von »Tatort« und Krimis regiert. Bei den Liebesfilmen bin ich auf die Nebenrolle der »besten Freundin« festgelegt. Wäre ich jetzt auch noch dick, würde es im wahrsten Sinne des Wortes richtig schwer. Und somit geht es bei mir im Filmgeschäft vor dem Drehbeginn nicht um die Figur, die ich verkörpern soll, sondern um die Figur, die ich habe.

Und fast vor jedem Dreh beginnt für mich das Leiden.

Leiden

Manche sagen, es muss schmerzen.
Ich sage, es muss aufhören.

Der Personenquäler

Personal Trainer ist, glaube ich, die eigenartigste Spezies, die wir in den letzten Jahren hervorgebracht haben. Man könnte auch sagen: Guru, Fanatiker, Sadist, alles unter dem Deckmantel Fitnesstrainer, Personal Trainer, Eins-zu-eins-Betreuung beim Schlankwerden. Natürlich ist das teilweise sehr effektiv, zumindest auch hier in den ersten zwei Wochen, in der dritten habe ich dann viele Termine, und irgendwann fang ich auch hier an, es schnell schleifen zu lassen. Aber was blieb mir anderes übrig? In anderthalb Jahren hatte ich meinen Körper durch brutale fast zwanzig Kilo rauf und runter gequält. Ich brauchte Hilfe, denn meine Haut spielte, trotz meines jugendlichen Alters von sechsundzwanzig, nicht mehr so schnell mit. Ich hatte es übertrieben. Das erklärt zwar nicht, warum ich in meinen nun fast vierzig Jahren dreimal einen Personal Trainer, Guru, Fanatiker, was auch immer, ausprobiert habe, aber egal.

Man nimmt ihn sich, um nicht mehr allein zu trainieren, man tut sich das am Anfang wirklich freiwillig an. Denn alleine krieg ich meinen Schweinehund überhaupt nicht überwunden. Es leuchtet mir nicht ein: Warum? Warum muss ich meinen Körper so schinden und quälen? Na gut, der Mann träumt von der Gazelle, die ganze Branche träumt von der Gazelle. Ich war noch nie eine Gazelle, ich bin ein Elefant, fängt auch mit E an. Aber eben weil man natürlich auch eine Gazelle sein will oder es einem suggeriert wird, eine sein zu wollen oder sein zu müssen, und man mit der Gazellenart über die Gräser mithüpfen möchte, hab ich mir das jetzt dreimal angetan. Aber jetzt ist Schluss. Over and out, wenn wir doch international sein wollen.

Aber zu den Anfängen: Der erste Personal Trainer, den ich hatte, war ein entzückender junger Sportstudent, ich glaube, er stammte von der Ostsee. Der Bruder einer Freundin, der nach Berlin zog, um dort zu studieren. Das muss sich alles Ende 2001, Anfang 2002 nach »Problemzone Mann« zugetragen haben.

Die Freundin fand es eine ganz hervorragende Idee, mir ihren sehr viel jüngeren Bruder zur Seite zu stellen, damit dieser eine Beschäftigung hatte, sich ein paar Euros nebenher verdiente und ich wieder in Shape zum nächsten Casting marschieren konnte. Wie hieß er noch gleich? Ach, nennen wir ihn einfach Hansi. Hansi, selbst mal beginnender Leistungssportler mit frühzeitigen dummen Verletzungen, die ihn leider schon in ganz jungen Jahren aus dem Wettkampfzirkel und der Medaillenhoffnung herauskatapultierten, stand vor mir: knapp neunzehn. Ich kam mir vor wie die Mama, figürlich stimmte das auf jeden Fall, und von der Größe her konnte ich der Vater sein. Ein zarter Jüngling, irrsinnig schüchtern, und auch die Stimme schien durch den Leistungssport auf den Stimmbruch verzichtet zu haben. Selten habe ich einen so zuvorkommenden, netten jungen Mann erlebt. Ich finde, ich höre mich gerade wie meine Oma an, nur weil ich jetzt grad vor dem Vierziger stehe und mich zurückerinnere. Aber damals war ich ja zarte, Entschuldigung, in meinem Fall dicke sechsundzwanzig. Und schon damals lagen Welten zwischen uns, sowohl figürlich als auch altersmäßig.

»Hallo, ich bin der Hans Dieter, aber alle nennen mich Hansi.«

»Hans Dieter ist doch ein schöner Name.«

Schweigen.

»Okay, ich bin Elena, aber sag nicht Elli.«

Schweigen.

Schweigen.

Schweigen.

»Ja, magst du reinkommen?«

Nicken.

»Okay, dann komm doch rein!«

»Gern.«

»Magst du was trinken?«

»Ich würde gern anfangen.«

Aha, zielorientiert. Aber wahrscheinlich hätte ich mir das denken können, weil: Wer macht denn freiwillig Leistungssport? Elende Schinderei, ganze Jugend versaut, fristendes Entbehrungsdasein.

»Gerne, fangen wir doch an! Wo wär's dir recht?« Und da kommt Leben in den jungen Mann. Interessant, dass in meiner Gegenwart Männer immer nur dann zum Leben erwachen, wenn sie an früher denken. Der Luxe, wenn er an die Assistenzzeit beim Playboy-Fotografen dachte, und der Hansi, wenn er sich an seine Wettkampfaufwärmphase erinnerte.

»Also, wo ist die Matte? Wir brauchen eine Flasche Wasser, stilles, versteht sich. Haare aus dem Gesicht, bitte! Hast du Hanteln da?«

»Nein.«

»Egal, muss auch ohne gehen.«

Schwups fand ich mich auf der Matte wieder, den Körper in die Höhe drückend, alle Muskeln angespannt, er bis zehn zählend.

Und schon stand Niggi im Raum, sie hat ein Faible für junge Männer. »Ah, ich sehe, ihr trainiert.«

Schweigen.

»Niggi, das ist der Hansi«, presste ich mit hochrotem Kopf hervor.

»Interessant, von welchem Namen stammt das denn ab?«

Schweigen.

»Ich glaube, von Hans Dieter, hat mir Hansi vorhin erzählt.«

Schweigen.

»Hätte ja auch von Johannes dem Täufer sein können«, sagt Niggi.

»Hans Dieter hieß mein Opa.«

»Ah, schön.«

Während ich mich auf dem Boden abquälte, fingen die beiden an, ihre Verwandtschaftsverhältnisse zu besprechen. Und da störte auch noch der Luxe.

»Lukullus? Ich geh mal eben zu Vaddi. Soll ich noch 'nen Döner mitbringen?«

Danke für die Mitarbeit, dachte ich.

»Nein, Luxe, ganz nett von dir mitgedacht.«

»Ach, dann nehm ich auch keinen. Ich bin dann weg. Wir können uns ja später beim Griechen treffen.«

»Frau Uhlig, ich hol mir schnell mein Sportgewand von oben. Der Hansi meint nämlich, es wär wahnsinnig gut, wenn wir am Anfang des Trainings ein bisschen joggen würden. Und da dachte ich, ich mach gleich mit, kann mir ja auch nicht schaden.«

So, jetzt nichts Falsches sagen, lächeln: »Sicher, sicher, Niggi, ist doch super!«

Ab jetzt fand zu meinem Erschrecken zu Beginn des Trainings immer das Joggen statt.

Aber Joggen ist überhaupt nichts für mich. Ich bin nach spätestens zweihundert Metern krebsrot und japse nach Luft. Auch habe ich das Gefühl, dass meine Beine irrsinnig schwer werden und sich leider vom Boden nicht so gut abheben. Ich weiß nicht, ob das nur mir so geht, die wollen einfach nicht. Gehen ja, auch schnelles Gehen geht. Aber nein, Hansi war der Ansicht: Gelaufen wird. Also trabten wir gemeinsam, ich hinterdrein, wenn Niggi mitlief. Niggi begleitete uns sooft sie konnte durch den Friedrichshain, und sie hatte eine erstaunliche Ausdauer.

Um das Laufen irgendwie zu ertragen, haben mir die verschiedenen Plattenbauten auf dem Weg in den Friedrichshain sehr geholfen, ich malte mir dann aus, was hinter den Fenstern passieren könnte, Szenen wie aus dem Hitchcock-Film »Das Fenster zum Hof«, nur dass ich vorbeilaufe.

Ich kann bis heute nicht verstehen, warum man/frau überhaupt joggt. Es ist mir völlig unbegreiflich. Ich bin doch kein Gepard und letztlich auch keine Gazelle.

Auch wenn ich, aus bereits erwähnten Gründen, gerne eine Gazelle wäre, aber hier muss ich mal kurz etwas einwerfen und wirklich Sachen richtigstellen: Eine Gazelle läuft nicht, sie hüpft und springt und flaniert durch die Steppe. Erst wenn sie auf der Flucht ist, fängt sie an zu laufen. Bin ich auf der Flucht? Nein!

Und so machen es übrigens, wenn ich jetzt darüber nachdenke, fast alle Tiere. Und des Menschen bester Freund, der Hund, läuft, wenn man ihm ein Stöckchen wirft, er also mit Frauchen spielen mag, wenn er einen Schlitten zieht, also arbeiten muss, wenn er Hasen hinterherrennt, weil er jagt, aber doch nicht einfach so. Hunde, die einfach so wie ferngesteuert rasen, waren vorher lange eingesperrt und sind nun außer Rand und Band.

Wollen wir ehrlich sein, wirkliche Läufer sehen doch nicht gut aus: ausgemergelt, ganz hohlwangig, jede Sehne sichtbar, die Haut ganz verledert, bis zum Zerreißen über die Muskulatur gespannt. Es gibt ja auch Menschen, und davon kenne ich ein paar, die tatsächlich laufsüchtig geworden sind. Wo wir beim Thema Sucht wären. Und ich kann nur sagen, keiner von denen sieht jetzt besser aus, sondern sie schauen, wenn man ehrlich ist – und so ehrlich will ich sein, muss ich an dieser Stelle auch mal sein –, alle richtig schlecht aus. Also sexy ist das nicht, sexy ist was anderes. Aber der Läufer braucht ja nix mehr, der braucht auch nur noch sich selbst. Der hat ja schon alles Weltliche weggelaufen.

Die Zeit mit Hansi, Niggi und mir war auch lustig. Dennoch, wenn ich heute daran zurückdenke, dass ich da barbäuchig zu Hause vor diesem jungen Mann rumgeturnt und lamentiert habe, muss ich mich doch wirklich fragen, ob ich noch bei Sinnen war.

Dann gab es einen Personal-Trainer-Sprung und einen Männerwechsel. Zehn Jahre später hatte ich nicht nur meine große Liebe, Herrn Karl, getroffen und gerade unser zweites Kind, Gustav, zur Welt gebracht, sondern auch zehn Kilo draufgehäuft. Pro Jahr ein Kilo fand ich nicht viel. Und ich glaube, auch da hatte schon mein jetziger Freund und Lebenspartner, Vater meiner Kinder, einen großen Schuldanteil, weil er mich immer bekocht hatte. Gleichzeitig sollte ich eine Gazelle sein, nicht nur zu Hause, schlank, schlanker, am schlankesten. Auf jeden Fall gab's da einen Münchner Schickeria-Fitness-Personal-Guru, an den nur durch explizite Empfehlung ranzukommen war. Er kostete natürlich richtig viel Geld, und wenn der Prophet nicht zum Berg kommt, muss der Berg eben zum

Propheten, wobei er auf dem Weg schon ein paar Kilos verliert. Der Weg ist das Ziel …

Entschuldigung: Wenn ich schon viel Geld zahle, hat er eigentlich gefälligst zu mir nach Hause zu kommen, oder? Aber nein, ihn konnte man nur im Fitnessstudio antreffen, nur da war er überhaupt in der Lage, aus dem schlechten Ausgangsmaterial einen halbwegs ansehnlichen Körper zu gestalten.

Seiner Erklärung, der Mechaniker brauche ja auch seine Werkstatt, konnte man wenig entgegensetzen.

Meine anfänglichen Versuche endeten stets mit: »Willst 'nen Pfuscher oder biste beim Meister? Nur hier kann ich richtig gut an dir arbeiten.« Selbstredend war ein Jahresabo für das Fitnessstudio abzuschließen.

Er empfing mich immer an der Bar, schäkerte mit so einer Sandy, wenn ich reinkam, die sich dann schmunzelnd entfernte. Ich wieder einmal wie ein Elefant unterwegs, wie immer mit der falschen Garderobe. Und immer, wenn er mich trainierte, zwinkerte er irgendwelchen Damen, die vorbeigingen, zu. Ich war ein Neutrum, quasi eine Ex-Schwangere und ein dicker Klops. Komischerweise wurde ich aber immer als Ratgeber herbeigeholt, wenn es um seine Frauengeschichten ging. Währenddessen lief im Hintergrund diese Lounge-Musik, pausenlos, diese Kaufhaushintergrundmusik, die einen total aggressiv macht. Man braucht doch eigentlich Powermusik, laute Powermusik, um die Kraftanstrengung herausposaunen zu können. Aber doch nicht muskelschlaffmachende Kaufhaushintergrundloungemusik und dazu auch noch der schicke, schnieke Münchner Personal Trainer. Ein lustiges Bild: Ich, in total unhippen Klamotten, elefantengleich. Er, braun gebrannt, aus so einem Italowestern entsprungen und dazu immer lächelnd.

Die Nächste: Ines, die ich ja im Stillen Inesco nenne, nach Frida Baby und sozusagen als Geschenk für die Geburt vom Freund, Lebenspartner, Vater meiner Kinder.

Ich weiß nicht, ob Sie den Brauch kennen. Es gibt einen Brauch, der heißt Morgengabe. Bekommt man ein Kind, bekommt man eine Morgengabe, die ist mit Geschmeide gleichzusetzen, und ich komm ja schon in das Alter von Geschmeide, wie wir alle wissen. Aber nicht so der Herr Karl. Nein, der macht's anders, der macht's originell, der nervte ja schon in der Schwangerschaft damit, dass man anschließend aufpassen muss, weil ich ja nun in das Alter komme, wo man's nicht mehr wegkriegt. Charmant. Ich war immer schon in dem Alter, wo man's nicht mehr wegkriegt, wo das wie Blei auf dem Körper liegt, und überhaupt setzen Körper ab dreißig die Nahrungsmittel ja ganz anders um. Entschuldigung, hat er mir nicht aus Liebe wissentlich die Figur ruiniert und mir drei Kinder gemacht? Zum Zeitpunkt unseres Kennenlernens hatte ich gerade die in meinem Leben einmalige Gazellenfigur.

Er hat mir quasi die Figur ruiniert. Ich hab aber kein Problem mit meiner Figur, ich finde mich schön, so wie ich bin.

»Du bist auch sehr schön, aber du musst wirklich aufpassen jetzt. Jetzt bist du schwanger, aber nachher … Ich sag das nur, weil ich dich liebe. Sage ich nix mehr, solltest du nervös werden.«

Trotzdem werde ich nervös und sage an irgendeinem Punkt genervt und mittlerweile es fast selbst glaubend:

»Ich wünsch mir als Morgengabe einen Personal Trainer. Ach, wär das schön, wenn mir jemand ein bisschen helfen könnte, zurück zu meiner Figur zu finden!«

Und das hört man doch gern, und das schenkt man seinem Weibi doch lieber als ein Geschmeide, das ist schließlich eine Investition in die Zukunft. Vom Geschmeide hat ja nur das

Weibi etwas, hingegen könnte die Figur alle erfreuen und für alle eine Augenweide sein. An dieser Stelle sei festzuhalten, dass die letzten Schwangerschaftswochen wunderschön und entspannend waren.

Aber alles hat ein Ende, und somit hält Inesco vier Wochen nach der Entbindung Einzug in mein Arbeitszimmer.

Sie, die Schlimmste von allen drei Personenquälern. Zaundürr, supernett, aber dann schlägt sie hinterfotzig zu. Ich kann mich überhaupt nicht daran erinnern, in der Zeit vor Ines jemals fünfundzwanzig Sit-ups in der Dreierwiederholung gemacht zu haben. Dazu kommt noch, dass sie nicht nur eine flötende Stimme hat, sondern auch nicht zählen kann, weil sie immer, wenn ich schon bei einundzwanzig bin, erst bei dreizehn ist.

»Das ist ja alles nur für dich!«

Und dann dieses ständige: »So ist's brav«, als ob ich ein Hund wär. »Das hast du brav gemacht, noch fünf, brav. Brav, Elli, brav, komm her, Hasso, komm zur Mami.« Und dann immer diese schrecklichen Pseudomotivationssprüche, die übrigens alle drei Quäler im gleichen Maße gemein hatten, als hätten sie alle beim selben Personenquälerguru gelernt: »Wie gut das schon geht. Letzte Woche bist du noch nicht mal ansatzweise so weit gekommen. Toll, ich bin richtig stolz auf dich. Schau dir das an, du wirst ja ein richtiger Sportfex! Jetzt macht's richtig Spaß, jetzt merkst es, oder?«

Schwachsinn, mir tut alles weh, ich merk überhaupt nix.

»Na, Elli, ist doch gar nicht so schlimm.« Und dann so Dämlack-Sprüche wie: »Aller Anfang ist schwer.« – »Kein Meister ist vom Himmel gefallen.« – »Einer geht noch.«

Nein, der eine geht eben nicht mehr, und das scheinen die nicht zu verstehen! Auf dem Ohr sind sie alle taub.

Deshalb gebe ich Ihnen Tipps, wie Sie eine Personal-Trainer-Stunde überstehen:

Sollten Sie tatsächlich, warum auch immer, einen Personal Trainer engagiert haben, sei es aus Liebe, Zwang, Angst, heißt das ja um Gottes willen nicht, dass Sie sein Marathonprogramm auch so mitmachen müssen. Sie dürfen nicht vergessen, dass es sein Beruf ist und er damit Geld verdient, Menschen zu quälen und sie auf eine absurde Figur hinzutrimmen. Geben Sie ihm seine Daseinsberechtigung, spielen Sie das Possenspiel mit, aber in Ihrem Tempo.

Inesco sagt, man muss einen Dreiersatz mit je fünfundzwanzig Wiederholungen hintereinander machen. Das sind fünfundsiebzig, ein Wahnsinn!

Ich sage, man muss um Gottes willen nicht einen Dreiersatz mit je fünfundzwanzig Wiederholungen hintereinander machen.

Probieren Sie zu verhandeln. Berichten Sie vom anstrengenden gestrigen Tag, dass Sie leichte Unterbauchschmerzen haben. Als Frau haben Sie ja das Glück, mindestens viermal im Monat Ihre Tage bekommen zu können, wie in der Schule. Wenn Schwimmunterricht war, saß eine ganze Korona von sich krümmenden Mädchen nicht nur einmal im Monat auf der Wärmebank, sondern wöchentlich das ganze Halbjahr über. Schwimmen mag ich, ich hatte meine Tage nie. Ich mag auch heute noch im Schwimmbad meine Bahnen ziehen. Ich mag mich halt nur nicht in zu engen Bikinis ölsardinengleich ans Wasserloch quetschen.

Eine andere Möglichkeit, den fünfundsiebzig Unterbauchmuskulaturanspannungswiederholungen zu entkommen, ist, falsch zu zählen und einen Streit vom Zaun zu brechen, dass man tatsächlich schon bei der dritten Wiederholung sei. Oder zu erzählen, dass man am nächsten Tag einen wichtigen Termin hat und es ja keinen guten Eindruck machen würde, mit krampfartigem Muskelkater und in der Folge verzerrtem Gesicht zu erscheinen.

Durch geschicktes Fragen können Sie einen viertelstündigen Monolog vom Personal Trainer initiieren, weil er ja schließlich nichts lieber tut, als über Körper, Muskelgruppen und den Muskel an sich zu referieren. Wenn Sie jetzt heimlich auf die Uhr schauen, ist die Stunde schon ein bisschen fortgeschritten.

Dann fällt Ihnen auf, dass Ihr Glas leer ist; Sie holen umständlich noch den Apfelsaft wegen Elektrolyten aus dem Keller, wieder fünf Minuten geschafft.

Jetzt wissen Sie nicht mehr, bei welcher Übung Sie waren, kriegen einen kurzen Depressionsanfall, dass Sie sich so schlecht konzentrieren können und dass Sie ihm so dankbar sind und es ohne seine Hilfe ja gar nicht schaffen würden, jetzt wissen Sie immer noch nicht, bei welcher Übung Sie waren, mittlerweile ist der Personal Trainer auch verwirrt. Er wird dann fragen: »Welchen Bereich haben wir heute noch nicht trainiert?«

Jetzt ist die beste Chance, auch die letzten zwanzig Minuten halbwegs unangestrengt über die Bühne zu bringen. Schlagen Sie eine Muskelgruppe vor, die Ihnen am leichtesten fällt. Bei mir ist das zum Beispiel der Rücken. Ach Gott, wo ist denn der Gymnastikball, den man dafür braucht? Sie springen auf, weil Sie die Übung, die Sie letzte Woche damit gemacht haben, ja so toll fanden. Somit loben Sie ihn für diese Übung noch mal, Lob ist immer gut. Dass sich merkwürdigerweise gerade zu wenig Luft im Gymnastikball befindet, können Sie sich auch nicht erklären, würden aber über dies jetzt gönnerhaft hinwegsehen, schließlich wäre ja schon gar nicht mehr viel Zeit. Vorsicht, jetzt aufpassen!

An dieser Stelle könnte der Personal Trainer einhaken, er hätte heute noch mehr Zeit, aber Sie natürlich nicht.

Sollten Sie Kinder haben, eignen sich diese hervorragend als Alibi. Keine Kinder: Auch kein Problem, hier muss der Installateur herhalten. Also, Sie gönnerhaft auf dem halbaufgepumpten Gymnastikball, den ersten Durchlauf startend, aber leider, leider treibt der empfohlene Entschlackungskräutertee derart, dass Sie vorher noch auf die Toilette müssen. Auf dem Weg vom Klo zurück stellen Sie fest, dass die Küchenuhr mal wieder komplett nachgeht und Sie jetzt schon wegmüssen. Jetzt müssen Sie den Personal Trainer schnell aus der Wohnung bugsieren – verfallen Sie in absurden Aktionismus. Rennen Sie wie ein aufgescheuchtes Huhn hin und her, dabei auf ihn einredend und ihm seine Sachen reichend. Reden Sie ihn nieder und verlassen Sie mit ihm gemeinsam fluchtartig die Wohnung, bringen Sie ihn quatschend zum Auto. Während er den Motor startet, haben Sie natürlich etwas vergessen. Verabschieden Sie sich mit Bussi, Bussi. Geben Sie ihm das Gefühl, dass Sie ohne ihn völlig hilflos und alleine sind, dass Sie sich schon unheimlich auf das nächste Mal freuen und es gar nicht mehr erwarten können, wieder mit ihm zu trainieren.

»Wir trainieren … Wir telefonieren.«

Und weg.

Weg – weg – weg!

Das Problem: der Mann.

Sollten Sie, wie ich, einen Mann haben, der von der Gazelle träumt, der Ihnen Personal-Trainer-Trainingsstunden geschenkt hat, haben Sie ein Problem. Aber es ist lösbar.

Lullen Sie ihn ein. Sprechen Sie viel und oft über die letzte Trainingseinheit. Klagen Sie auch noch fünf Tage danach über schweren Muskelkater. Wenn er dann sagt: »Höchste Zeit, dass du wieder trainierst«, geben Sie ihm recht.

Sagen Sie, dass Sie schon danach lechzen, dass nicht Sie den nächsten Trainingstermin verschoben hätten. Dass Sie ganz dringend auf den Rückruf warten. Dann lenken Sie vom Thema ab.

Lassen Sie zufällig Ihre linke Pobacke blitzen. Er wird auf jeden Fall schon eine Verbesserung sehen.

Überhaupt, je mehr Sie jammern, umso mehr sieht er und ist stolz auf Sie. Verbieten Sie ihm, sich neben die Waage zu stellen, wenn Sie sich draufstellen. Er wird Ihnen doch wohl glauben!

Sagen Sie ihm, dass die Waage und Sie eine Intimsphäre gemeinsam haben. Und dass Sie ihn nicht mit der Waage betrügen würden, so erotisch fänden Sie sie dann doch nicht. Dann geht beim Putzen die Waage kaputt …

Außerdem muss man gar nicht das Gewicht kennen, da man Ihnen die Veränderung ja ansieht. Und in diesem Moment springt Ihnen doch tatsächlich der Trainer zu Hilfe: »Muskelmasse wiegt mehr!«, eines der Lieblingsthemengebiete des Trainers und referathaltungswürdig für eine Stunde.

Gehen Sie auf seine Essenseinladungen nicht mehr ein. Im Gegenteil, sagen Sie, Ihnen sei das Essen vergangen, Sie hätten keine Lust mehr auf gutes Essen, Essen wär ja überschätzt.

Bei der zweiten Essenseinladung sagen Sie ihm, es interessiere Sie gar nicht mehr, spätestens bei der dritten wird er Sie auf Knien anflehen, mit ihm ins Haubenlokal zu gehen. Hier wollen Sie natürlich nur einen Gang essen, er wird Sie bitten, für Sie bestellen zu dürfen.

Und ganz wichtig: Schieben Sie erst mal das Brot zur Seite. Gucken Sie traurig zu Boden. So, jetzt wird er durchdrehen. Er wird Sie bitten, dass Sie jetzt das Brot essen, Sie darin bestärken, dass Sie wirklich das 4-Gänge-Menü mitessen können.

Wichtig: Verneinen, verneinen, verneinen.

»Elena, jetzt ist Schluss! Du siehst schon so toll aus!« – »Ein Wahnsinn, wie du das durchstehst!« – »Wie du das geschafft hast!« – »Ich bin soo stolz auf dich!« – »Ich liebe, liebe, liebe dich!« – »Du bist soo sexy!« – »Bitte, mach mir die Freude, du hast es dir verdient.« – »Lass uns einen schönen Abend haben!« – »Quatsch, 4-Gänge-Menü!« – »Herr Ober, wir nehmen sechs Gänge und du, meine Liebe, isst jetzt von dem tollen Brot!«

Ziel!

Spiel – Satz – und Sieg!

Ab jetzt schlemmen Sie ungehemmt!!

Will ich Arnie werden?

Ich weiß nicht, wann genau ich zum ersten Mal in meinem Leben einen solchen Ort des Grauens betreten hab. Ich glaube, es muss noch in Düsseldorf gewesen sein, so mit siebzehn, achtzehn. Dann gab es noch Versuche in Berlin und später nach meinem zweiten Kind in München, mit dem besagten Personal Trainer. Das heißt, ich betrete seit ungefähr zwanzig Jahren in großen Abständen immer wieder Fitnessstudios für kurze Zeit.

Ich kann mir quasi wirklich ein Urteil bilden, da ich von der Hauptstadt bis hin zu zwei gestylten Städten in Deutschland wirklich was gesehen habe. O Gott, da fällt mir ein, ich besuchte doch tatsächlich, weit über die Grenzen Deutschlands hinaus, zweimal so ein Etablissement in Wien, aber auch nur zweimal. Ganz zu schweigen von den vielen Fitnesslandschaften in den Hotels, an denen ich auf dem Weg zum Masseur vorüberziehe. Merkwürdigerweise kenne ich viele Menschen – und das gibt mir zu denken –, die doch wirklich zwei- bis viermal in der Woche diesen Ort des Grauens aufsuchen und mir weismachen wollen, die Schinderei und Qual des Körpertrimmens würde Glückshormone freisetzen und klar zur Sucht führen.

Ich denke, die Gründe liegen woanders:

1. Wahrscheinlich der Gang danach zur Currywurstbude, quasi als Belohnung
2. Fitnessstudio = Partnerbörse
3. Buße tun

Das sind die drei Punkte, die sehr viel wahrscheinlicher sind.

Außerdem wollen wir doch mal kurz auf die Formulierung »zur Sucht führen« eingehen: Ist nicht Sucht immer schlecht? Eine Sucht muss ja sonst immer bekämpft werden. Sucht macht krank. Sucht gefährdet die Mitmenschen, die darunter leiden, denn wenn du einen Partner oder eine Freundin oder ein Elternteil hast, der/die der Sucht »Fitnessstudio« verfallen ist, hast du nicht nur verschwitzte T-Shirts und Klamotten in der Wäsche, sondern auch, wie schon bekannt, alle möglichen Fitness-Powershakes im Kühlschrank und auf der Küchenanrichte. Wenn dann dieser Fitnesssuchtmensch, mit dem du dir – sei es aus Liebe (Partner, Kinder), Freundschaft (beste/r Freund/in-WG) oder Zweckgemeinschaft (Miete zu teuer, aber trotzdem auf großem Fuß leben wollen) – den Haushalt teilst, nicht zu Hause ist und Besuch kommt, muss man sich dann doof von der Seite anschauen lassen, seinen Bauchumfang beäugend, und sich ein erstauntes »Ach, du machst Fitness und gehst ins Studio, wie ich den Powershakes mit der Aufschrift ›Schlank um den Bauch herum‹, die hier überall herumstehen, entnehmen kann« anhören.

Und dann sagt man: »Nein, das ist von meinem/meiner Mann/Frau/Sohn/Tochter/Freund/Freundin/Zweckgemeinschaftsmitbewohner/in wegen Miete und Auf-großem-Fuß-leben-Wollen/Vater/Mutter/Onkel/Tante/Oma auf Besuch.«

»Ach so, dacht ich's mir, weil sonst würd man ja was sehen. Ha, ha, ha, haha.«

Und da denk ich mir schon wieder: »Danke fürs Gespräch.«

Wie gesagt, Sucht kann nicht gut sein. Sucht muss man im Keim ersticken, überhaupt gar nicht erst aufkommen lassen.

Überhaupt Fitnessstudios, allein schon das Wort Fitness. Diese ganzen Studios, die wie Pilze aus dem Boden schießen, quasi Pickel der modernen Zeit, Wucherungen wie Unkraut. Eine Hochstilisierung der Wirtschaft, ein Geld aussaugendes neues Medium, um die Wirtschaft anzukurbeln. Weil, Entschuldigung: Betritt man ein Fitnessstudio, ist das Licht nicht angenehm und weich zeichnend, nein, es ist taghell, aber meistens nicht Tageslicht-hell, sondern künstlich-Problemzonen-hervorbringend-hell. Man wird empfangen und gleich gestoppt und natürlich sofort geduzt. Gleich verbrüdert, gleich die Freundschaft geschlossen, weil »DU bist zu dick« muss man als Freund sagen können, »SIE sind zu dick« geht nicht so leicht über die Lippen.

Man selbst noch schüchtern, nickt natürlich nur, und schon haben sie einen an der Kandare.

»Wie heißt du?«

»Äh, Elena.«

»Franky, die Elena ist da!«

Und dann kommt so ein Franky, geht gleich in deinen Meter rein, begrüßt dich mit Küsschen, Küsschen und zieht dich auf so eine biometrische Körperfettbestimmungswaage. Während er noch auf dich einredet und probiert, sich mit dir gleich ganz eng zu befreunden, legt er dir behende schon Stromdioden am Oberkörper, an den Winkerarmen und dem Oberschenkeloberbereich an, und danach ist wieder Stille, Stille.

»Elli, was tun wir?«

Nach nur zehn Minuten sind wir schon beim Spitznamen angelangt, den eigentlich keiner mehr kennen darf, den ich seit zehn Jahren versuche, aus meinem Erwachsenenleben zu verbannen. Die Elli, die Ellipirelli, die Elli ist mal wieder zu dick.

»Elli, wir müssen wirklich was tun, verheerend, deine Werte sind verheerend.«

Und da wird mir schon ins Fett gekniffen.

»Dein Fettanteil im Körper ist viel zu hoch. Du bist ja nicht sechzig, und auch dann wäre er noch zu hoch! Sandy, nimmst du die Elli mal kurz unter deine Fittiche? Zeig ihr die Damenumkleide, ich arbeite den Fitness- und Ernährungsplan aus.«

Da werde ich ein zweites Mal ins Fleisch gekniffen. Vielleicht sollte ich Franky sagen, auch wenn ich fettes Fleisch habe, bekomme ich blaue Flecken.

»Elli, was du für ein Glück hast, gerade jetzt haben wir nämlich die Super-Fett-weg-Bikinifigur-Aktionswochen, die morgen auslaufen, und der Jahresbeitrag für die Zeit von 9.00 bis 11.00 Uhr und 15.00 bis 18.00 Uhr kostet jetzt nicht mehr 99 Euro pro Monat (auf ein ganzes Jahr festgelegt – versteht sich), sondern nur 87,50! Also ein Schnäppchen, believe me, Darling! (Jetzt sind wir schon international!) Aber die Formalitäten macht Xenia nachher am Empfang.«

Und während ich noch probiere, stotternd zu erklären, dass ich auch manchmal monatsweise weg bin und deshalb eine Jahresmitgliedschaft für mich schwierig zu realisieren ist ... hat Sandy mich schon fest im Griff und schiebt mich Richtung Umkleidekabine. Spätestens hier stelle ich fest, dass meine Turn-, Sport-, Fitnessbekleidung nicht nur veraltet, sondern völlig aus der Mode gekommen ist. Denn am Verhüllen erkennt man hier die Problemzonenmenschen, bei den anderen denkt man, dass »Flashdance« und »A Chorus Line« neu koloriert und topaktuell im Kino laufen.

Die Duschen, so erklärt mir Sandy, seien extra als Wellness-Großraumoasen angelegt, wo man die verschiedenen Duschen wie ein Zirkeltraining ausprobieren kann, ohne dabei durch nervige Türen gehen zu müssen, und außerdem, so Sandy weiter, seien sie auch ein Ort der Begegnung. Ob ich hier jeder nackt begegnen will, die Frage stellt sich nicht.

Ich werde schmerzlich an die Großraumduschen in meiner Schauspielschule zurückerinnert. Nachdem man da schon auf den Probebühnen seine Seele offenlegen musste, wurde dann auch noch in der Dusche blankgezogen, was mir damals schon Magenschmerzen bereitete. Ich wollte mich gerne irgendwann auch mal schützen. Aber hier wird es sozusagen auf die Spitze getrieben, denn unter Schauspielschülern geht die Kunst des Studiums vor, ich meine vor der Natur. Hier hingegen ist die Natur eine Frage der Rasur, eine im Raum stehende und bloßstellende Tatsache.

Aber zurück zu Sandy. Sandy, ihres Zeichens frisch aus der Hauptrolle von »Flashdance« entschlüpft, führt mich weiter in die Großraum-Umkleidekabine:

»Das ist Elli, die ist jetzt neu bei uns. Helft ihr ein bisschen, wenn sie nicht weiß, wohin.«

Man begrüßt sich mit damenhaftem Shakehands, und schon werde ich weitergereicht. Ungefähr zu diesem Zeitpunkt steckt Franky seinen Kopf in die Damenumkleide.

»Mädels, wie sieht's aus?«

Die Damen neben mir quieken vergnügt.

Hatte ich schon erwähnt, dass Franky auch Tom Cruise in »Top Gun« hätte toppen können, und auch die Rolle von »Dirty-Dancing«-Star Patrick Swayze ›Mein-Baby-gehört-zu-mir‹ wäre ihm auf den Leib geschrieben gewesen.

Und schon höre ich die Damen neben mir wieder vergnügt quieken. Anscheinend muss Frankyboy, während ich dahinsinniere, wieder einer ins nicht vorhandene Fett gekniffen haben. Auch diese Damen entstammen ebenfalls den neu kolorierten »Flashdance«- und »A-Chorus-Line«-Fassungen.

»Elli, geh ma, pack ma's, geh ma's an!«

Ich probiere, einen dummen Scherz über meine Bekleidung und meinen dicken Bauch zu machen; Franky ganz gönnerhaft:

»Elli, fürs heutige erste Training lass ich das Outfit durchgehen. Aber ich bitte dich wirklich inständig«, und dann wird er ganz ernst und mir wird angst und bang, »ich bring dich nachher, bevor du zu Xenia gehst, zu Ralle, der kennt das Problem, der kann und wird das beheben, der wird Abhilfe schaffen, der wird 'ne Lösung finden …«

»Ralle? Was macht Ralle?«, frage ich, Böses ahnend.

»Ralle, Elli, der Ralle, der ist quasi unser Modeguru, der ist der Chef vom hauseigenen Fashion Store. Du scheinst ein Glückskind zu sein. Der war jetzt vier Wochen auf Messen, also ungreifbar, nicht vorhanden. Und wenn einer weiß, wie's geht, dann ist das der Ralle. Für mich, für dich, für unser Training ist das unumgänglich.«

»Hä?«

»Also fang ma an! Als Erstes dreißig Minuten Fahrrad fahren. Danach zeig ich dir dein persönlich erstelltes Work-out, erklär dir alles, damit du ab morgen selbständig trainieren kannst. Ich und der Xaver, der Freund von Xenia«, und damit zeigt er auf die nächste vermeintliche Augenweide, »der Holly, der Pierre, der Dave, der Franky2, der Tony und der Axel, die heute nicht da sind, werden immer achtgeben, dass du's auch richtig machst. Hopp, hopp aufs Fahrrad.«

Später schließe ich natürlich bei Xenia einen Einjahresvertrag ab und kaufe bei Ralle für viel Geld neue Kleidung, die mir überhaupt nicht steht. Sie (also die neue Kleidung) ist, so erklärt mir Ralle, nicht nur aus Superhightech-Astronauten-Tsunami-schnelldanachwiedertrocken-Material, nein, sie saugt sich auch noch quasi wie eine zweite Haut an deine eigene Haut an und ist natürlich genauso atmungsaktiv. Sie lässt auch jede kleine Delle und jede kleine Pore erkennen, und das ist für das Muskeltraining unheimlich wichtig, quasi ein Muss, da sie nach außen hin die verschiedenen Muskelgruppenanspannungen sichtbar macht. Bei mir ist kein Muskel vorhanden, sondern Cellulite, die sich wie eine zweite Haut um meine Oberschenkel anlegt. Aber egal, da die Aktion »Nimm 3, zahl 2« grad läuft, greife ich zu.

Das Gute ist, so Ralle weiter, dass also dein Trainer genau sieht, ob du richtig trainierst, und da diese Faser so schön changiert, sieht dein Trainer auch aus zehn Meter Entfernung die Muskelanspannungsgruppen.

Wie recht Ralle hat, denke ich, nachdem Franky, der zehn Meter entfernt ist, bei meinem Training quer durchs Fitnessstudio ruft: »Elli, zieh durch. Beiß rein. Ich seh nix an deinen Oberschenkeln!!« Und dann zieh ich durch, beiß richtig rein, und es brennt! Es brennt so fürchterlich, dass einzig der Gedanke an eine Currywurst mich am Leben erhält.

Diesen ganzen Quatsch mache ich eine Woche, maximal zwei, dann kommt leider was dazwischen, in der dritten versuche ich aus dem Jahresabo rauszukommen. Leider ist die Kündigungsfrist schon verstrichen, widerrufen kann man nur innerhalb von zehn Tagen nach Vertragsabschluss. Man einigt sich, nach Vorlage einer Bestätigung, dass der Dreh tatsächlich in München stattfindet, auf Zahlung des halben Jahresbeitrages und ist froh, aus der ganzen Sache so glimpflich rausgekommen zu sein, und meint, man hätte doch tatsächlich eine Menge gespart.

Aber zurück zum Fitnessstudio an sich.

Das stylische Fitnessstudio

... beschränkt sich auf das Nötigste. Gerne viel Chrom und die Bänke schwarz. Allerdings kommen in letzter Zeit auch Farben auf, ich habe mehrfach schon so ein leichtes Türkis gesehen. Moderne Fernseher, wo man auch hinschaut, vornehmlich in der Lauf- und Fahrradabteilung, mit eigener Fernbedienung und sauberen Kopfhörern, die man gegen Aufpreis entweder leihen oder kaufen kann. Klinisch rein, meistens ein neuer Hightech-Bodenbelag und nicht das alte PVC, in Bahnen geschnitten. Gerne haben die stylischen Fitnessstudios auch Panoramafenster bis zum Boden, was ich persönlich befremdlich finde, denn man steht ja schwitzend hinter diesen Fenstern wie in einer Zooanlage und wird von Schaulustigen begafft, weil sich diese Studios vornehmlich in großen Malls und Einkaufszentren, des Deutschen neue Begegnungsstätte, ansiedeln und breitmachen. Aber anscheinend ist es für den Passanten noch viel demütigender, weil ihm ja vorgehalten wird, dass er nichts tut und verfettet. Aber keine Sorge! Schon werden sie vom nahenden, als Powershake verkleideten, armen Studenten, der Geld fürs Studium braucht, rekrutiert. Auch ich habe schon als Superheld im Einkaufscenter gestanden, als Chicken Wings im Supermarkt (näher möchte ich darauf nicht eingehen), um mein Studium zu finanzieren.

Gerne haben diese Fitnessstudios einheitliche Kleidung bei den Trainern und Empfangsdamen. Oft sind diese stylischen Fitnessstudios auch noch Fitnessstudio-Ketten, und hier Obacht: Eine frühzeitige Vertragsbeendigung ist kaum möglich, da sie sich in allen großen Städten Deutschlands tummeln. Im Gegenteil, hier zahlt man dann auch noch was drauf, damit man nicht nur in seinem Heimatstudio trainieren, sondern alle nutzen darf. Und plötzlich ist man so ein Member mit einer Lounge-Karte. Oft mit einem kleinen Shop, wo man was kaufen kann, auf jeden Fall die hauseigene Fitnessklamotte. Und natürlich gibt's eine Bar, wie eigentlich überall mit den verschiedenen Powershakes. Interessanterweise heißt der gleiche ekelige Shake doch tatsächlich immer anders: Lovely Banana, Banane-Hibiskus-Ingwer, Bananadream, Bio-Banane, Bio-Banane aus Fair-Trade-Anbau mit heimischer Minze, Banane aus neuer Zucht gelockert mit einer Baby-Banane durchzogen, Banana-Shake und nicht zu vergessen: die grüne Banane an Bananenmus zum Shake verarbeitet.

Auch Wasser gibt es hier mehrere verschiedene. Vom Energising Water bis zum Double Sparkling. O mein Gott, sind wir international, weil die Kette hat ja ihren Ursprung in Palm Springs und Ableger in Tokio, Mailand, Paris, Montreal und Monte Carlo. Deshalb hat man auch manchmal englischsprachiges Personal, das einen dann mit »Lovely, darling, it's amazing and unbelievable« anspricht – ich denk dann nur an »May I become a beefsteak?«. Die Klientel in diesem Laden bewegt sich meines Erachtens finanziell im Mittelfeld bis Oberliga, wobei die richtige Oberliga im hauseigenen Fitnessstudio mit eigenem Trainer trainiert. Das stylische Fitnessstudio ist meistens mit Bio-Sauna ausgestattet, und in den verschiedenen Räumen wird mit wechselndem Farbspiel gearbeitet. Wenn man unbedingt meint, ein Fitnessstudio besuchen zu müssen, bleiben Sie in einer gestylten Kette meistens am anonymsten.

Das schon ein bisschen runtergerockte Fitnessstudio

… hat seine besten Jahre gesehen. Meistens sind die Trainingsgeräte noch in Rot, oftmals einfach eine Muckibude für Männer, die gerne Herkules oder Conan der Barbar spielen möchten. Niemals anonym, sondern quasi ein Stammtisch. Wenn überhaupt eine Sauna vorhanden ist, dann mit Sicherheit keine Bio-, sondern eine knackige 90-Grad-Aufguss-Sauna. Natürlich eine Bar: Muskel-Banane, Power-Banane, Doppel-Banane heißen hier die Shakes. Die Leute, die hierherkommen, kommen schon seit Jahren, und danach kann man auch gut mit einem Kumpel einen heben gehen, eigentlich sehr sympathisch. Jahresmitgliedschaft erschwinglich, und die Rosi lässt auch mal fünfe gerade sein.

Das Women-only-Fitnessstudio

Wie schon im Namen enthalten, ein reines Frauenstudio. Für die, die lieber unter Gleichgeschlechtlichen sind. Aber bei »nur Frauen« kann die Körperkonkurrenz noch viel größer sein. Es bietet gerne eine gepflegte Bio-Sauna mit wechselndem Stimmungslicht, und es werden viele Kurse angeboten: von Pilates, über Yoga bis hin zum Zumba. Zu diesen verschiedenen Bauchfettwegstraffungsmethoden kommen wir später noch.

Natürlich ist auch hier eine Bar vorhanden mit Fett-weg-Banana, Banane schlank mit Aloe vera, Bananen-Ananas-Light-Getränk. Auch hier gerne Jahresgebühren, gestaffelt je nach Tageszeiten. Eine Begegnungsstätte und Kaffeeklatsch für Mädels und auch gerne als Alibi fungierend, da Männer hier nicht reindürfen.

»The Place to be«-Fitnessstudio

Das eine oder keines. Gerne vornehmlich mit Warteliste, um es noch spannender zu machen, den Hype noch zu erhöhen, dass man hier meistens neben Stars und Sternchen, Wirtschaftsgrößen, Politikern und Rockstars, Single-Millionären und Großstadtpoeten auf dem Laufband steht. Alle natürlich ganz privat und superlocker, wie uns ja die Yellow Press jeden Tag weiszumachen versucht. Wenn man dann nach langem

Warten endlich, endlich Member wird und so eine ganz geile Plastikchipkarte in natürlich stylischem Hochglanzschwarz erhält, ist man schon sehr erleichtert. Denn ab jetzt gehört man dazu, wie die Amerikaner sagen würden: You've got it, baby.

Und man kann dann endlich dieses langersehnte, wahnsinnig hippe Interieur, meistens von einem namhaften Designer, von dem die Normalos wie ich noch nie was gehört haben, mit eigenen Augen bestaunen. Die Angestellten können alle fünf Sprachen, von Problemzonen haben sie noch nie was gehört, sie heißen nicht Axel, Xenia und Frankyboy, sondern Jean-Claude, Referalli Baralla und Nenastasia Blue. Natürlich wird man mit einem Banana-Schampus empfangen, bevor man dann hurtig zum Poweryoga, Pilates und Zumba weitergereicht wird. In einem hauseigenen Massagestudio kann man sich anschließend mit ayurvedischen und Hot-Stone-Anwendungen verwöhnen lassen, bevor einen dann Make-up-Artisten wieder für den Abend fit machen. Zwischendurch kann man an der Bar, die sich hier Lounge nennt, Getränke ordern wie: Banane-Maracuja-Green-Shake-Smoothie, Flowerie-Blue-Banana-Light-Smoothie oder Banana-Banana-Banana-Banana-Smoothie und natürlich den ganz hippen Minze-Jojoba-Ayurveda-Koriander-Sternfrucht-Banana-Creation-Doubleshake-Smoothie, den man on the streets of NYC angeblich an jeder Ecke bekommt. Nicht zu vergessen die obligatorischen, mit Meerwasser bedufteten Algenchips, die mit Kokos-Mandelsplitter-Dip als Knabberspaß gereicht werden. Die Jahresmitgliedschaft kostet einen kleinen gebrauchten Mittelklassewagen. Natürlich hat The Place to be auch ein Schwimmbad, weil man sich gerne nach der körperlichen Ertüchtigung in der neuesten Kreation der Bikinibademode von ehemaligen Topmodels präsentiert. Achtung: Keine von denen hatte je ein D-Cup! Aber letztlich wird auch hier nur mit Wasser gekocht, es ist halt alles nur noch ein bisschen stylischer, hipper und noch ein bisschen absurder, als das Ganze ohnehin schon ist.

Die Fitnessstudio-Kette

Wie von allem, womit man Geld machen kann, gibt es Ketten, damit man, egal, wo man ist, das Gefühl hat, man sei zu Hause. Denn was der Bua nicht kennt, das frisst er nicht.

Mehr braucht man zu Ketten nicht zu sagen.

Egal, welches Fitnessstudio, ich hasse sie alle. Eine völlig unnötige körperstählende Strafanstalt der heutigen Zeit.

Nicht nur, dass man sich vorher einkleiden muss, was auch noch mal ein paar hundert Euro kostet. Man braucht ja Wechselklamotten, wenn die anderen auf der Leine trocknen. Auch vier neue Handtücher für den Hals wären gut. Und wenn das Studio nicht ein ganz teures ist, braucht man, abgesehen von den vier neuen Duschhandtüchern, weil man die vom Liebsten ehemals weißen, ins Graublau verwaschenen nicht mitnehmen kann, natürlich auch zwei Saunalaken, denn die sind bei diesem Preis nicht inkludiert. Auch wenn ich gar nicht gerne in die Sauna gehe, Sauna gehört zum guten Ton. Ganz abgesehen von den Saunalatschen und der neuen Sporttasche, ausgestattet mit einem neuen Beauty-Taschen-Necessaire für unterwegs. Und hier stellt sich nun die Frage des »Warum«, denn man kann hier nicht mehr mit der Banane antworten …

Warum muss ich mich im Fitnessstudio mit anderen Menschen quälen, ich sehe es überhaupt nicht ein. Dieses Alleine-vor-sich-hin-Trainieren hinter der Panoramaschaufensterauslage im Einkaufscenter, dieses schreckliche Zurschaustellen des angeblich nicht perfekten Körpers, der Kritik von wildfremden und meist noch jüngeren Sport-, Fitness- und Schönheitsfanatikern ausgeliefert und dem ungefragten Spott der

Fitnessstudiogemeinschaft ausgesetzt, führt nur zu noch mehr Singles und einer stetig anwachsenden Psychotherapeutendichte.

Wer sein Fahrrad liebt, der schiebt …

Die Geschichte begann mit meinem achtunddreißigsten Geburtstag. Herr Karl ersann die wirklich glorreiche Idee, mir ein Fahrrad zu schenken. Meines hatte ich beim Wegzug aus München an die Nachbarin verkauft – ein schönes dreiradartiges Kinderbike. Kinderbike deshalb, weil man die Kinder vorne in eine Kiste setzen konnte. Dieses Fahrrad hatte ich sehr geliebt und war es in München wirklich relativ viel gefahren (darüber gehen die Meinungen jedoch auseinander). Aber da Herr Karl mich ja auf den Berg verfrachtete, verblieb es in München. Allein die Tatsache und der Gedanke, mit dem Fahrrad bergauf fahren zu müssen, war für mich schwer erträglich, aber noch dazu dreieinhalb Kilometer weit – unmöglich, geradezu absurd und in keinster Weise auch nur ansatzweise vorstellbar. Also: Fahrrad weg!

Wichtig wäre zu sagen, dass ich die letzten drei Monate vor meinem achtunddreißigsten Geburtstag die Serie »Die Familiendetektivin« drehte. In dieser Produktion war das E-Bike sehr en vogue. Nicht im Film, da fuhr ich ein normales, feuerrotes, aufgepimptes, dem Hollandrad nachempfundenes Damenfahrrad, was jetzt so modern ist. Es inspirierte anscheinend mehrere Teammitglieder, und sie fingen an, sich auch Fahrräder zuzulegen, mit denen sie morgens zum Set fuhren. Was mich sprachlos werden ließ. In der Früh um halb sieben mit dem Fahrrad von der Innenstadt zu den Bavaria-Studios zu fahren, das ist sportlich, sehr sportlich und mindestens genauso absurd, wie dreieinhalb Kilometer den Berg raufzufahren. Ich war detektivartig – wie in der Serie – dem Rätsel auf der Spur. Und, zack, hatte ich's mir doch gedacht: Es waren keine normalen, altertümlichen, schnöden Fahrräder. Nein, es waren diese hippen, mit der Zeit gehenden, innovativen Klapp-E-Bikes. Eine ganz geniale Erfindung, wenn Sie mich fragen!

Sie schalten einfach die Stromunterstützung ein, und wenn gar nichts mehr geht, klappen Sie es einfach zusammen und verschwinden damit in der Straßenbahn. Genial, hätte von mir sein können. Hätte, hätte, Fahrradkette.

Und genau an dieser Stelle kam der Herr Karl mit dem Gedanken, mir ein Fahrrad zu schenken, ins Spiel. Herr Karl, der immer meine geheimsten Wünsche im Voraus zu kennen scheint. Ich war hellauf begeistert und mittlerweile von folgender Idee beseelt:

Ich radle los in der Früh um 6.30 Uhr – mit nassen Haaren, die ja wegen der Filmfrisur erst in der Maske geföhnt werden, selbstredend ungefrühstückt, ohne meinen geliebten schwarzen Tee mit Milch und Honig, dafür aber sehr beschwingt und wahnsinnig gut gelaunt durch die frische Morgenluft und erscheine hochmotiviert am Set. So meine Vorstellung. In your dreams, baby …

Somit erschien mir das Klapp-E-Bike als das einzig Wahre! Es würde in jedes Auto passen sowie in die Bundesbahn und ließ sich zu den jeweiligen Drehorten problemlos mitnehmen. Beim Dreh würde es nicht nur den Kreislauf anregen, nein, ganz nebenher sogar noch für sportliche Ertüchtigung sorgen. Stichwort: ungewollt Kalorien verbrennen! Und dann, ganz ohne schlechtes Gewissen, ganz viele von den schönen weißen Brötchen vom Catering verspeisen …

Kurzum: Am frühen Morgen des 1. August, einen Tag nach

meinem Geburtstag, rief ich, noch vom Hotelbett aus, den Regisseur an und fragte, wo er denn dieses tolle Klapp-E-Bike herhätte, und mahnte alsdann den Herrn Karl zur Eile. Nicht, weil er noch für den Abend Festspielkarten in Salzburg für die Generalprobe von »Lumpazivagabundus«, in dem der hochverehrte Nicholas Ofczarek, mit dem er gerade gedreht hatte, mitspielte, für uns zwei besorgt hatte, nein, ich wollte mein Klapp-E-Bike. Und zwar sofort! Ohne ein solches erschien mir mein weiteres Leben nicht mehr vorstellbar!

So begab man sich also auf den Weg zum E-Bike-Händler und passierte dabei auch einige herkömmliche Fahrradläden.

Erst als Herr Karl einwarf: »Wo willst du denn hin, da waren doch gerade zwei Fahrradläden«, wurde mir bewusst, dass wir von zwei völlig verschiedenen Fahrradtypen sprachen.

»Ich will zum E-Bike.«

»Was willst du?«

»Ich möchte ein Klapp-E-Bike!«

Herr Karl, vom alten Schlag, verstand diesen modischen Quatsch zunächst nicht. Entweder Moped oder Fahrrad. Aber da es ja mein Geschenk war, ließ er sich widerwillig darauf ein.

Wir kamen beim Händler an. Ich sprang wie ein junges Fohlen vergnügt umher; wenn es um Konsum geht, kann ich wahnsinnig begeisterungsfähig sein. Etwas Neues zu erwerben, was man bis dahin gar nicht vermisst hatte, erschien mir großartig und löste wahre Begeisterungsstürme in mir aus.

Auch der Einwand des Herrn Karl – da ich es bis eben gar nicht vermisst hätte, bräuchte ich es nicht – erschien mir realitätsfremd. Denn nun, da ich wusste, dass es diese geniale Erfindung gab, konnte ich ohne sie nicht mehr existieren. Und da mich Herr Karl kannte, resignierte er und freute sich mit mir auf den Erwerb dieser Innovation.

Beim Kaufen kann ich schwierig sein. Ich weiß zwar nicht, was ich will, aber ich weiß, was ich nicht will. Die Versuche des Herrn Karl, mir zu sagen, dass kleine Reifen für den Berg nicht gut sind, tat ich mit »Dann sind sie zu groß fürs Auto« ab. Die Klappfunktion könnte beim Bergabfahren leicht instabil sein, wiegelte ich ab mit: »Ab jetzt fahr ich nur noch bergauf!«

»Elena, bitte, um bergauf zu fahren, musst du erst mal bergab gefahren sein.«

»Dafür pack ich es ins Auto!«

»Ja, aber dann steht ja dein Auto unten!«

»Na und?«

»Elena, es steht unten!«

»Sag doch gleich, dass du das E-Bike nicht magst.«

»Nein, ich finde es wirklich super. Aber schau doch bitte, dass du was Vernünftiges aussuchst, das auch nach Oberösterreich passt.«

»Fritz, ich möchte beim Dreh der ›Familiendetektivin‹ morgens mit dem Fahrrad zum Drehort fahren.«

»Aber du hast sie doch gerade abgedreht?«

»Ja, aber wir drehen doch im Herbst noch zwei Folgen!«

»Aber du wirst doch nicht bei Gatsch-Wetter durch München fahren?«

»Natürlich, außerdem drehen wir ja nächstes Jahr weiter. Dann bin ich doch ein halbes Jahr in München.«

»Aber du kannst doch nicht auf Verdacht, dass die Serie weitergeht, ein Klappfahrrad kaufen.«

»Wieso, meinst du, die Serie geht nicht weiter, oder was?«

»Hab ich doch jetzt überhaupt nicht gesagt.«

»Aber gedacht hast du's.«

»Elena, bitte. Ich habe lediglich gesagt, bedenke, dass du mit dem Fahrrad auch bei uns fahren möchtest und dass es deshalb gut wäre, wenn du große Reifen hättest. Ab jetzt zieh ich mich da raus, weil es ja sowieso keinen Sinn macht.«

»Dann will ich jetzt gar kein Fahrrad mehr haben.«

»Bitte, Elena, du wirst das jetzt prima machen. Suche mit dem Herrn eins aus, das genau auf deine Bedürfnisse abgestimmt ist und zu dir passt. Ich hab doch gar keine Ahnung. Ich dachte, wir kaufen ein normales Fahrrad. Aber es ist dein Geschenk, und wenn du meinst, dass es jetzt besser ist, ein E-Bike zu kaufen, wunderbar. Ich steh dir nicht im Wege. Aber ich muss mich da jetzt ausklinken, da ich keine Ahnung hab. Und meine Vorschläge von dir abgetan werden und du alles besser weißt. Aber das ist auch nicht schlimm, ist keine Kritik, ich kenn dich ja. Und es ist alles gut. Ich setz mich jetzt ins Auto und telefonier mit dem Klaus, und du zeigst mir dann deine Entscheidung.«

Ab jetzt saß Herr Karl im Auto, und ich trieb den Verkäufer in den Wahnsinn. Ich weiß nicht, was das bei mir ist, dass ich mich manchmal nicht entscheiden kann. Dann habe ich plötzlich eine fixe Idee, und dann geht es nicht anders, ich bin quasi nicht lebensfähig, wenn beispielsweise die Farbe nicht passt.

Ich erinnere mich da ganz kurz an eine Begebenheit vor der Geburt meines ersten Babys: Ich wusste, es wird ein Junge, und ich hatte mir für Kinderwagen, Autositz und Zubehör die Farbe Cremebeige ausgewählt. Und ich wollte unbedingt die Kinderbabyautoschale einer bestimmten Firma in Cremebeige haben. Ich klapperte in München jeden Babymarkt ab, Cremebeige war nicht lieferbar, vergriffen. Und es war nicht klar, ob bis zur passenden Kalenderwoche, Stichtag für mich vier Wochen vor dem errechneten Geburtstermin, die Babyautositzschale in Cremebeige doch noch lieferbar wäre. Für mich musste alles vier Wochen vor der Geburt stehen. Last but not least brach ich völlig entkräftet, heulend, in einem riesigen Babyfachmarkt in der Autositzabteilung zusammen. Ich ließ mich überhaupt nicht mehr beruhigen, war aufgelöst, es gibt sogar Fotos davon, wie ich heulend inmitten von Babyschalen hocke. Es war mir völlig undenkbar, wie ich mein Baby nach der Geburt nach Hause bringen sollte, da ja ein Autositz Pflicht ist, um ein Kind aus dem Krankenhaus nach Hause zu fahren. Wer kennt nicht das Bild, in dem der Vater das Kind und die entkräftet breitbeinig gehende Mutter mit der neuen Babyschale in der Hand abholt. Und ich weinte bittere Tränen, weil ich das Gefühl hatte, ohne die Babyschale in Cremebeige mein Kind nicht aus dem Krankenhaus zu bekommen.

Auch Herrn Karl verging das Lachen, sämtliche Verkäuferinnen versuchten, mich zu beruhigen, reichten Wasser, legten mir die Beine in die Höhe und versicherten mir, dass sie ihr Bestmögliches tun würden, damit mein Kind nicht im Krankenhaus aufwachsen müsste.

Das Ende vom Lied: Circa sechs Wochen vor dem errechneten Geburtstermin läutete mein Telefon, und man tat mir die freudige Botschaft kund, dass man die Restpostenlager abgesucht und den Hersteller bekniet hätte, doch das Ausstellungsstück in Cremebeige herauszurücken.

Nun hatte ich ein anderes Problem: vier Babyschalen in Cremebeige und vier freudige Verkäuferinnen …!

Auf cremebeigefarbene Autositze stehe ich noch heute, aber zurück zum E-Bike. Da nämlich entdeckte ich inmitten all der zierlichen Modelle ein Klapp-E-Bike in Rot und dazu noch dreirädrig (diesmal allerdings befanden sich die zwei Räder nicht vorne, sondern hinten)!

Herr Karl musste noch einmal aus dem Auto zu Hilfe eilen, doch all seine Versuche, mich vom nahenden Unheil abzuhalten, scheiterten. Der Verkäufer sprang nicht ihm, sondern natürlich mir zu Hilfe, denn erstens war ich die Kundin und zweites im Moment verzweifelt. Herr Karl schmiss die Nerven weg, es war ihm wurscht, welches Fahrrad wir kaufen würden. Er wollte zur Generalprobe von »Lumpazivagabundus«. Die Zeit wurde knapp, es sollte ja mein Fahrrad und sein Geschenk zu meinem achtunddreißigsten Geburtstag sein.

Also, los, los, zack, zack Fahrrad eingepackt. Wenn ich doch so eine Freude daran hätte, dann sollte es auch so sein, und jetzt möchte er dann doch endlich fahren. Er in Eile, ich im Glück …

Ein Fehlkauf. Das rote dreirädrige Klapp-E-Bike war ein Fehlkauf. Das stellte sich relativ schnell heraus, eigentlich schon bei der ersten Probefahrt am Berg. So handlich, wie man gedacht hatte, war es natürlich nicht. Während mein altes Fahrrad in München noch cool, jung und trendy war, glich das neue einem überdimensionierten Kinderdreirad, das, wenn man es genau betrachtete, behäbig und unsportlich daherkam. Es schaffte auch nicht ansatzweise den Berg, geschweige denn dreieinhalb Kilometer. Beim Runterfahren war die Rücktrittbremse, die ja quasi Renaissance und aus einer anderen Epoche war, überhaupt nicht ausreichend, und durch das krampfhafte Rücktreten war mein Knie schon nach einem Kilometer dick angeschwollen. In die Kurven konnte sich dieses Ungetüm ja gar nicht legen, und wenn man auch nur ein bisschen den Fuß von der Bremse nahm, hatte man das Gefühl, gleich in der Böschung zu landen. Bei einer Kurve in der Hanglage war das Gefährt überhaupt nicht mehr zu halten. Also, die Vorstellung, ich fahre dreieinhalb Kilometer runter, kaufe ein, fülle den auf den hinteren Rädern montierten Korb schön an und fahre wieder dreieinhalb Kilometer rauf, blieb eine schöne Vorstellung. Dieses Fahrrad war gemacht für gerade Strecken.

Ich musste also bald dem Herrn Karl recht geben. Er war auch gar nicht schadenfroh. Das rechne ich ihm hoch an. Das Fahrrad musste weg. Umtauschen. Ich hatte mich vergriffen.

Musste Abbitte leisten. Denn selbst wenn es für die in meiner Vorstellungskraft schon versunkene Vorstellung reichte, beim Dreh vom Hotel bis zum Drehort um 6.00 Uhr in der Früh zu fahren, brauchte ich ja doch ein Rad, das multifunktional einsetzbar war. Der Händler zeigte sich sehr verständnisvoll, da ich mich sehr schnell meldete, kaum zwei Tage nach dem Kauf. Wir einigten uns darauf, dass es bis zum nächsten Eintreffen in München in der Garage verbliebe und er es dann gerne zurücknähme.

Beim nächsten Mal fuhr ich mit dem Zug. Ein anderes Mal vergaß ich das Fahrrad. Beim dritten Mal war der Herr Karl nicht dabei, was mir doch wichtig war, denn es war ja sein Geschenk. Aber dann endlich fuhr man gemeinsam nach München. Große Freude. Wir tauschten um und zahlten drauf. Denn jetzt nahm ich ja eines der neuesten Luxusräder, mittelgroß, in der Schweiz kreiert und hergestellt, auch für den Stadteinsatz und für die Bundesbahn viel besser geeignet als das rote dreirädrige Oma-Bike. In den Schweizer hatte ich sofort Vertrauen. Der Schweizer musste es ja wissen, der lebte ja in den Bergen. Wer, wenn nicht der Schweizer. Jemand, der als Nationalgericht das Käsefondue hat, so einzig- und großartig und letztlich doch so einfach, der musste es wissen, dem vertraute ich voll, da war ich richtig in der Schweiz. Schweiz kostet halt immer ein bissel mehr. Doch jemand, der auch Uhren so präzise herstellt … Kurzum, es gab kein Halten mehr, das Rad wurde gekauft. Dass dann auf dem Heimweg der Wintereinbruch kam und man es zu Hause nicht einfahren konnte, egal. Hauptsache, es war da. Man müsste nur aufs Tauen warten. Der Winter war unbeständig. Wenn gutes Wetter war, war man nicht da. Bei Matschwetter und Nieselregen wollte ich den Schweizer nicht aus der Garage holen. Dann kam die Berlinale. Dann besuchte man Herrn Karl beim Drehen. Karneval, Hochzeit von Freundinnen, Besuch bei meinem Vater in Griechenland. Kurzum, der Frühling hielt Einzug, und ich war noch nicht einmal gefahren. Nach dem Frühling kam der Sommer …

Eines schönen lauen Sommertages schließlich war es so weit, und wir fuhren allesamt, die Kinder, der Herr Karl (gerade auf Heimaturlaub) und ich, in die Ecksiedlung. Merkwürdigerweise kam schon da der Schweizer an seine Grenzen. Der Gescheitfix meinte, ich würde falsch treten, übernahm das Bike und trat mal so richtig in die Pedale. Und siehe da, es fuhr. Aber nicht bei mir. Ich wollte ein Fahrrad ohne Kraftanstrengung. Das mich den Berg hochfährt. Wie bei einem Tandem, nur dass der Vordermann mehr tritt. Vielleicht hatte ich es aber auch nicht richtig probiert, es war aber eh schon zu spät. Der Opa kochte. Und wenn der Opa kocht, muss man pünktlich sein. Da kann man nicht so sagen: »Kommste heut nich, kommste morgen.« Nein, da hat sich jemand Gedanken gemacht, und da musst du pünktlich erscheinen, bevor das Essen verkocht. Den Schweizer also in die Garage gestellt und die Fahrradtour auf morgen verschoben …

Am nächsten Tag war ich dann sehr gerädert. Es hatte mir gestern wohl doch mehr zugesetzt als gedacht. Am darauffolgenden Tag kam was dazwischen. Und so zogen drei Wochen ins Land, und dann stellte ich fest, dass ich schwanger war. Damit wurde der Schweizer eingemottet. Aber insgeheim ahnte ich schon, dass es der Schweizer auch nicht war. Nur, wie sollte ich das meiner Umwelt und allen voran dem Herrn Karl erklären?

Wir verfielen zunächst mal in einen einjährigen Dornröschenschlaf, der Schweizer und ich. Ich verdrängte ihn einfach. Ich verdrängte die Kosten. Ein schwarzes Tuch, an das ich nicht erinnert werden wollte, denn ich war in guter Hoffnung. Die Serie war schon längst vom Sender abgesetzt. Das

Klapprad, das in die Bundesbahn passen musste, hatte seine Existenzberechtigung also komplett verloren. Auf kleinen Drehs pack ich doch nicht das Fahrrad ein, wie komm ich denn dazu? Also stand der Schweizer im Flur, dann im Vorraum und schließlich wegen Renovierungsarbeiten im Keller. Und da stand er gut. Manchmal, wenn ich in den Keller musste, nagte das schlechte Gewissen an mir und der Ärger darüber, das viele schöne Geld so unnötig aus dem Fenster geworfen zu haben … Nach der Niederkunft, beschloss ich, wollte ich mich darum kümmern. Schneller als gedacht verflogen die zehn Monate, Baby Frida hatte schon längst das Licht der Welt erblickt, aber das Fahrrad stand immer noch vereinsamt und verstaubt im Fischerkeller. Und hier kommt nun die hinterfotzige Inesco ins Spiel: Sie fand, dass zu ihrem sagenumwobenen Krafttraining dringend auch noch Ausdauer hinzukommen müsste. Joggen wäre doch eine prima Idee. Das fiel dem Herrn Karl doch glatt ein, weil er sie unlängst auf der Bundesstraße joggen sah. Ja, so Inesco, das habe sie nämlich öfter gemacht, damit Theo schön an der frischen Luft Auslauf hat. Ach, und ihr tue die frische Luft ja auch so gut. Und mit ihrem supertollen Fahrradanhänger könne man auch die Berge rauf- und runterjoggen. Ich war noch bei der Anspannung der Gesäßmuskulatur im Vierfüßlerstand. Bei rauf und runter bekam ich einen Krampf in der linken Gesäßbacke, einen Krampf, der sich gewaschen hatte. Ich jaulte auf vor Schmerz.

»Brav, so ist's brav. Es muss weh tun, es darf weh tun. Brav.«

Hallo, kriegt ihr überhaupt beide noch was mit? Ich habe einen fürchterlichen Krampf! Mir geht es schlecht. Ich bin am Ende meiner Kräfte.

Sagen hörte ich mich: »Und das geht gut mit so 'nem Wagen?«

»Ganz großartig.«

»Ines, das musst du mir dringend aufschreiben. Was genau ist das für ein Anhänger?«, hörte ich den Herrn Gescheitfix fragen.

Nein, da ließ sich die liebe Ines nicht zweimal bitten. Da wurde nichts aufgeschoben, nichts aufgehoben, aufgeschrieben, da wurde gleich mal gegoogelt. Damit man ihn sehen konnte, damit man wusste, wovon man sprach. Und der Meine war komplett begeistert. Auf mein zaghaftes Anbringen: »Du wolltest doch keinen neuen Kinderwagen«, entgegnete er: »Das ist komplett etwas anderes, das ist sozusagen ein Sportgerät. Da nehm ich Baby Frida mal flugs zum Joggen mit, und auch du kannst sie dir an dein E-Bike hängen und mit den Kindern eine Fahrradtour machen.«

»Entschuldige bitte, ich mach doch mit dem E-Bike und den Kindern keine Fahrradtour auf den Berg. Das schafft der Schweizer nicht!«

»Aber wir können doch mit der alten Straße anfangen. Die ist so wunderschön. Startet in Traunkirchen. Bin ich die noch nie mit dir gefahren? Ganz eben, ganz ruhig. Beinah unberührt.«

Im Geheimen wusste ich schon damals, dass Tante Constanzes Geschenk, den Kindern zwei neue Mountainbikes mit 12-Gang-Schaltung zu Ostern zukommen zu lassen, mir irgendwann auf den Kopf fallen würde. Und zwar genau jetzt, wo der Herr Karl von der Fahrradtour nach Ebensee träumte, auf der alten Straße … In dem Moment, in dem ich im Vierfüßlerstand auf dem Boden kaum mehr Luft bekam und feuerrot wie ein Krebs wurde, weil sich der Krampf von der linken Gesäßhälfte mittlerweile auf das gesamte Gesäß ausgebreitet hatte, fiel mir Constanzes Geschenk auf den Kopf.

Mir wurde ganz schlecht. Unberührt. Alte Straße.

»Schau, Fritz, das ist er. Ist er nicht wunderschön?«

»Und wo bekomm ich den?«

»Ich würd mal in den Fahrradläden in der Umgebung nachfragen. Und sonst einfach im Internet nachschauen. Die gibt's ja mittlerweile auch gebraucht super. Wir haben unsern auch für sechshundert bekommen.«

Hallo, hallo, ich kriege keine Luft.

»So, Liebe, dann lass uns jetzt noch etwas für die Beine machen. Elena, geht's wieder?«

»Hchäehhh …«

»Elena?«

»Hchäö, chja, super Idee.«

»Ja, du musst wirklich Ausdauer machen. Weiter geht's.«

Zwei Tage später war der Herr Karl im Glück. Da hatte doch tatsächlich der Fahrradhändler von seinem Freund einen fast nagelneuen, fast unbenutzten Fahrradanhänger auf Kommission zum Verkauf. Der war super in Schuss. Und sollte nur achthundert Euro kosten. »Verstehst du, da ist nichts dran. Die kosten alle eintausendzweihundert. Und dann auch noch mit der Babyhängematte drin, die er uns leiht. Die kostet ja noch mal einhundertfünfzig, eigentlich.«

»Also bitte, wenn du das nächste Mal nach Ebensee fährst, schaust du ihn dir an. Er reserviert ihn eine Woche für uns. Ich hab gesagt, mein Weibi muss das auch noch sehen.«

Hier war in aller Schrecklichkeit auch meine Chance gekommen. Das sah ich ganz klar. Die Chance, den Schweizer loszuwerden, ohne mein Gesicht zu verlieren. Denn der Schweizer, gepaart mit dem möglichen neuen Fahrradanhänger, schaffte die Bergetappe nur mit einem geübten, durchtrainierten Tour-de-France-Biker. Aber nicht, nie, niemals mit mir.

Und wenn schon ein Fahrradanhänger, dann doch bitte auch das passende Fahrrad.

Ich rief heimlich den Fahrradhändler in München an, mit

zittriger Stimme wohlgemerkt. Denn langsam wurde die Geschichte ja peinlich und nahm groteske Züge an. Ich schilderte ihm den Ernst der Lage: dass der Schweizer nur einmal in Gebrauch gewesen war. Dass ich das damals eigentlich schon geahnt hatte, mir aber keine Blöße vor ihm und meinem Freund geben wollte und hoffte, dass ich in einer vorübergehenden schlechten körperlichen Verfassung sei. Aber ich ginge doch recht in der Annahme, dass der Schweizer allein den Berg nicht schafft. Und ich brauchte damals und brauche auch heute ein E-Bike, das den Berg von selbst schafft, während ich nur tretend unterstütze, und nicht, dass das Bike mich unterstützt. Das wäre ja ein Fehler im System. Na ja, und dann hätte ich halt noch ein Kind bekommen und konnte gar nicht fahren. Also, ich meine, in der Schwangerschaft kann ich doch nicht den Berg rauffahren. Damit war damals ja auch überhaupt nicht zu rechnen. Also, wie wir das Rote in den Schweizer umgetauscht haben. Dass ich mal einen Fahrradanhänger an das E-Bike dranhängen müsste, das war ja gar nicht geplant damals. Also, um es kurz zu machen, ob eventuell, nur ganz vielleicht, möglicherweise eine kleine Möglichkeit bestünde … Und es wäre mir auch wahnsinnig peinlich, das jetzt zu fragen, und ich hätte mich auch im Zimmer eingeschlossen, damit der Herr Karl nichts mitkriegt. Der sei ja schon mit der ganzen Fahrradaktion sehr sauer auf mich, kann man ja auch verstehen. »Stellen Sie sich mal vor, Sie würden ein Fahrrad von Ihrem Liebsten, also nicht Liebsten, oder vielleicht doch, aber das weiß ich ja gar nicht, also Ihrer Liebsten halt, aber das ist ja jetzt auch egal …

Was ich eigentlich fragen wollte, Sie würden jetzt wahrscheinlich sagen, raus damit, so schlimm kann's ja nicht sein, aber für mich ist es schrecklich, die ganze Situation wahnsinnig unangenehm. Sie verdienen ja nichts dabei. So, was machen wir denn jetzt? Meinen Sie, es gibt da eine Chance?«

Schweigen.

»Und, was halten Sie davon?«

»Wovon?«

Schweigen.

»Also, ich wollte Sie bitten. Ach Gott, bin ich kompliziert! Nehmen Sie den Schweizer zurück, bitte? Bitte, bitte, bitte!«

Und so fuhr ich mit dem Schweizer, ich fuhr natürlich Multivan und der Schweizer hinten drin, nach München. Selbstredend Herr Karl mit an Bord, denn in der E-Bike-Geschichte hatte ich ihn gern mit dabei, zumal es sich ja um den finalen E-Bike-Umtausch und um mein Geschenk zum achtunddreißigsten Geburtstag handelte. Das einzig Dumme an diesem Termin war der Zeitdruck, da das Münchner Filmfest tobte, welches ja der Auslöser und Grund für die sportlichen Aktivitäten war. Die Anspannung war entsprechend groß, führte jedoch zu Missverständnissen. Mir war nicht ganz klar, wo ich den E-Bike-Umtausch unterbringen sollte, da ich vom Event zur Präsentation, zu Baby Frida zum Stillen und zurück zum Event sollte. Ich war ständig schweißnass, weil es verdammt heiß war, und das Stillen meines Kindes verschärfte die Situation. Mehrfach wechselnder Jump in die neue Eventklamotte, da man ja in der *Bunten* nicht unter »Sonderbar« stehen will, sondern unter »Wunderbar«. Ich hatte trotzdem alles sehr gut im Griff, außer die Zeit und den Termin für den E-Bike-Umtausch, da ja da auch die Zeiten und Termine des Herrn Karl mit einbezogen werden mussten. Der Herr Karl hingegen meinte, meine Anspannung rühre daher, dass ich doch nicht in Shape und mit nichts Passendem zum Anziehen völlig unvorbereitet zum Münchner Filmfest aufgebrochen wäre. Dies sei meine eigene Schuld, und ich sollte mir wirklich eine Strategie überlegen, wie ich damit für die Zukunft gedenke weiter umzugehen, denn das wäre auch für ihn anstrengend, und er stünde ja vor den beginnenden Dreharbeiten und benötige schließlich auch Konzentration und Aufmerksamkeit. Auch hätte er das mit der Figur schon frühzeitig ins Feld geführt und schon nach der Geburt darauf aufmerksam gemacht, dass das Münchner Filmfest kommen würde, koste es, was es wolle.

Und was mein Mann sagte, stimmte haargenau, ich muss das wissen, ich bin ja seine Frau. Dass ich dem lieben Gott auf Knien danken konnte, wie gut ich's hatte, sagte mein Mann.

»Bitte, Fritz, es ist alles gut. Ich bin total equippt. Generalstabsmäßig vorbereitet. Das Einzige, was mich so umtreibt, ist, dass du mir sagen musst, wann wir das E-Bike umtauschen können. Das wär mir sehr wichtig, dass du mit dabei bist.«

»Wenn dir das sehr wichtig ist, bin ich natürlich mit dabei. Aber bitte nicht wieder so lange wie beim letzten Mal.«

»Nein, nein, Quatsch. Ich hab ja schon mit dem telefoniert, alles vorbereitet. Das geht jetzt zack, zack.«

»Eleena.«

»Wirklich! Ich weiß auch genau, welchen Motor wir brauchen, das hat mir der Fahrradhändler in Ebensee genau aufgeschrieben, welcher den Anhänger und den Berg schafft.«

»Wenn wir diese Umtauschaktion jemandem erzählen. Das glaubt uns sowieso kein Mensch. Das E-Bike schafft den Berg nicht …«

»Bitte, das müssen wir doch jetzt nicht diskutieren. Es war ja auch mal für was ganz anderes ausgelegt.«

»Ich wollte dir einfach ein Fahrrad schenken.«

Ungefähr so und weiter hat sich der Dialog im Auto zum E-Bike-Händler abgespielt. Wir hatten einen Time Slot von einer Stunde. Herr Karl leicht nervös, da er später in einer Hauptrolle im Kino zu sehen sein würde und die Produktion davor zu einem netten Get-together eingeladen hatte. Ich sollte auch mit von der Partie sein, was nicht selbstverständlich ist. Eine Stunde, das müsste doch locker zu schaffen sein.

Aber dann war ich wieder so unentschlossen. Für das Bike,

das ich dann wirklich gern gehabt hätte, hätte ich noch mal 2000 Euro drauflegen müssen, spätestens da klinkte sich Herr Karl aus dem Geschehen aus. Verzog sich ins Auto, telefonierte mit Klaus. Gefühlte vierzig Grad im Schatten. Ich schwitzte beim Testen der verschiedenen E-Bikes. Die einzige Steigung war die Tiefgaragenausfahrt. Ob der Verkäufer mich noch wirklich ernst nahm, war mir nicht mehr so klar. Allerdings schien ihm die Problematik mit dem Anhänger bewusst zu sein, und ich fühlte mich zumindest ansatzweise ernst genommen.

Herr Karl, inzwischen wieder aus dem Auto zurückgekehrt, verstummte komplett. Meine Frage: »Liegen wir noch gut in der Zeit?« wurde nur mit einem Blick kommentiert. Ich sah, es war zu spät, wir mussten los. Und zwar sofort. Ich würde das E-Bike auf der Nachhausefahrt abholen. Wenn ich jetzt einen handfesten Krach vermeiden wollte, dann los. Jetzt. Und so rasten wir wenige Sekunden später durch die Münchner City.

»Ist doch super mit dem Bike jetzt, oder?«

Der Versuch, die Anspannung ein bisschen zu lockern.

Schweigen.

»Ich glaub, ich hab jetzt genau das richtige ausgesucht.«

»So? Hast du das?«

»Ja, das is super. Hast du gesehen? Wie toll das die Garage hochfährt? Aber du musstest ja wieder mit Klaus sprechen.«

»Das ist das letzte Mal, dass ich zu so was mitkomme. Ich hätte von Anfang an im Hotel bleiben sollen. Einfach nur vergeudete Zeit. Und du weißt es ja eh besser. Hätte schön mit Baby Frida gespielt und mich ausgeruht.«

»Entschuldige bitte vielmals, wir schaffen das pünktlich. Du bist mir eine ganz große Hilfe, auch wenn es nicht so aussieht. Ich bin gleich ganz fix beim Umziehen. Danke noch mal, dass du mitgekommen bist.«

Schweigen.

»Fritz, bitte, es tut mir leid.«

»Und dann haben wir es noch nicht mal mitgenommen.«

Spätestens da mussten wir beide lachen.

Ich bin halt beim Einkaufen, wie ich bin. Das, glaub ich, werde ich nie in den Griff bekommen …

Auf jeden Fall hab ich jetzt das beste E-Bike mit dem fettesten Motor, das zurzeit auf dem Markt ist. Ich bin im Glück.

Leider steht das fette E-Bike im Vorraum und nimmt Platz weg. Und der Anhänger braucht auch so viel Raum. Zum Händler nach Ebensee habe ich es bis jetzt nicht geschafft, es ist bis jetzt so viel dazwischengekommen. Der sollte ja die Achse für den Anhänger an das neue Bike montieren.

Jetzt hab ich keinen Platz im Vorraum. Das E-Bike muss weg.

Eigentlich ist ja der Anhänger der Platzräuber, den kann man aber, bis die Achse montiert ist, nutzen und mit Baby Frida darin spazieren gehen, man muss ja nicht joggen, das überlasse ich dem Herrn Karl, wenn er vom Dreh zurück ist. Wohin mit dem Bike? Meine Nachbarin hat schon das Trimmdich-Bike übernommen. Deren Mann nutzt es fleißig, im Gegensatz zu mir. Der werde ich jetzt das E-Bike schön schmackhaft machen. Denn da unten scheint ja noch Platz zu sein, neben ihrem ungenutzten Mountainbike. Dann werde ich Herrn Karl beim Dreh anrufen und ihm die Platznot schildern. Auf seine Frage, ob ich schon gefahren sei, werde ich ihm antworten mit: »Wie denn? Hallo, wir haben ein Baby, ich kann mich doch allein nicht aufs Fahrrad setzen und losfahren, solange der Anhänger nicht dran ist. Allein schaff ich es jetzt nicht nach Ebensee. Überhaupt, wir werden uns jetzt dringend Gedanken darüber machen müssen, wohin wir E-Bike und Anhänger stellen. Gottlob übernimmt Christie im Keller erst mal das E-Bike.«

»Wie, Christie im Keller?«, fragt er.

»Ja, ist das nicht toll, dass die uns so unterstützt und den Ernst der Lage sofort erfasst hat?«

»Eelena?!«

»Nein, Fritz, wirklich, die hat's auch figürlich leichter, am Bike vorbeizukommen.«

An allem ist der Berg schuld

Das wirkt jetzt alles so, als würde ich nicht Fahrrad fahren wollen. Ich finde, leichtes Radeln ist sogar wirklich eine interessante Art, sich zu bewegen. Ohne sich körperlich zu sehr anstrengen zu müssen. Ohne dass man es als Sport deklariert, als Fortbewegung halt. Fahrrad fahren ist super. Man kann die Gegend erkunden, wenn es nicht zu heiß ist. Man kann plaudernd nebeneinander herfahren, wenn es die Straße erlaubt. Sollte man eine Tour machen, wäre es wichtig, Eckpunkte zu kennen: Wirtshaus, Büdchen, Kiosk, Würstelstand, Supermarkt, um zu wissen, wo man die Ressourcen rechtzeitig wieder auffüllen kann. Wichtig ist auch, die eigenen Kraftreserven zu kennen. Denn mal eben hier eine angebliche Abkürzung oder eine Umleitung, deren Streckenverlauf unklar ist, kann ans Eingemachte gehen. Bedenken Sie, ein Kilometer sind tausend Meter. Das kann sehr lang sein.

Die alles entscheidende Frage ist die des Sattels. Sattel ist nicht gleich Sattel. O nein. Für den Sattel sollten Sie Geld hinlegen. Haben Sie ein geliehenes Fahrrad und es ist nicht Ihr Sattel, so urlaubsmäßig an der Ostsee oder bei den Bekannten zu Besuch, mit denen Sie eine kleine Tour machen wollen und die Ihnen schnell das Fahrrad vom Onkel Walter leihen, suchen Sie sich ein leichtes Kissen für den Notfall, um den Sattel aufzupolstern. Nehmen Sie auch Schnüre mit, damit Sie es gut befestigen können, denn rutscht es hin und her, fahren Sie sich einen Wolf (den Sie vielleicht eh schon vom harten Sattel haben).

Auf den Berg gekommen, muss ich hier nun in aller Deutlichkeit feststellen, dass ich Probleme mit der Bergetappe habe. Berge und Fahrrad, durch eigene Muskelkraft angetrieben, passen einfach nicht zusammen! Das muss man einfach mal sagen!

Aber auf dem flachen Land und in der Stadt ist Fahrrad fahren eine wirkliche Alternative zum Zufußgehen. Ein ideales Fortbewegungsmittel, vorausgesetzt, die Reifen sind breit genug, so dass man nicht in die Straßenbahngleise gerät.

Das E-Bike macht, wie man jetzt weiß, nur dann Sinn, wenn der Motor fett genug ist. Denn aus welchem Grund sonst sollte ich mir ein E-Bike zulegen. Ich lege mir doch gerade deshalb ein E-Bike zu, damit es an dem Punkt, an dem ich nicht mehr will, für mich weiterfährt. Es ist mir völlig schleierhaft, warum sich mehrere über den Umtausch meines E-Bikes lustig gemacht haben. Ein E-Bike muss doch dafür da sein, ohne Kraftanstrengung da weiterzufahren, wo der Mensch nicht mehr kann oder nicht mehr will.

Trimm-dich-Fahrrad

Es war eigentlich gar nicht so ein schlechter Gedanke. Bei Wind und Wetter, Schnee und Eis einsetzbar. Leider immer hässlich und platzraubend. Gibt einem immer das Gefühl, man mache zu wenig. Weil es ja nicht zur Fortbewegung dient, sondern ganz klar ein Sportgerät ist. Sagt man, man brauche es für die Gesundheit, wird die Lage gleich ganz ernst, denn aus Film und Fernsehen ist bekannt, beim Trimm-dich-Bike hast du das Herz in der Hand. Meistens sehen wir doch Herzpatienten mit Dioden auf dem Trimm-dich-Fahrrad. Natürlich habe auch ich mir schon zwei vom Discounter angeschafft, weil ich immer wieder nach Möglichkeiten gesucht habe, wie ich mich ein bisschen körperlich betätigen kann, ohne tatsächlich Sport zu machen. Doch leider ist allein vor dem Fernseher auf dem Trimm-dich-Bike zu radeln keine Alternative zum echten Fahrrad und Fahrradtouren mit Familie und Freunden. Es ist halt einsam, und es ist doch Sport.

In den schrecklichen Fitnessstudios, in denen dir suggeriert wird, man könne eine Fahrradtour mit Freunden unternehmen, hat jeder einen eigenen Fernseher und einen Knopf im Ohr und ist sogar noch einsamer als zu Hause. Da kann ich mich zumindest so anziehen, wie ich will. Ich finde, das Trimm-dich-Bike ist bei Christie im Keller sehr gut aufgehoben. Da weiß ich, wo es ist, und sollte mich die Sehnsucht packen, wird man mich bestimmt gerne aufnehmen und mir mit einem leichten Schwatz die Zeit versüßen.

So viele Seiten: Ich merke gerade, das Fahrrad scheint doch eine wichtige Rolle in meinem Leben zu spielen …!

Schnuppi, Schnupper, Schnupperkurs

Eine marktschreierische Form, Kunden zu gewinnen, in die Körperschindereikurse unserer modernen Zeit hineinzulocken. Mit ganz perfiden Methoden werden die Freundinnen, die man schon unter Vertrag genommen hat, sozusagen als feststehenden Bestandteil des Kurses rekrutiert hat, ausstaffiert mit Schnuppergutscheinen, und nicht nur zur einmaligen, sondern bis hin zur fünfmaligen Schnupperei. Mitgeschnuppert, mitgefangen – und, zack, schon hat man den Zehnereinsteigerkurs mit Option auf den Fortgeschrittenenkurs unterschrieben. Immer donnerstags von 19.30 bis 21 Uhr, wahlweise montags von 9.30 bis 11 Uhr. Da wird man doch wohl können, bei diesem tollen Time Slot (international) ist für jeden etwas dabei, da kann man nicht widerstehen. Und so marschierte auch die Uhlig in die miefige Turnhalle, eher ein kleiner Gymnastiksaal im Örtchen in der näheren Umgebung. Sechs Wochen lang lag mir die Freundin schon in den Ohren.

»Jetzt komm doch mal mit, das ist ganz sicher was für dich. Die Zeiten sind auch supertoll.«

Ja, ganz super, dachte ich. Montag ist der ganze Vormittag versaut. Und Donnerstagabend muss ich erstens jemand für die Kinder finden, zweitens kann man dann nicht gemeinsam zu Abend essen, drittens, was mach ich, wenn der Herr Karl auf Heimaturlaub ist? Herr Karl, dem ich von dem Kurs erzählte, fand die Idee natürlich prima. Ist doch schön. Komm ich ein bisschen raus, ein bisschen in die Stadt … An dieser Stelle fing ich jetzt nicht an, darüber zu diskutieren, wann eine Stadt eine Stadt ist. Das heißt, wie viel Einwohner muss eine Stadt haben, um eine Stadt zu sein? Dass es bei mir ab 500 000 losgeht, darüber reden wir jetzt nicht. Da wären wir ja beim Österreich-Deutschland-Problem, auf das ich jetzt lieber nicht eingehen will. Ich liebe die Österreicher, vor allem liebe ich einen Österreicher, und mit dem habe ich auch drei kleine Halbösterreicher, also hab ich kein Problem. Also auf zum Schnupperkurs!

Zumba

Ach du jemine. Eine Mischung aus rhythmischer Sportgymnastik trifft auf Jazz-Dance im Urwald.

Eine blonde zierliche Vortänzerin, die mit dem Gesicht zu uns steht und immer im Rhythmus der Musik viel zu laut »Hey, Leute, Leute!« ruft. »Und eins und zwei und drei und Leute! Super, Leute! Drehung. Drehung. Und eins. Und zwei.

Nach vorne, drei. Und hey, Leute, hey. Und Arme nach oben. Und zurück. Und nach oben. Und eins. Und zwei. Leute, drei. Hey und zurück. Und nach vorn. Leute, Leute, Leute! Und zurück. Und nach vorn.«

Ich bin schon ausgestiegen, ich weiß nicht mehr, wo wir sind. »Hey, Leute, wir haben eine Neue. Zeigen wir ihr doch einmal langsam, wie es geht:

Und eins.

Und zwei.

Nach vorne, drei.

Und hey, Leute, hey.

Und Arme nach oben.

Und zurück.

Und nach oben.

Und eins.

Und zwei.

Leute, drei.

Hey und zurück.

Und nach vorn.

Leute, Leute, Leute!

Und zurück.

Und nach vorn.

Jetzt ist sie wieder bei uns, die Neue. Hey, super, dass du bei uns bist. Und nach vorn, und jetzt das Ganze noch mal doppelt so schnell. Moment, stopp, ich muss die Musik von vorne starten. Das ist für euch, Leute, der Moment, wo ihr was trinken könnt. Immer schön trinken! Wichtig! Und auf geht's, noch mal von vorne …«

Diese Frau macht mich aggressiv, ich drehe gleich durch. Aber die Blöße gebe ich mir nicht, nicht mit mir.

»Leute, Leute, Leute, ihr seid nicht bei der Sache. Konzentration! Und von vorn!«

An der Wand hängt eine große Uhr. Plötzlich erinnere ich

mich wieder an meine Schulzeit zurück. Wenn man diesen schwarzen Zeiger so anstarrt und hofft, er würde sich schneller nach vorne bewegen, bis es endlich gongt. Die Zeit scheint stehengeblieben zu sein, der Zeiger bewegt sich kein Stück. Ich muss hier raus. Ich lasse mich langsam zurückfallen, ich muss hier raus, ich bewege mich langsam Richtung Turnhallenausgangstür. Fast bin ich an der Tür angelangt: »Was ist denn mit unserer Neuen los? Musst du mal aufs Klo?«

»Ja, Entschuldigung, ich wollt nicht stören, die Gruppendynamik nicht unterbrechen.«

»Kein Problem. Leute! Wir machen einfach eine kleine Pause. Trinken was, ist ja wichtig, bis du wieder da bist, dass wir gemeinsam die Stunde erleben.«

»Ja, ja, natürlich! Ich beeil mich.«

Fluchtversuch misslungen. Ich wurde gestoppt, ausgebremst. Wie lange noch um Gottes willen? Viertelstunde. Schaffe ich auch noch.

»Zurück auf Position! Und, Leute, sie ist wieder bei uns. Aufgestanden, los geht's mit Freude, Lachen, Lächeln. Ich mach die Musik noch einmal lauter … Und: Hey, Leute, Leute! Und eins und zwei und drei und Leute! Super, Leute! Drehung. Drehung. Und eins. Und zwei. Nach vorne, drei. Hey, Leute, hey. Und Arme nach oben. Und zurück. Und nach oben. Und eins. Und zwei. Leute, drei. Hey und zurück. Und nach vorn. Leute, Leute, Leute! Und zurück. Und nach vorn.«

Ich kann nicht mehr, ich schaue mich panisch zu meiner Freundin um. Sie scheint eine Happy-Pille geschluckt zu haben. Anders kann ich mir das nicht erklären. Sie schmeißt ekstatisch die Arme nach oben, lacht mich breit an, zwinkert mit beiden Augen.

»Hey, die Neue träumt schon wieder! Und eins und zwei und drei, Leute, Leute! Es scheint uns alle hier nicht genug anzustrengen. Und weil es so schön ist, machen wir alles noch schneller, Endspurt. Und auf geht's: Hey, Leute, Leute! Und eins und zwei und drei und Leute! Super, Leute! Drehung. Drehung. Und eins. Und zwei. Nach vorne, drei. Hey, Leute, hey. Und Arme nach oben. Und zurück. Und nach oben. Und eins. Und zwei. Leute, drei. Hey und zurück. Und nach vorn. Leute, Leute, Leute! Super, Leute, richtig super, Leute, und, und – und AUS!«

Aus, raus. Raus hier! Ich flüchte förmlich zur Tür. Und wieder werde ich gestoppt.

»Entschuldige! Ich habe deinen Namen noch nicht so ganz drauf. Ich wollte dir kurz einen Zettel mit den Konditionen mitgeben. Und noch kurz 'ne Einschätzung geben und ein Abschlussgespräch über die Stunde führen.«

»Oh, na klar«, sage ich. *Ich will raus hier!*, schreit es in meinem Körper.

»Liebe, wir sind natürlich schon weiter mit der Gruppe, das merkst du ja. Aber du stellst dich ganz geschickt an, ich glaube, das könnte klappen. Lass uns einfach nächste Stunde noch mal probieren, aber das war heute schon sehr, sehr gut. Ein tolles Körpergefühl hast du.«

»Ach ja?«

»Und Rhythmus scheint dir im Blut zu liegen.«

»Ach wirklich?«

»Ja ganz toll! Super, Leute, also Leute, wir sehen uns, ich bin weg!«

Und weg ist sie.

»Elli, das hast du so toll gemacht. Ich wusste ja, dass Zumba was für dich ist. Wahnsinn, was für ein Körpergefühl du hast, dafür dass du nichts tust.«

Meine Freundin steht vor mir und ist begeistert. Zwei Leute können nicht irren, denke ich. Auf zum Zumba. Vielleicht muss ich einfach noch eine Stunde durchhalten, und dann geht's von selber. Plötzlich bin ich von dieser Idee so angefixt, dass ich mir gar nicht erklären kann, wie Zumba in den letzten Jahren an mir vorbeigekommen ist. Auch zu Hause legt sich die Euphorie nicht.

Heute weiß ich, dass sie der Lobpreisung meiner Person geschuldet war. Wenn du lange auf dem Trockenen sitzt und dann blasen zwei so schnell hintereinander ins selbe Horn, davor bin auch ich nicht gefeit. Ich bin auch nur ein Mensch. Vier Tage brauche ich, den Herrn Karl davon zu überzeugen, dass für Zumba auch in seinem Leben Platz ist. Und so kommt es, dass Herr Karl sich in der nächsten Zumba-Stunde mit einfindet. Der Zumba-Maus vergeht das »Leute, Leute«. Die anderen Damen kichern, und wir haben tatsächlich Spaß.

Bei den nächsten Malen kommt was dazwischen, der Herr Karl kann nicht, und wenn der Herr Karl nicht kann, dann kann ich auch nicht. Ist doch blöd, wenn ich das schon besser kann als er. Weil, zumindest zwei müssen in dem Kurs ja auf dem gleichen Level sein, ist lustiger und man ist mit der Schmach nicht ganz allein. Was soll ich sagen? Sie wissen ja, wie es läuft. Dann wollen Sie gehen, dann ist Sommerpause. Im Herbst startet der Kurs zu anderen Uhrzeiten. Die Uhrzeit, die passen würde, macht ein anderer Lehrer. Wir sind ja treu und wollen uns nicht auf einen neuen einlassen, wo wir uns gerade an den alten gewöhnt haben. Ja, dann passieren einfach unvorhergesehene Dinge. Schlussendlich ist es bei den zwei Malen geblieben, und wahrscheinlich ist es auch gut so. Bezahlen mussten wir nichts, weil es ja ein Schnupperkurs war.

Pilates

Da habe ich auch mal reingeschnuppert. Das läuft ja ganz anders ab. Macht mich aber mindestens genauso aggressiv. Da ist es entsetzlich ruhig. Ich sage nur Power-House! Irgendein

Haus in deiner unteren Bauchmitte soll aktiviert werden. In dem dann alle Fäden zusammenlaufen. Und ständig musst du an deinem Schambein ziehen. »Und denk an dein Power-House!« Und dann wird das Ganze so meditativ angeleitet, dass ich eigentlich einschlafe. Aber dank des Power-Houses geht das nicht. Und dann sollst du in dein Power-House einziehen. Das ist alles ein Wahnsinn. Es ist nichts anderes als Anspannung und Loslassen. Aber es ist gerade wahnsinnig hip. Und es soll phantastisch für dein Becken sein. Also für deinen Beckenboden. Unumgänglich geradezu. Damit wird zumindest geworben. Klingt natürlich cooler als Bauch-Beine-Po. Pilates. Ich geh jetzt zum Pilates. Ist eine Bewegung genau wie Punk. Die andere große Bewegung in der Bewegung unserer heutigen Zeit ist natürlich, natürlich Yoga! Eine Mischung aus beidem habe ich schon in meiner Schauspielzeit in Ulm hinter mich gebracht. Da nannte man es HAPTIK. Spür dich, berühr dich! Während du dich gedehnt hast und breitbeinig standest, Oberkörper nach unten fallend, mit den Händen am Boden vom linken Bein zum rechten Bein rüberwandern solltest, musstest du dir dazu natürlich noch eine Geschichte ausdenken so wie »Die Wanderung der Zehnfingerfamilie durch die Steppe zwischen den Bergen hin zur Weisheit …« Von hinten hing ein Studienkollege auf dir drauf und strich dir immer mit den Händen über die schmerzenden Kniekehlen und den Po-Oberschenkel-Ansatz. Erstens, damit seine Körperwärme auf dich übertragen wurde, und zweitens, um angeblich den Schmerz zu lindern. Atmen, atmen, atmen. Wahnsinn, Wahnsinn, Wahnsinn. In den Schmerz reinatmen! Den Schmerz wegatmen. Den Schmerz besiegen. Selbst zwanzig Jahre später konnte ich bei der Geburt von meinen Kindern den Schmerz nicht wegatmen, da ging nur schreien. Ich bekomme jetzt noch Schweißausbrüche, wenn ich daran erinnert werde, nicht an die Entbindungen, sondern an die

HAPTIK. Und als Krönung der HAPTIK sollte man sich in eine bequeme Liegeposition am Boden begeben, und ich sage Ihnen, spätestens nach zwei Minuten ist diese Position unbequem. Man möchte sich ein bisschen verändern, sei es nur den rechten Mittelfinger ein Stück nach rechts drehen oder die Haare aus dem Gesicht streichen, und am Ohr juckte es ja auch so schrecklich, aber man durfte sich nicht mehr bewegen. Es juckte alles und tat weh. Und jetzt sollte man innerhalb einer Stunde (sechzig Minuten!, dreitausendsechshundert Sekunden!), und auf gar keinen Fall kürzer, vom Boden aufstehen, ohne dass der Dozent es merkt. Minimalistisch, wie das Wachsen einer Blume. Hatten die einen Sockenschuss? Ich war doch keine Pflanze. Selbstredend habe ich das nach einer halben Stunde wutschnaubend abgebrochen. Unmöglich, Horror, unfassbar!

Probieren Sie das einmal nur fünf Minuten lang aus. Aber vorher bequeme Lage suchen …

Oh, dann gab es aber Ärger.

»Das ist dein Problem, Elena. Genau das ist dein Problem. Du lässt dich nicht ein.«

Ja, die Elli lässt sich nicht ein. Nein, nein, nein!

Das Ende vom Lied war, dass ich beim Lieblingschinesen landete und mir eine schön fettige Frühlingsrolle genehmigte. Aber jetzt auf zum Yoga!

Yoga

Klingt schon so esoterisch. Yoga. Yogi. Yogimann. Früher nannte man das im Zirkus Schlangenmensch. Möglicherweise ist auch Pilates die kleine Schwester vom Yogimann. Ich hatte mal einen Bekannten, der stand jeden Morgen zehn Minuten auf dem Kopf. Ist das wirklich gesund? Ich weiß es nicht.

Yoga, das scheint gerade eine richtige Massenhysterie zu

sein. Auch diese ganzen Bücher von namhaften Kolleginnen, die ihr Heil gefunden haben, machen die Situation nicht besser. Stets sieht man sie in schwarzen Hosen und mit rotem Oberteil, entweder im Yogasitz oder im »Wir klappen das Bein über den Kopf«. Die klappen irgendwie alles weg. Haben diese Yogafiguren nicht immer so Tiernamen wie zum Beispiel die Giraffe oder der Hund? Kann mir jemand auch die Katze machen? Ich würde gern wissen, wie »Mich laust der Affe« aussieht! Ich habe wirklich ein Problem mit Yoga. Vielleicht ist es auch das Wort. Wie ein Reflex, höre ich Yoga, bekomme ich Aggressionen. Bitte, may I become a beefsteak? An Yoga kommt man ja auch gar nicht vorbei. Jeder macht's doch irgendwie. Hat man ein bisschen Geld, fährt man auf Ayurveda-Kur. Hat auch mit nichts essen zu tun. Schrecklich. Ich dachte ja, Ayurveda wäre da im südlichen Indien zu Hause, mit der versteckten Fernreise im Gepäck. Aber wie ich höre, bietet es schon der Schwarzwald an, was mich schwer frustriert. In meinem Kopf verband ich den Schwarzwald immer mit der Schwarzwälder Kirschtorte. Auch die Österreicher schmeißen sich schon auf die Ayurveda-Yoga-Welle. Auch hier kannst du überall dein Power-House suchen. Und Yoga ist ja nicht gleich Yoga, wie man mir sagt. Nein, es gibt ja auch Poweryoga. Frühmorgensyoga. Yogila. Frauenyoga. Wo ist denn da der Unterschied zum Herrenyoga? Ursprungsyoga. Was soll das bitte sein? Schön sind auch die Sechstageyogas. Was ist man denn nach sechs Tagen Yoga? Viele sind ja jetzt auch sehr schnell anerkannte Yogalehrer. Die sprießen wie Pilze aus dem Boden. Und verfallen der Yogasucht. Jeder, der zweimal Yoga gemacht hat, verfällt dem Wahn und bucht gleich die Reise nach Kerala. Zurück kommt er als ausgebildeter Yogalehrer mit ayurvedischen Fachkenntnissen. Auch vom Meditieren kann man berichten. Und das Tolle am Yoga, du kannst es überall machen, so die Fachkreise. Schnell die Matte ausgebreitet, den Yogastein ins Kreuz geschoben, vorbei sind Kummer und Sorgen. Es gibt, glaub ich, auch schon Baby-Yoga. Aber auf jeden Fall gibt es Mutter-Kind-Yoga. Und trotzdem ist Yoga irgendwie anders als »Ich mach Fitness«. Es versteht sich irgendwie noch gesünder. Auch wirkt man gleich gebildet, wenn man Yoga macht. Yoga hat so etwas Elitäres. Das sind die Guten, die Yogaleute. Wahrscheinlich habe ich es deshalb nur einmal gemacht. Habe aber gleich viel Geld ausgegeben, weil es bei mir ohne Matte und Stein gar nicht ging. Wichtig ist immer, Goodwill zu zeigen und sich erst mal die Vollausstattung zuzulegen. Yogakleidung ist ja angeblich auch viel bequemer und praktikabler als ein herkömmlicher Fitnessdress. Das Yoga, das ich in dieser damaligen Stunde gelernt habe, ist für mich nichts anderes als Gleichgewichtsübung und Körperstretching. Das mache ich auch gelegentlich. Dann sag ich: »Ich muss mich mal kurz stretchen. Ich leg mich mal kurz hin.« Dehnen. Strecken. Mal den Körper so richtig durchstrecken, ihn anspannen und loslassen. Auch mal auf einem Bein stehen finde ich super. Ich steh aber dann nicht gleich im Baum, sondern einfach nur auf einem Bein. Ich mach keine Welle, ich mach das Bein hoch. Auch muss ich nicht gleich bedeutungsschwanger sagen: »Ihr Lieben, ich muss mich jetzt kurz zum Yoga zurückziehen, die Kraft und Stärke im Power-House wieder spüren und den Energiefluss wieder freilegen. Denn sonst verliere ich mich. Ich will jetzt mal ganz bei mir und dem Dalai Lama sein. Muss mich von dem Irdischen befreien.« Ich bin das alles nicht, es tut mir leid. Wenn jemand Yoga machen möchte, bitte. Ich will es nicht schlechtreden, es ist einfach nichts für mich. Ich stretche mich ein bisschen. Ich finde, das reicht. Außerdem, mal ganz nebenbei: Die Damen, die diese ganzen Bücher schreiben, sind allesamt zaundürr. Weil, so wird man dann, oder was? Sicher nicht von einmal die Woche Yoga. Lassen Sie sich doch nichts erzählen: jeden Tag zwei Stunden und einen grünen Smoothie dazu, am besten noch vegan.

Das war's mit den Schnupperkursen. Dreimal hab ich geschnuppert. Dreimal war nix dabei.

Schnuppern ist ja grundsätzlich nicht schlecht, und es ist auch nichts dagegen einzuwenden. Aber man lässt einen ja nicht einfach nur schnuppern, meistens will man einen ja einfangen, gleich verhaften. Schnuppern heißt doch eigentlich riechen, oder? Ich bin ein sehr starker Geruchsmensch. Wenn ich jemanden nicht riechen kann, dann kann ich ihn wirklich nicht riechen. Auch entscheide ich mich beim Essen über den Geruch, ob ich's esse. Das Schnuppern steht ja stellvertretend für den Geruch. Sagt man nicht auch »Schnupper da doch einfach mal so rein«? Aber es muss halt auch erlaubt sein, dass ich nach dem Schnuppern nein sage. Möglicherweise verändert sich ja irgendwann der Geruch oder Geschmack, aber jetzt ist nein. Ich möchte nicht gezwungen werden, ihn zu ändern.

Killing me softly

Es ist nicht so, dass ich grundsätzlich normale, alltagsgerechte Bewegung und körperliche Ertüchtigung ablehne. Aber auch hier rede ich von normaler körperlicher Bewegung. Ich muss nicht an meine Grenzen gehen, um mich gut zu fühlen. Nein, ich kann auch so Spaß am Leben empfinden. Wenn ich an meine Grenzen gehe, ausgepowert bin, schwitze wie ein Schwein, hechelnd nach Luft japse, dann geht es mir nicht gut. Dann geht es mir sogar besonders schlecht. Ich brauche das nicht für mein Leben. Ich gehe beispielsweise wahnsinnig gern spazieren. Ich gehe auch gern zügig spazieren. Ich gehe kilometerweit spazieren.

Schon in Berlin bin ich mit Niggi stundenlang schwadronierend im und um den Friedrichshain spaziert, auch Marzahn und Hellersdorf haben wir auf diese Weise bei Wind und Wetter durchquert. Dabei hatten wir nicht nur frische Luft, sondern auch genügend Ertüchtigung für den Körper und kriegten nebenbei auch noch was von unserer Umwelt mit. Wir sahen, was sich verändert hatte, wie sich die Stadt im Wandel befand. Wir redeten darüber, was uns positiv, was uns negativ auffiel, wie wir damit grundsätzlich umgehen sollten ... Kurzum: Wir taten nicht nur etwas für uns, sondern nahmen aufmerksam am Leben im Allgemeinen teil.

Diese Neugier, die mich immer wieder positiv mit den Mitmenschen zusammenbringt, die mich unbefangen fragen lässt: Warum? Warum reicht nicht ein leichter Gang? Warum muss es immer mehr sein? Warum ist man nie zufrieden? Warum muss man immer an die Grenzen gehen? Warum reicht nicht einfach spazieren?

Spazieren

Der Spaziergang ist etwas Wunderbares. Besorgen Sie sich mal einen schönen Stadtführer in einer Buchhandlung. Nicht nur für eine mögliche Städtereise fern der Heimat, nein, auch für die eigene Heimat, die eigene Stadt (My home is my castle – international) ist es eine wirklich gute Anschaffung. Ich habe festgestellt, dass man die eigene Stadt oftmals gar nicht richtig kennt. Es gibt sehr viele Ecken, die man gerade zu Hause noch entdecken kann. So, und deshalb auf in den Buchladen, und das sage ich nicht nur, weil ich unter die Autoren gegangen bin, nein, auch sonst finde ich Buchhandlungen wirklich wichtig. Bücher in die Hand zu nehmen, sie haptisch zu erfassen, das hat schon was Eigenes. Ein Buch ist und bleibt ein Buch. Auch zum Nachschlagen, wie eben ein Städteführer, ist es doch etwas anderes als eine Digital Map. Ich habe die Erfahrung gemacht, dass sowohl die Navis als auch die Smartphone-Zielfinder mich zwar ans Ziel bringen, ich aber trotzdem nie weiß, wo ich bin.

An dieser Stelle also ein kurzes Plädoyer: Drei Stunden im Buchladen sind viel zielführender als drei Stunden vor dem Computer! Sie werden nicht nur das richtige Buch finden, Sie haben auch noch Menschen um sich, die sich mit Ihnen beschäftigen. Vor dem Computer sind Sie allein. Auch wenn Sie mit irgendwelchen virtuellen Menschen im Chatforum sprechen, bleiben Sie allein. F8qbabXX bleibt immer anonym. Außerdem, was kann Ihnen F8qbabXX mehr sagen als eine ausgebildete Buchhändlerin? Aber zurück.

In der netten Buchhandlung von nebenan wird man garantiert einen wunderbaren Stadtführer bekommen. Ganz wichtig: Nehmen Sie immer einen Stadtführer mit Gourmettipps, kleinen Snackbars, Jausenstationen. Er sollte immer – wichtig, wichtig – halbwegs aktuell sein, das heißt, nicht älter als ein Jahr. Ich erinnere mich an einen absurden Zelturlaub mit meiner Familie und meiner besten Freundin Inken in Schweden im Sommer 1990. In dem Sommer, in dem wir zum dritten Mal Fußballweltmeister wurden. Inken war schon fünfzehn, ich knapp davor. Ganz abgesehen davon, dass Schweden für schwer pubertierende Mädchen im Sommer und im Zelt überhaupt nix ist, fuhren wir aber, um das Unheil noch zu toppen, mit einem Campingführer von 1977 durch das Land. Das Grauen ist schwer vorstellbar. In klammen Klamotten, drei Wochen lang, zu Campingplätzen, die es überhaupt nicht mehr gab. Wenn es sie gab, versprühten sie nicht mehr den Charme von 1977, sondern waren entweder verwahrlost oder völlig aufgemotzt. 1977 bis 1990, dreizehn Jahre, mehr als ein

Jahrzehnt, und in einem Jahrzehnt passiert eine Menge. An dieser Stelle sei interessanterweise festzuhalten, dass ich mich immer, wenn Deutschland es auf dem Fuß hat, Weltmeister zu werden, in Ländern befinde, wo man es mir nicht nur nicht gönnt, sondern mich auch noch als feindliche Aussätzige behandelt. Mein Fußballfanatismus, was EM und WM betrifft, begann auf der Fährüberfahrt nach Schweden mit dem ersten Gruppenspiel der Deutschen. Und mit einem veralteten Campingführer, der noch nicht mal sagt, ob es Fernseher auf dem Campingplatz gibt oder nicht, ist es schwer, Fußballfan zu sein.

Also ab in die Buchhandlung. Aktuelle, aktuelle, aktuelle Reiseführer kaufen oder bestellen, anfassen, fühlen, ob das Format passt, ob die Farbe passt. Wie sind Schriftform und Schriftgröße, lässt sich der Stadtplan gut lesen und versteht man ihn, oder muss man dafür diplomierter Geograph sein? Wie ist das Farbspiel der Bilder? Harmoniert die Anordnung? Aber allem voran, was ist mit dem Essen? Ist das Essengehen gut beschrieben? Läuft Ihnen das Wasser bei der Beschreibung des Menüs im »San Luca« im Mund zusammen oder nicht? Läuft es nicht – Finger weg! Denn, warum sollte man ein Restaurant beschreiben, wenn es nicht gut ist und einem das Wasser nicht im Mund zusammenläuft? Dann kann man es ja auch weglassen. Wenn der Reiseführerschreiberling nicht probegegessen hat, und das spürt man ja wegen des Wassers, des wässrigen Mundes, und lieblos das Restaurant anführt, weiß ich, spüre ich es sofort, also wegen des Wassers, dass dieser Reiseführer nichts für mich ist. Denn wahrscheinlich ist der Reiseführerautor ein fanatischer Städtetrip-Reisender, der mit Hast und ohne Ruhe marathonartig durch die Stadt jagt, alle Sehenswürdigkeiten abhakt und natürlich nichts isst. Ja, Ihnen sogar noch ein schlechtes Gewissen suggeriert, wenn Sie etwas essen möchten. Nach dem Motto, falls Sie jetzt unbedingt eine Rast brauchen, können Sie ja noch schnell bei »San Luca« vorbeischauen und Pasta mit Bolo essen. O nein, nicht mit mir. So nicht! Ich bevorzuge die Reiseführer, in denen steht, dass eine Städtetour keine Hast benötigt. Genießen Sie die Stadt, saugen Sie ihr Flair auf. Das geht am besten auf kleinen Piazzas, in kleinen Gassen, in den versteckten, unscheinbar aussehenden kleinen Restaurants wie dem »San Luca«, in dem Sie um die Mittagszeit immer von Luca selbst begrüßt werden. Er wird Sie zu einem kleinen Tisch leiten. Begeben Sie sich voll in seine Hände, er wird wissen, was Sie brauchen. Hier können Sie sich von der Hektik und dem Lärm und den vielen bisher gewonnenen Eindrücken entspannen. Hier kocht la Mamma noch selbst, und Sie werden wissen, Sie haben in Luca einen neuen Freund gefunden. Auch das Preis-Leistungs-Verhältnis ist derart angemessen, dass Sie später noch gut und gern bei »Santa Lucia«, seiner Schwester, vorbeischauen können.

So muss das sein.

Ganz nach meinem Geschmack.

Ein wirklicher Trick ist: Schauen Sie sich das Autorenfoto auf dem Reiseführer an. Sollte dieses nicht wohlgenährt, lachend, sympathisch sein, sondern ausgemergelt, extremsportlerartig, mit Siegerblick: Finger weg. Frustrierter Autor auf dem Weg, sich selbst zu finden oder vor einer Liebe zu flüchten oder Teilnehmer des Wettbewerbs »10 Städte in einer Fastenwoche«. Erkennbar ist das auch an den vielen Brunnen, die auf den Stadtrouten eingezeichnet sind. Nicht das erste Restaurant und auch nicht die erste Trattoria oder die Bar von San Michele. Nein, das Wasser vom Abt San Hungero!

Finger weg – Finger weg – Finger weg!

Aber gottlob sind Sie ja im Buchladen, denn hier können Sie alle Exemplare anschauen und anfassen, können aussuchen, können entscheiden, weglegen, das Nichtgewollte einfach weglegen. Sie müssen nicht zum Postamt rasen, um die neunzehn falschen Exemplare in time (international) zurückzuschicken, der Retourenschein ist sowieso verschwunden oder war nicht im Paket dabei. Die dafür zuständige Internetseite stürzt immer wieder ab beziehungsweise ist gerade *under reconstruction*. Nachdem Sie dann die Hotline-Nummer für 49 Cent pro Minute Festnetz, Mobilfunknummer abweichender Minutenpreis, angerufen haben und nach gefühlten anderthalb Stunden Wartezeit eine gebrochen deutsch sprechende Dame am Telefon haben, wird sie Ihnen mitteilen, dass an der Internetseite etwas umgestellt wird, um es für die Kunden noch einfacher zu machen, und Sie bitten, in zwei Stunden noch mal anzurufen. Zwei Stunden später, drei, weil Sie in der Zwischenzeit etwas zu tun hatten, fällt Ihnen der Name der Dame nicht mehr ein, und der Notizzettel ist auch verschwunden. Bis Sie dann mit viel Raten umständlich mit dem neuen Telefonpartner den Namen der Dame von vor drei oder dreieinhalb Stunden herausgefunden haben, stellt man fest, dass diese seit zehn Minuten Feierabend hat. Man würde Sie gerne mit einem Kollegen verbinden. Aber leider, leider, irgendwie scheint beim Durchstellen etwas schiefgelaufen zu sein, auf jeden Fall sitzen Sie mit dem tutenden Telefonhörer alleine in Ihrer Wohnung.

So, und hier kommt jetzt Frustessen, was normalerweise gar nicht nötig gewesen wäre. Hier stecke ich mir jetzt frustriert eine Tafel Schokolade in den Mund, da ich nicht mehr rauche. Würde ich noch rauchen, wären jetzt keine Zigaretten da. Um den Tobsuchtsanfall abzuwehren, würde ich spätestens hier die Tafel Schokolade aufreißen. So oder so, um die Tafel Schokolade komme ich nicht drum herum. Wäre ich in den Buchladen gegangen, hätte sich um diesen ganzen Scheiß die Buchhändlerin gekümmert. Der Weg dahin wäre ein leichter Spaziergang gewesen. Ein paar Erledigungen auf dem

Weg zur Buchhandlung hätten leichtfüßig wie nebenher stattgefunden. Nach der Buchhandlung könnte ich mich in einem kleinen Café stärken, da ich ja jetzt Kopfarbeit mit den verschiedenen Reiseführern geleistet hätte, mir sozusagen der Kopf rauchte und ich Abkühlung und Nahrung bräuchte. Für diese Nahrung müsste ich mich nicht schämen. Anschließend auf dem Nachhauseweg könnte ich noch schnell in den Supermarkt springen. Allein das Krafttraining der Tütentragerei lässt die gerade konsumierten Kalorien wie im Fluge verfliegen. Und schon wären wir wieder beim leichten Spaziergang. Ganz nebenher, überall einsetzbar: auf dem Weg zum Arzt, zu einer Freundin, zu einem Spielplatz, zum Supermarkt. Auch prima geeignet zum Klamottenkauf. Auch da hätte ich einen Supertipp: Sollten Sie sich auf Klamottenshoppingtour befinden, das Gewünschte zahlen oder, wenn noch nicht ganz entschieden, zurücklegen und die Klamotten mit Namensschild im Laden aufbewahren lassen, egal, ob bereits gekauft oder erst zurückgelegt. Kurz vor Ladenschluss sammeln Sie mit einem Zickzackkurs durch die Innenstadt alle Tüten ein. Hier kommen Sie jetzt, ganz ohne es zu wollen, ins Schwitzen, weil Sie zu spät dran sind. Die Läden schließen gleich, und überall haben Sie Tüten deponiert oder Ware nur für heute zurücklegen lassen. Sie rasen keuchend durch die Stadt. Nicht mit dem Kampf, Ihre bisherige Laufbestzeit unterbieten zu müssen, nein, mit dem Wunsch und dem unbedingten Drang, das kleine Schwarze, das Sie im ersten Laden hinterlegt hatten, abzuholen, da Sie es heute Abend unbedingt tragen müssen. Da führt kein Weg dran vorbei. Auf diese Weise verbrennen Sie Kalorien im Schnelldurchlauf, erstrahlen am Abend im neuen kleinen Schwarzen. Superschlank und supersexy. Sollte der Abend fortgeschritten sein, können Sie ungehemmt schlemmen, und dann verlassen Sie die Party, aber zack. Ab dem Moment, wo alle leicht betrunken sind, nimmt eh keiner mehr Notiz von Ihnen. Wichtig sind nur der Auftritt und die erste Stunde.

Wo waren wir eigentlich stehen geblieben? In der Buchhandlung? Nein, wir wollten spazieren gehen. Und das tun wir jetzt auch.

Ich spaziere.
Ich werde spazieren.
Ich werde spaziert sein.
Und am Schluss werde ich eingekehrt sein.
Da immer die Belohnung am Ziel warten muss.

Belohnung kann für jeden ja etwas anderes sein. Möglicherweise bevorzugen Sie eher den Asiaten als den Italiener. Egal, was am Ziel steht, auch wenn es vielleicht bei Ihnen nicht Essen ist, es muss eine Belohnung sein. Sich selbst belohnen ist etwas Wunderbares. Aus diesem Grunde werde ich mir gleich die Sahnetorte aus dem Kühlschrank genehmigen, denn auch ich habe mir jetzt eine Belohnung verdient.

Spazieren leicht gemacht für jedermann

Wichtig ist immer die kleine Getränkeflasche. Auch zeigt die Erfahrung der letzten Jahre, zehn Euro in der Tasche sind das Minimum. Manchmal will man nur um die Ecke gehen, aber dann spaziert man halt doch los und ist weit vom Ausgangspunkt entfernt. Da braucht man eine Stärkung, hat kein Geld dabei, der Horror!

Ich spaziere gerne zu zweit, am liebsten mit einer guten Freundin, da kann man gut reden oder auch unangenehme Themen diskutieren. Aber auch allein kann man wunderbar spazieren, wenn man ein Head-Set hat und seine Freundin anruft. Auch gerade jetzt auf dem Land, wenn ich meine alten Freundinnen hören möchte, eignet sich ein leichter Gang mit

Head-Set prima. Beim Spazieren werden Geist und Körper angeregt. Der Faden geht beim Gesagten nicht verloren. Im Gegenteil, er wird weitergesponnen. Er kann sich nicht verheddern, und alleine durch die Bewegung können neue Aspekte aufgetan werden, da man sich nicht im Stillstand, sondern im Fluss befindet. Beim Spazieren passiert alles nebenher. Ohne Zwang und ohne Muss, ohne Krampf und Anstrengung. Beim Spazierengehen lässt sich das Angenehme mit dem Nützlichen verbinden. Man kann es mit Freunden und Besuchern teilen oder alleine genießen. Denn wie finde ich das, wenn man dem Besuch sagt: »Natürlich bist du herzlich willkommen, aber ich geh jetzt um die Mittagszeit – also so, dass der gesamte Tag zerstört ist, weil mein Vertrag dann günstiger ist – ins Fitnessstudio und möchte den Fluss, den ich mir gerade mühsam erarbeitet habe, nicht unterbrechen. Du musst dich dann halt zwei bis drei Stunden, mit Aus- und Anziehen und Hin- und Rückfahrt braucht man dann doch einen viertel Tag, alleine beschäftigen.« Sie geben dem Besucher das Gefühl, dass er nicht nur nicht willkommen ist, da Sie für ein Viertel des Tages verschwinden. Nein, Sie unterstellen ihm auch noch Unsportlichkeit und Verfettungsdrang, wenn er in Ihrer Abwesenheit zu Mittag isst. Hingegen bewirkt das Spazieren große Gastfreundschaft. Nicht nur, dass Sie dem Besucher Umgebung und Sehenswürdigkeiten zeigen. Nein, Sie tischen auch noch wirklich groß auf. Denn nach so einem schönen langen Spaziergang hat man es sich doch verdient. Zwischendurch zeigen Sie sich mit Ihren Not-zehn-Euro auch nicht knauserig am Eisstand, ungefähr auf der Hälfte der Strecke. Spazieren für dich, für mich, für jedermann ist immer was dabei.

Hingegen lassen das Joggen oder das Wandern überhaupt nichts anderes zu als sich selbst.

Ich hasse Joggen. Ich hasse Wandern.

Das Wandern

Es gibt Bergziegen, gut, die mag es wirklich geben. Aber die Mehrheit ist wie ich eine normale Ziege, eine Bleib-in-der-Flachlandebene-Ziege. Bergauf gehen ist für mich unerträglich. Das Schlimme daran ist, dass mich das Wandern so wahnsinnig aggressiv macht. Ich kann bergauf nicht denken, geschweige denn reden. Bergauf bringt mich zum Schwitzen.

Ich bin kein Mensch, der gerne alleine etwas unternimmt. Ich bin ein kommunikativer, geselliger Mensch. Wenn man ein kommunikativer, geselliger Mensch ist, ist Wandern schwierig. Wo ich jetzt lebe, ist es eigentlich wahnsinnig schön: Man schaut auf den Berg, aber oftmals fühle ich mich sehr, sehr eingesperrt. Ich möchte einfach gehen, normal gehen. Aber wenn ich den Berg runtergehe, muss ich irgendwann ja wieder rauf. Ein Alptraum.

Mein Bergbesteigetipp:

Man sollte überhaupt nur eine Steigung betreten, wenn man weiß, wo das Ziel ist. Am Ziel muss, wie gesagt, immer eine Belohnung warten. Natürlich könnten Sie auch eine Stulle im Rucksack haben und einen Schokoriegel, die Sie dann, am Ziel angekommen, verzehren. Halte ich aber für Augenwischerei. Denn wenn Sie die Stulle und den Schokoriegel im Rucksack haben, warum essen Sie sie dann nicht schon am Anfang? Also, die beste Belohnung ist selbstredend das Wirtshaus oder eine bewirtete Hütte. Gut ist, wenn Sie die Lokalität am Ziel kennen. Sie muss eine Köstlichkeit bieten, die einem schon beim Anstieg das Wasser im Mund zusammenlaufen lässt und die einen an einem durchsichtigen Faden den Berg hinaufzieht. Nur dann kann ich dem Wandern ansatzweise etwas abgewinnen.

Meine Kinder sind das beste Regulativ und Beispiel. Kaum

sind wir zu einer Wanderung aufgebrochen, verspüren sie schon Jausenhunger.

Zu diesem Zeitpunkt stelle ich fest, dass ich eigentlich erst mal shoppen gehen müsste, um mir eine passende Ausrüstung zuzulegen. Denn auf dem Weg zur Haustür sind mir schon die Jausenbox plus Getränkeflasche im Rucksack aufgegangen und ausgelaufen. Was an sich nicht so schlimm wäre, da ich den Rucksack sowieso schrecklich, unbequem und aus der Mode gekommen finde.

Aber nun geht der Streit mit dem Gescheitfix los, der Jausenbox und Getränkeflasche vollkommen überflüssig findet, da man ja gerade erst gefrühstückt hätte und sowieso nur maximal eine Stunde in gemächlichem Tempo dahinschreitend den Berg erklimmen würde. Wenn er öfter da wäre, wüsste er, dass die Kinder so früh gar nicht so viel essen können und im Kindergarten schon nach Eintreten durch die Eingangstür die Jausenzeit eingeläutet wird. Und daher geht bei Betätigung der Eingangstür der Hunger los.

»Was ist denn das für ein Blödsinn, den Kindern gleich eine Jause zu geben, wenn sie im Kindergarten ankommen?«

»Unsere werden so spät gebracht, da geht gleich die Jause los.«

»Dann steh halt früher auf.«

»Sag mal, geht's noch?«

Währenddessen ist der Kleine in die einzige Pfütze gestiegen, die vom gestrigen Nachmittagsplatzregen übrig geblieben ist …

»So, wo sind die anderen Schuhe?«

»Keine Ahnung, du warst doch beim letzten Mal mit ihm draußen.«

Der Große muss noch mal kaka. Wenn der Große kaka muss, dann dauert das.

Dem Gescheitfix ist mittlerweile der Heizungsraum eingefallen, in dem er die Schuhe zum Trocknen geparkt hat, der Kleine hat immer nasse Schuhe. Aus dem Rucksack tropft der klebrige Saft aufs Parkett. Ich die Treppe hoch, um einen Lappen zu holen, rutsche aus, schlage mir das Knie an, das Handy klingelt. »Wo bleibt ihr denn«, fragen die Freunde, mit denen wir uns verabredet haben, die man ja so selten sieht und die sich ja schon so auf diese Wanderung freuen, weil sie einmal im Jahr aus der Stadt rauskommen.

Der Gescheitfix brüllt: »Los jetzt! Immer wenn ich mich mal auf was freue, kommen wir zu spät!«

Also, ich wieder runter, schnell noch die Hosentaschen mit Zuckis vollgestopft, Antriebsmotivation für den Berg – nur für die Kinder –, den Kleinen in die trockenen Schuhe gesteckt, den Großen vom Klo gebrüllt und raus. Nix zu trinken, nix zu essen, aber Zuckis dabei. Und auf geht's.

Die Bekannten aus der Stadt, die in Vollmontur leicht ungeduldig herumtänzeln, warten schon. Der Stadtmann, er hat vorsorglich und vorausschauend für einen globalen Netzausfall das Bergwetter für die nächsten drei Tage heruntergeladen, warnt zur Vorsicht und drängt zum sofortigen Aufbruch, denn Tief Marianne, über die skandinavischen Länder Richtung Russland ziehend, könnte möglicherweise einen Abstecher nach Oberösterreich machen. Also marschieren wir hurtig los und nehmen Fahrt auf. Die beiden Herren zügig voneweg. Ich wälze mit der Bekannten ihre Beziehungsprobleme, die Kinder halte ich mit den Zuckis aus der Hosentasche – wie bei Hänsel und Gretel – bei Laune.

Wichtig beim Wandern ist: Behalten Sie das Ziel im Auge! Lassen Sie sich nicht vom Gescheitfix überreden und irritieren. Er will nämlich, angeregt durch den Städterfreund, eine Route ausprobieren, die besonders schön sein soll und eigentlich noch schneller zum Ziel führen müsste. Hier verneinen

Sie. Vehement: Nein, nein, nein. Lassen Sie sich nicht darauf ein! Egal, ob Sie alleine oder mit Kindern unterwegs sind. Nein.

Jetzt wird er anfangen, von seiner Jugend zu faseln. Und wie schön das immer war. Er wird von den wilden Himbeerhecken oder der Blaubeerwiese schwärmen – möglich ist auch der kleine Gebirgsbach, in dem die Forellen springen. Dann wird er von der Schönheit der unberührten Natur sprechen.

Zack, hier müssen Sie rein: Ihre letzte Chance, das nahende Unheil abzuwenden. Mit dem Argument, unberührt kann doch kein Weg sein und »unberührt« sollte man unberührt lassen, mit dem Hinweis auf die Spezies Mensch, die alles Schöne zerstört!

Wenn Sie diesen letzten Moment mit dem Stichwort »unberührt …« verpassen, hat er Sie.

Jetzt Gnade Ihnen Gott!

Mich hat er gehabt, mich hat er vor sieben Jahren gehabt. Mich, mit dreieinhalb Monate altem Baby in der Bauchtrage. Wir hatten keine Getränke dabei, geschweige denn irgendetwas Nahrhaftes in der Jackentasche, die falschen Schuhe an, waren viel zu warm angezogen, weil es ja sehr kalt war. Man wollte nur kurz ins Dorf HINUNTER – hinuntergehen, mir wurde ein leichter Bergabwinterspaziergang vorgegaukelt.

Das Ganze gepaart mit einem befreundeten Regisseur, der aus der Stadt zu Besuch war, weil ihn sein Liebeskummer um den Verstand brachte, und der Ex-Freundin vom Bruder meines Mannes sowie ihrem Hund, der bezeichnenderweise den gleichen Namen wie der Bruder meines Mannes hatte. Somit zuckte man jedes Mal zusammen, wenn der Hund gerufen wurde, weil wir dachten, der Bruder wäre im Unterholz verschollen.

Wir also beim Abstieg ins Dorf, da fiel meinem Herrn Gescheitfix beim Betrachten eines überwucherten schneebedeckten Steinhanges doch die sagenumwobene, wunderschöne, kleine, schnelle Abkürzung ein, die nur ein Stückel bergauf, dann aber rasch bergab ins Dorf führen würde. Mit einem Ausblick auf den See, der das Herz weiten sollte.

Das ließ sich der liebeskranke Regisseur nicht zweimal sagen, die Ex-Freundin vom Bruder, sowieso eine passionierte Bergziege, hinterher, und ich, noch mit den Resthormonen der Geburt auf dem Trip »Ich kann alles schaffen« – anders kann ich mir den Wahnsinn nicht erklären –, ihnen nach. Relativ schnell war klar, dass der Film »Lassie« ein Fake gewesen sein muss, denn der Collie schaffte kaum ansatzweise diesen steilen Berg. Und auch ich war schon nach den ersten fünfzig Metern hart an meinen Grenzen. Der Liebekummerregisseur ging stoisch weiter, denn was konnte ihm noch Schlimmeres passieren, und die Ex-Freundin vom Bruder schritt, ihren Hund völlig vergessend, mit meinem Mann voran. Allein mir und dem Collie schien der Ernst der Lage bewusst zu sein. Es führte kein Weg mehr zurück, der Weg vereist, die Gefahr eines rutschigen Bruches zu groß. Ich konnte nicht mehr zurückblicken, da ich nicht schwindelfrei bin. Man half sich wie bei einem Staffellauf irgendwie den Berg hinauf, um die besagte Forststraße zu finden. Mein Mann war völlig orientierungslos und unterschätzte das Gelände komplett, denn die Pfadfindergabe aus den Kindheitstagen war ihm abhandengekommen. Dieses gab er nicht zu, im Gegenteil, er beharrte auch noch stur auf dem Weg, und das machte die Situation auch nicht besser.

Wir waren insgesamt fünfeinhalb Stunden unterwegs, gottlob stillte ich mein Kind noch und hatte somit für einen etwas zu essen dabei.

Deshalb wichtig: Verneinen, verneinen, verneinen, wenn Sie nicht ausreichend Proviant dabeihaben. Die letzten zwei Stunden verbrachte ich schweigend. Fünfeinhalb Stunden –

gefühlte Tage – nach Aufbruch kamen wir bei meinem geliebten Wirtshaus an.

Spätestens seit dieser Zeit weiß ich, wie unumgänglich wichtig ein Wirtshaus, also die Belohnung, ist. Sie müssen sich belohnen! Für mich ist und bleibt richtiges Wandern nichts. Es verursacht Stress und schlechte Laune.

Bergwandern für dich und mich, für jedermann

Klar, normales Bewegen ist okay. Auch ich kann Berge bezwingen und Sie auch.

Einfacher Trick zum Bergwandern: Sie fahren mit der Gondel hoch, stärken sich an der Seilbahnjausenstation, spazieren dann gemütlich zum Wirtshaus, essen dort zu Mittag, machen sich anschließend an den Abstieg. Sie lösen nur die Berghinaufkarte und gehen dann runter. Für den Abstieg haben Sie ein Apfelschörlchen dabei, damit Sie das Elektrolytdepot wieder auffüllen können. Sollte der Abstieg länger als eine Stunde dauern und Sie mit Mittagessen und Päuschen die Konditorzeit noch auf dem Berg erreichen, wäre es gut, der Unterzuckerung mit Hilfe eines Schokoriegels frühzeitig beizukommen, bevor man sich auf den letzten Metern streitet und völlig zerkracht.

Im Tal angekommen, dringend belohnen, den Tag ausklingen lassen – nach meiner Empfehlung unbedingt im Restaurant.

Wichtig an dieser Stelle: Entscheiden Sie sich für das Restaurant schon auf der Hinfahrt. Denn nach der Wanderung sind Sie müde, ausgelaugt und erschöpft. Jetzt noch das Restaurant zu bestimmen, übersteigt auch Ihre Kräfte.

Hier kann es schnell zu einer Auseinandersetzung kommen, die sich relativ zügig zu einer ausgewachsenen Beziehungskrise mausern kann. Sollten Sie sich nicht in einer Beziehung befinden, sondern mit Freunden unterwegs sein, können Sie nun die wahre Freundschaft prüfen.

Lassen Sie sich auch nicht ein auf: »Wir haben doch zu Hause einen vollen Kühlschrank. Daraus zaubere ich uns schnell was Schönes.« Er war nämlich länger nicht da, und Sie wissen, Ihre eingekauften Dinge im Kühlschrank passen ihm nicht. Er regt sich darüber auf. Sie werden wegen Ihres ökologischen Fußabdrucks beschimpft. Sie schlagen zur Beschwichtigung Pasta vor, bei Ihnen und den Kindern geht Pasta ja immer. Er, wieder eifersüchtig auf die Pasta: »Ich kann nicht von morgens bis abends Nudeln essen, ich werd zu fett!« Als krönender Abschluss der Diskussion wird man dann noch als kulinarischer Banause beschimpft.

Haben Sie Verständnis. Auch er ist ja völlig entkräftet und übermüdet, weil so ein Abstieg halt auch ihn anstrengt.

Deshalb Restaurant, Restaurant, Restaurant!

Also, ich rate:

Berg finden mit Gondel
Jausenstation
Wirtshaus
Wanderjausenbox, bestehend aus Apfelschorle, Schokoriegel und möglicherweise Stulle
Anschließend Restaurant im Tal
Könnte ein schöner Sonntag werden!

Joggen

Über das Joggen sprach ich ja bereits im Kapitel »Personenquäler«. Leider muss ich trotz meiner tiefen Abneigung noch mal kurz darauf eingehen, weil mir das Joggen gerade hier auf dem Berg wieder begegnet ist. Bei einer neuen liebgewonnenen Freundin, die doch – Tatsache – morgens um neun Uhr selig lächelnd bei mir auf dem Balkon steht und fragt, ob ich mit ihr runterlaufen möchte, sie würde mich auch wieder hochfahren. Wie denn, wenn ihr Auto schon hier steht? Aber nein. Sie ist natürlich hochgejoggt. Leichtfüßig den Berg hinaufgetrabt. Dreieinhalb Kilometer bergauf. Sechshundert Meter über dem Meeresspiegel, und das kaum verschwitzt. Ich kann die Steigung jetzt nicht berechnen, aber sie ist enorm. Nicht umsonst das E-Bike und der Umtausch. Das laufe ich auch nicht mehr runter. Dreimal hab ich das gemacht, das gebe ich zu, aber dreimal ist genug. Aller guten Dinge sind drei und basta. Für die Freundschaft mache ich uns lieber eine gute Pasta. Nach einer halben Stunde, einer Apfelschorle wegen der Elektrolyte, verabschiedet sich dann meine neugewonnene Freundin, weil sie jetzt auskühlen könnte, und trabt von dannen. Man muss Menschen ziehen lassen können. Das ist schwer, aber das kann man lernen.

Ich joggte.

Ich werde nicht mehr joggen.

Ich werde nicht mehr gejoggt sein.

Eh basta.

Die Wasserratte

Wie schon erwähnt, mag ich Wasser. Ich mag es nicht trinken. O nein. Da hasse ich Wasser. Wasser geht für mich nur mit Geschmack. Am liebsten mit Apfelsaft. Stilles Wasser mit Apfelsaft. Herrlich. Beim Schreiben hab ich eine ganz neue Seite an mir entdeckt. Holundersirup mit Wasser und auch Sprudelwasser. Interessant. Sonst mag ich Sprudel nur bei meiner heißgeliebten Cola, auf die ich später noch mal eingehen werde. Ich finde, Wasser ist zum Duschen, Baden, Schwimmen da, aber nicht zum Trinken.

Schwimmen, ich schwimme sehr gerne. Auch wenn mir das

im Clan niemand so recht glaubt, ich gehe nämlich nicht in den See. Naturgewässer sind mir ein Greuel und verursachen Angst. Und dann ist dieser See hier auch noch der tiefste in Österreich. Unlängst sah ich eine Reportage über einen Amerikaner, der ein Kriegsflugzeugrelikt aus dem See barg. Entschuldige. Da gehe ich doch nicht rein. Wer weiß, was da noch alles drinliegt? Allein bei dem Gedanken wird mir schon ganz anders. Diese unsichtbare Hand, die mich nach unten ziehen könnte, in dieses tiefe, schwarze Loch, verursacht mir Magenschmerzen und an dieser Stelle Dauermenstruation …

Da gibt es auch kein Klo, da unten am Badegrund. Das Wasser ist wahnsinnig kalt. Auch wenn von dreiundzwanzig Grad die Rede ist. Hallo? Dreiundzwanzig Grad. Geht's noch? Das ist arschkalt. Vor sechsundzwanzig Grad geht gar nichts. Ich bin vierzig. Und auch mit zwanzig waren dreiundzwanzig Grad indiskutabel. Dass meine Kinder das ertragen, ist nur ihrem jugendlichen Leichtsinn zuzuschreiben. Auch das offene Meer ist nichts für mich. Strömungen könnten mich möglicherweise hinauszerren. Meine Phantasie spielt mir so übel mit, dass mir das Schwimmen schon beim Anblick des Meeres vergeht. Niemand in meiner Umgebung versteht, dass ich gerne am Meer und am See spazieren gehe oder sitze. Ich schaue gerne aufs Meer hinaus, auch stundenlang, verspüre aber keinen Drang, hineinzugehen.

Anders im Hallenbad. Da zieht es mich ins Wasser. Und nicht nur, weil im Wasser mein Körper grandios aussieht. Nein, da sehe ich den Grund, da ist es hell. Da kann ich meine Bahnen ziehen, da schalte ich auch gerne ab. Ähnlich wie beim Spazieren kann ich beim Schwimmen denken. Ich kann zwar nicht mit einer Freundin ein Beziehungsproblem oder einen Krach bewältigen, aber ich kann erst mal allein darüber nachdenken und mich nachher dem Problem stellen. Interessanterweise gehe ich gerne alleine schwimmen, aber nicht alleine spazieren. Warum das so ist, vermag ich jetzt auch nicht zu sagen. Vielleicht, weil man beim Spazierengehen ja noch reden kann. Wahrscheinlich würde ich viel mehr schwimmen gehen, wenn das Schwimmbad in der Nähe liegen würde und die lästige Prozedur von An- und Ausziehen entfiele. Aber gegen normales Schwimmen, nicht Kampfschwimmen, hab ich überhaupt nichts einzuwenden.

Das Glück der Erde liegt auf dem Rücken der Pferde

Das Reiten, das bei Mädchen meistens in der Jugend oder auch schon im Kindesalter beginnt, halte ich für sehr gut. Ganz ohne es zu wollen, betreiben sie Sport. Sie sind im Einklang mit der Natur und dem Tier. Es hält die Mädchen länger von den Buben fern. Ist aber nichts mehr für mich. Mittlerweile habe ich das Gefühl, die Pferde sind gewachsen. Früher war doch der Abstand zwischen Reiter, Pferd und Boden nicht so hoch? Hoch ist, so wie bergauf, nichts für mich.

Das Leben mit dem Ball

… ist ein großes Spiel. Das mag ich alles. Fußball schauen finde ich super. Da gehe ich auch richtig mit. Ich bin auch schweißgebadet nach so einem Spiel. Nach der ersten Halbzeit brauche ich erst einmal Nervennahrung. In der zweiten schaffe ich es kaum mehr. Nach neunzig Minuten weiß ich, was ich getan hab. Es ist nichts gegen Fußballschauen einzuwenden.

Früher mochte ich auch Tennis im Fernsehen schauen. Leider ist die große Tenniszeit vorbei. Schade, schade, schade. Auch da bin ich immer gerne mitgegangen.

Auch habe ich in meiner Jugend gerne Völkerball, Volleyball und Basketball gespielt, heute habe ich für Vereine und wöchentliches Training keine Zeit.

Für Spontan-Beachvolleyball fehlt mir der passende Sportbikini. Und da es den auf dem Markt nicht gibt, hat Beachvolleyball mich die längste Zeit gesehen.

Minigolf mache ich von Zeit zu Zeit recht gern: bei Ausflügen mit der Familie, bei Besuchen von Strandpromenaden und den dazugehörenden Minigolfanlagen mit Café. Leider artet das Spiel meistens in schlimme Wettkampfallüren aus, mit Streitereien, Rangeln, Lügen, Betrügen und gar Dopingbeschuldigungen. Sogar mein Kleinster ist schon mit von der Partie.

Im Kugelstoßen hatte ich mit vierzehn meine einzige Chance, eine Medaille zu ergattern, bekam die Ehrenurkunde, war die Beste von sechs siebten Klassen, das heißt, die Beste von einhundertfünfzig Schülern. Wollen wir ehrlich sein, die Beste mit der Vier-Kilo-Kugel, der Kugel für die Mädchen. Ich war also die Beste von circa fünfundsiebzig Schülerinnen, aber egal. Besser spricht sich doch aus, ich war die Beste von einhundertfünfzig Schülern. Und da man bekanntlich immer aufhören soll, wenn es am schönsten ist, gibt es keinen Grund, dieser Sportart nachzutrauern. Auch Philipp Lahm hat nach seinem größten Triumph als Kapitän aufgehört.

Zu Sport an sich sei für mich zu sagen: Alles, was gefällt und was man in den Alltag integrieren kann, so dass es Geist und Seele gutgeht, ist zuträglich. Alles, was dazu dient, nur nach außen zu gefallen und einem Schönheitsideal hinterherzujagen, ist absurd.

Grüner Giftcocktail

Der neueste Trend, und mindestens genauso absurd wie das gängige Schönheitsideal, der flächendeckend um sich schlägt und Raum einnimmt, dem ich vollkommen fassungslos gegenüberstehe, ist der Smoothie. Mit Smoothie meine ich diese grüne Algen-Sauerkraut-Ampfer-Sellerie-Paste, durch den Entsafter gejagt, im Mixer geshakt und im Plastik-to-go-Becher serviert. Diese ganzen Gesundheitsfanatiker. Im Plastikbecher. Mhm, dieser leckere Smoothie. Da haben wir für die Umwelt ja richtig was getan. In der Umwelt, in der der Sauerampfer wächst. Aber natürlich, Entschuldigung, andere Säfte haben wir auch im Plastikbecher getrunken und den geliebten Latte to go möchte ich an dieser Stelle nicht angreifen, auch wenn ich keinen Kaffee trinke. Ich hatte auch schon mal einen Tee to go. Überhaupt möchte ich nicht angreifen, ich möchte aufzeigen. Und vor allem möchte ich nein sagen dürfen zu grünem Brennnessel-Ampfer-Fenchel-Apfel-Spaß. Und auch zu Tomaten-Blumenkohl-Kohlrabiblätter-Spaß. Ebenso weckt Kopfsalat-Chicorée-Karotte oder Meeralgen-Tofu-Koriandergrün in mir keine Begierde, sondern Abstoßungsprozesse. Wieso muss ich plötzlich jede essbare Grünpflanze sowie sämtliche Salate, püriert und zu Saft verarbeitet, zu mir nehmen? Es reicht nicht nur das Konsumieren, nein, man muss den Becher auch noch zur Schau vor sich hertragen. Die Smoothie-Saftbar ist ein place to be, an Flughäfen und Bahnhöfen kommt man gar nicht mehr drumrum, und auch in der Innenstadt prägen sie das Stadtbild. Saftbar, okay, das leuchtet mir ein. Herrlich, so ein frischer Saft aus mehreren Äpfeln, Bananen, Erdbeeren, Mango …, aber das scheint wohl zu lecker und zu viele Kalorien zu haben und ist wieder böse, böse, böse. Hingegen so ein schöner Gurken-Zucchini-Sellerie-

Smoothie ist schön wässrig und hat null Kalorien oder sogar Minus-Kalorien. Da muss man auch nicht, wie bei der Karotte, einen Schuss Öl dazugeben, damit der Körper das Vitamin A aufnehmen kann. Abgesehen davon, dass ich Karotte als Saft nicht mag, gehört sie gedämpft, in karamellisierter Butter ausgeschwenkt und neben Kartoffelpüree als Gemüsebeilage zu Frikadelle kredenzt. Mein einziges Gemüse, das ich als Saft durchgehen lasse, ist die Tomate. Das Phänomen, dass viele im Flieger immer Tomatensaft bestellen und ich mit Vorliebe dazugehöre, verstehe ich bis heute nicht. Vielleicht wäre eine mögliche Erklärung, dass der Hunger kommt, sobald der Flieger abhebt, und es einem irgendwie gelingt, den Tomatensaft als Suppe anzunehmen, kalte Gazpacho geradezu. Das würde auch erklären, warum jeder noch ein Zweitgetränk dazunimmt. Ganz nach dem Motto: »Zu essen also die Suppe. Was wünschen die Dame zu trinken?« Aber wenn ich den Salat als Getränk zu mir nehme, habe ich dann das Gefühl, einen Salat ohne Dressing zu essen? Und spare somit ganz viele Kalorien? Schmecken tut das nicht, das kann mir keiner erzählen. Den Genuss kann man sich höchstens antrainieren. Ich habe mal eine Reportage im Fernsehen gesehen, in der Probanden zu einem Testessen bei einem Sternekoch eingeladen waren. Sie sollten sein neues Menü beurteilen. Er kochte doch tatsächlich Champignon-Tütensuppe mit einer Champignon-Dosensuppe, dazu noch eine Dose Dosenchampignons, das Ganze verfeinert mit Billigsprühsahne aus dem Discountsupermarkt. Vorgestellt wurde diese Kreation als »sommerliche Champignon-Rahmsuppe mit Sahnehaube«. Danach gab es Ravioli aus der Dose, die der Koch mit einem Esslöffel Schokolade und einem Esslöffel Apfelmus angereichert hatte. Zum krönenden Abschluss kam der Nachtisch: Becherpudding, vom Sternekoch mit verbundenen Augen gewürzt, unter anderem mit Knoblauch und Pizzagewürz, und mit einer

Olive mit Paprikafüllung dekoriert. Und man war begeistert, ja hatte sogar selten so ein vorzügliches Mahl gegessen.

Ungefähr so muss das auch mit diesen grünen Smoothies sein. Hau alles rein, was halbwegs gesund klingt und grün ist, und schon denken alle, es ist der Himmel auf Erden. Hallo, Geschäftsidee! Dann müssen nur noch ein paar Kolleginnen mit Yogamatte unterm Arm und grünem Smoothie in der Hand abgelichtet werden, und schon ist man out, wenn man diesen Trunk nicht mag. Die Dinger sind teuer. Richtig teuer. Ich weiß gar nicht, wie ich mich dagegen zur Wehr setzen soll. Als ich schwanger war, wurden mir vom Requisiteur für eine Filmszene eine Yogamatte und ein grüner Smoothie in die Hand gedrückt. Denn natürlich kam ich im siebten Monat vom Schwangerschaftsyoga und ernährte mich und mein Baby gesund. Meinem Baby hätte auch eine Leberkässemmel gutgetan oder ein Schokoladenriegel, auch eine Cola wäre wegen der totalen Unterzuckerung angebracht gewesen. Aber nein, man ist ja ein Vorbild. Und als Vorbild musst du dich dem Trend anpassen. Und der neue Wirtschaftszweig, wo wieder viel Kohle rauszuziehen ist, ist der Smoothie. Plötzlich war er da. Er geht auch nicht mehr weg. Und ich muss mit schlechtem Gewissen nein zum Smoothie sagen. Allein bei der Vorstellung des Geschmacks dreht sich mir der Magen um. Und will man das? Nein. Deshalb, Smoothie, bleib allein!

In diesem Sinne widme ich mich jetzt der Sahneschnitte, die in meinem Kühlschrank auf mich wartet. Womit wir beim nächsten wichtigen Thema angelangt wären.

Die Sahne, der Schlag, das Obers, der Rahm, die einzige, die einzig wahre, die vollfette Schlagsahne.

Lieben

**Aus vollen Zügen, einfach so –
weil es Liebe ist.**

Der Schlager

O Gott, ich liebe sie, obwohl sie weiblich ist. Aber auch gerade deshalb. Sie ist mir eine wirkliche Freundin geworden in all den Jahren. Der Österreicher macht die Sahne sächlich – das Obers. In meinem Land ist die Sahne weiblich. Und meines Erachtens ist das die wahre Bestimmung der Sahne: die Weiblichkeit. So etwas Gutes kann nur weiblich sein. Die Sahne verfeinert jede Speise. So wie auch das weibliche Geschlecht alles verfeinert. Alles bekommt einen samtigen Touch, wird leichter und nicht schwerer, wie oft behauptet. Die Sahne macht alles leicht, sie lockert, sie nimmt die Schwere. Sie verleiht einen zarten Touch, wie wir Frauen. Und oft genug gehört die Sahne einfach unweigerlich dazu. Gedeckter Apfel ohne Sahne, undenkbar. Pflaumenkuchen ohne Sahne, brauchen wir gar nicht anfangen zu essen. Och, Pflaume mit Sahne! Allein, wie die Sahne sich verwandeln kann und mitdenkt, hat was von der Beispiellosigkeit der Nudel. O Nudel, auch Nudel mit Sahne ist großartig. Auch für Mehlspeisen nicht mehr wegzudenken. Schön fest geschlagen für Tortenbeiwerk oder in Torten, als deutscher Cappuccino, als Topper fürs Eis, als Überraschung unter dem Eis, so wie bei meinem Lieblingseis, dem Spaghettieis, wo sich Nudel und Sahne paaren. Da versteckt sich die Sahne kokett als Überraschung unter der Eisnudel.

Die Sahne funktioniert selbstverständlich auch im flüssigen Zustand, im Tee oder in Saucen. Aber das Allerwichtigste ist: Die Sahne macht glücklich! Sie löst Endorphine aus. Mit der Sahne kann man verzieren, das Schöne noch schöner machen. Auf die Sahne kann und will ich nicht verzichten. Sie ist ein fester Bestandteil in meinem Kühlschrank. Ist sie nicht da, werde ich nervös. Denn einen Schuss Sahne brauche ich eigentlich täglich. Sie beruhigt mich. Wenn sie im Kühlschrank ist, weiß ich, alles ist gut.

So genießen Sie die Sahne

Frisch aufgeschlagen und für mich immer ungezuckert. Sahne ist Sahne, Zucker ist Zucker. Wenn ich Zucker will, kann ich ihn auf die Sahne streuen – als Nebeneffekt knackt es auch noch schön –, aber nicht in die Sahne. Das macht vielleicht der Österreicher mit dem sächlichen Obers, aber nicht wir mit der weiblichen Sahne. Die Sahne muss rein sein. Die Sahne gehört rein geschlagen und danach verzehrt. Oder Sie verzehren sie flüssig. Aber nicht aufschlagen, stehen lassen und später verzehren. O nein, denn dann wird sie so komisch patzig, pumpfig, angeschmandet. Auch niemals fertige Sprühsahne kaufen, das macht man nicht, wo gibt's denn so was? Allerdings verstehe ich den Drang, immer frisch geschlagene Sahne im Kühlschrank haben zu wollen. In diesem Falle empfehle ich die Sahnekartusche, in die man frische Sahne gibt und dann eine Patrone dranschraubt, da hat man immer mit einem Schütteln frische Sahne zur Hand, und man kann sie drei bis vier Tage im Kühlschrank aufbewahren. Aber Obacht, Suchtgefahr! Meine Kartusche musste ich aus dem Kühlschrank entfernen, da sie bei mir immer nur für einen Sahneeinsatz gereicht hat. Immer musste ich probieren, ob es noch geht, konnte mein Glück nicht fassen, und uups war sie leer. Jetzt weilt sie im Schrank, immer einsatzbereit für die Notfallsahnetage.

Ein Hoch auf uns,
auf diese Sahne
und den Moment,
der damit bleibt …

Ab jetzt Pasta. Basta.

Die Nudel und ich. Die Nudel ist eines meiner Grundnahrungsmittel. Ohne sie kann ich schwerlich existieren. Ich rede natürlich von der WEIZEN-Nudel. In seltenen Fällen gehört auch die Eier-WEIZEN-Nudel auf meinen Teller. Klar geht es bei mir immer um die weiße Nudel. Es kann auch nur eine geben! Und das ist die weiße. Braune Bio-Vollkorn-Nudeln sind komplett absurd. Sie bleiben zu hart, und sie schmecken immer, als würde ich Getreide essen. Natürlich besteht die Nudel aus Getreide, aber ich möchte nicht mürbes, knirschendes Getreide im Mund haben, staubig halt. Und diese braune Vollkornnudel gibt es dann auch noch aus Komplettdinkel, dafür fehlen mir die Worte. Ich liebe die klassische, weiße Pasta, die nicht zu al dente gekocht ist. Eh basta.

Meine Kinder lieben sie auch, und ich habe die Erfahrung gemacht, dass Kinder an sich die Nudel lieben. Die Nudel ist von ihrem Speiseplan ab einem Jahr nicht mehr wegzudenken. Als Inesco mit ihrem anderthalbjährigen Sohn zu Besuch ist, kredenze ich eine gute Bolo. Der Kleine flippt komplett aus. Während ich dabei bin, die Nudeln auf den Teller zu schöpfen, fängt er an zu zittern, reißt die Arme in die Höhe und ruft:

»Nnu Nudel, Nnnuudl, hhh, Nuuuudl, Nnnudl.«

Selbst meine Kinder sind erstaunt. Alle schauen Inesco fragend an, sie erklärt: »Nudeln bekommt er fast nie.«

»Aber Kinder essen doch ständig Nudeln?«

»Elena, auch für dich ist die weiße Nudel nicht gut. Schon in der Kindheit werden diese Weichen gestellt. Ich empfehle dir: Wenn Nudel, dann Komplettdinkelnudel aus dem Reformhaus!«

»Aha«, mit Blick auf Theo, der gerade mit Begeisterung eine Erwachsenenportion weißer Nudeln verdrückt.

»Nnu Nudel, Nnnuudl, Nuuuudl!!«

Bei eigentlich jeder Diät und der sogenannten gesunden Lebens(mittel)weise ist die weiße Nudel verpönt. Sie besteht nur aus weißem Mehl, und weißes Mehl ist gleich null Nährstoffe ist gleich weißer Zucker. Wer kennt nicht dieses Bild von einem Haufen Nudeln und daneben einem Haufen Zucker?

Die weiße Nudel ist so in die Ecke gedrängt, dass sie sogar schon zu einem schlechten Kohlenhydrat degradiert wurde. Das Interessante ist, dass der Spitzensportler Nudeln essen muss, weil er anders gar nicht so viele Kohlenhydrate zusammenbringt. Das heißt also, wir geben unseren Spitzensportlern weißen Zucker und schlechte Kohlenhydrate. Mir scheint, ich bin einem infamen Komplott auf der Spur. Die Diät- und Gesundheitsfanatiker machen Jagd auf die weiße Nudel und wollen sie ausrotten. Ich sage, die weiße Nudel macht glücklich. Sie ist ein sehr guter und gesunder Kohlenhydratspender. Denn wie anders lässt es sich erklären, dass es in den Restaurantmeilen unserer Städte beim Italiener immer am lustigsten ist. Am Fußball kann es nicht liegen, denn da haben wir ja die Nase vorn.

Ich finde auch, dass ein Teller schöner Pasta leicht und beschwingt daherkommt. Wohingegen ein Grünkern-Dinkel-Laibchen im Krautbett an Sauerkraut-Ingwer-Schaum, beduftet mit einer Sieben-Kräuter-Essenz, bestreut mit fettentzogenen, geschroteten Kürbiskernschalen mir schon beim Anblick viel schwerer erscheint. Nach dem Verzehr habe ich keine Glücksgefühle, sondern leichtes Sodbrennen und zwei Tage schweren Schwangerschafts-siebter-Monatsbauch-Alarm, bis sich die Blähungen halbwegs abgebaut haben.

Ich brauche die Nudel. Die Nudel macht mich glücklich. Essen soll mich doch glücklich machen, sonst brauch ich ja überhaupt nichts zu essen.

Falls jemand doch total hysterisch und der Ansicht ist, die Nudel würde ihm die Figur ruinieren, kann er diese ja ab 19.30 Uhr weglassen. Aber vorher, also zwischen 11.30 und 19.30 Uhr, gehört sie zu den Grundnahrungsmitteln, und dagegen ist überhaupt nix einzuwenden.

Im Winter findet die Nudel ihre Erfüllung in einer schönen Sahnesauce. Diese verfeinern Sie mit Sahneschmelzkäse, beim Zwiebelchen-Anschwitzen nehmen Sie kleingehackten Lardo (reiner Schweinespeck) für den Geschmack mit dazu, danach schöne Kochschinkenstreifen in die Pfanne, die Sie leicht anbrutzeln, zwei Becher Sahne, vier Esslöffel Sahneschmelzkäse, das Ganze mit Muskatnuss, weißem Pfeffer und Salz abgeschmeckt, lassen Sie es ungefähr vier Minuten einköcheln. Fertig. Ach herrje, hab den Parmesan vergessen! Schön nach Belieben in die Sauce reiben und mit einkochen. Ich empfehle, sechs Esslöffel von der geriebenen Schüssel Parmesan zu nehmen, den Rest stellen Sie auf den Tisch.

Ganz, ganz wichtig ist die Nudel.

Kochen Sie sie immer zwei Minuten länger, als auf der Packung angegeben. Meines Erachtens stimmen die Packungsangaben nie, was die Minuten der Garzeit der Nudel betrifft. Sie sind immer steinhart. Ich habe festgestellt, dass sie zwei Minuten länger brauchen, um lecker zu schmecken. Funktioniert bei Nudeln, die laut Packungsangabe acht Minuten kochen müssen, immer. Also, wichtig: bei allen Minutenangaben ab acht aufwärts zwei Minuten drauf. Bei den Mindestkochangaben darunter variiert das von Hersteller zu Hersteller. Aber auch hier können Sie mindestens mit einer Minute mehr rechnen.

So, und jetzt kommt etwas, was ich lange, lange nicht verstanden habe: Warum die Nudeln immer picken, sie picken immer zusammen. Ich lebe schon zu lange unter den Ösis, sie kleben natürlich, sie kleben immer zusammen. Ich als Schöndeutsche, die griechische Seite vergessen wir an dieser Stelle, denn hier bin ich richtig deutsch, pflücke mit der Gabelzange die total verklebten Nudeln aus dem Topf, die nicht mehr ganz al dente sind. Ich befördere diesen total verklebten Nudelklumpen auf meinen Teller. Die Nudeln kleben mir dabei am Handgelenk fest. Nachdem ich dann die klebrige Masse losgeworden bin, versuche ich, zwei schöne Löffel von der mittlerweile komplett eingekochten Sahnesauce zu ergattern. Kratze dabei mit dem Metalllöffel über den nicht mehr ganz intakten Teflonboden …!

So habe ich das bisher gemacht.

Warum konnten die Nudeln nicht einfach auf meinen Teller fallen? Zu Beginn der Beziehung mit Herrn Karl, der übrigens phantastisch kocht, habe ich meine griechische Seite aktiviert und ertränkte die Nudeln erst mal in Olivenöl, denn ich wollte mir nicht die klebrige Nudelblöße geben.

Das war natürlich dem Gourmet ein Dorn im Auge, weil

die Nudeln nicht nur bösartig vom Teller rutschten, sondern auch, wie er fand, durch den fetten Ölfilm keine Sauce aufnahmen. Dazu musste man sich selbstverständlich vom Gescheitfix Erklärungen über Öltankerkatastrophen anhören: Unter Öl stirbt die Vegetation.

Guter Rat war teuer und ich auch bisschen renitent. Gottlob – hier mal wieder den Gott ins Spiel gebracht, zu meiner feministischen Zeit war es nur die Göttin – gibt es in meinem Leben außer dem behäbigen Deutschen, dem eifersüchtigen Österreicher, dem verkannten Griechen noch den Italiener beziehungsweise die zwei Italienerinnen Elenita und Sarita, die mich bis heute kulinarisch unterstützen. Elenita kann die Pasta noch besser kochen als ich. Sarita kocht zwar nicht gerne, aber weiß als Italienerin die Pasta objektiv einzuschätzen. Und beide wissen, die Pasta gehört nach dem Kochen in die Sauce!

Und zwar, bevor die Sauce verkocht und die Pasta verklebt ist. Empfehlenswert ist ein Pastatopf mit integriertem Sieb, das man bequem, wenn die Pasta reif ist, herausheben kann. Pasta kurz abgetropft, gleich rüber in die Sauce, Sieb wieder zurück in den Topf, und jetzt könnten Sie sogar noch Nudeln nachlegen, ohne dass Sie das Nudelwasser verschenkt haben. Herrlich, ein neues Kochgefühl! Und wichtig ist auch, so Elenita und Sarita, verwenden Sie richtig viel Salz. Pi mal Daumen: auf einen Liter Wasser ein Esslöffel Salz.

Ignorieren Sie den Gescheitfix neben sich, dem die Haare bei so viel Salz zu Berge stehen. Stoppen Sie seinen beginnenden Gesundheitsmonolog mit dem Satz: »Die Pasta kommt vom Mittelmeer und möchte auch in ihm baden.«

In der anschließenden Stille einen Kuss auf den verdatterten Mund. Eh basta.

Üblicherweise kommen hier die Kräuter. An Zucchini-Kräuter-Bouquet ohne Öl, nur in wenig Wasser gedämpft. Der neueste Schrei, auch unter den Vegetariern und vor allem Veganern, sind Zucchini, in feine Streifen geschnitten als Nudel serviert.

Zucchini ist ein völlig langweiliges Gemüse, das nur mit Öl und Sahne an Geschmack gewinnt.

Bei mir kommt eine schöne Bolo. Bolo geht immer, auch bei meinen Kindern. Die Tomate ist schön fruchtig und mit einem schönen gemischten Hack angereichert. Etwas ganz Feines und Geschmackvolles für den Frühling. Sie haben sozusagen den ersten Geschmack der reifenden Tomate am Gaumen, dazu das Hack, weil der Frühling ja auch noch kalt sein kann.

Sie brauchen eine Übergangszeit, Sie können ja nicht vom Schweinebraten auf Vegetarier-Low-Fat umstellen. Sie brauchen ja auch Kraft, um in den Frühling zu starten.

Ein völliger Irrtum meines Erachtens ist die Kasteiung, Fettreduktion und Entsagung von allen Fett-, Öl-, Geschmacks- und Zuckerressourcen. Ich sage und ich weiß es, die Frühlingsdepression hängt mit dem Nichtessen zusammen. Schauen Sie sich die Natur und die Tierwelt an, und dann lassen Sie uns über die Fastenzeit reden. Topft nicht der Gärtner seine Pflanzen im Frühling in nahrhafte, reichhaltige frische Erde? Gedeiht darin der Kräutertopf nicht am besten? Die Tiere laben sich erst mal ausgiebig am frischen Gras. Und die Bienen drehen durch. Steht nicht der Frühling im Zeichen von Kraft und Saft, während Sie mit Schwächeanfall über der Balkonbrüstung hängend den Therapeuten anrufen. Aus diesen Gründen bin ich der Ansicht, dass die Bolo die beste Frühlingskur ist, sie sorgt für gute Laune und starke Nerven.

Sie nehmen:

2 französische Schalotten, die langgezogenen; falls nicht vorhanden, gehen auch die regionalen

4 mittelgroße Knoblauchzehen, 2 davon hacken Sie klein

500 g gemischtes Hackfleisch (nicht halbfett!)

Ich nehme gerne eine neue, unzerkratzte und hohe Teflonpfanne, in der ich für vier Personen Pasta zubereiten kann. Denken Sie beim Kauf der Pfanne daran, zwei 500-Gramm-Pakete Rigatoni mitzunehmen. Das sind die dicken Röhrennudeln – ähnlich der Penne, die sind aber gerade abgeschnitten und das Loch ist dicker. Diese zwei Packungen schütten Sie im Laden in die Pfanne, nun sehen Sie, ob die Pfanne ausreichend Platz und Höhe für Ihre Pasta bietet. Natürlich ist mein Rezept nur für 500 Gramm Nudeln, aber da Nudeln beim Kochen wachsen und Sie ja keine gekochten Nudeln zum Kauf der Pfanne mitnehmen können, ergeben zwei Packungen Rigatoni eine gekochte 500-Gramm-Packung. Deshalb die Rigatoni. Die sperrigste und platzraubendste Nudelsorte, die bei uns im normalen Einzelhandel erhältlich ist.

Den Boden der Teflonpfanne bedecken Sie schön mit Olivenöl, circa fünf Millimeter hoch. Achten Sie hier unbedingt auf ein Olivenöl, mit dem Sie braten können. Also im Normalfall brauchen Sie ein Olivenöl zum Braten und eines für Salate und Saucen. Ich hab viel mehr, aber ich hab auch einen Olivenölknall, das liegt wahrscheinlich an der griechischen Seite.

Sie nehmen also das Bratolivenöl, brutzeln darin die gehackten französischen Schalotten, den gehackten Knoblauch hinterher, den Sie dreißig Sekunden mitbrutzeln, Fleisch rein, das sollten Sie gut anbraten, einen Esslöffel Oregano, einen Esslöffel Majoran, einen Teelöffel Thymian, einen Teelöffel grob gemahlenen schwarzen Pfeffer, einen Teelöffel Salz, zwei

Esslöffel roten milden Paprika übers Fleisch. Umrühren und noch ein klein wenig weiterbraten, so, dass das Fleisch schön durch ist. Dann mit 0,1 Liter Rotwein, egal welchen, ablöschen. Hier sollte es schon etwas dampfen. Zwei Dosen geschälte Tomaten plus eine Dose passierte Tomaten sowie zwei Esslöffel Tomatenmark, einen Esslöffel Ketchup, zwei Esslöffel Zucker, zwei Lorbeerblätter, einen halben Topf Basilikum klein geschnitten, noch mal circa einen halben Teelöffel Salz, je einen Teelöffel Oregano, Majoran und Paprika. Einmal aufkochen lassen. Deckel drauf und auf dem Induktionsherd bei Stufe 3 von 10 einkochen lassen. Falls Sie einen Gasherd haben, stellen Sie das Feuer ganz klein. Elektro kann ich nicht.

Wenn Sie haben, zehn kleine reife Cherrytomaten – zwecks Frische – vorher in einer Schüssel mit kochendem Wasser übergießen und zehn Minuten ziehen lassen (auch ein Tipp von meiner kochenden Elenita), danach Haut abziehen, Strunk raus, würfeln und rein in die Sauce.

Eine Stunde mit Deckel köcheln lassen, immer wieder umrühren, danach eine halbe Stunde bei offenem Deckel ein bisschen reduzieren, noch mal mit den angegebenen Kräutern sowie Pfeffer und Salz abschmecken. Fertig!

Rigatoni plus zwei Minuten kochen, rein in die Sauce, umrühren, aufkochen lassen, auf den Teller schöpfen, zwei frische Basilikumblätter zum Anrichten obendrauf – sieht schön appetitlich aus. Servieren.

Wichtig und nicht vergessen: Auch hier frischen Parmesan reichen!

That's spring! International gesprochen.

Sommer- und Herbstpasta

Der Sommer besticht durch Olivenöl! Im Sommer gibt es sogar zwei Empfehlungen von mir: Die leichte aglio e olio und den sommerlich frischen kühlen Nudelsalat. Als Vorschau auf den Altweibersommer und mit Blick auf den Winter möchte ich Ihnen Hirschfiletspitzen an Tomatensugo mit Mascarponecreme schwer ans Herz legen. Diese gereicht an Farfalle, aber Penne gehen auch.

Die Tomate ist wichtig, um noch mal den Sommer Revue passieren zu lassen. Hirsch, um die Herbstjagd einzuläuten, und Mascarpone, um für den Winter vorzusorgen.

Hier möchte ich einmal den Vegetarier nicht ausschließen und eine Variation empfehlen: Natürlich steht bei mir die Jagd im Vordergrund, zumindest früher, was die Männer betraf – jetzt bin ich Förster und schütze das Revier, aber es gibt ja auch den Sammler, und somit kommt der Pfifferling ins Spiel, den man gut gegen die Hirschfiletspitzen austauschen kann. Sollten Sie, wie ich, Jäger und Sammler zugleich sein, spricht absolut nichts gegen ein üppiges Tomatensugo-Hirschspitzenfilet an sautierten Pfifferlingen, verfeinert mit Mascarpone. Bei mir heißt »verfeinert« mindestens ein halber Becher.

Falls Sie verzweifelt im Kleiderschrank sitzen oder auch nach einer Shoppingtour ausgehungert sind und dringend leichte Nervennahrung benötigen, dann empfehle ich: Pasta mit Auberginen-Tomaten-Sugo der sizilianischen Mama Elenita. Wahnsinn, die schmecken so gut!

Erst grillt man die Auberginen, in acht Millimeter dicke Streifen geschnitten, beidseitig in Olivenöl. Hierfür nimmt man laut Elenita, und ich muss sagen, sie hat recht, eine Grillbratpfanne, hab ich mir auch zugelegt, eine Errungenschaft. Eigentlich soll diese Grillbratpfanne ja das Fett in den Rillen lassen, oben auf den Grillmulden wird das Fleisch fast fettlos gegrillt. Nicht so bei der Aubergine: Die saugt das ganze Fett auf. Fett macht den Geschmack. Auberginen richtig schön anbraten, so dass ein schönes Muster entsteht und sie braune, fast schwarze Streifen bekommen. In der Pfanne salzen und pfeffern (schwarzer gemahlener Pfeffer). Nachdem sie richtig schön braun sind, auf kleiner Flamme ganz weich braten. Dann herausnehmen, ein bisschen mit Küchentuch abtropfen. Bringt nicht viel, gibt Ihnen aber das Gefühl, Sie hätten keine fettigen Auberginen, sondern nur das reine Gemüse vor sich. Jetzt widmen Sie sich der Tomatensauce: Pfanne her, Schalotten und Knoblauch anbrutzeln, mit Rotwein ablöschen, Tomaten, halber Topf Basilikum, grober schwarzer Pfeffer, Salz, Prise Zucker dazu, ein bisschen einkochen lassen, dann mit zwei Gabeln die Auberginen auseinanderreißen, in die Tomatensauce geben. Fertig. Jetzt brauchen Sie nur noch Pasta nach Belieben zu kochen, nicht vergessen, zwei Minuten auf die Garzeit draufschlagen. Die Pasta unterheben und mit viel frischem Parmesan verzehren. Lecker Schmecker.

Bei mir geht die Nudel immer. Und die Rezepte zeigen, dass man mit ihr variantenreich durch das Jahr marschieren kann. Natürlich sind das nur exemplarische Beispiele. Die Arrabiata geht auch immer, die mit Fisch verfeinerte Pasta ist nicht nur ein Augenschmaus, und die Pomodoro eignet sich perfekt als Zweitnudel für tagsüber.

Das ist ja das wirklich Schöne an der Pasta, sie ist so vielfältig. Man könnte mit ihr locker eine vierwöchige Kur bestreiten, ohne dass es einem an Nudel-Saucen-Pasta-Raffinessen fehlt. Die Nudel eignet sich hervorragend als kleiner lustiger Spaghettikuss für zwischendurch, wie schon bei Susi und Strolch. Auch schon Loriot verbriet die Nudel für einen lustigen L'Amour-Sketch, und gerade an Loriot sieht man exemplarisch, wie leicht die Nudel einzusetzen ist. Sie klebt zart im Gesicht und ist dabei nicht abstoßend. Nein, sie fördert einen zarten Hinweis zutage: »Liebling, du hast die leichte Nudel im Gesicht.«

Aber sie stößt einen nicht ab, man ekelt sich nicht. Im Gegenteil, man möchte zu seinem Gegenüber liebevoll hingreifen und zart die Nudel von der Wange heben. Hingegen der Dinkelgetreideklecks, leicht grünbräunlich, lädt zu gar nichts ein. Im Gegenteil, meine Kinder würden einen Schritt zurücktreten und angewidert rufen: »Iiieh, was hast du denn da?«

In diesem Fall reden wir natürlich von der Spaghetti, ihr müsste man eigentlich ein ganzes Kapitel widmen. Aber nur noch so viel: Wenn Sie Kinder haben, Nichten, Neffen, Enkel, Urenkel, wenn Sie Kindergärtnerin sind, dann werden auch Sie die Erfahrung gemacht haben, dass die Nudel, also gerade die Spaghetti, motorisch gesehen vom Speiseplan überhaupt nicht wegzudenken ist. Entweder das Kind versucht sie zu schneiden. Dabei wird der Umgang mit den Schneidewerkzeugen trainiert. Oder es probiert, so wie bei uns Deutschland, durch Zuhilfenahme des zusätzlichen Löffels, die übrige Welt macht es am Tellerrand, die Nudel aufzudrehen. Dabei wird die Drehbewegung geübt. Farfalle, Orecchiette, Fusilli oder Penne eignen sich ganz hervorragend für die Übung des feinmotorisch herausfordernden Gabelstiches.

Auch das Lachen, die Fröhlichkeit und das Spiel, die die Nudel am Tisch verbreitet, sind kaum mit einem anderen Lebensmittel in dieser Vielfalt zu erreichen.

Das Spiel, wenn das Kind, der Erwachsene oder auch der Liebespartner die Spaghetti mit der Sauce nach dem Eindrehen in den Mund führt und die letzte Spitze aufsaugt. Diese Nudelsaucenspritzer, die sich dann im Gesicht, dem eigenen oder auch des Gegenübers, befinden, verursachen eine leichte Sommerbesprossung und fröhliches Lachen. Hingegen bei anderen Lebensmitteln: »Hey, spinnst du? Geht's noch? Pass doch auf, was du machst.« Bei Kindern kommt noch hinzu: »Iss vernünftig und sitz grade. Der Fleck geht nie wieder raus.«

Auch ist die Nudel auf dem Teller immer appetitlich, egal, wie sich die Nudel reduziert, und gerade, wenn man wie ich einen Nudelteller mit einer abschüssigen Wölbung in der Mitte besitzt, umso mehr. Dann rutschen die verschiedenen Nudelarten einfach ganz leicht in der Mitte zu einem feinen Häufchen zusammen, und man ist gerne bereit, auch noch den Rest vom Partner oder den Kindern zusammenzuessen.

Andere Lebensmittelarten haben es da viel schwerer auf den Tellern. Über die Grünkerndinkelfrikadelle möchte ich da gar nicht reden.

Ich muss der Nudel explizit meinen Dank aussprechen:

Liebe Nudel!

Nudel, ich danke dir! Du warst in guten wie in schlechten Zeiten immer an meiner Seite. Du hast mich gelehrt, dass auch jede noch so bittere Pille mit Humor und dem Drehmechanismus leicht zu handeln ist. Wenn ich nicht mehr weiterwusste, warst du da. Auch wenn ich vergessen hatte, einzukaufen, tage-, ja sogar wochen- und monatelang weg und beim Drehen war, hast du zu Hause auf mich gewartet. Du warst immer noch frisch und mit ein bisschen Salz und Olivenöl eine Mahlzeit. Auch wenn man erst um elf Uhr nachts nach Hause kam und nichts im Kühlschrank hatte. Nudel, wie du dir einen Weg zu meinem Herzen und in meinen Magen gebahnt hast, ist beispiellos. Früher hast du mir bei jedem Rendezvous in verschiedenen Geschmacksrichtungslokalen geholfen. Auch wenn sonst nichts ging, du warst immer in einer Ecke der Karte versteckt. Du hast es geschafft, auch in Zeiten mit wenig Geld an meiner Seite zu stehen. Du hast dich nie abschrecken lassen von der Not. Meine Kochkunst hast du am Anfang durch deine Vielfalt wirklich auf eine harte Probe gestellt. Gemeinsam sind wir diesen Weg gegangen und haben ihn gemeistert. Und ich kann und muss sagen, durch dich ist meine Kochkunst gewachsen, sie hat sich bereichert. Du warst immer für eine Überraschung gut. Und hab ich dich verkocht, warst du nicht bös. Nein, du warst selbstlos, du hast deine Cousins und Cousinen anstatt deiner angeboten, die in unterschiedlichen Minutengarzeiten sofort für mich da waren.

Geht bei anderen Gerichten etwas schief, ist niemand da. Man ist allein, allein mit der Schmach. Und wenn jemand da ist, ziert er sich zu lange, und die Essenszeit kann überhaupt nicht mehr eingehalten werden.

Aber nicht so bei dir, Nudel. Du kennst dich aus. Du weißt Bescheid.

Meine Liebe, dein Lohn.

O Nudel, Nudel.

Auch als ich meine Liebe fand, bliebst du an meiner Seite. Warst nie eifersüchtig. Nein, du teiltest einfach selbstlos. Und auch wenn der Mann, kurz eifersüchtig, dich aus dem Topf haben wollte und dir Verklebung unterstellte, warst du nicht beleidigt. Im Gegenteil, du warst bereit, einen Weg aufzuzeigen, den wir gemeinsam beschreiten konnten.

Oh, Nudel. Und dann kamen die Kinder. Du hast es mit Humor und Esprit verstanden, dir einen kleinen Platz in ihrem Herzen zu sichern. Du erfandest die Kindersauce, in die du dich freizügig und selbstlos begabst.

Oh, Nudel. Ein kleiner Schritt für dich, aber einer der größten für meine Kinder. Denn selbst wenn nichts mehr geht, Nudel geht immer!

Nudel, ich weiß nicht, wie ich dir danken soll. Kein Wort, kein Geschreibsel kann dir gerecht werden. Die alles umfassende wegbegleitende, tolle, phantastische, großartigste, die, die eine, du, du meine Nudel.

Ich habe es verstanden.

Jetzt, in der Mitte meines Lebens, kurz vor dem Vierziger stehend, ist es mir so klar wie noch nie:
Nudel, ich liebe dich!

Ich möchte dir dieses Gedicht widmen:

Ich liebe die Nudel,
die Nudel liebt mich,
die Nudel ist mein Lieblingsgericht.

Danke!

Deine dich tief verehrende Freundin und Wegbegleiterin

Elena Uhlig

The one and only

Immer wenn ich kurz vor einem schweren Schwächeanfall und Kreislaufkollaps stehe, brauche ich Cola. Echte, versteht sich, keinen Light-Quatsch oder Life, die mit Stevia gesüßte, oder gar Zero. Was ist denn überhaupt Zero? Ich mag ja schon nicht Size Zero, wieso sollte ich dann Cola Zero trinken?

Ich trinke nur die echte Cola. Die mit dem Zucker drin. Diese ganze neue Mode mit Low Fat, halbfett, Zero Fat, wenig Zucker, kaum Zucker, null Zucker. Kann das gut sein? Ich sage: Nein!

Wenn ich von einer Cola spreche, spreche ich immer von der alten, ursprünglichen, der richtigen, echten Cola. Ich kann das nicht oft genug betonen, ich betone das so oft, weil mir keiner glaubt. Weil man mir doch tatsächlich im Lokal immer light bringt. Ich bestelle Cola, und ich bekomme die Lightversion. Das ist doch unverschämt! Wirklich, ich sitze da und sage: »Lieber Herr Ober, ich würde gerne, wenn Sie so freundlich sein könnten, also, ich hätte gerne eine schöne kalte Cola mit zwei Stückchen Eis, einer Scheibe Zitrone, möglich ist auch ein Spritzer frischer Zitronensaft, muss aber nicht sein.« Wenn's geht, schon gestern, aber das sage ich natürlich nicht, aber wenn ich den Drang nach einer Cola verspüre, muss es rasend schnell gehen. Dann setzen sämtliche meiner Gehirnzellen aus, dann wird mein Mund trocken. Ich bin nicht mehr fähig, einen klaren Gedanken zu fassen. Mein ganzer Körper ist gespannt, ich starre dem Kellner hinterher, verfolge ihn mit den Augen. Drehe durch, wie lahmarschig er ist. Cola, Cola, jetzt! Auch die Theke scheint völlig überfordert zu sein mit den Bestellungen. Mein Gegenüber will auf sich aufmerksam machen, ich erkläre, dass das jetzt ein schlechter Moment ist, ich grade völlig ausgedörrt bin und mich erst wieder halbwegs auf ein vernünftiges Gespräch einlassen kann, wenn meine Cola kommt.

Da, da kommt er. Da schleicht er, ist auch noch ein Schleicher, der Mann, und dann endlich, zack:

»Bitte schön, für Sie die Cola«, und dreht sich um.

»Halt, hallo, Sie!«, rufe ich panisch.

Der Ober dreht sich um.

»Ich hatte eine Cola bestellt.«

»Ja, hab ich Ihnen doch gebracht.«

»Nein, Sie haben mir eine light gebracht.«

»Ja, haben Sie doch bestellt.«

»Nein, ich habe eine Cola bestellt. Eine vollfette, echte, mit richtig viel Zucker. Sehe ich aus, als ob ich eine light trinken würde?«

Wahrscheinlich denkt er sich jetzt: »Nee, aber Sie könnten eine vertragen«, aber das ist mir jetzt vollkommen wurscht, was dieser Mann sich denkt.

»Ich will eine Cola. Ich brauche eine Cola. Jetzt. Bitte, bitte, bitte!«

Ob Sie es glauben oder nicht, aber das passiert mir relativ oft, eigentlich immer, wenn ich darüber nachdenke. Dass die Leute mir ungefragt eine light oder eine Zero auf den Tisch stellen. Deshalb bin ich dazu übergegangen, wenn ich Cola bestelle – und ich bestelle immer eine Cola, wenn ich ein Lokal betrete (Lokal heißt hier Restaurant, Kneipe, Bistro, Bar, Gaststätte, Wirtshaus, Take-away-Kette [international]) –, die Cola folgendermaßen zu bestellen: »Lieber Herr Ober. Ich hätte gerne, wenn Sie so freundlich sein könnten, eine schöne kalte Cola mit zwei Stückchen Eis, einer Scheibe Zitrone, möglich ist auch ein Spritzer frischer Zitronensaft, muss aber nicht sein.« Und jetzt kommt's, der neue Anhang: »Aber bitte die richtige, die echte, also keine light, keine Zero.« Ab jetzt rede ich mich in den Wahnsinn: »Ich weiß, ich sehe so aus, als könnte ich 'ne Zero oder light vertragen, aber dann könnte ich vom Fleisch fallen, und wenn das Fleisch fällt, wie sieht das denn aus? Mein Motto im Leben: *Wenn fett, dann vollfett und nicht halbfett oder Low Fat.*« Eigentlich würde ich ihm jetzt gerne die Frage stellen, wie man aussehen muss, um hier eine richtige Cola zu bekommen. Aber natürlich frag ich das nicht, weil ich ja niemanden bloßstellen will. Ich will einfach nur eine Cola!

Irgendwie scheinen viele vergessen zu haben, dass die Cola einmal eine Medizin war. Für mich ist sie nach wie vor Medizin.

Ich möchte da ein Beispiel nennen: In meiner letzten Schwangerschaft habe ich das von mir vielgeschätzte und -gelobte Käsefondue erst so richtig lieben gelernt. Ich aß zweimal in der Woche Käsefondue. Ich legte mir einen Familientopf und einen Singletopf fürs Käsefondue zu, also das ganze Fondueset. Und dann habe ich drauflosgeschlemmt. Auch meine zwei Kinder sind dem Käsefondue sehr zugetan. Dabei habe ich festgestellt: Mir lag es nie schwer im Magen, denn bei Verzehr eines Käsefondues waren zwei Fläschchen Cola mit von der Partie. Meines Erachtens zersetzt die Cola den Käse, und am nächsten Morgen geht es einem wieder gut. Der Herr Karl glaubt das mittlerweile auch. Ihm ging es immer sehr schlecht nach dem Käsefondue. Wir waren mal mit dem Herrn Ofczarek in Hamburg Käsefondue essen. Auch vor Herrn Ofczarek tat ich meine Erkenntnis über die Cola und den Käse kund. Ich wurde nur belächelt. Im weit fortgeschrittenen Verlauf des Abends, nachdem wir ungefähr die fünfte Käsemischung bezwangen, bestellte Herr Ofczarek plötzlich mit dem Argument, einen Cola-Durst bekommen zu haben, zwei Cola. Und siehe da, den nächsten Morgen haben er und ich überlebt, dem Herrn Karl hingegen ging es sehr schlecht. Man leistete mir Abbitte. Herr Karl ist seitdem nicht mehr beim Käsefondue dabei. Bis heute ist die Theorie nicht medizinisch belegt, für diese Studie fehlen die Gelder. Die meisten sind ja der Ansicht, mit viel Kirschwasser ginge es auch. Mit viel Kirschwasser verdaut man gut, aber dann hat man einen Kater. Nein, ich werde jetzt nicht auf dem Alkohol rumtrampeln, obwohl ich keinen Alkohol trinke, ich mag ihn einfach nicht. Also bitte, lasse man mir die Cola. Schmeiße ich ein Stück Fleisch in eine Cola, zersetzt es sich. Schmeiße ich ein Stück Fleisch in Alkohol, wird es konserviert. Ich kenne bis jetzt auch nur den Ausdruck »Bierbauch«, aber nicht »Colabauch«.

Zweites Beispiel: Meine Uroma, Gott hab auch diese selig. Meine Uroma war Kinderärztin, und zwar eine sehr gute, wie man aus Erzählungen weiß. Meine Tante trug mir nun zu, dass Uroma sagte: »Wenn dein Kind hoch fiebert und du dir nicht mehr zu helfen weißt, dann gib ihm einen Eierbecher Cola. Dann sinkt das Fieber!« Meine Tante hat das an ihrem eigenen Sohn ausprobiert, und es hat funktioniert. Ich höre das zum ersten Mal, aber es bestätigt nur meine schon langgehegte Vermutung und Erkenntnis, dass Cola in wichtigen Fällen helfen kann. Das ist doch sehr interessant und zeigt, dass meine Familie schon seit Generationen mit Cola verwurzelt ist und ich eigentlich in vierter Generation Ärztin bin. Seit meiner Kindheit liebe ich sie. Als kleines Kind war es ein Highlight. Wenn wir in ein Restaurant gingen, durfte ich eine Cola trinken. Eine.

Zu Hause gab es die nie. Cola ist etwas Besonderes, und das soll sie auch bleiben. Dann entfaltet sich die volle Wirkung, und dann ist sie auch ein rettender Anker in der Not. Gegen eine gute, gekühlte Cola ist überhaupt nie etwas einzuwenden.

Cola ist nicht gleich Cola. Welche Colasorte Sie bevorzugen, weiß ich nicht. Es ist wie beim guten Wein, Sie müssen sie selbst finden. Aber Cola muss in die Flasche. In eine Glasflasche. Glas! Manchmal geht auch eine Dose. Aber wenn es eine Glasflasche gibt, ist die Entscheidung pro Flasche klar. Am besten ist die Cola in der kleinen 0,2-, die 0,33-Glasflasche geht aber auch. Niemals in größeren Flaschen Cola kaufen, so viel Cola ist nicht gesund, und abgestanden schmeckt sie gar nicht. Abgestandene warme Plastikflaschencola, bah, Finger weg. Kalt muss sie sein. Eiskalt. Dann in ein Glas mit zwei Eiswürfeln, die müssen knacken. Aber Achtung: Nicht zu schnell einschenken, sonst sprudelt der Sprudel weg. Und am besten dünnwandiges Glas. Auch ein Weinglas ist hierfür bestens geeignet. Die Zitronenscheibe ist nicht gleich Zitronenscheibe. Die muss tatsächlich bio sein, wenn man sie reingleiten lässt.

Und ohne Kerne. Wer kennt das nicht? Zitronenkern in Cola. Ein Horror, treibt mich in den Wahnsinn. Dann womöglich mit der nicht abgeschleckten Gabel oder dem Buttermesser im Weinglas auf der Suche nach dem Kern unter und über der Zitronenscheibe, zwischen den Eiswürfeln umhergestochert, fürchterlich! Nein, entkernte Scheibe Zitrone oder ein Spritzer frisch gepresster Zitronensaft. Hier müssen Sie in Österreich Obacht geben, der Ober wird sagen: »Gnä Frau wünschen a Colazitron?« Nicht nicken! Nein sagen. Der Österreicher ist imstande und presst eine komplette Zitrone in ein 0,2-Liter-Glas Cola, so viel Zucker kann die Cola gar nicht haben, um das aufzufangen.

Am besten ist, egal, in welchem Land Sie sich befinden, Sie verwickeln den Ober oder den Kellner oder den Wirt in ein Gespräch über die Cola. Zeigen Sie sich hier offen, weltgewandt und fachgerecht. Fragen Sie, bei welcher Temperatur sie lagert. Welcher Jahrgang vorrätig und vor allem in welcher Abfüllung sie vorhanden ist. Zapfanlage ist wie Tetrapack. Zapfanlage geht vielleicht bei Wein, aber nicht bei Cola. In diesem Sinne »Prost«.

May I become a beefsteak?

Der Weg zum Gourmet geht durch den Magen, geht immer durch den Magen. Ich schätze gutes Essen. Ich habe immer gern gegessen. Vielleicht nicht immer gut, aber immer gern. Sehr gern. Ich verbinde auch Städtetouren immer mit Restaurants oder Imbissbuden – Anlaufpunkte, Ziele, wo ich mich kulinarisch gut verköstigt sehe. Gut heißt nicht immer gehoben, Hauben- oder Sterneküche. Gut kann einfach der

Imbiss an der Ecke sein, der solche leckeren Bratwürste hat, dass mir alleine schon beim Gedanken daran das Wasser im Munde zusammenläuft. Habe ich das nicht in einer Stadt, bin ich verloren. Und mein erster Impuls und Gedanke ist: »Wo essen wir heute? Wo esse ich?«

In Hamburg, Düsseldorf und Berlin ist die Lage nach Ankunft am Flughafen sehr schnell geklärt. Als Erstes auf zu meinen Lieblingsimbissbuden und eine schnelle Wurst verzehrt. In Hamburg wird die Schinkenwurst als Currywurst zubereitet. In Berlin die Berliner Currywurst, ohne Darm. In Düsseldorf Currywurst mit Pommes Schranke (Insider rotweiß). Für all diese Würste habe ich in jeder der drei genannten Städte meine Lieblingsimbissbuden. Denn Wurst ist nicht gleich Wurst und Pommes nicht gleich Pommes. Und Mayo ist schon gar nicht gleich Mayo! Apropos Mayo: Mayo muss mindestens achtzig Prozent Fett haben, sonst schmeckt sie nur so halbgar. Die holländische Mayo ist super. Man kann gewiss sein, meine drei Lieblings-Currywurstimbissbuden in den drei besagten Städten führen die richtige Mayo, vielleicht nicht aus Holland, aber lecker Schmecker.

Nachdem der erste Hunger nach der Landung gestillt ist, kann ich mich mit anderen Dingen befassen. Zum Beispiel mit der Abendgestaltung und dem daraus resultierenden Menü. Fünf Städte in Deutschland kenne ich kulinarisch wirklich gut, weil ich dort gelebt habe oder weil mich die Arbeit des Öfteren dorthin verschlägt. Diese fünf Städte sind Berlin, Hamburg, Düsseldorf, München und Köln. Neben den Imbissstuben kenne ich natürlich die verschiedenen Lokale und Geschmacksrichtungen meiner Pappenheimer sehr gut. Sie sind von einer Vielfalt und Raffinesse, dass ich manchmal gar nicht gewillt bin, neue zu entdecken, und mit der Auswahl der alten schon überfordert bin. Der Geist ist willig, aber das Fleisch ist schwach: Oft weile ich nicht mehr ganz so viele

Tage in den Städten, und so versetzen mich die vielen tollen Lokalitäten, die ich kenne, in Stress, weil ich jede aufsuchen möchte. In meinem Herzen ist nicht viel Platz für Neues. Hat man sich erst einmal in mein Herz gekocht, bin ich sehr treu und verzeihe auch mal einen schlechten Tag. Ich habe schon immer gern gegessen, auch als Kind. Klar, die typischen Sachen, die viele Kinder nicht mögen, mochte ich auch nicht. Vornehmlich solche mit Bitterstoffen. Das geht mir heute noch so. Deshalb trinke ich auch keinen Kaffee und keinen Alkohol, weil ich die Bitterstoffe und den Gärprozess herausschmecke. Schwarzen Tee verkrafte ich auch nur mit Milch und Honig, halte mich dabei aber für eine Kennerin. Beim Earl Grey steige ich dann auf Zitrone um, wegen der Bergamotte.

Meine Oma hat mich zum Konditor gebracht und mich in die chinesische Kochkunst à la Deutschland eingeführt. Gemeinsam haben wir auch das Steak-House für uns entdeckt, eine Leidenschaft, die meine Mutter mit mir auch in Düsseldorf weiter auslebte. Allerdings bin ich mir nicht sicher, ob sie selbst auch so ein Fan ist wie ich oder ob sie mir einfach etwas Gutes tun wollte.

Steak spielt eigentlich schon mein ganzes Leben eine wichtige Rolle. Ich war sechs, und meine Mutter und ich waren für ein halbes Jahr in Australien unterwegs. Wahrscheinlich oder in Wirklichkeit, so genau weiß ich das nicht mehr, waren wir da ungefähr sechs Wochen bei einer Familie im Nirgendwo untergebracht, die sich schon damals vegetarisch ernährte. Gefühlte sechs Wochen später verließen wir diese Familie und den Landstrich und machen uns wieder auf Reisen. Im ersten Wirtshaus, in dem wir einkehrten, um Rast zu machen, muss ich, so die Überlieferung, eine Riesenportion Fleisch bestellt haben, mit den Worten: »May I become a beefsteak?« Mittlerweile beherrschte ich ja Englisch wirklich gut, es wurde quasi meine Muttersprache. Die Kellnerin muss sehr gelacht haben. Ich hatte nur Augen für mein blutig gebratenes Steak, das ich mit den Händen aß, so nötig hatte ich Fleisch.

Man muss nicht immer Fleisch essen, aber manchmal ist es unumgänglich, und ich war ein Kind und wollte im ersten Berufswunsch nicht Schauspielerin, sondern Beefsteak werden. So viel zum Thema, wie wichtig mir Fleisch ist …

Zum richtigen Gourmet wurde ich in der Phase zwischen Schulabschluss und Beginn der Schauspielschule. In der Zeit musste ich mir für mein erstes Auto Geld beschaffen und erlag aufgrund dessen der Kellnerei. Ich fing in einem Fünfziger-Jahre-Diner an, wo ich die Liebe zum Burger im Besonderen und zur Fast-Food-Liebe im Allgemeinen fand. Ich sage nur eins: Cocktailsauce ist nicht gleich Cocktailsauce. Believe me, darling!

Vom Diner wechselte ich durch einen Zufall zu dem damals hippsten, besten, außergewöhnlichsten, leckersten und witzigsten Restaurant der Stadt. Zum place to be, von einem renommierten Düsseldorfer Stadtmagazin über Jahre hinweg zur Nummer eins gewählt. Ich werde das Restaurant jetzt einfach »The Place to be« nennen, damit Ihnen allen schön das Wasser im Mund zusammenläuft. »The Place to be« war für mich eine Offenbarung. Und Robert, der Koch, the one and only für mich bis heute. Der erste Mann, der dich in die Liebe einführt, ist genauso wichtig für dein Leben wie der erste Koch, der dich kulinarisch zu einem Aha-Erlebnis verführt. Diese beiden werden dich ein Leben lang prägen. Ich hatte das Glück, dass beide erste Klasse waren. Von der Fischsuppe träume ich noch heute. Und von der gefüllten Kalbszunge mit Gänselebercrème an Portweingelee oder dem Babysteinbutt mit einer Sesamhonigkruste … Auch die Crème brulée habe ich dort lieben gelernt und suche seither ihresgleichen. Ich könnte jetzt noch vom Perlhuhn bis zum Rochen kommen, aber das wäre zu viel des Guten.

Nur so viel sei erwähnt, diese Gerichte haben mich geprägt. Sie hatten ihre eigene Note, die meinen Gaumen nachhaltig verhexte. Ich messe fast jedes gute Essen daran. Auch wenn es mit Sicherheit kulinarisch noch höhere Sphären zu erlangen gibt, ist und bleibt die Kochkunst von Robert für mich eine Offenbarung.

Seine Königsberger Klopse mit Kartoffelpüree, verfeinert mit Gruyère und der Kapernklopssauce mit frisch geschlagener Sahne ist bis heute unerreicht. Wenn man lernt, dass Essen nicht nur Essen ist, die Nahrungsaufnahme nicht nur Energiezufuhr für den Körper, sondern das Leben ausmacht, dann sind doch ein oder zwei Kilo mehr im Grunde vollkommen egal. Die guten Köche in meinem Leben sind in meinen Oberschenkeln vereint, die Imbissbuden sitzen an meinen Hüften. Der Herr Karl hat sich im Busenbereich breitgemacht. In meinem Bauch waren alle meine drei Kinder, und auch die wollten gut ernährt sein. Solange ich gutes Essen zu mir nehme, möchte ich kein schlechtes Gewissen mehr haben. Und wenn ich über die Stränge schlage, na und? Das Leben ist so kurz, und wer weiß, wann ich noch mal so etwas Gutes bekomme? Und eigentlich hat das die Fernsehindustrie beispielhaft erkannt. Wir werden mit Kochsendungen überhäuft. Es fängt ja schon am Morgen an, bis wir in der Nacht beim Kochduell angelangt sind.

Und ich soll, im Interesse meiner Figur, schon ab 17.00 Uhr das Essen sein lassen? Wie soll denn das gehen? Wer läuft denn mit mir zusammen ab 17.00 Uhr Amok? Niemand. Nee. Nee. Nee. So läuft der Hase nicht. Ich möchte nicht zu diesem Menschen werden, der ab 17.00 Uhr nur Sellerie- und Ginsengwurzel kaut und ab 18.00 Uhr nur noch Wasser zu sich nimmt. Am besten besprochenes Wasser, auf dass man sich noch einbilden kann, es wäre nahrhafter. Ich möchte leben. Ich möchte das Leben genießen, und das geht eben nur mit einem gut gefüllten Kühlschrank.

Und auch die Liebe geht durch den Magen. Nicht umsonst habe ich mir deshalb einen Gastro-Sohn geangelt, der auch dem Irrglauben erlegen ist, der Ruf der Schauspielkunst hätte uns beide ereilt. Ein Spitzenkoch ist an ihm verlorengegangen! Das kann ich Ihnen sagen.

Suchen

Manche sagen, die Suche dauert ein Leben lang.
Dafür habe ich keine Zeit.

Flieger, grüß mir die Sonne

Ich fliege relativ viel, zu Stoßdrehzeiten teilweise zweimal in der Woche. Und ich sitze besonders gern in der ersten Reihe, aber eigentlich am liebsten am Notausgangsplatz. Wie man weiß, bin ich recht groß, und wenn ich lange sitze, tun mir die Knie weh, und wenn ich die Beine übereinanderschlagen will, stoße ich schnell an. Kurzum: Der bequemste Platz im Flieger ist für mich der am Notausgang.

Dreieinhalb Jahre ist es ungefähr her, da stehe ich mal wieder am Check-in-Schalter, bitte um den schönen Notausgangsplatz, und, siehe da, ich bekomme ihn auch. Was nicht selbstverständlich ist, da diese Plätze meistens mit dicken Vielfliegerkarten-in-Gold-Inhabern besetzt sind. Nebenbei bemerkt besetzt diese Gattung ja auch gern die komplette erste Reihe (Mittelplatz natürlich frei), wobei die ja, laut offiziellen Angaben der Airline, eigentlich für Familien mit Kindern geblockt sein sollte.

Wenn ich um die erste Reihe bitte und allein reise, wird mir diese wegen fehlendem Kind verweigert, reise ich mit Kind, ist sie leider schon besetzt, und komme ich in den Flieger, sitzt da interessanterweise nie eine Familie mit Kind, sondern immer die beschriebene Gattung.

Aber dieses Mal ergattere ich tatsächlich den schönen Notausgangsplatz und steige glücklich in den Flieger. Ich glaube, das war auf der Strecke Berlin–München, ich steuere beschwingt den Notausgangsplatz an, der Flieger war schon fast voll, und hier sollte man erwähnen, dass ich gerne als eine der Letzten den Flieger betrete. Ich finde, die Gänge sind zu eng gebaut. Ich kriege klaustrophobische Zustände, wenn ich von vorne und hinten eingequetscht mitten im Gang meinem Vordermann auszuweichen versuche, der seinen Koffer und seinen Mantel so umständlich ins Gepäckfach wuchtet, dass er mich da entweder mit dem Ellbogen verletzt oder mir die Mantelknopfleiste beim Hochschwingen ins Gepäckfach durchs Gesicht zieht.

Deshalb steige ich gern als Letzte ein.

Beizeiten vergess ich das aber auch, und dann ärgere ich mich wieder über mich selbst.

Bei diesem Flug bin ich ganz sicher als eine der Letzten eingestiegen. Ich stehe also in der Mitte des Fliegers, der Flieger an diesem Tag wirklich zum Platzen voll, wie gut, dass ich den Gangplatz, den Gangnotausgangsplatz ergattert habe. Ich bin dabei, noch schnell meine eigene Jacke ins Gepäckablagefach zu stopfen, da sehe ich aus dem linken Augenwinkel die Stewardess zwanzig Meter entfernt am Eingang, die gleiche wie gerade beim Einstieg, mir wieder zulächeln. Ich drehe mich zu ihr, mein Lächeln wird breiter, ihres auch, und ich lasse mich schmunzelnd auf meinem Gangplatz nieder. Da ist es wieder. Es ist passiert. Das Aufflackern in ihren Augen. Ihr Lächeln wird verschmitzt. Sie kommt langsam durch den Gang auf mich zu.

Und ich muss sagen, ich freue mich, ich freue mich, dass ich erkannt werde, so ehrlich muss man sein, darf man sein.

Aber natürlich habe ich keine Autogrammkarten dabei …

Da gibt es viel professionellere Kollegen, die zücken gleich aus der linken Sakkotasche die Autogrammkarte und aus der rechten den Permanentmarker. Ich habe nichts dergleichen dabei. Ich kann nur anbieten, mit ihr ein Selfie zu machen, sie schickt es an meine Agentur, die schickt es mir, ich unterschreibe, der frankierte Umschlag liegt bei, und flugs hat die Stewardess ihr Autogramm.

Es liegen nur noch fünf Meter zwischen uns, ich werde ganz aufgeregt, ich liebe es, ich schau nach links und nach rechts, mittlerweile habe ich das Gefühl, ich werde auch von anderen erkannt. Da steht sie auch schon vor mir: mit leicht zitternder Stimme, meinem Gefühl nach wahnsinnig schüchtern:

»Entschuldigung, darf ich Sie was fragen? Sie, Sie … Sie sind …« Und ich denke: »Ja, ich bin's!«

Und gerade will ich ansetzen: »Sie brauchen sich nicht zu entschuldigen, Sie haben recht. Ich bin's natürlich. Aber leider, leider habe ich keine Autogrammkarten dabei, ich bin halt wahnsinnig unprofessionell, was das betrifft. Ich kann's immer noch nicht glauben, dass man mich erkennt und ein Autogramm von mir haben will. Aber Sie haben mich wahrscheinlich an meiner Stimme erkannt, an der werde ich interessanterweise meistens erkannt«, öffne den Mund und hole Luft …

»Sie sind schwanger.«

»Ja, ich bin's.«

»Sie dürfen hier nicht sitzen, das ist ein Notausgangsplatz.«

Was? Was redet diese Frau?

»Entschuldigung, was haben Sie gerade gesagt?«

»Sie sind schwanger«, sagt sie, und dabei wandert ihr Blick, gefolgt von meinem, ganz, ganz langsam an meinem Körper hinab, stoppt an meinem Bauch. »Schwangere dürfen an Notausgangsplätzen nicht sitzen.«

Wie in Trance stehe ich automatisch auf, damit sämtliche Passagiere eine gute Sicht auf mich und meinen Bauch haben.

»Natürlich, Entschuldigung. Was haben Sie gerade gesagt?«

»Sie sind schwanger.«

»Nein.«

Schweigen.

Das ganze Flugzeug schweigt.

Die Stewardess wird hochrot. Ich auch.

Ich starre sie an. Sie starrt mich an.

Mir schießt durch den Kopf:

Im Falle eines Druckverlustes ziehen Sie die Sauerstoffmaske eng über Mund und Nase, ziehen diese fest und atmen durch ... Diese Maschine hat sechs Notausgänge, zwei im hinteren, zwei im mittleren und zwei im vorderen Teil der Maschine, alle mit dem Wort Exit gekennzeichnet. Folgen Sie bitte zügig den Leuchtstreifen am Boden und verlassen geordnet das Flugzeug.

Exit – Exit – Exit.

Dann sage ich extrem laut, damit es auch jeder hört:

»Nein, das ist nur mein dicker Bauch. Das Kind ist schon anderthalb.«

Mariahilfer Straße

Auf Besuch in Wien trug sich Folgendes zu:

Es ist ein wunderschöner Sommertag, Fritz übernimmt die Kinder, und ich verspüre eine irrsinnige Lust, einen leichten Shoppingtag auf der Mariahilfer Straße mit mir und den Geschäften zu genießen.

Hier sollte man sagen, dass ich natürlich darauf achte, wenn ich mit mir weggehe, wie ich mich kleide. Bei so einem Shoppingtag braucht man was Bequemes, was Leichtes zum An- und Ausziehen, was einen so luftig und beschwingt über die Mariahilfer Straße hopsen lässt. Natürlich möchte auch ich schön wirken und mag es, wenn andere möglicherweise auch mal einen Blick auf meinen Körper werfen …

Ich laufe also vorbei an Billigteenieklamottenketten, schönen Schuhgeschäften und kehre dann erst mal lecker bei Tresniewski ein. Tresniewski, ein Aufstrichbutterbrotladen, den es, glaube ich, schon seit den zwanziger Jahren gibt und wo man für jeweils € 1,10 geteilte Brotschnitten mit Aufstrich erwerben kann. Also für 1,10 kriegt man natürlich nur einen Teil dieser geteilten Schnitten, ich nehme meistens das Zehnerpackerl. Herrlich! Speck mit Ei, Eiaufstrich, Gervais mit Lachs, Thunfisch mit Ei, Matjes mit Zwiebel, Geflügelleberwurst. Herrlich. Herrlich! Dazu trinke ich an diesem schönen Tag einen hundertprozentigen Apfelsaft von ganz reifen, sehr süßen Äpfeln und mache mich dann gut gestärkt auf meinen Weg. Ich kann nicht einkaufen gehen, wenn ich vorher nichts gegessen habe. Ich unterzuckere schnell.

Nun, während ich also so vor mich hin flaniere, höre ich auf einmal den Ruf einer Frau:

»Entschuldigung? Hallo?«

Ich drehe mich um. Sie kommt auf mich zu: »Hallo, Entschuldigung, dass ich Sie so überfalle, aber Sie sehen einfach so toll aus! So toll schwanger! Und ich mach eine Ausstellung über Schwangere, und diese Bluse steht Ihnen einfach großartig, und sie hebt Ihren Bauch so schön hervor!«

»Finden Sie?«

»Ja, Wahnsinn, darf ich Sie fotografieren? Die meisten beweisen ja in der Schwangerschaft keinen Geschmack. Aber was Sie da tragen, passt einfach …«

»NEIN!!«

Schweigen – Ich hole Luft:

»Passen Sie auf: Mein Sohn ist zweieinhalb.

Folglich bin ich seit zweieinhalb Jahren nicht mehr schwanger, kämpfe aber manchmal noch mit meinem Bauch, vornehmlich, nachdem ich mir zehn Tresniewskibrote genehmigt habe. Sie haben recht und ich hätte darauf achten müssen, dass ich dieses wahnsinnig schöne, leichte, A-gestellte Viskoseoberteil bei dem leichten stadtauswärts gerichteten Windzug auf der Mariahilfer Straße von meinem leicht gefüllten Bauch weghalte, denn so habe ich Sie leider in die Situation gebracht, dass Sie denken, ich wäre schwanger. Ich wünsche Ihnen viel Glück mit Ihrer Ausstellung!«

Liebes Tagebuch!

Ich könnte heulen, schreien, mich aufs Bett werfen und toben. Heute ist wieder der Moment gekommen, wo ich dir dringend schreiben muss, weil ich nicht mehr kann. Ich war in Hamburg, besuchte ihn beim Dreh und war mit Baby Frida stolz in der Stadt unterwegs.

Und nachdem ich mich dann schön an meiner Lieblingscurrywurstbude für den Tag gewappnet hatte – ich liebe Schinkencurrywurst mit Pommes Mayo –, flanierte ich mit Baby Frida in einen schönen Laden, um mir ein neues Oberteil zu kaufen. Die nette jugendliche Verkäuferin, die mittlerweile wirklich bald meine Tochter sein könnte, brachte mir das gewünschte Oberteil. Da es mir ja wichtig ist, meinen Bauch gut zu kaschieren und einfach für mich gut auszusehen, bat ich um das gleiche in einer Größe größer, da ich der Ansicht war, dass mir diese Größe den noch vorhandenen Schwangerschaftsbauch doch zu sehr betonte. Nicht so dieses jugendliche, zaundürre Wesen,

diese ekelhaft liebliche Verkäuferin: »Nein, das ist doch super. Nicht noch größer.«
Ich wollte noch geschmeichelt erwidern: »Finden Sie?«, als sie fortfuhr: »Darin hat Ihr Bauch doch gut Platz, auch wenn der jetzt noch wächst. Wahnsinn, noch ein Kind, so kurz hinter dem anderen, das würd ich mich ja nicht trauen.«
»Mein Baby ist drei Monate.«
»Eben.«
Hat die einen Schuss? Wer hat die denn aufgeklärt? Am liebsten würde ich sie anschreien und schütteln.
»Eben, und weil es drei Monate ist, nehm ich das Oberteil gern eine Größe größer, ich bin nämlich nicht schwanger, sondern das ist der Restbauch von meinem Baby, was Sie da sehen. Und medizinisch wär ich dann auch ein Wunder, wenn mein Baby drei Monate alt ist und ich schon wieder im siebten Monat schwanger wäre. Ich vermute, dass Sie wahrscheinlich noch kein Kind haben und sich deshalb bei der Altersangabe meines Babys total verschätzt haben. Baby Frida wird morgen noch nicht eingeschult, auch wenn sie so aussieht. Und auch ich komme morgen nicht nieder, auch wenn mein Bauch so aussieht!«
Aber natürlich sagte ich das alles nicht, weil es ja ein Wesen war.
»Kann ich's trotzdem eine Größe größer haben, bitte?«
»Logisch.«

Der dicke Bauch & Co. KG

Ich habe einen dicken Bauch. Habe ich ein Problem damit? Nein, das habe ich nicht. Wenn ich ehrlich bin, liebe ich meinen Bauch sogar! Ich fasse ihn gern an, er ist schön weich, und man kann schön hineingreifen. Halt ein schöner, ein richtig schöner, normaler weicher Bauch.

Aber ich mag natürlich nicht schwanger aussehen, wenn ich es nicht bin. Das heißt nicht, dass ich deshalb in einen wahnsinnigen Sportanfall verfallen werde oder muss. Nein, das heißt es nicht. Logischerweise ist er nach jedem weiteren Kind ausgeprägter, und er bleibt bei mir länger in der Form eines Schwangerschaftsbauches.

Hier und jetzt wäre festzuhalten: Ich bin nicht schwanger. Und ich bin auch niemand, der lügt und eigentlich schwanger ist. Ich habe drei Kinder, ich war gerne schwanger. In der Schwangerschaft passte mir mein angedichteter Schwangerschaftsbauch am besten, dann sah er einfach wahnsinnig schön aus. Doch selbst hier musste man sich schon gegen manche Verrückten wehren, so wie gegen diese Waagenfanatiker, die anhand des Gewichts die Wahrheit wissen. Der Wahnsinn breitet sich nun auch auf die Schwangerschaftsbäuche aus. Ein kleiner Fußball ist en vogue. Hallo, geht's noch? Ich kriege ein Kind! Mein Kind soll sich den Platz nehmen in meinem Bauch, den es will und braucht. Ich will und muss meinen Bauch nicht verstecken. Wie groß er ist, ist doch ganz allein meine Sache und die meines Kindes. Ich muss ihn doch tragen. Er wird immer so sein, dass ich ihn gut tragen kann, dass er mir passt. Mein individueller Schwangerschaftsbauch. Und doch kenne ich wirklich eine Frau, die kein Kind mehr bekommen hat, weil sie sagte, eine zweite Schwangerschaft käme für sie aufgrund der Gewichtszunahme und der Häme nicht mehr in Frage. Leider hatte sie nicht nur am Bauch zugenommen, sondern überall. Und auch beim Bauch blieb es nicht bei den drei Kilo, die das Kind hatte.

Ist das nicht verrückt? Ich meine, das ist verrückt. Aber nicht umsonst gibt es ja auch den Trend, das Kind schon vier Wochen vor der Geburt aus dem Bauch zu schneiden, weil der Bauch im letzten Monat nur noch an Gewicht zunimmt und das Kind auch nur fett wird. Jetzt kommt mir hier bitte niemand mit den afrikanischen Stämmen, die vier Wochen vor der Niederkunft zu fasten beginnen. Die Menschen dort verfügen über keine medizinische Versorgung und bringen ihr Kind allein auf die Welt. Klar ist es einfacher, ein kleines Kind zu gebären, aber wir sind hier bestens versorgt. Und die Babys werden größer, so wie wir eben auch alle größer werden.

Ich war nie so schön wie in der Schwangerschaft. Mein Bauch war nie so schön wie in der Schwangerschaft. Wenn ich nicht schwanger bin, sieht er auch wahnsinnig schön aus, aber leider ein bisschen schwanger, obwohl ich es nicht bin. Aber da kann man ja Abhilfe schaffen, mit richtiger Kleidung wohlgemerkt. Was nun nicht heißt, dass ich meinen Bauchansatz nicht mag, aber das sagte ich ja bereits. Ich gehe sogar noch weiter: Ich finde Bäuche auch bei anderen Frauen wunderschön! Unter uns, ich finde den Damenbauch sogar sehr sexy. Und schaut man in die Historie – auf damalige Gemälde –, die Menschen sind immer wohlgenährt, ob angezogen oder nackt. Sie haben immer schöne Bäuche! Sie werden auch gerne mit großen Essgelagen dargestellt. Damals bedeutete Essen Luxus, Freude, Spaß, Genießen, Dankbarkeit. Hattest du einen Bauch, wusste man, dir geht es gut. Da ist jemand, dem das Leben nicht zusetzt. Hast du heute einen Bauch, bist du vom Leben gezeichnet. Was für ein Unfug! Schaut man in die orientalischen Länder, haben die Frauen zwar nichts zu sagen, sehen aber phantastisch aus. Haben schöne weiche Rundungen, und schielt man zum Bauchtanz rüber, wird's gar richtig erotisch. Ohne Bauch lässt sich's schlecht bauchtanzen.

Egal, es wird gesagt, wir haben alle ein Bauchproblem, also haben wir alle ein Bauchproblem. Ich sage aber: Wir haben kein Bauchproblem. Unser Problem ist die falsche Kleidung!

Sie nämlich, die falsche Kleidung, lässt den Körper nicht vorteilhaft erscheinen. Nicht nur nicht, sondern gar nicht. Natürlich ist es nicht schön, wenn zu enge Hosenbünde den Bauch zusammenquetschen. Aber zu enge Hosen muss man ja auch gar nicht anziehen.

So wie zu enge Sandalen, bei denen dann überall der Fuß rausquillt, rote Striemen und Blasen entstehen. Dieses Leid tut der Schönheit nicht gut. Es ist schon absurd genug, dass man seine Füße in solche Sandalen hineinquetscht, es nicht sehen will und, weil man die Sandale an sich schön findet, sie tatsächlich kauft. Und davon abgehalten wird man auch nicht. Im Gegenteil, man wird bestärkt, dass das Teil erst eingelaufen werden muss, damit die Schönheit und die Bequemlichkeit voll zur Geltung kommen. Welch Glück ich hätte, es handele sich ja schließlich um eine Ledersandale. Leder, ein Naturprodukt, weite sich bei Wärme und bei Dehnung, werde angenehm weich und wohltuend. Aha! Aha! Eben. Leder ist Haut!

Wieso darf nicht mein Bauch weich und nachgiebig sein, angenehm, wohltuend. Wieso soll er fest und unnachgiebig sein? Schwachsinn! Aber etwas, was von Anfang an zu eng ist, nicht passt, da muss ich weder mich noch meine Füße reinzwängen. Eine Kunst ist es, etwas, was man haben will, das aber nicht passt und nicht gut aussieht, ganz egal, was die anderen sagen, stehen zu lassen.

HÖR AUF DEINEN BAUCH!

Es wird auch die schöne und für mich passende Sandale geben, ebenso die schöne und mir passende Hose. Ich muss lernen, dass ich nicht in jede Sandale passe, und ich muss lernen, mich meiner Figur gerecht zu kleiden.

Bei den Füßen leuchtet das allen ein. Selbst wenn ich verschiedene Diäten mache, abnehme, hungere, faste, mein Leben mit Körpertrimmen und Aufpassen verbringe und den Spaß, die Lust auf Essen aufgebe, ist und bleibt meine Schuhgröße 42 und an meinem Schuhproblem wird sich nichts ändern. Unlängst war ich in Hamburg in einem Übergrößenschuhgeschäft. Nie wäre ich freiwillig in diesen Laden gegangen, man kommt sich doch ein bisschen aussätzig vor. Dieser Laden war aber auf der Promenade, und ich brauchte dringend einen bequemen Hausschlappen. Dafür kann man ja mal, wenn es auf dem Weg liegt, in so etwas hineingehen.

Ich sage Ihnen, es war eine Offenbarung!

Wie absurd, dass ich das all die Jahre vermieden habe und immer frustriert in den diversen Schuhgeschäften irgendwann gesagt habe: »Ich bleibe hier sitzen, und Sie holen alles, was Sie in Größe 42 auf Lager haben.« Das Ergebnis war, dass nach einer gefühlten halben Stunde Wartezeit der Verkäufer entweder mit zwei Schachteln oder einer oder keiner Schachtel wiederkam, betreten vor mir stand und probierte, mir zu versichern, dass man hier nicht für den Einkauf zuständig sei und der Italiener an sich kleine Füße hätte. Und wie immer waren alle frustriert, ich, weil ich nichts kaufen konnte, der Verkäufer, weil er kein Geschäft machte.

So ist es mit den Schuhen, und mit dem Bauch ist es nicht anders. Mein Bauch ist, wie er ist. Hauptsache ist doch, ich finde mein Wohlfühlgewicht. Den Rest macht die richtige Klamotte.

Mir ist wichtig, mir selbst zu zeigen, dass ich gut und vor allem schön bin, so, wie ich bin. Dass ich nicht in einen absurden Aktionismus verfalle, um eine Figur zu bekommen, die mir gar nicht entspricht, um in XS oder gar Size Zero hineinzupassen. Außerdem haben doch die meisten Models, die uns zeigen, was wir in der nächsten Saison tragen sollen, ihren Zenit meist schon mit achtundzwanzig überschritten. Ich bin vierzig. Wie soll mir das denn stehen, was diese jungen Dinger tragen? Ach, und dann dieser ganze androgyne Quatsch. Wenn ich Frauen nicht mehr von Männern unterscheiden kann, wird's doch wirklich fragwürdig. Denken wir nur an die zehnte Staffel von »Germany's Next Topmodel«. Da gab es in der Vorentscheidung diese richtig hübsche junge Frau. Sie hatte einen großen Busen, sie war weiblich. Und genau wegen dieses Busens und der Weiblichkeit wurde sie dann nicht genommen. Frau Klum sagte ihr, dass sie echt toll aussehe, sie aber keine Modelfigur und -maße habe. Weil sie weibliche Formen und einen großen Busen hat? Hallo, wir reden hier vielleicht von einem angekratzten D, wenn überhaupt. Da kann doch was nicht stimmen! Sechzehn- bis neunzehnjährige Bohnenstangen, nicht ein Gramm Fett auf den Rippen, präsentieren mir die Mode, die ich anziehen soll? Die sind mein Maßstab? Uhlig, Uhlig, Uhlig!

Bei Modeschauen sitze ich in der ersten Reihe, während am Laufsteg altersmäßig meine Nichten vorbeiziehen, und ich falle in Depressionen und muss zum Therapeuten, weil meine Figur nicht stimmt? Da läuft doch irgendetwas schief!

Und dann suhlt sich der opahafte Designer zwischen seinen Urenkelinnen und kriegt Bussi links und Bussi rechts.

Hier läuft nicht nur etwas schief, hier läuft etwas verkehrt, gründlich verkehrt!

Vielleicht sollte ich Moderatorin einer neuen Show werden: »Der Bauch und du« oder »Der Bauch hat auch ein Eigenleben«. Wenn »Darm mit Charme« ein Bestseller werden kann, dann ist doch der »Bauchige Bauch« ein würdiger Nachfolger.

Wichtig ist, den eigenen Bauch so anzuziehen, dass er positiv zur Geltung kommt. Wie schafft man es, ihn so zu kleiden, dass man einfach keine Diskussionen auslöst? Weder in die Schwangerschafts- noch in die Dickrichtung.

Hier zwei Möglichkeiten: die Bauchweghose und die Bauchwegstrumpfhose. Wobei ich die Bauchweghose nicht wirklich für den Alltag sehe, sie ist bei längerem Tragen doch unbequem. Die Bauchwegstrumpfhose hingegen ist besser als eine normale Strumpfhose. Diese ist mir oft zu weich und hat einen engen Bund. Grauenhaft. Der enge Bund schneidet so stark in den Oberbauch ein, dass der Unterbauch schwer rausgedrückt wird. Klar, wenn Sie oben was in den Bauch drücken, drückt es sich unten besonders raus, und das ist schmerzhaft. Bei einer guten Bauchwegstrumpfhose ist das nicht so, da sie vom Oberschenkel aufwärts komplett aus einem breiten Gummiband besteht, das sich gleichmäßig um den Körper legt und ihn in Form hält. Grundsätzlich mag ich labbernde Strumpfhosen nicht. Sie zwicken bei den Zwickelstellen ein, ekelhaft. Ich bin dazu übergegangen, meine Kleidung so auszuwählen, dass die Betonung nicht auf dem Bauch liegt, da ich meinen Bauch nicht immer der Diskussion aussetzen möchte. Eigentlich selbstverständlich! Bedenken Sie: Der Bauch dehnt sich nach jedem Essen aus. Er braucht seinen Platz. Manche Gerichte liegen leider schwerer im Magen als andere. Manche blähen. Der Bauch an sich ist ja kein eigenes Organ, sondern die Hülle für viele Organe. Die obere Hülle wird durch die Rippen gehalten. Die untere wird gar nicht gehalten. Dahinter spielt sich aber jede Menge ab. Da arbeitet es richtig. Und da soll auch der Atem hingehen, wenn man richtig atmet. Selbst wenn Sie einfach nur richtig atmen, könnte man Ihnen nachsagen, Sie hätten einen dicken Bauch. Unverschämtheit! Sie haben einen gesunden, atmenden, lebenden Bauch. Ziehen Sie etwas an, das nicht drückt. Druck kann Bauchschmerz verursachen. Entweder Sie machen es so richtig weit, oder Sie ziehen etwas an, das den Bauch ein bisschen stützt. Ich möchte nicht sagen: »in Form bringt«, sondern: »stützt«. Wenn etwas ein wenig größer ist, muss man es manchmal ein bisschen stützen. Der Bauch ist die größte zusammenhängende Fläche, die wir haben. Wo es auch kaum Knochen gibt. Und wo wir schon bei der Anatomie sind: Schaut man sich ein Skelett an, ist in der Mitte nichts. Außer der Wirbelsäule. Das heißt, oben wie unten haben Sie massive Gerüste, nur in der Mitte ist nichts. Deshalb kommt es da auch zu Schwankungen. Ganz natürlich. Manchmal empfinde ich es eben als ganz angenehm, den Bauch zu stützen. Gerade dann, wenn ich ein bisschen Halt und Schutz in meinem Leben brauche.

Da kann man dann gut ein schönes langes Unterhemd mit Stretchanteil, das am Unterbauch nicht raufrollt, anziehen. Und darüber etwas luftig Weites. Achten Sie beim Unterhemd darauf, dass es mit dem Oberteil vom Material her harmoniert, da es sonst womöglich am Oberteil festklebt. Schließlich muss ja niemand wissen, dass Sie sich in Ihrer Schutzphase befinden. Das Unterteil geht niemanden etwas an, außer Sie wollen, dass es jemanden etwas angeht. Dann können Sie eines wählen, das beim Busenausschnitt raffinierte Spitze birgt.

Wenn Sie hingegen wollen, dass es unten rausschaut, achten Sie auf einen lustigen Abschluss, das kann Farbe, Materialmix oder auch Spitze sein, je nach Verfassung Ihrerseits.

Das Oberteil, das darüber kommt, muss entweder A-gestellt sein oder ganz weit. Gut ist auch asymmetrisch nach unten auslaufend. Ebenfalls super ist das Modell, das an der Hüfte eng ist, dann ganz weit und an den Unterarmen wieder eng ausläuft. Das Ganze aus Seide. Das fließt, fließt, fließt. Merkwürdigerweise hat man bei Seide immer das Gefühl, man sei darunter ein Strich. Natürlich nur, wenn die Seide gut sitzt, also wenn sie fließt, Seide muss fließen. Ein Fluss ist auch nur dann gut, wenn er fließt. Wenn er steht, setzt er an. Ich finde, Seide kann man auch ohne Unterstützung gut tragen.

So ein Seidenteil in schwarz mit schimmernder Raffinesse trug ich bereits fünf Wochen nach der Niederkunft bei der Romy-Gala. Mein Bauch hatte damals noch gar keine Lust, an selbständige Rückbildung zu denken. Und trotzdem entschied ich mich gegen den Unterhemdstütz. Unterhemdstütz macht ihn schon ein bisschen kleiner, aber es ist halt auch heißer. Ich wusste, wo ich hingehe. Nämlich zu einem Gala-Dinner. Folglich würde ich viel essen. Wenn ich viel esse, stört mich ein Bauchstütz, ganz zu schweigen von einer Bauchweghose. Doch bei dem Outfit war der Fluss der Seide so raffiniert, dass ich den Bauch völlig seiner Natur überließ. Ich bewegte mich ohne Baucheinziehen auf dem roten Teppich. Mit Baucheinziehen ist man nicht locker, die Miene wirkt verkrampft. Dieses Outfit hat dazu geführt, dass Freundinnen von mir sprachlos waren und fragten, ob ich jetzt auch wie diese Models nach der Geburt diesen ganzen Wahnsinn mitmachen würde. Nein, ich hatte mich einfach nur gut angezogen.

Ansonsten finde ich es wichtig, anzuziehen, was einem gefällt. Man ist für sich selbst doch immer noch das beste Regulativ. Wenn ich mich wohl fühle und mich traue, Bauch zuzulassen, geht es mir am besten.

Wesen, Elfen und ...

Ich glaube, ich bin ein Troll. Normal würde man sich ja Trolle klein und dick vorstellen, aber es gibt auch große Trolle. Welcher Kategorie sollte ich mich denn sonst zuordnen? Elfe wäre ich gerne, bin ich aber nicht. Und Wesen, davon bin ich meilenweit entfernt. Ein Wesen. Ich weiß nicht, ob Sie Wesen kennen. In meiner Branche gibt es viele. Das Wesen ist die Steigerungsform der Elfe. Wie beschreibt man ein Wesen? Vielleicht nähere ich mich erst mal der Elfe, dann ist es bis zum Wesen nicht mehr weit. Quasi ein Katzensprung. Katze. Katzen gibt's auch noch, das stimmt. Ich glaube, die allerschlimmste Art von allen ist das Katzenwesen. O Gott, bin ich eifersüchtig. Der kleine dicke große Troll steht da ohne Geheimnis, während um mich herum die Wesen schwirren. Aber zurück zur Elfe, mit der ich ja anfangen will: Die Elfe hat immer langes Haar, gerne auch goldfließend blond. Die Finger sind feingliedrig, geradezu gummimenschartig. Wenn eine Elfe vorbeischwebt, spürt das mein männliches Gegenüber. Schwups, vorbei ist das Gespräch. Denn im nächsten Film ist die Hauptrolle noch nicht besetzt, man brauche noch eine Elfe. Wir können ja in Kontakt bleiben, denn es gibt auch noch die Rolle einer lustigen Nachbarin, eine, die mitten im Leben steht, die so ein bisschen fester ist.

Aus der Perspektive der festen Nachbarin kann der Zuschauer ruhig und entspannt von der Elfe träumen. Somit ist auch die Nachbarin eine wirklich wichtige Rolle. Eine Nebenrolle, aber wie heißt es doch so schön: Nur das Volk macht den König. Und schon bin ich wirklich dankbar, wenn ich auch nur ansatzweise eine Chance habe, die Rolle der Nachbarin zu ergattern. Das scheint mir ja die wirklich wichtige Rolle zu sein. Nicht die der Elfe, nein, doch nicht die zarte, schlanke

Elfe, in die sich alle verlieben, diese unwiderstehliche, zarte, kleine, süße Elfe. Nein, die Nachbarin, die, die aus dem Leben gegriffene, die, die ist super. Die Dralle, die gute Freundin. Die wird auch nicht gefährlich, nein. Mit der kannst du deinen Mann ruhig alleine lassen. Mehr als über Essen wird die nicht reden. Tja, vielleicht habe ich eine Chance, die Rolle zu kriegen. Und schon stehe ich da, alleine, ach, wie nett, da kommt auch schon wieder dieser junge Mann mit diesen Canapées vorbei, diesen wunderbaren Häppchen. Gutes Fingerfood ist ja herrlich, da bin ich in den letzten Jahren auf den Geschmack gekommen. Diese Modeerscheinung finde ich richtig gut. Da kriegt auch keiner mit, wie viel man isst.

»Danke, die sind ja super. Haben Sie noch diese mit den, mit den, ach, helfen Sie mir kurz, bitte …«

»Meinen Sie das Carpaccio mit Limettenmousse? Das Thunfischtatar an Meeralgen-Kokos-Creme, die kalte Tomatencreme mit einer Scheibe Lardo (ja, reiner Speck!) oder die Lachsröllchen mit dem Sahnehütchen an Kardamomvinaigrette?«

»Ich weiß nicht, ich glaube, das mit der Sahne.« Klingt gut. Und auf den Schreck brauche ich auch noch eine gekühlte Coke (international). Auch so ein Moment für eine Cola. Gerade in so einer coolen Umgebung, wo die Wesen schwirren und der Mob ihnen hinterher, so dass man ganz alleine dasteht.

»Ich muss mal schauen, ob ich von den Lachsröllchen mit Sahnehütchen an Kardamomvinaigrette noch was finde. Ich glaube, die sind aus.«

Jetzt spätestens ist der Moment gekommen, sich mit dem Kellner zu verbünden. Denn sonst habe ich nicht nur keine Rolle, sondern auch einen leeren Magen.

»Ach, wissen Sie was, schauen Sie doch einfach, wenn's keine Umstände macht, was Sie noch finden können. Das wäre so toll von Ihnen, ohne Sie bin ich hier aufgeschmissen. Und da mich sowieso alle für einen Troll halten, kann ich jetzt essen.«

Ich weiß nicht, ob er das mit dem Troll versteht, ist aber auch egal, auf jeden Fall bekomme ich viel Essen. Und so stehe ich da inmitten der vielen Elfen und kann ihr Essen essen.

Und nun zu den Wesen: Sie sind artverwandt mit den Elfen, setzen aber noch einen drauf. Ich weiß nicht recht, wie ich sie beschreiben soll. Würden Sie neben mir stehen und ich würde Ihnen ein Wesen zeigen, wüssten Sie genau, was ich meine. Ein Wesen kann man nicht erreichen, unmöglich. Eine Anmut, eine Eleganz, die selbst die Elfe das Fürchten lehrt. Die Figur kannst du nur erahnen, es ist einfach zu wenig da, sie lässt sich nur erahnen. Zartgliedrig, heller Sopran, Zähne aus dem Programm »Wünsch dir was«, fast unsichtbar und nicht nahbar. Geheimnis. Ein Riesengeheimnis umgibt ihre Aura. Manchmal frage ich mich, ob da überhaupt ein Geheimnis ist. Böse Zungen würden behaupten, nein. Aber bin ich eine böse Zunge? Wahrscheinlich bin ich einfach ein eifersüchtiger dicker Bunkel, der auch mitspielen möchte. Nicht nur im Film, sondern auch im wahren Leben. Ich komme dagegen nicht an. Ich stehe bei einer Veranstaltung, und dann taucht ein Wesen auf. Das ist faszinierend, das hat schon eine Macht. Der Sache kommst du nur mit Humor bei und mit dem krassen Gegenteil. Das kann ich nicht erreichen, niemals. Wenn ich die Hose von der zusammennähen würde, würde ich gerade mit den Unterschenkeln reinpassen. Auch diese Ärmchen sind faszinierend. Da kommst du mit jedem Finger und Daumen rum. Schnell ist man in einem schönen Gespräch mit so einem Wesen angelangt, meistens machen die übrigens Yoga. Ich habe nichts gegen Wesen, wirklich nicht. Aber sie halten mir einen Spiegel vor. In dem Spiegel bin ich die böse Stiefmutter von Schneewittchen. Die will ich aber gar nicht sein, ich will Schneewittchen sein. Auch die Julia will ich spielen und nicht deren Amme. An der Schauspielschule hatten wir fünf solcher

Wesen, vielleicht waren davon auch zwei Elfen, die alle zu den gleichen Vorsprechen eingeladen wurden. Diese Theater suchten so eine kompatible Hauptrollenfigur, sozusagen die erste junge Frau am Platze. Ich war auf keinem dieser Vorsprechen. Zu mir wurde gesagt: »Du bist halt so 'ne Wucht, das muss man mögen.« Aber jeder Topf findet seinen Deckel, vielen Dank fürs Gespräch. Wenn man sich in einer Branche tummelt, in der man nicht zu einem Casting eingeladen wird, weil man braunhaarig ist und der Sender sich entschieden hat, die Rolle blond zu besetzen, dann kann man machen, was man will, zum Casting jedenfalls kommt man nicht.

Auf die Fähigkeiten, die man hat, kommt es, so gesehen, überhaupt nicht an. So hat es letztlich ja auch angefangen. Absurderweise mag mein Problem sein, dass ich eigentlich als recht attraktiv gelte. Kein Wesen, keine Elfe, aber recht attraktiv. Recht attraktiv bist du aber nur bis Größe 38. Danach wird's komisch und vielleicht normal. Aber will man normal? In der Filmbranche offenkundig nicht. Da gewinnt eine Charlize Theron den Oscar für ihre Darbietung einer hässlichen, fertigen Frau. Hätte man eine hässliche, fertige Frau besetzt, wäre dieser Film ein No-Name-Low-Budget-Projekt geblieben. Aber mit der Verwandlung von einem ehemaligen südafrikanischen Model, das sich traut, hässlich, ein bisschen dicker und fertig auszusehen, da ist der Oscar doch richtig vergeben. Hallo, ist da draußen noch irgendjemand wach? Ich meine, wo sind wir denn? Und dann wird die auch noch ständig gefragt: »War das nicht schlimm, so hässlich auszusehen? Wie fühlt man sich denn da?« Ich meine, die Frau, die ein Topmodel ist, die mal hässlich gemacht wurde und weiß, dass sie jederzeit wieder schön aussehen kann? Wie fühlt man sich denn, wenn man den Oscar gewinnt, das würde ich fragen. Aber letztendlich sind wir genau darauf getrimmt. Für uns muss die Prinzessin aussehen, wie halt eine Prinzessin aussehen muss. Das Schönheitsideal ist klar vorgegeben. Ich meine, schauen wir uns Prinzessin Kate acht Stunden nach der Geburt ihres Kindes an, frisch und rosig das Krankenhaus verlassend. Es ist alles eine Sache des Marketings und der Vermarktung. Letztlich ist es ihr Job, auszusehen, wie in unseren Träumen eine Prinzessin auszusehen hat. In diesem Falle die Bürgerliche, die plötzlich Prinzessin wird. Aber man darf sich nichts vormachen. Jetzt kann man nicht mehr so schnell wie Kate werden. Eine große (und überaus erfolgreiche) Telenovela der letzten Jahre war »Verliebt in Berlin«. Alexandra Neldel ist eine wirklich hübsche Frau. Die nimmt man, steckt sie in einen Fett-Suit, klebt ihr eine Zahnspange an und einen Pony ins Gesicht, ach ja, Brille nicht vergessen, et voilà, das hässliche Entlein ist geboren. Ratsch, ratsch, ratsch, die Verkleidung abgelegt, die schöne Hauptdarstellerin erscheint, die sich zum Schluss den Prinzen angelt. Der natürlich immer gesehen hat, was für ein Potenzial in ihr steckt. So, und nun probieren Tausende Mädchen, sich dorthin zu hungern, wo Frau Neldel am Schluss ist, nur dass Frau Neldel am Schluss einfach den Fett-Suit auszieht.

Diese ganzen Teeniefilme, bei denen die Außenseiterin am Ende immer den Coolsten der Schule kriegt, ist doch alles Schwachsinn. Das funktioniert vielleicht im Film. Vor allem, wenn man genau hinguckt, sind die Außenseiterinnen die Elfen, die Wesen. Die anderen sind die Trolle, so wie ich.

Eigentlich lässt es sich als Troll herrlich leben. Ich muss nur versuchen, den Traum von der Prinzessin abzulegen. Und die Elfen Elfen sein lassen und die Wesen Wesen. Denn auch, wenn ich es schaffen würde, ein Schmalhans zu werden, ein Wesen werde ich nie. Ich habe es schon einmal probiert, so mit Blick in die Ferne, schweigend, Haare aus dem Gesicht streifend in einer Runde zu stehen und die mit dem Geheimnis zu sein. Bei mir wird nicht das Geheimnis gesucht, sondern gefragt: »Alles gut, was starrst du denn so blöd? Hast du ein Rückenproblem, weil du den Kopf immer so schief legst? Du hältst ständig die Luft an, was ist denn los? Geht's dir nicht gut? Du bist so komisch heute. Hast du Hunger?«

Ja, wahrscheinlich muss ich was essen.

»Stört es dich, wenn du alleine was isst, denn ich habe da hinten diese eine gesehen, diese eine, diese mit diesem großen …«

»Busen oder Geheimnis? Egal, guten Appetit … Nein, geh ruhig …«

Finden

**Wenn man nicht mehr sucht,
wird das Finden leichter.**

Kleider machen Leute

Wie nähere ich mich einem der heikelsten Themengebiete? Am besten mit meinem Gewicht, wie immer.

Alles fing an mit dem Drang, dazugehören zu wollen. In der Pubertät. Die anderen hatten immer das, was man selbst gern gehabt hätte, wozu einem aber das nötige Kleingeld fehlte. Und das führte zu diversen Streits mit der Mutter …

Der Wahnsinn begann dann aber erst mit der Schauspielausbildung. Ab dem Moment, wo man nicht mehr weiß, wer man eigentlich ist. Das weiß man schon in der Pubertät nicht, aber jetzt, wo man sich gerade ein bisschen gefangen hat und die Persönlichkeit sich nun langsam festigen sollte, wird einem alles genommen. Brechen heißt das Zauberwort.

Insgesamt habe ich fünfeinhalb Jahre diesen Wahnsinn namens »Schauspiel« studiert. Fünfeinhalb Jahre hat man versucht, mich zu brechen und meine Person immer wieder in Frage zu stellen. Dieser Umstand war auch für meine Figur nicht zuträglich. Trotzdem war ich nie magersüchtig oder bulimisch, dafür liebe ich das Essen viel zu sehr, um es nachher zu erbrechen, und Magersucht, das heißt immer null, das kam nach der Fasterei für mich schon gleich gar nicht in Frage. Doch den Kampf mit der Figur, den kannte ich damals sehr wohl. Ich werde eben generell sehr schnell dick. Mit neunzehn und dem Wunsch, unbedingt Schauspielerin zu werden, und wo dieser Beruf noch dieses Mysterium von Unerreichbarkeit, Bewunderung und Faszination birgt, will man das auch unbedingt alles haben. Aber weiß man, worauf man sich da einlässt? Nein, natürlich nicht.

In der ersten privaten (und überaus alternativen!) Schauspielschule, deren Leitsatz »Der Weg ist das Ziel« war, wurde wahnsinnig viel Quark unterrichtet (wie in wahrscheinlich sehr vielen anderen Schauspielschulen auch).

Und alle hingen wir an den Lippen von diesen Quark-Verbreitern bzw. -verteilern. Wenn ich heute daran zurückdenke, überkommt mich nicht nur ein Schmunzeln, sondern auch ein wirkliches Grauen. Mit jungen Menschen lässt sich, Pardon, so enorm viel Scheiß anstellen. In dem Moment, wo sie einen Traum haben und man der angebliche Prophet ist, machen sie viel. Die Hörigkeit dem erfahrenen Dozenten gegenüber ist frappant. Heute weiß ich, dass viele dieser Dozenten verkrachte Schauspieler ohne Job und Engagement, Ruhm und Ehre sind. Ihr Geld verdienen sie mit der Festanstellung an einer Schauspielschule. In der Hauptstadt oder Provinz, vollkommen egal, Hauptsache, mal ein festes Einkommen, wissen, wie man die Miete im nächsten Monat bezahlt. Wenn man jung ist, mag das ja noch witzig und künstlerisch vielleicht wertvoll sein, von der Hand in den Mund zu leben. Ab einem gewissen Alter ist es nur noch beängstigend und erstickt das Künstlertum. Vom Leben gezeichnet und frustriert, den Traum verloren und nie erreicht, geben sie ihre Demütigungen an ihre jungen Eleven weiter.

Und wir hingen an den Lippen dieser ach wie tollen Dozenten, während sie in Wirklichkeit nur verkrachte und frustrierte Schauspiel-(Ko-)Existenzen waren. Wie soll der Dozent denn Lust und Freude versprühen, wenn ihn der Beruf das Fürchten gelehrt hat? Jeder muss mal vom ganz Großen geträumt haben, sonst gehst du diesen Weg nicht. Das ist auch diese unbedingte Faszination an jungen Talent-Castingshows, bei denen man sich ab sechzehn bewerben kann. Denn nur ein junger Mensch mit Hoffnung und am Anfang des Berufswunsches stehend hat diese Wucht des tiefen Falls, wenn der Traum zerplatzt. Und das fasziniert uns, da können wir in die wahre Seele schauen. Später hat die Seele von zu vielen Verletzungen zugemacht, und man kommt nicht mehr an sie ran. Wie heißt es doch so schön? *The first cut is the deepest* – international gesprochen.

Ich klinge gerade auch wie ein frustrierter Dozent, der seinen Schülern oberlehrerhaft das Einmaleins erklärt. Irgendwann hat man das Gefühl, die Weisheit mit Löffeln gefressen zu haben, ich gebe es ja zu.

Zurück zum eigentlichen Thema: Immer dann, wenn man mich richtig brechen wollte, habe ich eine neue Essköstlichkeit in Ulm aufgetan. Eines meiner Lieblingslokale war der Chinese am Eck, der ein wunderbares Mittagsmenü zu erschwinglichem Preis auf der Karte hatte. Bestehend aus einer leckeren Vorspeise, Hauptgang und dem köstlichen Eis mit Cocktailfrüchten. Als Vorspeise wählte ich treffsicher meistens die in Fett herausgebackene Frühlingsrolle.

Und im ersten Kaufhaus am Platze gab es in der Gourmetabteilung ein herrliches Jägerschnitzel, nebst einer wunderbaren Pilzrahmsauce und Reis oder wahlweise Pommes frites. Ich wählte ganz klar die Pommes, die immer à la minute zubereitet wurden. Das Schöne an dem Kaufhaus war das anschließende Modeangebot in den anderen Stockwerken. Dort vergriff ich mich mehrere Male schwer.

Übrigens haben Niggi und ich uns in dieser Zeit kennengelernt. Und ich glaube, unsere Liebe zur Butterbrezel hat uns zusammengeschweißt. Niggi bekam ein Gallenproblem und ist bis heute schlank. Ich ging shoppen und fing an, in meinem Kleiderschrank eine Boutique mit verschiedenen Größen anzulegen. Ich kaufte mir absurde Hängelatzkleidchen, die meine doch zu diesem Zeitpunkt noch sehr jugendliche Figur in die von Tante Trude aus Buxtehude verwandelten. Auch in der Farbwahl war ich Trude dank verschiedener Grauabstufungen sehr nahe. Das Material bestand aus dickem Wollwalk. Zusätzlich zu diesem Ensemble, das aus zwei gleichen Kleidern in verschiedenen Grautönen bestand, erwarb ich gleich noch eines in einer Größe kleiner. Es könnte sich ja das Gewicht reduzieren …

Bis heute ein genialer Trick von mir: Ein und dasselbe Modell gleich in zwei Größen erstehen, auf jeden Fall aber das gute Stück in zwei verschiedenen Farben kaufen. Gibt es eine dritte Farbe, werte ich das als Zeichen und greife ebenfalls zu.

Eine vierte Farbe ist der Sechser im Lotto. Das hatte ich aber erst einmal bei einer Handtasche. Ich habe zugegriffen. Eine Schicksalsbegegnung, die Taschen und ich. Dummerweise habe ich mich nicht getraut und beim ersten Griff nur drei geschnappt. Dann aber kurz vor Ladenschluss panisch im Geschäft angerufen.

»Hallo, Sie. Sind Sie die nette Dame von vorhin, die, die mich bedient hat?«

»Wie sah die Dame denn aus?«

Ohrenbetäubende Musik drang an mein Ohr, ich fing auch an zu schreien, obwohl bei mir niemand da war und man mich gut verstehen müsste.

»So blond und nett. So 'ne Zarte halt.«

»Ah, die Jenny. Moment. Sie befindet sich gerade in einem Kundengespräch. Kann sie Sie morgen zurückrufen? Wir schließen gleich.«

»Nein, bitte, ich brauch sie jetzt dringend unbedingt.«

»Dann müssten Sie erst noch kurz in der Leitung bleiben. Einen kleinen Moment Geduld bitte, ich muss hier grad noch kassieren.«

Während ich anscheinend zur Seite gelegt wurde, hörte ich dumpf durchs Telefon: »Ja, ganz tolle Wahl, die Tasche. Ist heute auch schon dreimal verkauft worden. Haben Sie eigentlich auch die anderen Farben und dieses Mauve gesehen?«

Ich wurde hysterisch. Ich schrie ins Telefon: »Nein, nicht mauve. Hallo. Hallo. Haallooo. Hören Sie mich, ist da jemand? Haallo.« Ich schlug mit dem Telefonhörer auf die Tischplatte. »Nicht mauve! Haallo.« Mir brach der Schweiß aus, ich fing an zu zittern, in diesem Moment wurde mir klar, ohne Mauve würde ich nicht überleben können. Mit letzter Kraft und sämtliche meiner (in der Schauspielschule antrainierten) Stimmreserven herausholend, brüllte ich: »Hilfe, Hilfe, zu Hilfe!«

Da wurde ich erhört. War doch nicht so unsinnig, die Ausbildung.

»Hallo, sind Sie noch dran? Geht's Ihnen nicht gut?«

Ja. Ja, geschafft. Jawoll!

»Sie. Gott sei Dank, dass Sie drangehen. Ja, mir geht es gut. Nein, mir geht es nicht wirklich gut. Hören Sie, die Mauvetasche, die gehört mir. Die komme ich kaufen. Also jetzt, ich meine nicht jetzt, sondern morgen, deshalb rufe ich an. Ich hatte nämlich der Jenny gesagt, ich überleg mir das noch mit der Mauvetasche bis heute Abend.«

Schweigen.

»Tut mir leid, Mauve haben wir nicht mehr.«

»Wie? Mauve haben Sie nicht mehr? Sie haben doch gerade zu der Dame gesagt, ich hab doch Ihr Verkaufsgespräch gehört, jetzt kommen Sie mir nicht so!«

»Ja, nur währenddessen hab ich in den Computer geschaut, und Mauve ist aus.«

»Wie, aus?«

»Entschuldigung, kann ich kurz abkassieren, dann reden wir weiter.«

So hart ausgebremst wurde ich selten. Diesmal hatte man mich nicht nur zur Seite gelegt, sondern mir auch noch einen Jingle ins Ohr gesetzt. Eine gefühlte Ewigkeit später war die Verkäuferin wieder am Apparat: »Hallo? Sind Sie noch dran? Hören Sie, ich hab jetzt noch mal im Computer nachgeschaut. Wir haben noch eine in Mauve, aber die ist bis morgen zurückgelegt.«

»Wer hat die denn zurückgelegt?«

»Keine Ahnung. Ich frag mal kurz. Jenny? Für wen hast du denn die Tasche reserviert?«, hörte ich sie durch den Laden rufen.

»So 'ne Dame hat heute drei gekauft und wollte sich das mit der vierten Farbe noch überlegen. Bis morgen Mittag ist die zurückgelegt.«

So 'ne Dame, damit war wohl ich gemeint. Aber egal, dachte ich, Hauptsache, Tasche!!

»Hören Sie? Die Tasche ist bis morgen Mittag zurückgelegt. Rufen Sie bitte dann noch einmal an.«

Jawollja! Auf Jenny war Verlass!

Ich verabschiedete mich freundlich und entschuldigte mich für die vielen Umstände, die ich kurz vor Ladenschluss gemacht hatte, bedankte mich für das nette Telefonat und verblieb mit dem Hinweis: »Dann bis morgen vielleicht.«

Lala, lalalalaaa, ich hab die Tasche, lalalala, lalala, lalaa, die Tasche, lala, lalalalaaa.

»Luxe, lass uns zum Italiener gehen, wir haben was zu feiern.« Und somit war mal wieder klar: An mir würde die Wirtschaft nicht zugrunde gehen.

Aber zurück zu meinen Hängerkleidchen. Eines wie das andere grauenhaft. Ein Trugschluss ist es, dass schlechte Bekleidung besser aussieht, wenn man dünner wird. Denn auch als ich mich in einer schlankeren Phase meines Lebens befand, sah es furchtbar aus und blieb unvorteilhaft. Womit ja bewiesen wäre, dass es nicht auf die Größe, sondern auf den Schnitt und die Passform ankommt. Aber dem Brainwash des Mode- und Stilzeitalters ist manchmal schwer zu entkommen.

Haben Sie aus unerfindlichen Gründen eine Skinny-Röhre im Kleiderschrank, behalten Sie sie und nutzen Sie sie als Regulativ für Ihre Körperfülle, wenn Sie denn meinen, das unbedingt zu brauchen. So wie ich in den letzten zwanzig Jahren, die ständig von allen in ein Korsett gezwängt wurde und sich wie ein Chamäleon den gewünschten Figurenwünschen von jedermann angepasst hat. Deshalb ist sie fürs Abnehmen gut. Denn da brauche ich Anreiz und Antrieb. Ich bin ein visueller Mensch, ich muss was sehen. Denn wenn ich nicht sofort sehe, dass da etwas passiert, und nicht nur auf der Waage, sondern im Spiegel, aber allem voran im Kleiderschrank, mach ich überhaupt nichts mehr. Die Sachen, die man zur Seite gehängt hat, müssen wieder passen. Die man sozusagen weggelegt hat aus der frühen Pubertätsphase, in der Hoffnung, dass die Teeniefigur zurückkehrt, oder vorausschauend für ein mögliches weibliches Baby, das man dann irgendwann mal gebärt. Sie, also die Tochter, möge hoffentlich meine Teeniefigur erhalten, vielleicht nicht ganz so groß, denn darunter hab ich immer gelitten. Ich habe mich immer in die Kleinen verknallt – ist doch interessant, dass die Kleinen immer am süßesten, flinksten und am wohlproportioniertesten sind – klar geht später auch so ein Typ wie Hugh Jackman, aber erst später, denn zwischen fünfzehn und fünfundzwanzig sind große Männer erst mal nur groß und schlaksig oder riesenbabyartig mit undefinierbarer Masse um sich herum. Danach haben die sich zumindest meistens zu einem Mann entwickelt, und dann ist auch egal, ob da ein kleiner Bauch ist, Männer gewinnen sowieso im Alter, wir Frauen angeblich nicht, ach ja, anderes Kapitel …!

Aber zurück. Die mögliche Tochter erhält meine Jugendfigur und muss sich dann über völlig veraltete, unhippe Klamotten freuen.

Trotzdem habe ich mich immer geärgert, dass meine Mutter nicht ihre ganzen Jugendklamotten aufbewahrt hat. Allerdings muss man da auch zugeben, dass die Mode vom Ende der sechziger bzw. Anfang der siebziger Jahre wesentlich cooler, hipper und eben hipper gleich Hippie war, während Ende der achtziger, Anfang der neunziger, zu meiner Jugendzeit also, modetechnisch eher Ebbe beziehungsweise das reinste Grauen herrschte.

Also stellt sich jetzt die Frage, warum ich da überhaupt wieder reinpassen wollte, und noch viel schlimmer, warum ich dieses Grauen bis heute im Schrank hängen habe. Zwar habe ich jetzt die gewünschte Tochter, aber auch in fünfzehn Jahren wird sich das Grauen in der hintersten Ecke meines Kleiderschrankes nicht in Wohlgefallen verwandeln. Leider hat die gute Fee aus Cinderella mich noch nicht besucht, wird auch nicht mehr kommen, da mich der Märchenprinz ja schon geküsst hat. Meine Schuhgröße habe ich ihm nicht verraten. Deshalb auch der große Schrank und die hintersten Ecken.

Aber nun scheint der Moment gekommen: Ausmisten ist angesagt.

Wollen wir mal kurz über meinen jetzigen Kleiderschrank sprechen? Nein. Das wollen wir nicht! Ich esse jetzt erst mal eine Bolo und denke darüber nach. Habe ich eigentlich im Pasta-Kapitel erwähnt, dass die Bolo am nächsten Tag noch viel, viel besser schmeckt als am ersten? Mein Kleiderschrank und ich. Ich und mein Kleiderschrank. Eigentlich ein eigenes Buch … Guten Appetit.

Nichts da Guten Appetit. Mir geht es eigentlich richtig schlecht. Nicht wegen der Bolo. O nein, wegen eines Anrufes und der Einladung zur einer Feierlichkeit. Jetzt rutsche ich genau in das Fahrwasser, in dem ich nicht sein will, nie mehr sein wollte. Ich brauche ein Outfit, in dem ich nächste Woche super aussehe.

Zwei Stunden verbringe ich mit meiner Freundin und Stylistin, die mit ihrem Sohn bei mir urlaubt, im Kleiderschrank. Auf der Suche nach einer Idee, um klamottentechnisch für mich das Passende zu finden. »Ist doch super, dass ich hier bin. Dann können wir doch gleich zwei Fliegen mit einer Klappe schlagen und können die passende Klamotte für das Covershooting auch gleich raussuchen.« Will man das? Ich weiß es nicht. Ich auf Covern – ist doch verschenkte Zeit, sie nehmen doch eh lieber blonde Wesen. Zu allem Überfluss ist das Shooting auch noch in anderthalb Wochen, zwei Tage nach dem ach so tollen Event. Na super. Mir bleibt im wahrsten Sinne des Wortes die Bolo im Halse stecken.

In meinem Kleiderschrank herrschen Ebbe und dazu noch vierzig Grad. Böse Zungen behaupten ja, er wäre bummvoll und platze aus allen Nähten. Ich selbst fühle mich wie eine Bockbrühwurst kurz vorm Platzen im heißen Wasser, und wenn sie platzt, wissen wir alle, ist sie nicht mehr so gut, obwohl sie an Geschmack ja gar nicht verliert. Egal. Ich sitze wie ein Häufchen Elend inmitten meiner gesammelten Werke. Damit könnte ich eine Ausstellung füllen in der Pinakothek der Moderne und der Antike. Den Still-BH an, die Auslaufpads am Busen festgeklebt. Das vorherige Duschen scheint überhaupt nichts genützt zu haben. Der Schweiß rinnt mir ins Gesicht, die Haare klebten am Kopf. Aber Hauptsache, meine Freundin steht da wie eine Eins, der scheint die Hitze überhaupt nichts auszumachen. Im Gegenteil, knackbraun, das Gesicht schimmert rosig, der Unterleib steckt in einer Jeansgröße, die ich auch in »meinen besten Zeiten« nicht besessen habe. Der Oberkörper in einem luftigen T-Shirt, bei dem nach der Bewegung mit den Armen manchmal der extrem schöne (A-Körbchen-)BH leicht hervorblitzt.

Möglich, dass sich auch das kontraproduktiv auf meine Stimmung auswirkt. Auf jeden Fall steh ich da. Höre draußen mein Baby lamentieren. Nicht dran denken, sonst schießt auch noch die Milch ein. Und wir bekämen eine weitere halbe Stunde Verzögerung ... Herr Karl hatte sich schon wohlweislich verzogen, eine falsche Bemerkung, und die Stimmung wäre für Tage gekippt.

Ich also verzweifelt, mein Kopf vollkommen leer. Drehe mich um die eigene Achse und habe auf einmal das Gefühl, das war's. Es gibt nichts, nichts mehr, gar nichts mehr zum Anziehen. Ich will mich auf den Boden schmeißen, wild drauflosheulen, mein Leben beklagen, eine Bombe in meinen begehbaren Kleiderschrank werfen.

Ich muss mich beruhigen. Ich muss mich aufs Bett setzen, tief durchatmen. Ooommmm. Ooommmm.

»Nein, Kristin, ich kann jetzt nicht. Ich kann jetzt wirklich nicht. Du merkst doch, wie's mir geht. Du siehst doch, wie's mir geht.«

Ich sitze hechelnd auf dem Bett. In dem Moment geht die Tür auf. Herr Karl lugt herein.

»Und geht's, läuft's, findet ihr was?«

Schweigen.

Aus den Augenwinkeln sehe ich, wie (die ebenso schlanke wie kluge) Kristin ihn stumm hinausnickt.

»Okay, dann bis später. Ich fang schon mal mit dem Kochen an.«

»So, jetzt auf vom Bett. Los geht's!«

Kristins Worte dringen wie durch Watte an mein Ohr. Mittlerweile liege ich auf dem Bett. Ich muss mich stark konzentrieren, um keinen Heulkrampf zu bekommen. In meiner Kehle setzt sich bereits ein Kloß fest. Ich kenne das, gleich würde die Stimme noch weinerlicher werden, ich fühle fast keinen Puls mehr …

Jedes Mal, jedes Mal ist es das Gleiche: Ich kann das nicht. Ich schaff das nicht. Ich bestelle gleich den Trödeltrupp.

Ich. Habe. Nichts. Zum. Anziehen. Versteht überhaupt jemand, wie es mir geht? Ja, jetzt kommen diese blöden Männersprüche: »Wenn du nichts zum Anziehen hättest, müsstest du ja nackt gehen.« Ganz genau, so sieht es aus. Ich habe nichts zum Anziehen, ich muss nackt gehen. Ich komme nicht mehr aus diesem Schlafzimmer heraus. Ich sitze fest. Einsam. Im Schlafzimmer, das an meinen begehbaren Kleiderschrank angrenzt. Dieser soll mich immer mahnen: »Die Uhlig, das fette Schwein.« Daran soll er mich erinnern. Die ganze Zeit: »O Gott, es geht mir so schlecht. Und warum bin ich fett? Weil mir nichts passt. Ich brauch gar nichts anzuprobieren, ich weiß es ja.«

Dieser mahnende Kasten, dieser Kleiderschrank, muss weg. Wie ein Mahnmal. Ein Denkmal. Weg. Jetzt. Er muss neu aufgestellt und ausgerichtet werden, meinem Leben angepasst und nicht einer fixen Idee von Gazelle nachjagend. Alptraumartig, an das Schlafzimmer angrenzend. Ich kann gar nicht zur Ruhe kommen.

»Kristin, hörst du das? Ich komme nicht zur Ruhe! Ich kann das nicht. Ich schaff das nicht! Ich will nicht mehr! Aus, aus! Das muss alles raus, das muss alles weg. Mir geht es schlecht!«

Kristin kennt das schon. Sie wartet einfach ab, mehr kann sie eh nicht machen. Der Löwe muss erst mal laut brüllen. Er muss ein letztes Mal nach dem Schuss seine volle Kraft und Stärke zeigen, bis er dann ermattet zu Boden gleitet. Übrigens bin ich Löwe im Sternzeichen mit Aszendent Schütze. In der

Mitte seines Lebens wechselt man ja vom Sternzeichen zum Aszendenten, somit hat jetzt der Schütze den Löwen angeschossen. Ach, geht es mir schlecht!

Eines meiner größten Probleme ist die Öffentlichkeit, die ich dann doch manchmal habe. Alle erwarten von mir den Traum, die Illusion. Aber ich kann sie nicht erfüllen. Ich will nicht mehr. Jetzt ist Schluss damit. Mein Kleiderschrank suggeriert den Traum, Relikte aus einem anderen Leben, aus einer dunklen Zeit, dem Mittelalter quasi. Mein Kleiderschrank ist ein Beichtstuhl, kalt und karg, nichts drin, nichts, das auch nur ansatzweise passt. Ein Damoklesschwert. Eine Gruft, in der die nicht passenden Sachen in Klarsichthüllen, haltbar gemacht, verpackt sind. Es ist totenstill, und doch hängen sie da und schreien. Die Geister, die ich rief, melden sich: »Nein, nein, nein, du passt nicht rein, du fettes Schwein. Gurridigu, Blut ist im Schuh.« Und es hängen mehr Klamotten in Klarsichtfolie als ausgepackte Bekleidung herum. Immer mit dem Wunsch, die schönen Sachen wieder anziehen zu können. Die kann man doch nicht wegtun, da passt man doch irgendwann wieder rein. Stimmt das? Ist das nicht ein Trugschluss? Sind wir da nicht einer ganz infamen Lüge auf der Spur? Da hängen nicht nur die Sachen aus der frühen Pubertätsphase, wie vorhin beschrieben, die wieder passen müssen. Nein, da hängt natürlich alles querbeet. Jede Phase meiner letzten zwanzig Jahre. Nicht, dass ich nicht schon wirklich zweimal im großen Stil ausgemistet hätte, es kam sogar ein großer Transporter von Hamburg nach Berlin, vor dem Umzug zu Herrn Karl nach Wien, und der war voll. Das war ein Sprinter, langer Radstand. Irgendwann fing diese Sammelleidenschaft an. Ich kann Klamotten schlecht weggeben. Wenn ich sie besonders schön finde, trage ich sie auch nicht, damit sie sich nicht abnützen. Dann, o Wunder, o Wunder, sprach die Burgunder … passen die gar nicht mehr, weil ich sie in einer völlig anderen Lebensphase erstanden und angeschafft habe. Immer wieder sammele ich so viel an. Dann kaufe ich nach dem Dreh noch die Hälfte vom Kostüm, weil ich noch ein Stück von der Rolle mit nach Hause nehmen möchte. Ich mag mich nicht trennen. Trennen ist für mich sowieso ganz schwer. Ich bin ein ganz anhänglicher Bleibemensch. Sich von Klamotten zu trennen, führt zu einem Riss, zu einem haltlosen Fall. So viel verband einen mit dem Moment, als man sie trug. Wer kennt das nicht, etwas weggegeben zu haben und nach drei Jahren bräuchte man genau dieses Stück. Man hat ja so etwas schon gehabt, und genau das braucht man jetzt, und nur das. Nichts anderes geht, nichts. Deshalb hebe ich alles auf. Die Sachen sind ja alle gut. Sie sind ja gar nicht abgetragen, da ist überhaupt nix dran. Sie passen halt nur nicht mehr.

»Kristin, wir müssen das an dieser Stelle beenden. Ich kann nicht mehr, mir geht es psychisch schlecht.«

»Elli, Schluss jetzt. Aufstehen. Wir machen das jetzt.«

»Kristiihihiien.«

»Nein, los jetzt. Ich denke, es ist wichtig, dass wir etwas finden, in dem du dich wohl fühlst. Das ist sowieso das A und O. Und die anderen Sachen muss man halt auch mal wegpacken. Ich hab alles fotografiert, katalogisiert, eingemottet, verpackt und ins Lager geschafft. Also, Uhlig, was passt?«

Jetzt kommt der Moment, wo wir beide fachmännisch an meinen Kleiderschrank rangehen. Hurtig aufgestanden und Klamotten durchprobiert. Ich stehe gerade in einem wirklich nicht vorteilhaften Oberteil, von dem ich mich frage, ob es jemals von Vorteil war, vor Kristin, da steht schon wieder der Herr Karl in der Tür: »Kommt ihr voran?«

Er sieht mich, murmelt: »Oh, ich verstehe«, und ist weg.

Ab jetzt würde man im Film Musik einblenden, mich schnell hintereinander in viele absurde Outfits stecken und mich zum Schluss wie Phönix aus der Asche aus dem Schlafzimmer treten lassen: »Pretty woman, walking down the sleeping room. Yeah, pretty woman …« Aber wir sind nicht im Film, und die Realität ist noch schwärzer als gedacht.

Ich gleite langsam an der Wand zu Boden. Eigentlich passt fast nichts. Ich bin schwer frustriert. Noch mal, ich mag meine Figur. Aber laut meinem Kleiderschrank geht im Moment anscheinend nur nackt. Ich möchte natürlich auch angezogen okay aussehen. Was heißt okay? Gut möchte ich aussehen. Nicht nur gut, sondern auch supersexy. Aber im Moment könnte ich nur des Kaisers neue Kleider spielen, denn für angezogen herrscht gerade Langzeitebbe im Kasten. Diese absurden, zu engen Sommer-Hängeteile müssen weg. Die Röhrenjeans gingen noch nie. Und die Teile vor der Schwangerschaft müssen warten, bis mein Körper die Schwangerschaft auf natürlichem Wege wieder abgebaut hat, und das kann dauern, wie die Erfahrung der letzten zwei Schwangerschaften gelehrt hat. Wie lange, weiß ich nicht, aber der Sommer ist bis dahin lang vorbei. Folglich müssen diese zu engen Sommer-Hängeteile auch nicht weiter in meinem Schrank hängen. Und ob sie für die nächste Saison noch hip sind oder passen, die Frage stellt sich auch hier. Also hinfort mit dem ganzen Klumpert. Denn einmotten im Keller scheint auch keine wirkliche Lösung zu sein, da mufft es. Ich mag Keller eh schon nicht, aber soll mich auch noch das Grauen packen, wenn ich nur an Keller denke? Nein. Das E-Bike reicht. In dieser sengenden Hitze habe ich eine Idee: Ich hole die stärkste Bauchwegmiederhose, die ich besitze, aus der Schublade, Kristin schlägt die Hände über dem Kopf zusammen. Aber mit vereinten Kräften, viel Goodwill und vor allem Türzuhalten, damit der Herr Karl nicht hereinkommt, bugsieren wir meinen Körper mit viel Geschick in dieses viel zu enge, zum Abgewöhnen enge Höschen hinein. Es klopft von außen.

»Was ist denn da los?«, Herr Karl spürt, wenn er ausgeschlossen wird.

»Jetzt nicht!«, brüllen wir wie aus einem Munde. Noch zweimal gedrückt, zusammengequetscht, die Luft bis zum Blauwerden angehalten, et voilà, geschafft! Na bitte, geht doch! Wäre doch gelacht. Und dann stehe ich vor dem Spiegel: Das geht gar nicht. Ich meine, natürlich geht es, aber so darf mich keiner sehen. Was jetzt nicht passt, wird auch nicht passend gemacht, das passt nicht. Weil mehr geht beim besten Willen nicht. Ich kriege ja jetzt schon keine Luft.

»Kristin, ich will das nicht mehr.«

Wir beide brechen vor Lachen zusammen. Ich, weil ich keine Luft mehr bekomme. Sie, weil's wirklich lustig ist. Und da ist klar: So ein Foto werden wir nicht machen. Egal, ob mit oder ohne schickem Kleid darüber. Ich habe mich doch entschieden, dass es ab nun um mich und nicht um meine Figur geht. Ich muss mich nicht immer in zu enge Sachen quetschen. Ich mag nicht mehr. Klar geht es mit Vollkörpersuit irgendwie im engen Teil. Aber ich kann mich doch auch anders wahnsinnig vorteilhaft anziehen, ohne dass man überhaupt darüber nachdenkt, wie viele Kilos ich habe. Einfach, dass man denkt, das ist eine schöne Frau. Ja, ich wäre schön, wenn ich mir nicht immer so einen Kopf machen würde. Dieses Kopfmachen macht mich hässlich und verkrampft. Und auf jeden Fall nehm ich noch dieses wahnsinnig tolle Outfit von meinem Lieblings-Designerlabel Annette Görtz für das Event mit. Die hatte ich in meinem Depressionsanfall komplett vergessen: Die weiß Frauen und nicht Gazellen einzukleiden. Natürlich habe ich das Outfit in zwei Farben. Es eignet sich für die große Gala, aber auch für den netten Abend und die Premierenparty. Beides habe ich kurz nach der Entbindung schon getragen, und jedes Mal bekam ich extrem viel Komplimente und ein basses Erstaunen, wie ich kurz nach der Geburt wieder so schlank aussehen konnte und ob ich jetzt den Topmodels nacheifern möchte. Aber das erwähnte ich ja bereits … Das Ganze, wenn ich das noch einmal betonen darf, ohne Bauchweghose, Event-BH und schweren operativen Eingriff. Das nehm ich auf jeden Fall, das ziehe ich an bei der Feier. Denn ist es nicht viel schöner, einer Veranstaltung oder Festlichkeit oder Feier entspannt entgegenzublicken, als die Zeit bis dahin in Angst und Schrecken zu verbringen? Herr Karl kann es gar nicht glauben, dass das Theater, das hier gerade in meinem Kleiderkasten passiert, wieder sein muss. Vor ein paar Monaten, zum Filmfest, war doch alles so schön entspannt.

So, und jetzt muss ich mal kurz pausieren, eine schöne Pasta essen und die Situation Revue passieren lassen … Eine schöne Pasta mit Auberginen-Tomaten-Sugo. Herrlich!

Und manchmal kommen sie wieder

Der Wahnsinn kehrte zurück. Und manchmal kommen sie wieder, diese Rückfälle im Kleiderschrank. Ich habe mich mein Leben lang mit meiner Figur befasst, da kann man nicht einfach so schnell aus alten Mustern raus. Und somit passiert es mir wieder, was die letzten Jahre vor jeder größeren Veranstaltung passierte. Jedes Mal flippe ich komplett aus. Ich bekomme Schweißausbrüche, Atemnot, kann nicht mehr klar denken, werde weinerlich. Aber erst wenn ich ruhig werde, wird es richtig bedenklich. Meine mir wirklich nahen Menschen, die an mir dran sind, haben gelernt, mit diesem Zustand zu leben und umzugehen. Es bleibt ihnen auch nichts anderes übrig. Ich muss von selbst auf die Lösung kommen, wie man da Abhilfe schaffen kann. Und wenn ich mich nicht von selbst schön finde, kann es auch kein anderer tun oder ich glaube ihm nicht. Der Zustand hält immer ein paar Stunden an, führt zur Komplettkatastrophe, früher auch zu lauten Auseinandersetzungen mit Herrn Karl, der es aber mittlerweile an sich abprallen lässt und die Ruhe bewahrt. Niggi, wenn sie zu Besuch ist, erträgt es stoisch. So eine Vorbereitung auf ein Event läuft nach dem ersten Ausflippen gesittet und folgendermaßen ab:

Niggi, Kristin oder Sarita – der enge Circle in Bekleidungsfragen – sitzt auf meiner Bettkante. Nun fange ich an, circa drei Stunden sämtliche Klamotten aus meinem Kleiderschrank hervorzukramen und mich in alle hineinzuzwängen. Klar steigt die Frustration von Klamotte zu Klamotte, natürlich passen die Sachen von vor fünfzehn Jahren nicht mehr. Auch passen die Klamotten aus der Heroinlook-Kennenlernphase mit Herrn Karl nicht mehr, schon lange nicht mehr. Aber dieses nicht eingestehend oder in dem sentimentalen Anflug, dem Herrn Karl seinen Traum von der Gazelle nicht zu nehmen, bleiben sie im Schrank. Trotzdem werden sie zu diesem Anlass hervorgekramt, wehmütig angeblickt, Geschichte dazu erzählt und wieder zurück in den Schrank, das Mottenpapier mit neuem Datum beschriftet und ab in die Ecke. Auch die Wollsachen werden noch mal kurz begutachtet, obwohl es gerade heiß ist. Sollte Niggi irgendwann auf ihr Telefon blicken oder auch Sarita auf ihrem Platz unruhig werden, wird kurz ein Streit vom Zaun gebrochen, dass man nicht wichtig zu sein scheint. Dann sucht man was, und das ist nicht da! Man stellt den gesamten Kleiderschrank auf den Kopf. Also nicht man, sondern ich. Ich bin schweißnass. Wo ist das verdammte Teil hin? Das gibt's doch gar nicht. Wann habe ich das das letzte Mal gesehen, wann war das? Wann habe ich das getragen? Falls ich mit Sarita dasitze, muss ich spätestens jetzt

Niggi anrufen. Weil, wenn es eine weiß, dann Niggi. Und Niggi geht nicht ran. Also ruf ich noch mal an, so lange, bis sie drangeht. Denn so nicht mit mir. So nicht, Niggi. Da, endlich.

»Niggi!?!«

»Frau Uhlig, was wünschen Sie? Ich hab jetzt überhaupt keine Zeit.«

»Niggi, gottlob, dass du drangehst. Kannst du dich noch an das schwarze Vornausgeschnittene erinnern?«

»Frau Uhlig, ich habe gerade keine Ahnung, wovon Sie sprechen.«

»Niggi, das ist jetzt überhaupt nicht lustig. Ich brauche deine Hilfe, wirklich! Ich habe übermorgen eine Veranstaltung, und da muss ich ja irgendetwas anziehen.«

»Sag mal, Elena, geht's noch? Ich bin grad beim Arzt. Können wir das später besprechen?«

»Niggiiiii. Hilf mir doch mal, bitte.«

Spätestens jetzt begreift Niggi den Ernst der Lage.

»Warte mal, ich muss mal kurz raus aus dem Wartezimmer. Ich kann jetzt nicht so sprechen«, flüstert Niggi, denn ich versteh eigentlich gar nichts.

Und da ist schon wieder die Verbindung abgebrochen. Das gibt's doch gar nicht. »This person is temporarily not available. Please try again later.« Nicht mit mir. Ich probiere es wieder. Und da, es tutete.

»Niggi, gottlob. Was machen wir?«

»Frau Uhlig, ich weiß nicht, was Sie machen, aber ich muss gleich wieder rein zum Arzt. Also fassen Sie sich kurz.«

»Also, das Schwarze, vorn ausgeschnitten. Weißt du, das, was den Bauch so gut kaschiert.«

»Keine Ahnung.«

»Doch, Niggi. Das Schwarze!«

Schweigen.

»Niggi.«

Schweigen.

»Niggi, schwaarz!«

»Frau Uhlig. Meinen Sie dieses eine, dieses … ach Gott, mir schwant da was … dieses, was Sie damals mit dem … wie hieß der denn noch gleich …«

»Hä?«

»Nee, Frau Uhlig, jetzt kommen Sie mir nicht so! Sie wissen ganz genau, wen ich meine!«

»Nee, Liebe, wirklich, grad weiß ich's nicht.«

»Frau Uhlig, der da. Der befreundet war mit dem bei uns um die Ecke. Weißt du noch? Der, wo wir immer vorbei sind.«

»Ach deeeen, mit diesen … ich weiß schon … deeen.«

»Ja genau, Frau Uhlig, den mein ich.«

»Ja, aber um den geht's doch grad gar nicht.«

»Doch, meine Liebe, indirekt schon. Wir wollen uns doch dem Oberteil nähern, nicht? Und deshalb ist es unumgänglich zu wissen, wann Sie damit das letzte Mal groß aufgefahren haben? Geradezu einen Trumpf gespielt haben. Frau Uhlig, Frau Uhlig, können Sie sich noch an die Situation erinnern, mit dem Auto und dem Jump-Suit …«

Spätestens da fängt Niggi an zu lachen, und ich stimme ein. Vergessen sind ihr Arzt und mein Event. Jetzt müssen wir erst einmal in Erinnerungen schwelgen und gute Laune bekommen. Was gibt es Schöneres, als über seine eigenen Fehltritte zu lachen? Dem Oberteil hab ich mich zwar nicht wirklich genähert, aber das kann ja warten. Am Ende wissen wir beide, wie es aussieht, und ich entscheide, dass es sowieso nicht passt. Bevor ich auflege, erinnert mich Niggi an ein anderes Kleid, das bei mir völlig in Vergessenheit geraten war. Das werde ich probieren. Das ist eine gute Idee, eine wirklich gute Idee.

Jedes Mal nach Abschluss der Kleiderfrage aus meinem Kleiderschrank bin ich fertig und brauche Urlaub. Ich muss da was ändern. Vielleicht sollte ich einmal alles, was noch geht, also, was jetzt noch anziehbar ist und schön aussieht, rauslegen. Dann nach Themen sortieren. Aber die Themen nicht zu weit ausfächern. Klare Grenzen ziehen und Gruppen einteilen. Nicht verkünsteln, nicht verspielen. Sonst fange ich wieder an: eine Gruppe Spaziergang Stadt/Land, eine Gruppe heiß/kalt, eine Gruppe verhasstes Wandern, themenübergreifende Gruppen. Das ist nämlich die Ursache des Problems, da passiert wieder gar nichts, weil die Gruppen ja auch gefüllt sein wollen. Dann brauche ich plötzlich wieder alles, was im Schrank hängt. Die Figur schwankt, der Geschmack schwankt, ich schwanke, und schon ist's aus. Wenn ich diese ganzen guten Sachen dann wegtue, dann hab ich ja nichts mehr zum Anziehen und für meine Gruppen. Andererseits zieh ich dann vielleicht was Schönes an. Jetzt ist das Überangebot in meinem Kleiderschrank so groß, er ist so angefüllt, dass er mich erschlägt.

Möglicherweise kaufe ich mir deshalb immer neue Sachen, weil ich nichts mehr finde. Ich bin erschlagen von meinem Kasten. Wenn ich etwas Schönes in ihm finde, will ich es nicht anziehen, da es sich ja abnützen könnte. Ich stecke fest. Und hier, hier ist er wieder, der Moment: Ich brauche eine Cola. Die Reserven der Pasta sind verbraucht, womit erwiesen wäre, dass es ein leichtes Sommergericht war.

Nach der Stärkung – eine Pause täte vermutlich auch Ihnen gut – werden wir uns gemeinsam der Herausforderung »Zieh die Elli richtig an!« stellen.

Elli

Also, der Elli tut es richtig gut, wenn ihre Figur umschmeichelt wird. Dann gewinnt sie an Eleganz und Sex-Appeal. Wichtig ist, dass die Elli sich selbst treu bleibt und sich nicht beeinflussen lässt. Klar will der Mann grundsätzlich seine Triggerpunkte bespielt wissen, seinen Pawlowschen Reflex ausleben. Der Jagdtrieb will geweckt werden. Aber muss ich ihm deshalb das Fleisch richtig vorhalten? Ihn quasi reindrücken. Ist das gut? Bringt das den gewünschten Effekt? Kurzfristig ja. Aber langfristig wird ihr das doch auch fad, der Spezies Mann. Man kann eben nicht immer nur ganzkörperbetont (Beispiel enges Etuikleid) tragen und will es auch nicht. Unabhängig, wie die Figur ist, mag ich es auch gar nicht immer. Man muss auch mit den vordergründigen Reizen manchmal geizen. Ist es nicht eigentlich viel schöner, die Figur erahnen zu lassen? Einen leichten Stoff, bei dem manchmal etwas zart durchschimmert. Ein Hauch von einer Ahnung von einer Kontur. Und lassen Sie sich bloß nicht irritieren, wenn er sagt: »Darin hast du ja gar keinen Arsch.« Sie wissen, Sie haben einen, und was für einen … Er will ihn einfach nur sehen, seien Sie sich dessen gewiss. Deshalb mag er auch gar keine orientalischen Pluderhosen. Aber anstatt zu sagen: »Bitte, du hast so einen schönen Hintern, und ich schau den doch so gerne an. In dieser Hose versteckst du ihn vor mir. Ich lechze danach, dein Hinterteil sehen zu dürfen«, wird er beleidigend, macht die Hose schlecht, greift die Figur an.

»Was ist denn los? Hast du zugenommen? Darf man deine Figur jetzt nicht mehr sehen? Haben wir ein Problem?«

»Bis jetzt hatte ich kein Problem.«

»Anscheinend schon. Wo hast du denn dieses grauenhafte Ungetüm her? Das steht dir überhaupt nicht.«

»Aber ich dachte, das umspielt schön.«

»Nein, das tut es nicht. Furchtbar, grauenhaft siehst du aus. Das kleidet dich auch gar nicht, diese Hose. Überhaupt, die Mode, die du im Moment trägst, finde ich fragwürdig.«

»So, du findest mich also fragwürdig?«

Schnitt.

Ab jetzt findet ein handfester Krach statt, der so unschön werden könnte, dass ich ihn nicht beschreiben möchte.

Es könnte auch so ablaufen: Sie kommen mit Ihrer neuen Hose, fühlen sich superschlank und supersexy, und es wird geschwiegen. Sie wissen genau, dass er weiß, dass Sie etwas Neues anhaben. Sie gehen extra nah an ihm vorbei. Nichts. Sie positionieren sich von weitem, Sie gewinnen Abstand, werfen sich in Pose, gucken, dass Sie gut im Licht stehen, und: nichts.

»Schau mal.«

»Mhm.«

»Und wie findest du's?«

»Mhm.«

»Sieht super aus, oder?«

»Mhm.«

»Oder?«

»Mhm.«

»Das hab ich mir gestern gekauft.«

»Hhhmm.«

»Wie jetzt, Fehlkauf oder was?«

»Mhm.«

»Und jetzt?«

»Na ja.«

»Wie na ja? Ja oder na ja?«

»Mhm ...«

»Was denn jetzt?!«

»Hhaaja«, er kratzt sich am Bart. Unabhängig davon, dass

Sie diesen Bart sowieso nicht mögen, finden Sie, er hat sich mit dem Bartkratzen einen Tick angewöhnt. Aber na ja, Sie lieben ihn ja, wie er ist.

»Was hhaaja?«

»Na ja, ja, na ja, hhaa, ich weiß das jetzt auch nicht. Ich meine …«

»Danke für die Mitarbeit.«

»Bitte.«

Entweder Sie lassen das so stehen, ziehen sich einfach sang- und klanglos um oder kosten es voll aus und gehen aufs Ganze, auf die Konfrontation. War sowieso längst fällig: »Sag mal, spinnst du, was heißt denn hier ›Bitte‹. Du bist so ein ignorantes Arschloch. Wollte ich zu deinen bescheuerten neuen Freunden, die die ganze Zeit ihre Beziehungsprobleme nur unter den Tisch kehren? Wo es die ganze Zeit nur darum geht, wie man aussieht und was man trägt? Ich hab schon lange keine Lust mehr, mich von dir so behandeln zu lassen. Nur weil dir meine Figur nicht passt, hast du noch lange kein Recht, mich so zu behandeln. Denkst du, mir geht's gut damit? Denkst du, ich fühl nichts? Ich mach mir auch Gedanken, ob du's glaubst oder nicht. Und dann da einfach nur fettbramsig im Stuhl zu sitzen und mir überhaupt keine Hilfe zu sein, verletzt mich zutiefst. Deine ignorante Art, wie du meiner Figur begegnest, ist infam. Denkst du, ich seh das nicht, wie du mich schräg von der Seite anschaust und jeden meiner Schritte belauerst. Mir sogar das trockene Huhn neidest. Kein Essen kann ich mehr genießen. Wenn du dich nicht damit abfindest, wie ich bin, dann … (Hier nicht weiterreden – wichtig! –, sonst würde es womöglich Konsequenzen nach sich ziehen, die Sie gar nicht wollen. Denken Sie daran, gesagt ist gesagt. Machen Sie einfach anders weiter. Angriff ist die beste Verteidigung …) Früher war ich dir noch etwas wert, da war ich jung. Du hast mir meine besten Jahre gestohlen! Du bist sowieso an allem schuld. So. Steht mir die Hose jetzt, oder nicht?«

»Hmmpf.«

Schnitt. Auch hier ist es besser, einen Schnitt zu machen.

Sie träumen vom großen Auftritt und seiner auf dem Fuße folgenden Wertschätzung, die ungefähr so ablaufen würde:

Sie treten aus dem Schlafzimmer. Stille.

»Yeah, Baby!«

So ist's recht, denken Sie.

»Du kleine Zuckerschnecke, lass dich fangen und dich bis zur einsetzenden Abenddämmerung lieben.«

Hier kommt jetzt die Gazelle ins Spiel, die Sie wieder aufleben lassen. In dieser Hose ist alles möglich. Sie hüpfen behende nach links. Er folgt auf dem Fuße. Eine wilde Jagd um den Tisch beginnt. »Komm her, du Biest. Diese Hose macht mich ganz wild. Wie deine Konturen sich abzeichnen. Hrr, und ich weiß, was da drunter ist, und das gefällt mir sehr gut. Gleich hab ich dich.«

»Nein, nein, nein. Fangen muss geübt sein …«

Haben Sie Kinder, wird dieser Traum gestoppt durch: »Ääh, seid ihr peinlich.«

Haben Sie keine, ist jetzt die Chance, welche zu bekommen, denn die Hose macht ihn wild. Aber Obacht, vergessen Sie nie, jetzt hat er erreicht, was er auch in den anderen zwei Varianten erreichen wollte: Die Hose kommt weg.

Ich sage, egal, welche Szenen sich abspielen: Die Hose bleibt.

Die abgewandelte orientalische Pluderhose
Es gibt sie in vielen verschiedenen Stoffarten. Für den Abend, das Event oder die Festlichkeit bevorzuge ich sie in Seide. Da fließt sie schön und macht richtig was her. Schön ist die Seide natürlich in Schwarz, aber auch in verschiedenen warmen Grau- und Brauntönen oder in Beige. Auch ein Mitternachtsblau ist nicht zu verachten. Wichtig ist, dass sie im Schritt nicht zu weit nach unten geht, nur leicht, denn sonst haben Sie wirklich keine Figur mehr und bekommen ganz kurze Stoppelbeine. Die Hose darf so weit nach unten gehen, dass sie die obere Oberschenkelproblemzone gut vertuscht und sie fließend nach unten ausläuft. Am Bauch wäre ein breiter Gummi von Vorteil, leider sind sie oft geschnürt, was ich für einen völligen Blödsinn halte. Erstens, wo versteck ich das Bandel, zweitens lockert sich im Laufe des Abends der Knoten, oder drittens, wenn Sie es nach Stunden endlich doch aufs Klo geschafft haben und kurz davor sind, sich in die Hose zu pinkeln, bekommen Sie den Knoten nicht mehr auf. Deshalb Gummizug, muss sich aber noch durchsetzen.

Auch in ganz leichter Baumwolle geht sie. Es muss aber wirklich ganz leichte Baumwolle sein. Schön ist es immer, wenn das Material fließt, Sie werden wissen, was ich meine, wenn Sie sie anziehen. Auch gegen eine leichte Viskose ist überhaupt nichts zu sagen. Sie fließt schön und ist doch robuster als Seide. Passen Sie bei großen Mustern auf. Das könnte einen Gegeneffekt verursachen und die Beine dicker machen. Wir wollen ja nicht betonen, sondern umschmeicheln. Ein hoher Schuh ist super, der streckt den ganzen Körper. Eine leichte flache Sandale geht auch. Aber bitte keine Jesuslatsche. Von Ballerinas sehen Sie ab, wenn Sie nicht Größe 35/36/37 haben.

Zieh die
Elli
richtig
an.

Die Pluderhose ist wirklich eine wunderbare, von mir wiederentdeckte Hose, die in meiner jetzigen Lebensphase hervorragend zu meiner Figur passt und die ich nicht missen möchte. Ein Hoch auf den Orient. Schlangenartig werden Sie sich mit dieser Hose fühlen. Und eine Schlange hat ja immer beides: die gefährliche Verführerin und das durchsichtige, schimmernde, zarthäutige, weggleitende Etwas. Die einzige Chance, in die Nähe eines Wesens zu gelangen.

Die Fledermaus

Die Fledermaus mit Dreiviertelarm oder Überlängenarm eignet sich hervorragend zur Orienthose oder zur weich fallenden Schlabberhose. Man kann sie auch zu einer etwas enger geschnittenen Hose tragen (à la Karotte, aber bitte oben mit leichter Bundfalte und nicht ganz so eng, wir wollen nicht Arsch frisst Hose, sondern Hose umschmeichelt Arsch). Ich mag es allerdings lieber fließend, Fledermaus plus Orienthose macht einen eleganteren Fuß.

Der Fledermaus tut ein schöner runder, weich fallender Halsausschnitt gut. Er darf gerne leicht ins Dekolleté fallen, aber nicht wie bei Carmen, Carmen ist zu viel. Der Carmen-Ausschnitt ist ein sehr breiter Ausschnitt, der die ganze Schulter freilegt. Wir wollen die Schulter nur leicht erahnen lassen. Wir möchten jeden BH aus der Schublade greifen und dazu tragen können. Bei Carmen geht das nicht, zu ihr gehört ein wohlüberlegter BH, einer, der passende Träger hat, weil der ja herausblitzt. Der BH muss farblich auf das Carmen-Oberteil abgestimmt sein, entweder hat er die gleiche Farbe in etwas heller oder aus einer anverwandten Farbgruppe. Beispiele: Mauve und Lila, Gelb und Orange, Blau und Türkis.

Oder aber Sie gehen ins Gegenteil und arbeiten mit Komplementärfarben und betonen dabei die Gegensätze. Das kann aber sehr laut sein, man muss es mögen und in Stimmung dafür sein. Beispiele: Orange und Grün, Rot und Blau, Lila und Türkis.

Die passende BH-Form sollten Sie auch zum Carmen-Oberteil wählen. Nicht jede Form macht für Carmen einen schönen Busen. Dann ist Carmen auch noch schmal am Oberkörper … Vergessen Sie Carmen, Carmen macht überhaupt keinen Sinn. Ich habe kein einziges Carmen-Oberteil in meinem Schrank. Die Farbkombinationen können Sie sich allerdings für mögliche weit ausgeschnittene peppige T-Shirt-Varianten merken.

Zurück zum Ausschnitt der Fledermaus: Oval kann er sein, nicht spitz. Auch schön ist die zum Busen hin leicht spitz auslaufende Ovalvariante. Fledermaus muss weit sein, sie darf und sollte den Körper schön umspielen. Fledermausartig um einen herumflattern, wie ein Hauch. Und wenn Sie die Arme ausbreiten, darf es auch dramatisch wirken. Mit ihr laufen Sie nicht Gefahr, peinliche Schweißflecken zu zeigen. Breiten Sie die Arme leicht aus, schon wird die kühle Brise ganz unbemerkt Ihre Achseln trocknen. Ja, ich weiß, Sie schwitzen nicht, ich schwitze auch nicht. Aber es gibt Momente, da bricht auch bei mir ganz unvermittelt der Schweiß aus. Und hätte man in diesem Moment Carmen an, nicht auszudenken … Mit der Fledermaus passiert Ihnen das nicht.

Nun kann man die Fledermaus in zwei Varianten erstehen: entweder nach unten hin auch weit flatternd, was manchmal zu gefährlichen Marilyn-Monroe-steht-auf-Lüftungsschacht-Situationen führen könnte. Dann wäre die Frage des BHs doch wichtig gewesen. Oder das Oberteil wird nach unten hin eng. Aber nicht beim Bauch. Oh, nein. Auch nicht beim ersten Hüftansatz, sondern bei der auslaufenden Hüfte, da, wo es schon schmaler wird. Da saugt sie sich fest, die Fledermaus.

Carmen und Skinny ade, Scheiden tut nicht weh.
Der Schuh ist aber super.

Orient trifft Fledermaus. Lieblingsoutfit!
Geht immer, auch mit Turnschuhen.

Das darüber fällt in weichen fließenden Formen wie leichte Volants.

Das Material darf gerne Seide sein, aber andere Materialien gehen auch (Baumwolle zum Beispiel). Wichtig ist nur, dass sie sich nie wie eine zweite Haut an den Körper anlegt. Bitte kein Stretchmaterial. Bei den Farben gibt es keine Einschränkungen, alles, was gefällt, ist schön. Die Fledermaus kann die Königin der Nacht sein.

Das T-Shirt

Geht eigentlich immer. Zeitlos. Ich weiß nicht, wann diese dummen engen T-Shirts in wurden. Ich halte recht wenig davon. Wer kennt nicht diese typische Zu-enges-T-Shirt-Handbewegung, wenn man es von vorne von Bauch und Busen wegziehen muss, weil es sich angeklebt hat. Oder wenn es sich am Rücken mit der BH-Schließe verbindet. Unter den Achseln weiß man eigentlich gar nicht, wie man der Ich-schwitze-eigentlich-nie-Situation Herr werden soll. Auch der Halsausschnitt schnürt an der Kehle. Das T-Shirt war doch beim Kauf nicht so eng? Hat der Liebste etwa das Teil falsch gewaschen?

Wichtig beim Shirt ist die Armlänge. Es gibt so eine merkwürdige Ärmellänge, die bis kurz vorm Bizeps-Ansatz geht, die einen breit erscheinen lässt. Das Ärmellose sollte einen leichten schrägen Armansatz haben, so dass die Schultern nicht zu massiv wirken.

Egal, ob mit oder ohne Ärmel, auf den Ärmelansatz kommt es an. Vertrauen Sie mir, das macht das T-Shirt aus.

Am bequemsten sind ausgewaschene Männer-T-Shirts in zwei Nummern größer. Die fassen sich einfach auch extrem gut an. Wenn sich die Baumwolle im Auflösungsprozess befindet, ist es perfekt. Denn Baumwolle ist nicht gleich Baumwolle. Achten Sie darauf, dass das T-Shirt weich fällt, bloß nicht steif. So wie in den amerikanischen Filmen: »Ups, ich hab leider nur dein T-Shirt gefunden«, sagt die Hauptdarstellerin mit frisch gebrühtem Kaffee für ihn in der Hand, und in dem Moment, wo er sie in seinem T-Shirt sieht, weiß er, dass er verliebt ist. So ein T-Shirt muss das sein. Die gibt's auch zu kaufen, sollten Sie gerade Single sein. In Secondhand-Läden, auf Flohmärkten oder neu gekauft im trendigen Used-Look. Auch die Industrie hat meinen Trend schon lang erkannt, den Trend des Used-Looks.

Abschließend sei noch zum T-Shirt zu sagen: Mit einem Handgriff das T-Shirt vorne über der Scham leicht in den Hosenbund gesteckt, macht toll was her, das kann ich wärmstens empfehlen.

Die Jeans

Die eine, die meine, nur: Im Moment hab ich keine Meine.

Ich erinnere mich an eine Begebenheit aus meinem Leben, bei der ich meine Mutter so wütend wie selten erlebt habe. Ich glaube, ich verbrachte gefühlte zwei Jahre damit, ihr die Vorzüge einer 501 zu erklären. Irgendwie schien sie nicht zu verstehen, dass die einhundertneunundzwanzig Mark gut angelegt seien. Siebzig Mark mehr als für eine herkömmliche Jeans schienen ihr unbegreiflich. Dabei lag es doch auf der Hand. Gut, heute verstehe ich das mit der 501 auch nicht mehr. Interessant, dass allein bei der Zahl 501 jeder weiß, wovon die Rede ist. Damals war sie mein Lebensgefühl, damals war die Sache klar. Egal. Irgendwann benzte ich so lange rum, ich glaube auch mit absurden Argumenten wie »Überleben in der Schule« und so weiter, dass auch meiner Mutter klarwurde, an der 501 führte kein Weg vorbei. In dieser Zeit lief auch der Brad-Pitt-Werbespot, allerdings glaube ich mich heute zu erinnern, dass zwar Brad Pitt die Hose trug, nicht aber die Frau,

Enges T-Shirt gepaart mit schlimmer Skinny-Röhre – pfui! … Sonderbar!

Jogg-Jeans mit used T-Shirt.
Wunderbar!

merkwürdig. Vielleicht wollte ich Brad Pitt ganz nah sein. Dann bekam ich mit vierzehn dieses unfassbar viele Geld für die 501: auf in den coolsten Laden in town (international) und stolz wie Bolle und scharf wie Nachbars Lumpi erstand ich meine 501 und kehrte mit der Trophäe am Körper nach Hause zurück. Meine Mutter erstarrte. Bevor sie überhaupt etwas sagen konnte, fing ich an, sie niederzureden.

»Mama, schau dir das an. Ich meine, ist sie toll oder ist sie toll? Oh, ich bin so verliebt in meine Hose. Ich danke dir, Mama.«

Ich drehte mich wirbelnd um die eigene Achse. Meine Mutter brachte mit »Kaumstimme« und gefährlich leise hervor:

»Was ist das?«

»Das, Mama, das ist eine used 501. Die kostet leider noch zehn Mark mehr, aber das ist auch verständlich, weil die fast fünfzig Jahre alt ist. Schau mal, wie geil!«, sagte ich, ging in die Hocke und – ratsch!

Fehler!

Ratsch, ratsch!

Betretenes Schweigen.

Beide Knie waren gerissen! Meine Mutter hat bis heute nicht verstanden, wie ich ihr hart verdientes Geld auf diese Weise verschleudern konnte. Aber egal, Eltern können nie alles verstehen, was ihre Kinder angeblich alles brauchen. Geht mir heut auch nicht anders. Diese Hose habe ich geliebt, gehegt und gepflegt.

»Habe Bluejeans in der Seele«, sang kürzlich Karel Gott. (Bei Karel Gott fällt mir die Biene Maja ein, die man doch tatsächlich verschlankt hat. Und Pumuckl ging's auch an den Bauch … Ohne Worte!) Ich glaube, jeder von uns hat mindestens zehn Jeans. Nicht alle werden angezogen, aber sie bleiben im Schrank. Kaum etwas wird mehr getragen und ist robuster.

Im Moment finde ich sie das erste Mal in meinem Leben schwierig. Ich habe die Jeansliebe verloren. Es tut mir leid. Ich kann gerade keinen Tipp dazu geben. Überhaupt gingen Jeans in den letzten Jahren nur, wenn es Jogg-Jeans waren, eine Mischung aus Jogginghose und Jeans, mit so viel Stretchanteil, dass man auf dem Spielplatz bequem in die Hocke gehen kann. Ansonsten ist mir das Material derzeit grundsätzlich zu fest. Ich werde die Liebe zur Jeans jedoch nicht vergessen und ihr ein kleines Fleckchen in meinem Herzen bereithalten. Aber ich will nicht mehr in der Umkleidekabine stehen und einen Berg von vierzig Jeanshosen anprobieren. Ich will mich auch nicht der Jeans-Inch-Größe aussetzen. Denn so wie bei 40/42/44 weiß auch jeder, was eine 34/34 ist. Und bei einer Jeans trägt man das Größenschild ja auch teilweise hinten offen zur Schau. Will ich das? Nein. Diese schrecklichen Größen geben doch nur ein Bild von einem Vorurteil ab. 34 in Jeans ist dick. Manche Marken führen auch nur bis 31. Ich bin nicht dick. Nur Jeans passt halt grad nicht zu mir. Dafür ist die Orienthose ein Augenschmaus. Die Jeans geht meistens nur, wenn sie relativ eng ist. Das feste, dicke, gerade geschnittene Material ist aber nicht von Vorteil. Ist sie extragroß, fällt sie nicht locker weich, sondern macht einen steif und extragroß.

Die Skinny-Röhre

Um Gottes willen! Meines Erachtens geht, wenn überhaupt, nur die hochgeschnittene Skinny-Röhre. Die hippe Hippie-Skinny-Hüftröhre ist eine Katastrophe: quetscht oben, quetscht unten, was soll denn das? Der Rest steckt in einer Wurst mit einer zu engen Pelle. Und gerne auch noch in leicht glizzy für dicke fette Schweinebeine. Hat man sie allerdings im eigenen Kleiderschrank, dient sie, wie bereits erwähnt, gut als Regulativ.

Sonderbar!

Das Aha-Kleid

… ist natürlich die A-Linie. Eigentlich ein Hänger, aber ein guter Hänger. A-Linien-förmig. Geht auch als schickeres T-Shirt, kürzer abgeschnitten oder als Rock. Die A-Linie ist grundsätzlich super. Aber A-Linie ist nicht gleich A-Linie, in A-Linie können Sie auch aussehen wie ein Weihnachtsbaum.

Aha, aha, aha … Geht doch!

Gut ist, wenn das Kleid hinten ein klein wenig länger ist oder wellenförmig ausläuft. Beim T-Shirt täten vorne zwei Zentimeter mehr gut. Ich habe da so einen Materialmix vor Augen. Hinten ganz dünn, Baumwolle oder Strick, vorne gerne Seide oder Viskose, fällt vorne nicht wie eine zweite Haut, sondern steht etwas ab. Herrlich.

Ich finde, die A-Linie wirkt gut und lässt doch hoffen, macht Spaß und gute Laune und ist bequem. Ich bevorzuge das Kleid mit leichtem Arm, weil ich gerade meine Arme nicht so mag. Das kann sich aber wieder ändern. Wenn armlos, mag ich es oben nicht kastenartig, sondern die Schultern frei liegend, zum Hals zusammenlaufend.

Jacken

Dann möchte ich noch etwas zur Jacke beziehungsweise dem Mantel sagen: einer der schwersten Käufe. Ich hasse es und habe auch schon viele Fehlkäufe getätigt, von denen ich mich, wie Sie wissen, trotzdem nur schwer lösen kann. Vielleicht sollte ich die eine, meine Jacke kreieren, damit endlich Schluss mit diesem Zinnober ist. Denn ein Bild von ihr habe ich schon. Sie muss weich fallen, vor allem muss sie fallen. Der Körper muss sich in sie reinschmiegen wie in eine Bettdecke, ohne dabei auszusehen, als wäre ich das Michelin-Männchen …

Das Material muss sich gut anfühlen. Ich muss mich gern anfassen wollen, trotzdem muss die Jacke robust und vor allem darf sie nicht so schwer sein. Bitte nicht zu schwer. Und bitte einen langen Arm. Wie kann es sein, dass wir Erwachsenen so selten ein Bündchen am Arm kriegen. Bei den Kindern geht's doch auch. Ich möchte einen schönen langen Ärmel mit einem schön gearbeiteten, weichen Bündchen haben, das aus dem Ärmel herauslugt und ihn gut abschließt. Der Rest des überschüssigen Ärmels soll bis zur Handmitte fallen. Genauso möchte ich das auch am Hals haben. Ein integrierter Halskragen, weich, aus Kaschmir, der mich nicht juckt und mir den Schal erspart, der Restkragen soll weich über die Schulter fallen. Ich hasse nichts mehr, als im Winter in völlig überhitzte Geschäfte mit Jacke und Schal hineinzugehen und die Jacke ausziehen zu müssen. Dabei zerstöre ich mir erst mal mit der

Zu schwer, zu massig, zu kantig.

So ein Mantel! Umschmeichelt jede.

Jackenschließe den Schal, und vor lauter Hektik stranguliere ich mich anschließend wegen der Hitze beinahe, wenn ich den Schal ablege. Da die Jacke so schwer ist, bin ich schweißnass. Was für unschöne Szenarien. Das muss irgendwie alles anders werden, so geht das nicht. Aber das scheint der Bekleidungsindustrie ja völlig wurscht zu sein. Sie halten einem nur die Verkaufszahlen vor. Ich sage, es sind Verzweiflungskäufe. Hauptsache, erst einmal was haben, was Schöneres lässt sich hoffentlich noch finden. Und so kauft man und kauft man, immer auf der Suche nach dem Schöneren. Bis dahin hat man halt noch die nächste Kompromissjacke gekauft.

Ich könnte noch viele Bekleidungsbeispiele nennen, aber das würde jetzt den Rahmen sprengen. Aber Sie haben jetzt Hose, T-Shirt, Kleid, Rock und Jacke/Mantel, und somit ist für jeden erst einmal etwas dabei, sonst kommen wir jetzt vom Hölzken aufs Stöcksken.

Noch zwei Dinge:

Der Schuh. Ich hab bekanntermaßen Schuhgröße 42. Alles drunter macht's sicher leichter und gefällt mir immer …!

Bad hair day. Kann ich nur sagen: Mütze drauf!

Unterbekleidung

So, aber jetzt wird's schlüpfrig.

Wenn Sie sich nicht unbedingt halbnackt zeigen müssen, aber trotzdem das Gefühl haben, für ein bevorstehendes Ereignis zu dick zu sein, dann sage ich Ihnen: Es geht auch ohne krampfhaftes Abnehmen!

Die Bauchweghose

Es ist immer besser, eine zu haben, als eine zu brauchen. Wie bei Versicherungen. Man sollte sie in zweierlei Farben besitzen, in Schwarz und in Hautfarben. Leider ist Hautfarben bei Bauchweghosen oft gleichzusetzen mit Thrombosestrumpffarben, also ein Hautton, den niemand hat, zwischen Beige, Braun, Rosa und mit leicht blaugrauem Touch.

Man erkennt auf jeden Fall immer den Liebestöter. Das heißt, zieht man eine Bauchweghose an, ist man nach außen hin Cinderella, aber vergessen Sie nie, nie, nie: Cinderella flieht um Mitternacht, der Prinz kommt dann irgendwann mit dem Schuh …

Die Bauchweghose zeichnet sich dadurch aus, dass sie, wenn sie eine wirklich gute ist, Ihren Bauch so kaschiert, dass es so aussieht, als ob es ihn nicht gibt, als sei er einfach nicht vorhanden.

Aber Vorsicht! Bauchweghosen haben ihre Tücken, auch hier achten Sie beim Kauf unbedingt darauf, in ein gutes Fachgeschäft zu gehen. Die großen Kaufhäuser sind meistens auch ganz gut ausgestattet.

Steuern Sie immer eine Verkäuferin an, die mindestens vierzig Jahre alt ist. Ich hasse ja nichts mehr als spindeldürre Verkäuferinnen mit Knopf im Ohr, die mal eben im Lager nachfragen müssen, ob das Bekleidungsstück möglicherweise auch in XL da wäre, was nach deutscher Maßtabelle sowieso ein knappes M ist, um mir dann mit künstlichem Lächeln leider mitteilen zu müssen, dass sie dieses nur bis L führen, was also eigentlich ein S ist. Die Verkäuferin sollte nicht nur mindestens vierzig sein, sie sollte auch eine normale Figur haben: Sie wird wissen, wovon Sie reden, sie wird das Problem kennen, sie wird mit sicherem Griff die richtige Hose herausziehen, sie wird Sie verstehen, Sie werden sich gut aufgehoben fühlen und, wenn Sie Glück haben, einen guten Plausch und auch ein Lachen in der Umkleidekabine mit ihr haben.

Wichtig ist trotzdem, dass Sie erklären, für welchen Anlass Sie die Bauchweghose einsetzen wollen. Am besten ist es aber, das Kleidungsstück dabeizuhaben.

Die Event-Bauchweghose

Beim Erstkauf einer Event-Bauchweghose nehmen Sie Ihren Event-BH (dazu später mehr) und das passende Kleidungsstück immer mit. Vertrauen Sie mir, es geht besser mit. Sollten Sie dennoch ohne Kleidungsstück einkaufen gehen, weil dieses möglicherweise noch beim Schneider weilt, nehmen Sie zwei Bauchweghosen zur Auswahl mit. Sollten Sie das Event-Kleidungsstück noch nicht besitzen und sich zuerst mit der Bauchweghose befassen, weil Sie hoffen, danach das Eventkleidungsstück eine Größe kleiner zu erstehen, achten Sie unbedingt beim Kauf darauf, dass Sie die Verkäuferin bitten, Ihnen zusätzlich ein Minischlauchstretchkleid zum Anprobieren zu geben.

Mini: damit die Bauchweghose nicht unten rausschaut.

Stretch: damit man sieht, ob das Material sich nicht durchdrückt.

Schlauch: damit Sie sehen können, wie hoch sie vom Bauchnabel weg nach oben gehen muss, Ihr Fett soll ja eben nicht rausgedrückt werden.

Wichtig ist, sollten Sie das Kleidungsstück dabeihaben, was, wie gesagt, zu empfehlen ist, drehen Sie sich mehrfach um dreihundertsechzig Grad in der Umkleidekabine. Gehen Sie in andere Umkleidekabinen, schauen Sie, ob Sie dort im Spiegel genauso aussehen. Erspähen Sie eine zweite Verkäuferin, fragen Sie auch diese um ehrlichen Rat, welche Figur Sie machen. Aber am allerwichtigsten ist, trauen Sie sich, fassen Sie Mut! Los! Steuern Sie eine Kundin an! Fragen Sie sie offen und direkt: »Wie seh ich aus? Bitte ehrlich, wirklich ehrlich: Macht mich das dick?« Sie wird natürlich »Nein!« sagen. Zischen Sie ihr verdeckt zu, machen Sie sie zur Komplizin, anders wird sie nie die Wahrheit sagen. Sagen Sie ihr: »Ich habe eine Bauchweghose drunter, ansonsten ist bei mir eh Hopfen und Malz verloren, ich krieg ja meine Figur überhaupt nicht in den Griff, schrecklich, am Bauch sieht man immer aus, als ob man Drillinge kriegt. Hahaha. Der Po ist natürlich auch nicht mehr das, was er mit vierzehn mal war ... Quillt irgendwo das Fett raus?« Jetzt wird sie ehrlich antworten!

Bei der Kundin ist es egal, welches Alter sie hat, hier geht auch was wirklich Junges. Die Jungen sind ja erstaunlich ehrlich, wenn sie nicht – wie Verkäuferinnen – fürchten müssen, ihren Job zu verlieren. Wird sie antworten: »Ja, okay, passt schon, geht schon« (eine Ältere würde antworten: »Herrlich, wenn ich die Figur noch mal hätt!«), dann greifen Sie zu! Nehmen Sie auch gleich die zweite Farbe mit. Und sollten Sie sich unmittelbar nach einer Geburt (bis zu zwei Jahre danach) befinden, kaufen Sie sie auch, sofern es Ihr Budget zulässt, eine Größe kleiner und dann auch in zwei Farben.

Die alltägliche Bauchweghose

... ist eine Bauchweghose, die nur leicht kaschiert, aber bequemer zu tragen ist als eine Event-Bauchweghose. Die können Sie möglicherweise sogar den ganzen Tag tragen. Sie sollte also von leichterem Material sein. Es gibt sie auch in Weiß, aber Obacht, Weiß vergilbt schnell und sollte nicht wegen

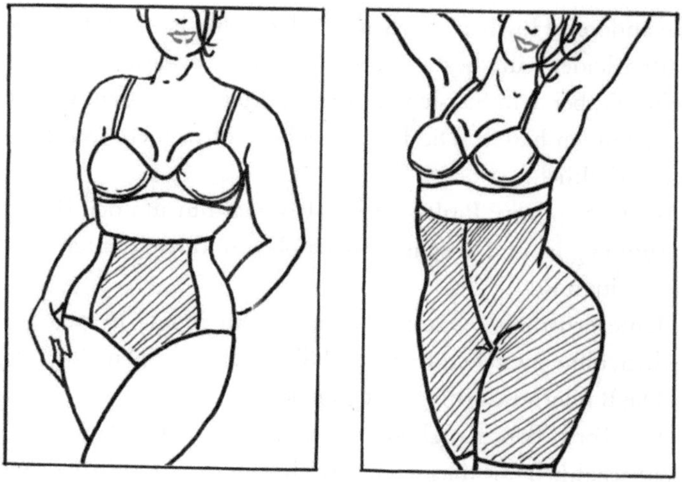

Welche Sie lieber mögen!

»Graublaugefahr« bei falscher Wäsche in die Fänge des Liebsten geraten.

Die alltägliche Bauchweghose ist so konzipiert, dass sie den Bauch meistens nur leicht stützt, leichten Halt bietet, sie schafft es, dass Sie sich in der Bauchgegend ein bisschen flacher fühlen. Sie wird gern unter eng anliegenden Sachen getragen. Ich bin dazu übergegangen, lieber weite Sachen zu tragen, als mich ständig in Bauchweghosen zu zwängen. Sollte man jedoch den Drang verspüren, gerne enge Sachen zu tragen, wird sie ein »hassgeliebtes« Unterwäschebekleidungsstück in Ihrem Leben werden.

Sollten Sie Single sein, ist es egal, wie sie aussieht. Sollten Sie Single und auf Fang eingestellt sein, achten Sie auf ein Wechselhöschen. Sollten Sie sich am Anfang einer Beziehung befinden, werden Sie sie nicht nötig haben, da Ihnen vor lauter Schmetterlingen im Bauch der Appetit vergangen ist und Sie wie in Liebeskummerzeiten flachbäuchig sind. Sollten Sie in einer langjährigen Beziehung stecken, erklären Sie einfach, die anderen Höschen würden auf der Leine hängen, und Sie hätten leider nur dieses komische Menstruationshöschen im Schrank, bei dem Sie sich gar nicht erklären könnten, wo Sie es erstanden hätten. Die Bauchweghose ist in mehreren Formen erhältlich:

Hohe Slipform: Praktisch für alles, was nur um den Bauch herum eng ist und ansonsten nach oben und nach unten weit geschnitten ist.

Unterbrusthöhe: Damit können Sie ein enges Oberteil anziehen, ohne zwischen Brust und Slip Fett zu zeigen.

Die Radlerhose ermöglicht enge Hosen.

Die Torso-Bauchweghose: Sie ist auch als Torso-Bauchwegkleid erhältlich (die mag ich nicht, ich schwitze so zwischen den Beinen) und ideal für Schlauchkleider oder enge Hosenanzüge.

Am allerliebsten ist mir allerdings die Bauchwegstrumpfhose!

Hier bevorzuge ich nach vielem Ausprobieren und jahrelanger Erfahrung eine mit dem Radlerhöschen. Sie schneidet nicht ein, nichts quillt raus, sie hält alles gut zusammen, ist bis

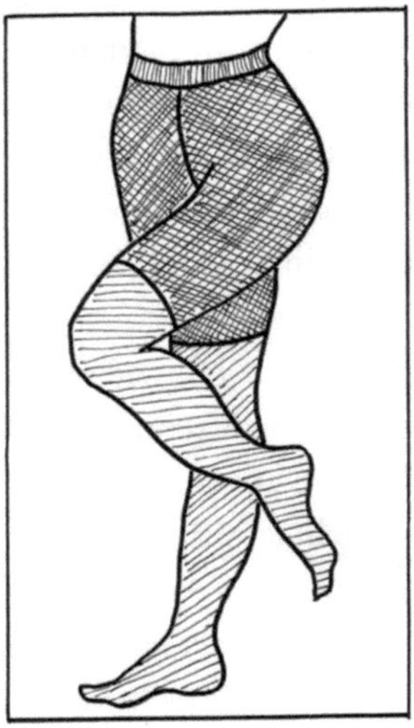

Meine Lieblingsvariation.

fast unter den Busen geschnitten und rollt sich nicht runter. Herrlich! Und dazu gibt es sie auch noch matt (niemals eine Strumpfhose mit Glanz kaufen, dadurch kriegen Sie glänzende fette Schweinebeine) in Schwarz und in tatsächlich vielen echten Hauttönen. Zweiundzwanzig Euro müssen Sie für sie hinlegen, die sind aber gut investiert, denn sie macht nicht nur eine gute Figur, ist bequem zu tragen, sie hält auch lange. (Nicht doppelt so teure kaufen! Die Strumpfhosenhersteller kochen auch alle nur mit Wasser. Circa zwanzig Euro, basta!)

Leider kann man die Bauchwegstrumpfhose zu vielen Eventkleidern, offenen Schuhen und im Hochsommer schlecht anziehen. Ansonsten eine wirkliche Alternative zur Bauchweghose!

BH

Eigentlich fast noch wichtiger als die Bauchweghose ist ein bezauberndes Dekolleté! Gut in Szene gesetzt, lenkt es von allen anderen Problemzonen ab, die Sie an sich nicht mögen. Und deshalb sage ich, es ist immer eine Frage des BHs. Es geht nicht darum, was für einen Busen Sie wirklich haben. Ob er klein oder groß ist. Wenn groß, wie groß? Ist Ihr Busen weich? Möglicherweise! Wenn groß und weich, spielt die Erdanziehungskraft eine wesentliche Rolle, wie sie immer eine Rolle spielt, sonst wären wir ja im All und schwerelos, aber das sind wir ja eben nicht, es hält uns am Boden, es zieht uns zu Boden, damit auch den Busen. Somit hätte man einen Bodenbusen. Ich finde überhaupt das Wort Bodenbusen, also Kürzel BB, viel schöner und liebenswürdiger als das Wort Hängebusen. Es gibt nämlich keinen Hängebusen, es gibt nur Bodenbusen.

Ganz egal, wie Ihr Busen ist, wichtig ist immer die Frage des BHs. Ein Busen ist immer wunderschön, und noch schöner ist es, ihn richtig zu verpacken und auszupacken. Womit wir bei der Frage des richtigen BHs angekommen wären.

Wie man kleine Busen richtig verpackt und ihr Bestes zum Vorschein holt, ist relativ einfach, da sich die Schönheitsindustrie ja seit Jahr und Tag auf das B-Cup stürzt.

Das B-Cup ist die Busendurchschnittsgröße in Deutschland und gibt es in Hülle und Fülle, in allen Farben und Formen. Mit Einlage, ohne Einlage, wattiert, unwattiert, in Spitze, glatt oder ausgeschnitten, und es ist in jedem Laden, sogar im Drogeriemarkt, erhältlich. Über B-Cups kann ich leider nicht viel sagen, da ich mich, seitdem mein Busen aufgehört hat zu wachsen, zwischen einem guten mittleren C und einem Doppel-D bis E bewege. Nach dem ersten Kind und Stillen hatte ich F-Cup, beim dritten bis hin zu H-Cup.

Ich variiere auch in den Umfängen, von 75 bis 85. Und wenn man in den Umfängen variiert, variiert man auch in den Cup-Größen. Das heißt, grob gerechnet, hatte ich seit meiner Pubertät siebzehn verschiedene Größenvarianten. Und dann ist da ja auch noch das Problem, dass die verschiedenen Marken auch noch in den Cup-Formen und -Größen voneinander abweichen. Das heißt beispielsweise, ein 75-C-Cup der einen BH-Firma ist nicht vergleichbar mit einem anderen 75-C-Cup-Fabrikat, wenn die andere Firma überhaupt ein 75-C-Cup herausgebracht hat.

Aus meiner Erfahrung kann ich sagen, es gibt Marken, die eignen sich hervorragend für größere Cup-Größen, die ab C aufwärts gehen. Aber Vorsicht, oftmals sind die sehr liebestöterartig und schwer, sie verstärken noch die Cup-Größe. Möchte man es ein bisschen jugendlicher und leichter haben, geht man am besten in einen wirklich guten Dessousladen. Die gibt es in jeder Stadt, Sie müssen sie nur finden. Die Verkäuferin sollte mit einem Blick wissen, wie man Ihr Dekolleté richtig in Szene setzt.

Mögliche BH-Varianten:

Die Alltägliche

… ist eigentlich die wichtigste BH-Form. Dieser BH ist an den Seiten schmal geschnitten, was die Silhouette, den Oberkörper, schmal erscheinen lässt.

Ein Bügel-BH: Ab einem C-Cup brauchen Sie immer einen Bügel-BH, lassen Sie sich von niemandem etwas anderes einreden. Mit Ausnahme von Silikonbusen, aber Silikonbusen behandele ich in meinem Buch nicht, ich rede ausschließlich von natürlichen Formen.

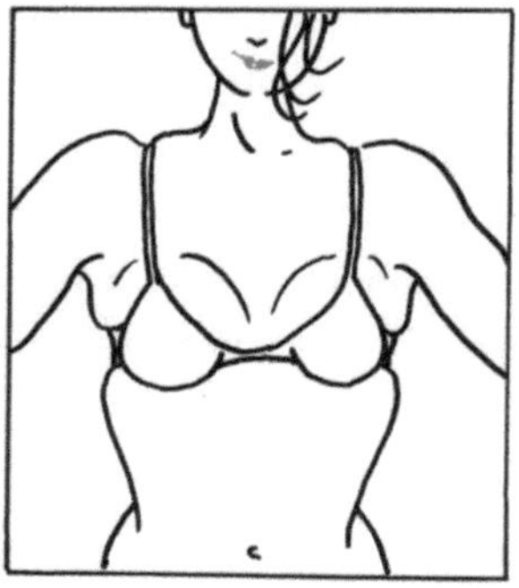

Sonderbar!

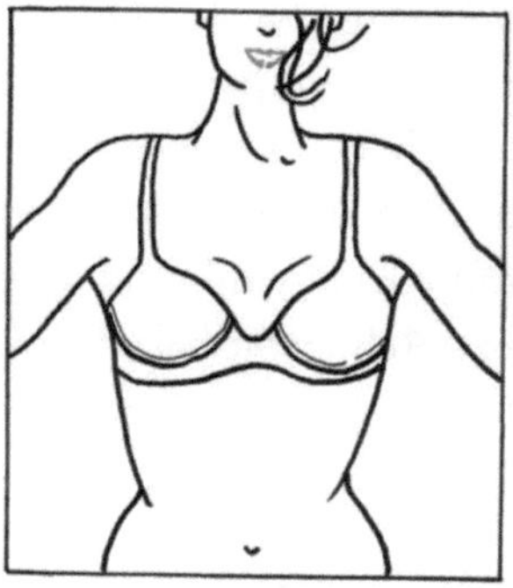

Wunderbar!

Wichtig ist die Passform. Sie sollte im Mittelbereich eine gute Rundung ergeben. Der Busen sollte weder nach oben noch nach unten ziehen. Er darf auch vorne nicht rausquellen. Nehmen Sie immer drei T-Shirts zur Anprobe mit: eins, das fast zu eng ist. Eins, das immer verrutscht, so dass man die Träger sieht. Und eins, das sehr durchscheinend und aus weichem Material ist. Sollten Sie in allen drei Formen eine gute Figur machen – das heißt, der BH lässt nicht das Fleisch rausquellen, weder an der Seite noch am Rücken oder gar vorne, die Brustwarzenspitze bleibt verdeckt, der Vorhof schimmert nicht durch, die Träger schneiden nicht an der Schulter ein und der Bügel des BHs drückt weder in der Mitte noch in der Seite in das Fleisch und Sie bekommen wirklich gut Luft –, dann greifen Sie zu.

Aber halt! Bedenken Sie immer die Farbe, die Farbe der »Alltäglichen«. Ein Busen ab C-Cup heißt, ein Leben mit BH führen zu müssen, deshalb sind die Trägerfarben wichtig, die mit den Bekleidungsfarben im Kleiderschrank harmonieren und nicht wie Wäscheträger, sondern wie Hemdchenträger ausschauen sollten.

Aber kommen wir noch einmal zurück zur Brust bzw. zum Detail Brustwarze: Die Brustwarze ist ein Körperteil, das sich je nach Temperatur, Gemüts- und Erregungszustand stark äußerlich verändern kann. Mir sind schon Männer auf der Straße entgegengekommen, die dann schmunzelnd, wissend und frivol zwinkernd an mir vorbeischlenderten. Also, Klartext: Achten Sie bei den »Alltäglichen« auch auf den Stoff und dessen Qualität, so dass nicht der BH für Sie entscheidet und Dinge von Ihnen preisgibt, die Männer immer missverstehen.

Der Sportliche (interessant, dass Sport immer männlich ist)

… ist ein BH, mit dem man auch gut Sport machen kann, der nicht drückt, einen guten Halt bietet, nicht einschneidet an den Schultern. Und wenn er keinen Bügel hat, sollte man dar-

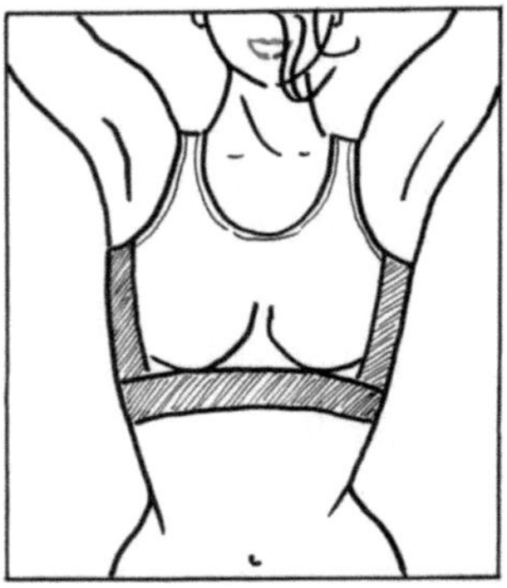

Wichtig ist, dass er nicht von unten hochrollt.

auf achten, dass er mit einem breiten Gummizug weit genug auf den Bauch hinunterreicht, sonst rollt er sich ein. Und glauben Sie mir, ganz egal, wie das aussieht, es kommt sowieso ein T-Shirt darüber.

Der Event-BH

Da kann ich Ihnen jetzt nicht wirklich speziell helfen, aber Fakt ist, der Event-BH zeichnet sich dadurch aus, dass er ein Einmalträger oder höchstens ein Mehrfachträger, aber niemals ein Massenträger ist. Das heißt, er muss zu einem Theater- oder Opernbesuch, Geburtstagsfest, einer Taufe, Hochzeit, möglicherweise auch zum Red Carpet passen.

Er ist ein BH, der immer unbequem ist, immer einen guten Ausschnitt suggeriert bzw. ein bombastisches Dekolleté zeigt, so wie es uns die Mode-, Werbe- und vor allem die Filmindustrie ständig vorgaukelt.

Achten Sie vor allem darauf, dass Sie nach einer derartigen Festlichkeit alleine nach Hause gehen und sich ausziehen. Falls Sie doch jemanden mit nach Hause nehmen sollten, nehmen Sie einen Wechsel-BH mit und nicht nur den, sondern auch ein Wechselhöschen, um sich vom möglichen Bauchweghoseliebestöter trennen zu können. Beides sollten Sie vor Verlassen der Veranstaltung, Party, Gala oder Festlichkeit auf der Toilette wechseln.

O Gott – ich hoffe, Sie haben in diesem Fall natürlich nicht die Miniaturnagelschere vergessen, falls Sie den Event-BH, das gute Stück, an Ihrem Kleid befestigt haben. Werfen Sie sich danach schnell einen Mantel oder eine Pashmina um, damit niemand sieht, dass sich etwas verändert hat. Vermeiden Sie dann auf dem Nachhauseweg sämtliche Absackerlokalitäten! Entweder zu zweit nach Hause und Schummerlicht an oder tschüss.

Event-BHs kaufen Sie auch am besten im Dessousladen

Ihres Vertrauens, aber vergessen Sie nicht, dabei das Eventkleid mitzunehmen.

Und vergessen Sie nie das Motto: Augen zu und durch! Es geht nicht um Ihre Figur, die ist super, glauben Sie mir, das Kleidungsstück ist falsch gewählt und falsch gekauft, jetzt muss man halt mit dem BH Schadensbegrenzung betreiben. Und es kann nicht bequem sein, es darf nicht bequem sein, es MUSS unbequem sein!

Der Verführerische: The sexiest ever

Der eine oder keiner. Das Bonbon, die Verführung. Wird nicht oft getragen, aber wenn man ihn trägt, dann oho. Vornehmlich in drei Farben erhältlich: entweder in Signal-Rot, Keusch-Weiß oder Rassig-Schwarz. Vom Material her entweder in schwerer Spitze oder leichtem Netz. Immer erst kurz vor der Verführung anziehen, also auch ein Modell, das sich gut als Zweit-BH in der Handtasche eignet. Er zeichnet sich auch dadurch aus bzw. man erkennt ihn daran, dass man immer ein passendes Höschen dazu kaufen kann, das oft sündhaft teuer und nicht bequem zu tragen ist. Es empfiehlt sich, beides nicht wirklich lange zu tragen, da sich die Spitze auf den Körperteilen abzeichnen kann. Der Verführerische eignet sich für viele Jahre, da er nicht aus der Mode kommt, und wenn Sie, so wie ich, ständig variieren, haben Sie siebzehn Größen und Farben im Schrank! Oh, Entschuldigung, drei Still-BHs muss ich rausnehmen, da hat die Dessous-Industrie offensichtlich nichts vorgesehen.

Der Weiße

Die am meisten verbreitete BH-Farbe überhaupt und, wie ich finde, überschätzteste, blödsinnigste Farbe, wobei Weiß ja eigentlich auch keine Farbe ist.

Er passt zu fast nichts, außer zu Weiß, ist an den Rändern

ständig vergilbt, und wenn Sie ihn nicht selbst mit Fingerspitzengefühl waschen, ist er mit Sicherheit und vor allem, wenn der Liebste ihn in die Hände bekommt – der Liebste soll ihn ja in die Hände bekommen, aber nicht in die Waschmaschine stecken –, nicht mehr weiß. Und wenn man ihn darauf anspricht, ist er natürlich völlig irritiert, verwundert, kann sich überhaupt nicht erklären, wie die wunderschöne weiße Spitze da hineingeraten konnte, und versucht, Ihnen zu garantieren, dass Graublau nun wirklich die neue Trendfarbe des Sommers ist.

Weitere Kategorien

Es gibt eine Form, von der die Industrie gerne hätte – zwecks Abzocke –, dass sie zu einer anerkannten Kategorie innerhalb der BH-Formen wird, namentlich schon kategorisiert: der Braut-BH. Meines Erachtens Nonsens und nicht weiter darauf einzugehen, denn Champagner, Crème oder Weiß haben Sie ja eh im Schrank.

Und nun zur letzten BH-Kategorie, die sich meines Erachtens in den letzten Jahren ganz hervorragend nach vorne gemausert hat, quasi wiederauferstanden ist. Die einzige Kategorie, die es geschafft hat, in kürzester Zeit ihren Namen zur Kategorie werden zu lassen, vergleichbar mit Tempo und Taschentuch. Wenn man ihn nennt, weiß man sofort, von welcher BH-Form die Rede ist und welchen Busen sie macht: der einzige und wunderbare, unverwechselbare WONDERBRA und das dazugehörende zaundürre Model.

Oh, Entschuldigung: Ich vergaß den Dirndl-BH! Dieser ist tatsächlich oftmals weiß, muss zur jeweiligen Dirndlbluse passen und ist zu achtzig Prozent in Balkonform. Da ich bisher im Alltag kein Dirndl trage, außer einmal im Jahr zum Oktoberfest, wenn ich zu einem Event eingeladen bin, ist mein Erfahrungs- und Beratungsschatz in Sachen Dirndl-BH nicht

Push-BH und Wonderbra sind manchmal einfach wunderbar!

groß genug, und ich maße mir in diesem Fall kein Urteil an. Aber was nicht ist, kann ja noch werden.

Zum Dirndl kann und muss ich natürlich etwas sagen. Das Dirndl, mein Dirndl, dein Dirndl, Ihr Dirndl ist wahrscheinlich die geschickteste Art, eine Frau mit Rundungen einzukleiden. Daran kann man sehen, dass Rundungen einer Frau guttun, denn Bohnenstangen steht das Dirndl nicht. Durch die verschiedenen Materialien und Ausschnittformen und Längen sowie Luxusvarianten und Farben kann man das Dirndl quasi rund um die Uhr und das ganze Jahr hindurch tragen. Man kann in ihm getauft, gefirmt, entjungfert, verheiratet und beerdigt werden. Der Kreislauf betrifft nicht nur das Jahr, sondern das ganze Leben. Merkwürdig, dass das Dirndl bei mir bisher noch nicht so richtig angekommen ist. Aber auf zu neuen Ufern, in meinem Kleiderschrank muss ja eh etwas passieren.

Nur noch so viel: Es sollte auf jeden Fall übers Knie gehen, und der Ausschnitt und die Dirndlbluse sollten die Brustwarzen noch bedecken. Ich verbleibe mit freudiger Erwartung der vielen Dirndl, die da Einzug in mein Leben erhalten werden. Holladrio.

Itsy Bitsy Teenie Weenie …

Jetzt sollten wir aber auch noch dringend der Frage der Bikinifigur auf den Leib gehen! Während ich darüber nachdenke, liege ich auf dem Fußboden, ein leichter Modergeruch umgibt mich. Draußen fünfunddreißig Grad, drinnen eine klamme Feuchtigkeit. Will ich mir jetzt den Bikini anziehen und runter zum See fahren? Nein.

Will ich mich überhaupt jemandem dort unten halbnackt präsentieren und eine Diskussion auslösen, Bikinifigur ja oder nein? Nein, will ich auch nicht.

Bei Unterwäsche fragt man ja auch nicht nach der Unterwäschefigur, da gibt es einfach für jeden die Passende. Aber die Bikinifigur scheint ja das Maß aller Dinge an einer Figur zu sein. Interessant! Würde man sich gar nicht im Bikini zeigen, hätten wir diesen Stress überhaupt nicht. Zeige ich mich jedem in Unterwäsche? Nein! Und wenn ich mich zeigen will, dann suche ich mir die Wäsche, die zu mir passt. So müsste es doch auch einen Bikini geben, der zu mir bzw. zu jedem passt.

Laut Werbung müsste ich einen weißen Triangel-Bikini tragen. Aha. Einen weißen Triangel-BH in G? Nein! Einen weißen Triangel-Bikini, den trage ich weder mit D oder E und schon gar nicht mit F, G oder H. Also, wie komme ich überhaupt dazu, ab Februar über die passende Bikinifigur nachzudenken? Ich, die sowieso nicht gerne im See schwimmt und in der Sonne badet. Mittlerweile muss man zum 50er-Sunblocker auch noch das Moskitomittel mit runter zum See schleppen … So gesehen, brauche ich gar keine Bikinifigur, da ich ja überhaupt keinen Drang verspüre, mich ameisenartig auf die öffentliche Badewiese zu quetschen. Ich fahre ja auch nicht an den Ballermann. Ist alles nicht meins, und deshalb brauche ich auch keine Bikinifigur.

Eigentlich sollte man in ein Nudistencamp fahren, da ist der Bikini wurscht. Obwohl das auch nix für mich ist.

Ich möchte mich weder nackt noch halbnackt zeigen!

Gab es nicht eine Zeit des schönen quergestreiften Ganzkörper-Swimsuits? Jetzt tragen das ja nur noch die dynamisch durchs Wasser flitzenden Sportschwimmer. Gerne hätte ich in der Zeit gelebt, als alle diese schöne lange, quergestreifte, bis zu den Armen und Beinen reichende Badekleidung trugen. So etwas wird ja jetzt wieder für kleine Kinder hergestellt, damit sie vor der Sonne geschützt sind. Mit Äpfeln, Affen, quergestreift, dazu tragen sie Safarihütchen, diese hinten mit langem Nackenschutz, so dass sie wie kleine Imker aussehen.

Hat sich damals jemand gefragt, welche Figur man hat? Ich weiß es nicht. Aber wenn ich mir heute die Bilder von damals ansehe, stelle ich mir diese Frage gar nicht. Lustig sahen die immer aus, die hatten Spaß. Planschten in den Wellen, spielten fröhlich Wasserball … Ist man heute am Meer und steht als Dame vom Boden auf, zubbelt man doch erst mal alles zurecht. Dann Sonnenbrille auf, Augen zu und durch, Hauptsache durch. Wie kommt man unbemerkt ins Hotelzimmer? Am schlimmsten ist es, alte Bekannte zu treffen. Man zieht ständig den Bauch ein, die nassen Haare kleben am Gesicht, das Bikinihöschen rutscht unweigerlich in Richtung Po-Mitte. Die Dinger halten ja nie. Wie kommt man nun unauffällig mit der Hand zum Bikiniunterhinterteil? Und zack, da kommt der Liebste von hinten und klatscht noch mal so richtig schön drauf – auch eine Unart –, so dass nun auch jeder durch das Klatschen aufgeweckt wird, der in der näheren Umgebung ist, und auf meine Körpermitte starrt. Sind nicht die Zeiten des zur Schau getragenen Bikinis längst überholt? Ist der Bikini nicht eher etwas für einen Untendrunter-Badespaß? Ist nicht eine luftige, wehende, zart umspielende Tunika-Tuch-Bekleidung viel schöner?

Klar möchte man auch mal baden. Aber wir sind ja keine Kleinkinder mehr, die es bei zwanzig Grad, meines Erachtens absurd kalt, stundenlang im Wasser aushalten. Wichtig ist, dass der Untendrunter-Bikini gut sitzt, so dass Sie damit gut schwimmen können. Ihr Kind oder der Neffe oder die Enkelin sollte sich gut daran festhalten können, ohne dass Sie im Freien stehen und es plötzlich heißt: »Mama, dein Busen ist raus!« Ein gut sitzender Bikini muss weder sexy sein noch die Figur betonen, er muss einfach gut sitzen. Wichtig ist das Darüber. Und ich bin jetzt vierzig, ich muss nicht mehr acht Stunden in der Sonne brutzeln, um braun zu werden. Soll man auch nicht, das liest man doch überall. Hautkrebs-Alarm! Meine Sonnenmilch kostet so viel wie ein gutes Make-up. Also brauch ich doch gar keinen supersexy Bikini und die dazugehörige Bikinifigur, von der ich noch immer nicht weiß, was das ist. Weil: Im Schatten ist es mir im Bikini ja sowieso viel zu kalt. Und wenn ich in Ruhe ein Buch lesen will, ist es da, wo man den Bikini spazieren führt, viel zu laut.

Ich stelle fest: Ich bin nicht nur aus dem Alter für Bikinis raus, sondern auch aus der Lautstärke der Badeplätze.

Aber zurück zum »Darüber«: Im »Darüber« sitzen Sie die ganze Zeit gemütlich im Schatten auf einer Decke. Zur Abendzeit oder wenn es dann doch zu heiß wird und Sie schwimmen wollen, stehen Sie auf, ohne sich zu entkleiden. Denn was ist denn das auch für ein Käse, jetzt im Bikini durch die Menge zu schreiten? Will man das? Das kann man nicht wollen. Nein, Sie gehen in Ihrem »Darüber« zum Wasser. Dahin, wo sich nicht gerade alle versammelt haben. Klar sind wir Herdentiere, aber man muss auch die Herde verlassen können. Kurz vor dem Eintritt ins Wasser ziehen Sie Ihre Tunika über den Kopf nach oben weg, so dass Sie ganz gerade nach oben gestreckt sind, drehen sich also schraubenartig beim Ausziehen der Tunika in die Höhe, bis ganz hoch, strecken, strecken, strecken, und dann lassen Sie die Tunika an der Fingerspitze vom obersten Punkt fallen: Jetzt stürzen Sie sich ins kühle Nass.

Sollte es ein Tuch sein, knoten Sie es vorne auf, breiten dann die Arme mit dem Tuch weit zur Seite, weit, weit, ausgestreckt – Vamp(ir) –, lassen Sie es anschließend nach hinten abgleiten, wie bei der rhythmischen Sportgymnastik, und schreiten Sie ins Wasser. Somit hat niemand Ihre Figur wirklich gesehen, nur das Spiel. Und die Verführung ist immer ein Spiel.

Wenn Sie aus dem Wasser kommen, nehmen Sie einfach schnell Ihr Tuch oder Ihre Tunika, und zackomat. Auch in Filmen wird der Protagonistin das Badetuch gereicht – und wenn nicht, schauen wir die Filme nicht, basta –, das ist doch viel erotischer als der Bikini. Ich persönlich mag die Verlockung viel lieber. Auch mag ich zum Beispiel einen Mann in einer kurzen Hose mit weit flatterndem Herrenhemd viel lieber als einen Mann mit enganliegendem Muskelshirt, und zwar ganz gleich, welche Figur er hat.

Sind Bikini und auch der BH nicht eigentlich erfunden worden, damit wir Frauen uns nicht mehr in ein Korsett quälen müssen? Als Befreiung, als Revolution? Wurde nicht auch die Mode gelockert, damit man frei sein kann? Aber inzwischen sollen wir eine Figur haben, die früher ein Korsett geformt hat, das ist doch paradox! Das kann man doch gar nicht erreichen! Das will ich auch gar nicht erreichen! Einst nahm man uns das Korsett, um frei zu sein. Dann, bitte schön, möchte ich jetzt auch so frei sein und die Badekleidung tragen, die zu mir passt.

Einkaufsberaterin

»Darin machst du eine gute Figur« ist eine Frage der Bekleidung und nicht der Figur. Und um das Richtige auszuwählen, brauchen Sie den unabhängigen Einkaufsberater. Verkäuferinnen sind eine eigene Spezies, die nur in seltenen Fällen die Menschen davor bewahren, sich ins Unglück zu stürzen und dafür noch viel Geld auszugeben. Ich bin in den letzten Jahren dazu übergegangen, mich einfach in Verkaufsgespräche einzumischen und den Leuten zu sagen, ob ihnen die Sachen, die sie anhaben, stehen, ganz egal, ob ich nach meiner Meinung gefragt werde oder nicht.

Denn wirklich gute Verkäufer, die sich um Ihr Wohlergehen, also um Ihr Wohl sorgen, damit Sie mit Ihrer Klamotte auf die Straße gehen können, gibt es wenige. Wie aber soll man die jetzt unter der Vielzahl von inkompetenten oder desinteressierten oder für den Profit ihres Chefs sorgenden oder selbst am Umsatz beteiligten Verkäufer herausfinden? Nun, zunächst mal: In einem wirklich guten Bekleidungsgeschäft werden Sie als potenzieller Kunde immer freundlich und zuvorkommend behandelt. In einem Hipsterladen dagegen sind die Verkäufer cool und unnahbar. Man kauft dort, weil man dazugehören möchte, und manchmal sogar aus Angst vor einem Anschiss seitens des Verkaufspersonals. In der Billigteenieklamottenkette wiederum sind viele überforderte Studenten am Werk. Die interessiert ihre nächste Matheklausur, sie finden aber nicht die richtige Formel, Ihnen zu sagen, ob Ihnen die Bekleidung steht oder nicht. In der Innenstadt, also Inneninnenstadt, ist es oft schwierig, da die Ketten Oberhand gewonnen haben und die Leute durchgeschleust werden.

Natürlich gibt es nicht nur schwarze Schafe. Achten Sie einfach darauf, ob Ihnen die Verkäuferin sympathisch ist und ob

Sie sich gut aufgehoben fühlen. Meist ist es auch von Vorteil, wenn die Dame selbst ein bisschen rundlich ist. Das heißt zum einen, sie ist dem Genuss nicht abgeneigt, und zum anderen wird sie Ihr Problem verstehen und sich auch darüber aufregen, dass ab Größe 42 die Modewelt zu Ende ist. Sie wird mit Ihnen lachen und mit Ihnen weinen und Ihnen im Verlauf des Großeinkaufes höchstwahrscheinlich das Du anbieten. Eine solche Person ist auch meist schon recht lange im Geschäft und versteht ihr Fach, denn wir reden hier ja nicht von einer einfachen, sondern von einer FACHverkäuferin. Das Fach macht den Unterschied. Ist jemand vom Fach, weiß er, wovon er spricht. Ahnungs- und Lustlosigkeit kann hier niemand gebrauchen. Wenn ich einen Job mache, mache ich ihn ja auch mit Herzblut und mit Lust. Und das erwarte ich von jemandem, der mir etwas verkaufen will, ebenfalls. Das bezieht sich im Übrigen nicht nur auf Klamottenläden, sondern auch auf den Supermarkt, denn Lebensmittel einkaufen macht mir ohnehin meist viel größeren Spaß als Kleidershopping.

Da komme ich nun nicht umhin, ein Beispiel zu bringen: Wir, also meine kleine Familie und ich, kamen Silvester von einem Kurztrip aus der Stadt nach Hause aufs Land. Den Flug hatte ich extra so getimt (international), dass wir noch zu Hause im großen Supermarkt einkaufen konnten, bevor die Feiertage kamen. Ich hatte aber nicht den plötzlich einsetzenden Schneefall und den daraus resultierenden Stau auf der Autobahn einkalkuliert. Panik! Nichts zu essen! Kurz große Anspannung im Auto, dann griff ich zum Telefon und rief im Lieblingssupermarkt an. Ich hatte Glück, man verband mich mit der Gemüse- und Obstabteilung, wusste dort sofort, von welcher Fachverkäuferin die Rede war, denn ihr Ruf eilte ihr voraus. Man stellte mich durch, nennen wir meine liebe Fachverkäuferin jetzt einfach stellvertretend »die Rettung«. Die Rettung begriff mein Problem sofort und eilte mit mir am Telefon und einem Einkaufswagen durch den Supermarkt und kaufte für mich ein. Dann stellte sie den gefüllten Wagen zur Kasse und rief mich fünfzehn Minuten vor Kassenschluss an, ob ich es pünktlich vor Ladenschluss schaffen würde, die Ware selbst zu kaufen, oder ob sie sie kaufen und draußen vor dem Geschäft nach Ladenschluss auf mich warten sollte.

Großartig, nicht wahr? Das nenne ich Service, da bin ich dabei. Diese Fachverkäufer gibt es, die kann man finden.

Aber zurück. Wir sind jetzt nicht beim Essen, sondern beim Klamottenkauf.

Wichtig ist, dass man sich gegenseitig kennt. Nicht nur, weil ich Schauspielerin bin, sondern so, wie es im guten Einzelhandel früher üblich war, dort kannte man einfach seine Kunden, oft sogar namentlich. Man hatte auch in der Wintersaison extra etwas für Sie mitgeordert, weil man der Ansicht war, dass es Ihnen stehen würde … Meistens eignen sich kleinere Boutiquen abseits der Inner-Circle-Shoppingmeile (international) besser, wo der Inhaber den Laden schmeißt und Wert legt auf jeden einzelnen Kunden. Aber Obacht, auch der Inhaber will und muss verkaufen. Möglicherweise trauen Sie sich nicht, so wie ich, jeden direkt anzusprechen und um Hilfe zu bitten und ihn in die Pflicht zu nehmen. Oder Sie sind zu schüchtern oder schamhaft und brauchen viel mehr Vertrauen, bevor Sie sich öffnen, das ist natürlich sehr gut möglich. Und deshalb sage ich, es hängt sehr viel, fast alles, von der richtigen Einkaufsberatung ab. Eine eigene mitgebrachte und gründlich instruierte Einkaufsbegleitung ist hier das A und O. Wieso instruiert? Weil die Einkaufsbegleitung gebrieft werden muss. Zur Einkaufsbegleitung eignen sich viele, aber nicht jede(r). Die Kunst ist es, aus seinen Freundinnen oder Bekannten diejenige herauszufischen, die entweder genau Ihren Geschmack hat oder Ihrem Geschmack etwas abgewinnen kann. Das müssen Sie im Vorfeld wirklich prüfen. Sollten Sie da nicht sorgfältig vorgegangen sein, haben Sie womöglich eine gefährliche Pattsituation. Einerseits die überforderte Studentin, die nicht weiß, wo ihr der Kopf steht wegen der möglichen bevorstehenden Matheklausur, gepaart mit Ihrer Einkaufsbegleitung, die sich leider an ihre Studentenzeit zurückerinnert und jetzt auch mit der Frage: Ja oder nein? vollkommen überfordert ist. Denn hier geht es um Ja oder Nein. Nicht um Vielleicht. Nicht so wie damals in der Schule, wo die Libido erblühte und man kleine Zettelchen bekam, mit der Frage: »Willst du mit mir gehen? Ja – Nein – Vielleicht, kreuze bitte an.« Ganz abgesehen davon, dass ich das Kästchen »Wohin« am besten gefunden hätte, war »Vielleicht« damals wirklich eine Alternative, heute ist sie das nicht. Heute kauft man ja gleich und probiert nicht lange aus. Denn wenn man probieren könnte, wäre die Antwort »Vielleicht« von der Freundin noch akzeptabel, ja sogar mitgedacht, denn dann könnte man ja gemeinsam mit der Klamotte schwanger gehen und überlegen. Aber in diesem Fall sind Sie womöglich schwanger und brauchen etwas zum Anziehen. Denn Sie sind nicht »vielleicht« schwanger und vielleicht, vielleicht, vielleicht ginge das. Überhaupt ist »vielleicht« relativ unkonkret. Und vielleicht sagen Sie das Ihrer Freundin einmal. Vielleicht ist das eine ganz gute Idee, aber auch nur vielleicht. Denn vielleicht stellt das Ihre Freundschaft in Frage. Darum prüfe, wer sich ewig an Freundschaften bindet, ob sich unter ihnen eine gute Einkaufsbegleitung findet.

Und, ganz wichtig, Ihre Einkaufsbegleitung muss ehrlich sein. Wenn Sie schwanger sind, möchten Sie auch etwas haben, das Sie schön schwanger aussehen lässt. Sind Sie nicht schwanger, möchten Sie auch nicht schwanger aussehen. Da muss sie sich trauen, Sie geradeheraus zu kritisieren. Direktheit, Klarheit. Konkret. Konkret. Klartext. Keine Angst vor möglichen Auseinandersetzungen mit Ihnen. Eine eigene

Meinung, die nicht ins Wanken gerät, wenn Sie sie unter den Tisch reden, weil Sie sich in das Oberteil verliebt haben und ohne dieses nicht mehr existieren können. Sie muss den kühlen Kopf bewahren, einer muss ihn bewahren, wenn schon die Verkäuferin keine Hilfe ist und alles toll findet, was Sie anhaben. Wenn Sie dabei sind, ins Verderben zu rennen. Nur sie, die Freundin, kann Sie retten. Und sie MUSS es auch. Es muss ihre Berufung sein, Sie zu retten, aus Liebe, aus bedingungsloser Liebe. Apropos Liebe. Die Liebe eignet sich hervorragend für ein Beispiel aus der Liebe. Da ist es plastisch erklärt, anhand dessen versteht jeder sofort, was ich meine. Es ist eindeutig, klar und liegt auf der Hand, und wer hat das nicht schon als gute Freundin erlebt, als die ich mich zählen möchte: Ihre Freundin ist verliebt. Sie wissen, dass es, also ER, ER, der Besagte, das Verhältnis Ihrer Freundin, der Angebetete, der Geliebte, ein Riesenarsch ist und er ihr nicht guttut. SIE allerdings, die Freundin, hat sich in die fixe Idee verrannt, ihn haben zu wollen, zu müssen, ohne ihn kann sie nicht weiterleben (wie mit dem Oberteil). So, und nun schickt das Riesenarsch Tage nach dem letzten Treffen eine SMS. Die Tage bis zur SMS waren eh schon schrecklich. So wie wenn Sie wissen, dass Sie auf eine Feier wollen und dafür etwas zum Anziehen kaufen müssen. Aber zurück zum Riesenarsch. Die Freundin ist eh schon die ganze Woche Amok gelaufen, weil er sich nicht gemeldet hat. Es piept, SMS kommt an: »War nett letzte Woche, können wir mal wieder machen. Melde mich. Bis dann! :)«

So, und über diese SMS diskutieren Sie ungefähr zwei Tage. Mit dem Ergebnis, dass Ihre Freundin doch der festen Überzeugung ist, dass es ein versteckter Heiratsantrag war und sie nur auf ihn warten muss. Und ab jetzt wartet sie. Bis sie zu dem Ergebnis des Heiratsantrags gekommen ist, konnte man aus der SMS viele verschiedene Ergebnisse herauslesen. Immer positive: »Treffen wir uns heute Abend.« – »Ich möchte dich wiedersehen.« – »Es war so schön.« – »Du bist so eine tolle Frau.« – »Ich habe mich in dich verliebt.« Versteckt waren auch die Botschaften zu lesen: »Ich habe mich getrennt von meiner Frau.« – »Ich liebe dich.« – »Ich will Kinder mit dir.« Bis zum Ergebnis Heiratsantrag. Auf mein mehrmaliges Hinweisen, dass »War nett letzte Woche, können wir mal wieder machen. Melde mich. Bis dann! :)« ein Warmhalten und eine Abfuhr sei, wurde überhaupt nicht eingegangen. Im Gegenteil, sie beschuldigte mich als eifersüchtige Ziege, die ihr nichts gönne, alles neide und ihrem Glück im Wege stünde. So, und hier lauert die Gefahr! Die, die ich meine und die den guten Einkaufsberater vom schlechten trennt. Auch in der Liebe müssen Sie hart und ehrlich bleiben mit Ihrer Freundin und sie vor dem schlimmsten Unheil bewahren. Was bringt es jetzt, wenn Sie umschwenken und nicht mehr die Wahrheit sagen, nur um die Freundschaft nicht zu gefährden? Sie sehen sie ja in Ihren Träumen schon vor sich. Allein, verlassen, um Jahre gealtert, frustriert und gedemütigt, den Glauben an die Liebe verloren. Jetzt müssen Sie eingreifen. Jetzt. Auch wenn es weh tut und schmerzt, es die Freundschaft gefährdet, ja, gar schwer gefährdet und mit Verlust der Freundschaft zu rechnen ist. Irgendwann wird sie Ihnen danken. Das weiß ich. Sie braucht nur ein bisschen Zeit, und sie muss von selbst drauf kommen, sonst funktioniert es nicht. Aber nicht in der Frage der Bekleidung. Da gehen Sie aufs Ganze. Da hauen Sie rein. Da schreien Sie im Notfall auch: »Nein!« Da können Sie schimpfen und auch sie beschimpfen. Da müssen Sie schimpfen, müssen Sie sagen, wie scheiße sie aussieht. Auch wenn sie Ihnen dann in der Umkleidekabine lauthals die Freundschaft aufkündigt, denn nun könne sie auch nicht mehr an sich halten, nach all den Beleidigungen Ihrerseits. Bleiben Sie bei Ihrer Meinung, seien Sie standhaft: »Die Klamotte sieht scheiße aus!« Wenn sie sich kopfüber ins Verderben stürzen will, Sie schauen nicht tatenlos zu, das hätten Sie ja schon bei IHM gemacht. Aber Sie wollen nicht noch mal schuld sein an der Katastrophe, die hinterher kommt. Eben, weil Sie so eine gute Freundin sind und Sie sie wirklich von Herzen lieben, maßen Sie sich an und stehen auch dazu. Koste es, was es wolle, sie sieht scheiße in der Klamotte aus! Sie will Ihnen immer noch nicht glauben. So und hier, ich habe es mehrfach in meine Richtung erlebt, der Todesstoß: »Du bist zu dick! Fett, fett, fett und dick. Und du siehst scheiße aus!«

Schweigen.

Schweigen!

Sie schließt die Augen.

Schweigen.

Die Verkäuferin lugt zur Tür herein:

»Und? Haben Sie sich entschieden?«

»Danke, wir denken noch mal darüber nach. Aber Sie waren uns eine ganz tolle Hilfe. Vielen Dank für die nette Beratung.«

Völlig ermattet und geschafft von diesem Irrsinn, gehen Sie beide jetzt erst mal etwas essen. Das ist auch so ein Fall für die Not-Cola. Dann besprechen Sie mit kühlem und beschwichtigtem Kopf noch einmal die Lage und Situation, und zwar nachdem der Zuckerhaushalt wieder im Power-House … verankert ist!!

Worauf Sie achten müssen: Bei einer netten Runde im Kreise Ihrer Lieben, also Ihrer lieben Bekannten und Freundinnen, lenken Sie geschickt auf das Thema des bevorstehenden Großereignisses – Party, Event, Konzert, Polterabend, Hochzeit, Geburtstag, Essenseinladung … Bei der Festivität angekommen, müssen Sie ehrlich sein. Je ehrlicher Sie sind, desto mehr kann man Ihnen helfen! Wenn Sie ehrlich um Hilfe bitten und vorher ehrlich und mit Humor Ihren Körper vor den anderen annehmen, sich über ihn lustig machen – mit lustig meine ich leicht, nicht bösartig, mitlachen, aber nicht darüber lachen (darüber ist immer blöd, zwar im ersten Moment lustig, aber hinterher wird es fad und bitter), dann wird man Sie verstehen. Bitter sollte diese Situation nicht sein, sondern lustig und leicht nach dem Motto: Am Anfang war das Licht …

»Meine lieben Freundinnen! Ich habe euch heute hier zusammengerufen, weil ich ein wirklich wichtiges Problem mit euch besprechen muss. Es ist schon wieder so weit, ich drehe durch. Nein, Liebe, ich bin nicht schwanger. Aber ich gehe schon seit Tagen, da habt ihr recht, mit einer Situation schwanger, mit dem Gedanken an die bevorstehende Party. Es ist nicht wirklich 'ne Party, es ist eher 'ne Essenseinladung. Aber schon so mit vielen aus der Gegend. Auch so ein bisschen weiter gefasster Gegend, so aus dem Umkreis. Und da will man ja auch – und sollte man und müsste man – was hermachen. Und wie ihr ja alle wisst, habe ich grundsätzlich nichts anzuziehen. Und das macht die Situation nicht leicht. Im Gegenteil, es bringt eine Schwere rein, die es eigentlich gar nicht haben sollte, denn es sollte leicht sein. Nein, Ihr Lieben! In meinem Schrank ist wirklich nichts zu finden. Wir müssen shoppen gehen.«

Es muss natürlich nicht die Party im näheren Umkreis sein, es könnte auch ein Event sein, eine Hochzeit zum Beispiel. Oder die neuen Freunde von IHM. Ganz schwierig sind auch die bevorstehenden Schwiegereltern. Oder einfach nur das Abendessen zu zweit, bei dem Sie die Geliebte und nicht die Mutter der Kinder sind. Aber im Grundsatz ändert sich nichts. Das war jetzt alles exemplarisch. Fakt ist, Sie haben nichts anzuziehen, und das ist nicht exemplarisch, sondern die nackte

Tatsache. Sie brauchen Hilfe. Machen Sie das Ihren Freundinnen klar. Und fragen Sie auch wirklich ehrlich in die Runde: »Wer traut sich das zu, mich zum Einkaufen zu begleiten, und ist wirklich ehrlich? Wenn ich ehrlich sage, meine ich ehrlich, mir zu helfen, etwas Passendes zum Anziehen zu finden. Oder einfach nur etwas, das ich anziehen kann. Sollte ich im Geschäft durchdrehen, was im Rahmen des Möglichen liegt, Ruhe bewahren und seinen ehrlichen Kurs weiterfahren. Sollte ich mich in eine fixe Idee von Klamotten verrennen und mich vermeintlich verlieben, dann mich bitte an den Fehlgriff von vor fünfzehn Jahren erinnern, wo die Nacht wirklich, wirklich dunkel war. Wenn ich dann nicht einlenke, muss man mit Beendigung der Freundschaft drohen. Wer traut sich das zu? Wer ist dabei? Ich danke euch.«

Ich kann nur sagen, dabei sein ist alles und immer eine Reise wert …

Ankommen

Dafür muss man erst mal weg gewesen sein.

Reise

Auf der Reise befinde ich mich seit vielen Jahren. Das ständige Auf und Ab meines Gewichts hat sich eigentlich nie wirklich verändert. Nicht mehr so drastisch wie in den Anfängen meiner Karriere, ist es dennoch ein allgegenwärtiges Thema. Leicht zu dick für die Filmbranche bin ich eigentlich immer. In der Bekleidungsindustrie wird es auch grenzwertig, wenn ich die gute 40 überschreite, denn bis Größe 42 wird man fast überall fündig, das Problem ist nur: Die 42 ist bei vielen Marken, Labels und No-Name-Ware eine gute 40. Bei einer normalen 42 endet dann der Spaß und es wird richtig finster, um nicht zu sagen, zappenduster. Eine Frechheit, wenn Sie mich fragen (aber mich fragt ja keiner).

Aber zurück zu meiner Figur, die eigentlich nie passt, egal wie. Und deren Auf und Ab sich wunderbar an der Serie »Mit Herz und Handschellen« ablesen lässt. 2002 ging es los mit einem Neunzigminüter, 2003 wurden acht Folgen nachgelegt, 2004 zehn weitere, 2005 brachte man erneut einen Neunzigminüter, um zu checken, ob wir auch als Reihe tauglich wären, und schließlich waren wir dann im Herbst 2006 noch einmal zu Dreharbeiten für zwei weitere Neunzigminüter gebeten. Danach hörten Kollege Baum und ich (diesbezüglich) nie wieder was vom Sender, das Format verschwand einfach sang- und klanglos vom Bildschirm.

Fakt ist, Henning Baum und ich drehten »Mit Herz und Handschellen« fünf Jahre lang, und in diesen fünf Jahren ist wunderbar zu sehen, wie mein Äußeres und mein Gewicht sich veränderten und schwankten. Henning hatte immer einen wohldefinierten Körper. Ich erinnere mich, wie ich vor einer Szene mal wieder die Requisiten aufaß, während Henning an einem Querbalken im Motiv hing und Klimmzüge veranstaltete. Irgendwann hörte ich Henning rufen: »Uhlig, jetzt hör auf zu essen, beweg deinen Arsch und mach Sport!« Ich antwortete nur: »Siehst du, Baum, das ist eben der Unterschied zwischen uns beiden: Dich will man immer nackt unter der Dusche im Film sehen und mich nicht. Und ich finde, ich fahre damit ganz gut. ICH mag nämlich NICHT nackt unter der Dusche im Film stehen. Möchtest du jetzt vielleicht auch ein Stückchen Schokolade?«

»Mit Herz und Handschellen« ist ein super Beispiel für Formatweichzeichnungen: Am Anfang waren wir absurd, hinterher waren wir geil, gestylt, getrimmt, ein Vorzeigepaar.

Natürlich ist es schön, wenn man mal eine Figur im Leben hat, mit der man in Ruhe gelassen wird. Wenn ich es recht bedenke, habe ich eine normale 42. Also, wenn ich normal esse, nichts Unvorhergesehenes passiert, habe ich Kleidergröße 40/42, nicht mehr, aber auch nicht weniger.

Soll ich aus den verschiedenen genannten Gründen plötzlich weniger haben, hungere ich mich mit verschiedenen Diäten, absurden Speiseplänen und grotesken Sportarten so weit hinunter, bis die Waage das gewünschte Ergebnis zeigt. Endet der Ausnahmezustand, gibt sich meine Figur nicht etwa geschlagen, sondern marschiert konsequent zurück zur 40/42.

Nach der Schwangerschaft habe ich natürlich mehr als 40/42, aber wenn ich mich jetzt normal verhalte, gelange ich dort mit Sicherheit auch wieder hin, nur eben nicht sofort. Sollte es zwischen 42 und 44 stehen bleiben, wäre es auch okay – ich bin ja jetzt nicht mehr neunundzwanzig, sondern vierzig. Irgendwann muss man schließlich die Weichen stellen zwischen Kuh oder Ziege. Entscheidet man sich für die Kuh, hat man aber leider nie seine Ruhe, vielmehr muss man sich stets und ständig Bosheiten anhören, denn man hat ja angeblich eine ach so dicke (Kuh-)Haut.

Ich weiß nicht, wie es Ihnen geht, aber ich habe festgestellt, dass ich in dem Moment, in dem ich etwas mehr auf den Rippen habe, die Rippen eben gerade nicht zu sehen sind, behandelt werde, als sei ich ein unempfindlicher Dickhäuter. Eben keine dieser schutzbedürftigen Elfen oder gar eines dieser Wesen, die man mit Samthandschuhen anfasst, sondern ein Mensch, ein Troll, der sämtliche Direktheiten verkraftet, von denen ich hier nur eine kleine Auswahl zum Besten geben möchte: »Na, ist das vierte schon unterwegs?« – »Du hast doch so ein schönes Gesicht.« – »Hast auch schon einen Rettungsring in der Mitte?« Gerne werden dabei auch Beispiele aus der Familie herangezogen: »Mutti sah auch immer aus wie im siebten Monat schwanger.« – »So was kannst du aber nicht tragen, bist ja viel zu dick dafür.« – »Mit dem Arsch solltest du auch was machen.« – »Das Doppelkinn hatte Vaddi auch.« – »Bisschen aufgedunsen bist du geworden.« – »Schneidet hinten richtig rein, appetitlich ist was anderes.« – »Na Schwabbeldi-wabbeldi-wabbeldi-Arsch. Du kriegst so einen Kropf, hast du dich mal auf Schilddrüse untersuchen lassen?« – »An den Oberschenkeln kriegst du jetzt richtiger Reiter.« – »Ich bin deine Mutter, ich mein's nur gut mit dir.« – »Als Tante muss man das doch sagen können, oder?« – »Ich bin schließlich dein Onkel.« – »Omas dürfen das.« – »Wenn ich als

Freundin schon nix sagen darf, wer dann?« – »Auch wenn wir uns kaum kennen, muss es doch gesagt sein …« – »Manchmal ist der Fremde ja am ehrlichsten.« – »Wir alle lieben dich und meinen es nur gut mit dir.«

So viel exemplarisch zu Familie, Freunden, Nachbarn und entfernten Bekannten und Verwandten.

Im Beruf spielt es sich gerne so ab: »Scheiße, Elli, jetzt wird's schwierig.« – »Jetzt müss ma ein bissel aufpassen.« – »Bei deiner Größe ist es schwierig.« – »Wie? 42? Klamotten oder Schuhe? Beides? O Gott!« – »Jetzt ist mir alles klar, in dem Moment hab ich Ihre Maßtabelle bekommen.«

Und so wird über mich geredet (wenn ich nicht dabei bin): »Du, ich hab die mal neulich wieder gesehen, ist ja erschreckend.« – »Mit so einer Fetten können wir das nicht drehen.« – »Die Ausstrahlung ist halt fett.« – »Hua, ist die dick.« – »Die war ja mal 'ne echt schöne Frau, oder?« – »Ganz schlank ist die geworden.« – »Zaundürr, gut sieht das nicht aus, richtig ausgemergelt, da wär sie lieber dicklich geblieben.« – »Is halt auch alles nicht so in Form.« – »Kriegen wir das mit der Bauchweite irgendwie in den Griff? Wird schwer.« – »Zaubern können wir auch nicht.« – »Im Prinzip hat die ja ein schönes Gesicht.« – »Wenn wir einfach mehr auf dem Gesicht bleiben?« – »Okay, wer sagt ihr, dass sie ein bissel aufpassen muss? Wer?« …

Woher ich das weiß? So was erfährt man von einem Kollegen/Agenten/Regisseur und Produzenten, der es gut mit einem meint.

Ich sollte anfangen, die Sache positiv zu sehen, ich erfahre unmittelbar, was die Umwelt wirklich von mir hält und denkt. Aber alle sollten wissen, dass ich tatsächlich etwas unter meinem Fett fühle und dieser ganze Wahnsinn, der einem von außen entgegentritt, manchmal schwer auszuhalten ist. Und deshalb ist jetzt Schluss mit dem ganzen Quatsch. Ich werde mich jetzt nicht mehr in dieses Hamsterrad begeben. Nicht mehr panisch abnehmen und hungern, nur weil ich »meinen Gegenübern« nicht passe, wie ich gerade im Moment bin.

Ich passe nicht ins (Norm-)System. Ich bin Schauspielerin, und ich habe keine 90 – 60 – 90. Ich bin nicht Barbie, das Leben ist kein Ponyhof, und Wendy bin ich auch nicht. Überhaupt, BARBIE, was ist denn das für ein entsetzliches Schönheitsideal?

In meiner näheren Umgebung kenne ich nicht nur ansatzweise eine Barbie, und weil ich jetzt schon am Schimpfen bin, fahre ich damit fort und lasse weiteren Unmut ab. Nein, keine Sorge, es geht nicht wieder gegen Elfen, Wesen oder andere filigrane Geschöpfe, die können ja auch nichts für ihren flinken Stoffwechsel oder ihre Schilddrüsenüberfunktion. Nein, jetzt ist die Alpenrepublik Austria (international), der Ösi dran:

Der arme Deutsche ist in Österreich ja so und so der Marmeladinger. Und zu viel Marmelade macht dick.

Nur weil der Ösi einen liebevollen Singsang-Dialekt hat, ist seine messerscharfe Zunge nicht nett. Außerdem hat er die ganze Zeit das Gefühl, man nimmt ihm etwas weg, und deshalb hackt er gern und mit Vorliebe auf dem Deutschen rum. Der Deutsche ist hier der Piefke. Natürlich ist die deutsche Küche viel schlechter als die österreichische, und vom Backen verstehen die Deutschen ja sowieso nix. Da das österreichische Sozialsystem angeblich ein bisschen besser als das deutsche ist, würden sich die Deutschen hier einschmarotzen. Und auch über den deutschen Touristen, der jedes Jahr an den gleichen Fleck kommt und schon die goldene Touristennadel hat, kann man viel erzählen. Ich kann nur sagen, ich lebe seit vier Jahren hier, die meisten Österreicher, die ich hier kennengelernt habe, fahren in ihrem Sommerurlaub auch immer an den gleichen Fleck.

Ich habe kein Problem mit dem Österreicher, nur hat er ein Problem mit mir. Die fetten Würstchen nennt der Deutsche Wiener und der Österreicher Frankfurter – jeder schiebt dem anderen das Fett zu. Dass ich letztes Jahr allein auf dem Berg saß und es Deutschland auf dem Fuß hatte, Weltmeister zu werden, und niemand mit mir schauen wollte, sondern auch noch zu Argentinien hielt, habe ich dem Österreicher nicht verziehen. Einzig den Vater von Herrn Karl möchte ich raushalten, denn er erbarmte sich meiner und schaute mit mir zu, wie wir zum vierten Mal Weltmeister wurden. An dieser Stelle möchte ich der Deutschen Fußballnationalmannschaft noch einmal nachträglich zum vierten Weltmeistertitel gratulieren … 54, 74, 90, 2014, ja so stimmen wir alle ein, mit dem Herz in der Hand und der Leidenschaft im Bein … Danke! Fußball lässt mich alles vergessen.

Aber wo waren wir? Ach ja, bei der Umwelt – ich meine jetzt nicht die Ösis, die haben genug Fett abgekriegt –, ich meine all die anderen, die einem ungefragt sagen: »Du bist nicht mehr zwanzig, das kriegst du nicht mehr weg mit deinen vierzig Jahren. Wo soll das erst hinführen?«

Ja, wo führt das alles hin? Ich fette Sau. Fett, fetter, am fettesten.

Wer möchte mir denn noch sagen, wie ich aussehe. Kommt doch alle her, sagt's mir doch! Ich bin für die Meinungsfreiheit, bin für jede Meinung offen. Trotzdem ist das Beste für mich, nicht tagtäglich über meine Figur nachzudenken, über sie reden zu müssen.

Das Problem ist nämlich, durch diesen ganzen Druck von außen werde ich womöglich irgendwann mal wirklich dick. Aber dann hätten wir die Schuldfrage ja jetzt schon geklärt, denn **auch bei mir sind immer die anderen schuld …**

Epilog

Selten habe ich in meinem Leben über meine Figur so viel gelacht wie beim Schreiben dieses Buches. Ich hoffe, dass der Spaß zu Ihnen rübergeschwappt ist. Jede Frau kennt das doch, hatte bestimmt einmal in ihrem Leben ein Figurenproblem oder angeblich ein Figurenproblem. Und es tut gut, mal über sich selbst und über Situationen, in die man gerät, zu lachen. Die letzten Jahre habe ich immer wieder mit dem Gedanken gespielt, etwas aus meinem Leben aufzuschreiben. Von den absurden Begebenheiten, in die man geraten kann. Aber ich habe nie greifen können, was ich erzählen wollte. Denn letztlich kann ich nur von etwas erzählen, das mich wirklich betrifft. Oder ich werde zur Märchentante, das könnte ich als Nächstes versuchen … Und dann, als ich da so auf dem Boden lag bei der dritten Wiederholung der Unterbauchmuskulaturanspannungsgruppe und nur rumlamentierte und mein Herr Karl, der sich zum Training an diesem Tag mit eingefunden hatte, lachend zu mir sagte: »Uhlig, warum schreibst du keinen Antifitnessratgeber?« – Da war's plötzlich klar. Ganz klar. Glasklar geradezu. »Ja, genau!«

Damit stand ich auf, bedankte mich bei Inesco, warf Herrn Karl einen Handkuss zu und ging nach oben, um meine Agentin anzurufen. Der Rest ist diese Geschichte und hat wahnsinnig viel Spaß gemacht. Ich habe beim Schreiben immer gut gegessen und konnte das erste Mal seit langem in meinem Leben, ohne schwanger zu sein, das Essen für mich genießen. Plötzlich machte mir auch das Lamentieren der Umwelt nichts mehr aus. Drei Monate lang – und das fast tagtäglich mehrere Stunden – über meine Figur zu reden, sie aber nicht in Frage zu stellen, war und ist beispiellos und hat mich frei gemacht. Auch künftige Gratulationen zu möglichen Schwangerschaften werde ich dankend entgegennehmen, denn es ist doch viel schöner, sich mit den Leuten über eine mögliche Schwangerschaft zu freuen, als sie bloßzustellen. Und wenn ich dann am Schluss die zwanzigste Schwangerschaft habe, auch egal. Sollen sie ihre Freude haben. Vielleicht habe ich ein bisschen mehr zu mir gefunden, zu dem, wie ich sein darf. Ein ganz klein wenig bin ich bei mir angekommen, was vielleicht auch ganz gut ist, wenn man gerade vierzig geworden ist.

Auf jeden Fall habe ich festgestellt, dass über sich selbst zu lachen und über sich zu reden der Weisheit erster Schritt ist. Die Schokolade sich genüsslich vor dem Liebsten in den Mund zu schieben und damit sämtliche Proteste durch verdutzte Sprachlosigkeit zum Schweigen zu bringen ist herrlich. Leider ist dieser berühmte Werbeslogan, der immer in meinem Kopf ist und es auch beim Schreiben war, auf der gegnerischen Seite verankert. Bei den Low-Fat-, Halbfett-, Zero-Fat-Anhängern:

»Ich will so bleiben, wie ich bin … Ich will so bleiben, wie ich bin … Ich esse alles, was mir schmeckt. Ich habe meinen Körper NEU FÜR MICH entdeckt.«

Finde niemals ein Ende, dann geht das Leben weiter.

Abspann

Mitwirkende

Die Uhlig
Christie
Niggi
Ariane Novel
Sohela Emami

Der Gescheitfix
Der allerliebste Versorger
Baby Frida
Sarita, Elenita, Ulli, Kristin und Lexa
Die Buben

Fliegen, Wespen + Co.
Findel, Fibbsie, Kater P

Ausstattung

Pezziball
Störrischer PC
Holunderblütensaft
Roter Faden
Fliegenklatschen
Trimm-dich-Fahrrad

Location

Dachgeschoss
Mittelgeschoss
Keller

Sound

Baby Frida
Schafe
Fliegen, Wespen + Co.

Meine besondere Wertschätzung gilt: Luxe; Casterin; Regisseur, der mich für die Rolle haben wollte und vor dem Produzenten verteidigte; Michael Brandner; und last but not least Inesco, ohne deren Quälereien ich keinen Ausweg gesucht hätte, es ihr heimzuzahlen.

...! (international)

..., merkwürdigerweise ist es schwierig, dieses Wort zu sagen. Nicht, weil ich nicht unendlich ...bar wäre, aber eben weil ich so ...bar bin, fehlen mir gerade die Worte, ... zu schreiben. Wenn man im Herzen so voll von ...barkeit ist, kriegt man es manchmal nicht in Worte gefasst. Weil, dieses Wort reicht nicht aus, um es zu beschreiben. Und doch ist dieses Wort ... ein ganz wichtiges. Ich möchte es kurz mit der Liebe umschreiben. Die Liebe, l'amour, love, weiter reichen meine Fremdsprachenkenntnisse an diesem Abend nicht, sonst wahrscheinlich auch nicht, die Liebe, die mir von Christie, meiner rechten Hand, Nicolle, meiner kritischsten Erstleserin, Korrektorin und Textbearbeiterin, Ariane Novel, meiner Lektorin, bei der ganz engen Zusammenarbeit an diesem Buch entgegengebracht wurde, war großartig, leidenschaftlich, lustig, traurig, unendlich unterhaltsam. Ich habe mich sehr, sehr aufgehoben und vor allem sehr geliebt gefühlt. Und ich glaube, nein, ich weiß es, sich geliebt fühlen ist eigentlich das Wichtigste, was es gibt, und dafür kann ich nur dieses eine Wort, dieses eine, das manchmal viel zu schnell gesagt und nicht wirklich verstanden wird, weil man es ja als Redewendung den ganzen Tag über verwendet, schreiben. Aber bevor ich dieses Wort ... aufschreibe: Christie, Niggi, Frau Novel, ihr wart beispiellos, so wie die Nudel. Großartig, lustig, absurd. Christie, du hast mich jeden Tag ertragen, hast meine Launen ertragen. Manchmal hast du mich in die hinterste Ecke verbannt, weil ich dir zu laut und zu nahe war. Grundsätzlich bin ich ein lauter Mensch. Ich kann nur sagen: »Hey, Leute, Leute!« Mit der Fliegenklatsche, um die herannahenden Wespen durch die offene Balkontür abzuwehren, bin ich neben dir auf dem Gymnastikball gehüpft. Nein, nicht um Sport zu machen, sondern um den Geist anzuregen und den bekannten Faden weiterzuspinnen. Ich kann das alles, was wir hier gemacht haben, gar nicht in Worte fassen, letztendlich sieht man es anhand des Buches. Aber dieser Sommer 2015 im Kellergeschoss mit meinem Baby auf dem Arm wird in meine Geschichte eingehen. …! Ich … dir.

Nicolle, was du für mich und dieses Buch getan hast, ist großartig! Du hast meine Texte ständig gegengelesen und korrigiert und dafür … ich dir. Du hast mir geholfen, wenn ich vom Pfad abgekommen bin, wieder auf den Weg zu gelangen und daran zu denken, was ich eigentlich erzählen wollte. Und auch dafür gebietet dir mein größter …! Wenn meine Sätze gar zu verworren wurden, hast du mir einen Weg aus dem Chaos gezeigt. Du hast deine eigene Arbeit zurückgestellt, um mir zu helfen, dass das Buch da ist, wo es jetzt ist. …!! Nicolle, abschließend möchte ich sagen: …, dass es dich gibt!

Frau Novel, es war eine neue Reise, in der Sie die Reiseleiterin waren. Und das mit so viel Charme und Geduld und trotzdem schweizerischer Genauigkeit, die ihresgleichen sucht. …!

Einen entscheidenden Part und ein ebenso großer … wie an die drei Damen vom Grill geht an meine Literatur- und Presseagentin Sohela Emami, die schon an mich geglaubt hat, bevor ich überhaupt an mich glaubte, geschweige denn eine Zeile aufgeschrieben hatte. Die letztlich das Pflänzchen »Du solltest schreiben« schon früh in meinem Kopf gesät und gegossen hat und ohne die ich jetzt bestimmt nicht da wäre, wo ich jetzt bin. …! Liebe Sohela, du warst von Anfang an dabei, sozusagen von der Entstehungsidee bis zur Geburt des Buches. Du hast mir immer zur Seite gestanden, mir immer geholfen, mich aufgerichtet, mich unterstützt, dich vor mich gestellt und mich beschützt. Und auch dir kann ich nur sagen: Von Herzen, über alle Maßen vielen, vielen …!

Es war super. … Es war so großartig, ich kann es gar nicht beschreiben, wie … bar ich bin. Und natürlich auch allen anderen, allen Mitwirkenden im Abspann gilt mein unaussprechlicher …!

So, ihr Lieben, ich komme zum Punkt. …, dass es euch gibt.

Danke!

PS: Fritz, ich liebe dich.

Übrigens: Es hat sich alles so oder so ähnlich zugetragen.

Bildnachweis

Illustrationen im Textteil:
kleinert.de/Gabriele Meermann

Fotos im Tafelteil:

Seite 1	Privatarchiv Uhlig
Seite 2 o. li.	Orion Dahlmann
Seite 2 o. re.	Thomas Stocks, Düsseldorf
Seite 2 u.	Thomas Stocks, Düsseldorf
Seite 3 o.	Niggi
Seite 3 u.	Clemens Kerkhoff
Seite 4 o.	Jörg Reichhardt
Seite 4 u.	Jörg Reichhardt
Seite 5	Luxe
Seite 6 o.	picture alliance/dpa
Seite 6 u.	picture alliance/KPA
Seite 7 o.	ddp images
Seite 7 u.	Peter Bischoff/Gettyimages
Seite 8 Mi. re.	Privatarchiv Uhlig
Seite 8 o. li.	Privatarchiv Uhlig
Seite 8 u. li.	Privatarchiv Uhlig
Seite 8 u. re.	Privatarchiv Uhlig
Seite 9 Mi.	Privatarchiv Uhlig
Seite 9 o.	Privatarchiv Uhlig
Seite 9 u.	Privatarchiv Uhlig
Seite 10 o.	Erik Hackenschmidt
Seite 10 u. li.	Pritschet/Thomas & Thomas
Seite 10 u. re.	Pritschet/Thomas & Thomas
Seite 11 o. Mi.	Mathias Bothor/photoselection
Seite 11 u. li.	Schneider/Thomas & Thomas
Seite 11 u. re.	Janine Guldener/Wolfram
Seite 12 o.	SAT.1/Hardy Brackmann
Seite 12 u. li.	Falke/Thomas & Thomas
Seite 12 u. re.	Susanne Kracke/Wolfram
Seite 13 o.	SAT.1/Walter Wehner
Seite 13 u. li.	SAT.1/Walter Wehner
Seite 13 u. re.	Dan Tanner/Thomas & Thomas

Seite 14 li.	KURIER/Rainer Gregor Eckharter
Seite 14 re.	Lüders/Thomas & Thomas
Seite 15	Hubert Mican
Seite 16 Mi. re.	Herr Gescheitfix
Seite 16 o. li.	Sarita
Seite 16 o. re.	Herr Gescheitfix
Seite 16 u.	Lüders/Thomas & Thomas

Pfeile:
Shutterstock/Nikiteev_Konstantin

Monika Bittl

Ich will so bleiben wie ich war

Lesebotox für die Frau ab 40

Schauen wir heute in den Spiegel, hatten wir uns nicht nur jünger in Erinnerung – wir wünschen uns auch oftmals die Leichtigkeit der jungen Jahre zurück. Denn seltsamerweise vermehren sich mit dem Älterwerden nicht nur die Falten, sondern auch die Schrullen und heiklen Gemütszustände. Auch in Monika Bittls Umfeld treibt das Alter seltsame Blüten. So verfestigt sich von Jahr zu Jahr die Hypochondrie ihres Mannes – ein Schnupfen wird für ihn zur dramatischen Nahtoderfahrung. Und die attraktive beste Freundin ist überzeugt, dass sie nie Glück hat in der Liebe – und schlägt mit ihrem Pessimismus noch den hartnäckigsten Verehrer in die Flucht.
In ihren herrlich unterhaltsamen Alltagsgeschichten nimmt Monika Bittl die Tücken des Lebens in der Lebensmitte aufs Korn. Ein augenzwinkerndes, ironisches Buch über das Älterwerden.

»Kurzweilige, schräge und auch nachdenkliche Lektüre über die weibliche Midlife-Crisis.« – *People*

KNAUR